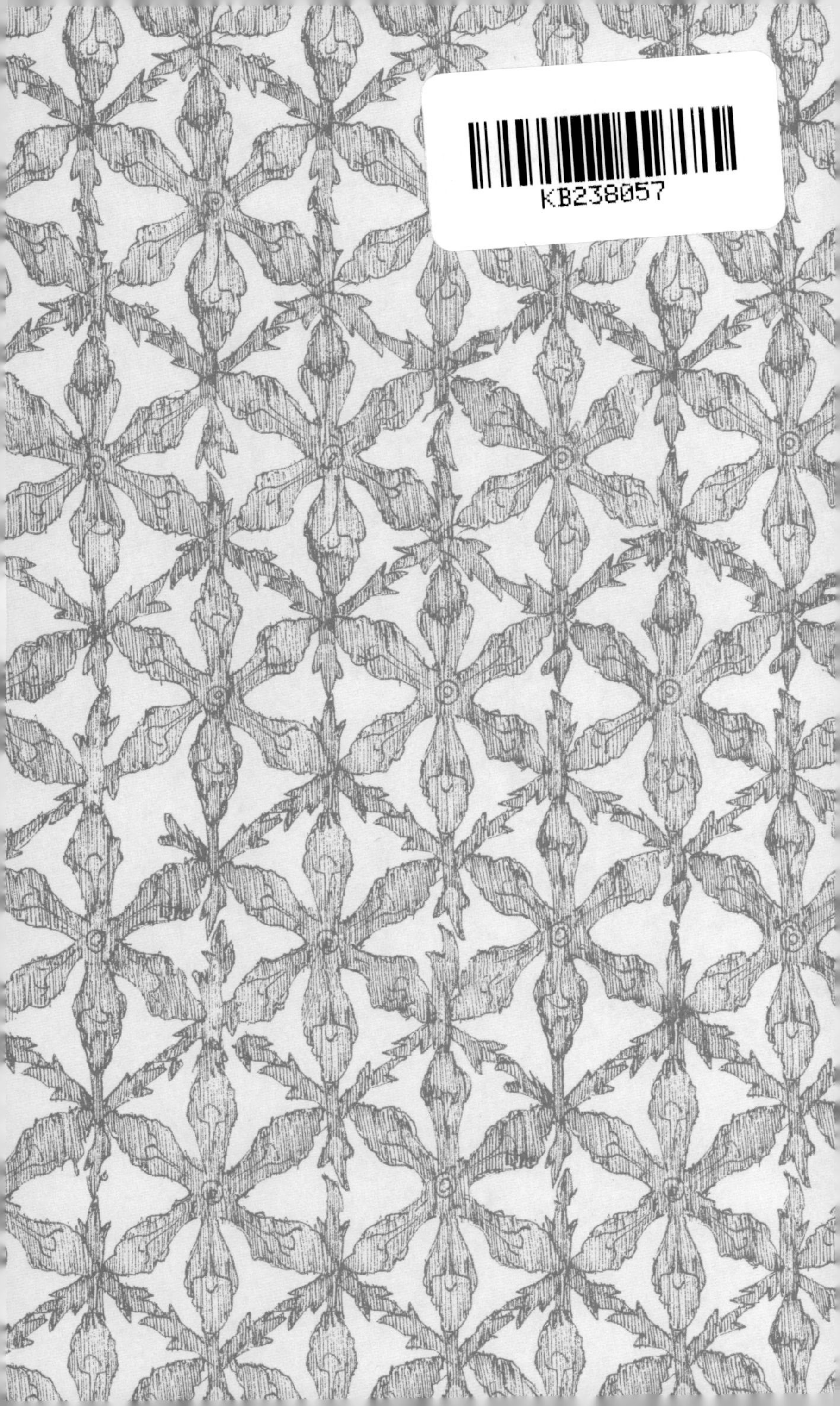

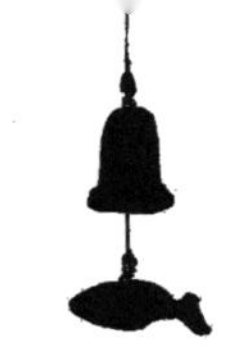

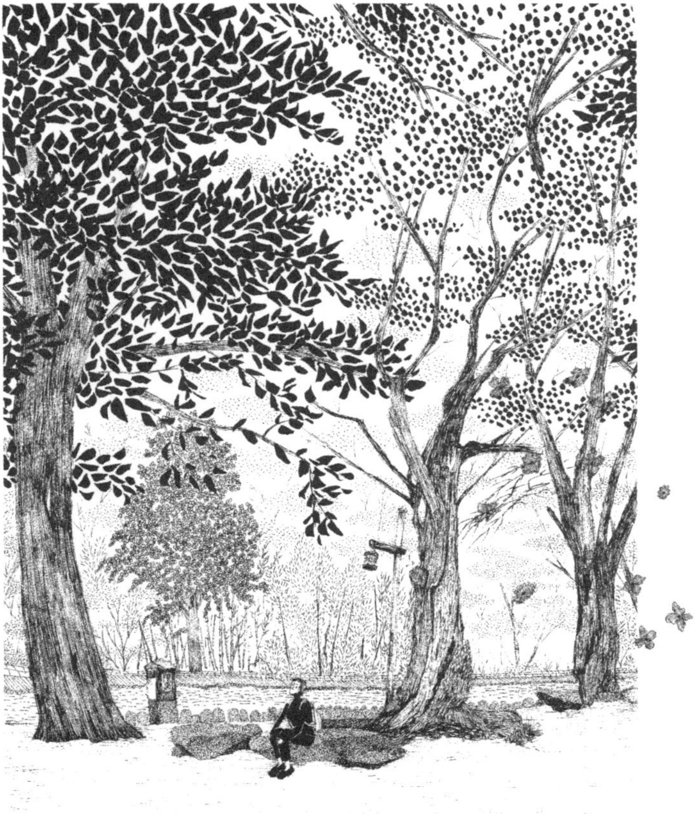

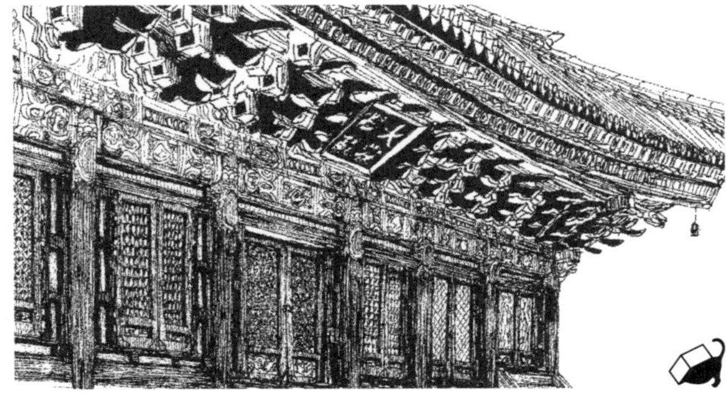

주 말 엔 산 사

10년 차 디자이너가 펜으로 지은 숲속 자기만의 방

윤설희
지음

저는 가톨릭 신자로 태어났지만, 현재는 무교이며
그림 그리고 글을 써 책 만드는 것을 좋아하는
30대 직장인입니다.

이사를 다니는 10여 년 생활에 지쳤습니다.

저를 둘러싼 공간에서 행복을 찾기 위해
방을 예쁘게도 꾸며보고

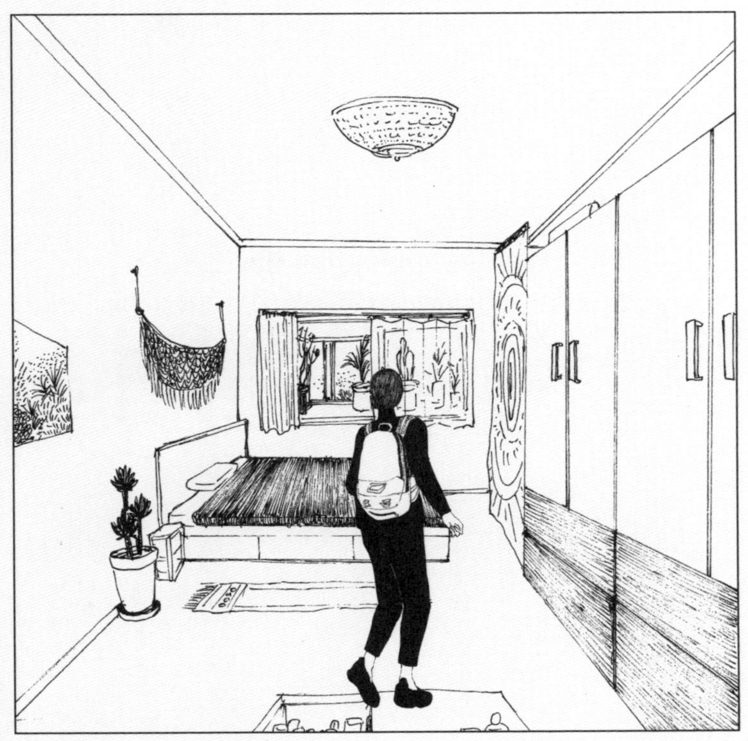

근사한 카페에도 가곤 했죠.
눈으로 보이는 공간이 그럴싸하면 어느 정도 만족했습니다.

하지만 네모난 공간이 주는 기쁨은
생각보다 짧고 쉽게 휘발됩니다.

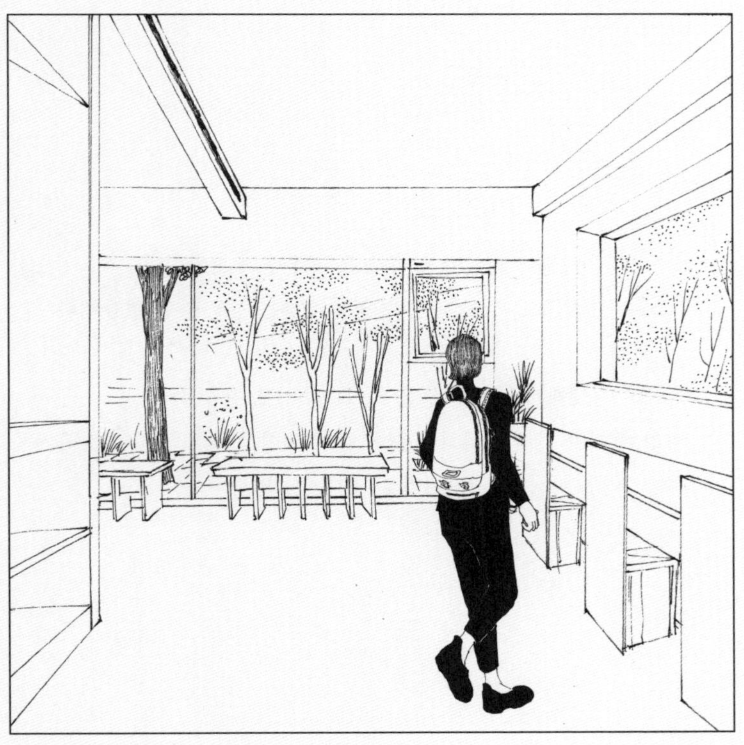

우리는 포도알만 한 눈으로 세상을 인식합니다.
더 넓은 관점으로, 세상 속의 나를 인식하는 경우는 잘 없습니다.

그래서 작은 공간을 벗어나보기로 했습니다.
공간에 대한 이해를 넓히는 것이 삶에 대한 이해를 넓히는 것과
비슷한 맥락이라는 생각이 들었습니다.

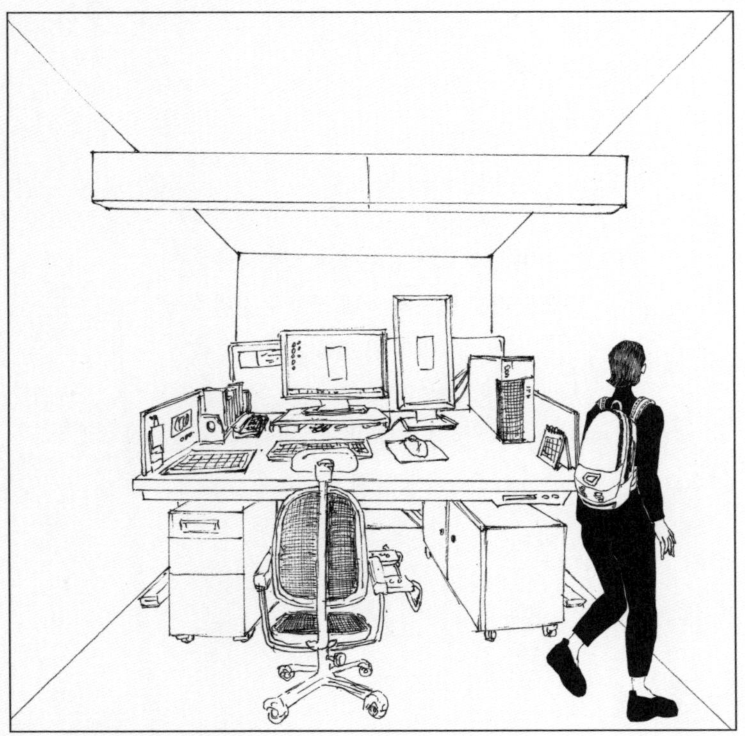

저는 언젠가 집을 짓고 싶습니다.
공간을 바로 인지하며 내 삶이 온전히 놓일
제대로 된 집을요.

그래서 이 땅에 오랫동안 발 딛고 살았던 사람들의
건축이 궁금해졌습니다.

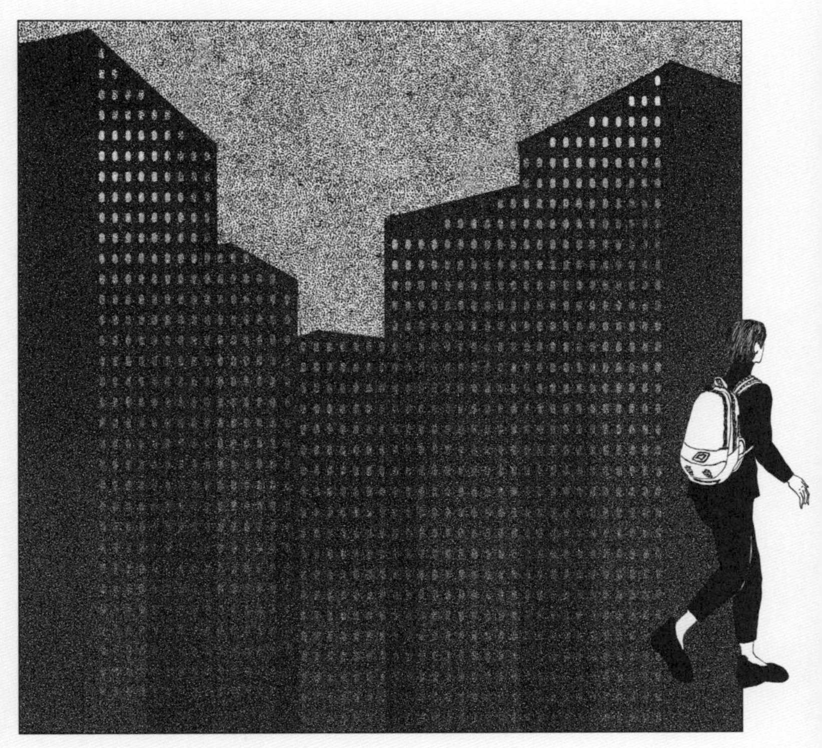

들어서며

2019년부터 5년 동안
백여 곳이 넘는 전국의 산사를 찾았습니다.

산사는 역사도 깊고 지역적으로 고르게 펼쳐져 있어
고건축의 깊이와 너비를 알게 해줍니다.

그중 가장 각별했던 일곱 군데 산사 이야기를
이 책에 담았습니다.
불교 신자가 아니라도, 한국 고건축에 대해 몰라도
그 아름다움과 의미를 즐길 수 있는
산사 일곱 곳을 소개해보려 합니다.

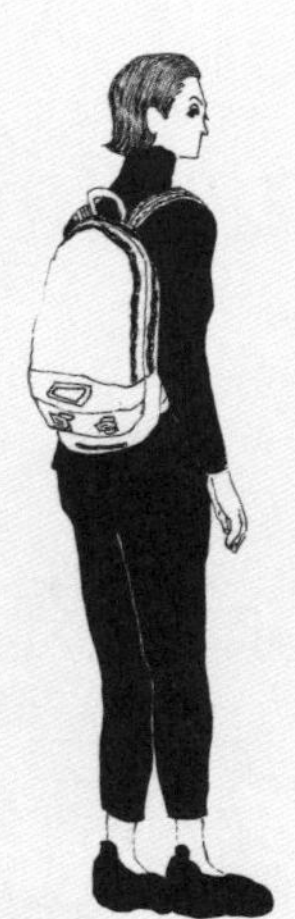

들어서며

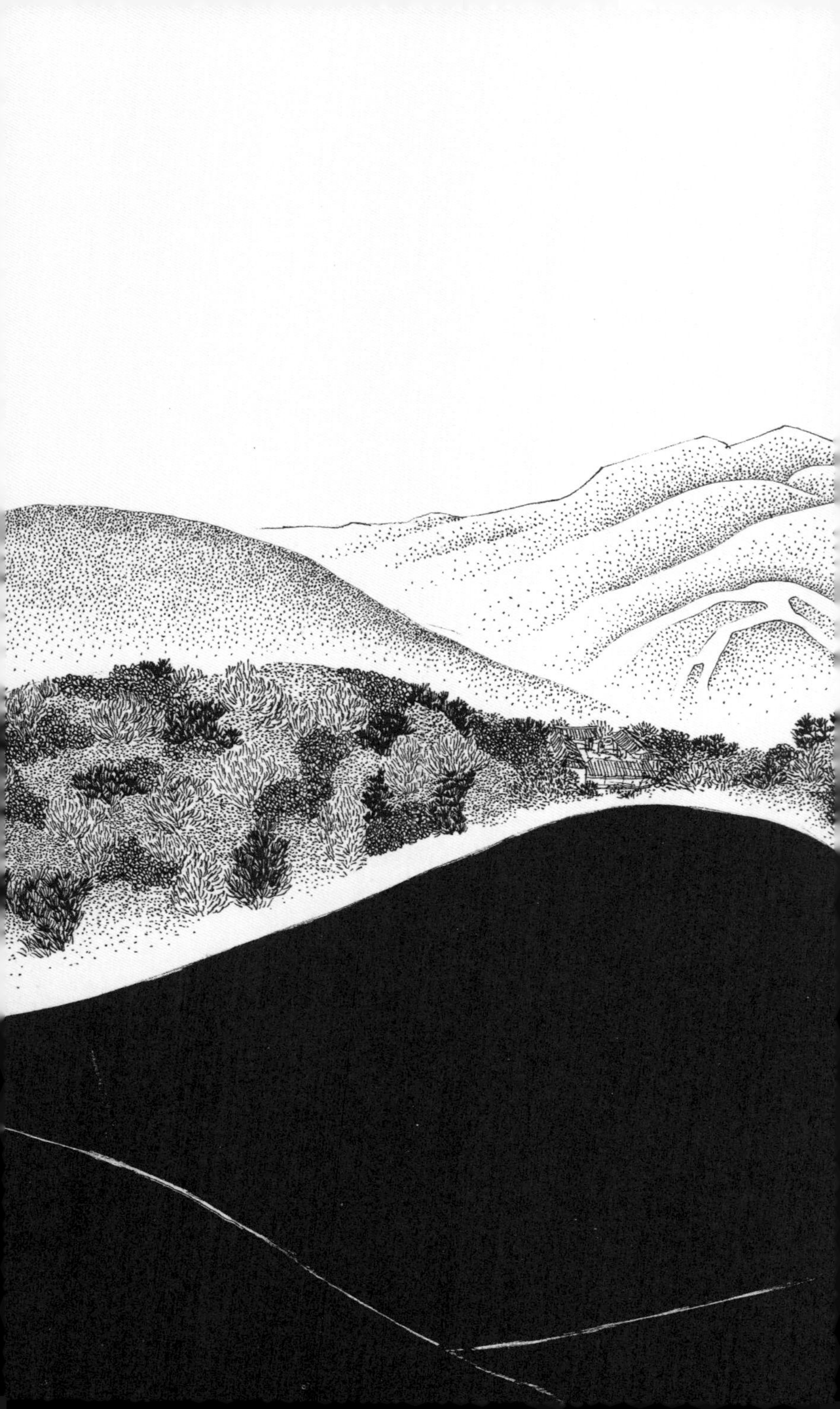

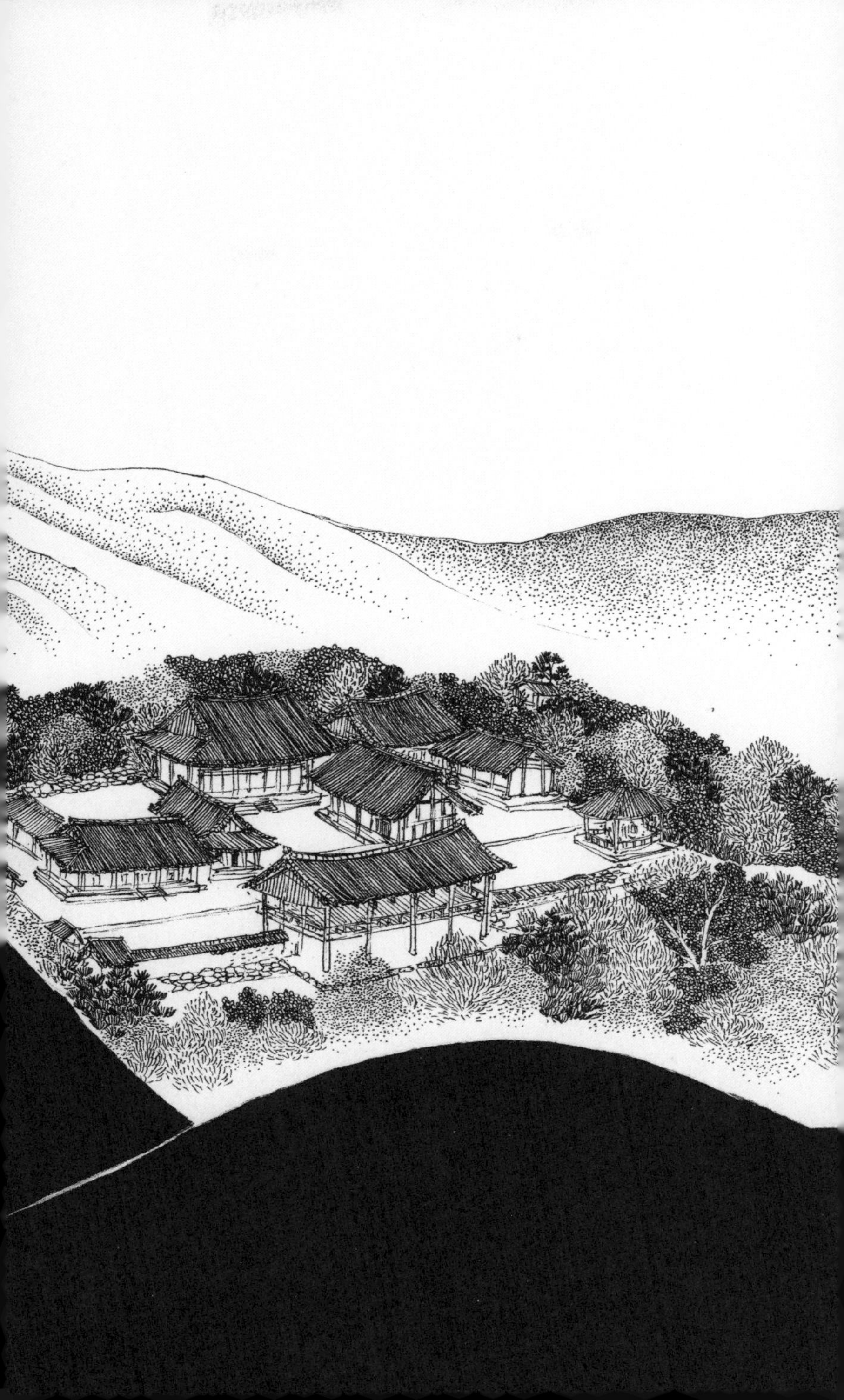

차례

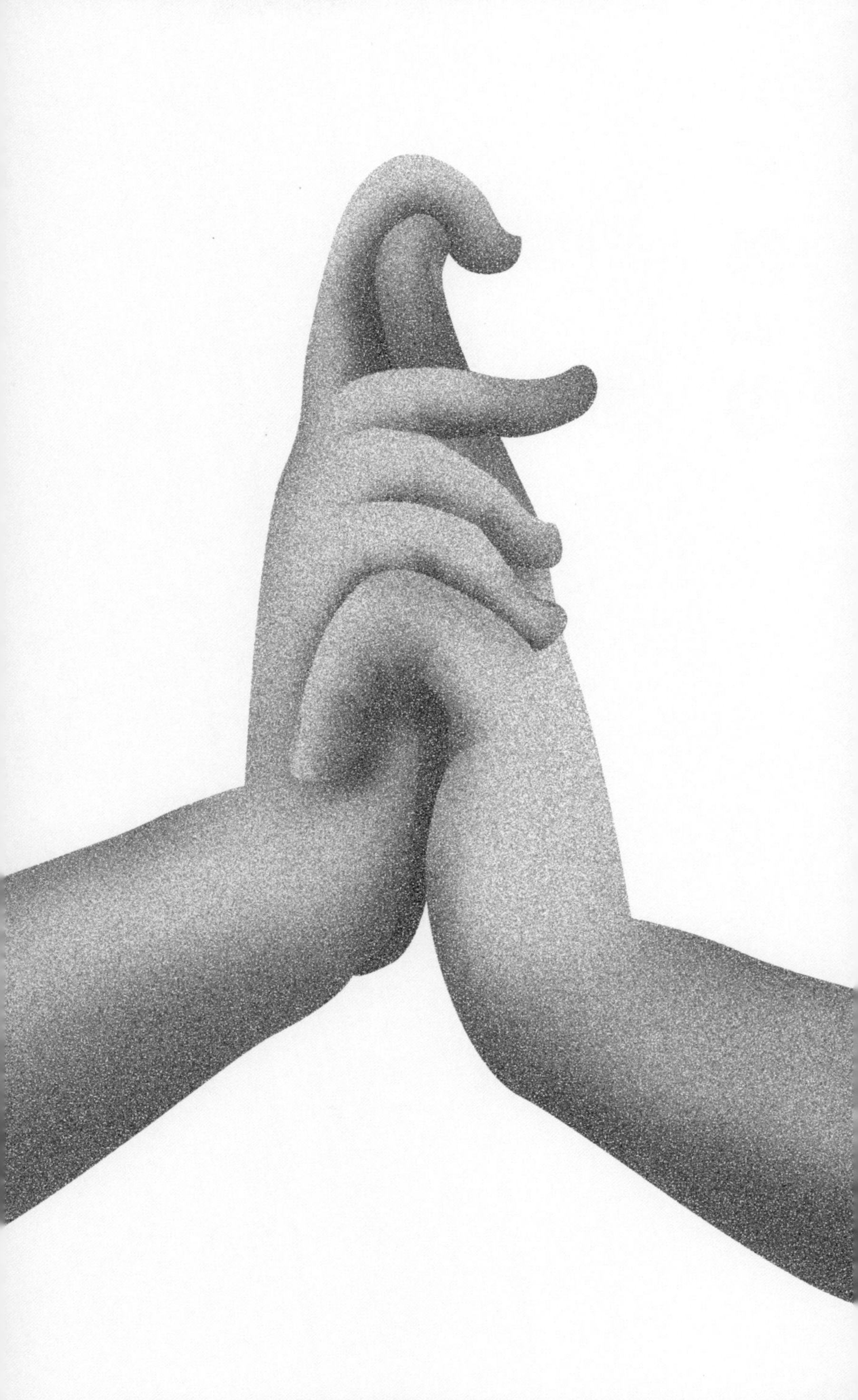

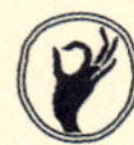
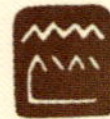
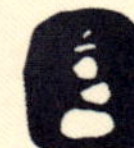
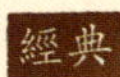

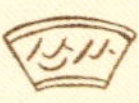

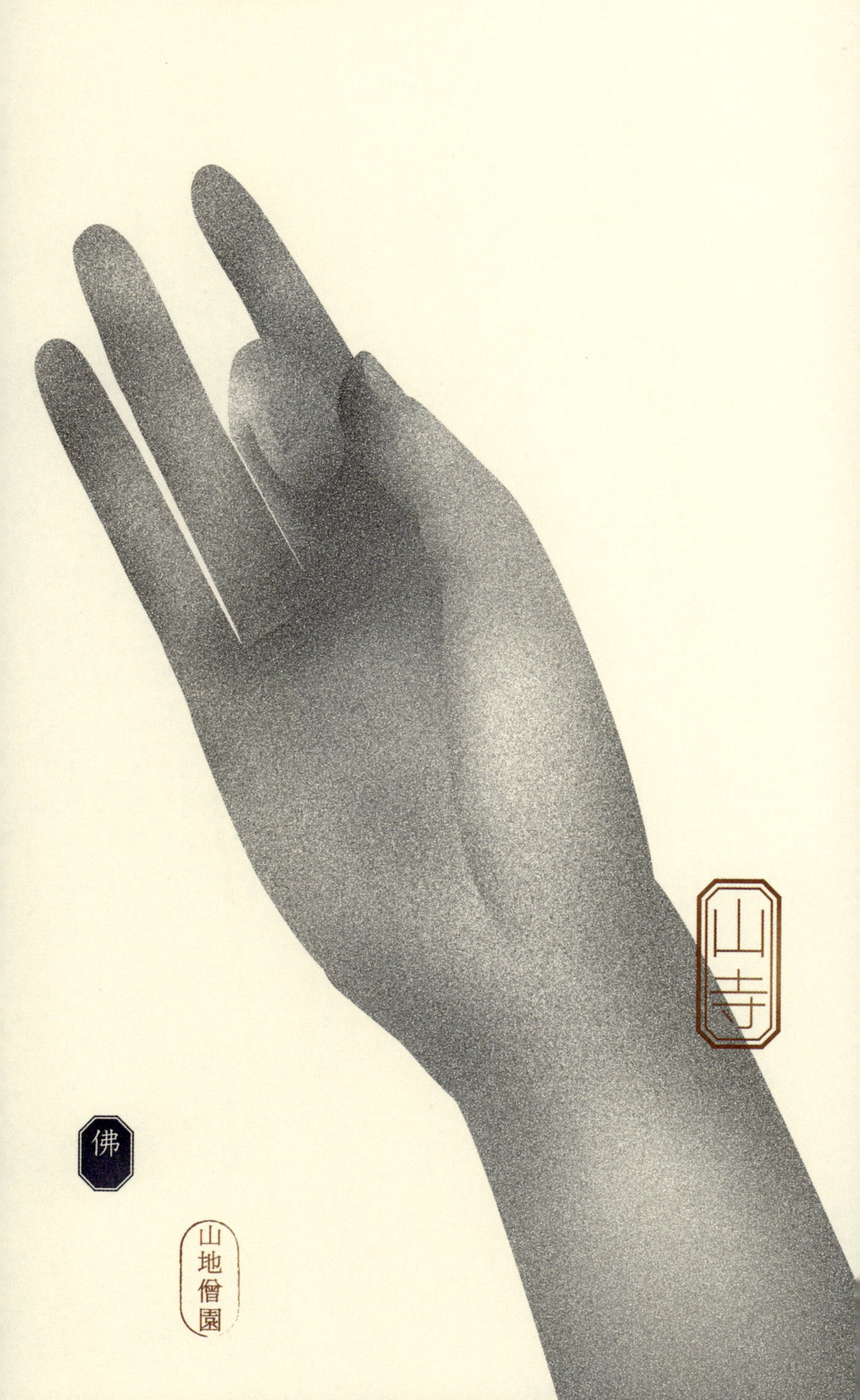

山寺
佛
山地僧園

조계산
선암사

曹溪山
仙巖寺

Seonamsa Temple

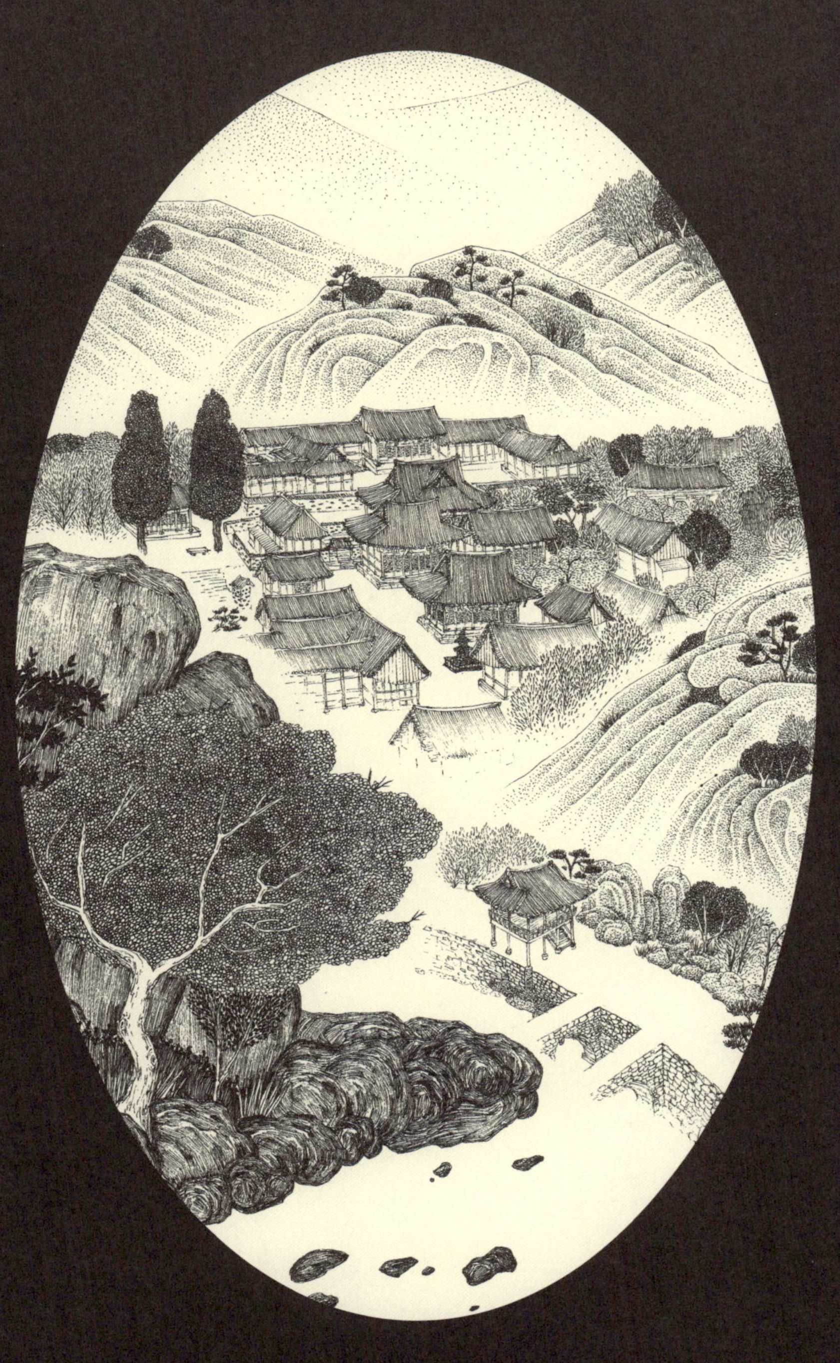

선암사

산사에 관해 이야기하자면 제일 먼저
떠오르는 곳이 바로 선암사입니다.
건물은 고즈넉하며 자연은 반짝거립니다.
이곳에 오면 공간이 깊다는 것이
어떤 느낌인지 알 수 있죠.
외국인에게 한국 고건축을 설명해야 한다면
이곳을 가장 먼저 소개하고 싶습니다.
한국 고건축의 특징이 많은 절이라고
생각하기 때문입니다.

선암사는 건물이 많음에도 건물 간의 관계가
자연스러우며, 주변 산세와 잘 어울리는
가람배치(사찰의 공간 배치 양식)를 가지고
있습니다. 공간의 다양한 얼굴을 발견할 수
있는 곳입니다.

전남 순천에 위치한 선암사는 유네스코
세계문화유산, CNN이 선정한 '한국의
가장 아름다운 사찰 33곳'에 이름을 올렸으며
열다섯 개 보물을 보유하고 있습니다.

동선
꼭 살펴볼 곳

1 부도전
2 승선교 1
3 승선교 2
4 강선루
5 삼인당
6 일주문
7 범종루
8 종각
9 만세루
10 대웅전
11 지장전
12 삼전
13 조사전
14 불조전
15 팔상전
16 원통전
17 각황전(무우전)
18 선암매
19 응진당
20 달마전 석조
21 산신각
22 장경각
23 무량수전
24 전나무 쉼터
25 와송
26 해우소
27 전나무 숲
28 성보박물관
29 야생차 체험관

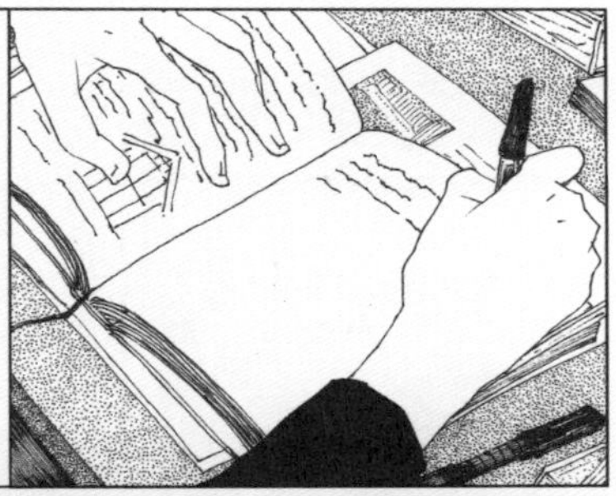

책을 쓰면 행복하냐는
질문을 종종 받는데,
사실 책을 준비하는 과정은
꽤 고통스럽습니다.

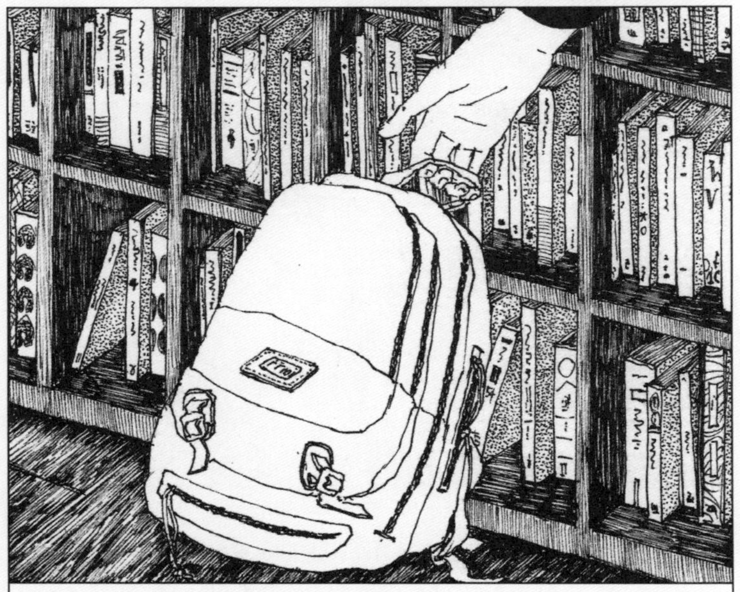

그에 비해 출간 후의 행복은 너무 짧게 느껴집니다. 그렇다면
우리는 어떤 영광을 위해 이토록 열심히 살아가는 걸까요?

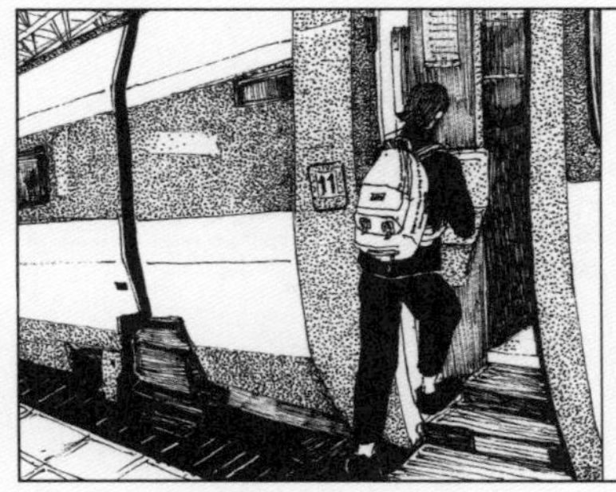

저의 시절이 한 철 피고
져버리는 꽃과 같단 생각이
들었습니다.

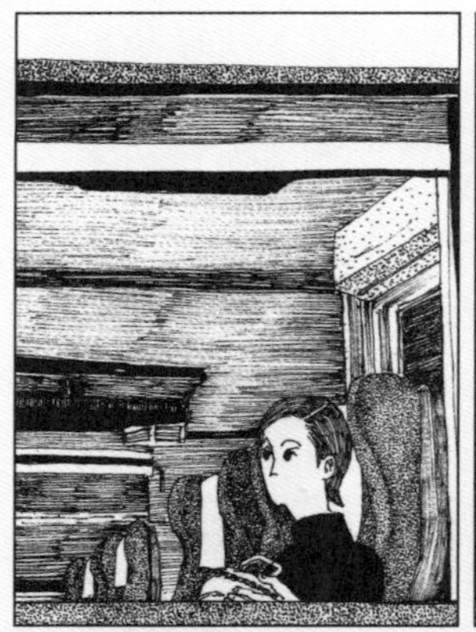

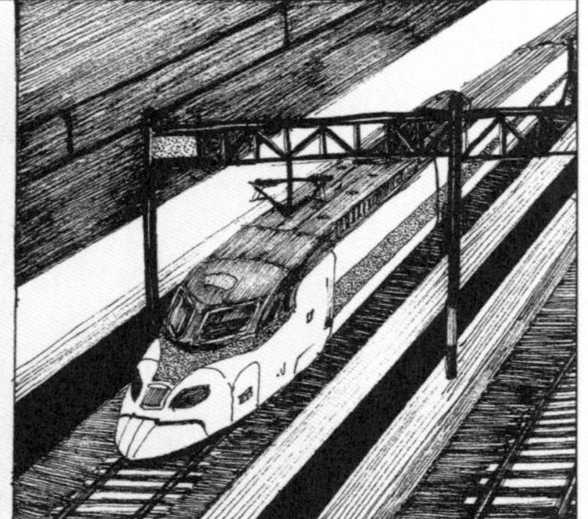

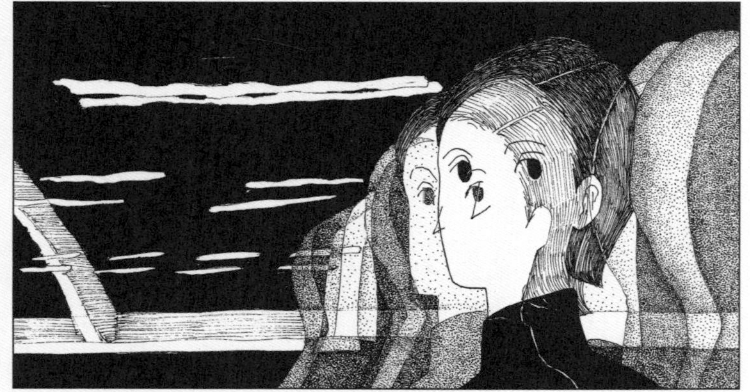

산사를 소개하는 책에서 '수류화개(水流花開, 물은
흐르고 꽃은 피네) 선암사'라는 글을 읽고 3월의 어느 날,
무작정 순천행 기차를 탔습니다.

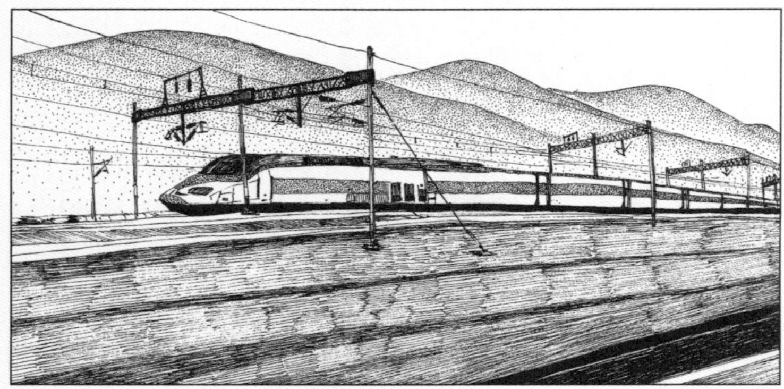

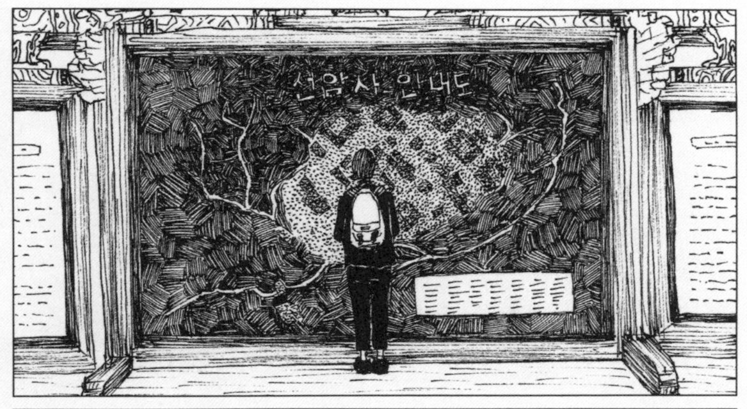

절 입구에 있는 안내도만 보아도 선암사에는 건물이
무척 많다는 걸 알 수 있습니다. 선암사에는 미션이 참 많습니다.
숨어 있는 것도, 찾아볼 것도 많기 때문입니다.

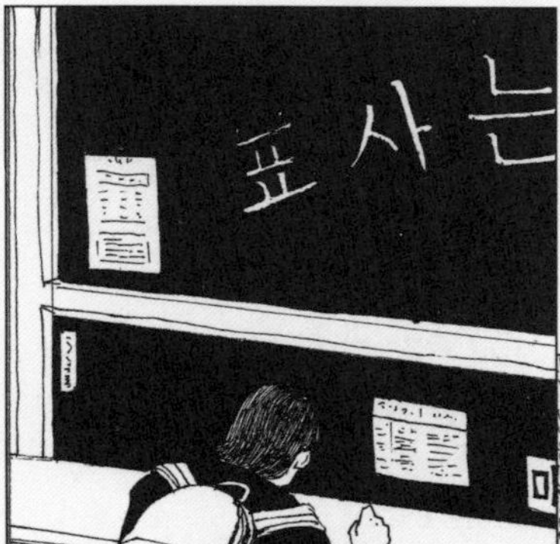

2023년부터 산사 입장료가
없어졌네요.

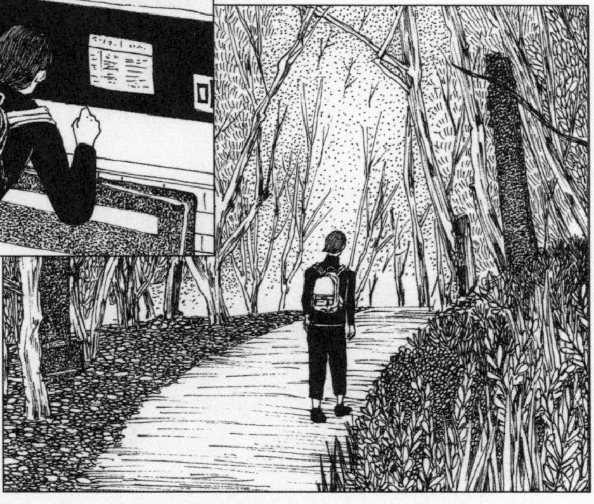

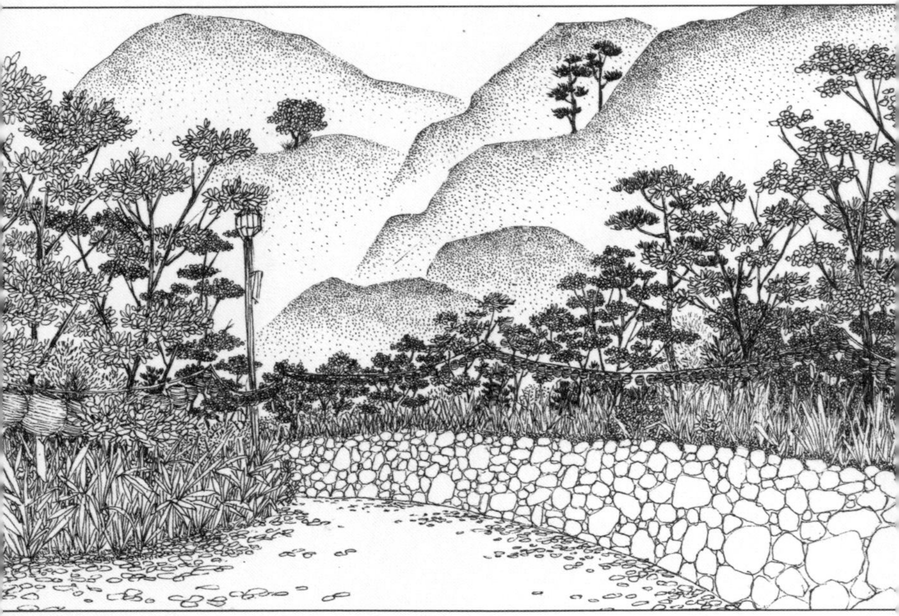

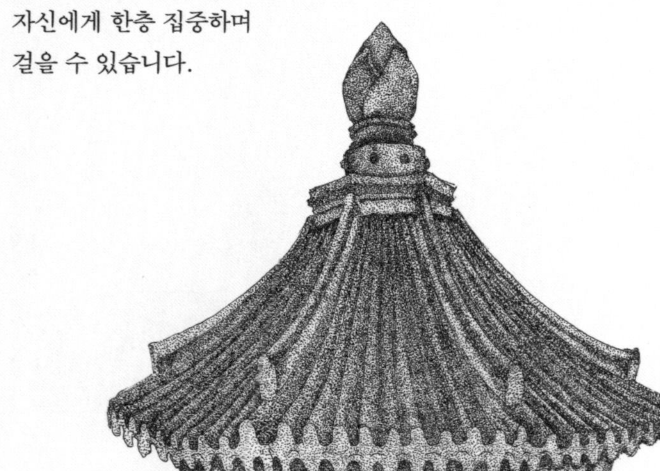

산책로

선암사는 사찰 초입에 자연의 길인 산책로를 의도적으로 배치했습니다.
속세와의 인연을 끊으라는 메시지를 담았죠. 종교철학과 수행자의
심리까지 반영한 건축적 안목을 볼 수 있습니다.
산책로는 계곡물을 따라 이어지는데, 이는 부처의 세계에 닿기 전
마음을 씻으라는 의미입니다. 직선이 아닌 곡선 길이기 때문에
목적지가 바로 보이지 않아
자신에게 한층 집중하며
걸을 수 있습니다.

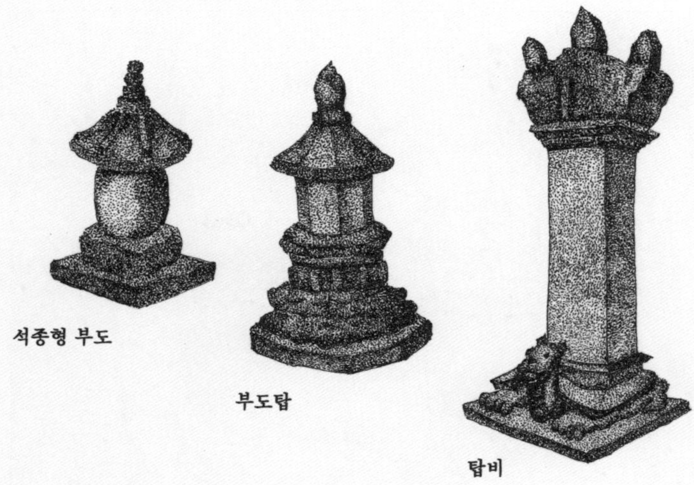

석종형 부도

부도탑

탑비

부도전 浮屠殿

"누구나 깨우치면 부처가 될 수 있다"라는 불교 선종의 교리에 따라
교인들은 절에 있는 스님을 따르기 시작했습니다.
절에 부처를 뜻하는 탑을 세우듯 명망 있는 스님이 입적했을 때는
유골이나 사리를 넣은 '부도'를 세웠고, 이런 부도가 모여 있는 곳을
'부도전'이라 부릅니다.
용은 왕가와 불교에서만 쓸 수 있는 상징이었습니다.
그러나 조선 시대 이후 불교의 위세가 꺾이며 용을 사용하지 않는
석종형 부도를 주로 세웠습니다.
선암사에는 '부도전'이 참 많습니다.

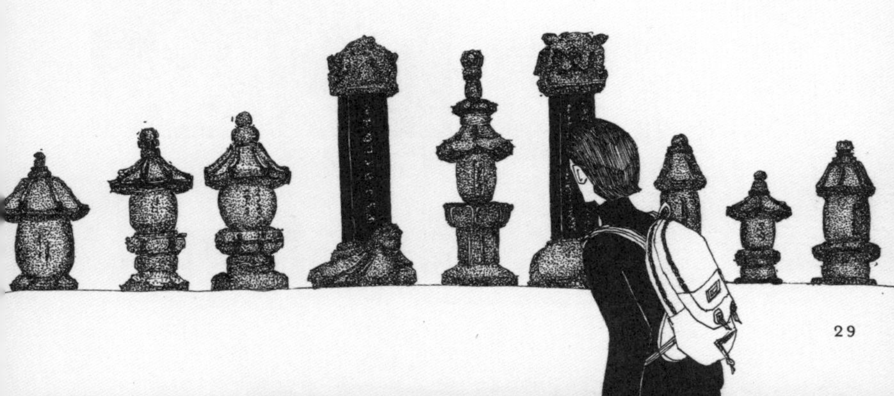

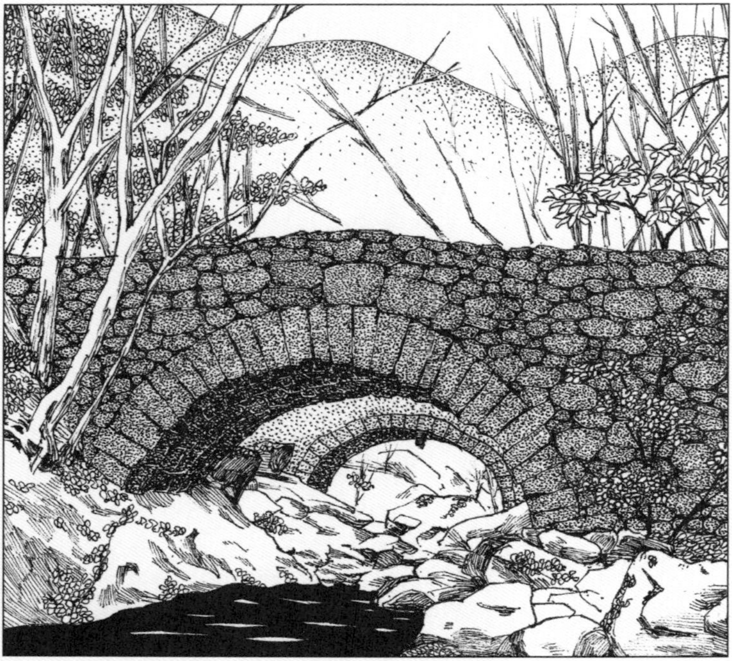

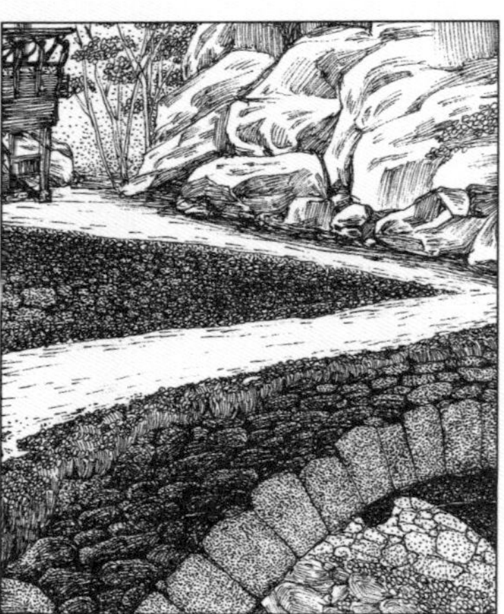

걷다보면 두 개의 아치형
다리 '승선교'가 연달아
나옵니다.
작은 다리를 건너 계곡으로
내려가봅니다.
내려가는 길은 따로 없지만
사람들이 오간 흔적이
남아 있습니다.

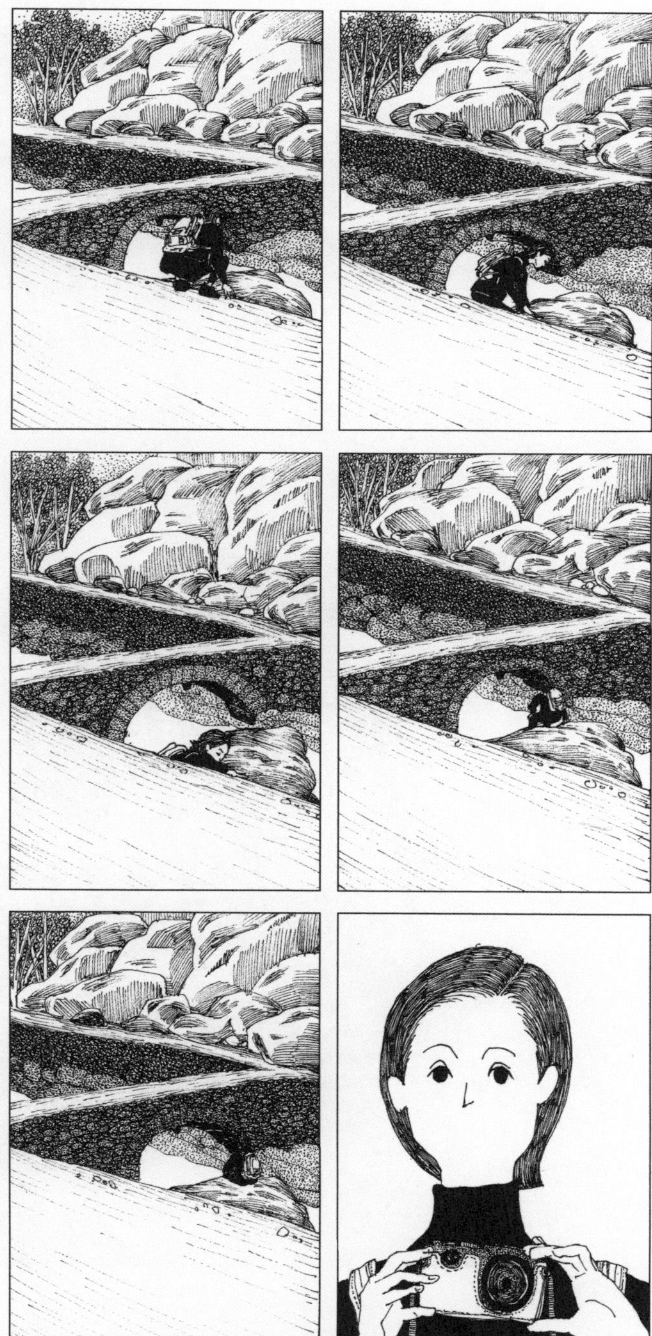

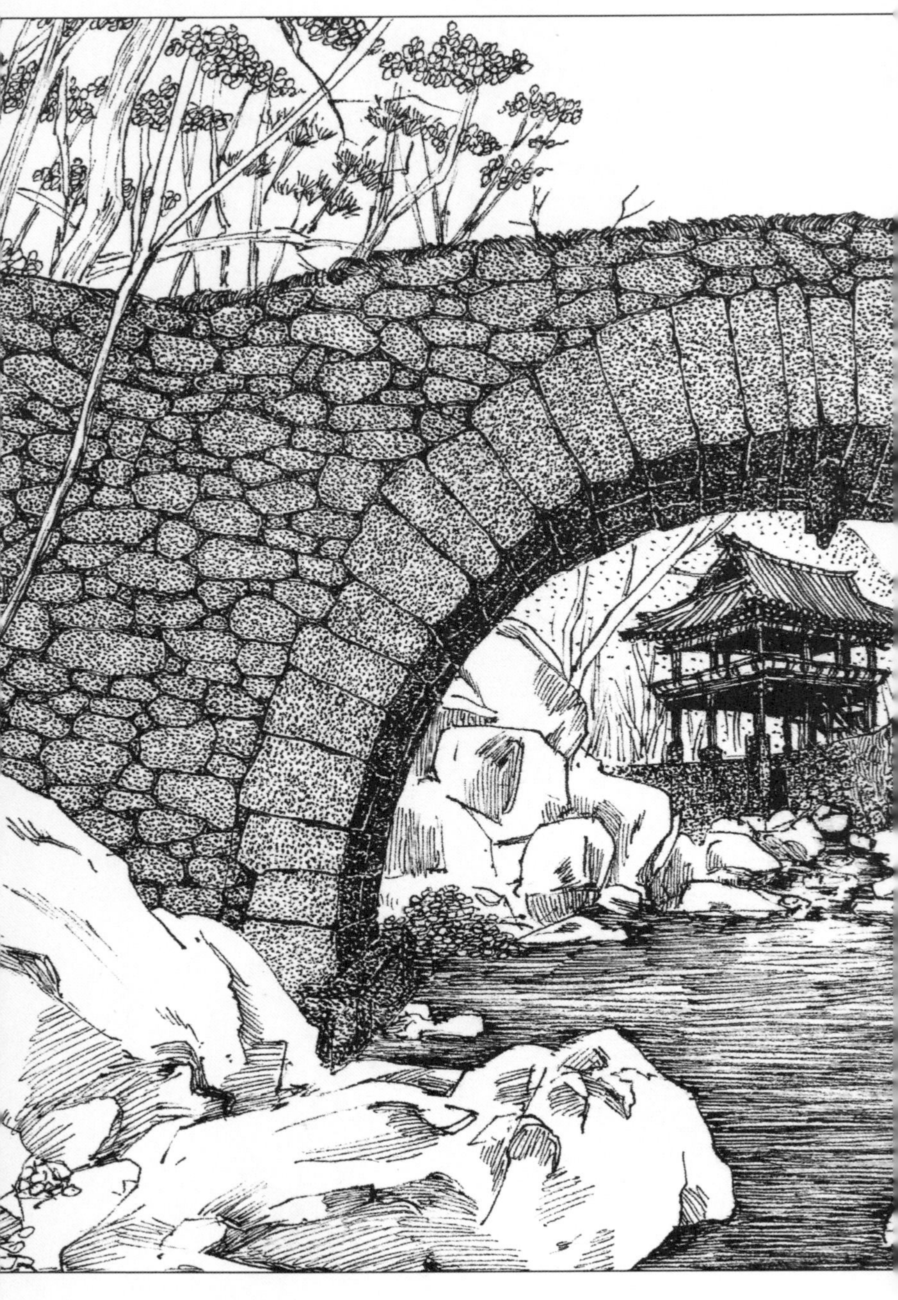

그러면 다리의 아치 안쪽으로 누각이 보입니다.

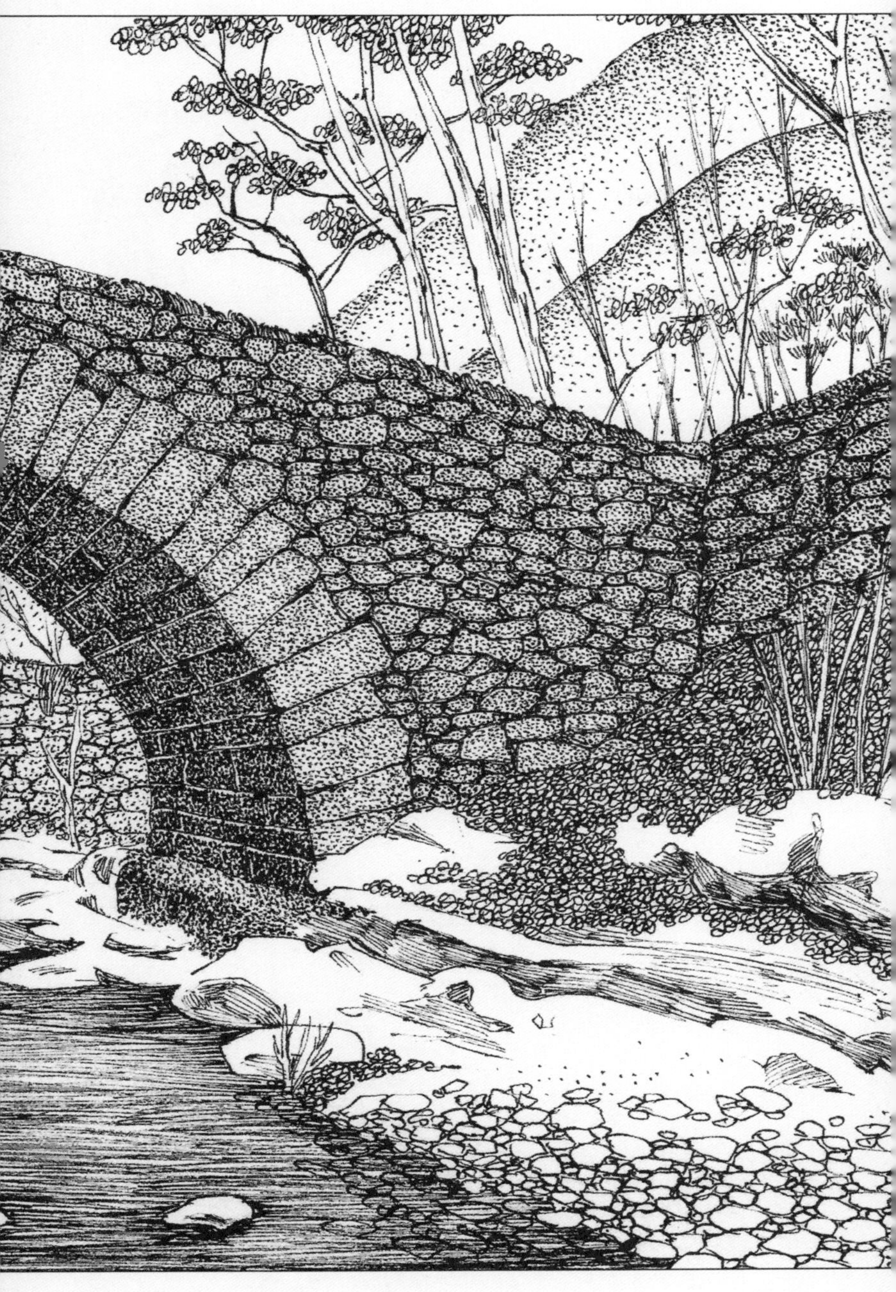

선암사를 대표하는 아름다운 장면입니다.

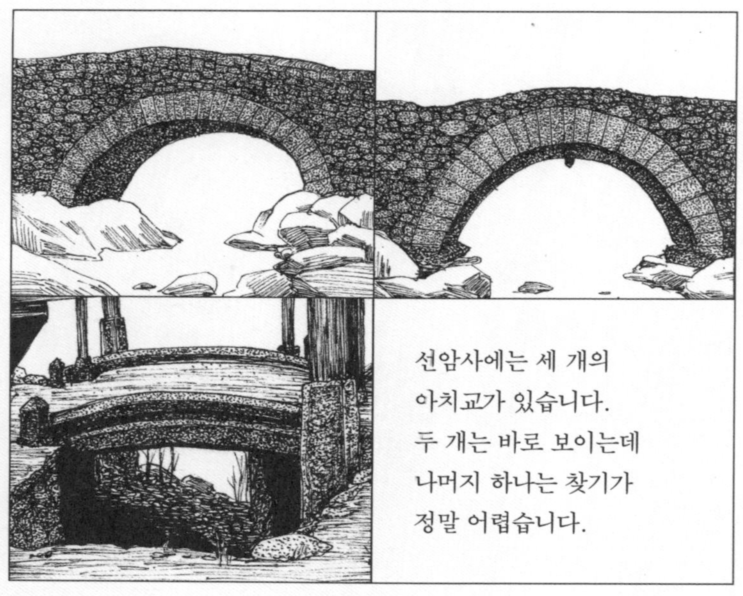

선암사에는 세 개의
아치교가 있습니다.
두 개는 바로 보이는데
나머지 하나는 찾기가
정말 어렵습니다.

결국 스님께 물어 찾은 마지막 아치교는 강선루 아래에 있었습니다.
스님 말씀에 따르면 세 개의 아치교는 불교의 세 가지 욕심(삼독심:
탐하는 마음, 성내는 마음, 어리석은 마음)을 건넌다는 의미가 있기
때문에, 선암사에서는 절의 관문인 천왕문과 해탈문을 따로 만들지
않았다고 합니다.

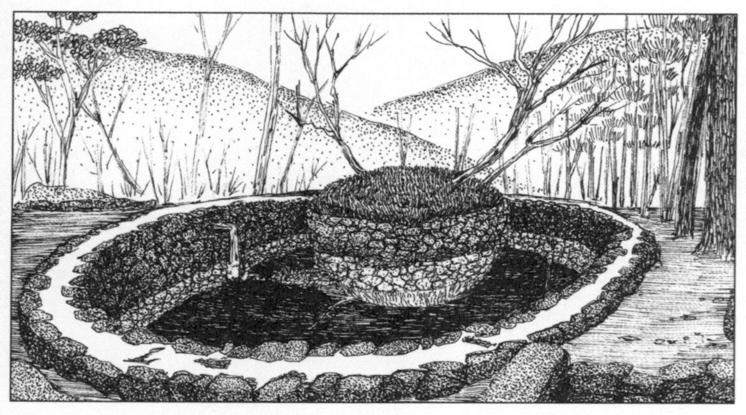

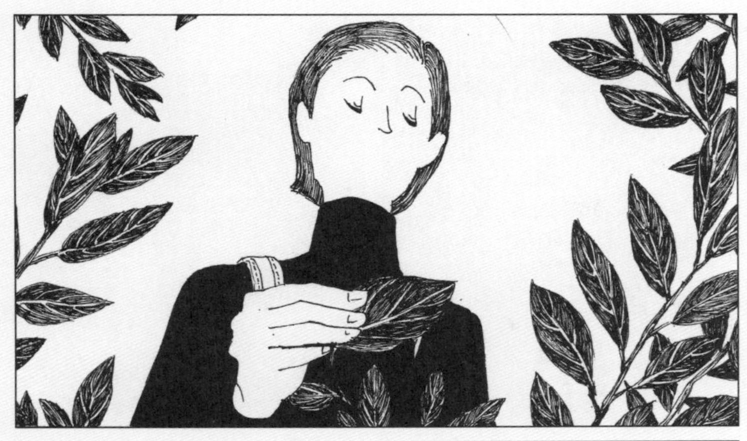

일주문이 나올 때까지 야생차 밭이 이어집니다.
선암사의 차는 맛이 좋기로 유명하죠. 운이 좋으면 스님이
내려주신 차를 맛볼 수 있습니다.
야생차 밭을 따라 이십여 분 걷다보면 산책로도 끝이 납니다.

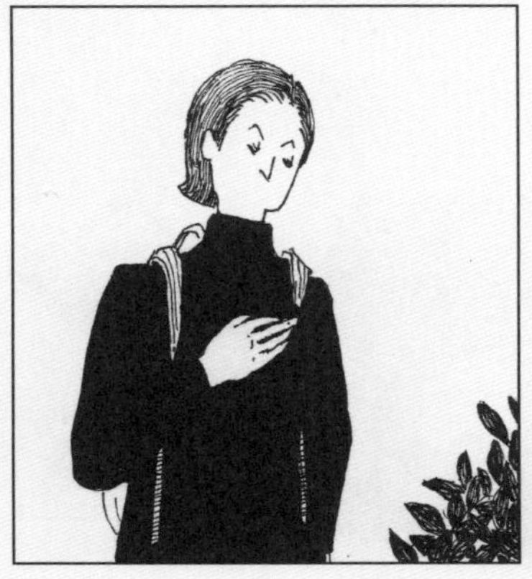

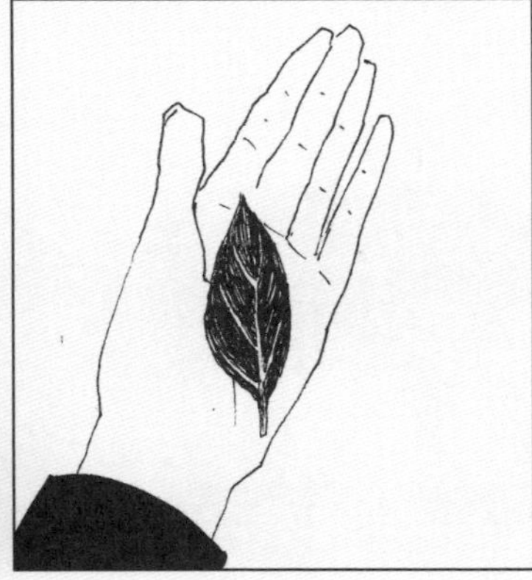

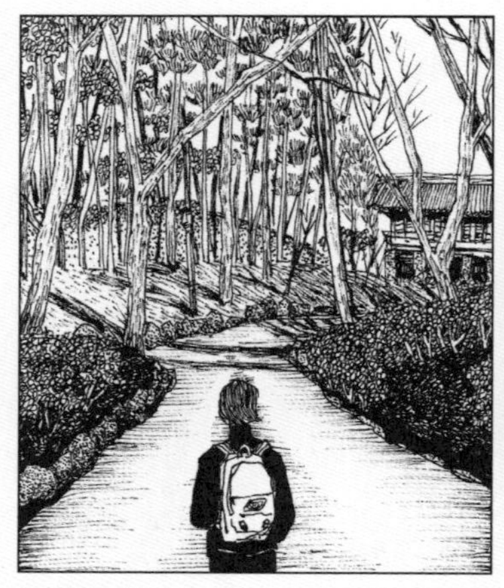
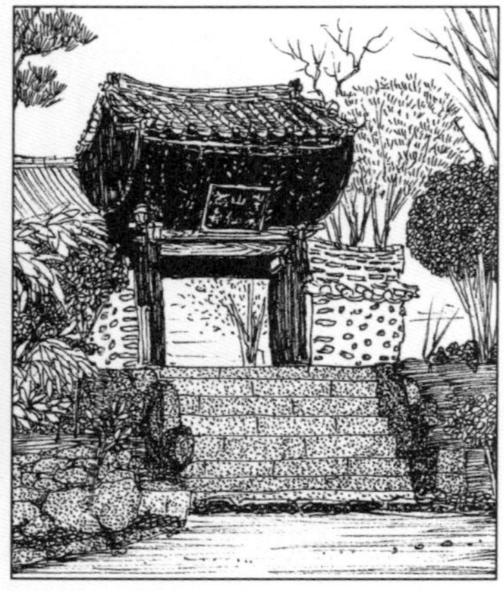

선암사의 일주문은 양옆에 낮고 짧은 담벼락을 가지고
있습니다. 원래는 기둥만 있었지만 일주문이 무너질까봐
담을 세웠다고 합니다.

일주문 一柱門

일주문부터 절의 영역으로, 속세를 벗어난 세상에 진입했다고 표현하는
기점입니다. 두 개의 기둥이 옆에서 봤을 때 하나로 보인다 하여
'일주문'이라 부릅니다. '일주'란 불교의 '일심(一心, 하나의 마음)'을
의미하며, 하나의 마음으로 진리에 닿으라는 뜻을 담고 있습니다.

* 산의 초입에 일주문과 비슷한 모양의 '산문'이 있는 경우도 있습니다.

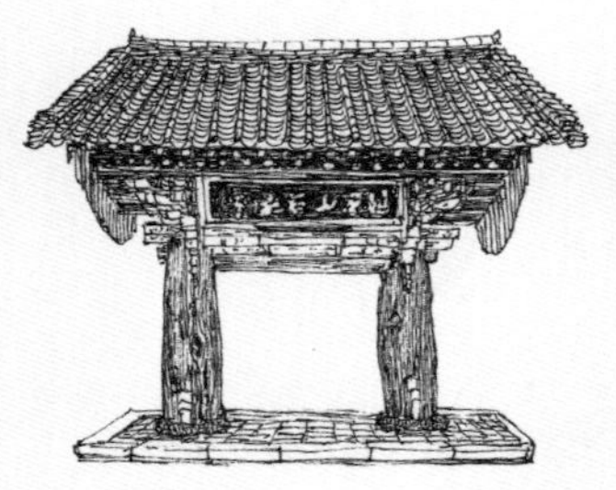
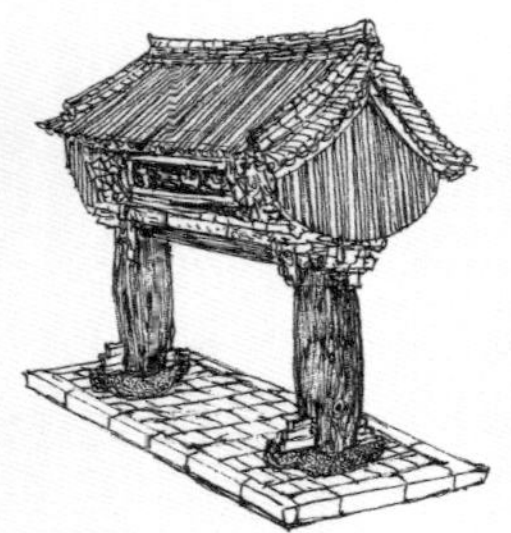
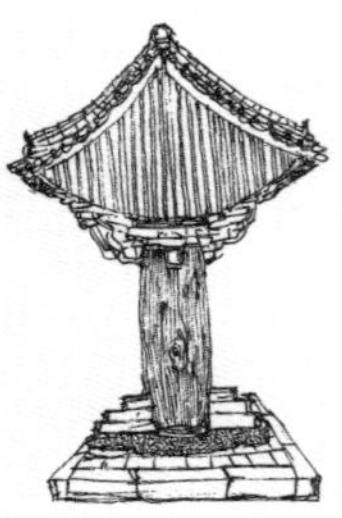

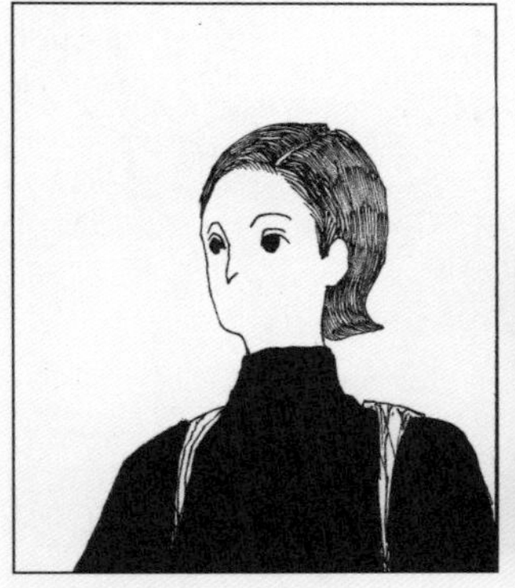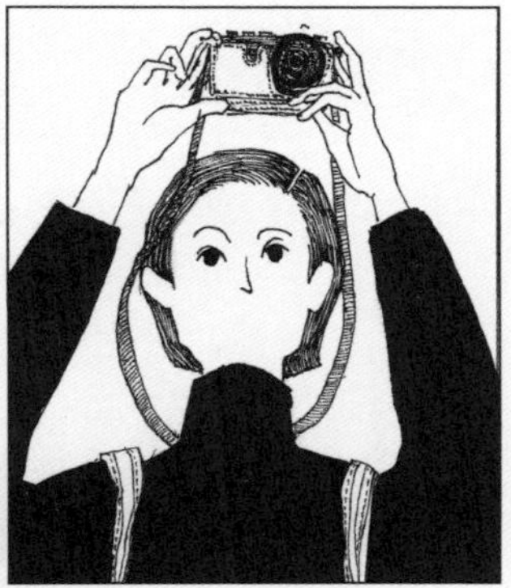

일주문 맞은편에 연인이 안고 있는 것처럼 보이는
나무 밑동을 사진으로 찍어봅니다.
대단한 건 아니지만 저는 이런 것을
찾아내는 게 즐겁습니다.

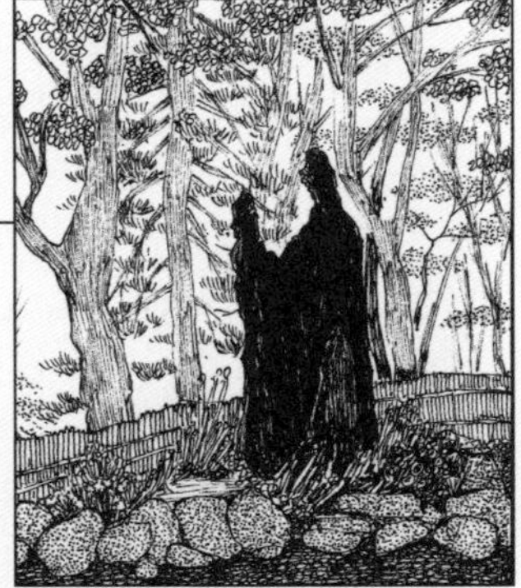

일주문을 지나면 나오는 범종루에서 치즈색 고양이를
찾아보길 바랍니다.

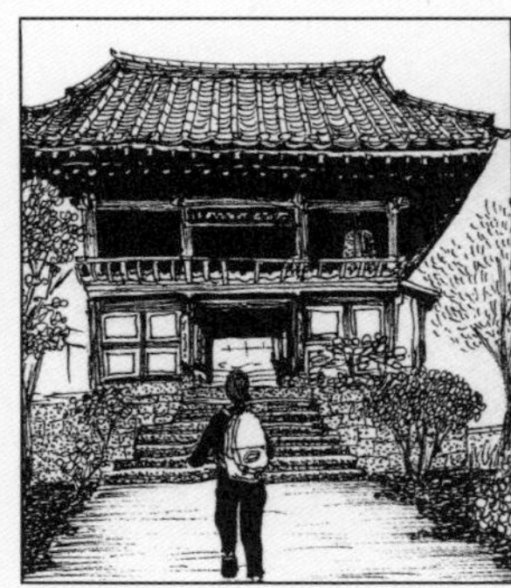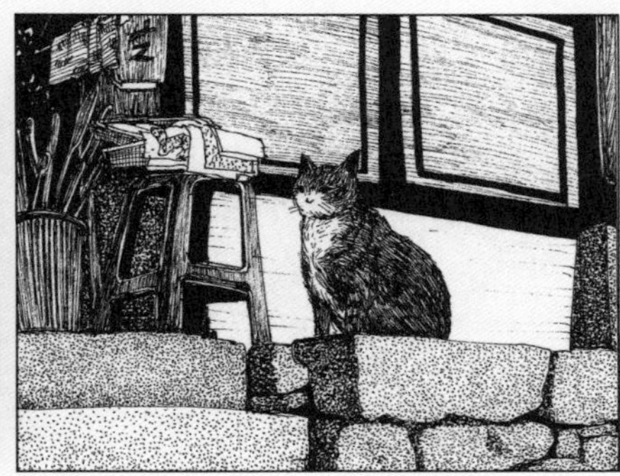

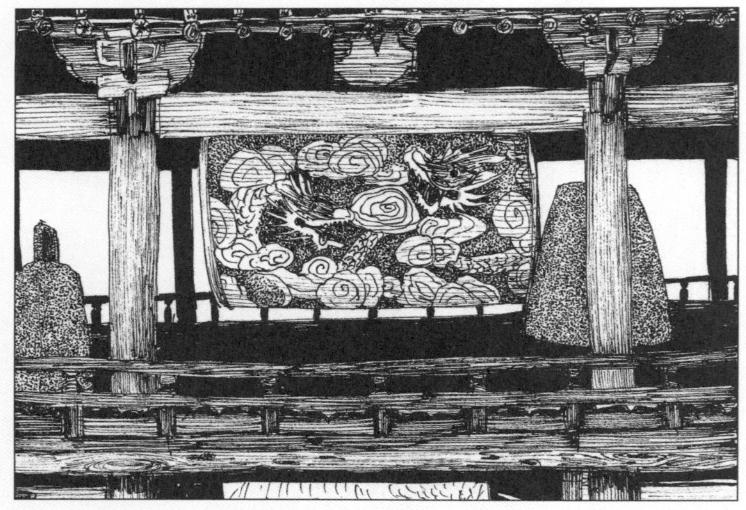

범종루 앞에서 고개를 들면 2층의 아름다운 사물이 보입니다.

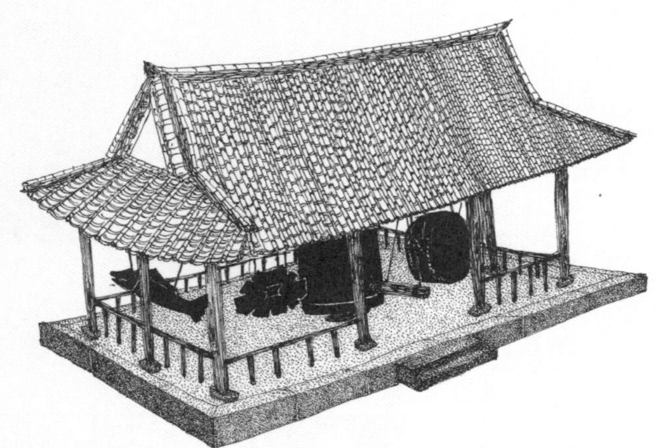

범종각 梵鐘閣

절의 네 가지 악기 '사물'을 둔 건물입니다. 이곳에서 세상의 모든 생명체를 구원하는 예불(연주)을 합니다.

악기들만 모은 건물을 둔 것은 한국 사찰만의 특징입니다.

보통 운판, 목어, 법고, 범종 순으로 예불하는데 절마다 계절마다 시간과 순서가 조금씩 다릅니다.

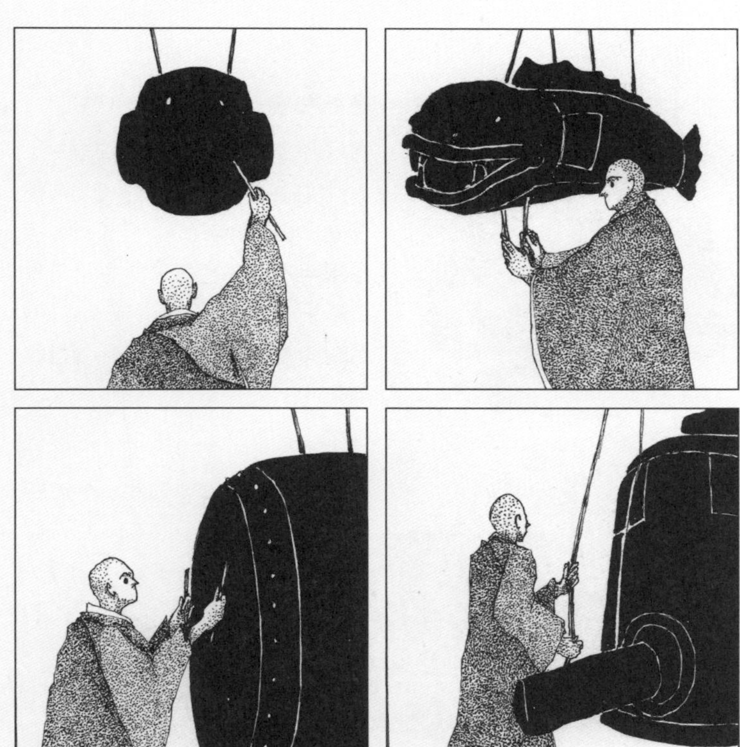

사물은 나무 막대로 두드려 소리를 내는 타악기 형태입니다.
소리가 멀리 퍼져나가도록 건물은 개방된 마루 형태를 띠며
지면에서부터 높게 건물을 설계합니다. 2층으로 된 누각 건물은
'범종루'라 부르며 종만 따로 두는 경우 '종각'이라 부릅니다.
선암사는 종각이 따로 있으며 새벽, 점심, 저녁에 예불을 볼 수 있습니다.

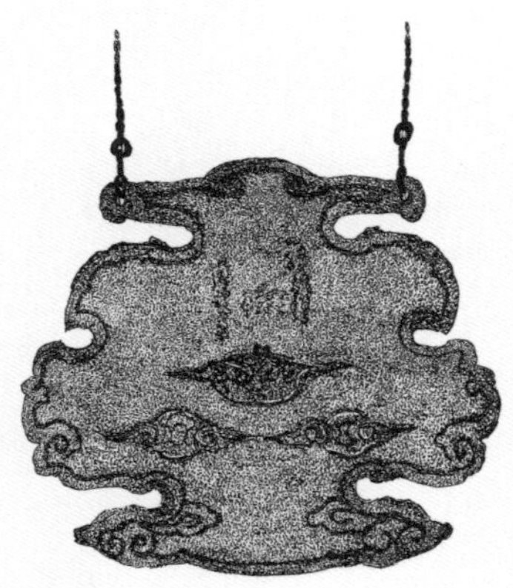

운판 雲板

쇠나 청동으로 만든 구름 모양
악기입니다. 하늘을 나는 생명체를
구원합니다.
철제 악기이기 때문에 높은 음역의
소리를 내죠. 이 음역대의 소리는
신을 감동하게 하고 사람의 정신을
깨웁니다.

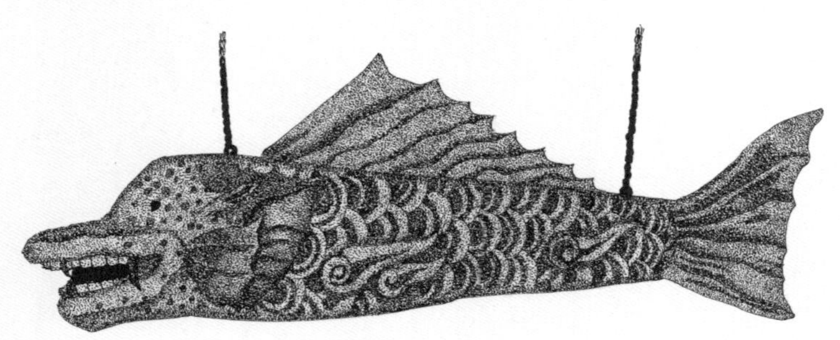

목어 木魚

목어는 물속 생명체를 구원합니다. 잉어 모양 악기였으나 시간이
지나 용의 얼굴(용두어신형)로 변화했습니다.
물고기는 눈을 감지 않습니다. 불교에서 물고기는 수행을 위해 늘
깨어 있는 존재를 의미합니다. 또한 목어는 뱃속을 비워 그 안을
두드리는데, 욕심을 비우라는 뜻입니다. 스님이 예불에 사용하는
목탁은 이 목어를 간단한 형태로 만든 것입니다.

* 설화: 스님의 가르침을 어기고 욕심을 부리며 살다 죽은 제자가 등에 나무를 얹은
물고기로 다시 태어납니다. 스님은 등의 나무를 없애줄 것을 청하는 제자가
꿈에 나타나자 다음 날 제사(수륙제)를 지내 나무를 없애주죠.
제자는 고마움을 표하며 그 나무로 악기를 만들면 물속 생명을 구하고 사람들에게
교훈이 될 거라는 말을 하고 떠납니다. 그 나무로 만든 악기가 최초의 목어입니다.

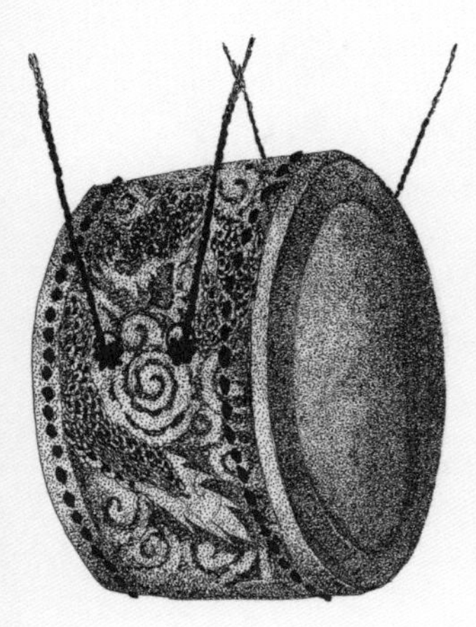

법고 法鼓

예불이나 의식에서 쓰는 북입니다.
땅에서 살아가는 생명체를 구원합니다.
북을 빠른 템포로 치는데 사람들의
마음을 울리는 부처의 가르침을 북의
울림으로 표현한 것입니다. 어리석음에서
깨어나 깨달음을 얻으라는 뜻이죠.

범종 梵鐘

주로 매달아놓고 쓰는 종입니다. 모든 생명체를 비롯하여
눈으로 볼 수 없는 세계의 생명체까지 구원합니다.
범종의 소리는 부처님의 음성이라는 의미가 있습니다.
초기에는 사람들을 모으고
수행을 알리는 신호로
사용되었으나, 점차
의식용으로 성격이
변화했습니다.

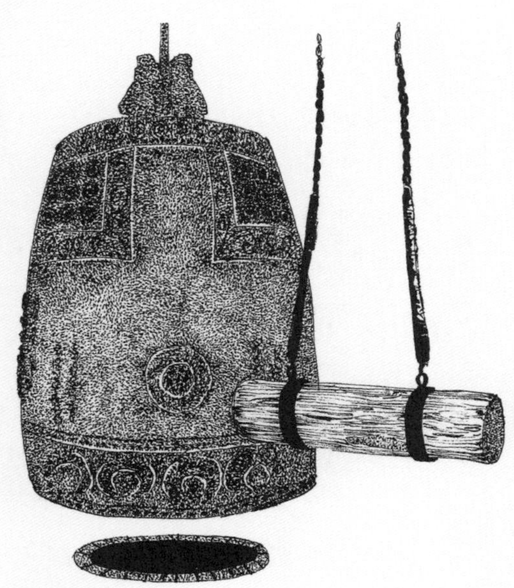

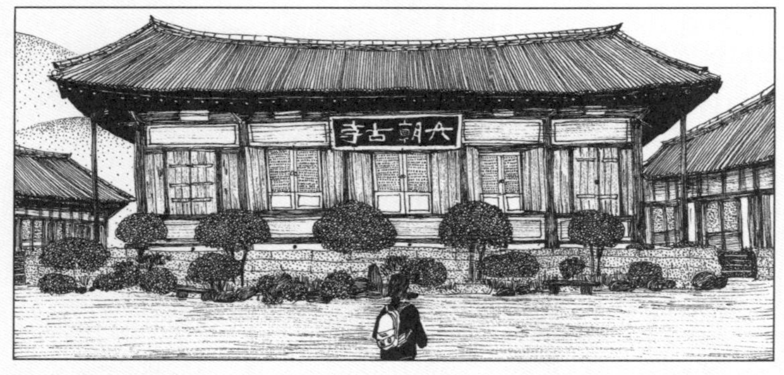

‘육조고사(六朝古寺)’ 현판이 쓰인 만세루 건물을 발견합니다.
‘육조 혜능’이라는 중국 스님과의 인연을 표현한 현판입니다.
영화 〈달콤한 인생〉의 도입부에서 육조 혜능의 이야기가
이병헌 배우의 내레이션으로 등장하죠.

“어느 맑은 봄날, 바람에 이리저리 휘날리는 나뭇가지를
바라보며 제자가 물었다.
‘스승님, 저것은 나뭇가지가 움직이는 겁니까? 바람이
움직이는 겁니까?’
스승은 제자가 가리키는 곳은 보지도 않은 채 웃으며 말했다.
‘무릇 움직이는 것은 나뭇가지도 아니고 바람도 아니며
네 마음뿐이다.’”

— 김지운 감독, 〈달콤한 인생〉(2005)

사실 이 선문답은 강연에 집중하지 않던 제자를 꾸짖는
내용인데 각색되었습니다. 강연에 집중했다면 나뭇가지든
바람이든 흔들리는지 몰랐을 것이라는 의미입니다.

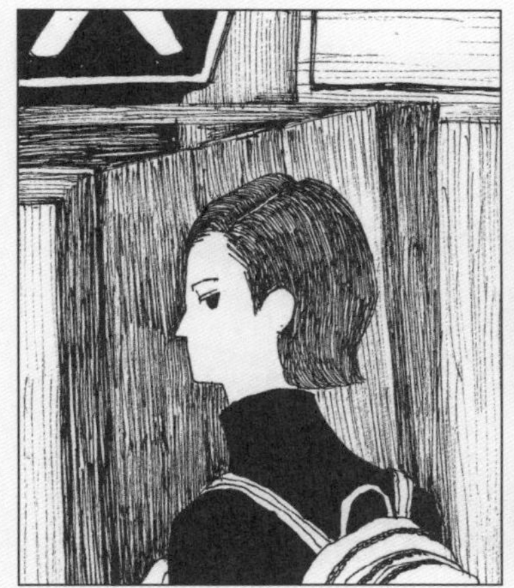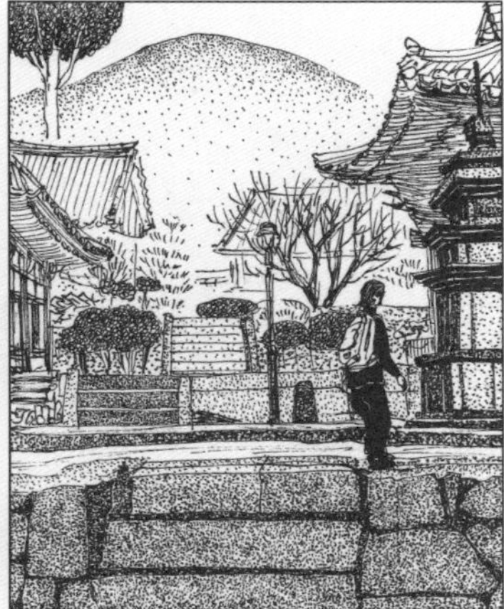

만세루를 돌아 넘어가면

절의 중심 공간인 대웅전이 나옵니다.

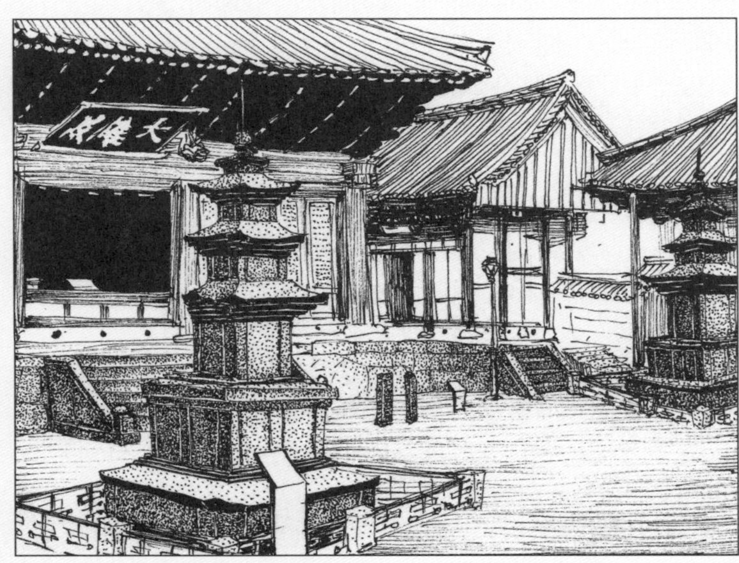

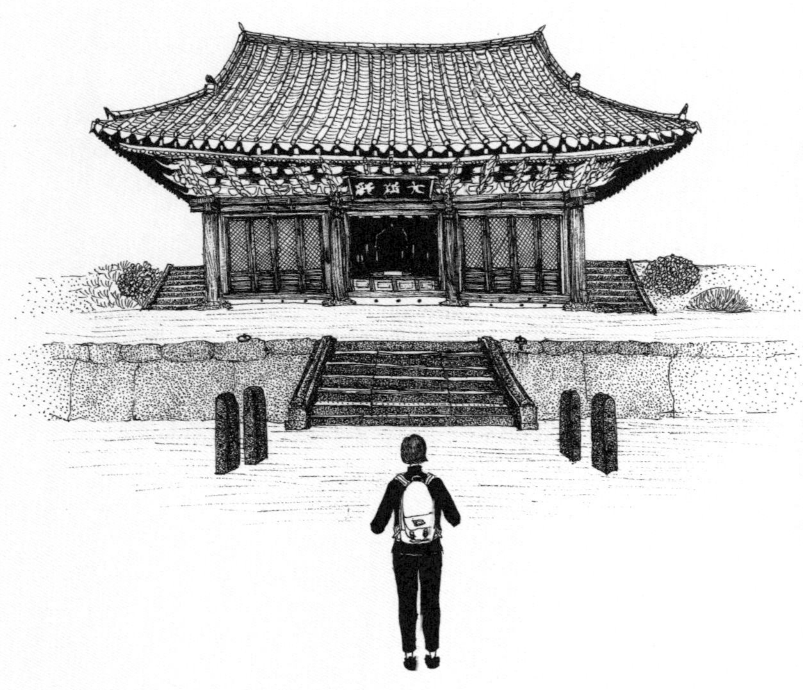

선암사의 중심 건물인 대웅전에는 특이하게도 어간문이 없습니다.
'어간문'은 법당 전면 가운데 문으로, 신이 드나드는 문이라 하여
스님들만 출입합니다. 신도와 방문객은 이 문으로 다니지 않고
법당 측면 문이나 전면 양 끝 문을 이용합니다.

불교가 탄압받던 시기, 일반인도 어간문으로 드나들자 선암사는
문에 턱을 설치해 어간문을 없앴습니다. 문에 턱을 두면 창문이 되어
사람이 다니지 못하기 때문입니다. 그리고 스님이든 방문객이든
모두 건물 양쪽 문으로 출입했죠.

이는 불교의 '연기'를 표현한 것이라고 스님이 말씀하셨습니다.
연기란 '이것이 있으면 저것도 있고, 이것이 없으면 저것도 없다'라는
의미입니다. 문제가 되면 없애면 됩니다.

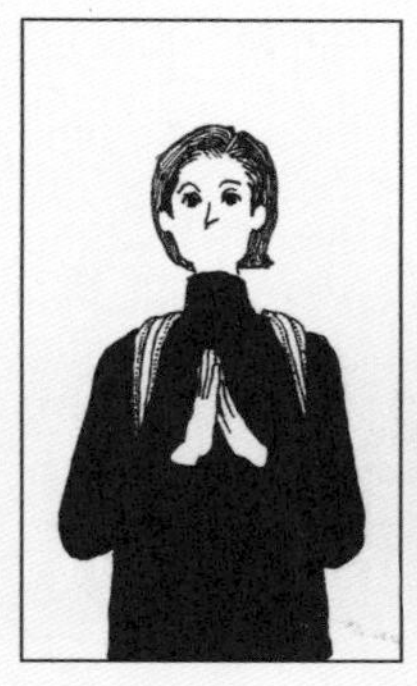
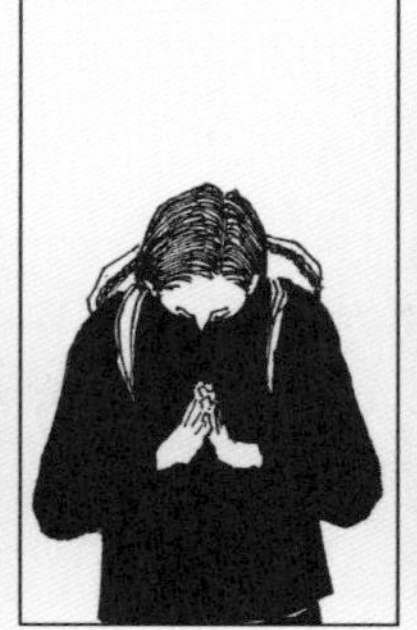
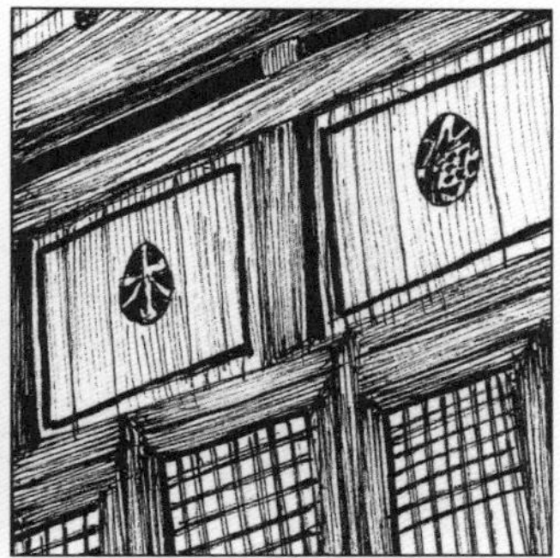

선암사는 화재가 잦았습니다. 화재를 방지하는 의미로 건물 곳곳에 '물(水)'과 '바다(海)'를 뜻하는 한자를 새겼습니다. 귀엽지 않나요?

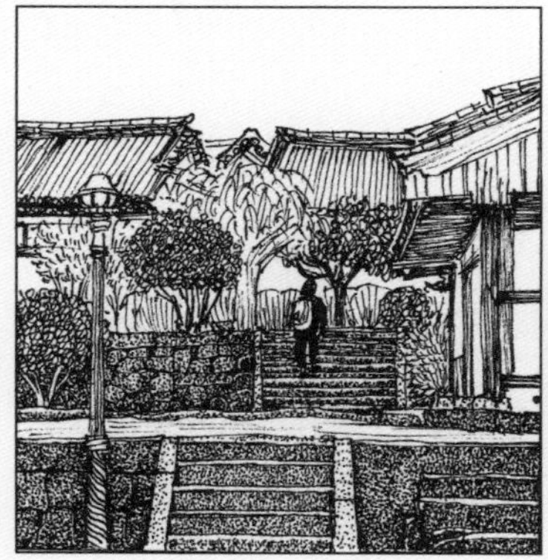
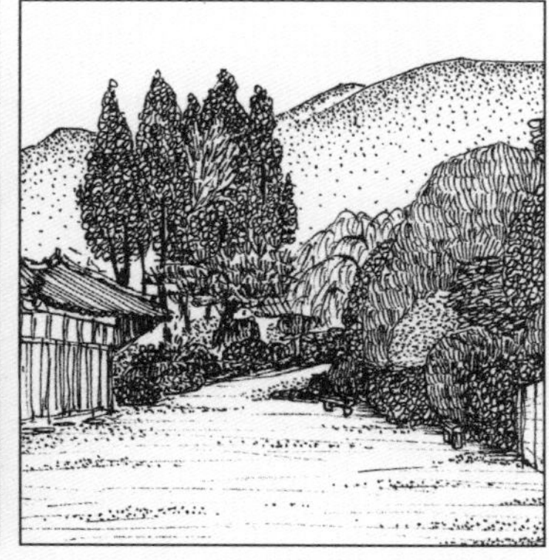

선암사는 대웅전 뒤편 공간부터가 진짜입니다. 일렬로 나열된 건물 사이에 원통전으로 이어지는 길이 숨어 있습니다.

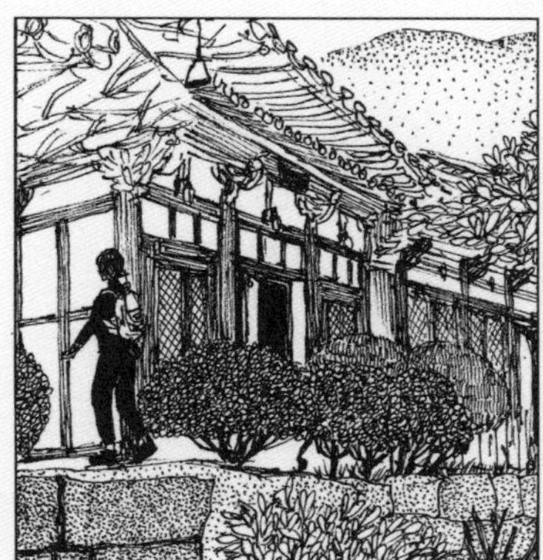
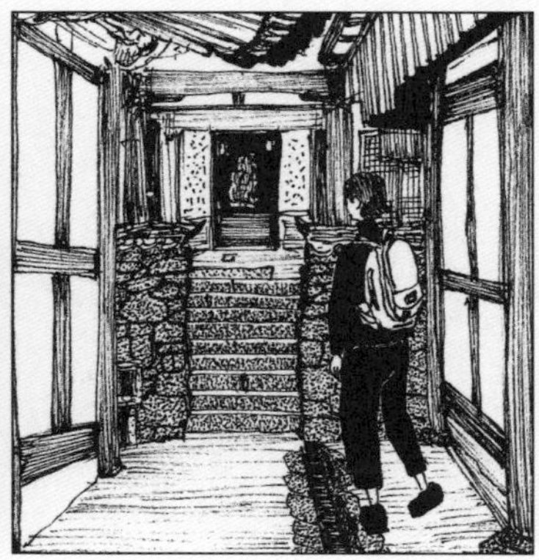

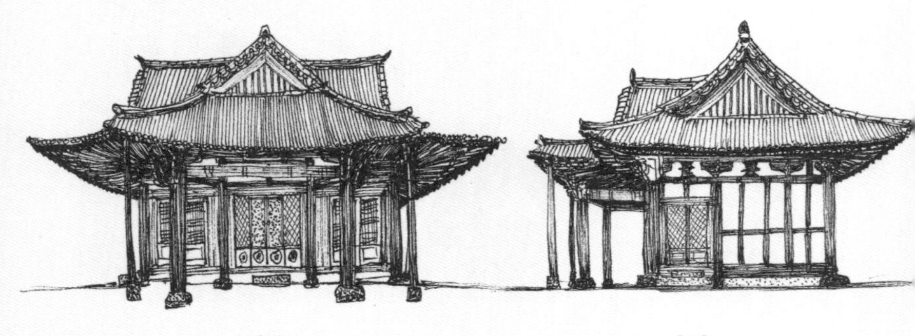

전면　　　　　　　　　　　측면

원통전은 세 개의 전면을 가진 것처럼 보이는 입체적 양식
건물입니다. 위에서 보면 알파벳 T처럼 생겼죠.

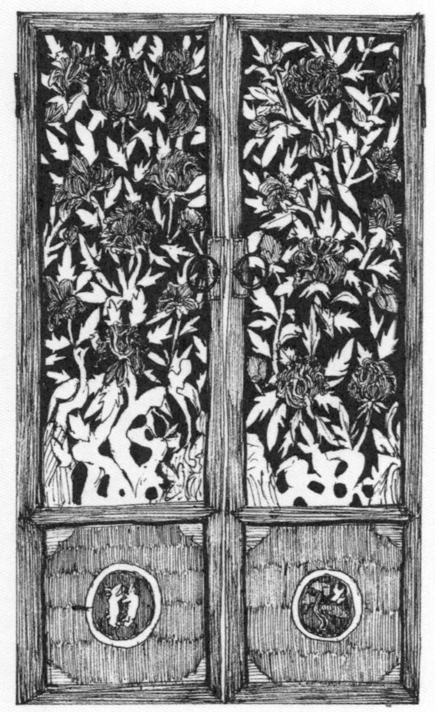

원통전은 건물도 훌륭하지만,
무엇보다 꽃창살이 정말
아름답습니다.
우리나라에서 가장 아름다운
꽃창살이라 불리죠.
패턴 형식의 일반 꽃창살과
달리, 한 폭의 그림 같은
모습입니다.
나뭇조각을 엮어 만든 것이
아니라 나무를 통으로
깎아 만들어 한층 우아하게
느껴집니다.

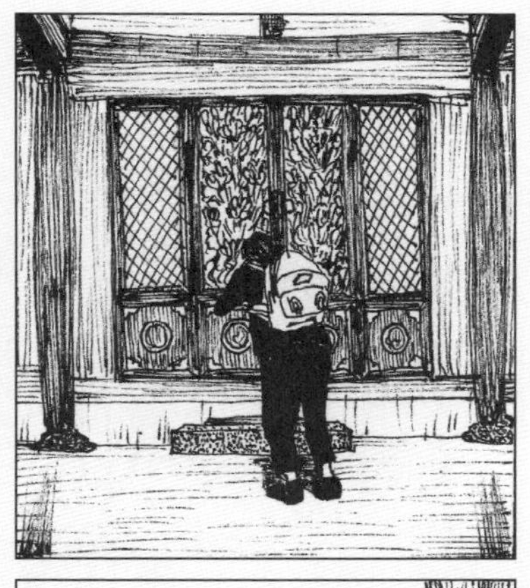

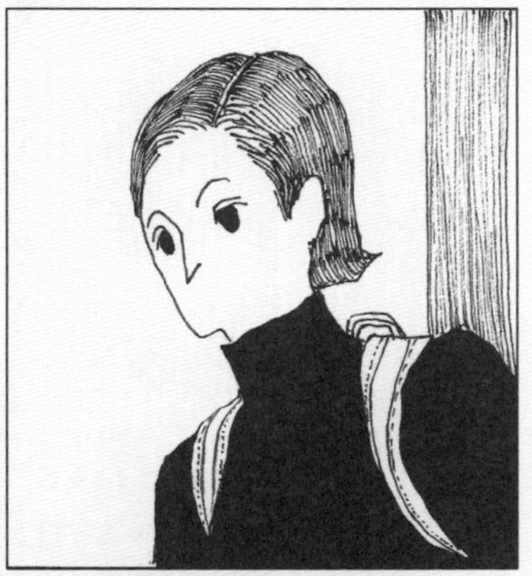

책 《나의 문화유산답사기》
에서는 원통전의 방아 찧는
토끼를 찾아보라고 합니다.
건물 내부를 열심히
뒤지다가 결국 스님에게
물어봤습니다.
토끼는 꽃창살 아래
있었습니다. 선암사 스님들의
붉은 승복에서도 이 토끼를
찾아볼 수 있습니다.

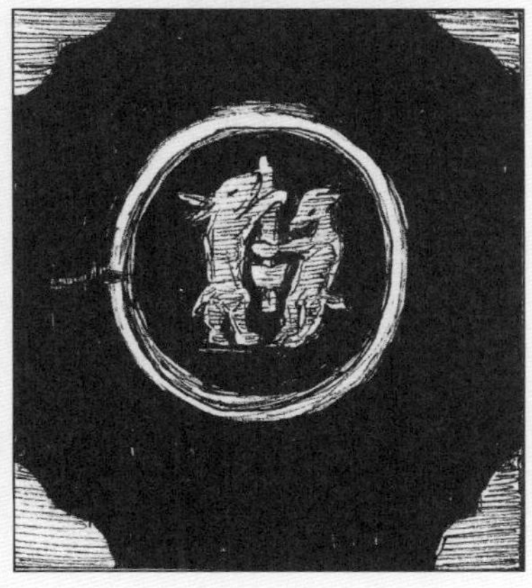

하나

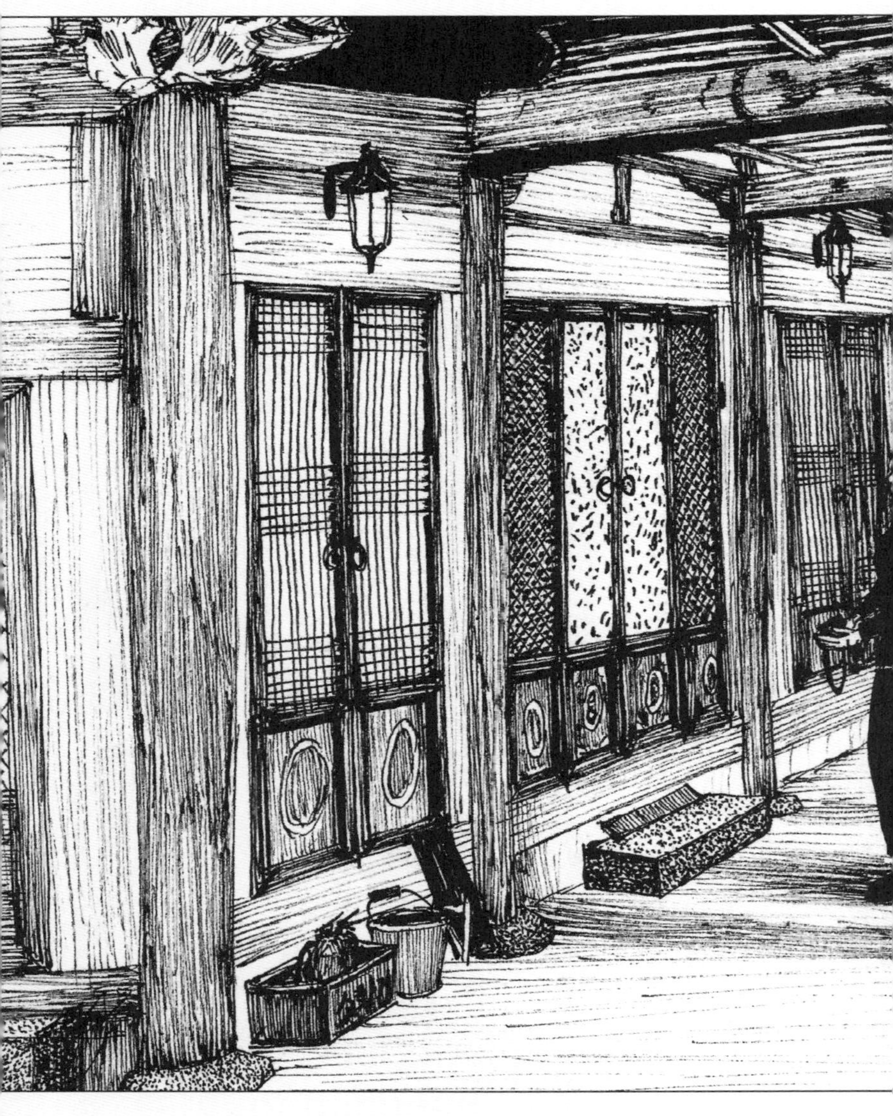

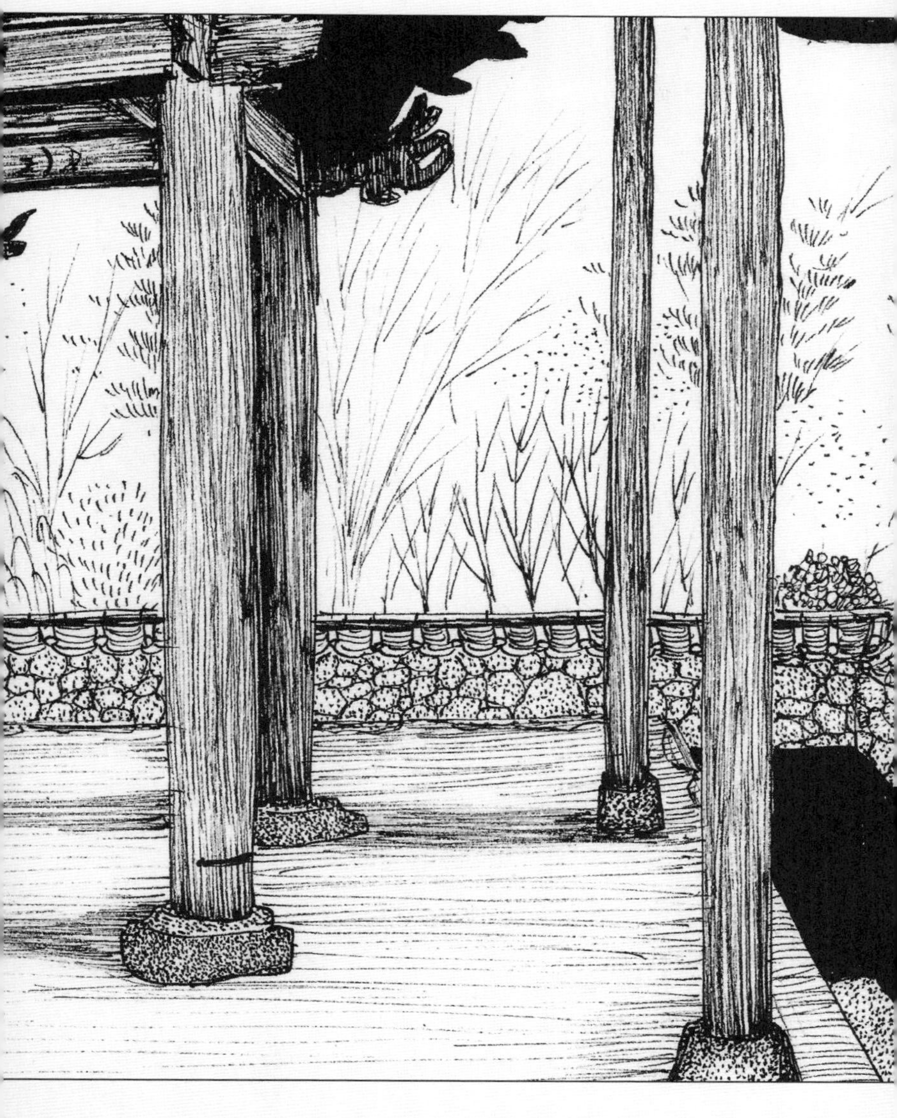

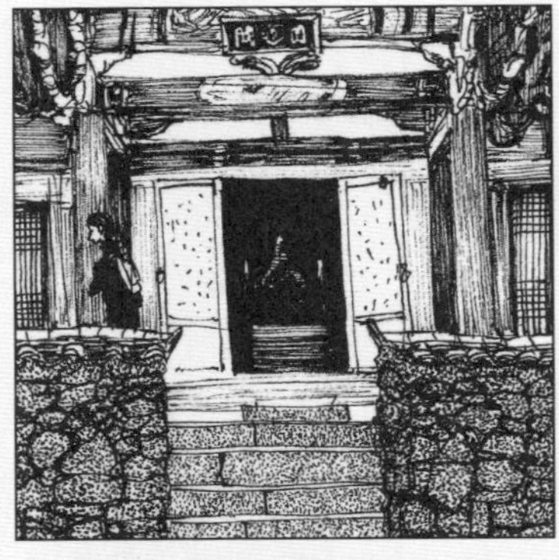
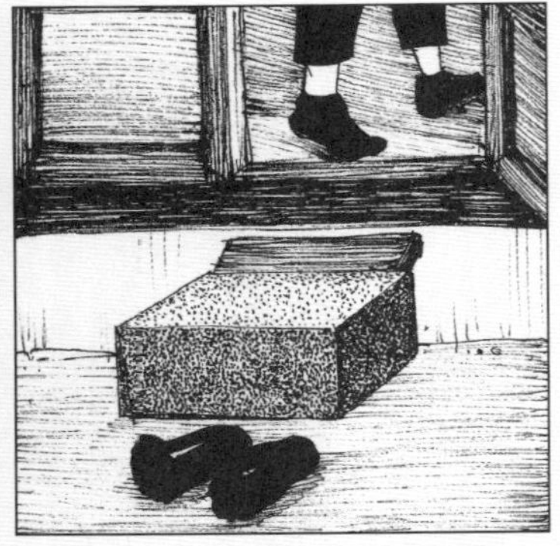
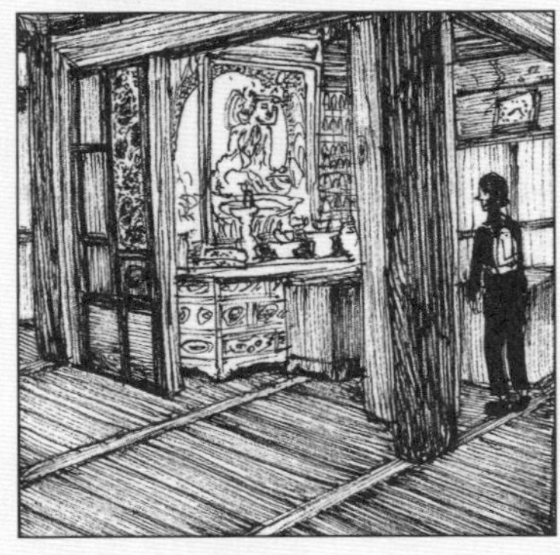
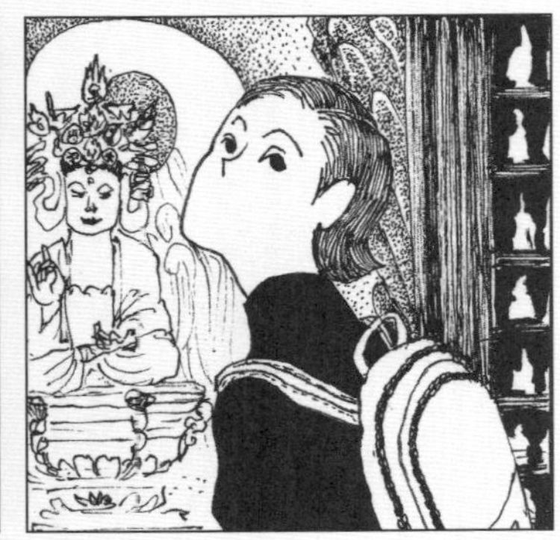

원통전 안으로 들어가봅니다.
건물 안에 불상을 중심으로 집 형태가 또 있습니다.
스님 말씀에 따르면, 한 칸짜리 건물을 세 칸으로 확장하며
바깥 건물을 지었다고 합니다.

원통전에는 관세음보살을 모십니다.
'선암사'는 '신선이 내린 바위가 있는 절'을 뜻하죠.
여기서 신선이란 불교의 신을 뜻하기도 합니다.

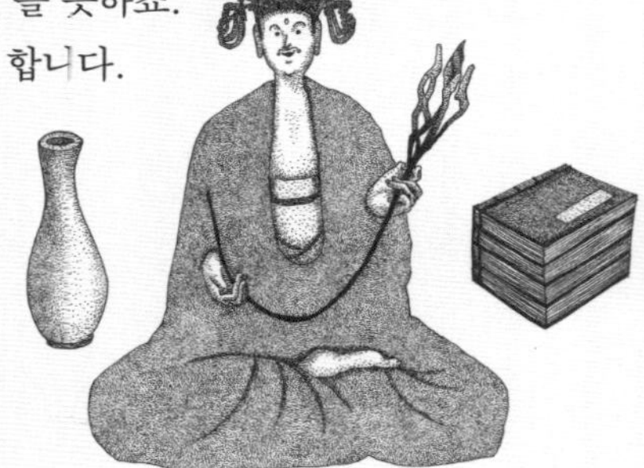

한 스님이 바위 위에서 관세음보살을
볼 것을 기대하며 여러 날 기도를
올렸지만 볼 수 없자 투신합니다.
그때 코끼리를 탄 여자가 나타나
스님을 받아 살려주었습니다.
정신을 차린 스님은 자신이 본 것이
관세음보살임을 깨닫고는 원통전을
지었습니다.

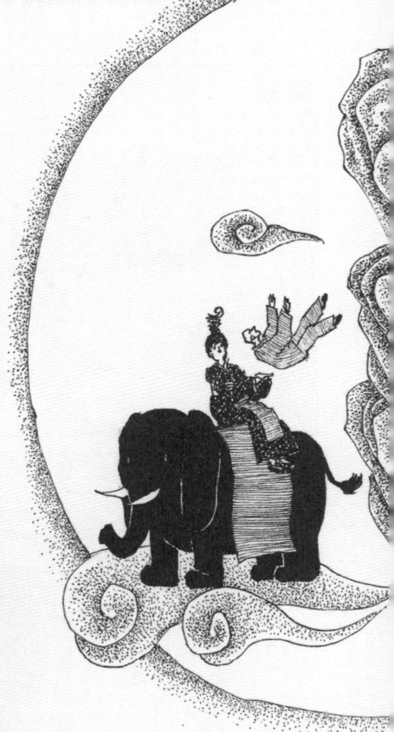

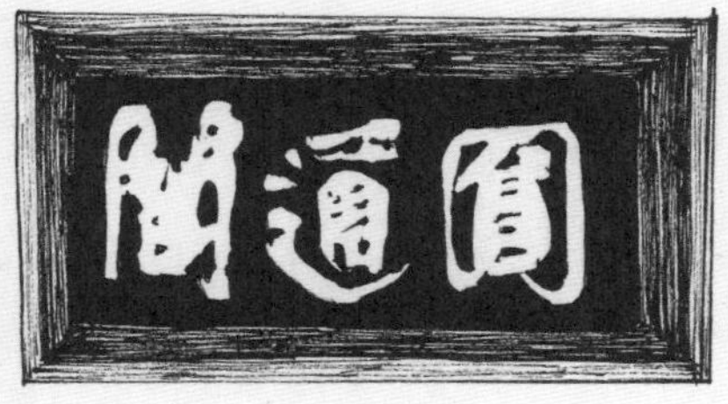

스님이 조선의 왕 '정조'의 후사를 기원하는 기도를 올린 뒤
아들 '순조'가 태어났습니다. 정조는 '대복전(大福田, 큰 복이 있는 밭)'이라는
현판을 친히 써서 주었습니다. 건물의 바깥에는 '원통전', 내부에는
'대복전'이라는 현판이 걸려 있습니다.

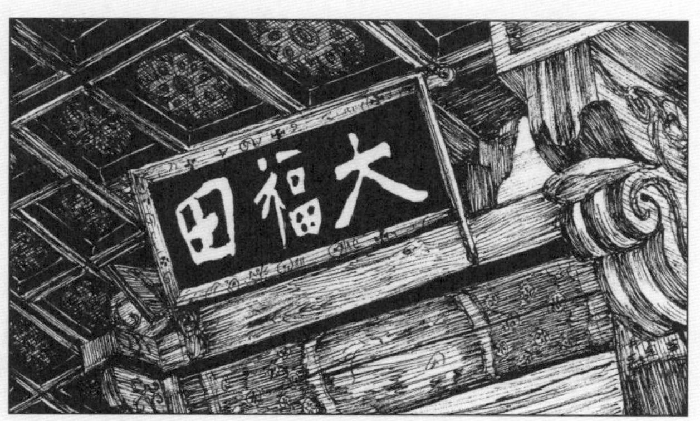

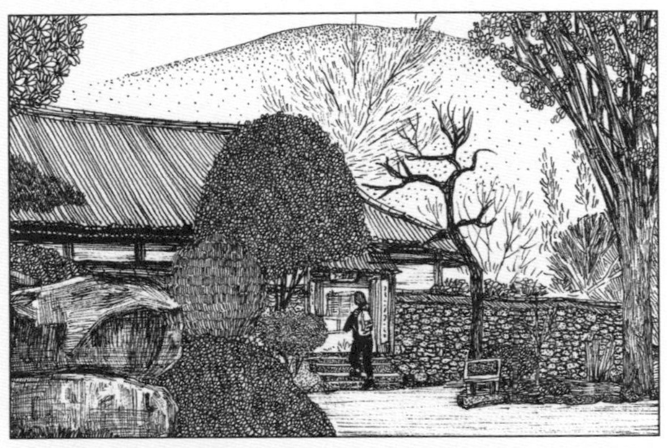

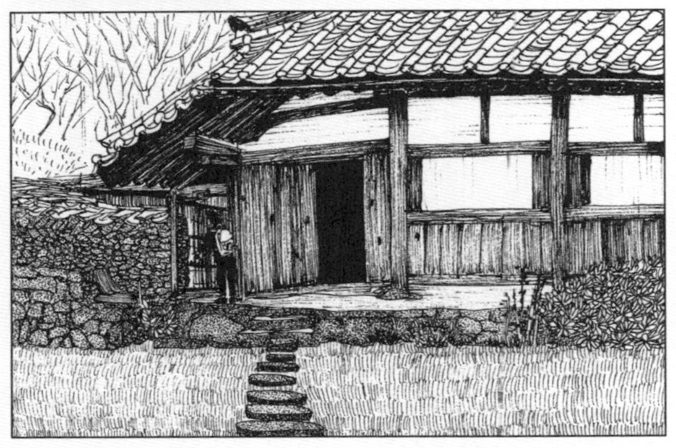

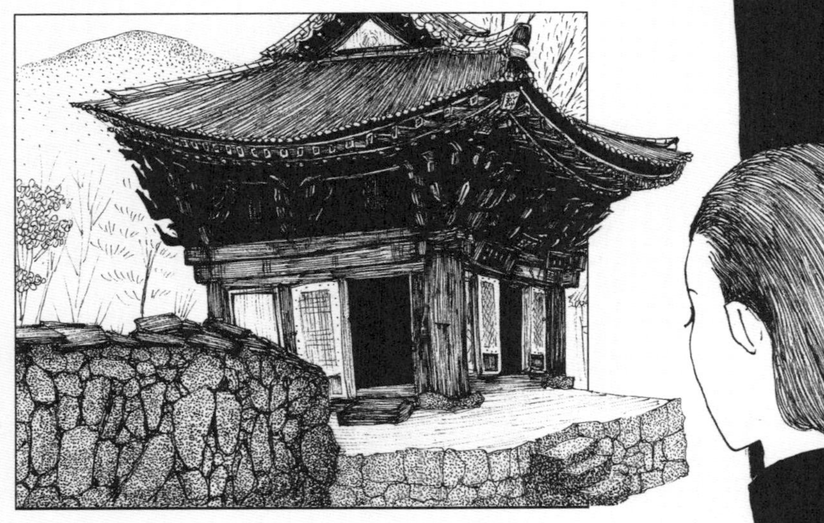

선암사의 각황전은 보이지 않는 곳에
숨어 있습니다.
일반 주택처럼 보이는 무우전 왼쪽의
작은 문으로 들어가면 각황전이 나옵니다.
여기서 기도하면 병이 낫는다는 이야기가
있죠.
한 칸짜리 작은 건물에 무겁게 올려진
지붕이 건축적 압도감을 줍니다.

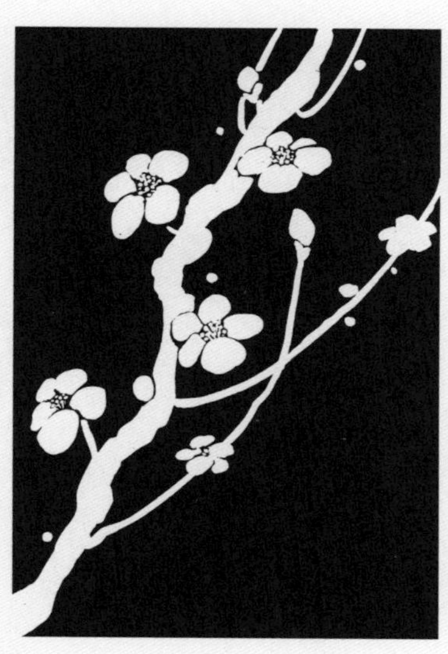

원통전 뒤편으로 선암사의
매화 '선암매'가 있습니다.
많은 사람이 선암매를 보러
찾아옵니다.
꽃은 한 철이지만 누군가의
마음에 남아 오랫동안
회자되기도 합니다.

문득 책을 쓰는 일도 마찬가지라는 생각이 듭니다. 책을 완성한
순간의 행복은 짧지만, 그 책으로부터 이어지는 새로운 만남과
이야기들은 사는 동안 내내 문득문득 행복을 가져다줍니다.

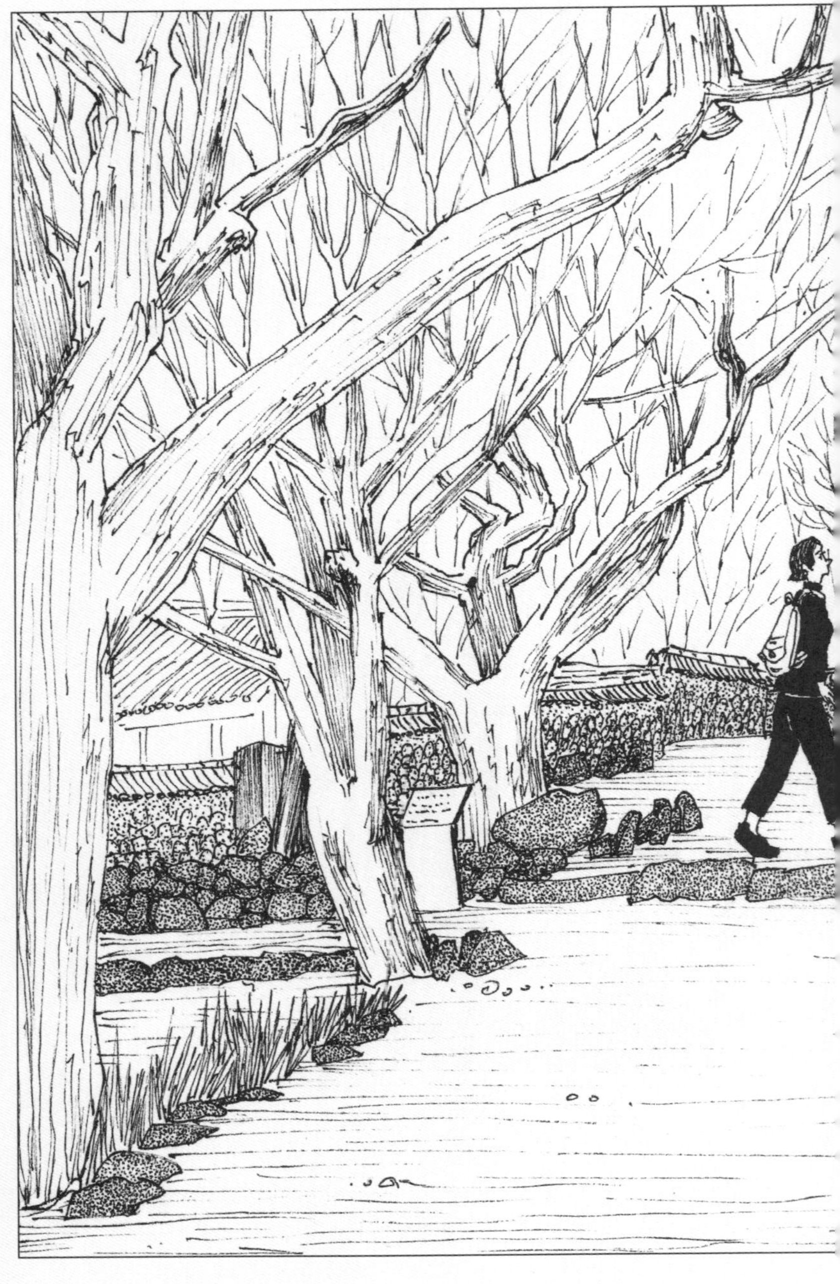

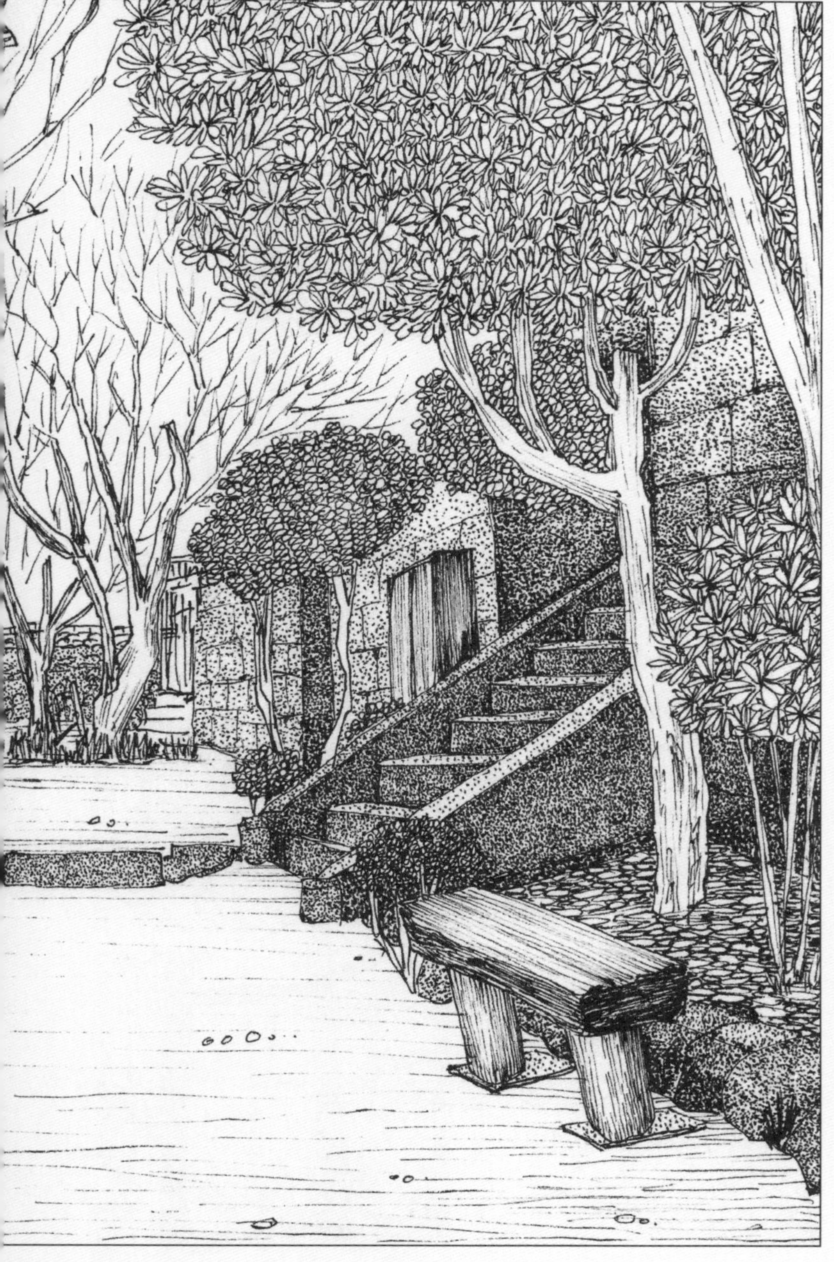

선암사

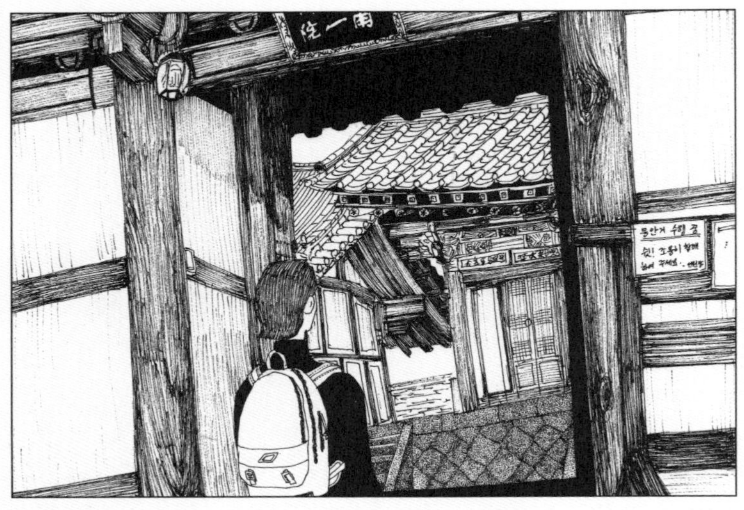

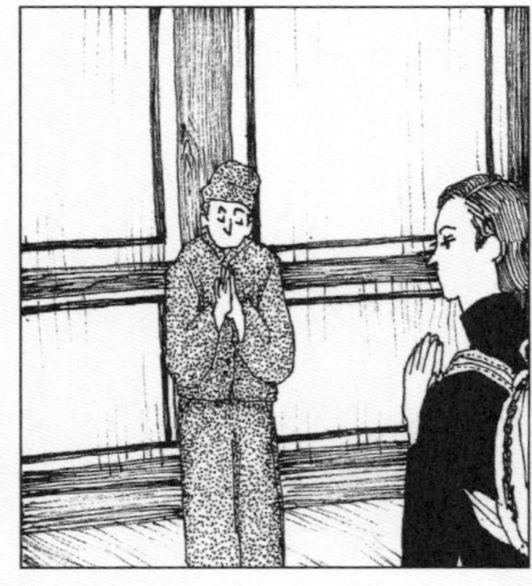

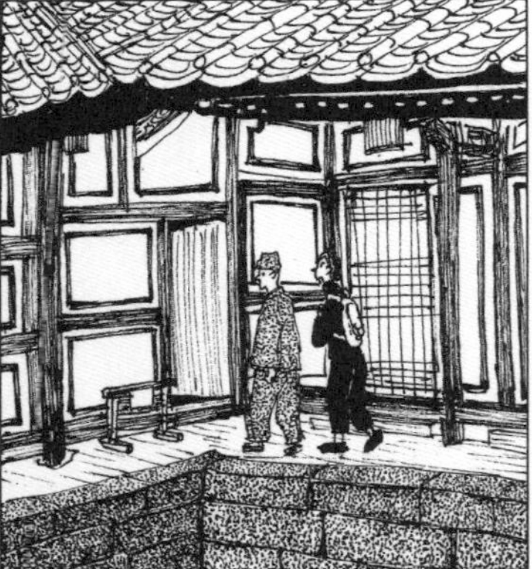

응진당 왼쪽 달마전으로
들어가면 물을 담는 네 개의
석조가 있는데 스님에게
부탁드려야만 볼 수 있습니다.
스님들이 수행하는 '하안거',
'동안거' 시기에는 볼 수 없는데
운이 좋았습니다.

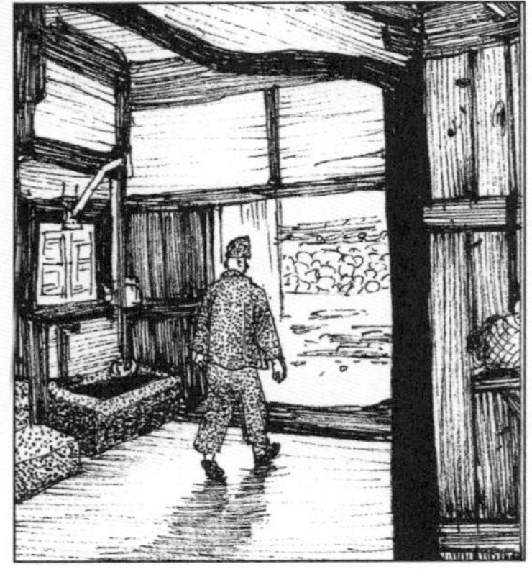

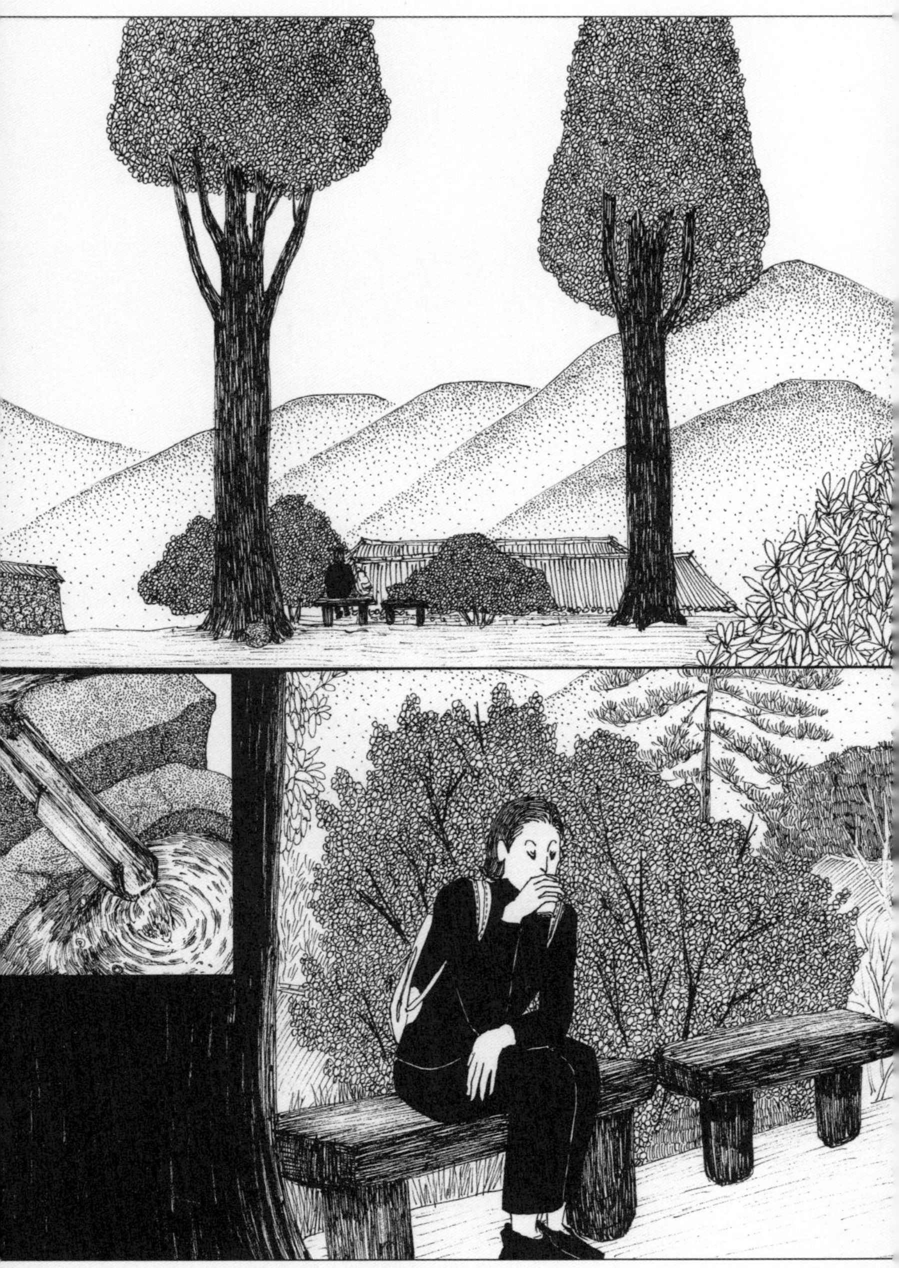

선암사의 큰 잣나무 아래에서 스님이 내려주신 야생차를 마셨습니다.

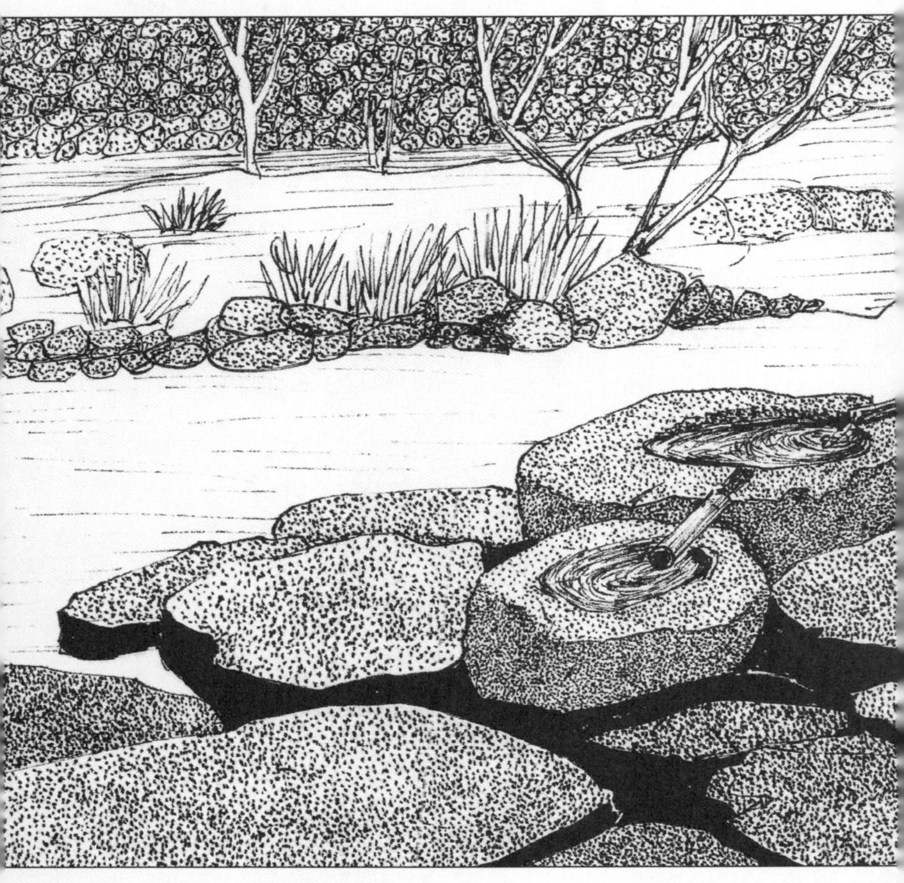

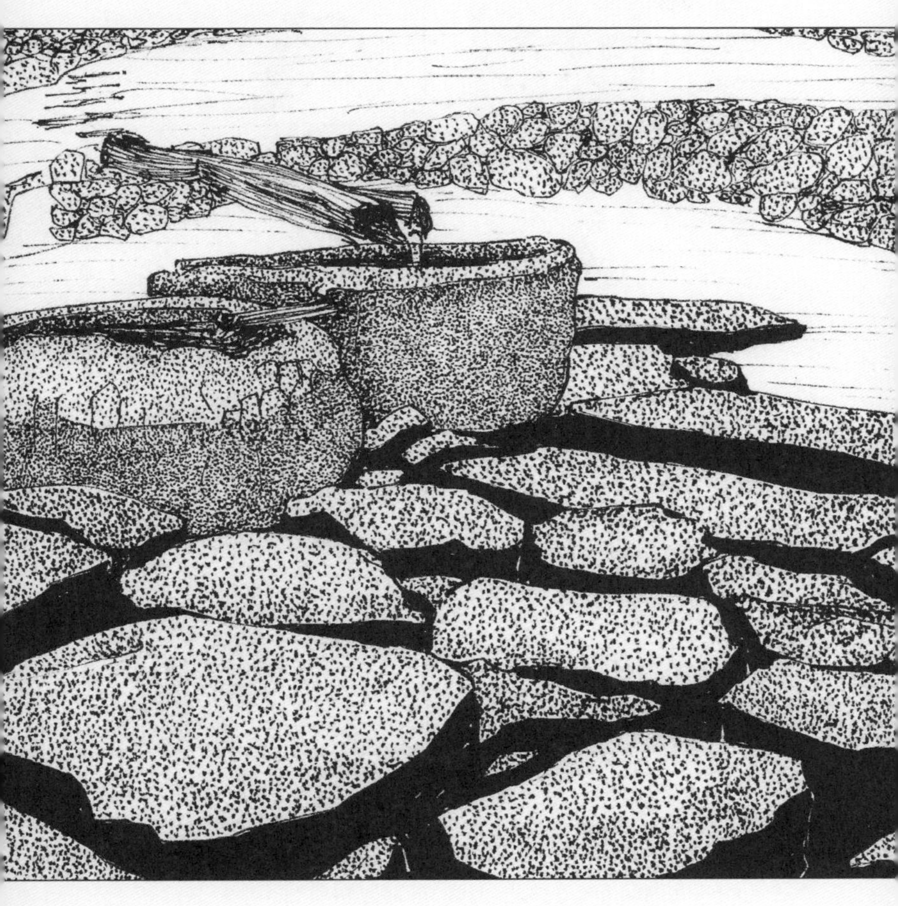

달마전 4단 석조의 물로 우려 맛이 깊은 차입니다.

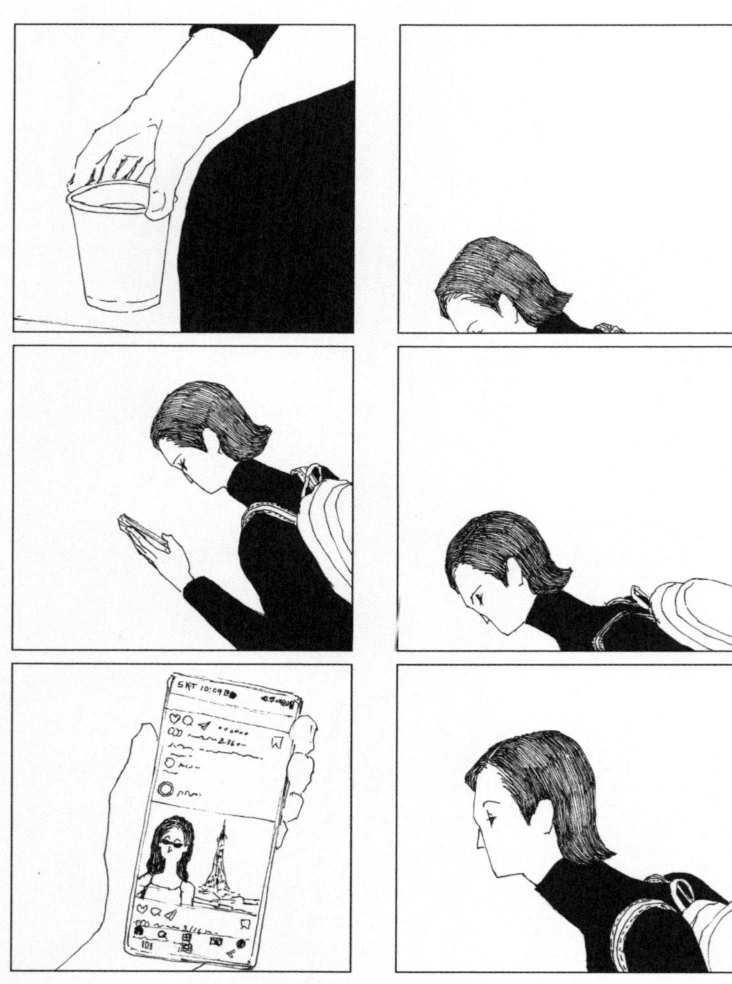

저는 산사에 와서도 SNS를 보는 어쩔 수 없는 현대인인가봅니다.
분명 좋았는데 제 여행은 잘 설명이 되지 않습니다. 다른 사람의
여행에 비해 반짝이지 않게 느껴집니다.
하지만 저는 오래 머무르며 발견하는 여행을 좋아하는 사람이란
것을 알기에 충분합니다.

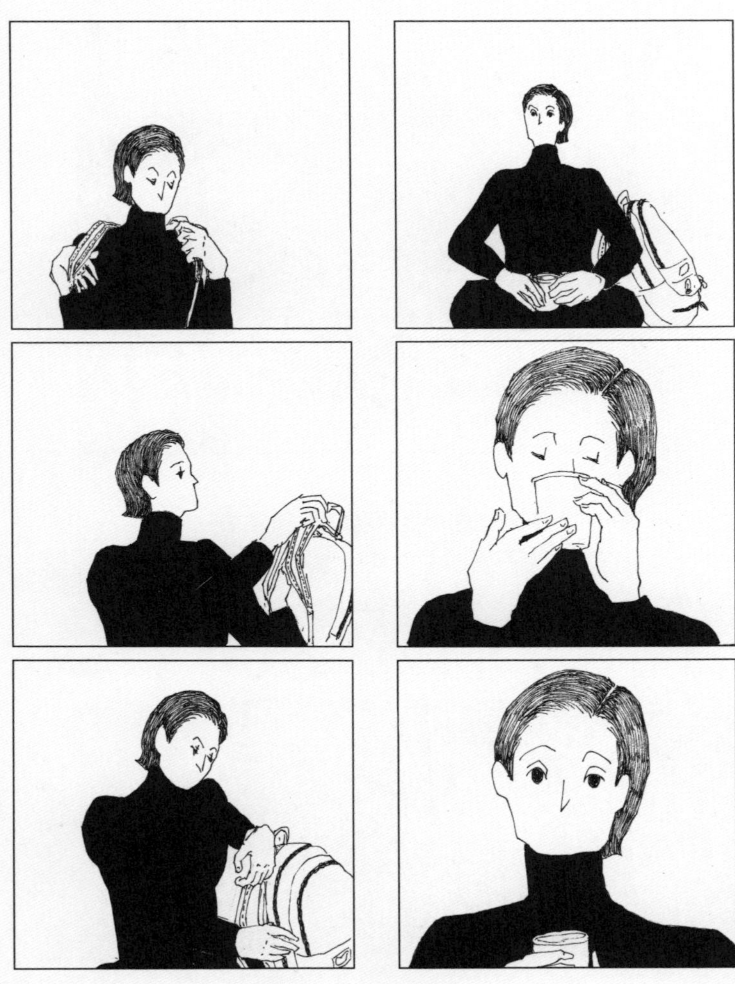

어떤 공간은 사진 한 장으로 모든 것을 표현하기도 합니다.
또 어떤 공간은 그곳을 설명하기 위해 빛과 소리, 시간 등을 필요로
하죠. 산사의 건축은 후자입니다. 깊이가 있어 깊숙히 들여다봐야
하는 것이 많습니다.

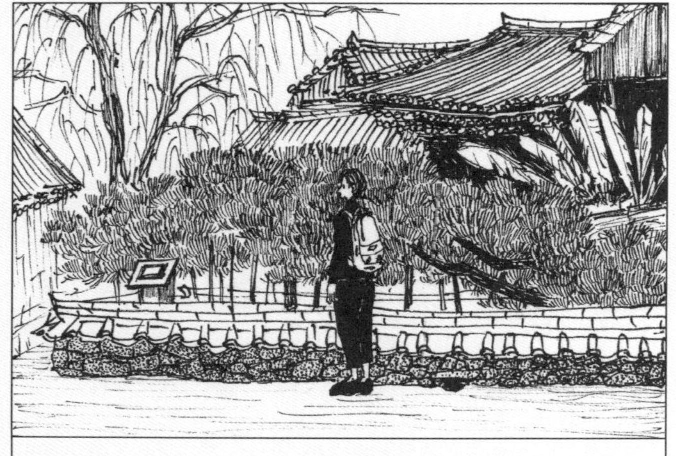

잣나무 아래로 내려오면 언덕에 옆으로 누워 자란
소나무가 있습니다. 여기에 설치된 종에 동전을 던져
종을 울리면 소원이 이루어진다고 합니다.

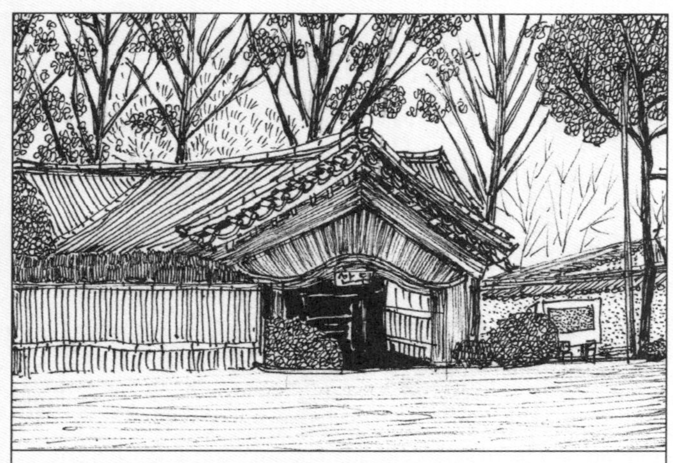

소나무 앞쪽으로 '해우소'라 불리는 화장실이
보입니다. 화장실의 옛말인 '뒷간'이 아니라
'깐뒤'라고 알쏭달쏭하게 적힌 간판이 귀엽죠.

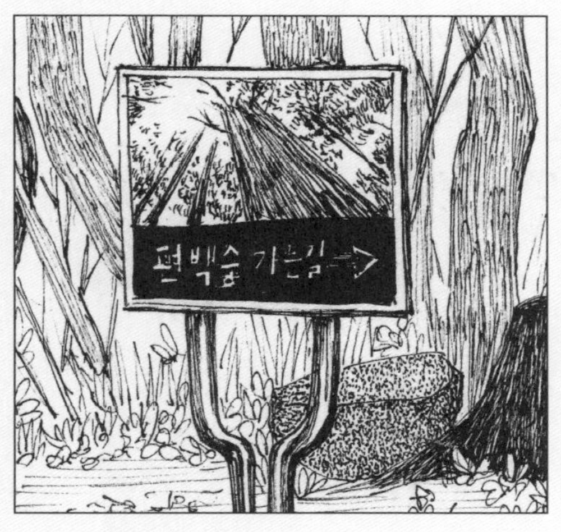

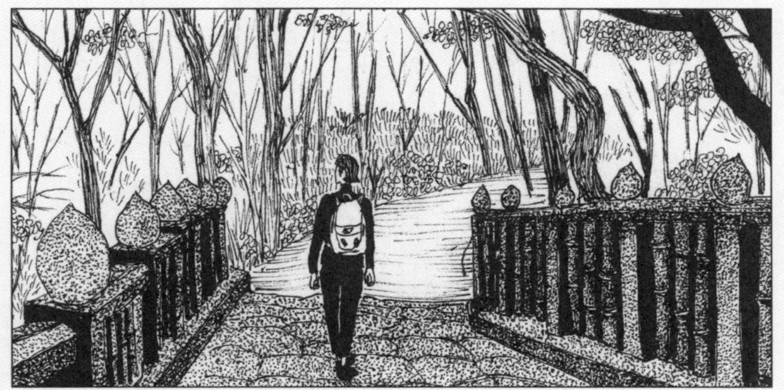

해우소 오른쪽으로 내려오면 편백 숲 가는 길이 나옵니다.
편백 숲까지 걸어서 십 분 정도 걸립니다.

숲까지 품고 있는 선암사의 다양한 장면이 좋습니다.

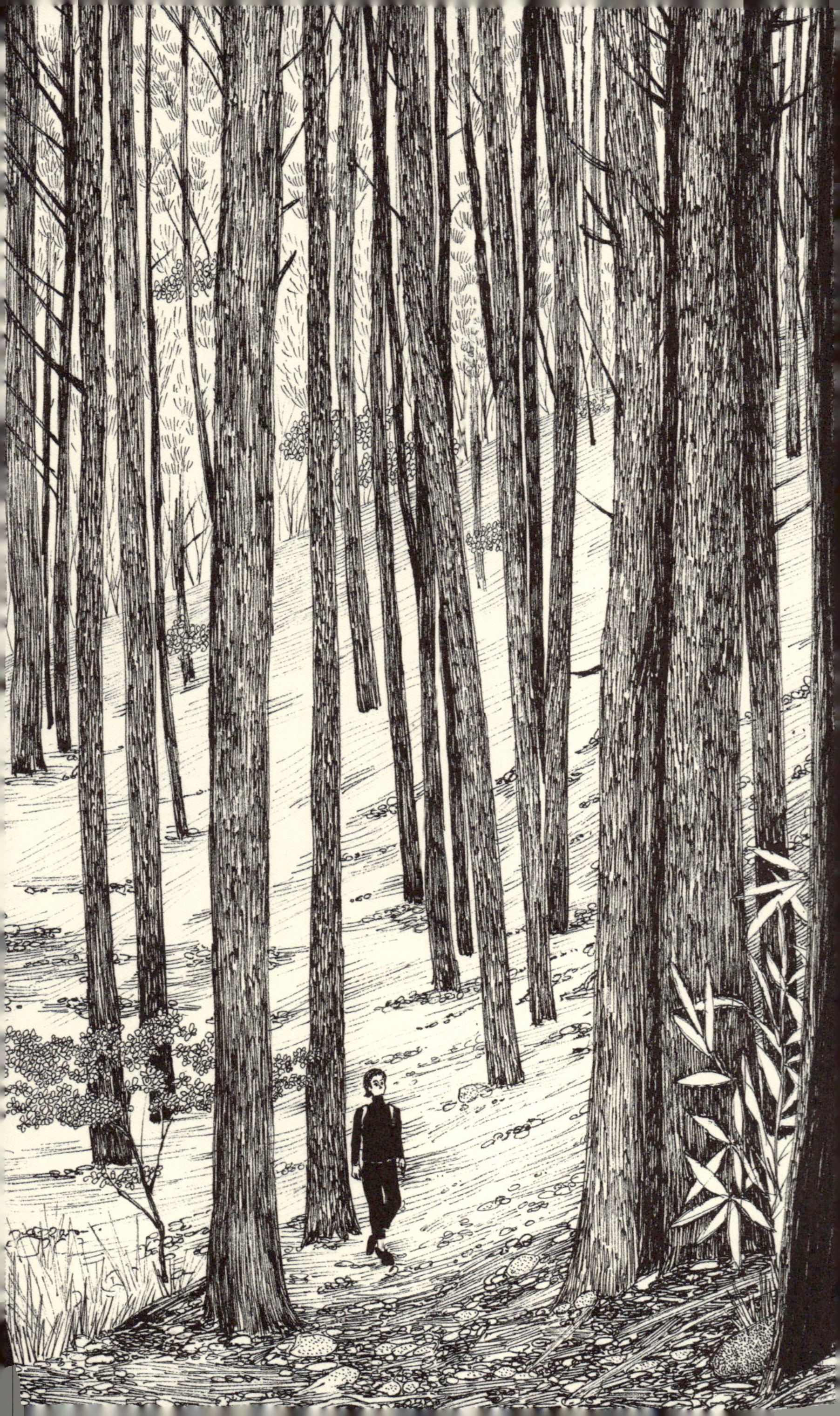

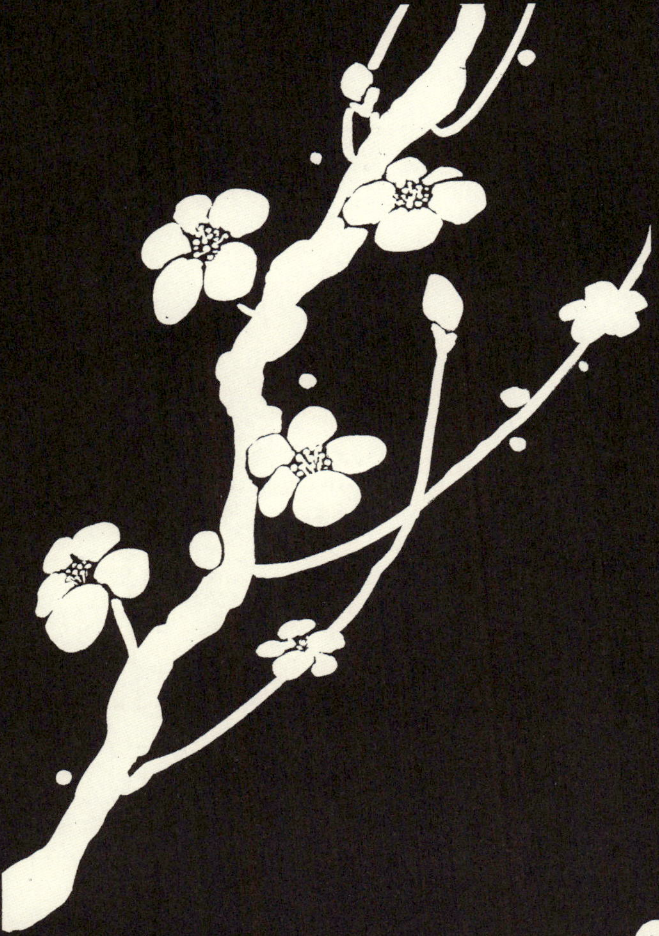

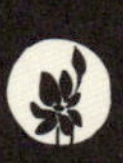

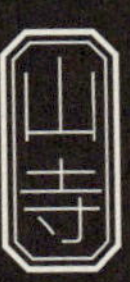

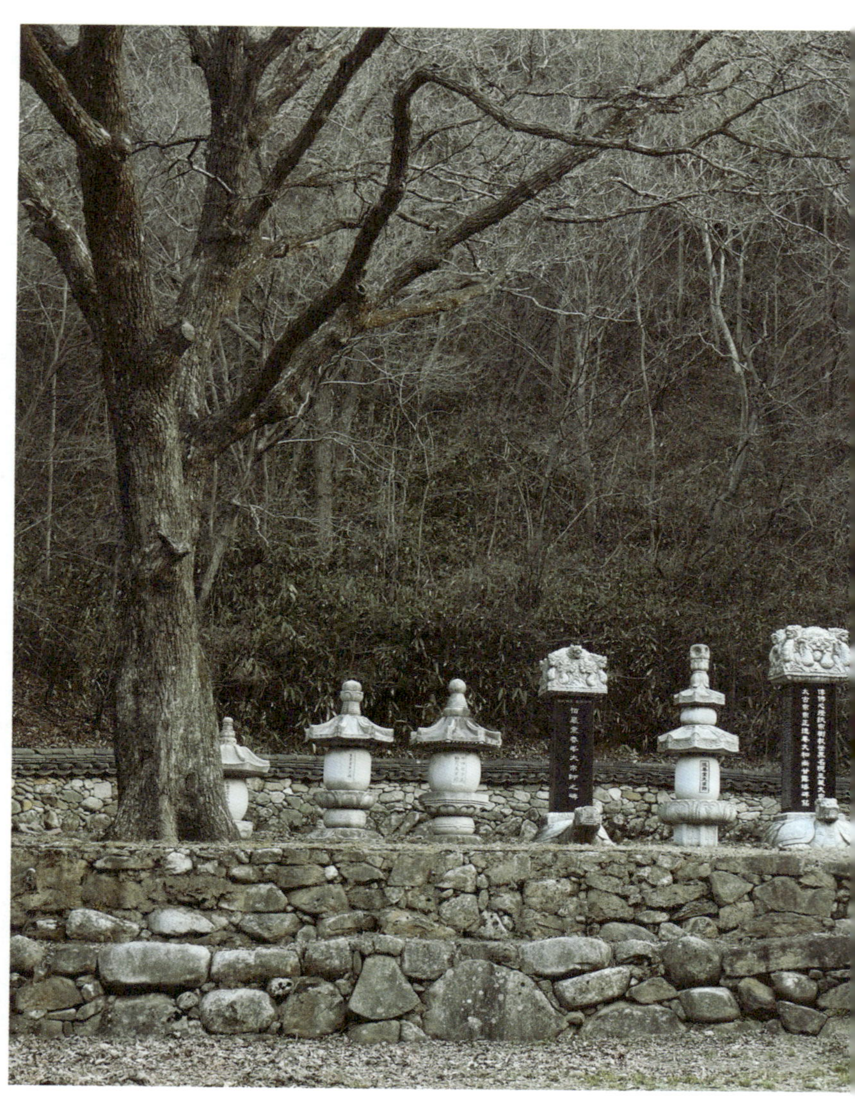

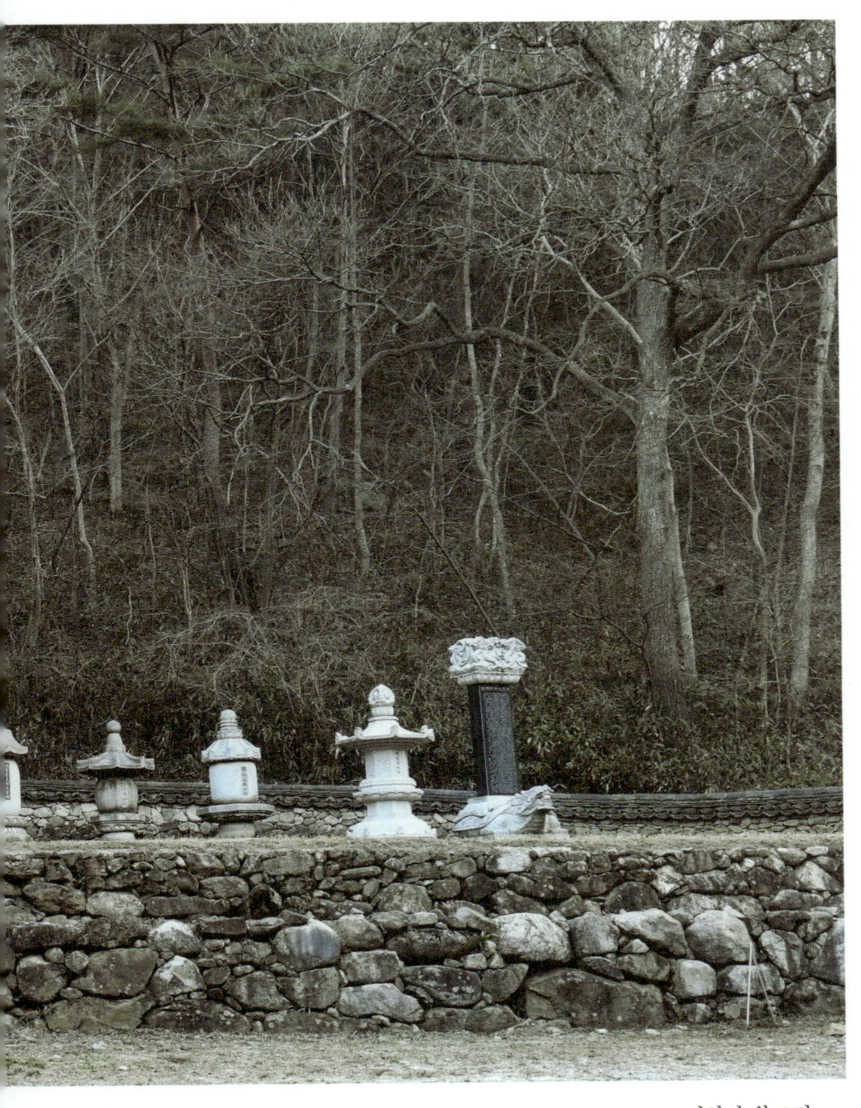

선암사 부도전

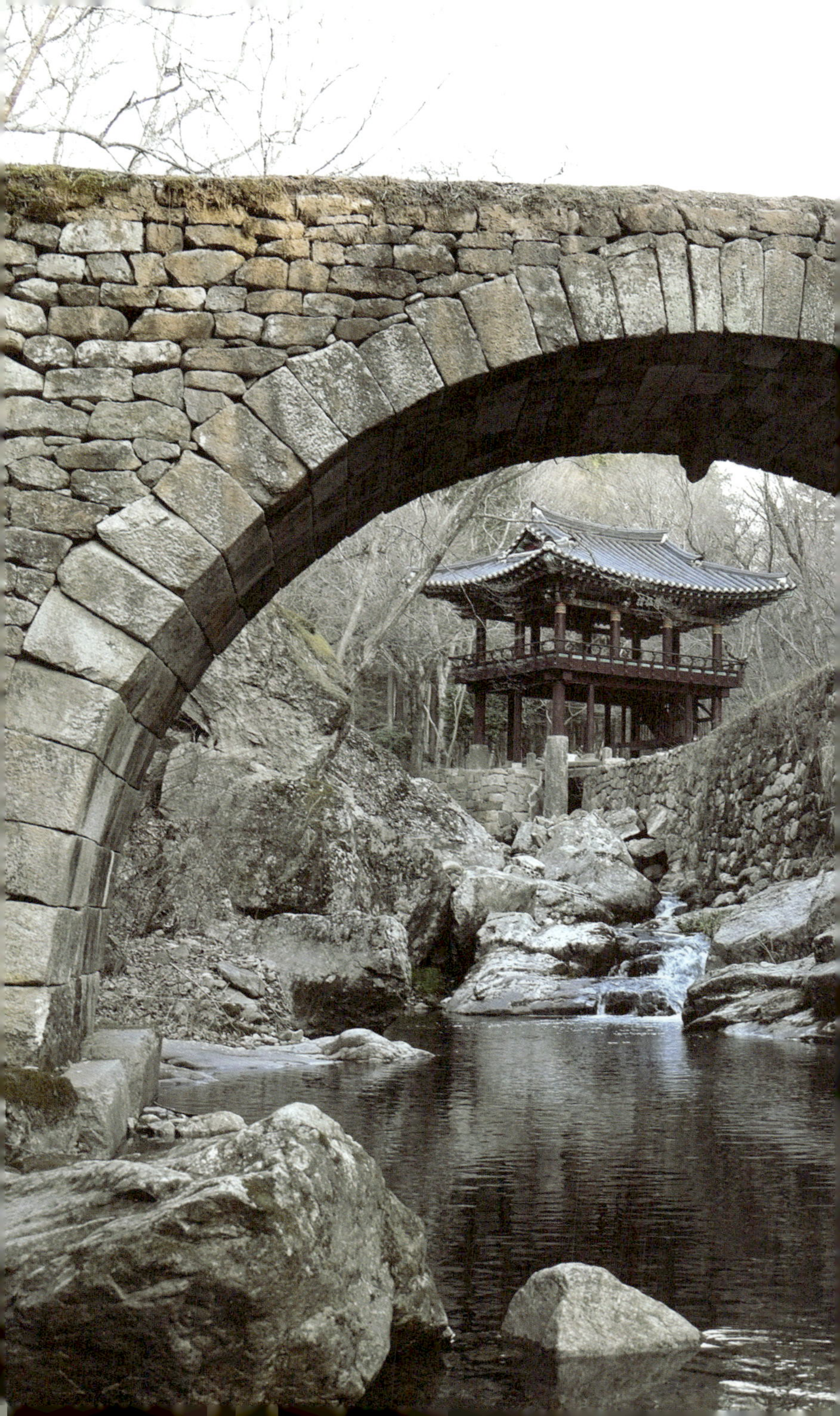

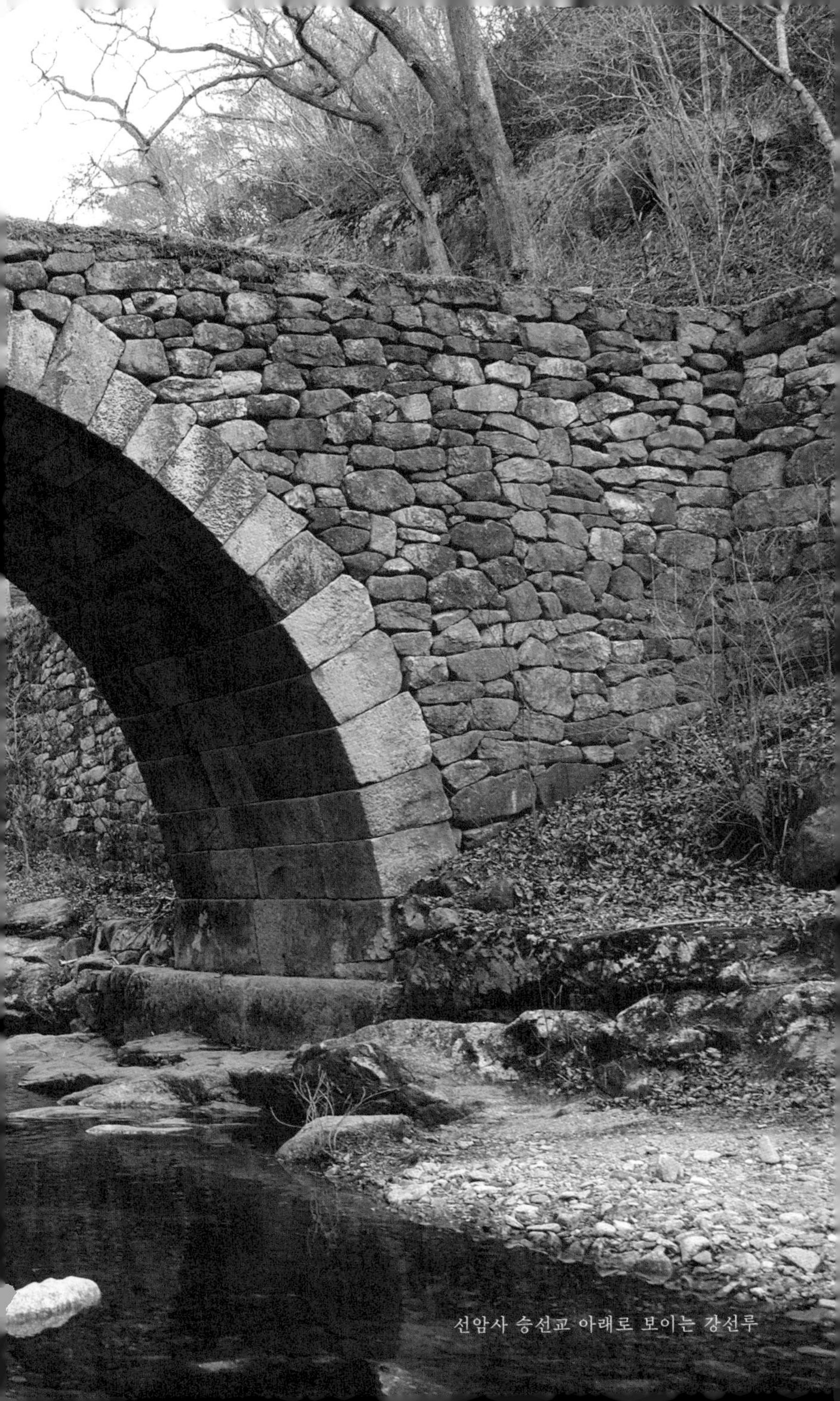

선암사 승선교 아래로 보이는 강선루

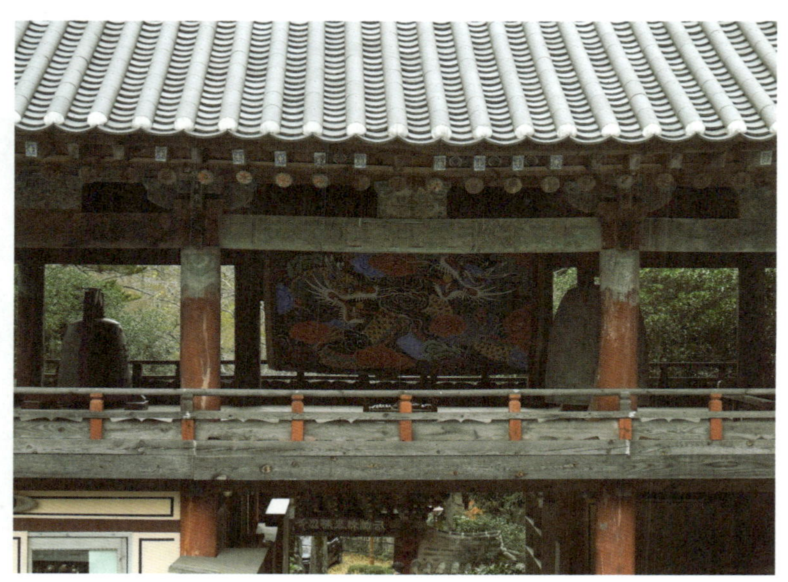

선암사 범종루

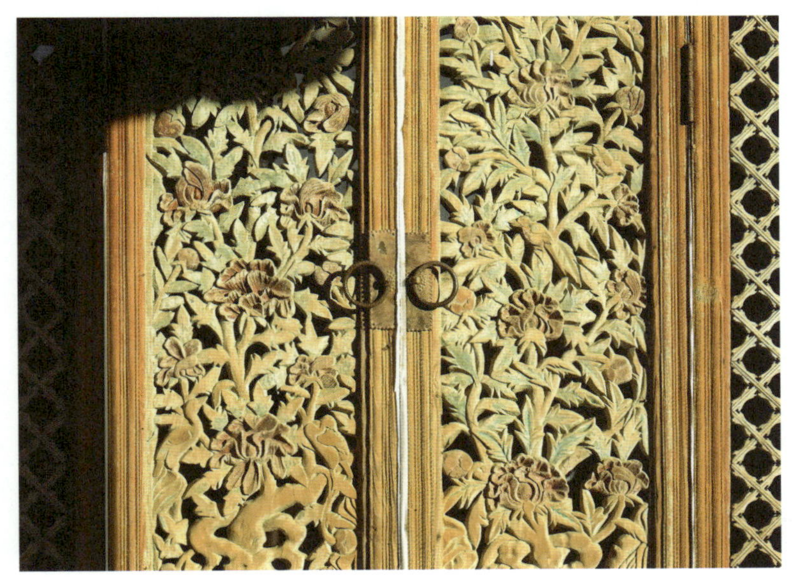

선암사 원통전 꽃창살

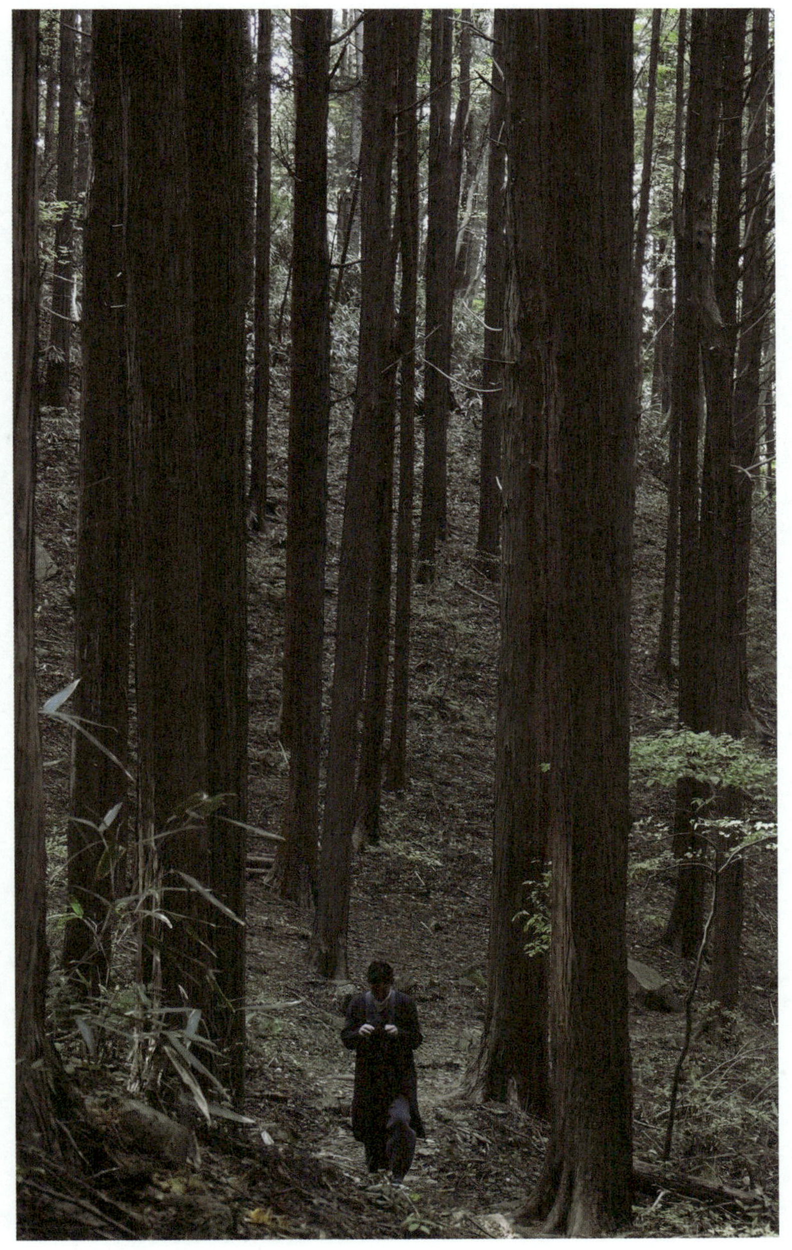

선암사 편백 숲

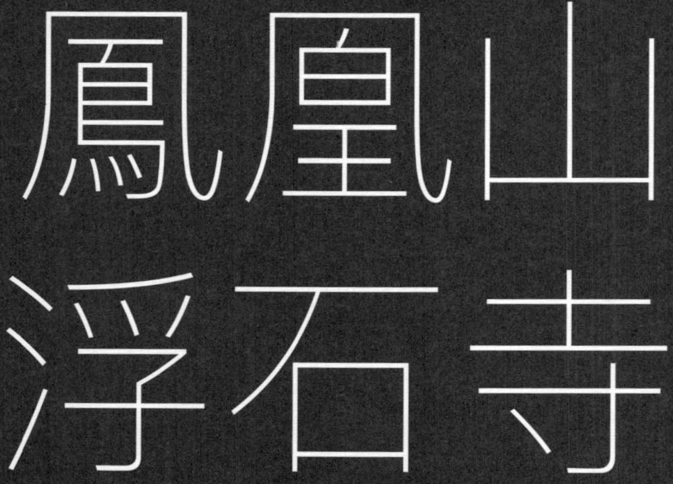

鳳凰山
浮石寺

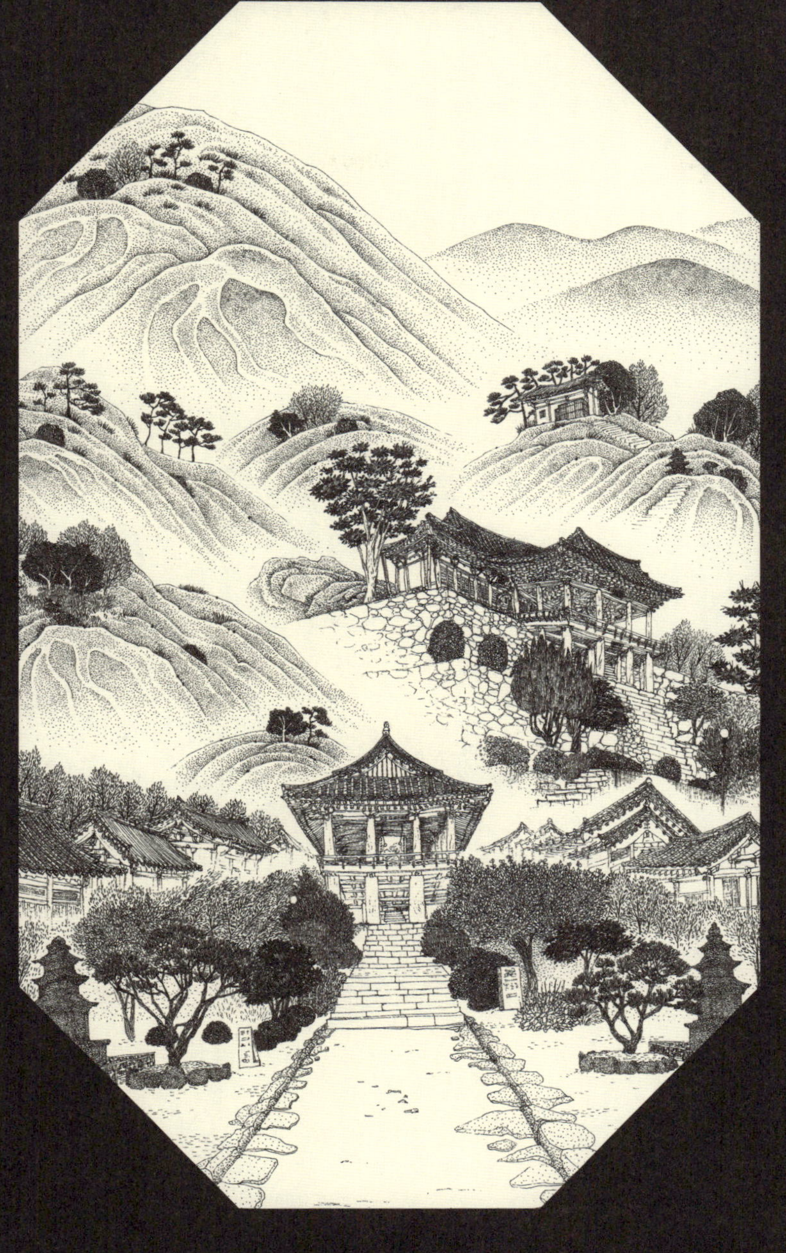

부석사는 건축적으로 훌륭한 절입니다.
건축 잡지 《플러스》에서 이백여 명의
건축가를 상대로 '가장 잘 지은 고건축'에
대한 설문 조사를 한 적이 있는데, 부석사가
압도적으로 1위에 선정되었습니다. 또한
한국 전통의 아름다움을 설명하는
책 《무량수전 배흘림기둥에 기대서서》의
제목에서 말하는 무량수전과 배흘림기둥도
부석사에 있습니다.

불교에서는 극락세계에 오는 인간을
수행 정도에 따라 총 9품으로 나눕니다. 9품의
선을 쌓고 수행하면 극락세계에 이른다는
내용을 담고 있죠. 부석사에는 아홉 개의
돌계단이 있습니다. 계단을 오르는 일을
수행 과정으로 보았고 극락세계인
무량수전에서 결말을 맺습니다. 부석사를
항공 뷰로 보면 극락을 뜻하는 한자 '화(華,
빛나다)' 모양으로 건물이 배치된 것을 알 수
있습니다.

경북 영주에 위치한 부석사는 유네스코
세계문화유산, CNN이 발표한 '한국의
가장 아름다운 사찰 33곳'에 선정됐습니다.
국보 다섯 개와 보물 일곱 개를 가지고
있는데, 한 공간에 국보 건물 두 개가 있는
경우는 부석사와 경복궁뿐입니다.

동선
꼭 살펴볼 곳
1 일주문
2 천왕문
3 당간지주
4 회전문
5 범종루
6 안양루
7 석등
8 무량수전
9 부석
10 삼성각
11 삼층석탑
12 선묘각
13 조사당
14 지장전
15 종각
16 종무소
17 쌍탑
18 성보박물관
19 제2주차장

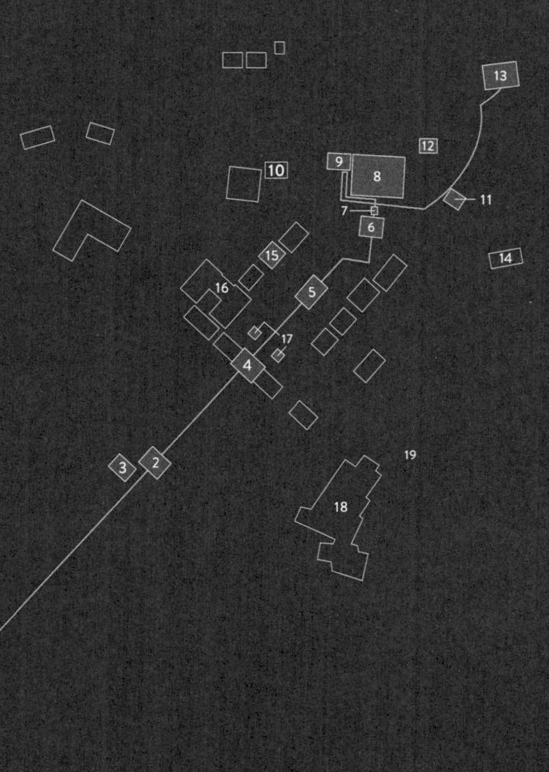
13
12
10
9
8
11
7
6
15
5
14
16
17
4
3
2
19
18
1

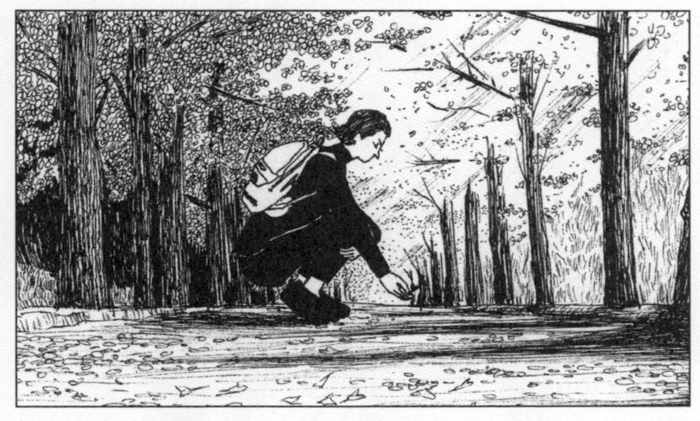

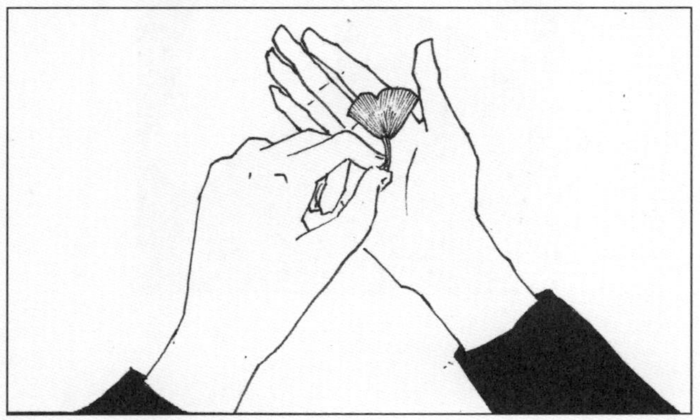

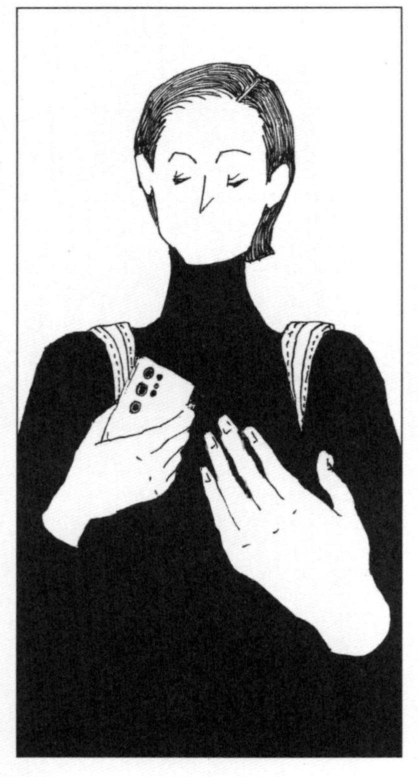

우연히 눈에 띈 은행잎을 스마트폰으로 찍어 남겨봅니다.
찍고 난 뒤 은행잎을 호로록 떨어뜨렸고요.

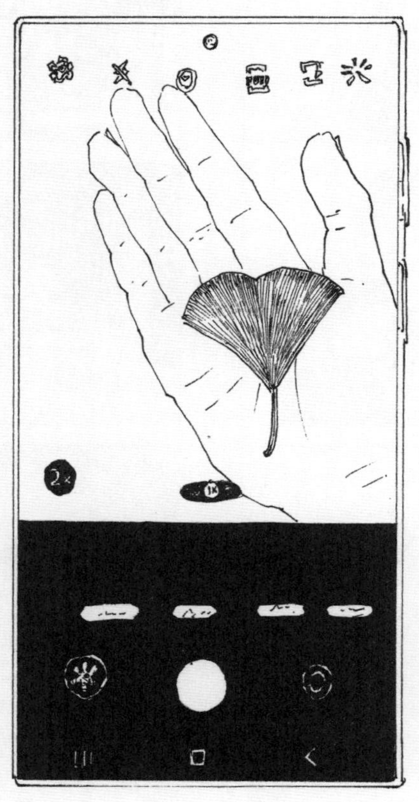

어떤 순간을 기록할 때 가장 많이 쓰는 방법은
사진인 것 같습니다.
간편하죠. 단 몇 초면 충분하니까요.

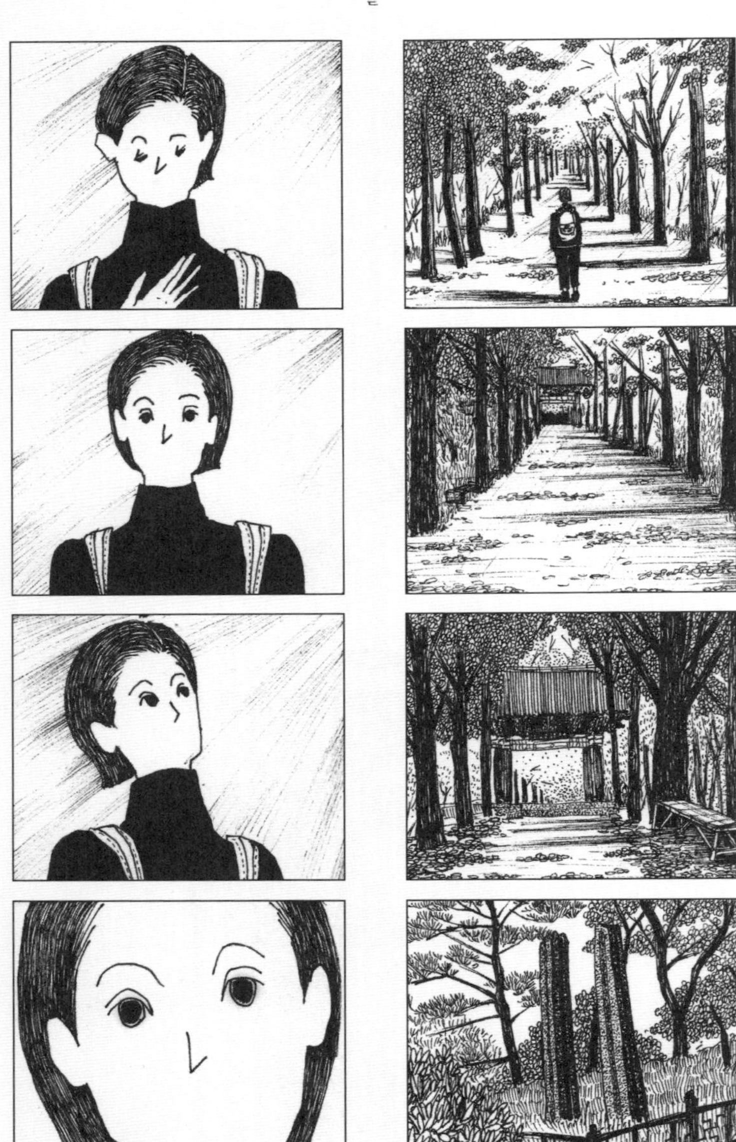

천왕문부터 계속 돌계단을 올라야 합니다.
부석사에서 가장 유명한 것은 극락을 표현한 꼭대기 풍경입니다.
그 풍경 하나를 보기 위해 고난의 계단을 오르기 시작합니다.
관절이 안 좋으면 극락도 못 갈 것 같다는 생각이 듭니다.

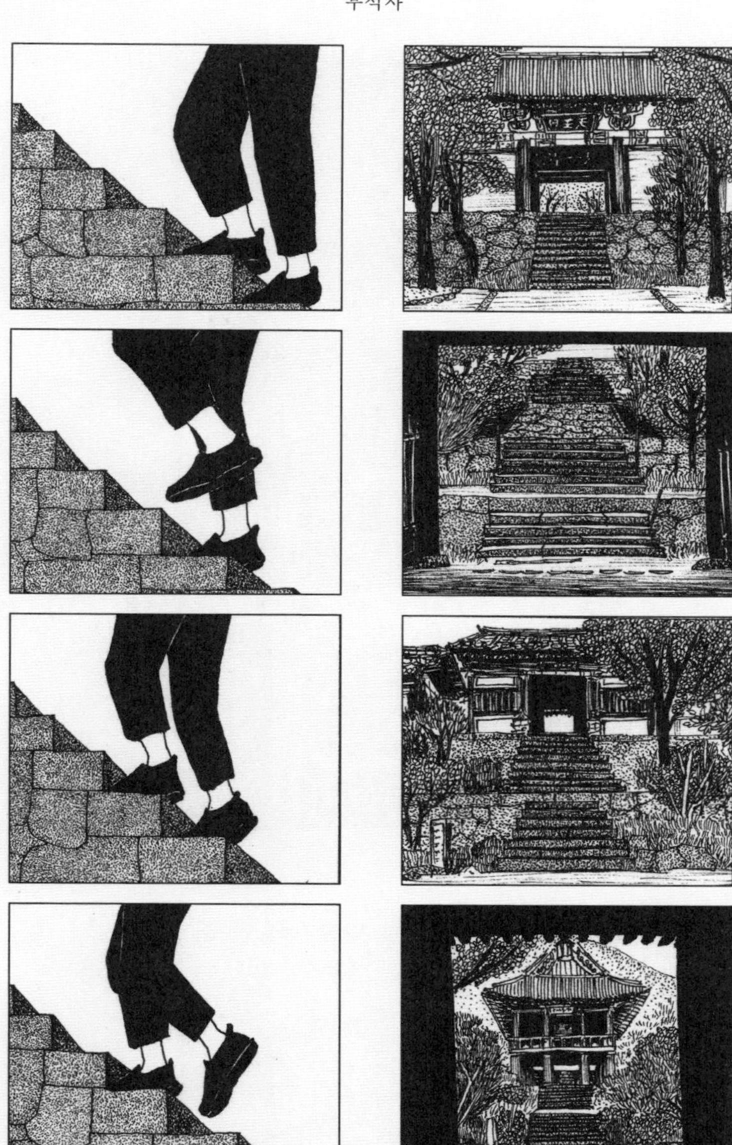

부석사는 다른 산사와 달리 계곡 부근이 아닌 능선에 위치합니다.
계단식의 기단을 가지고 있는데, 산을 깎아 기단을 만든 것이 아니라
땅 위에 기단을 새로 쌓아 만들었습니다. 석축의 돌을 산 중턱까지
옮기는 고난도의 토목공사를 한 것이죠.

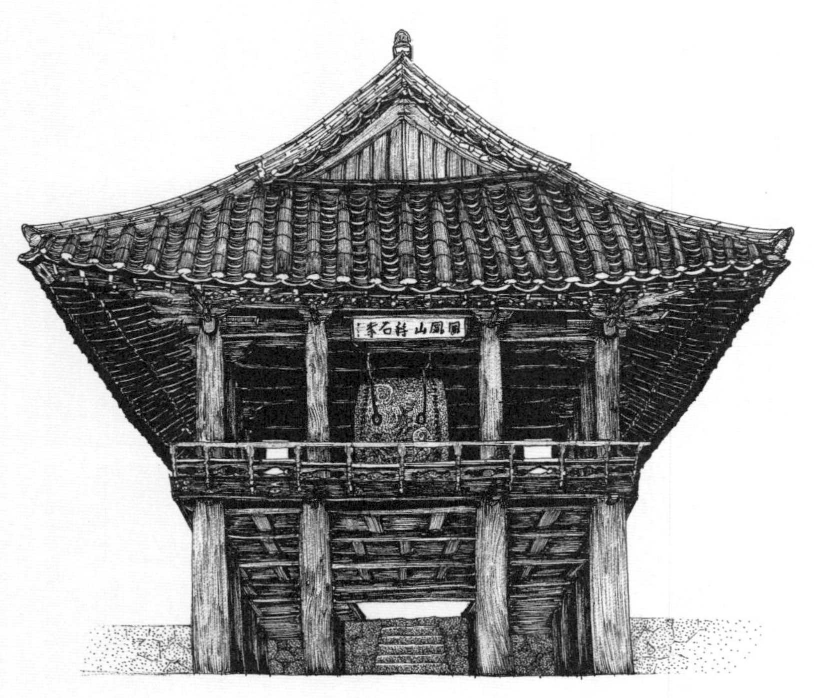

동선을 따라 절의 중심 건물 범종루, 안양루, 무량수전 세 채가
차례로 이어집니다. 먼저 첫 번째는 범종루입니다. 특이하게도 건물의
앞뒤 지붕이 다른 양식을 가지고 있죠.

누각 밑 계단을 지나가는데 천장이 머리에 부딪힐 듯 가깝습니다.
이런 형식을 누하진입이라고 하는데, 몸을 숙여 지나감으로써 마음을
겸허하게 만드는 건축적 의도입니다.

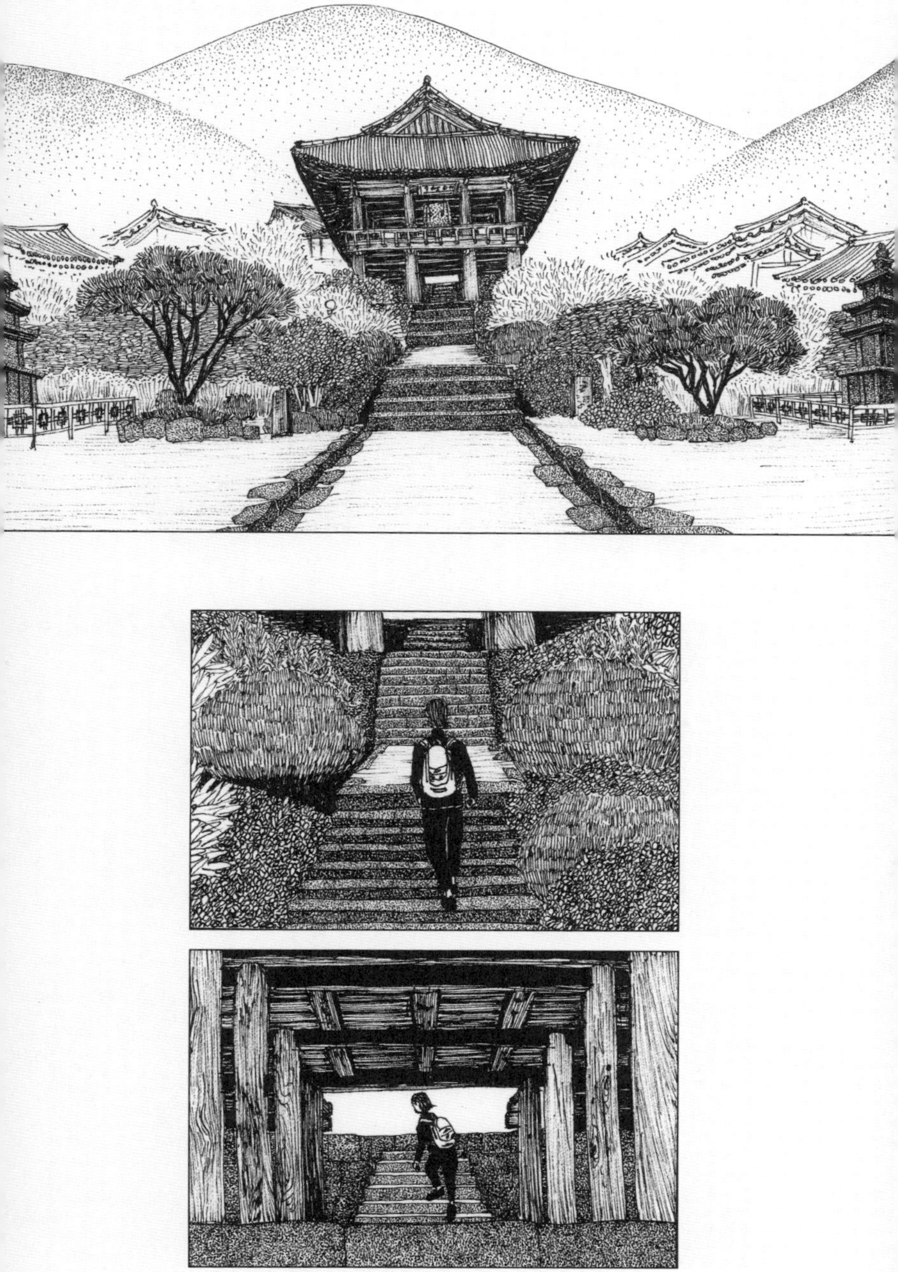

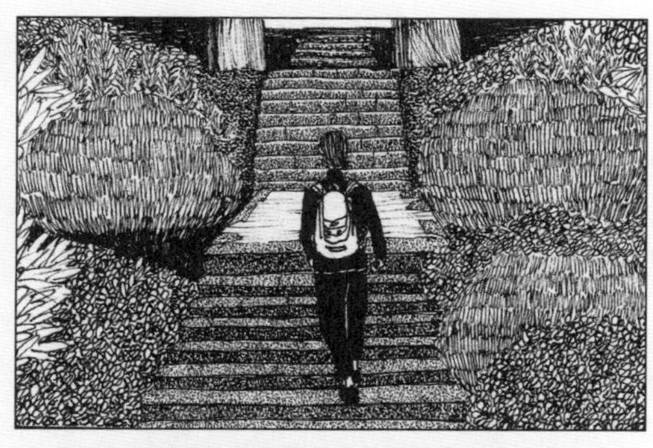

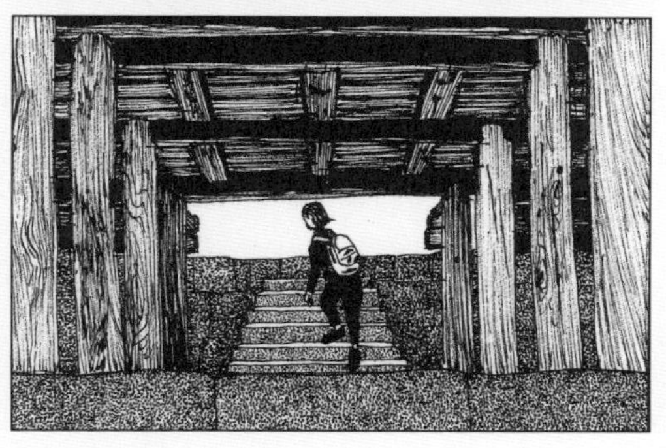

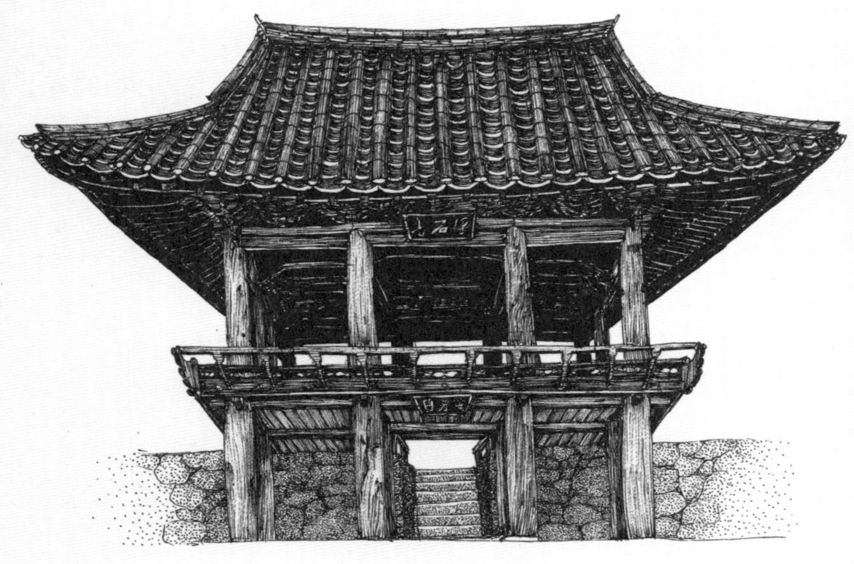

범종루 다음 공간은 안양루입니다. '안양'이란 불교의 극락세계를
뜻합니다.
일주문, 천왕문, 해탈문, 범종루의 건물 축이 일직선으로 이어지는데
안양루는 건물 축에서 45도 꺾여 있습니다.

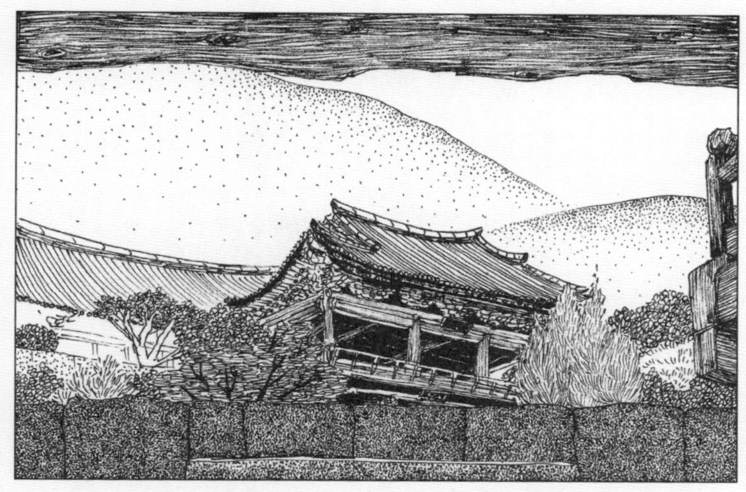

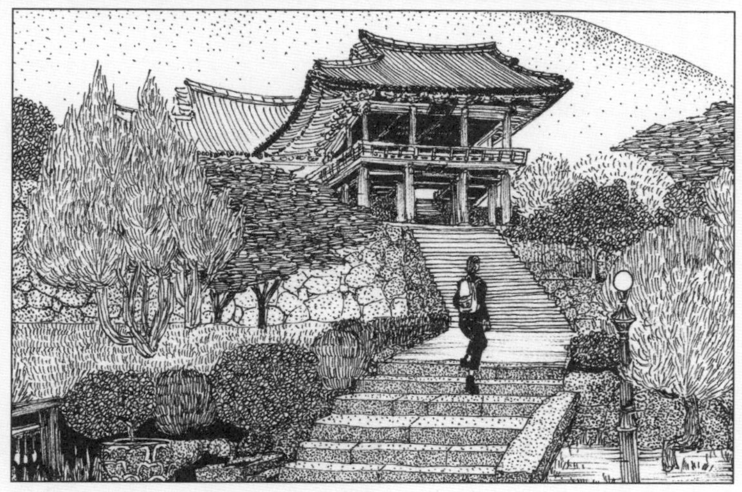

이는 안양루 공간이 이전과 다른 공간으로 전환됨을 뜻합니다.
건물의 전면만 반복해서 보던 경험에 입체적인 장면을 추가해
공간에 생동감을 줍니다.

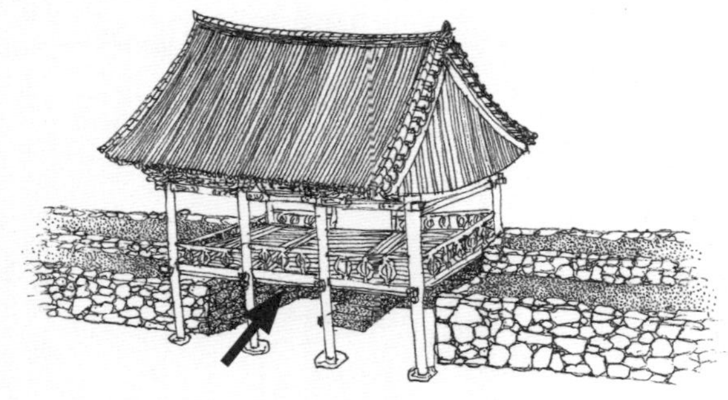

누마루

마루란 벽이 없는 형태의 건축 방식입니다. 누마루란 경사진 땅의 기단을
이용해 마루를 2층으로 높인 건물을 뜻하죠. 범종루처럼 마루로 된
건물을 '○○루'라고 부릅니다.

보통 누마루 다음에 주불전이
있는 절 마당이 이어집니다.
마루 밑 계단으로 '누하진입'하며
부처를 공경하는 마음을 갖게
만드는 건축적 의도가 있습니다.
또한 마루 밑으로 다음 공간이
액자처럼 눈에 들어오는데
어두운 공간에서 밝은 공간으로,
계단만 보이는 시선에서 풍경이
들어오는 시선으로 공간에
극적 재미를 줍니다.

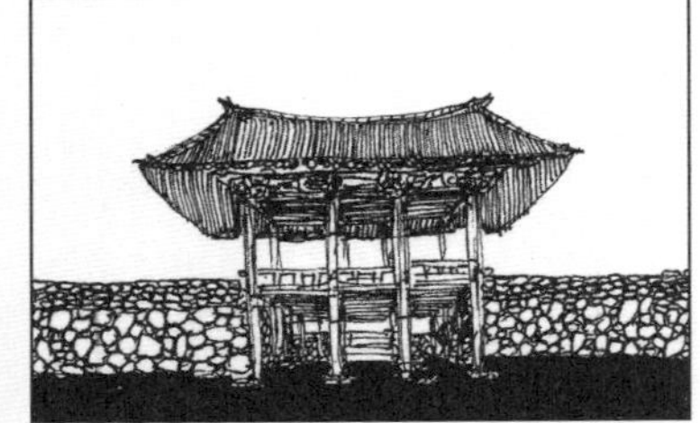

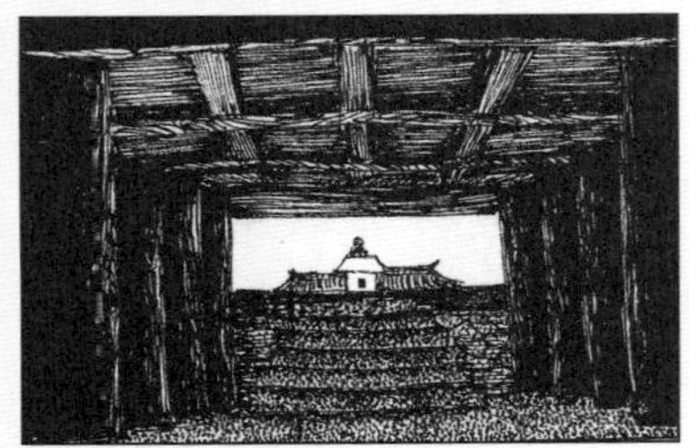

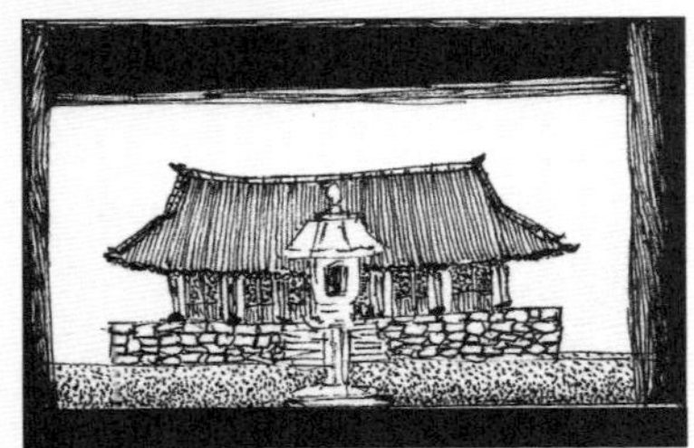

누하진입의 풍경

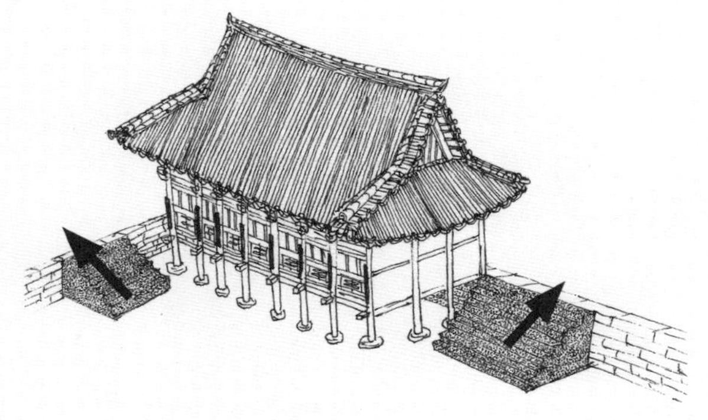

낮은 누마루는 마루 밑 공간이 비교적 낮은 건물을 뜻합니다.
절이 평지에 위치하는 경우 낮은 누마루를 만듭니다. 또 중심 공간이
여럿이라 다양한 동선이 필요한 경우에도 낮은 누마루 형식을 택합니다.
마루 양옆으로 동선을 분산할 수 있기 때문입니다.

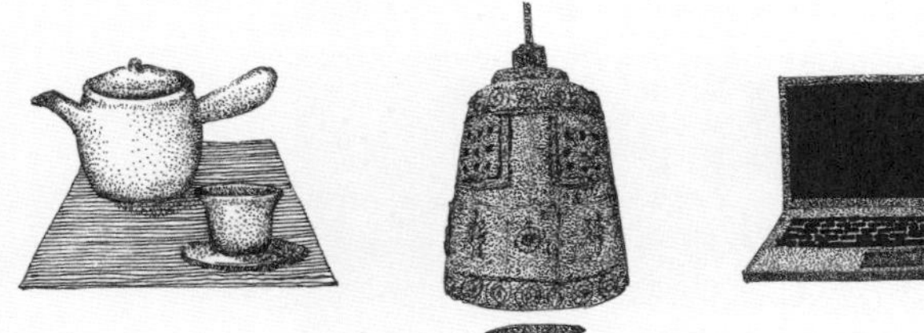

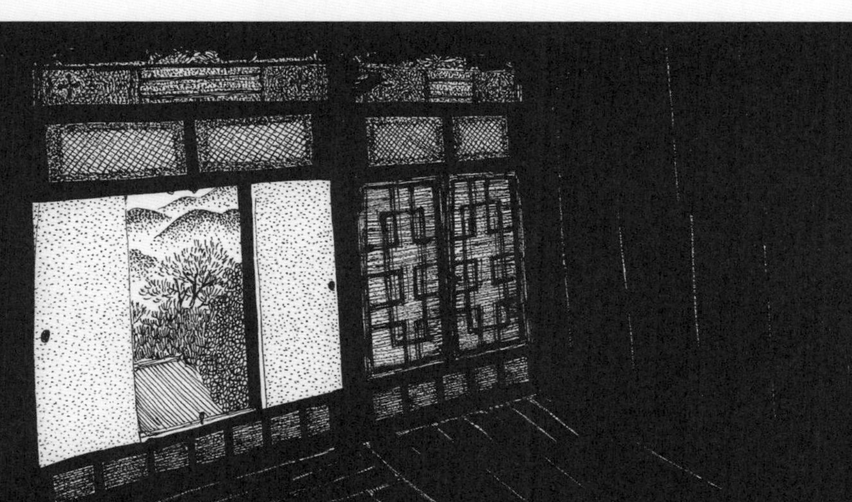

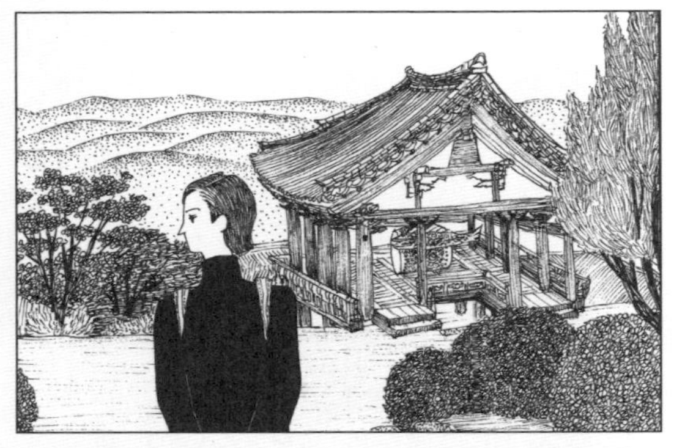

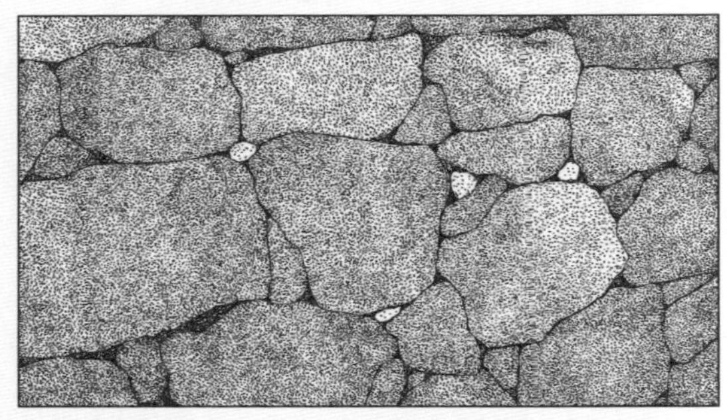

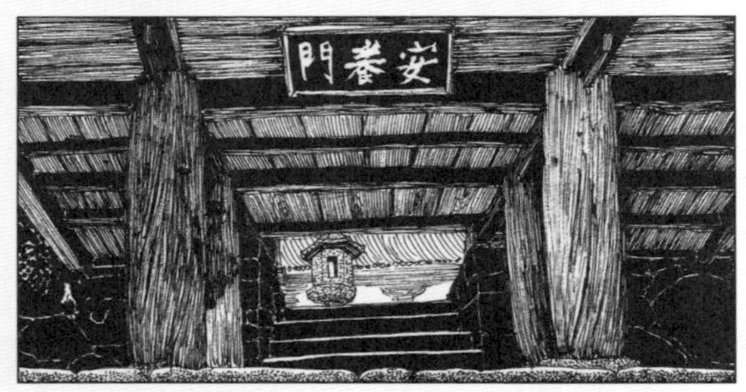

석축은 자연의 돌을 가공하지 않고 그대로 사용했습니다.
석축 사이 틈을 메운 작은 돌이, 작지만 그 자체로
제 역할을 하는 것 같아서 마음이 따뜻해집니다.
계단을 오르는 게 힘들었는데, 누각과 계단 사이 공간이
액자처럼 다음 공간을 극적으로 보여주자 계단의
역할을 깨닫습니다.

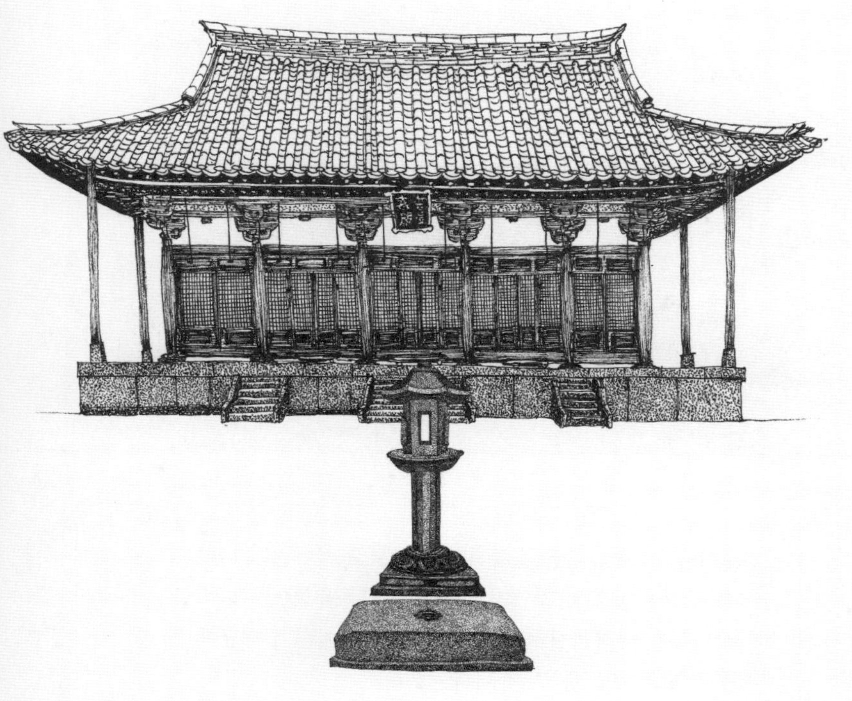

《무량수전 배흘림기둥에 기대서서》에 등장하는 무량수전과
배흘림기둥이 보입니다.
배흘림기둥이란 기둥의 두꺼운 부분이 중심에서 살짝 아래로
내려온 형태의 기둥입니다. 숫자 8에서 아래 동그라미가
위 동그라미보다 더 큰 것처럼 아래쪽이 무거워 보여야
안정적으로 보이는 '시각보정 효과' 원리를 적용했죠.

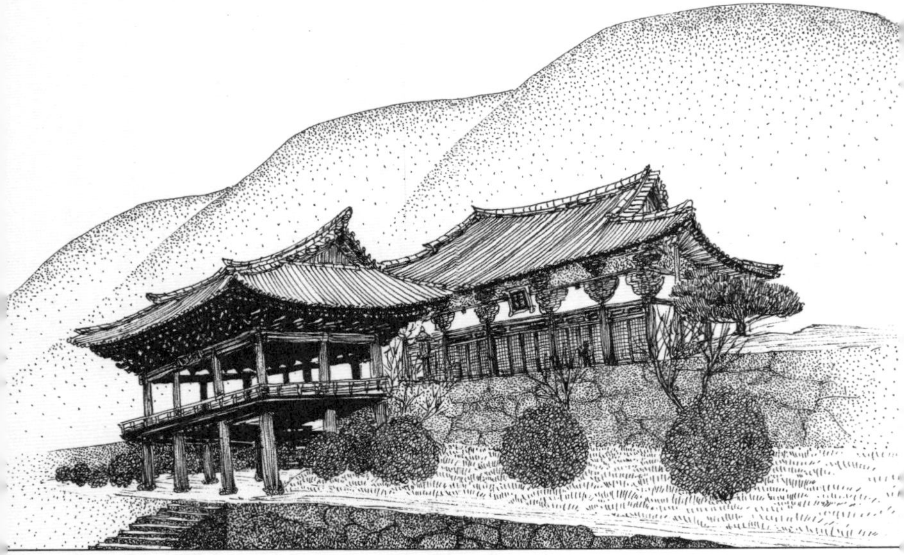

무량수전 안의 불상은 독특하게도 옆으로 앉아 있습니다.
건물은 남쪽을 향하고 있지만 불상은 서쪽을 향합니다.
아미타불은 극락세계(서쪽)를 관장하는 부처이기 때문에
서쪽을 향하도록 배치했습니다.

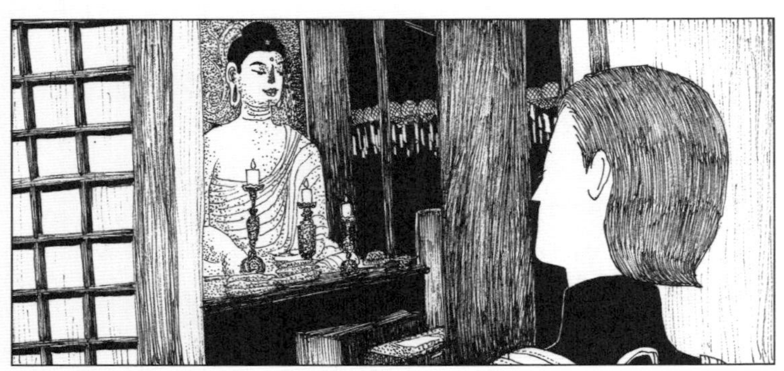

무량수전 無量壽殿(극락전)

아미타불을 주불로 모시는 법당입니다. 아미타불은 죽은 자를
구원하여 극락세계로 이끄는 부처입니다. 무량한 지혜와 덕,
무한한 수명을 지닌다 하여 '무량광불', '무량수불'이라고 부릅니다.
전쟁과 가난으로 고통받던 과거 백성들은 죽은 뒤에 구원받기를
바라는 마음으로 아미타불을 모셨습니다.
'나무아미타불'이라는 불교 주문은 극락에서의 삶을 기원하는
것으로 '아미타 부처님께 돌아가 의지합니다'라는 뜻입니다.

* 인도는 주불전이 해가 뜨는 동쪽을 향하지만, 중국과 한국은 남쪽을 향합니다.
  동아시아에서 중요한 의미인 북극성을 머리 쪽에 두고 남쪽을 향해 앉아 있어야
  한다고 생각한 것입니다. 그러나 극락세계는 서쪽에 있다고 여기기 때문에
  극락전의 경우 건물 혹은 불상이 서쪽을 향하도록 배치합니다.

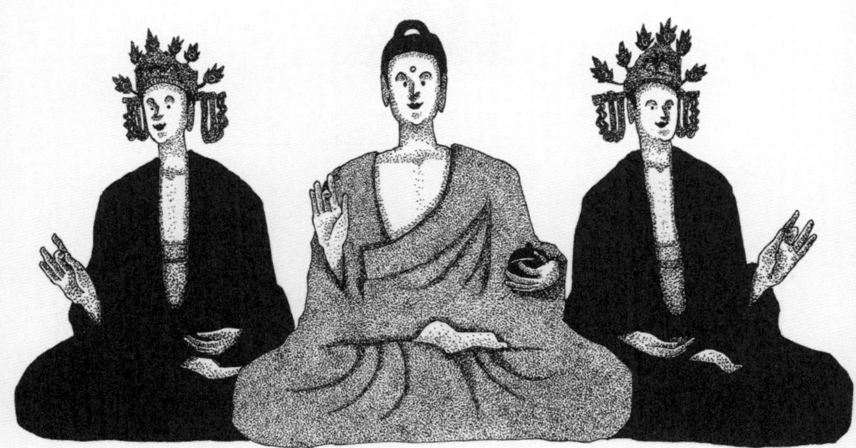

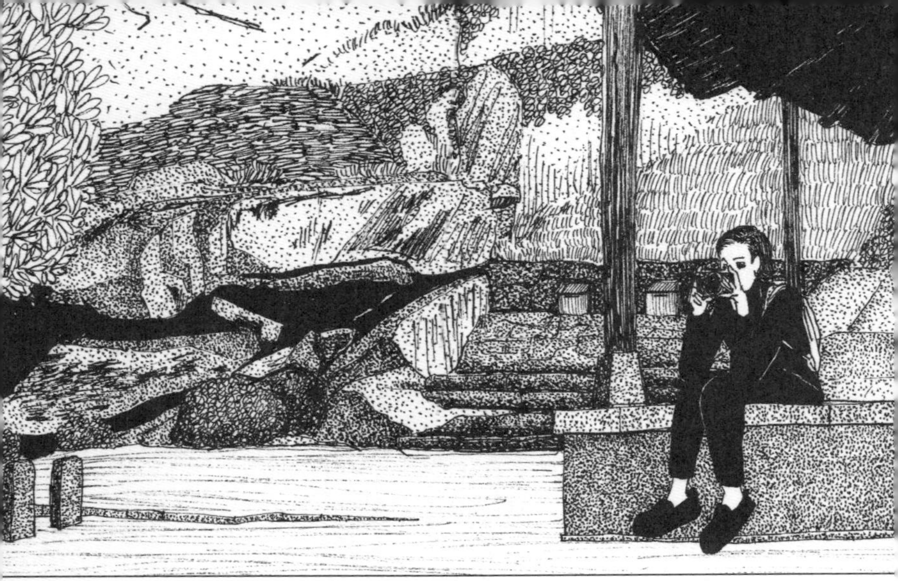

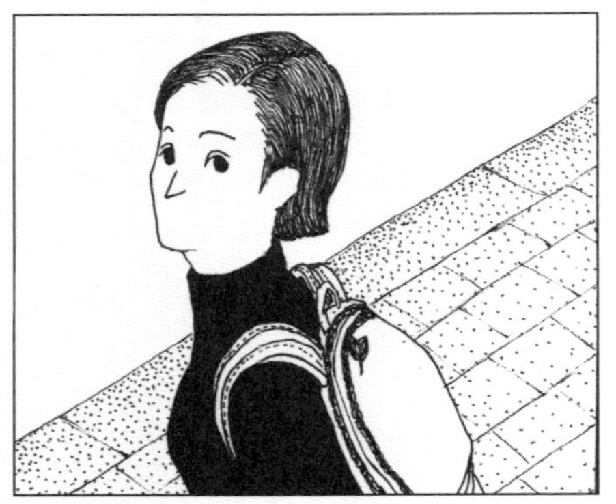

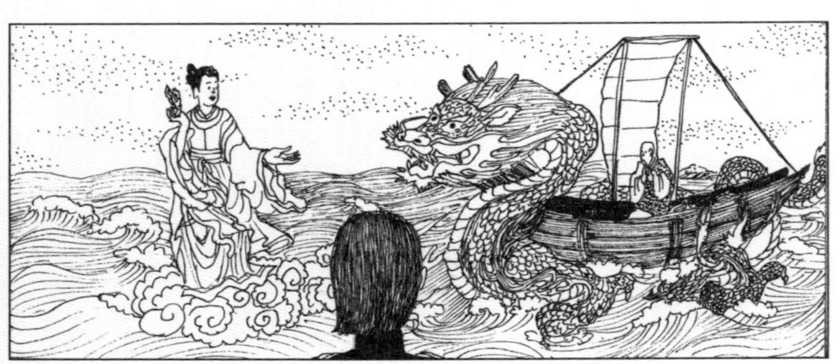

무량수전 왼쪽에 부석사의 창건 신화를 담은 커다란 돌
'부석(浮石, 떠 있는 돌)'이 있습니다. 의상대사가 부석사를 창건할
때, 도적 떼가 나타나 이를 방해했습니다. 그때 의상대사를
사모한 여인 '선묘'가 큰 돌이 되어 하늘에 떠올라 도적 떼를
물리쳐 절 이름을 '부석사'로 지었다고 합니다.

"얼른 보면 위아래가 서로 이어진 듯하나, 자세히 살피면 두 돌
사이가 서로 눌려져 있지는 않다. 약간의 빈틈이 있어, 새끼줄을
건너 넘기면 나고 드는 데 걸림이 없어, 그제야 비로소 떠 있는
돌인 줄을 알게 된다. 절이 이 돌 때문에 이름을 얻었으나
이 이치는 알 수 없다."

— 이중환, 《택리지》

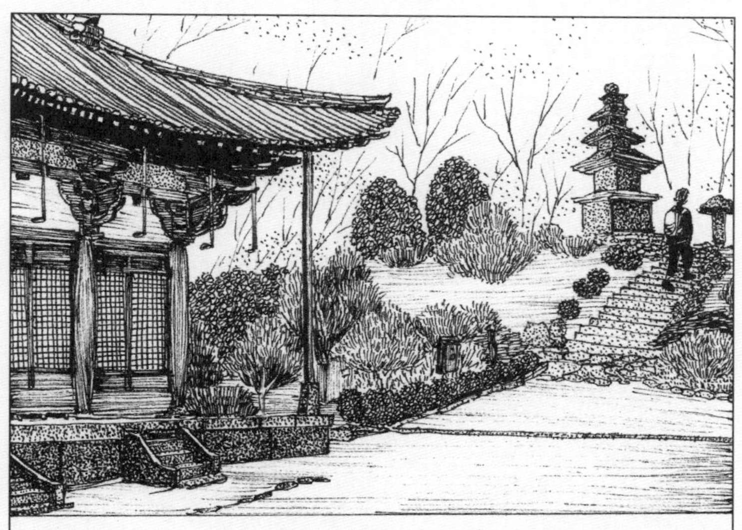

무량수전 오른쪽의 돌계단을 올라서봅니다. 이게 마지막
돌계단이길 바랄 뿐입니다. 삼층석탑 앞에서 보는 풍경이
아름답습니다.

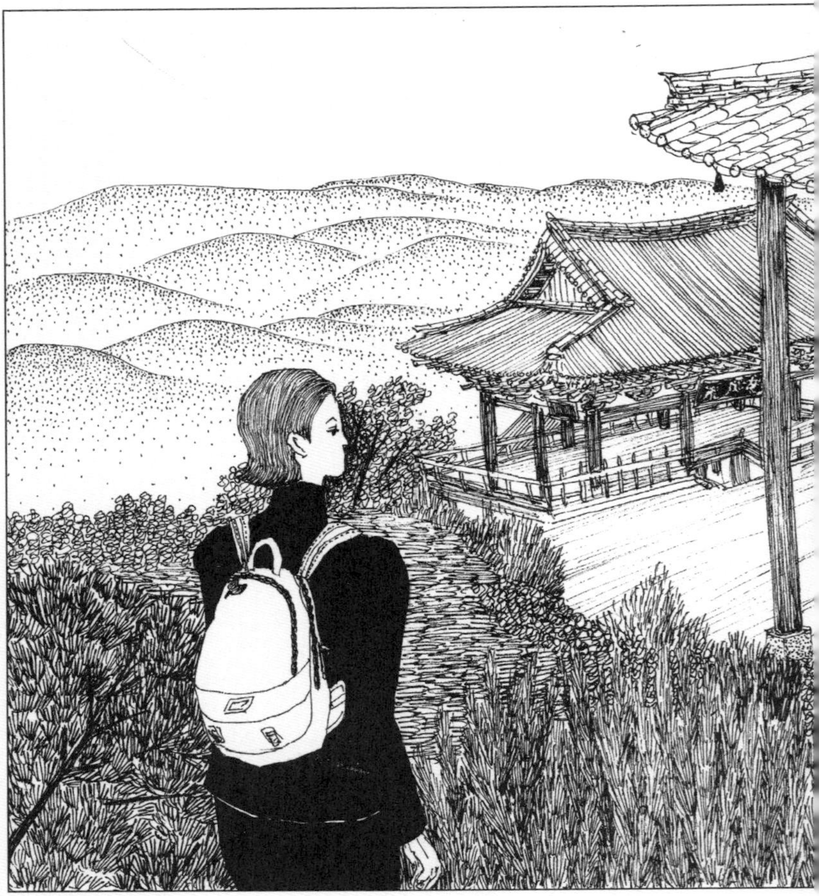

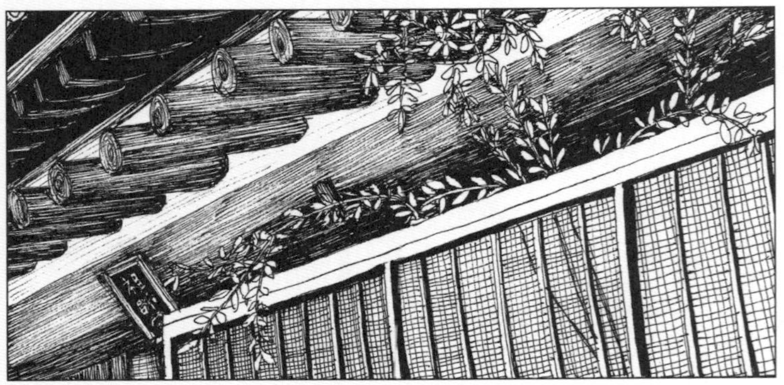

돌계단 끝에 조사당이 있습니다. 조사당
앞에는 의상대사 설화로 유명한 골담초가
자라고 있습니다.

"(승려 의상이 인도로 떠나기 전) 거처하던
방문 앞 처마 밑에다 지팡이를 꽂으면서
'내가 간 뒤에 이 지팡이에서 반드시 가지와
잎이 날 것이다. 이 나무가 말라 죽지
않으면 나도 죽지 않은 줄 알아라' 하였다.
(…) 나무는 창밖에서 곧 가지와 잎이
나왔으며, 비록 햇빛과 달빛은 비치나 비와
이슬에는 젖지 않았다. 늘 지붕 밑에
있으면서 지붕을 뚫지 않고, 겨우 한 길
남짓한 것이 천 년이 지나도 하루 같다."

— 이중환, 《택리지》

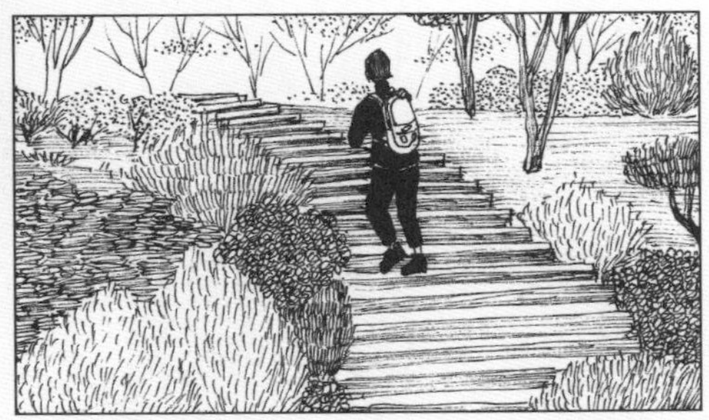

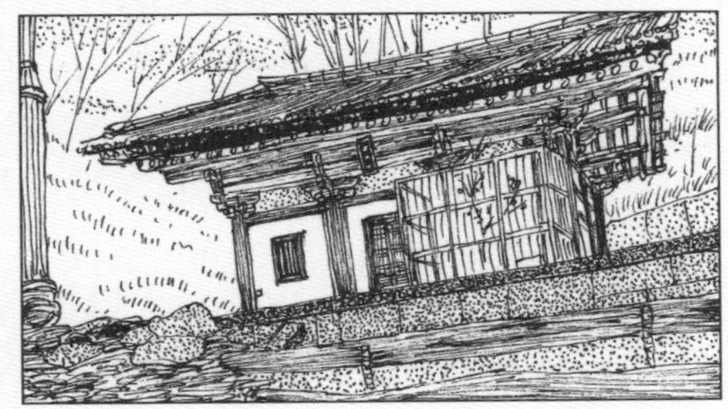

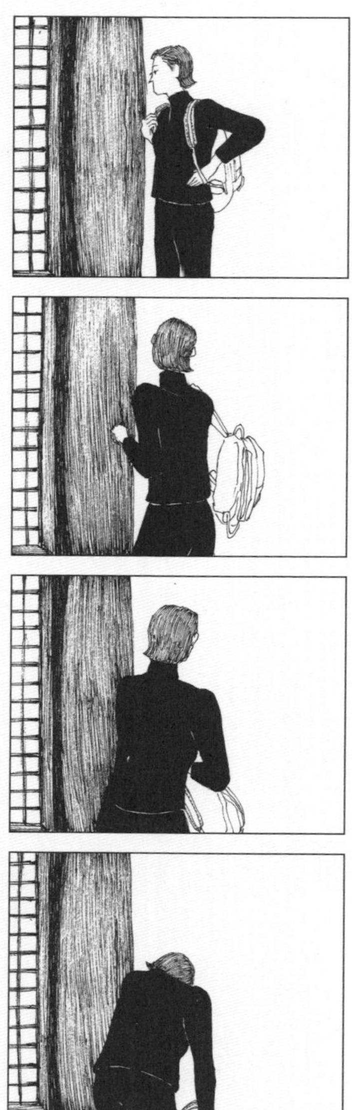

조사당에서 내려와 (책 제목처럼) 무량수전 배흘림기둥에 기대
서봅니다. 안양루를 넘어 소백산맥의 연봉들이 그림처럼 보입니다.
그 풍경이 너무 아름다워서 힘들었던 모든 과정이 결말을 위한
아름다운 서사처럼 느껴집니다. 이렇게 계단의 의미를 하나 더
알게 됩니다.

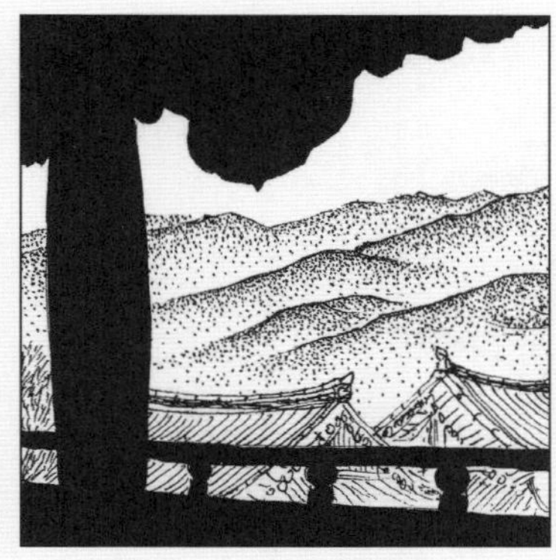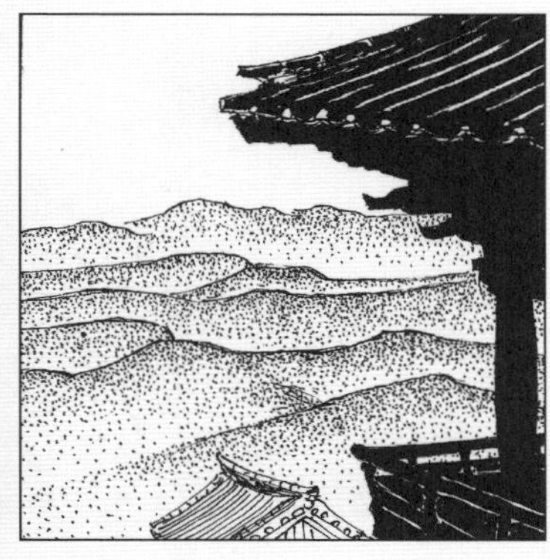

"누각이 비어 있으면 능히 만 가지 경치를 용납할 것이요,
마음이 비어 있으면 여러 좋은 것을 용납할 것이다."

— 정승 손순효

서양에서는 18세기 이후 정자의 형태인 '폴리(folly)'를 건축적 요소로
사용했습니다. 그전까지 벽을 세우는 입면 건축을 건물의 기본이라
생각하던 서양의 관점에서 벽이 없는 건물은 미완성이었죠. 하지만
같은 시기 동양에서는 벽이 없는 마루를 완전한 건축 형태로 봤습니다.
시간과 장소에 따라 가치라는 건 생각보다 쉽게 변합니다.

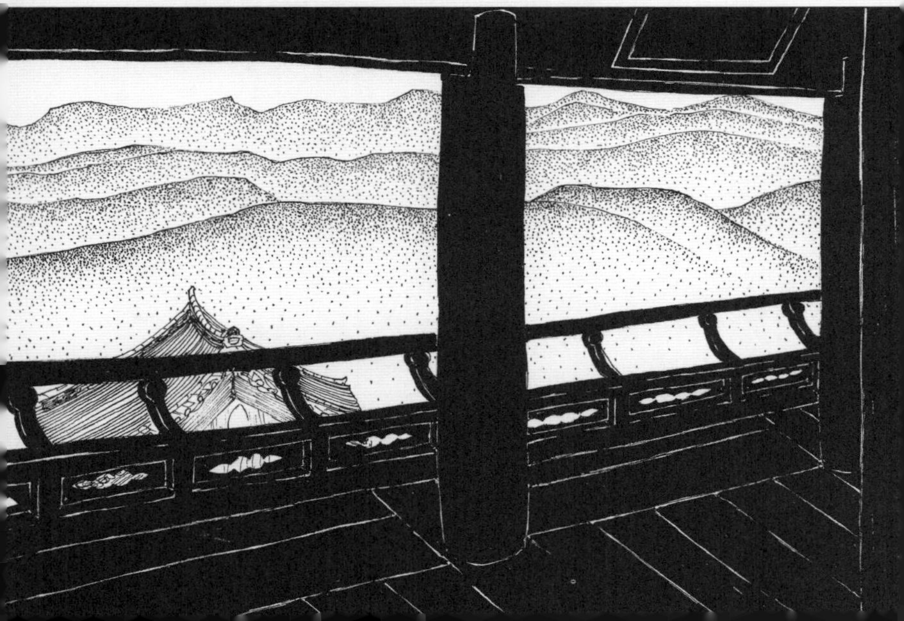

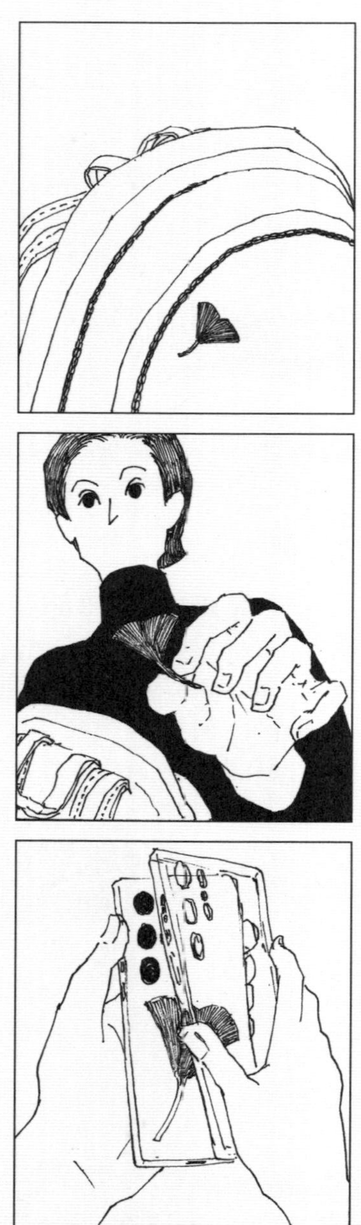

풍경을 보다가 가방 위에 떨어진 은행잎을 발견합니다.

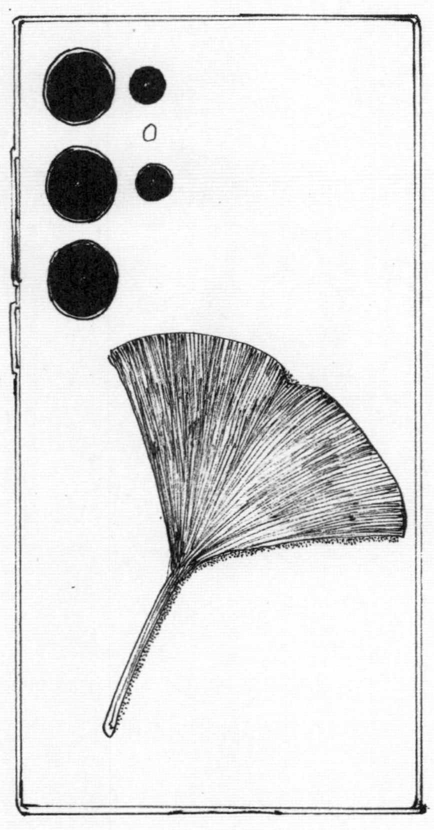

부석사

사진을 찍는 건 간편하지만 순간을 제대로 즐기는 방법은 아닙니다.
창문의 풍경이 아닌 정자의 풍경을 즐기는 사람처럼, 은행잎의 향과
촉감까지 오롯이 간직하는 법을 고민하다 휴대폰 케이스 안에
은행잎을 넣어봅니다.

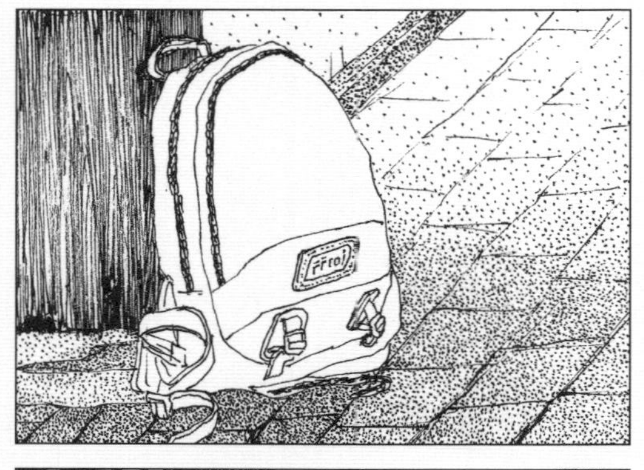

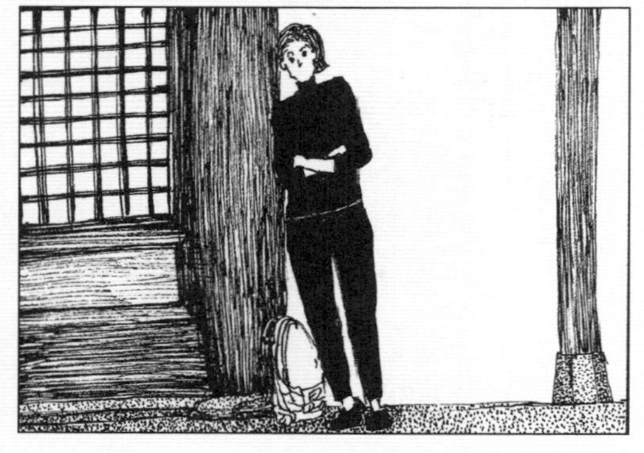

'눈을 감았다 뜨면 바로 산 정상에 도착해 있으면 좋겠다' 생각하며
계단을 올랐는데, 계단을 오르는 과정 덕분에 발견하고 느낄 수 있는
것이 많았습니다.

문득 김수근 건축가의 말이 생각났습니다.

"결과만 좋으면 되지 않느냐 하는 사고는 위험한 것이다.
짧은 인생밖에 거느리지 못하는 사람에게는
그 과정이 전부인 것이다."

— 김수근, 《좋은 길은 좁을수록 좋고 나쁜 길은 넓을수록 좋다》

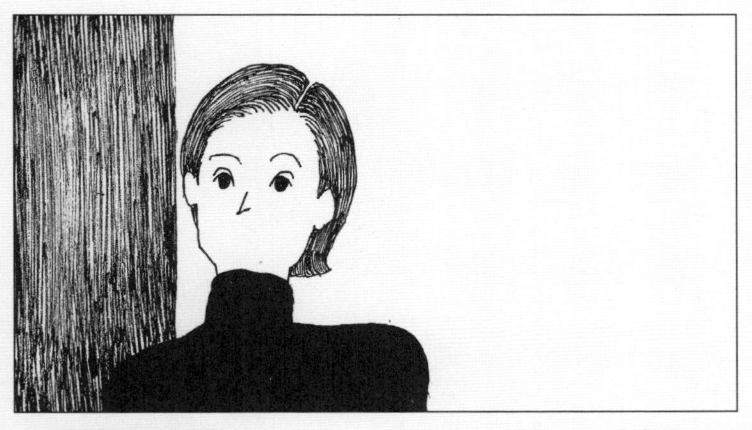

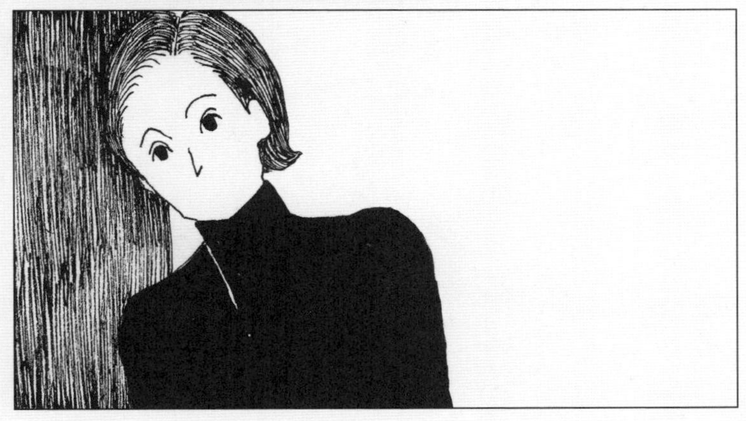

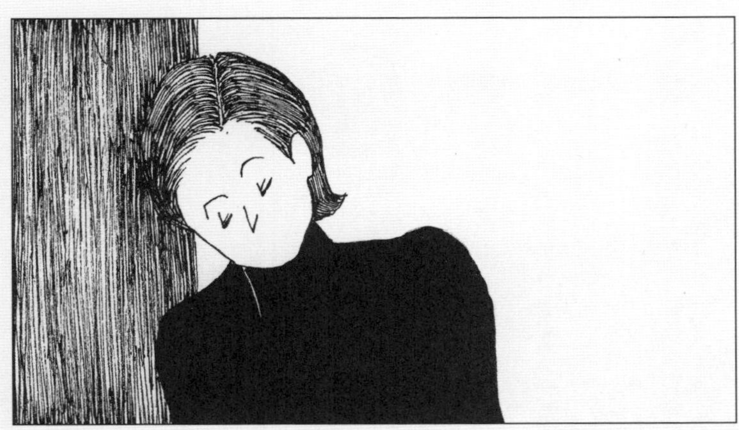

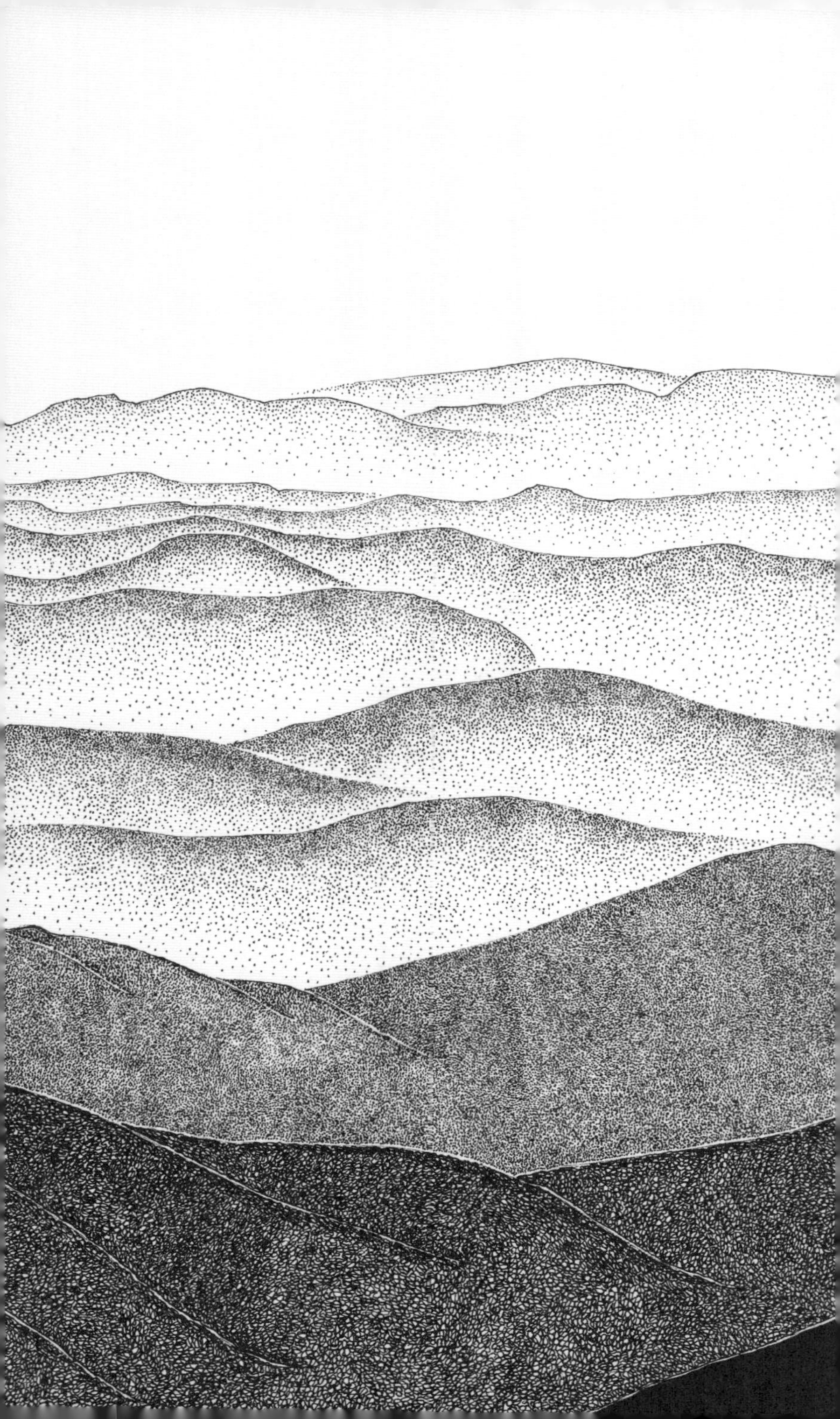

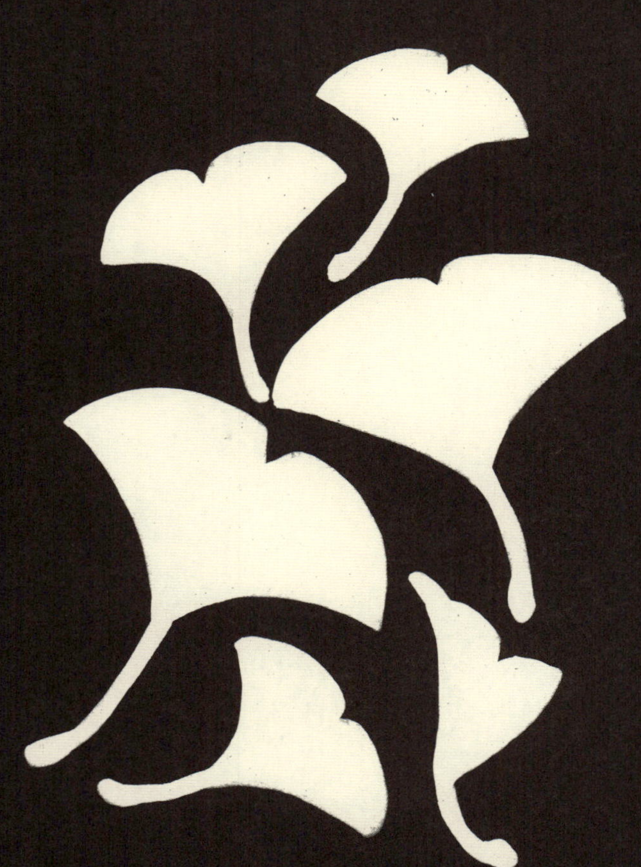

鳳凰山浮石寺

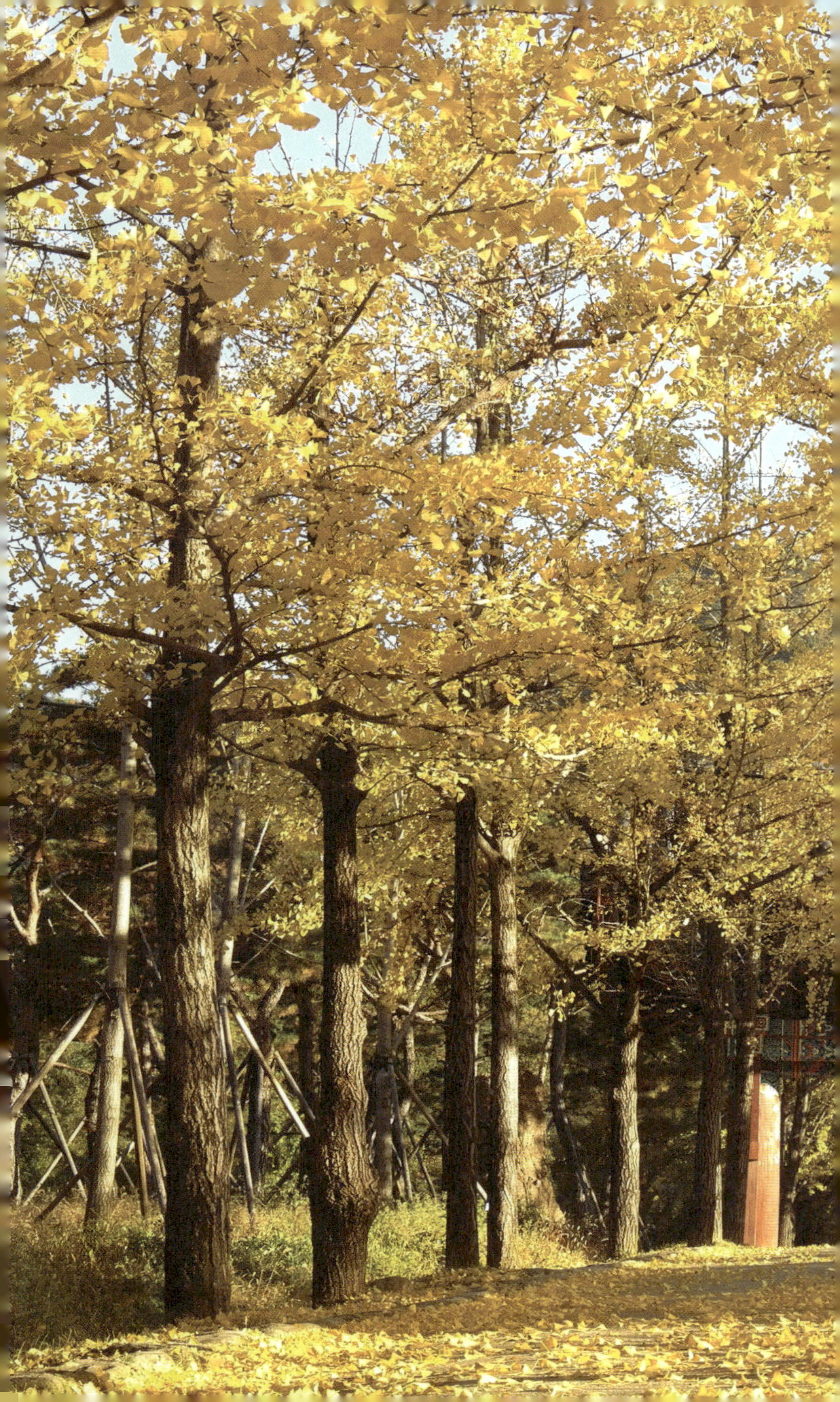

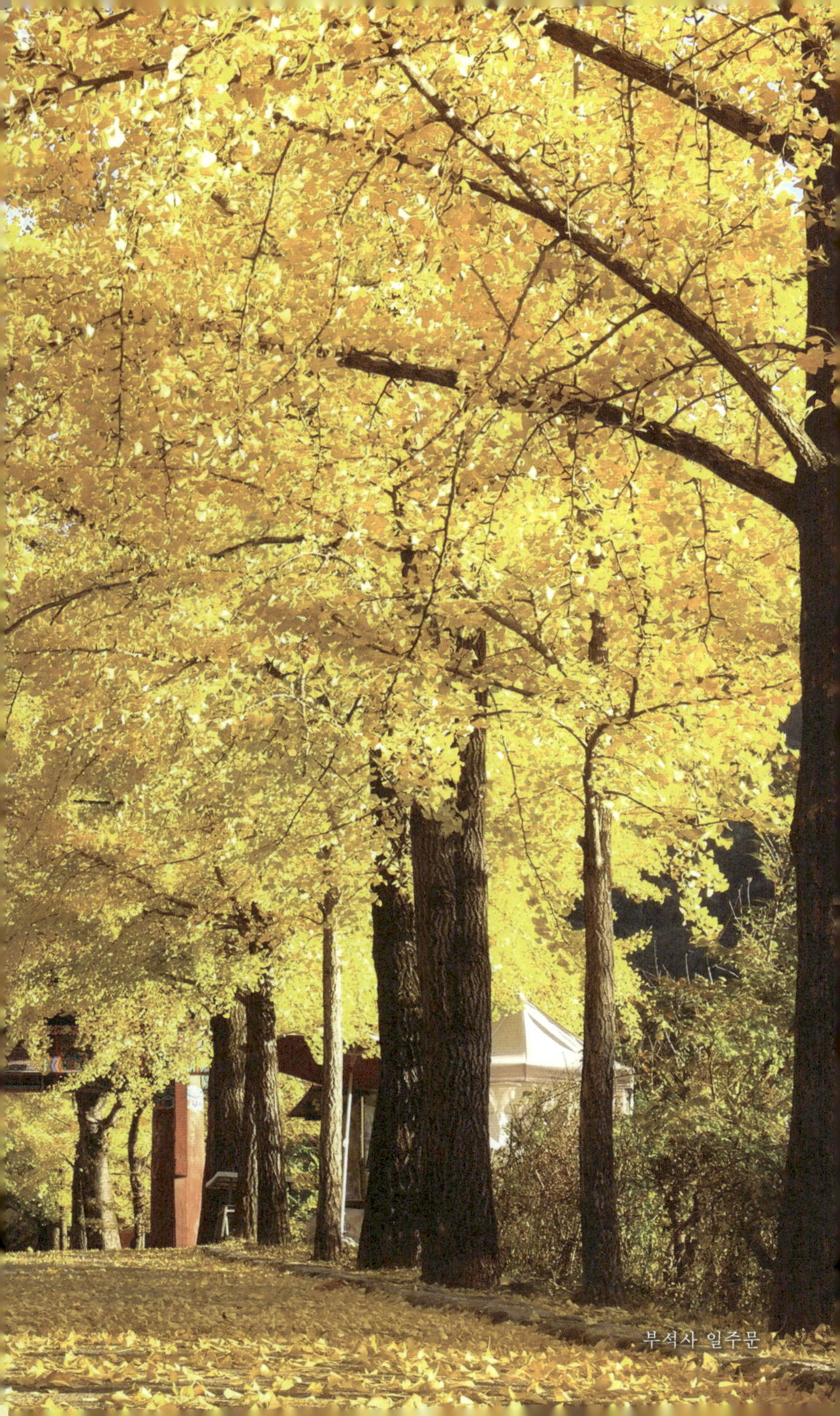
부석사 일주문

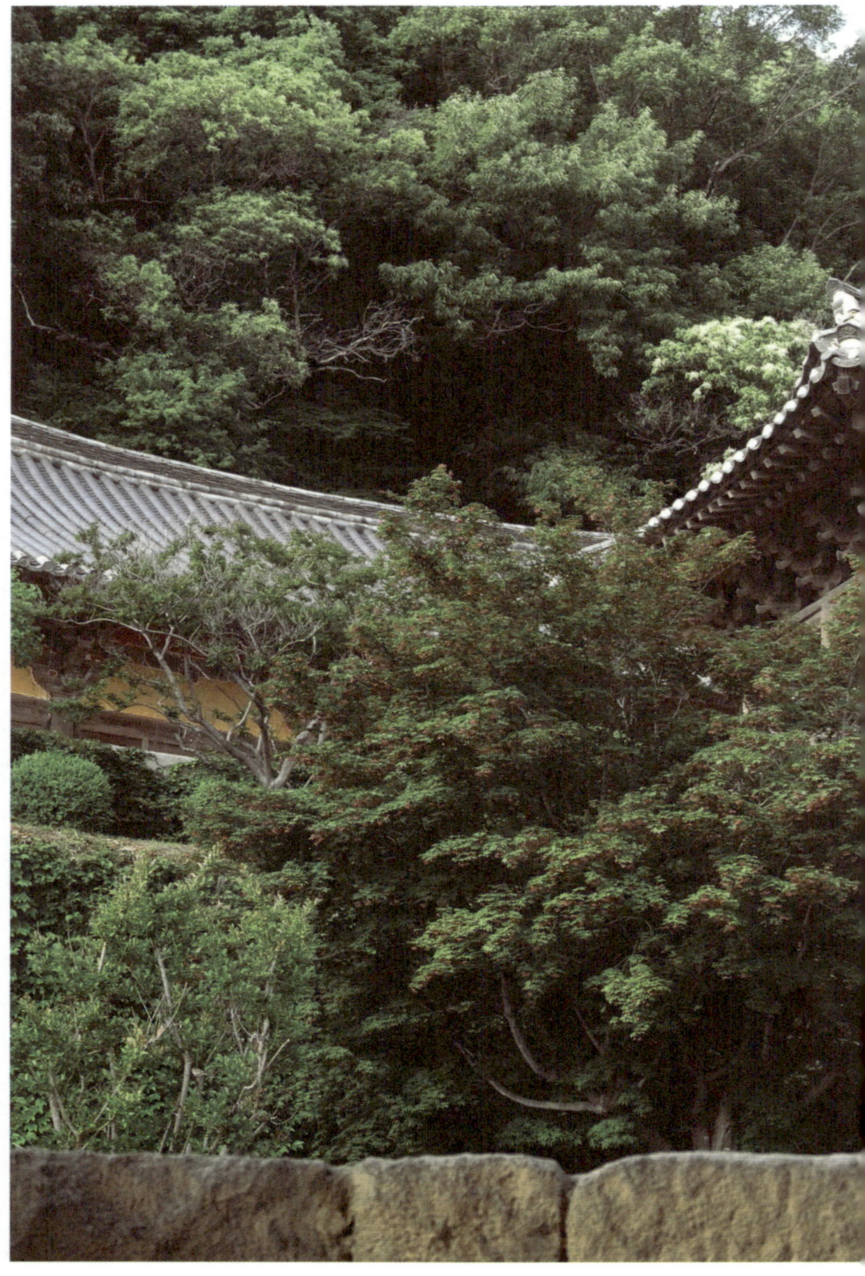

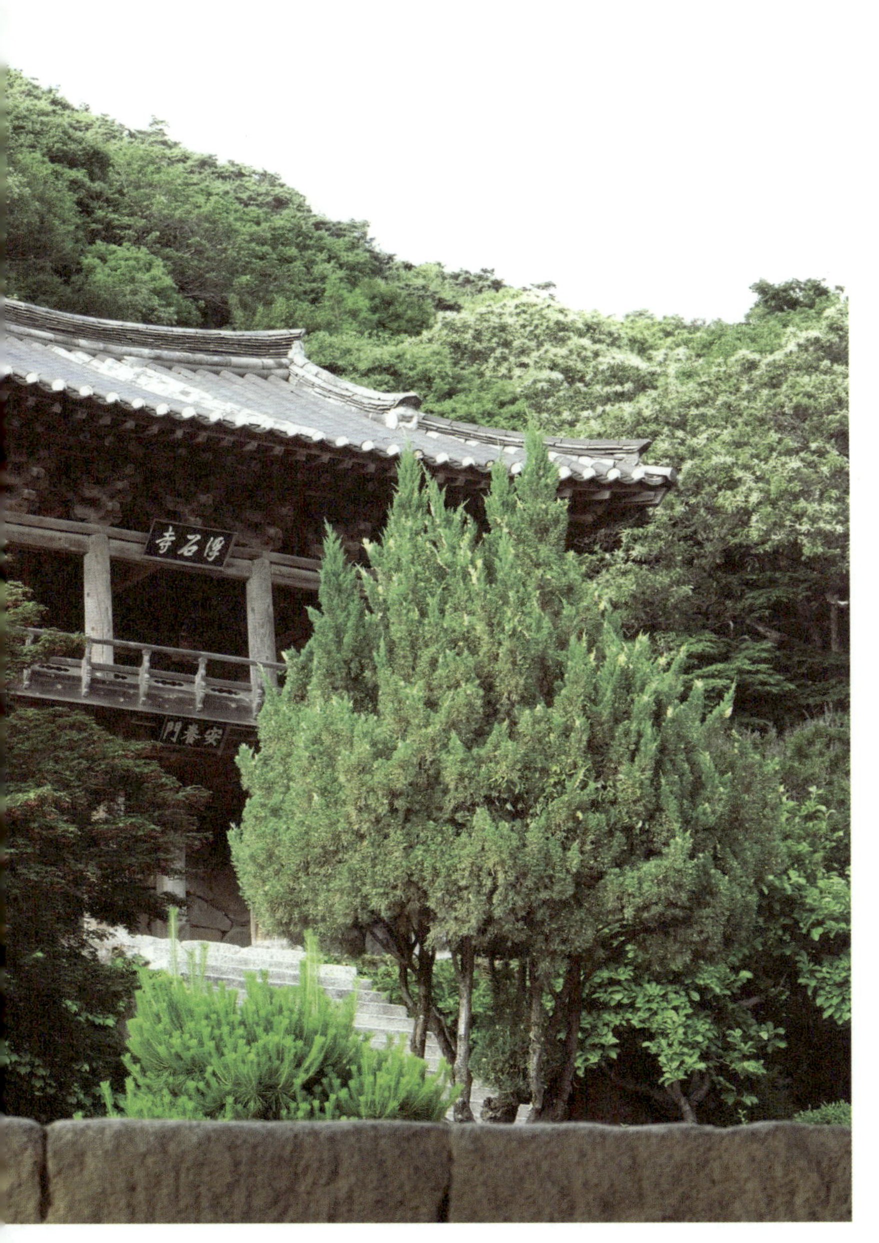

부석사 안양루

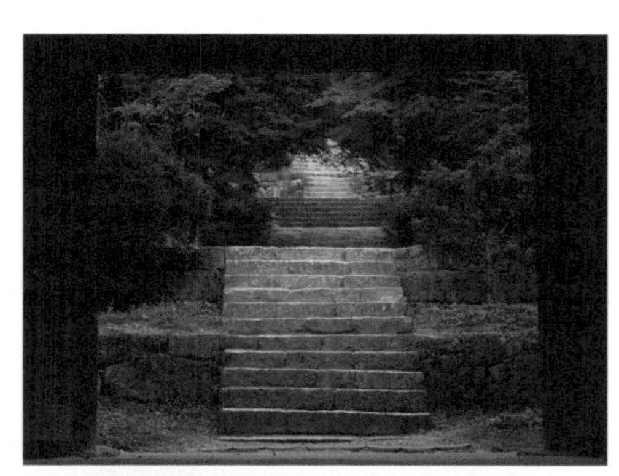

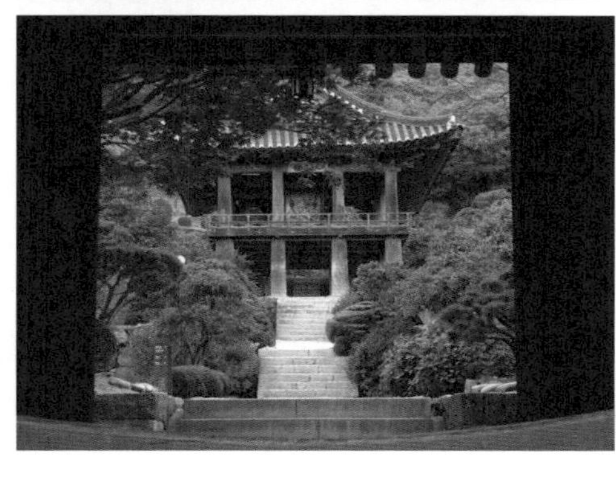

부석사 초입 돌계단
부석사 범종루

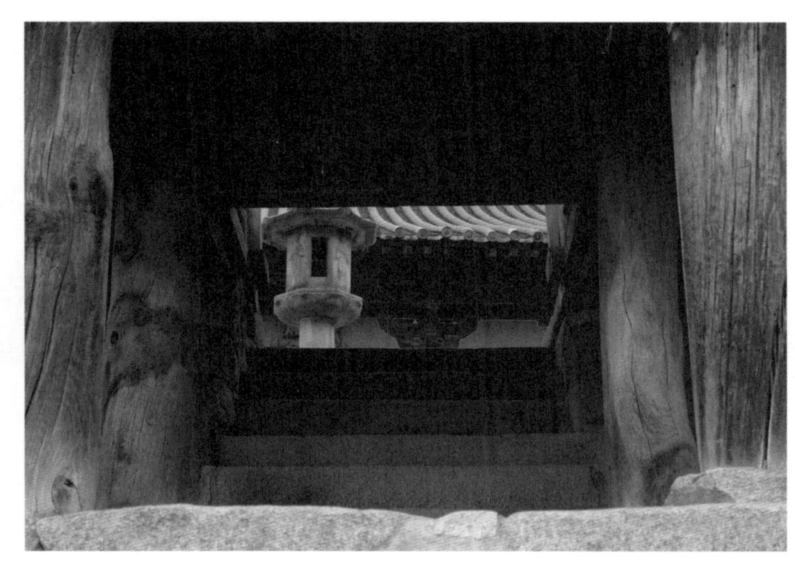

부석사 안양루 계단 너머로 보이는
무량수전과 석탑

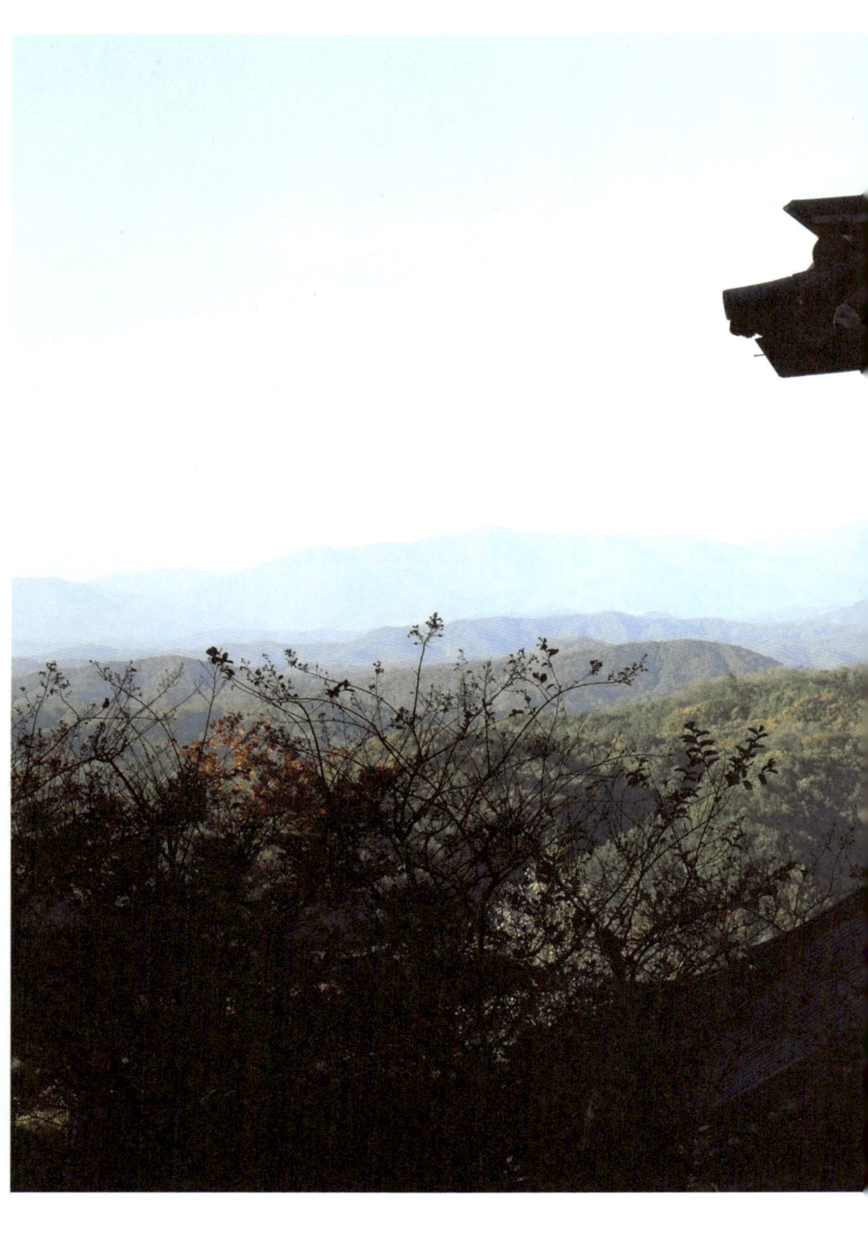

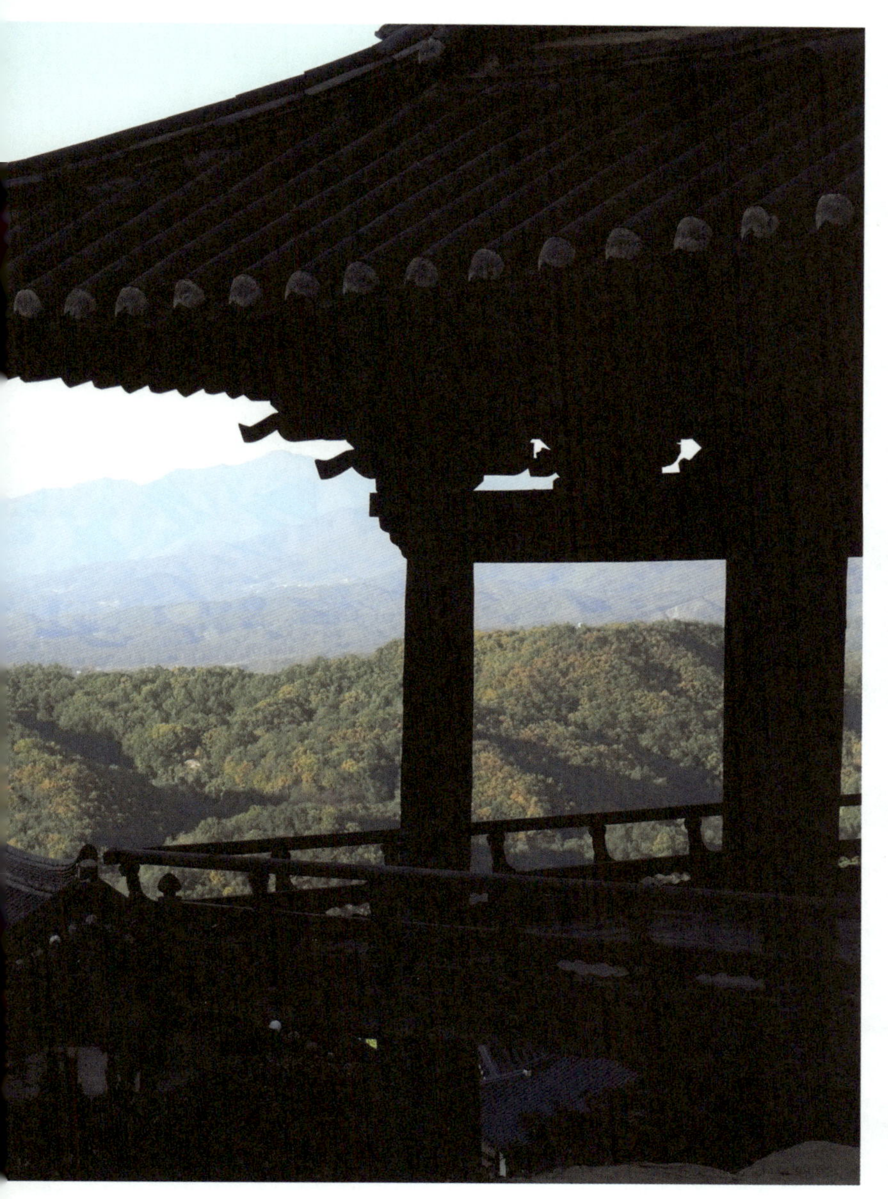

부석사 안양루와 소백산맥

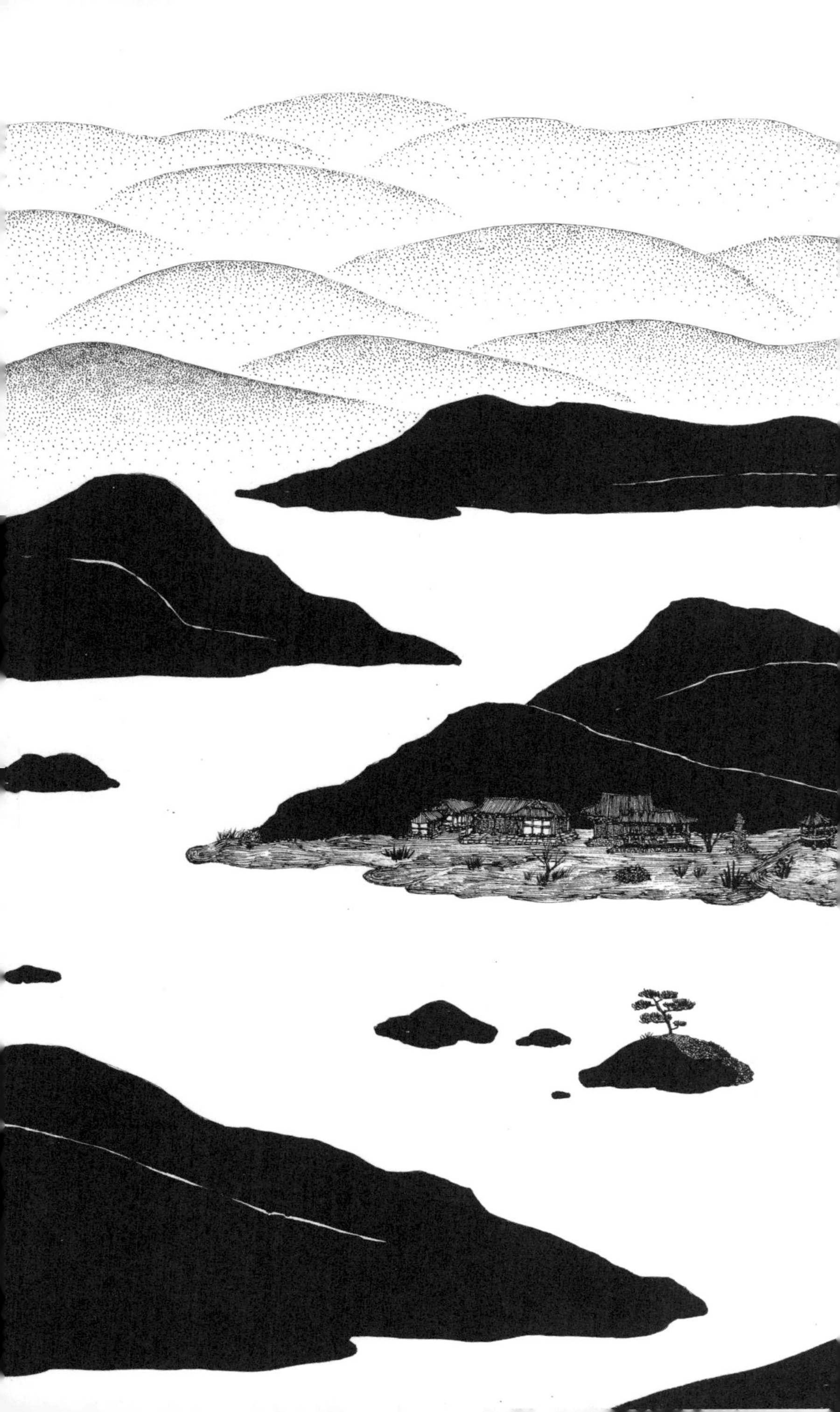

산사에 대하여

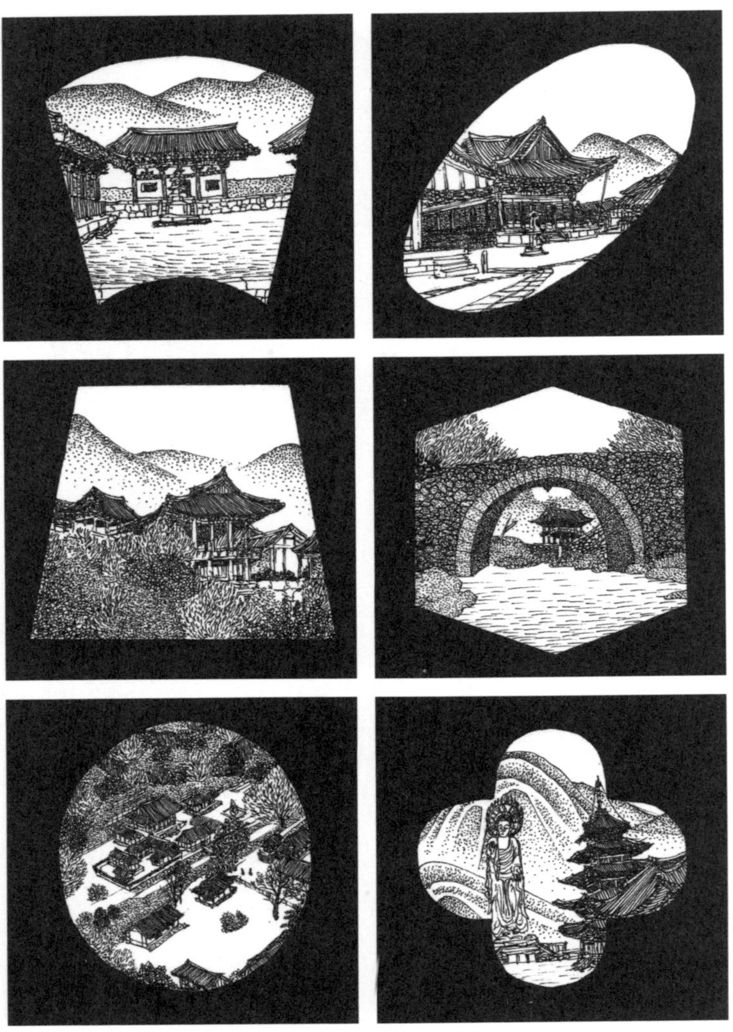

산사란 산에 있는 절을 말합니다.
세계의 수많은 절이 산에 있지만, 한국의
산사는 특별한 점이 있습니다.
그 특별한 점이 무엇인지, 종교적인 면과
건축적인 면을 통해 알아보겠습니다.

봉정사	통도사
부석사	선암사
대흥사	법주사

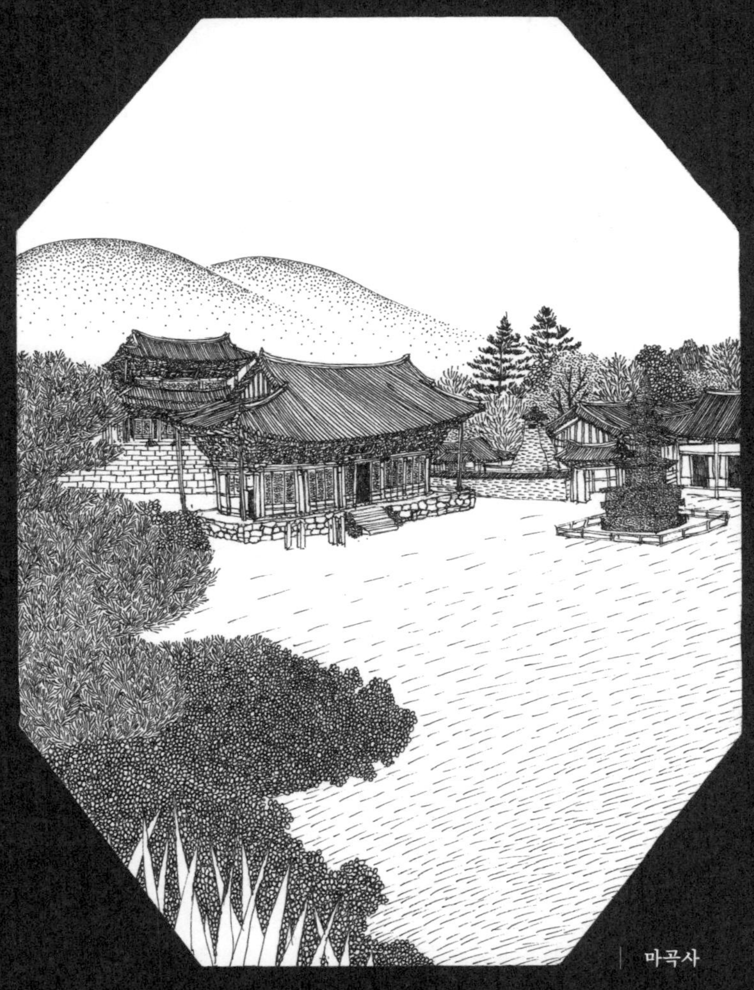

마곡사

* 2018년 유네스코 세계문화유산에 한국의 산사를 대표하는 일곱 개 절이
  'Sansa, Buddhist Mountain Monasteries in Korea(산사, 한국의 산지승원)'라는 이름으로
  등재되었습니다. 절(temple)이 아닌 승원(monastery)이라 표현한 것은 한국의
  산사가 단순한 예배 공간이 아니라, 먹고 자는 일상의 모든 과정을 수행으로 여기는
  '도량(道場, 불도를 닦는 곳)'임을 의미합니다.

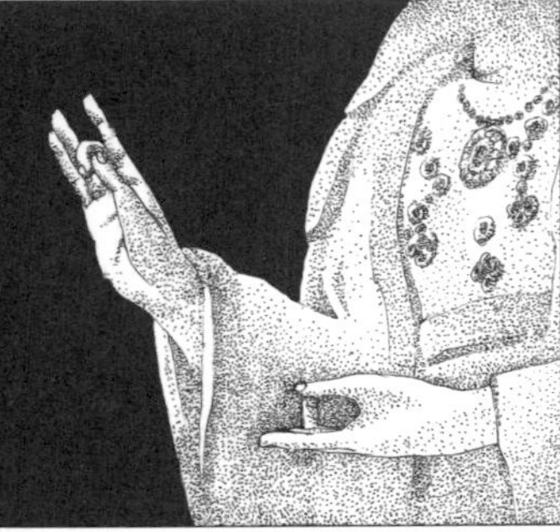

절이 산에 위치하게 된 데는
세 가지 이유가 있습니다.

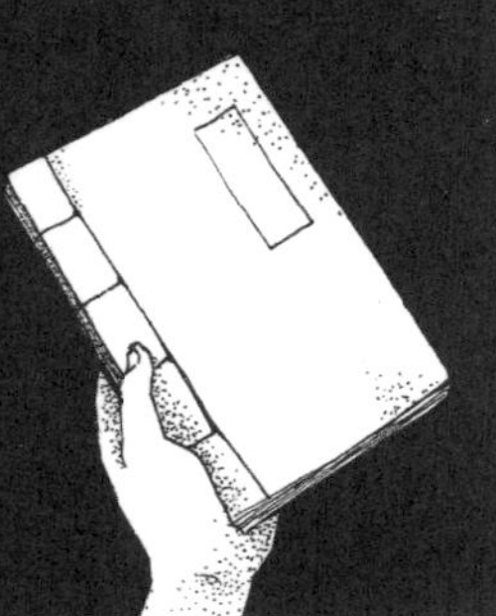

첫째,
수행자들이 복잡한 속세를 떠나
고요한 곳에서 수행하기 위해서입니다.
부처가 보리수나무 아래서 깨달음을
얻었듯 세속과 멀어져 자신에게 집중할 수 있는
산은 절이 있기에 좋은 장소입니다.

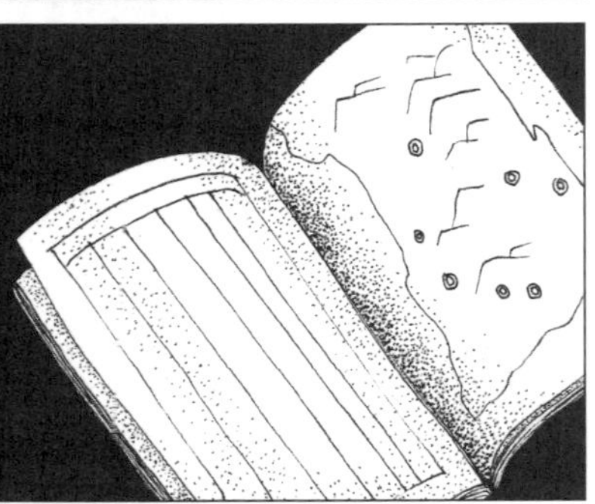

둘째,
풍수지리 때문입니다.
산은 기운이 센 곳입니다.
산의 센 기운을 절로 다스려
평화를 도모했습니다.

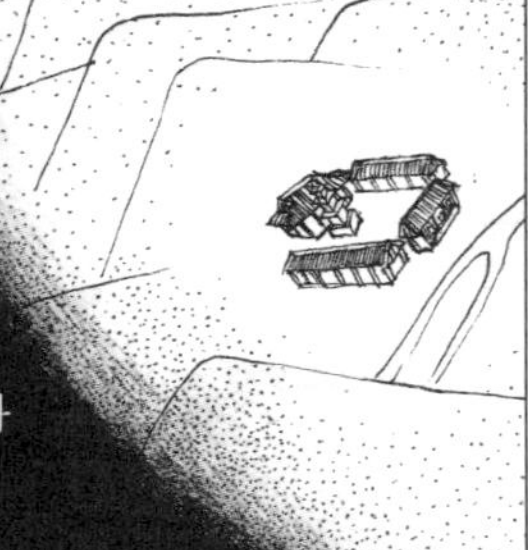

셋째,
삼국시대부터 고려 시대까지는
불교가 융성했지만 고려 말 불교가
권력과 유착하며 타락했고,
조선 시대에 들어서면서 스님들이 산으로 쫓겨나
대다수 절이 산속에 남게 되었습니다.

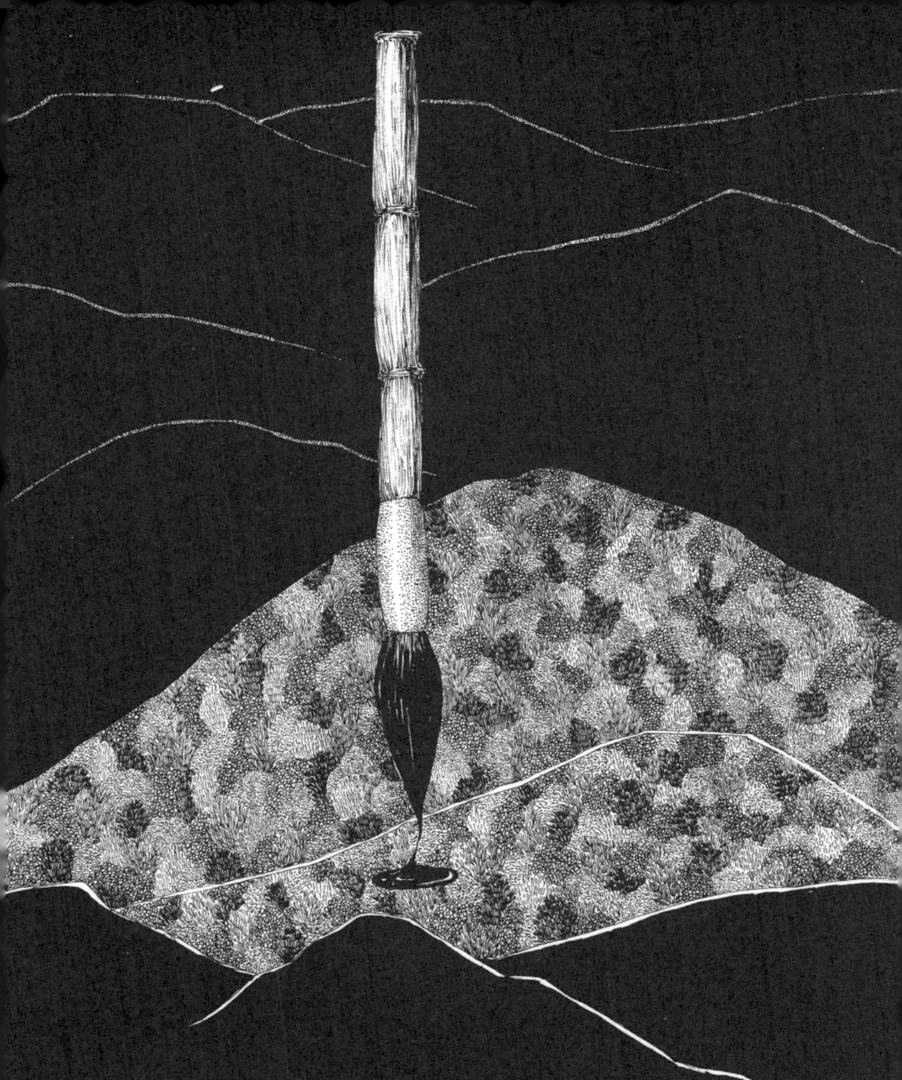

"명산에는 반드시 큰 절이 있다"라는 옛말이 있습니다.
풍수지리란 지형을 과학적, 심리학적, 철학적으로 분석하는 학문입니다.
역사 기록에 따르면 우리나라 풍수지리에 크게 영향을 미친 사람은
신라 말기 승려 '도선국사'입니다. 그는 중국의 지형학을 받아들여 한국에
맞게 발전시키고, 정립했습니다. 그리고 풍수지리를 기반으로 국가의
평안을 빌며 종교철학을 전파하기 위해 전략적으로 전국 명산에 절을
짓기 시작했습니다.

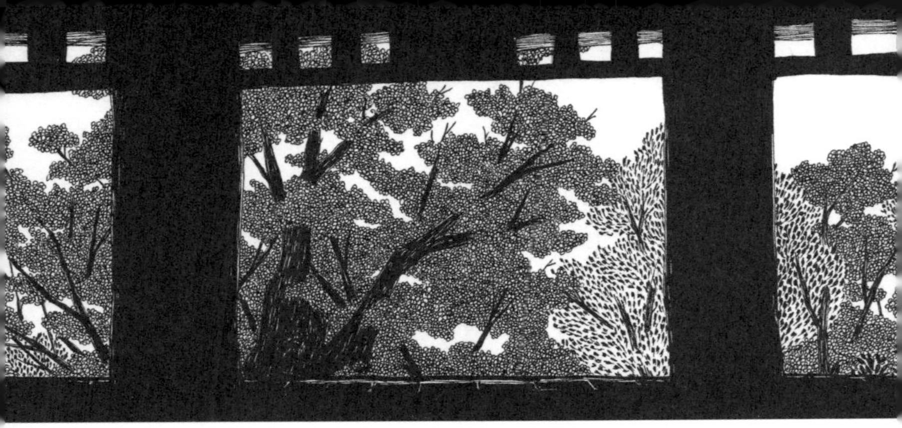

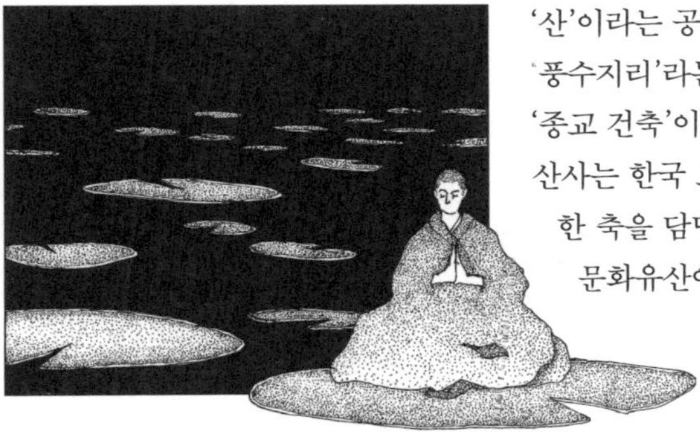

'산'이라는 공간적 특색과
'풍수지리'라는 학문,
'종교 건축'이라는 특징이 만나
산사는 한국 고건축의
한 축을 담당하는
문화유산이 되었습니다.

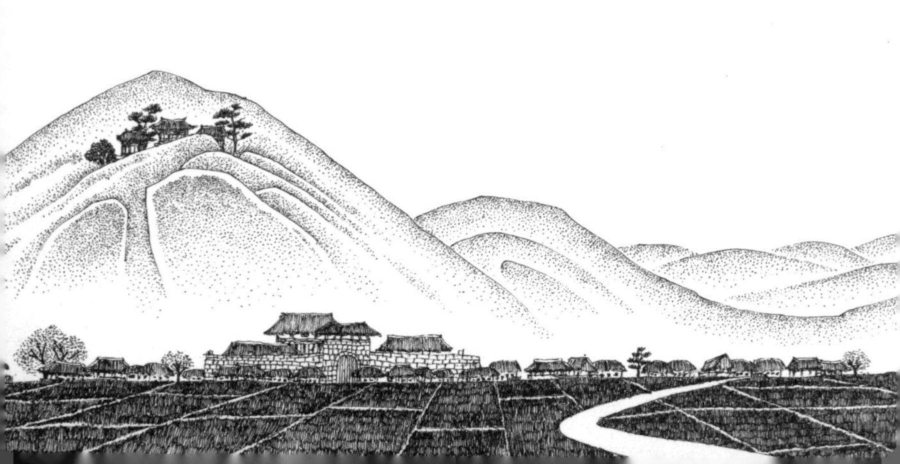

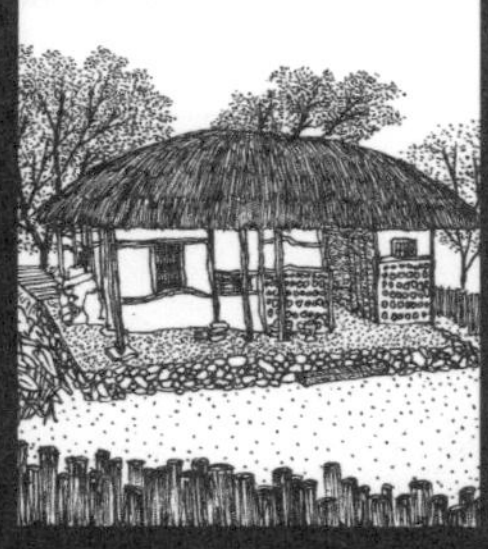

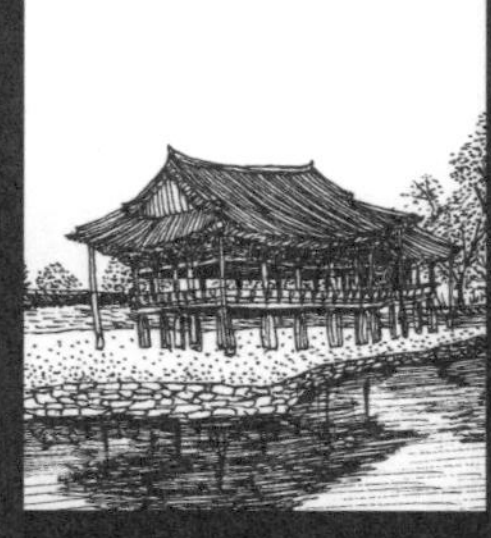

일산 밤가시 초가 | 남원 광한루

산사에는 한국 건축의 깊이가 있습니다.
초가집, 서원, 궁궐 등 다양한 고건축이
있지만 대부분 전쟁과 화재 등으로
소실되어 역사가 500년이 넘는
한국 건축을 찾기는 쉽지 않습니다.
하지만 산사는 산에 있어 전쟁을 피할 수
있었고 종교라는 명맥을 통해 꾸준히
유지되었습니다.
산사는 한국의 건축을 깊게 이해할 수
있는 가장 좋은 곳입니다.

안동 병산서원

서울 경복궁	수원 화성
경주 독락당	서울 종묘

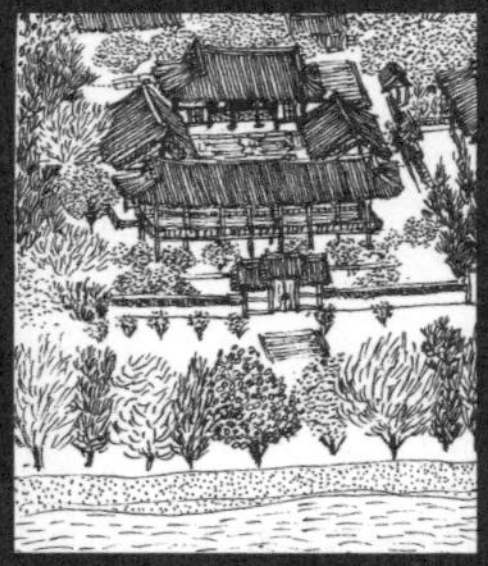

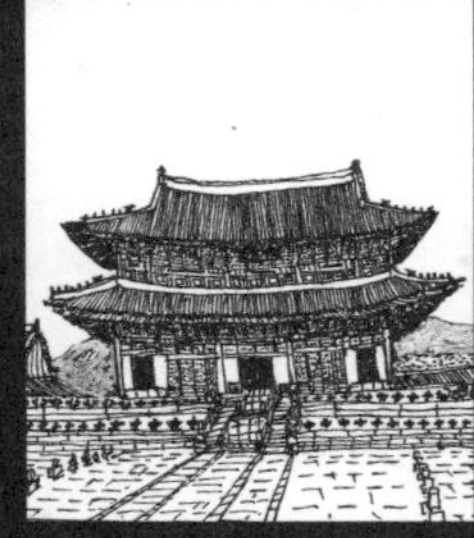

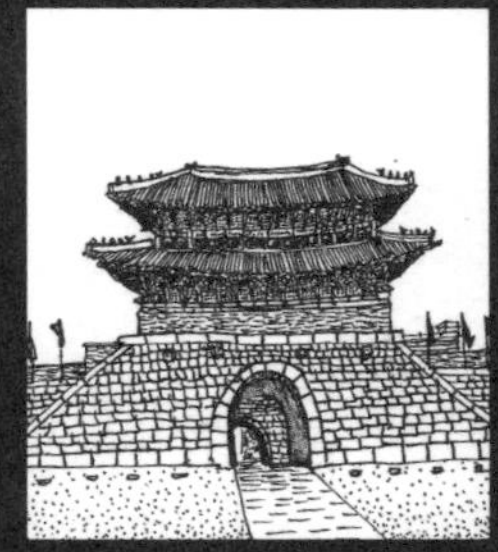

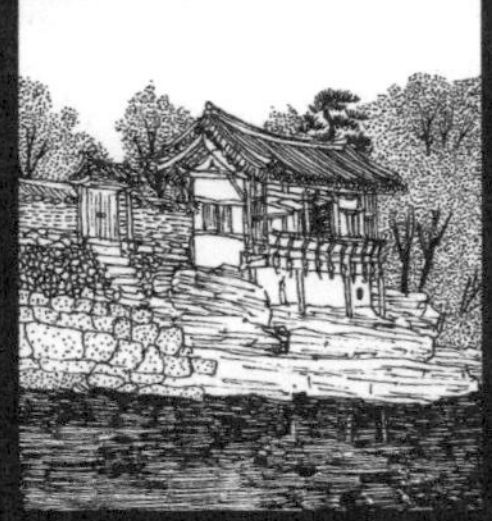

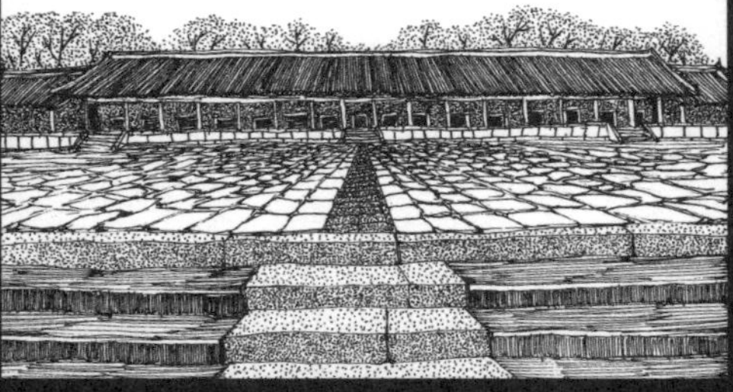

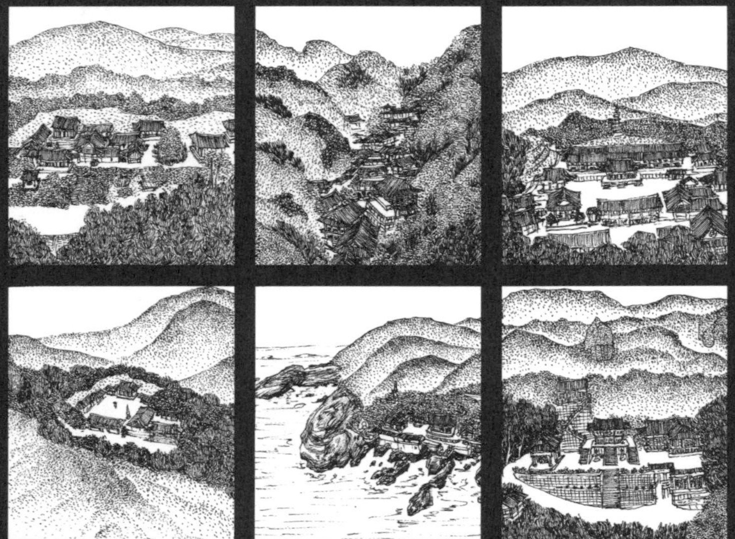

산사에는 한국 건축의 너비가 있습니다.
산에 종교 시설이 있는 것은 다른 나라에서도 볼 수 있죠. 하지만
70퍼센트가 산지인 한국은 산마다 절을 짓다보니 세월이 흘러
산에 지은 절 그 자체가 하나의 건축양식이 되었습니다.
한국에는 총 이만 개 이상의 절이 있고, 그중 역사가 있는 전통 사찰은
구백 개가 넘습니다. 각 지역을 대표하는 산사만 여든 개 이상이며,
전국 주요 도시에서 차로 한 시간 이내에 갈 수 있습니다.
산사에는 각 지역의 이야기와 지형의 형태가 녹아 있습니다.

이렇게 산사를 통해 한국 건축의 깊이(역사)와 너비(지역)를
이해할 수 있습니다.

산사를 관광지로만 찾기보다는
깨달음을 얻을 수 있는 곳으로
접근하고 싶습니다.
발 디딘 공간의 건축을 이해하는 것이
나를 이해하는 과정이 되었으면
좋겠습니다.

* 산에 바위가 많거나
  지형이 완만하지 않을 때
  풍수지리에서는 기운이
  세다고 표현합니다. 이런
  곳일수록 절의 모습을
  화려하게 만들어 기운의
  균형을 맞췄습니다.

산사의 공간 구성

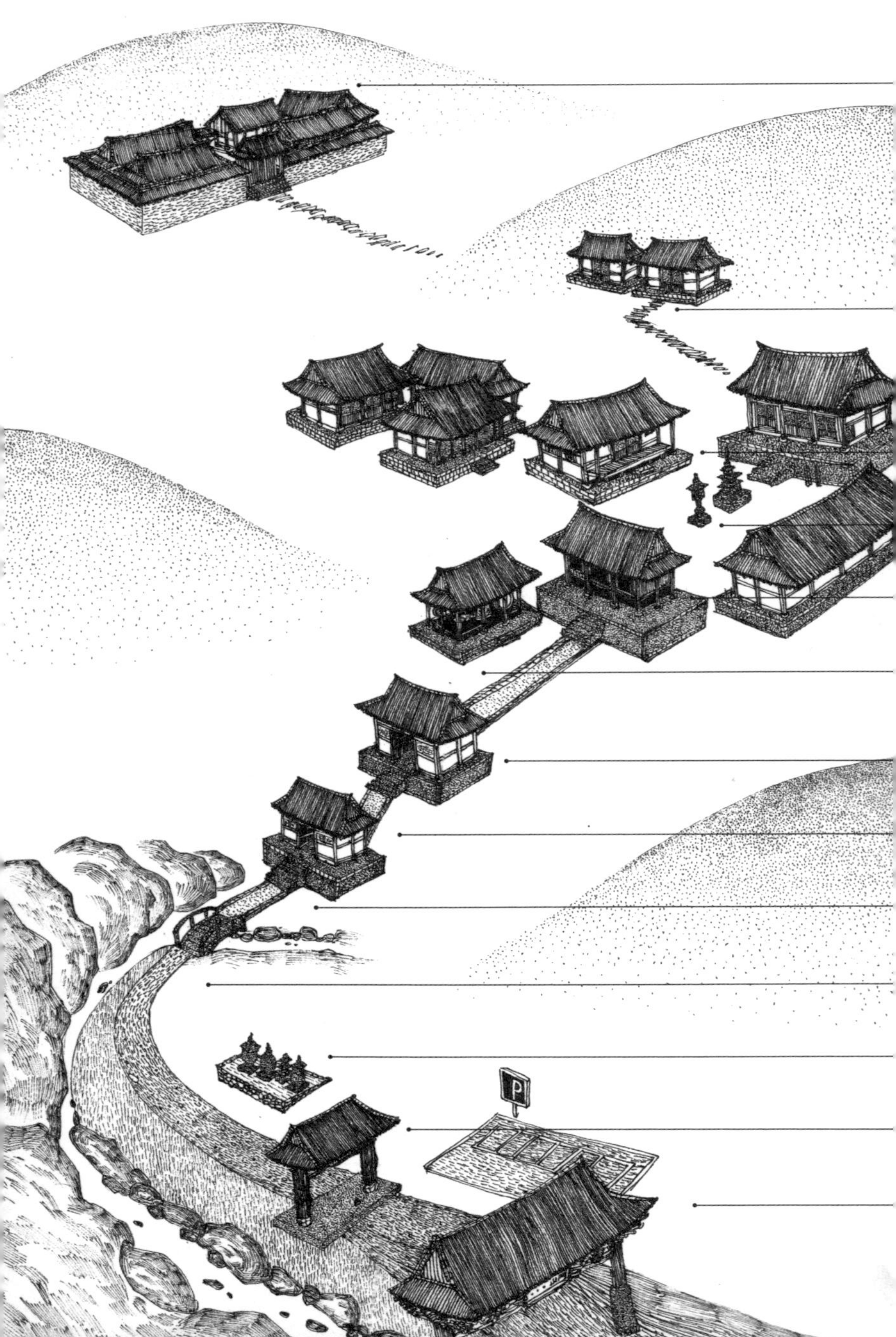

선원, 강원, 율원
승당, 승방
요사채 ——— 생활공간
공양간
해우소
종무소

산신각 ——— **수행 공간**
마당에는 절의 중심이 되는 건물인
주불전 — 주불전이 있습니다.
주불전은 절에서 가장 중요한 신을 모시는
법당 — 건물입니다. 주불전을 중심으로 다른
전각들이 외곽에 배치됩니다.

석탑

누마루

범종각

해탈문 — **진입 공간**
보통 일주문, 천왕문, 해탈문으로 구성되는
'삼문' 형식을 갖습니다. 삼문에는 '크게
천왕문 — 세 번 마음을 씻어야 정토의 세계에
닿는다'라는 의미가 있죠. 여기서 정토란
부처의 세계를 뜻합니다. 삼문은 순서가
해탈교 — 다르거나 없는 경우도 있습니다.
한국의 산사는 일주문, 천왕문, 해탈문을
직선이 아니라 곡선으로 배치하고 계단을
산책로 — 두어 다음 공간을 숨겨둡니다. 수행의 길을
천천히 보여주려는 의미로 해석됩니다.
부도전 — 산사라고 하면 고된 등산길을 생각할 수
있지만, 대부분 산사는 사람들이 쉽게
접근할 수 있도록 산의 낮은 곳에 자리합니다.
일주문 — 보통 주차장에서 도보로 오 분에서 이십 분
정도면 절이 나옵니다.
산문

만수산
무량사

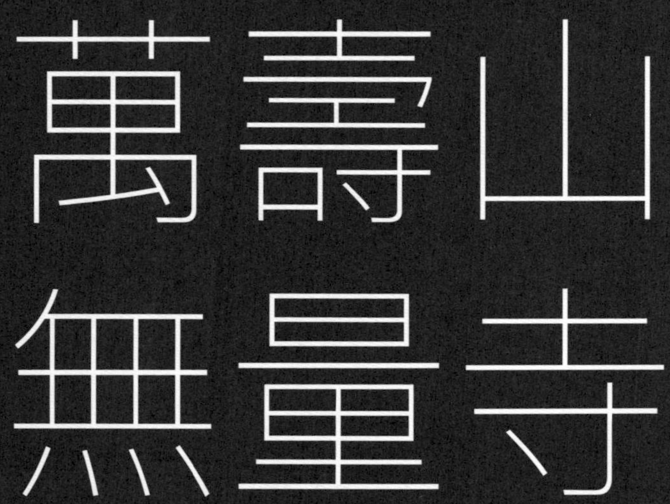

Muryangsa Temple

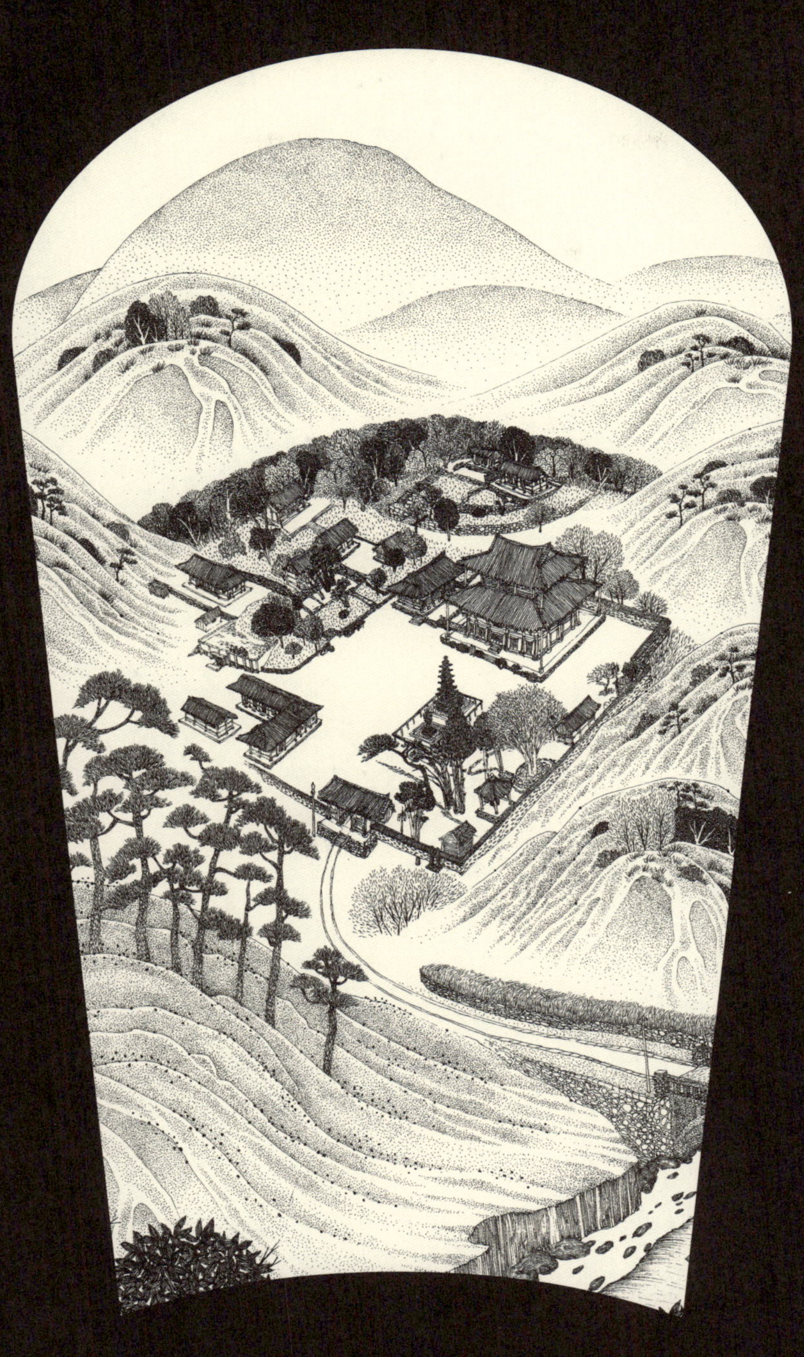

무량사

무량사는 마음이 쓸쓸할 때 찾고 싶은 절입니다.
매 순간이 조용하고 아름다워 '사색'이라는
단어가 가장 잘 어울리는 곳입니다.

무량사가 위치한 충남 부여 만수산은 꽃나무와
단풍나무가 많아서 모든 계절이 아름답습니다.
저는 특히 가을에 방문하는 것을 좋아합니다.
단풍으로 물든 산이 배경일 때 고건축의 단청이
가장 아름다워 보이기 때문이죠. 색의
향연이라는 말이 절로 떠오릅니다.

무량사는 백제 시대에 지어진 건물로 천년고찰
중 하나입니다. 시각과 후각, 청각, 촉각,
미각까지 모든 감각이 잘 어우러져 아름다운
분위기를 갖습니다. 건축적으로 크게 주목받는
절은 아니지만 제가 무척 좋아하는 절 중
하나입니다. 국보 한 개, 보물 여섯 개를
비롯하여 많은 지역 문화재를 보유하고
있습니다.

무량사에서 중요하게 모시는 아미타불은
무량한 지혜(무량광불), 무한한 수명(무량수불)을
가졌다고 합니다. 무량은 '셀 수 없다'는
뜻으로 여기서 무량사의 이름이 왔습니다.

— 동선
꼭 살펴볼 곳

1 음식점 상가
2 일주문
3 해탈교
4 김시습 부도
5 템플스테이
6 천왕문
7 석등
8 오층석탑
9 극락전
10 우화궁
11 산신각
12 청한당
13 열린 담장
14 영정각
15 원통전
16 괘불탱 보호각
17 영산전
18 명부전
19 범종각
20 당간지주

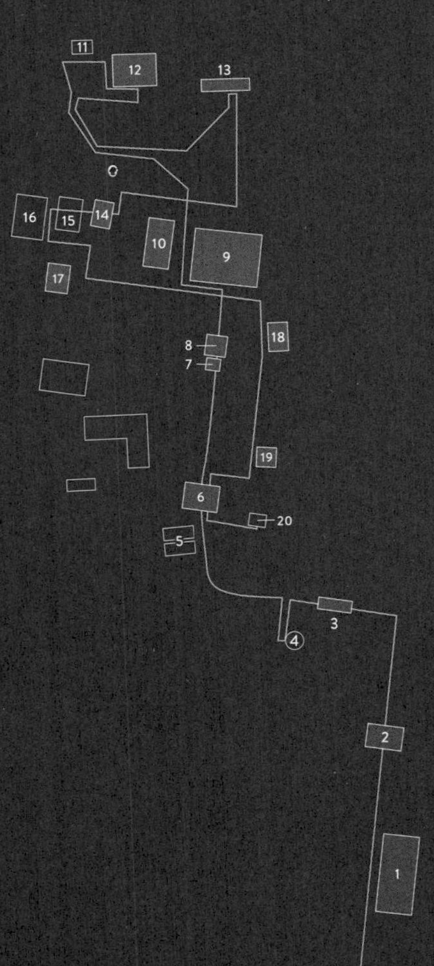

11
12
13
16 15 14
10
9
17
18
8
7
19
6
20
5
3
4
2
1

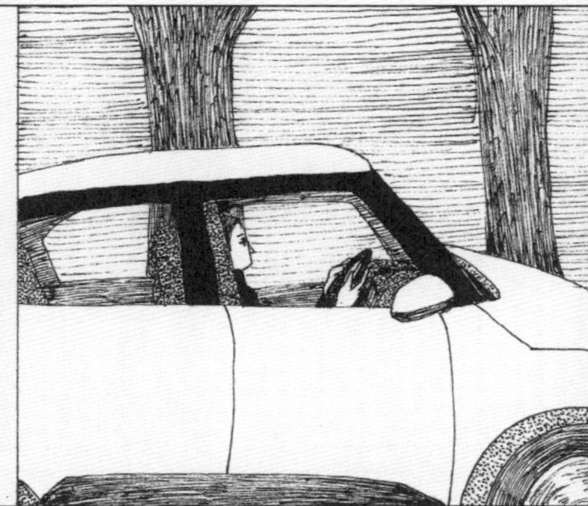

회사에 다닌 지 10년이
넘었습니다.
'회사에서 일만 하면 되지,
사람들과 친해져서 뭐 해'라고
생각했는데 요즘은 서로에게
긍정적인 영향을 주고받던
관계가 그립습니다.

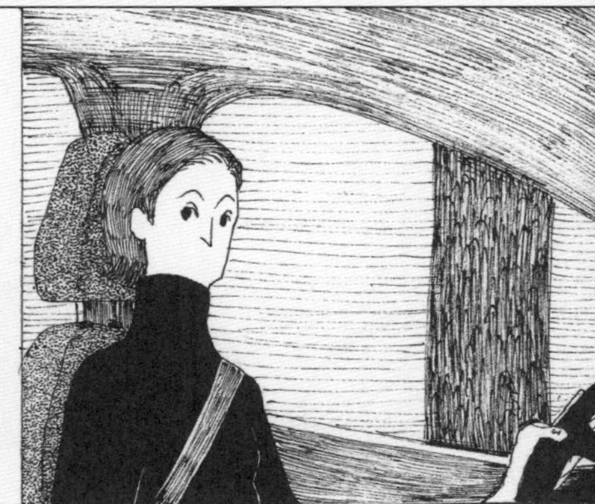

창살 같은 것으로 남을
못 들어오게 하려면
자신도 감옥 같은 곳에서
살아야 합니다.

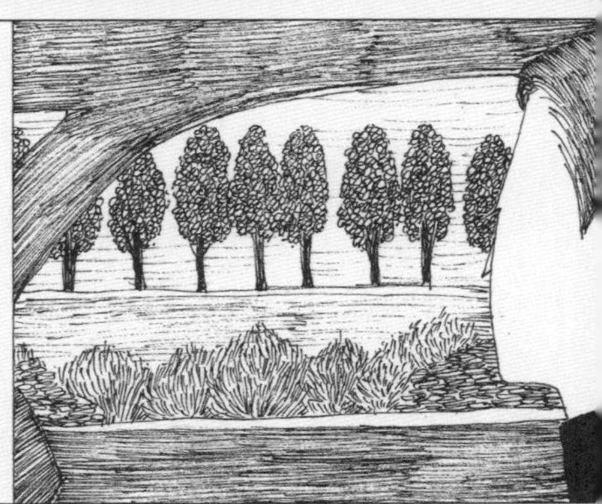

어떻게 살아야 할지
고민하던 중 마음의 휴식을
찾아 무량사로 향합니다.

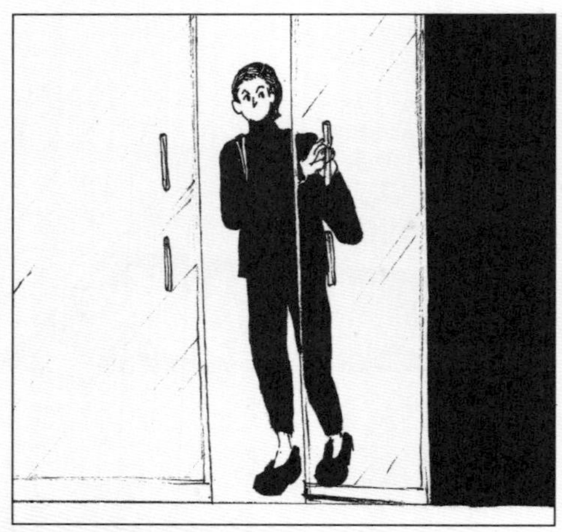

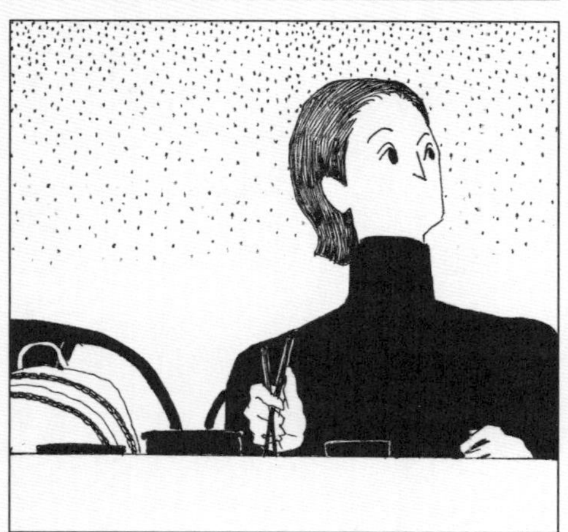

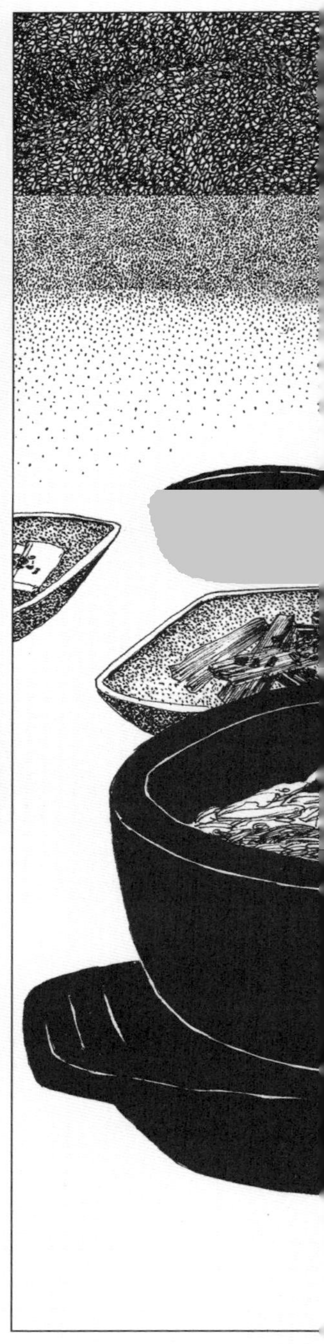

보통 절 입구에는 요란하고 조악한 상점들이
즐비한 반면, 무량사 앞 상점들은 소박하고
조용하게 자리를 지키고 있습니다.
한 식당에 들러 비빔밥을 주문해봅니다.
대부분 채식 메뉴인데 묵 요리가 아주
맛있었습니다. 무량사 앞 식당에서는
하나같이 올방개 묵을 줍니다. 도토리가 아닌
올방개라는 식물의 전분을 이용해 만든
묵입니다.

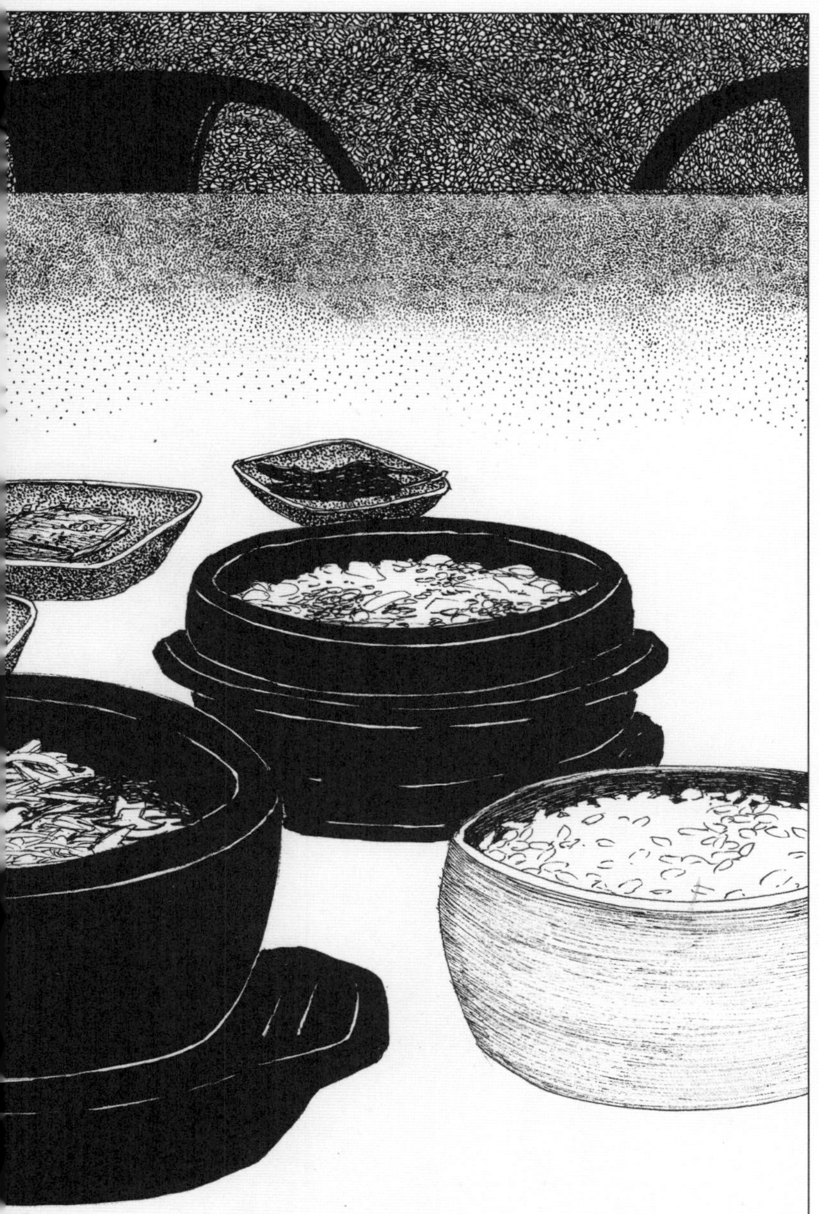

담백한 맛을 원한다면 광명식당을,
장아찌의 깊은 맛을 좋아한다면 삼호식당을 추천합니다.

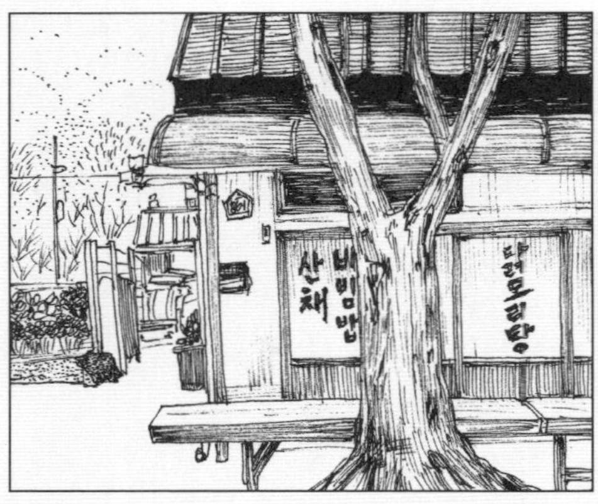

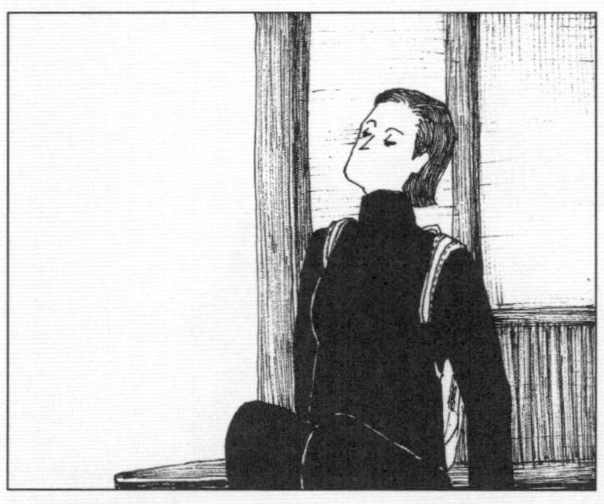

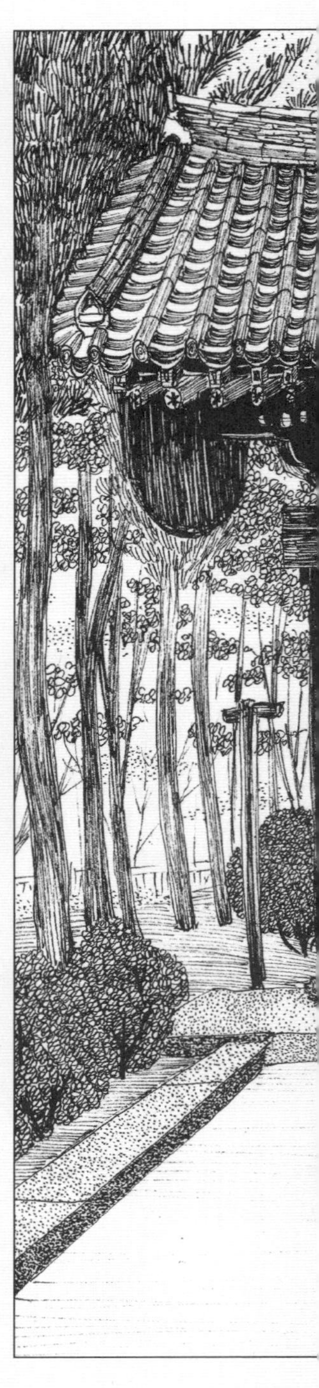

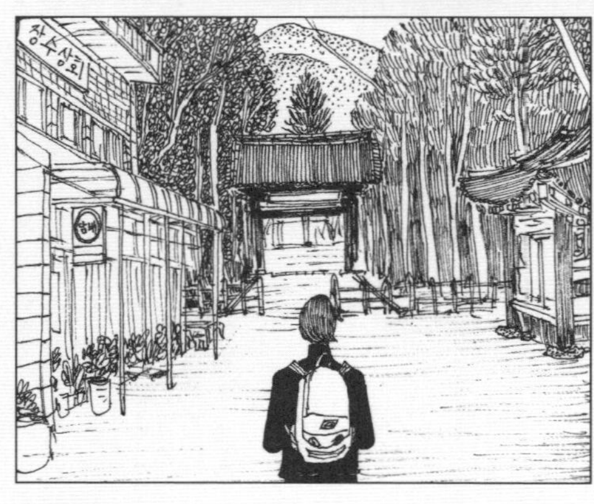

가게 앞에서 잠시 쉬다가 답사를 시작합니다.
무량사의 일주문 기둥이 참 두껍습니다.

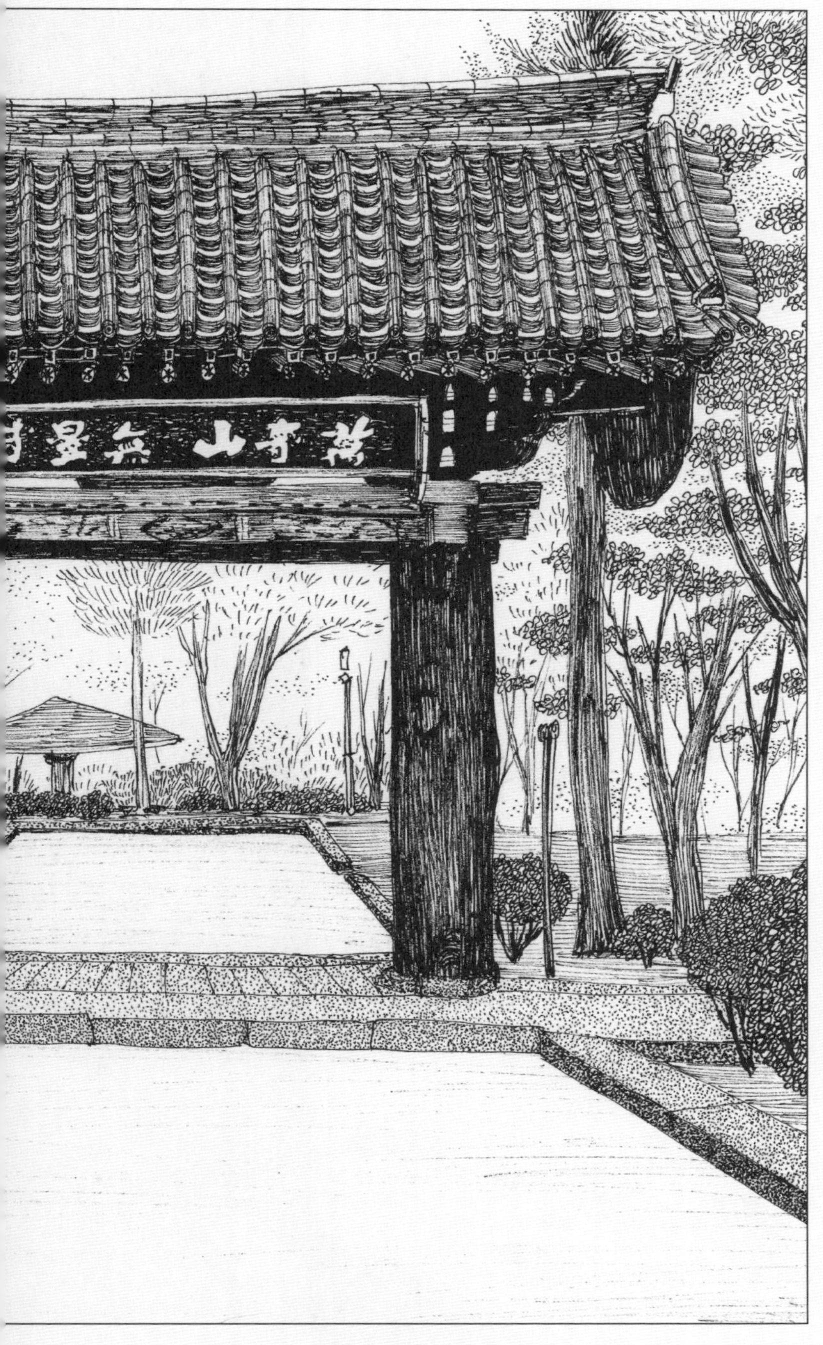

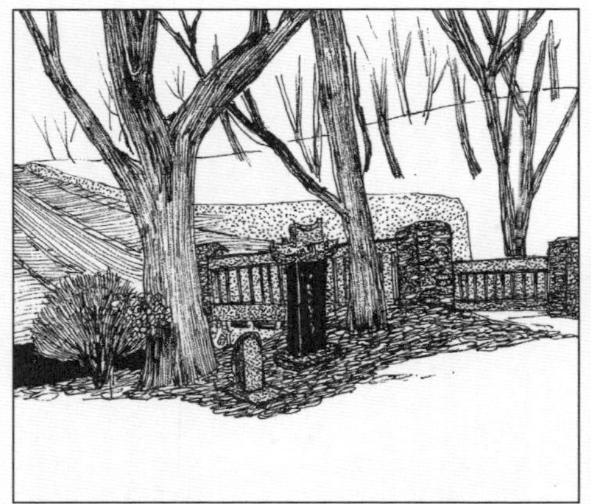

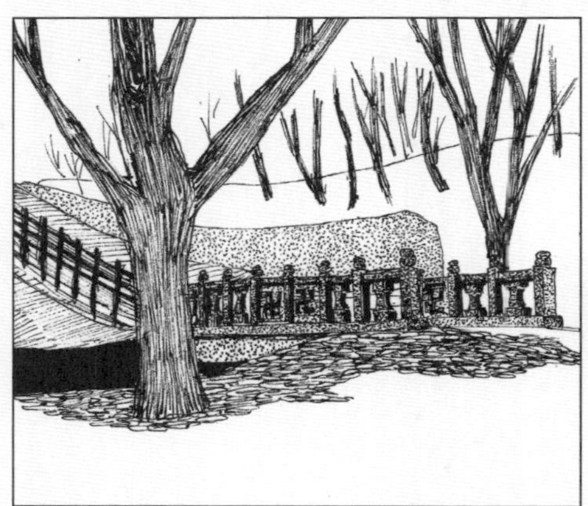

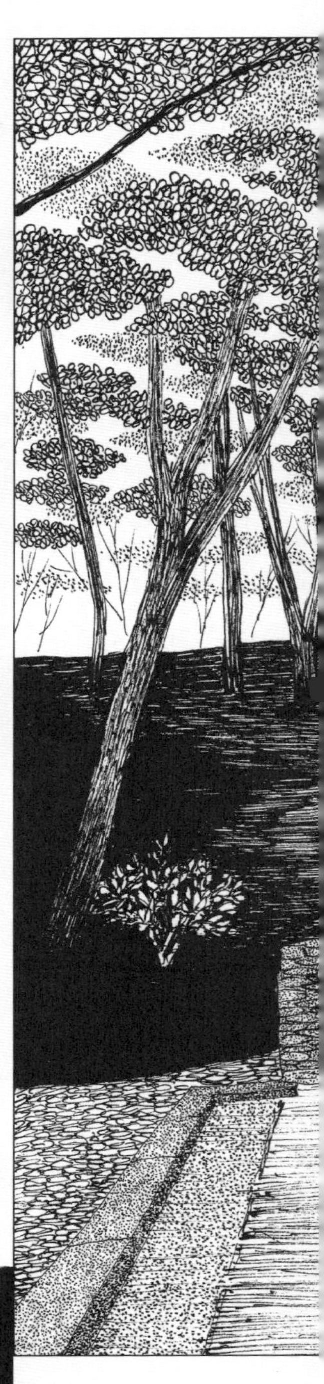

해탈교 밑으로 얕은 개울물이 흐릅니다.
검고 반짝이는 개울물 사이로 이끼가 낀
돌들이 아름답게 느껴집니다.
이 다리는 최근에 신식으로 다시
지어졌습니다. 천왕문까지 걸어서 오 분이
채 걸리지 않는 짧은 산책로가 이어집니다.

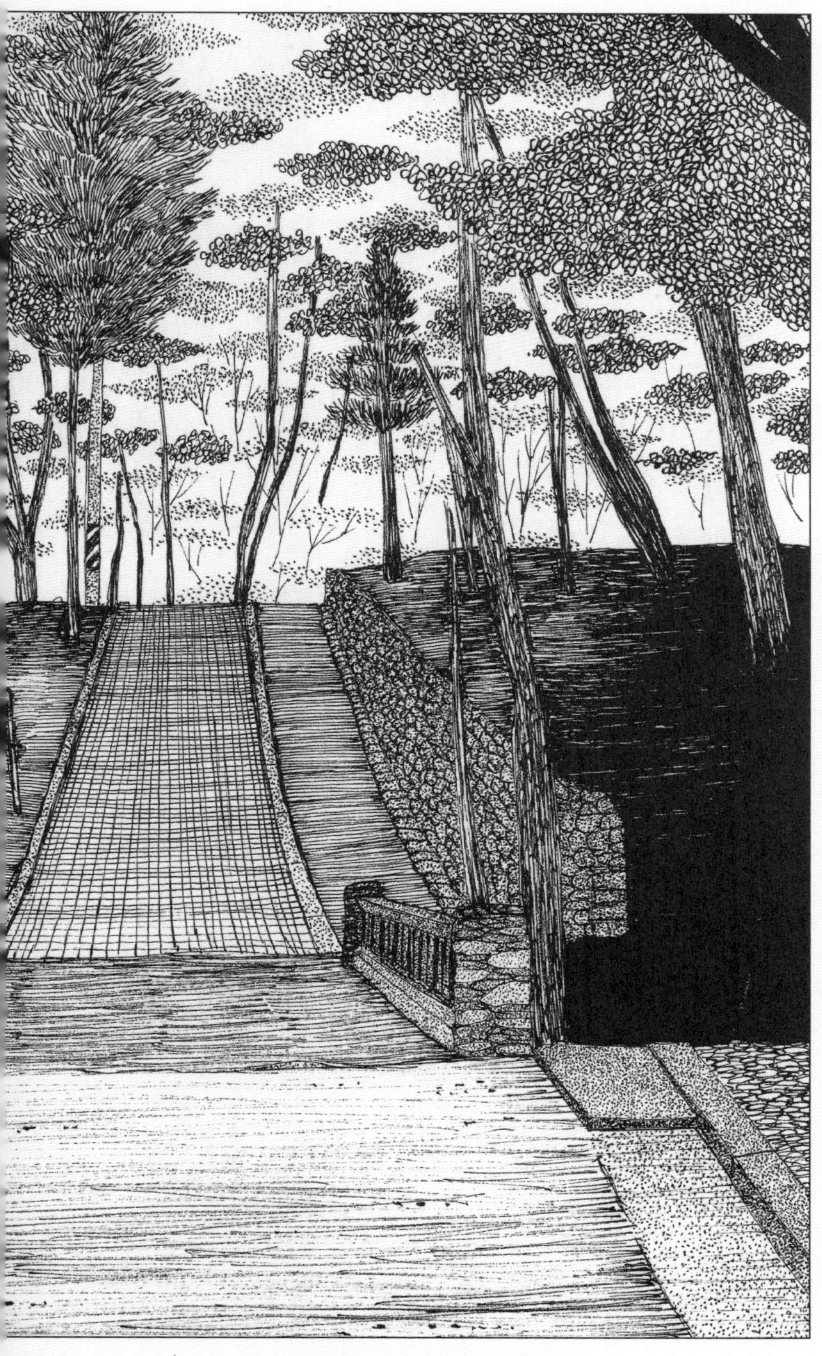

무량사

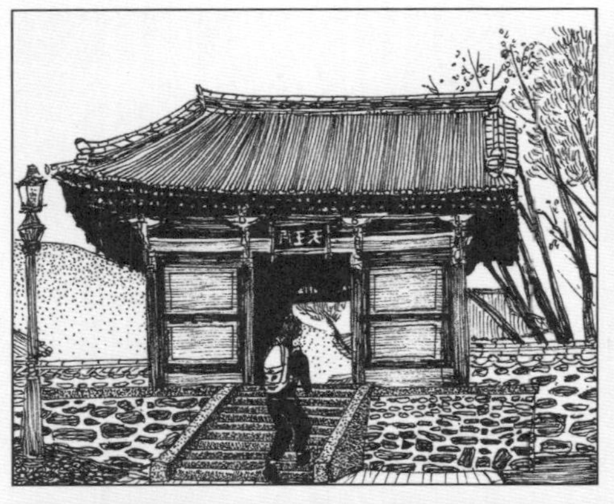

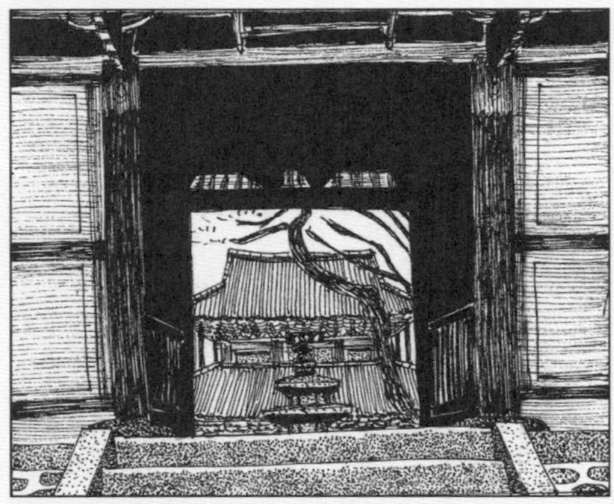

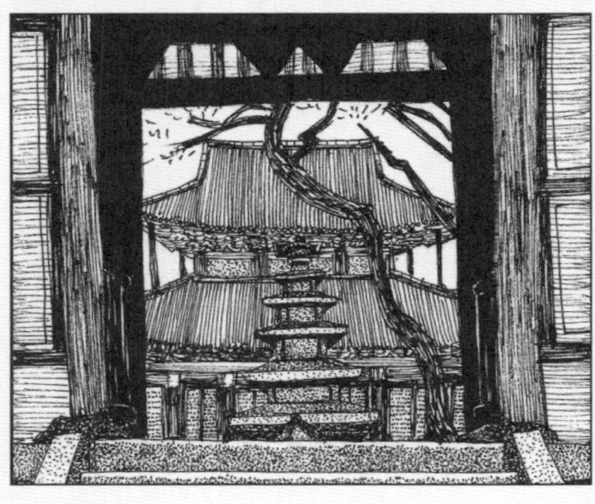

무량사에서 가장 아름다운 장면은
천왕문 사이로 보이는 풍경입니다.

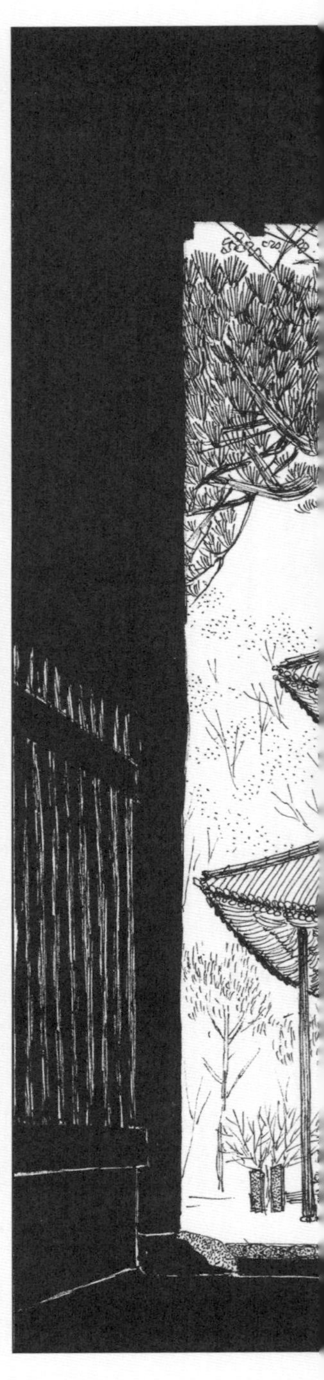

석등, 오층석탑, 극락전이 일직선으로 위치한 모습이 보이는데
천왕문이 이 풍경의 액자 역할을 합니다. 한적한 숲길을 지나
보이는 장면이라 더 극적으로 느껴집니다.

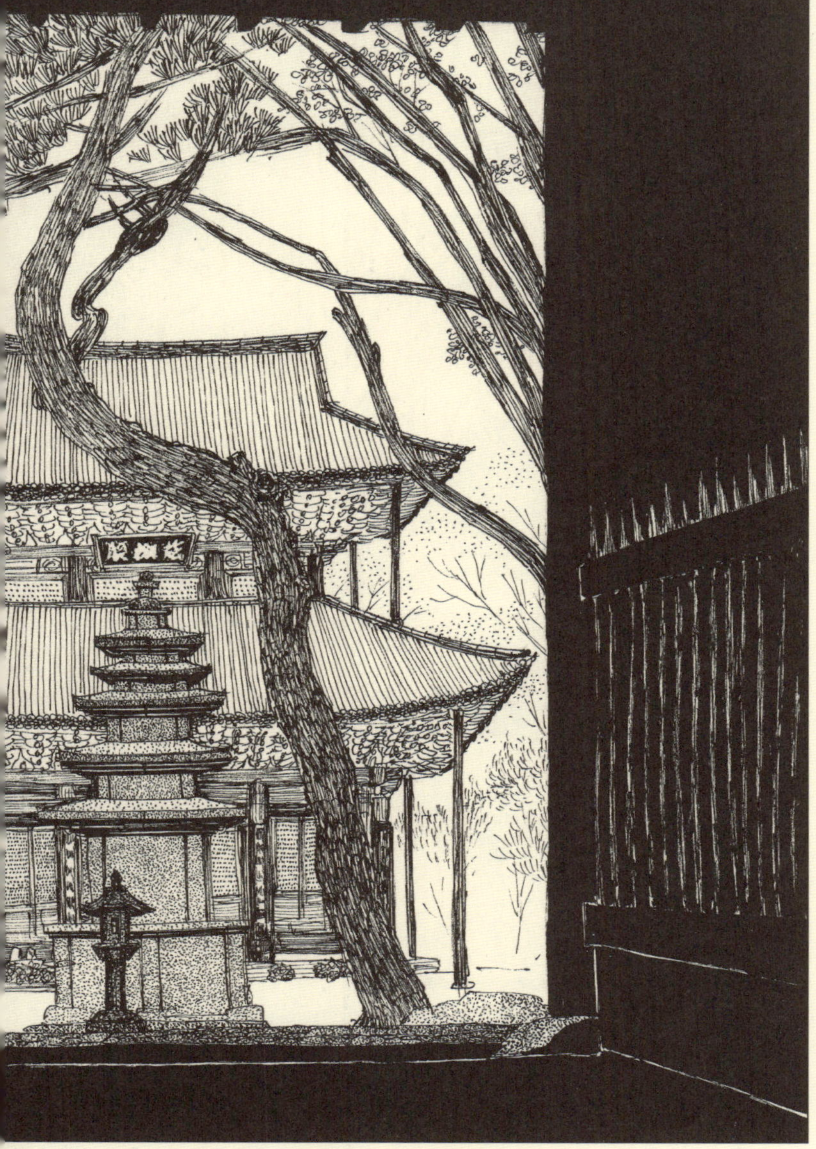

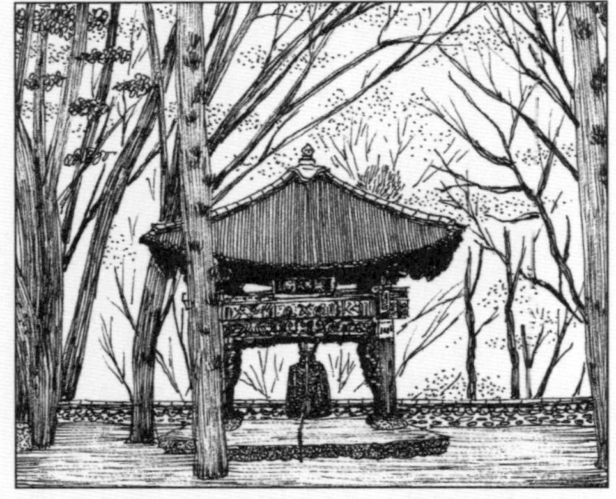

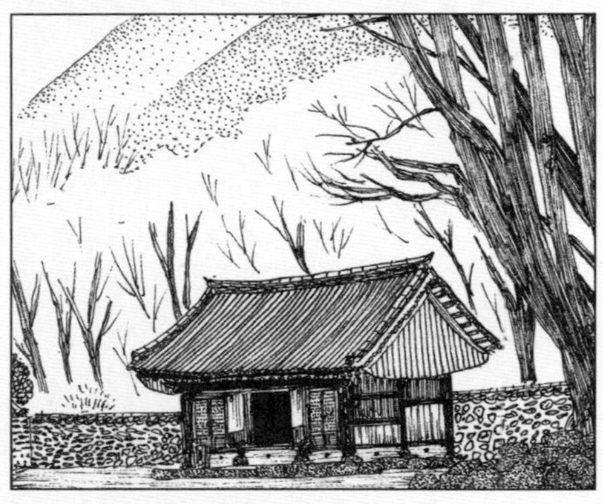

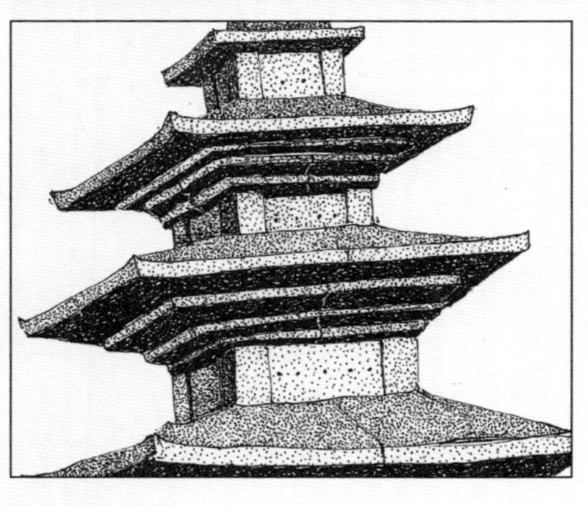

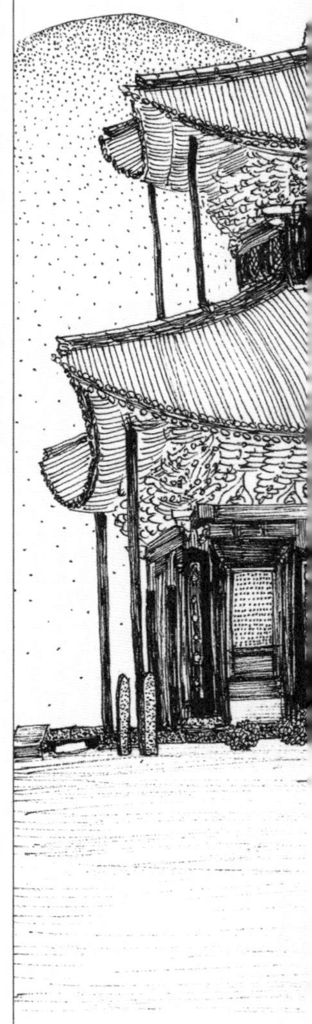

석탑과 극락전 건물 모두 듬직하면서도 경쾌한
지붕 곡선을 가지고 있습니다.
중앙의 어간문에 아름다운 꽃창살이 있는데
낮에는 어간문을 열어두어 발견하기 어렵습니다.
저는 세 번의 답사 끝에 발견했습니다.
석등, 석탑, 극락전 모두 보물로 지정되었습니다.

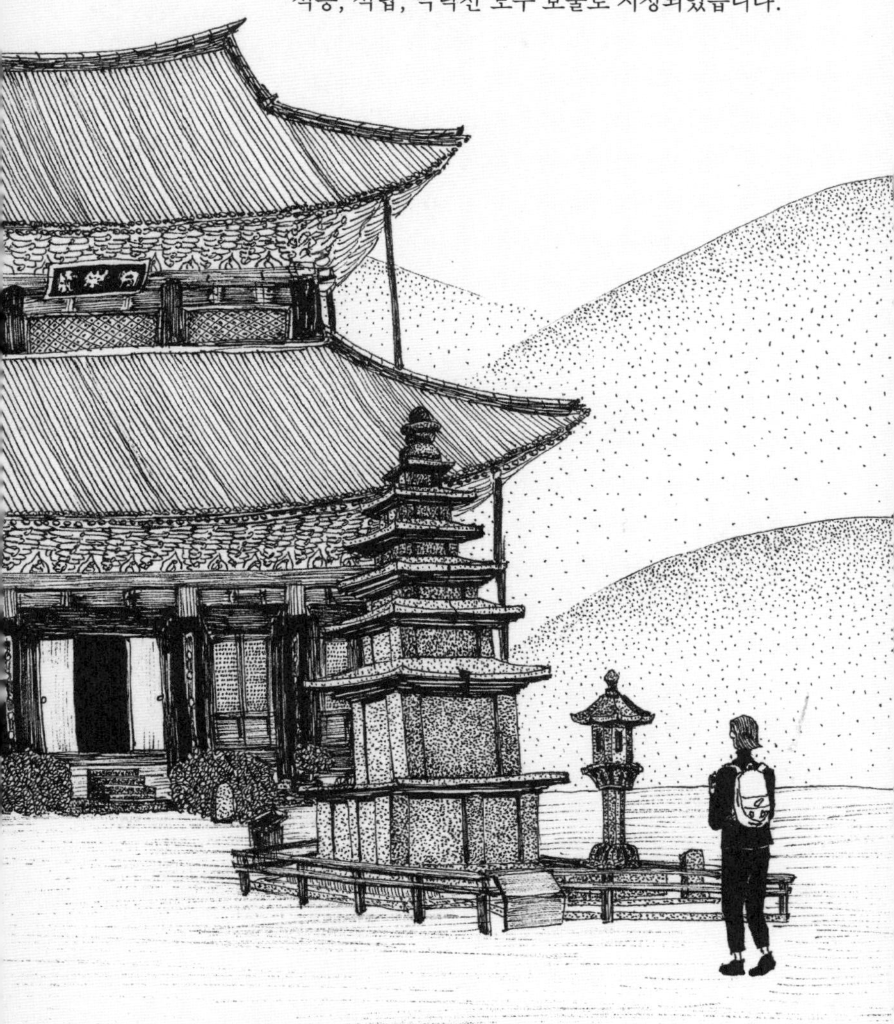

석등

돌로 만든 등으로, 촛불을 넣어둡니다.
중국에서는 향에 불을 붙일 수 있는 화로 용도로
사용하기도 합니다.
법당을 밝힌다는 상징적 의미로 불교에서 중요하게
여겼고, 따라서 화려한 장식을 한 경우가 많습니다.
석등을 건물 앞에 세워 밝히는 것은 부처와 보살의
지혜가 밝다는 것을 의미하고, 석탑 앞에 세워
밝히면 도리천(불교의 세계관 중 천인이 산다는 공간)에서
다시 태어나 해탈할 수 있다는 것을 의미합니다.

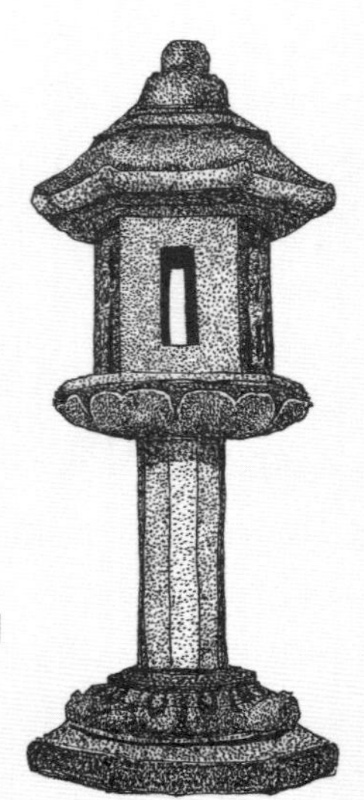

탑

석가모니는 자신이 깨달음을 얻은 사람이지 신이 아니므로 자신의
불상을 만들지 말라고 했습니다. 우리가 알고 있는 석가모니의
모습은 석가모니가 죽고 난 뒤 500년 후에 만들어진 것입니다.
그동안 불교에서는 부처님을 기릴 상징이 필요했습니다.
인도에서는 사람이 죽으면 돌무덤을 쌓는데 이 양식이 부처님을
기리는 탑으로 발전합니다.
탑은 부처가 사는 곳이라 여겨 점차 건축의 형태로 변화했고,
각 나라의 환경과 건축양식을 반영하며 발전했습니다.
중국을 통해 우리나라에 불교가 들어왔던 초기에는 벽돌을
쌓는 중국식 전탑을 만들었지만, 점차 돌을 깎아 만드는 석탑이
주가 되었습니다. 벽돌은 진흙으로 만드는데 한국은 진흙이
많지 않았기 때문입니다.
초기에는 일반 사람들이 절과 상관없이 탑을 만들었으나,
시간이 지나며 절에 탑을 두는 식으로 문화가 바뀌었습니다.
보통 석탑 안에 보물이나 사리(유골), 불경 등을 보관합니다.

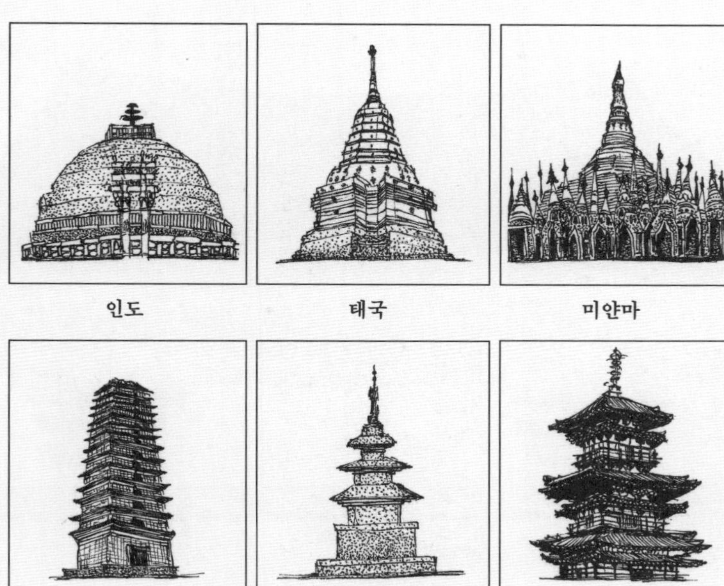

인도   태국   미얀마

중국   한국   일본

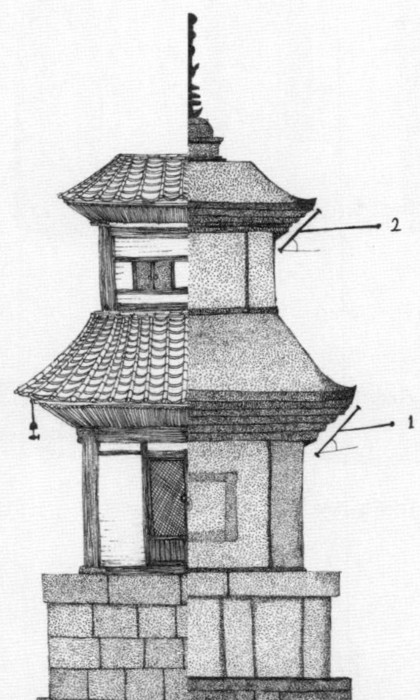

석탑

탑은 건축의 형태를 띠기 때문에
석탑의 층을 세는 방법은 지붕을
찾는 것입니다.
지붕의 상단은 곡선을 가지고 있으며,
하단은 서까래를 표현한
경사 형태입니다. 따라서 왼쪽
그림은 2층 탑입니다.

지붕이 있는 부분을 '탑신부'라
부르며 탑의 상단을 '상륜부'라
부릅니다. 상륜부에는 보통 철제
장식을 놓는데 녹슬어 사라지는
경우가 많습니다. 바닥을 다지는
기단 부분은 '기단부'라 부릅니다.

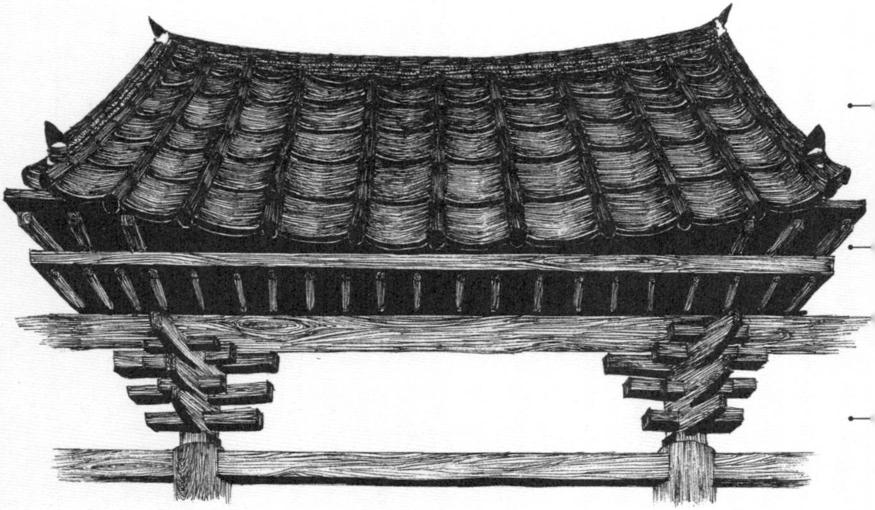

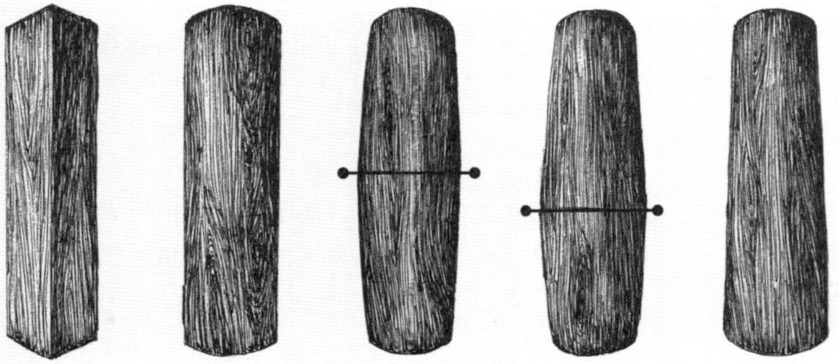

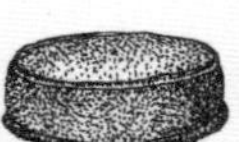

방주형(사각) 기둥

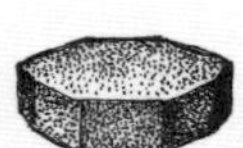

원형 기둥

종배흘림기둥

배흘림기둥

민흘림기둥

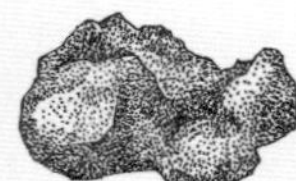
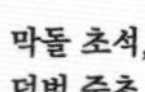

막돌 초석,
덤벙 주초

원형 초석

육모, 팔모 초석

사다리형 초석

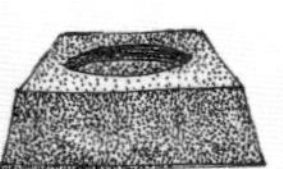

고막이, 고막이 초석
(벽의 기단과 이어짐)

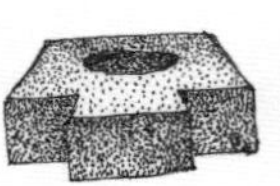
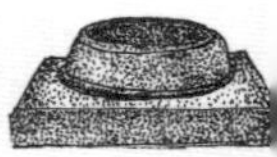

이단 주좌

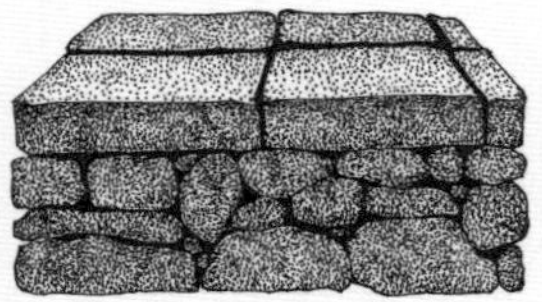

자연석 기단

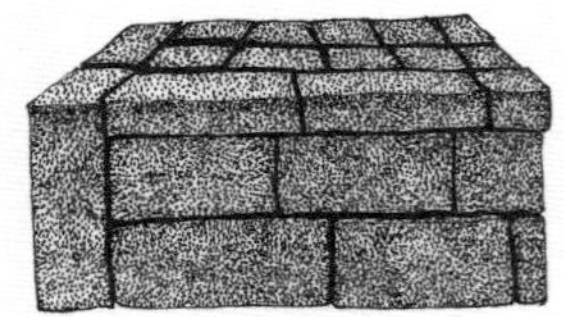

적석식 기단

고건축 뜯어보기

——— 지붕

조선 시대 전에는 도자기로 구운 청기와를 사용했지만, 그 이후로는 진흙을 구운
잿빛 기와를 사용했습니다. 지붕 밑에 흙을 깔아 습도와 열을 조절합니다.

——— 처마 · 서까래

처마는 지붕이 건물 밖으로 돌출된 부분이고, 서까래는 지붕을 받쳐주는 구조물입니다.
나무는 물에 젖으면 썩기 때문에 목조건축에서 가장 중요한 점은 나무가 물에 젖지 않게
하는 것이었습니다. 처마는 나무 기둥이 비에 젖지 않도록 비를 막아줍니다.

——— 공포

지붕과 기둥을 잇는 장치입니다. 기둥이 지붕의 무게를 고르게 받도록 하중을
분산합니다.

——— 기둥

지붕과 기단을 연결하는 장치로 벽을 세울 수 있게 건물을 지지하는 역할을 합니다.
- 방주형 기둥: 사각 형태의 기둥으로, 일반 주택에서 주로 사용했습니다.
- 원형 기둥: 둥근 형태의 기둥입니다. 원의 형태는 신을 뜻하여 궁궐과 절, 향교에
  사용했고, 일반 주택에는 사용을 금지했습니다.
- 종배흘림기둥: 항아리와 같이 기둥의 가운데를 두껍게 한 기둥입니다.
- 배흘림기둥: 기둥의 두꺼운 부분을 종배흘림보다 아래쪽에 위치시켜 시각적으로
  안정감을 준 기둥입니다. 조선 초기까지 주로 사용했습니다.
- 민흘림기둥: 위로 올라갈수록 좁아지는 사다리꼴 형태의 기둥으로, 시각적 안정감을
  줍니다.

——— 초석

기둥 밑에 설치해 기둥을 지지하는 돌로, 건물의 무게를 분산합니다. '주춧돌',
'주초'라고도 부릅니다. 한국에 가장 많은 화강암은 단단하여 가공이 쉽지 않았습니다.
그래서 자연석 그대로 사용하는 막돌 초석을 주로 사용했는데, 이 막돌 초석의 경우
나무를 돌의 형태에 맞춰 깎는 고난도 기술이 필요합니다. 기단이 없으면 높이가
긴 형태의 장주 초석(활주 초석)을 세웁니다.

——— 기단

건물을 세우기 전 건물 하단에 돌, 흙 등으로 쌓아 올린 단입니다. 빗물 등으로부터
건물을 보호하며, 건물의 위치를 땅보다 높게 해 햇빛이 잘 들어오게 합니다.
건물의 권위가 클수록 기단을 높게 만들었습니다.

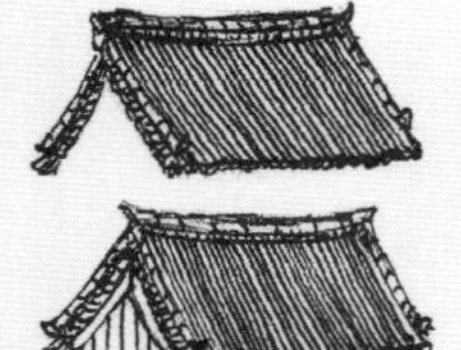

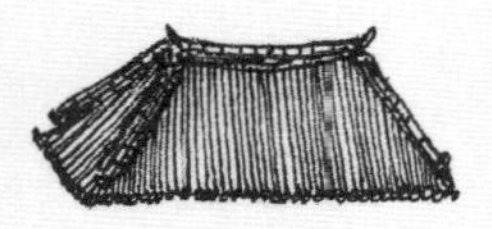

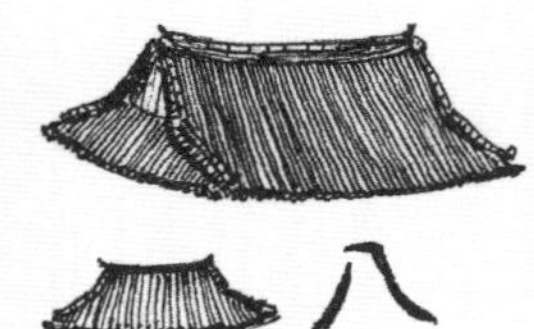

맞배지붕
두 면을 합친 형태의
지붕으로, 가장 오래된
양식이며 가장
저렴합니다.

우진각지붕
맞배지붕의 측면을
막은 형태로 주택,
관공서에서 주로
사용했습니다.

팔작지붕
여덟 팔(八) 형태를 띤
화려한 지붕으로
양반집, 궁궐, 절에서
주로 사용했습니다.

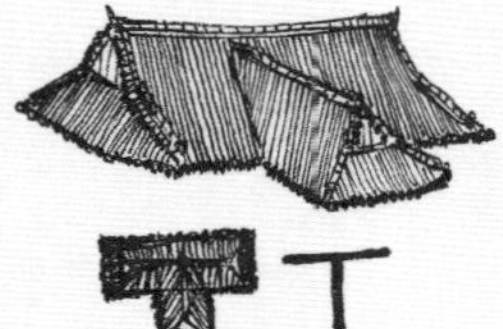

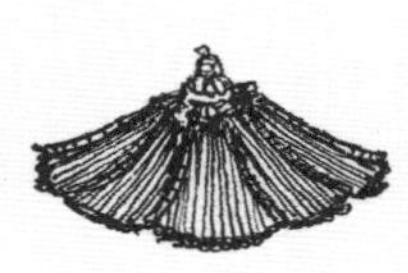

정자형 지붕
정(丁) 자형, T 자형
지붕이라 부릅니다.
건물의 전면이 세 개가
된 느낌을 줍니다.

모임지붕
가장 비싼 공법으로
정자나 종각, 다각형
건물에 사용했습니다.

길게 휘어진 처마는 다양한 역할을 합니다.

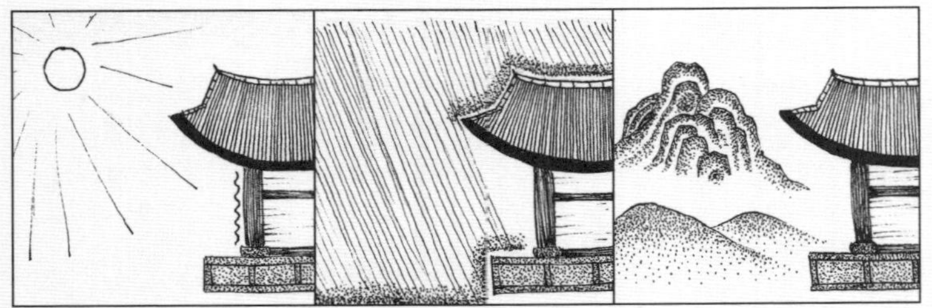

햇빛이 기둥에 고르게
닿도록 지붕을 곡선으로
만듭니다.

비에 기둥이 젖지 않도록
지붕을 길게 만드는
역할을 합니다.

주변 경관과 어우러지게
합니다. 산세가
화려할수록 곡선이 강하게
들어갑니다.

서까래 사이를 연결하는
나무판을 '부연'이라 부릅니다.
한 목수가 실수로 서까래를
짧게 잘랐는데 며느리의 조언으로
나무판을 이어 붙여 문제를 해결했습니다.
이를 며느리 부(婦), 서까래 연(椽)을 써서
'부연'이라 이름 지었고, '부연 설명'의
부연(敷衍/敷演)이 여기에서 유래했다고 합니다.

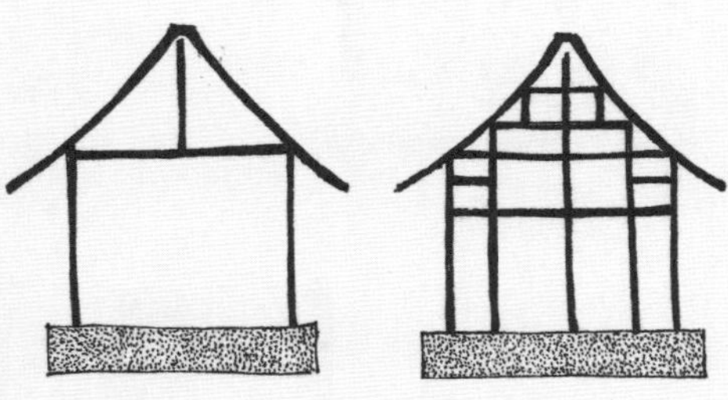

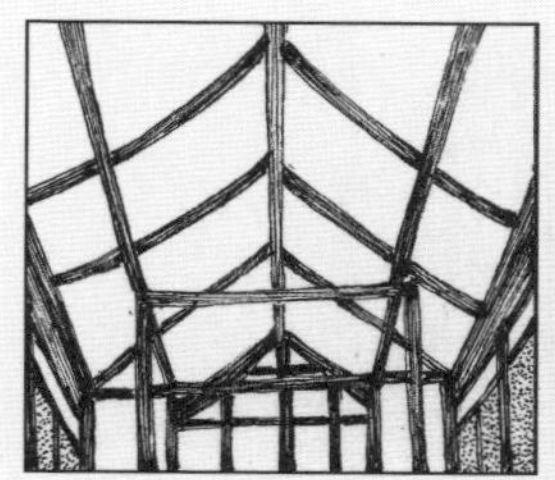

지붕과 건물 측면을 연결하는 구조를 '가구(架構)'라
부릅니다.
복잡할수록 안정적이고 비용이 많이 드는 공법입니다.
건물의 측면이 노출된 맞배지붕 건물에서 가구의
형태를 볼 수 있습니다. 가구의 미감을 보는 것도
하나의 재미입니다.

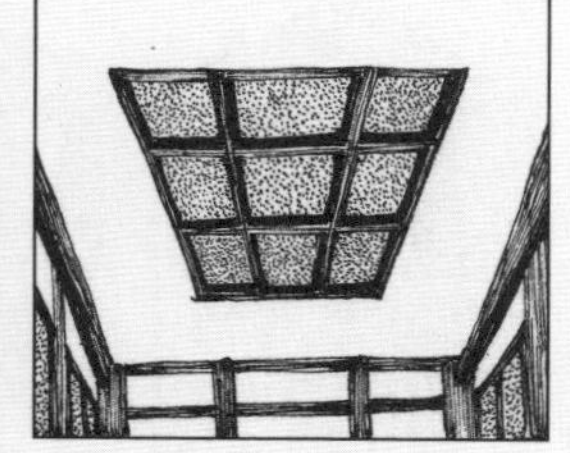

구조물이 보이도록 천장을
개방한 것을 '연등천장'이라
부릅니다.

우물 정(井) 자 모양의
우물천장은 비용이 많이
드는 공법으로 주로
궁궐이나 절에 사용했습니다.

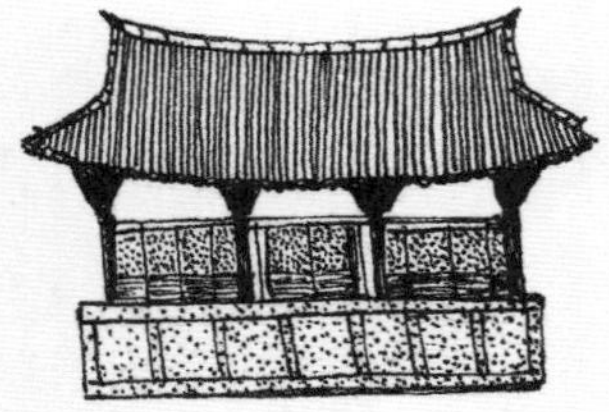

주심포
기둥 하나에 공포를 하나씩 두는
고려 시대 이전 건축양식입니다.

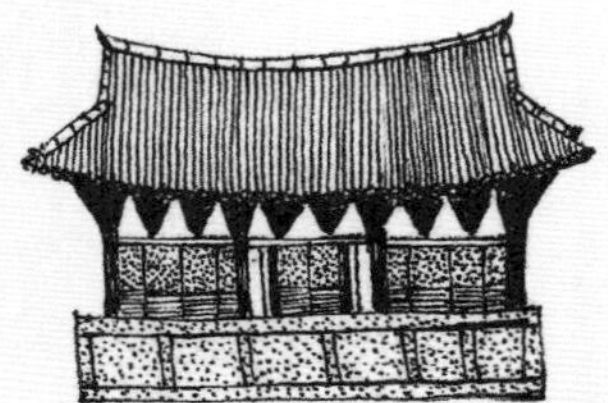

다포
기둥과 기둥 사이에 공포가
여러 개입니다. 하중을 분산하는
공포가 많기 때문에 훨씬
안정적이지만 비용이 많이 들어
권위 있는 곳에서 주로 사용했습니다.
고려 후기 등장한 건축양식입니다.

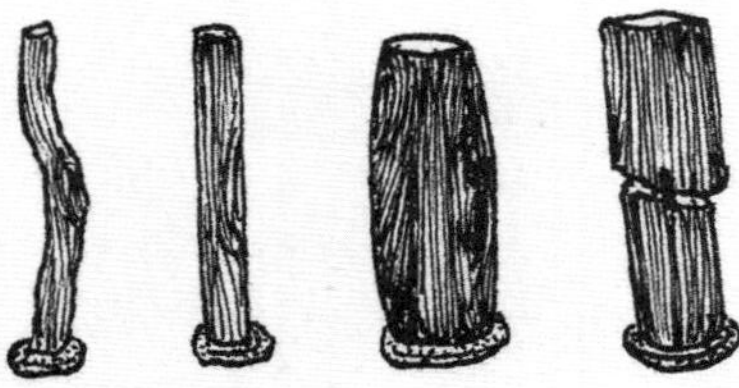

과거에는 목재를 구하기 어려운 환경이었기 때문에 재산이
많을수록 곧고 굵은 나무를 기둥으로 사용했고, 그러지 못한 경우
휘어진 형태의 목재를 그대로 쓰거나 여러 나무를 합쳐
기둥을 만들었습니다.

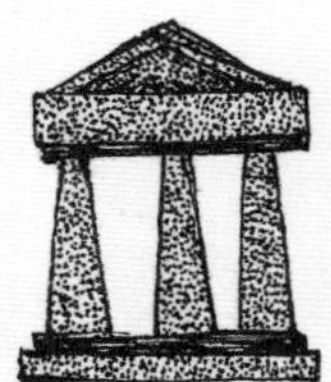
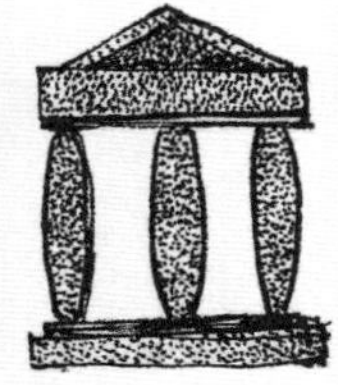

가운데가 두꺼운 형태의 기둥은 다른 나라에도 있지만
그 무게중심이 아래쪽에 있는 배흘림기둥은 한국이 가진
독특한 양식입니다.

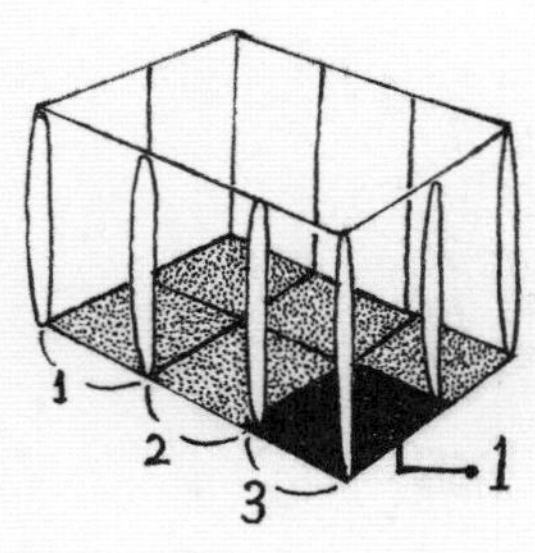

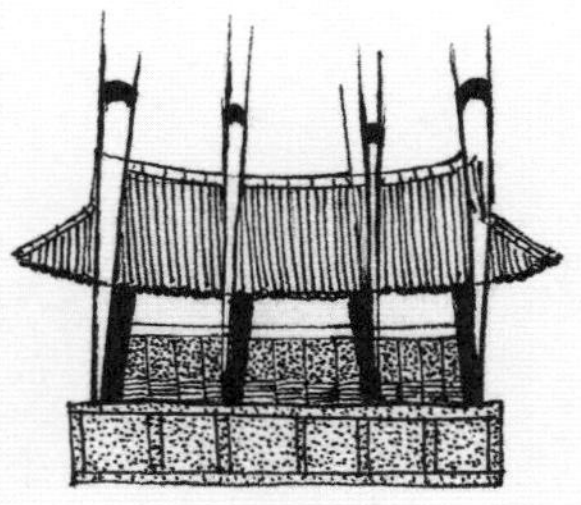

안쏠림

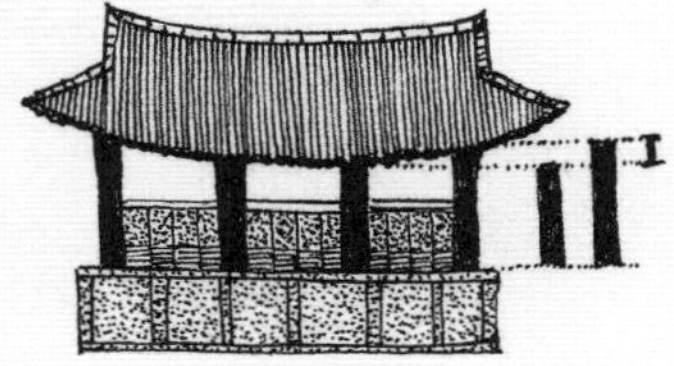

귀솟음

기둥과 기둥 사이를 한 칸이라
부르며, 평수에 해당하는
면적도 칸이라 부릅니다.
전면 세 칸, 측면 두 칸의
집일 경우 여섯 칸의 집으로
계산합니다.
조선 시대에는 아흔아홉 칸
이상으로 집을 짓지 못하도록
법으로 제재했습니다.

시각적으로 안정적인 형태를
표현하기 위해 기둥을 세우는
공법입니다.

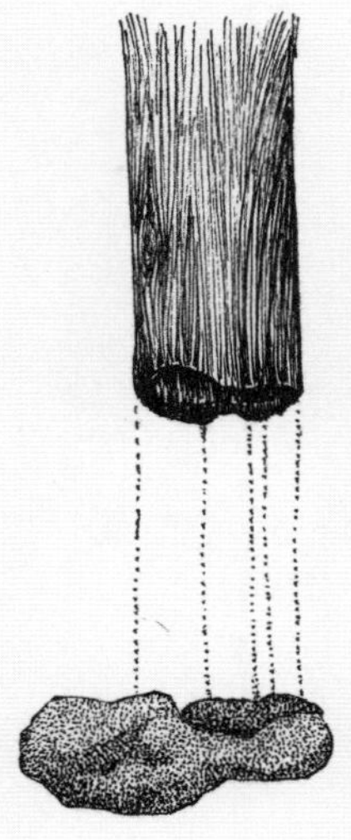

자연에 있는 돌의 형태를 그대로
사용한 막돌 초석을 나무 기둥에
연결하는 공법을 '그랭이 공법'이라
합니다.
이를 가난한 방식이라 단정 짓기
어렵습니다. 울퉁불퉁한 돌의 형태에
맞춰 나무를 깎는 고난도 기술이
필요하기 때문입니다.
다듬어진 평평한 돌을 사용하는
것보다 안전성이 높습니다. 지진이
일어나도 아귀가 꼭 맞는 기둥과
초석이 건물을 지탱하기 때문에
무너질 확률이 낮습니다.

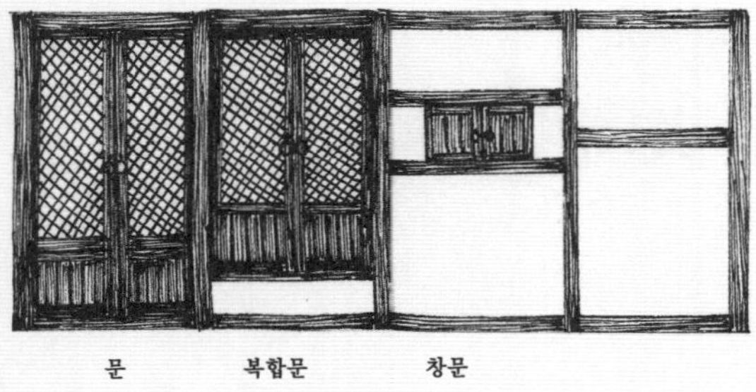

기둥과 기둥 사이를 다루는 방식을 '수장'이라 하며
문과 창문, 복합문 등으로 구성됩니다. 복합문이란 문과
창문 기능을 모두 하는 문으로, 문과 달리 문지방이
두껍습니다.
세로 열의 기둥 사이에 가로르 나무를 두어 건물의
안정감을 높입니다. 이러한 벽 분할에서 시각적 리듬감을
느낄 수 있습니다.

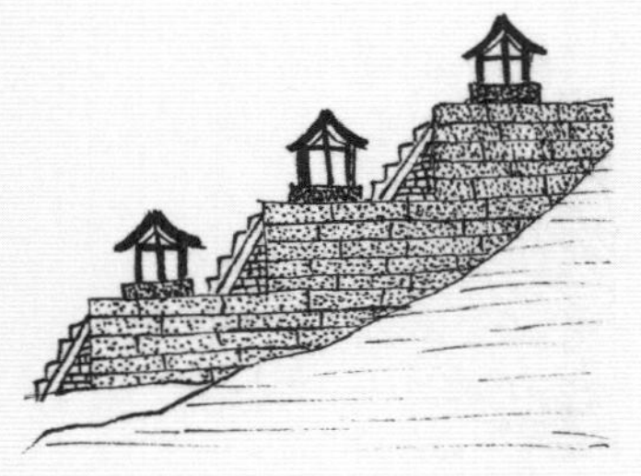

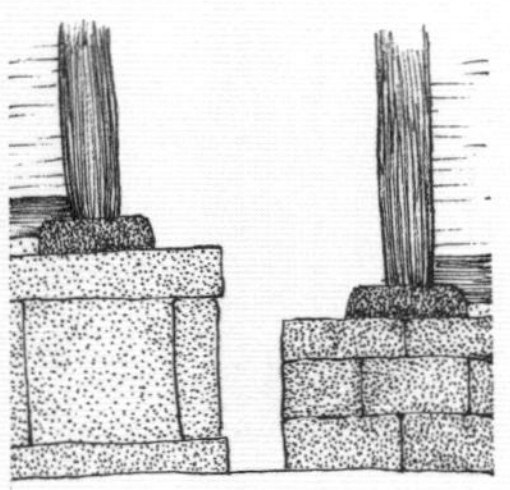

땅의 지대를 높이는 것도 기단이라
부릅니다.
담장이 공간을 폐쇄적으로
구별한다면, 기단은 높이로 공간에
위계를 만들어 개방적으로 공간을
구별합니다.

돌로 목조건물처럼 지은
가구식 기단과
네모난 돌을 쌓아 만든
적석식 기단이 있습니다.

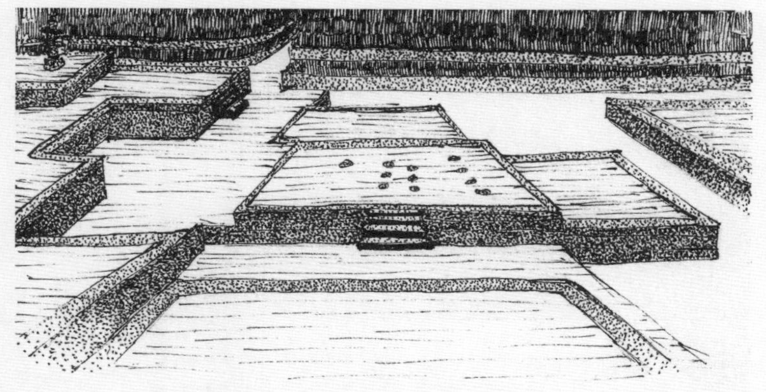

"서양 건축은 벽의 건축이고 한국 건축은 바닥의
건축이라고 정의했다."

— 이상헌, 《한국 건축의 정체성》

건물을 짓는 땅을 터라고 부릅니다. 한국 전통 건축은
형태보다 건물을 놓는 터의 위치를 더 중요하게
여겼습니다.

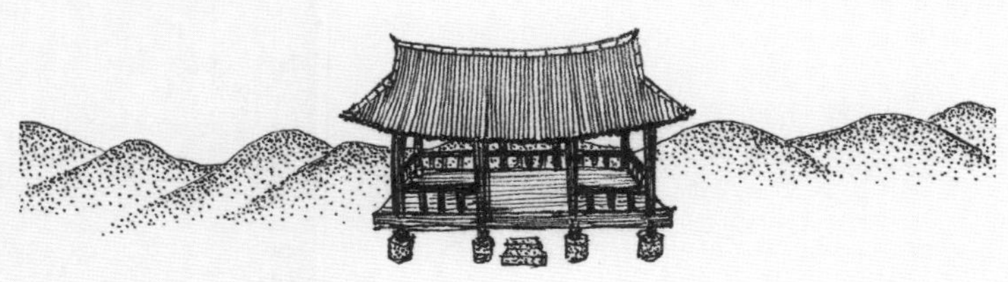

어떤 풍경에 집이 놓였는지, 집 안에서 밖을 볼 때
어떤 풍경인지 자연과 집의 관계를 중요하게 생각했던
것입니다.

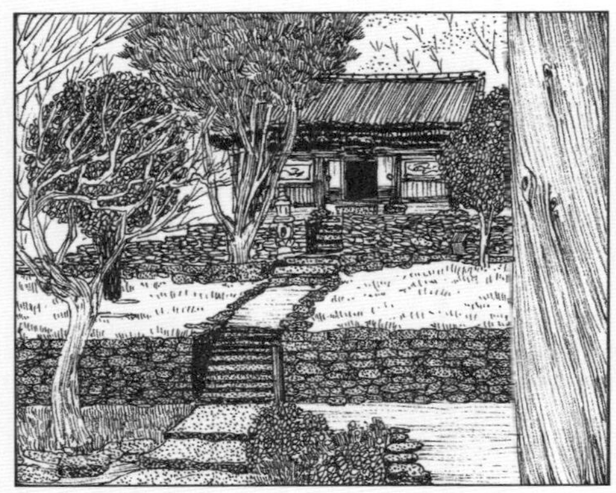

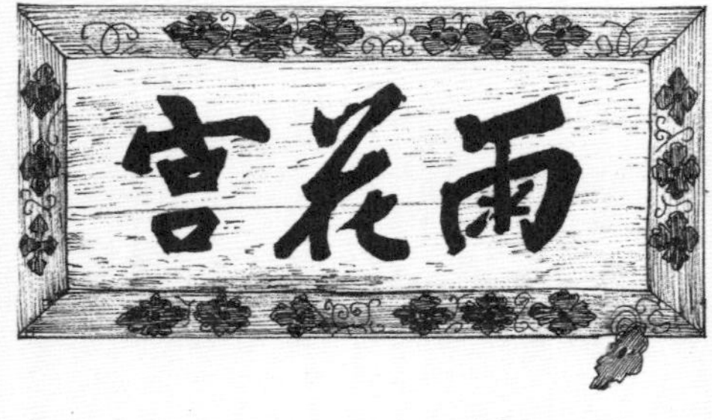

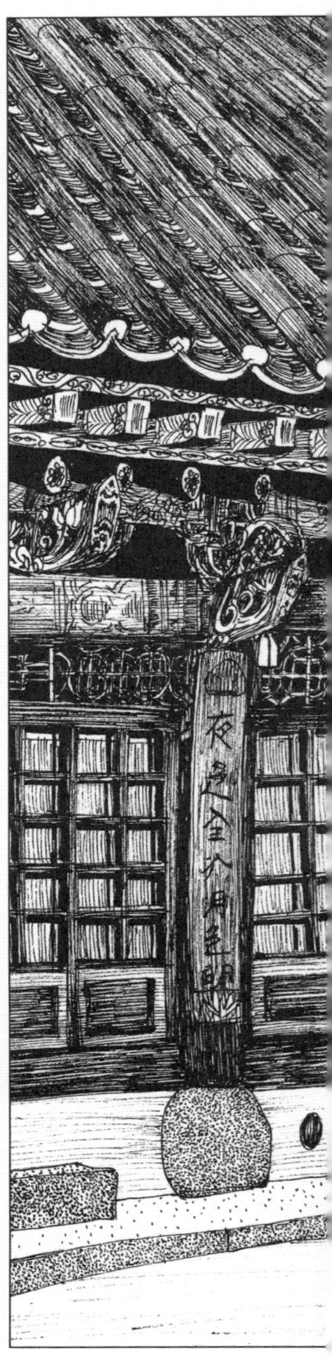

극락전 왼쪽에는 우화궁이 있습니다.
'우화(雨花, 꽃비)'는 부처님의
강연 장면에서 가져온 이름입니다.
부처님이 설법할 때 꽃비가 내렸는데
현판의 꽃무늬 장식이 이를 표현합니다.
앙증맞은 꽃무늬를 가진 현판이 귀엽게
느껴집니다.

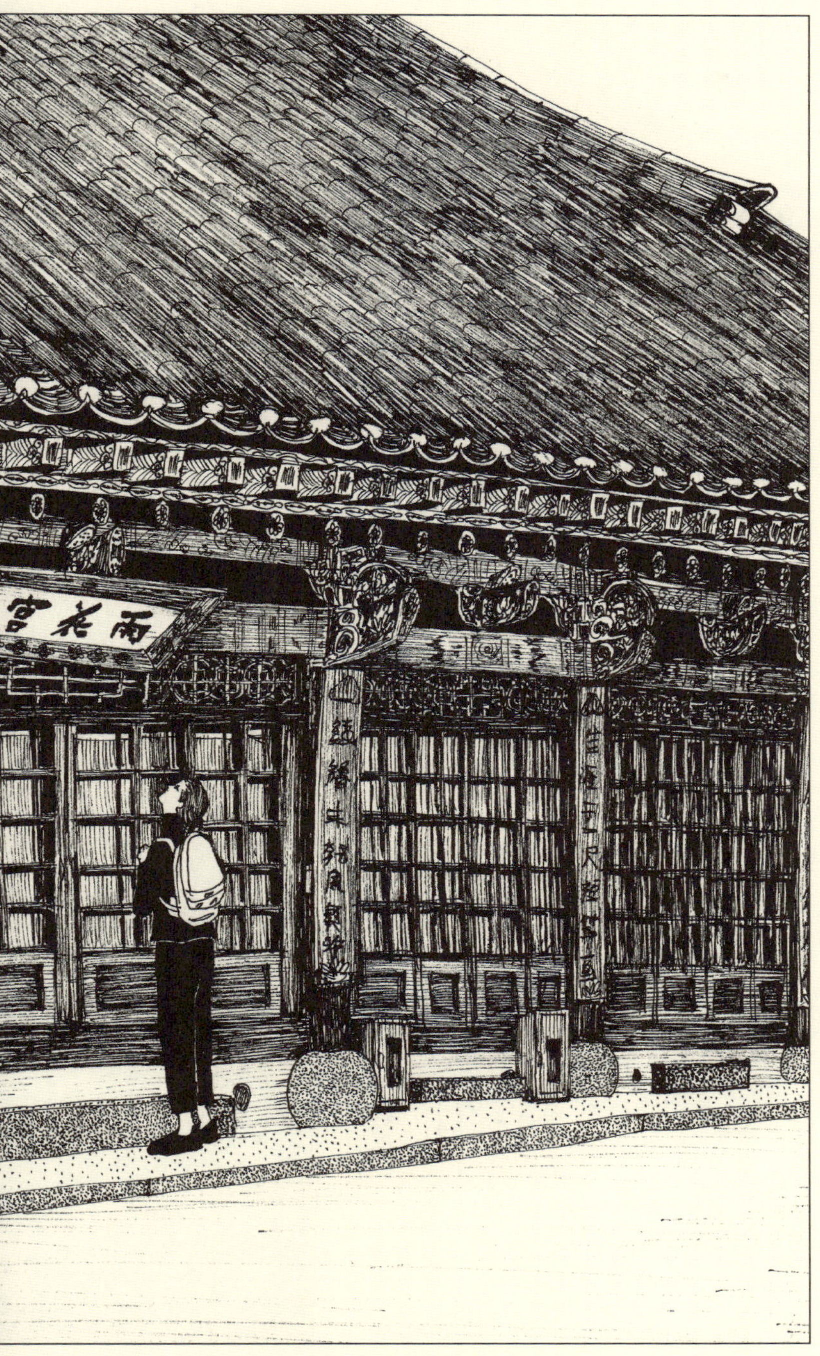

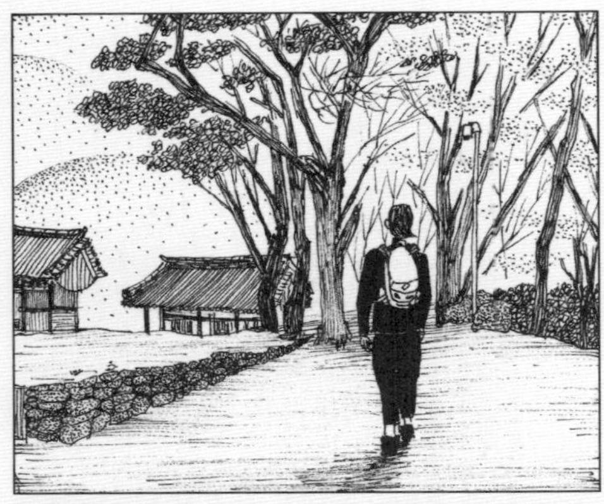

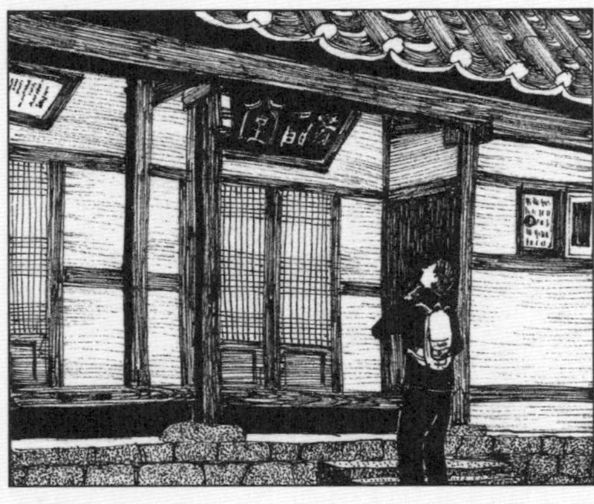

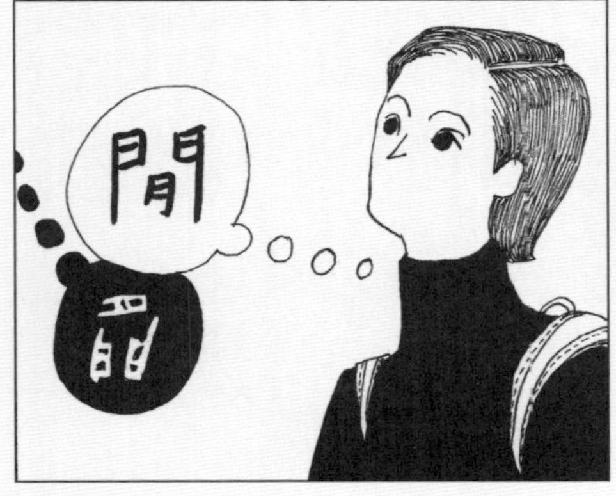

우화궁을 지나면 산 아래
청한당이 나옵니다.

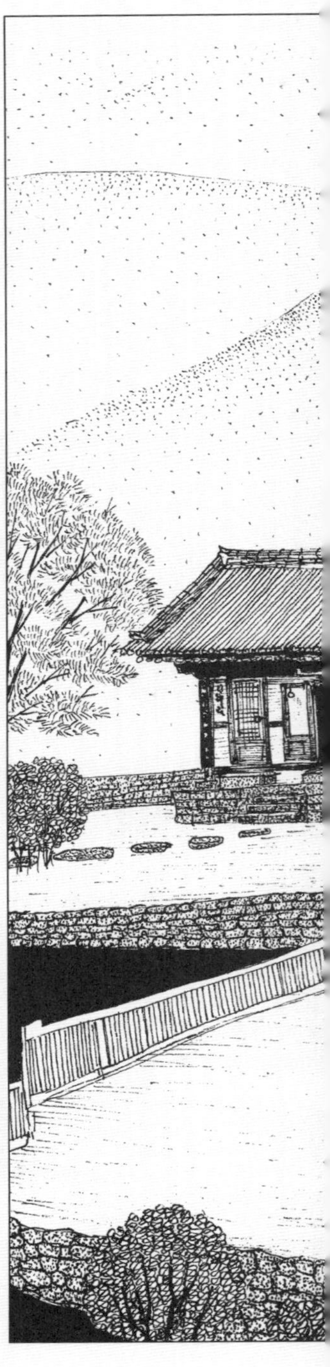

《금오신화》의 저자이자 생육신 김시습이 거처하던 곳으로
2007년 복원되었습니다.

김시습의 호는 '청한자(清寒子)'인데 차갑다는 뜻의 '한(寒)'을
한가하다는 뜻의 '한(閑)'으로 바꿔 '청한당'이라고 건물 이름을
지었습니다. 한가하다는 의미를 담아 현판에 '한' 자를
뒤집어서 쓴 해학을 느낄 수 있습니다.

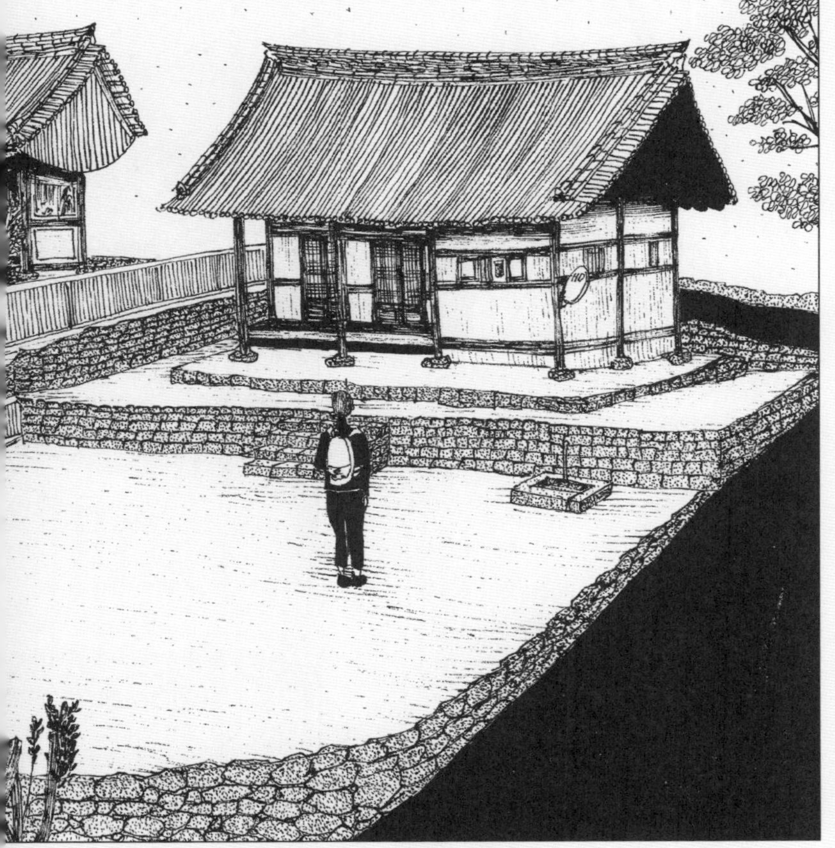

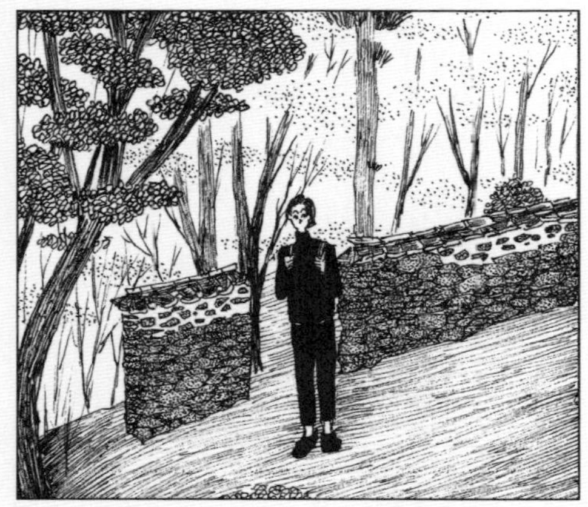

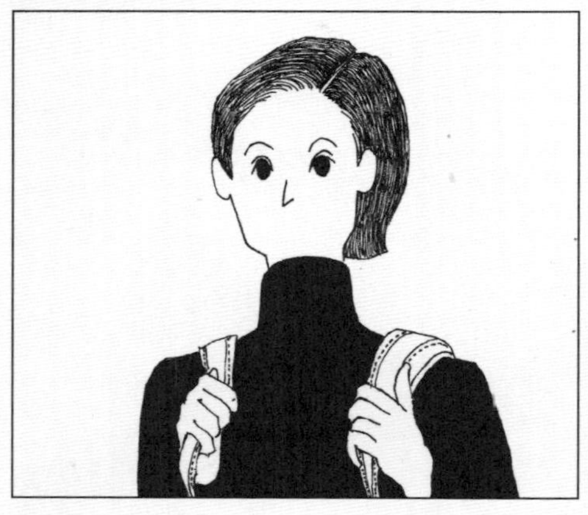

청한당 오른쪽에 재미있는 담벼락이 있습니다.
이 담벼락은 누구든 들어올 수 있도록
뚫려있습니다. 자연이 흘러 들어와 정원이
된다는 말이 실감 납니다. 담이 뚫려 있으니
뒤편의 산이 절의 정원이 됩니다. 담은
공간을 물리적으로 폐쇄하는 것이 아니라
심리적으로 구분하는 경계 역할만 한다는
것을 알 수 있습니다.

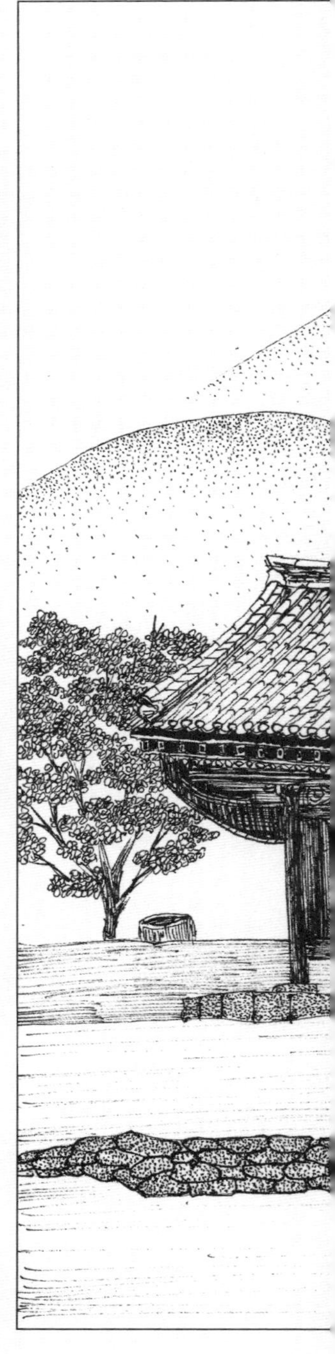

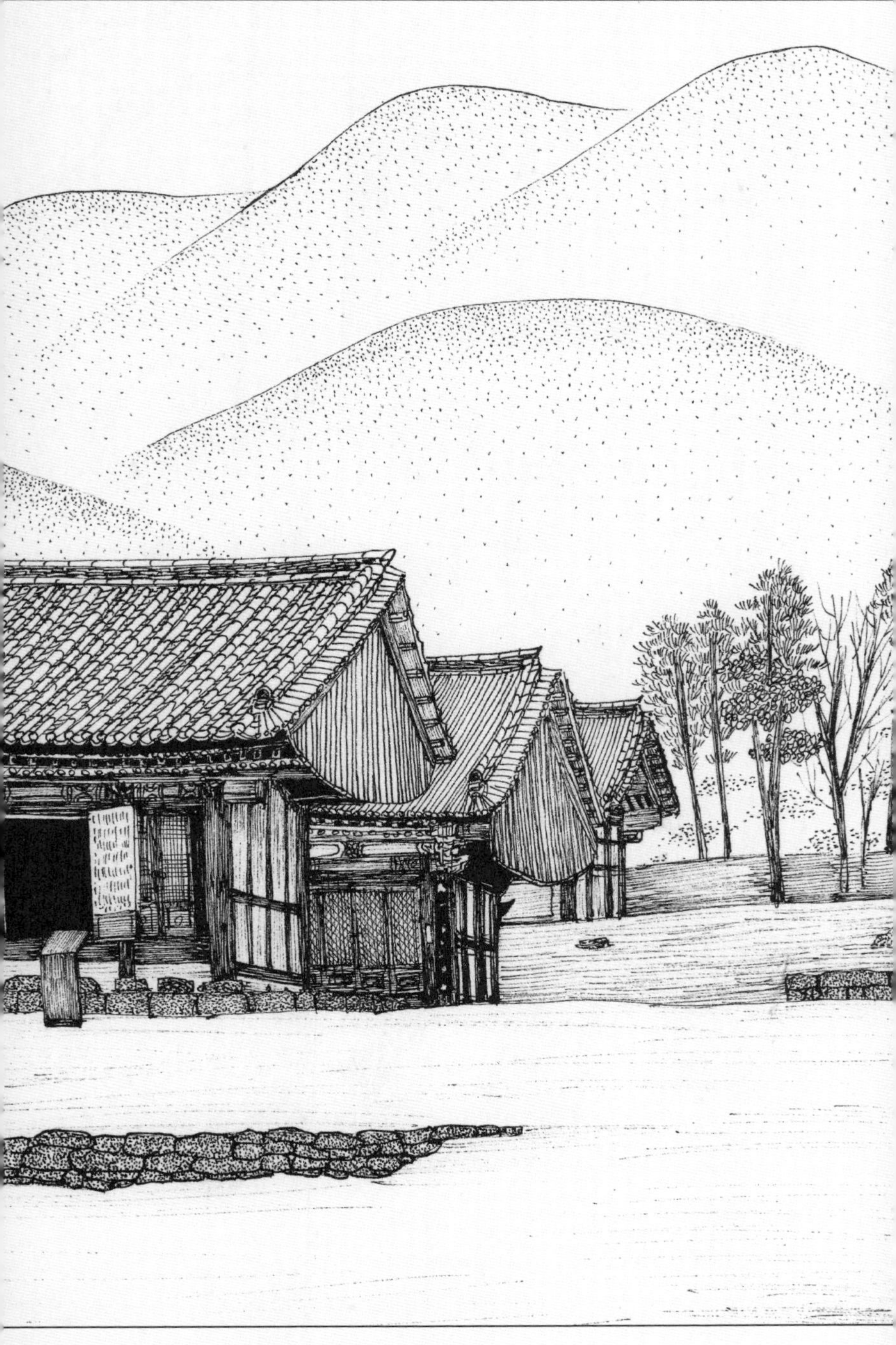

무량사

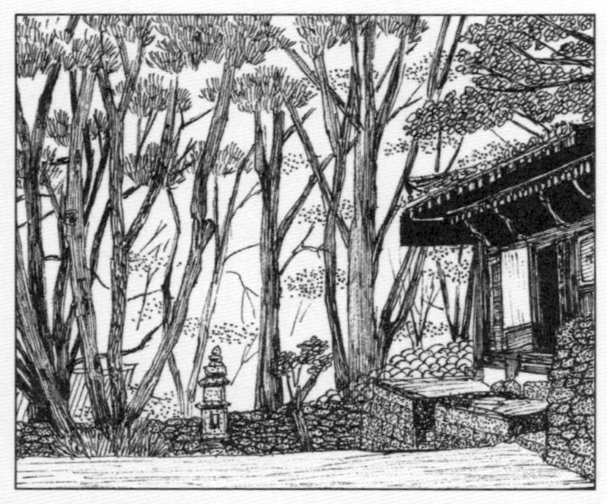

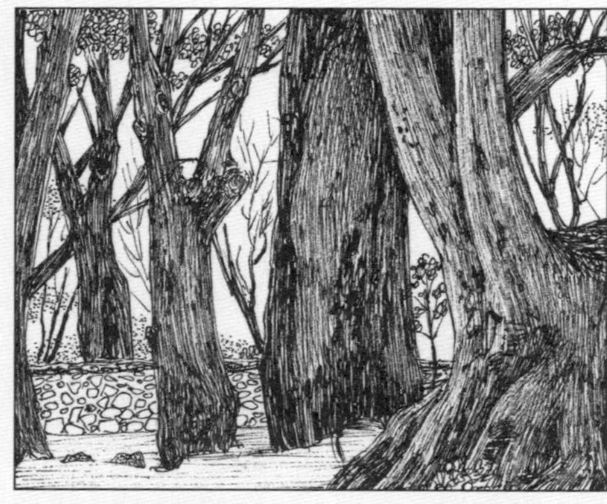

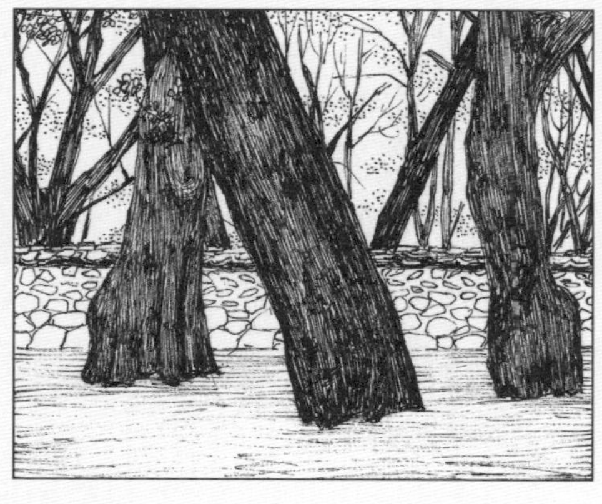

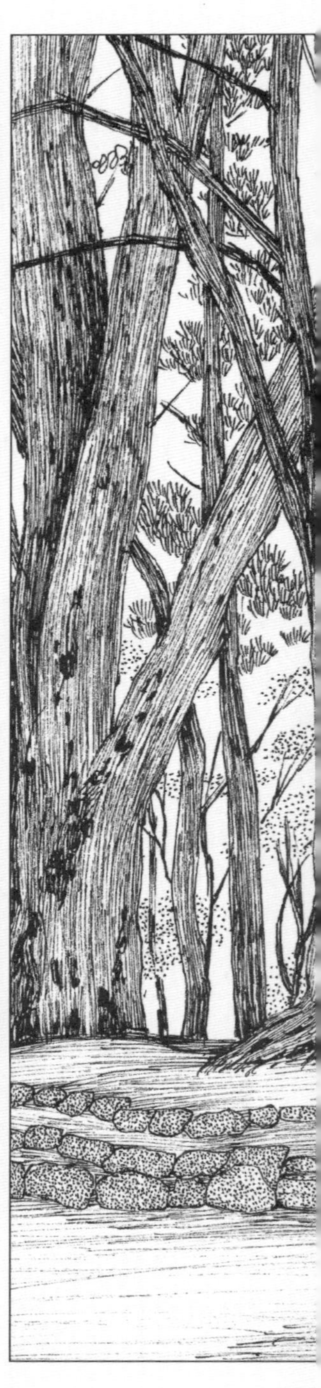

절 곳곳에 위치한 고목들이 무량사 공간의
깊이를 더해줍니다.

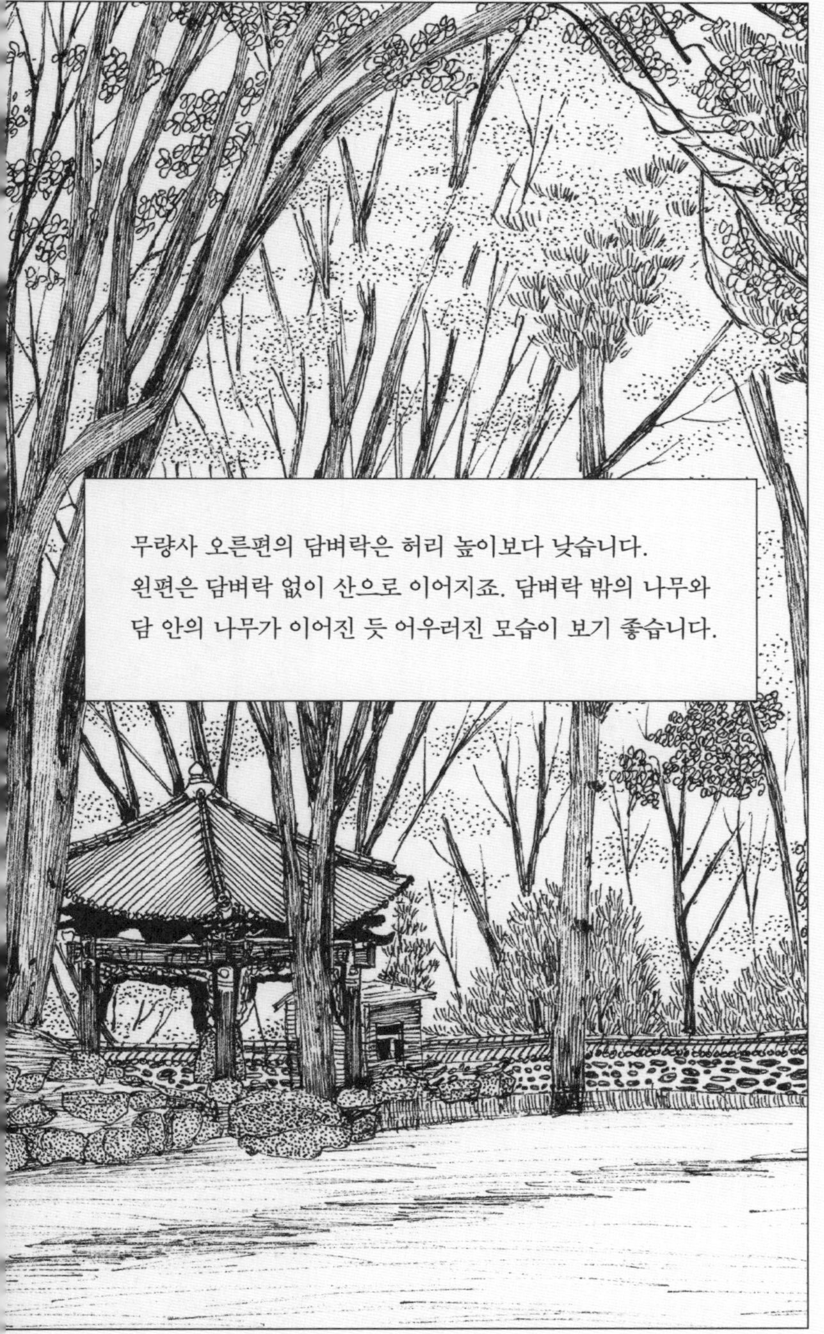
무량사 오른편의 담벼락은 허리 높이보다 낮습니다.
왼편은 담벼락 없이 산으로 이어지죠. 담벼락 밖의 나무와
담 안의 나무가 이어진 듯 어우러진 모습이 보기 좋습니다.

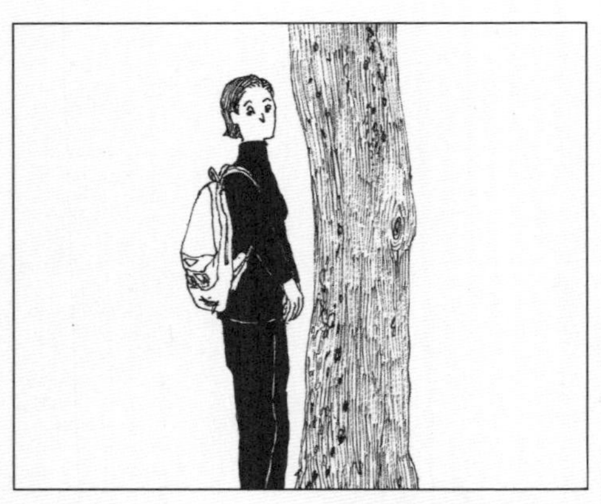

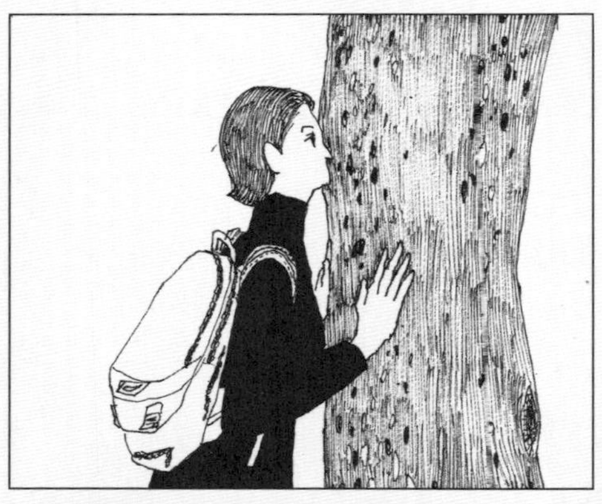

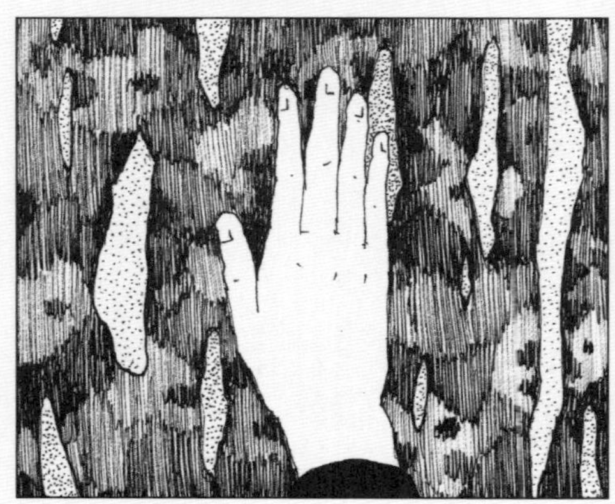

뚫린 담벼락과 낮은 담벼락, 모든 풍경을
받아주는 무량사의 담벼락이 좋았습니다.

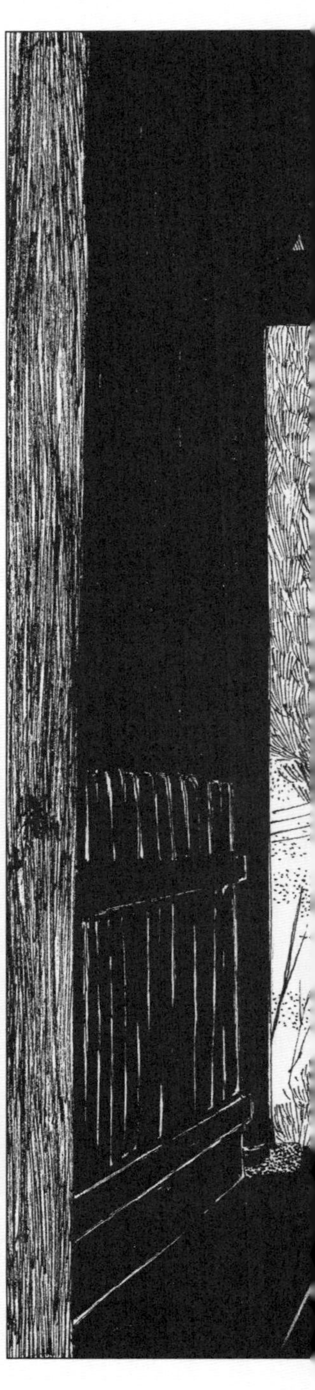

더는 사람과 상황을 '이것이다'라고 정의하는 사람이 멋져 보이지
않습니다. 정의하기보다 모든 건 변하고 흘러간다는 걸 알고
받아들이는 사람이 멋지고 대단해 보이기까지 합니다.
그런 사람이 주는 다정함이 소중하게 느껴집니다. 저도 그렇게
되길 바라봅니다.

더는 사람과 상황을 '이것이다'라고 정의하는 사람이 멋져 보이지
않습니다. 정의하기보다 모든 건 변하고 흘러간다는 걸 알고
받아들이는 사람이 멋지고 대단해 보이기까지 합니다.

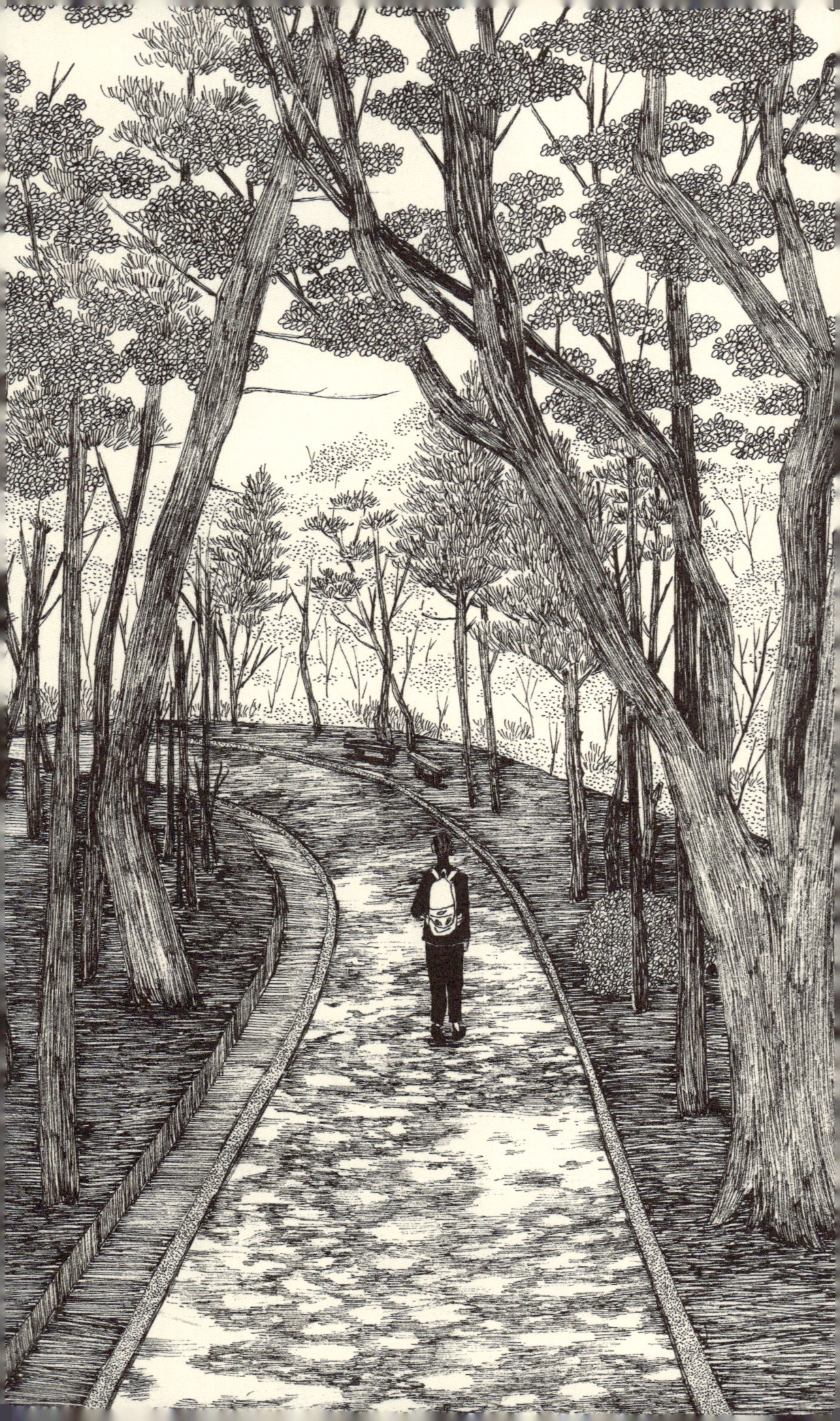

萬壽山無量寺

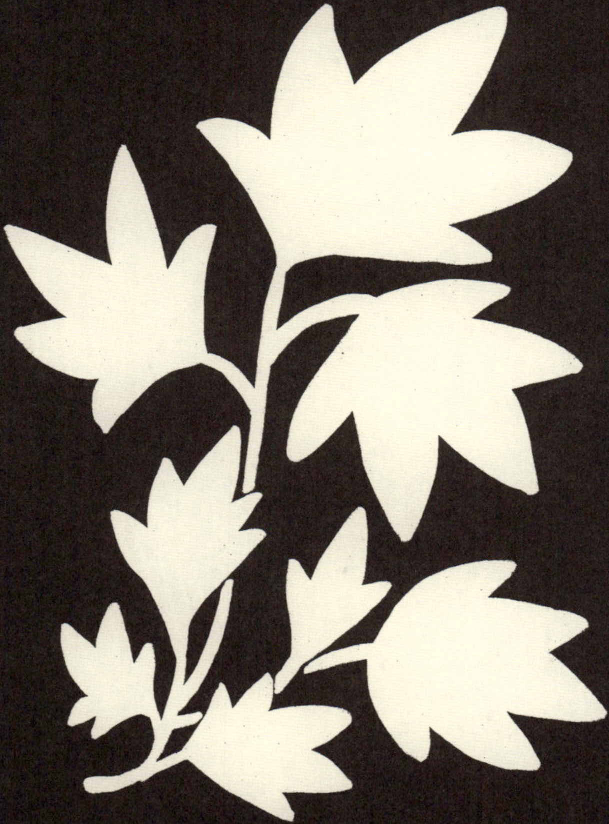

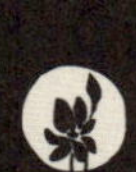

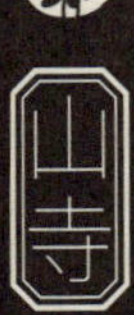
山寺

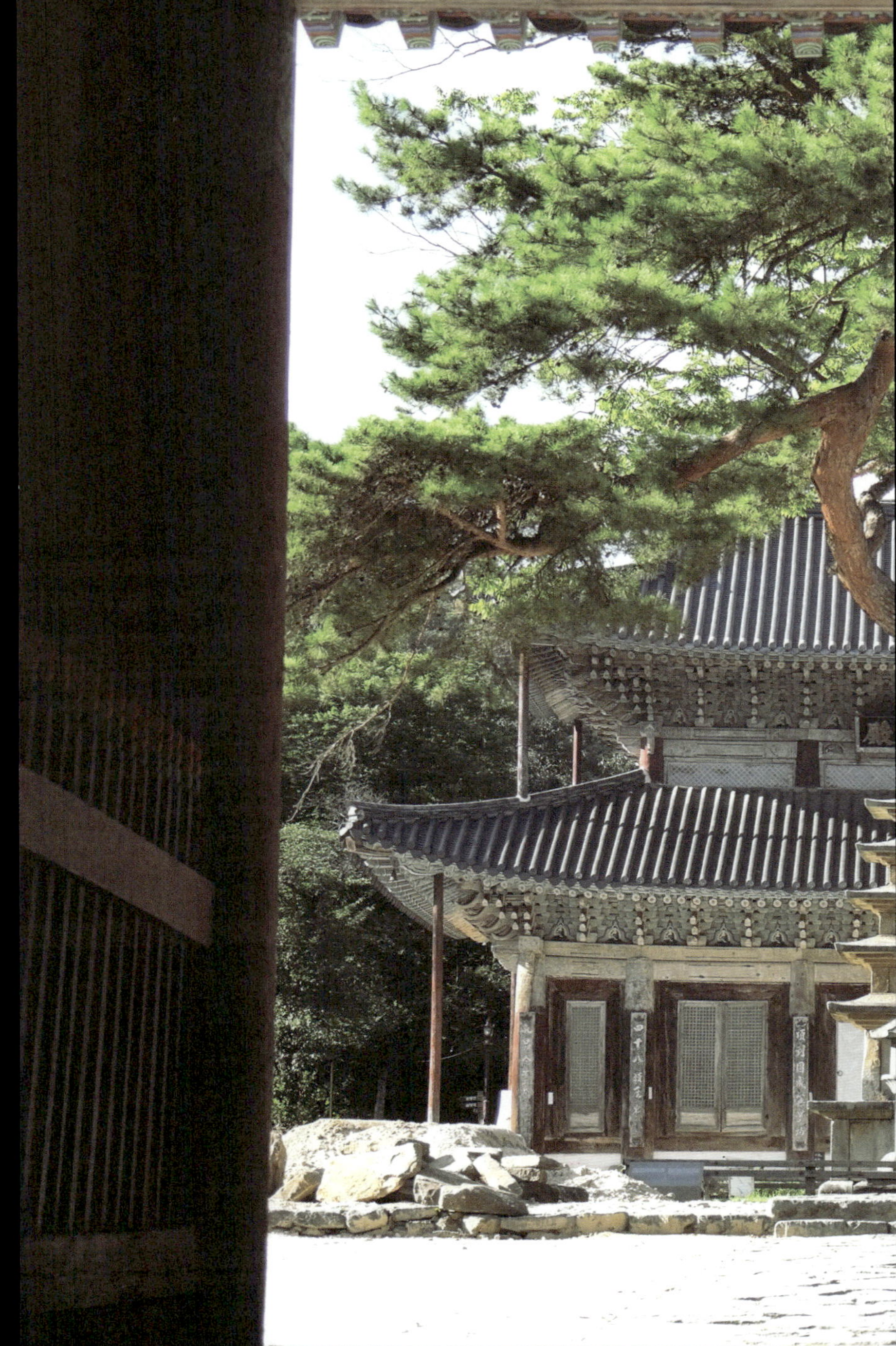

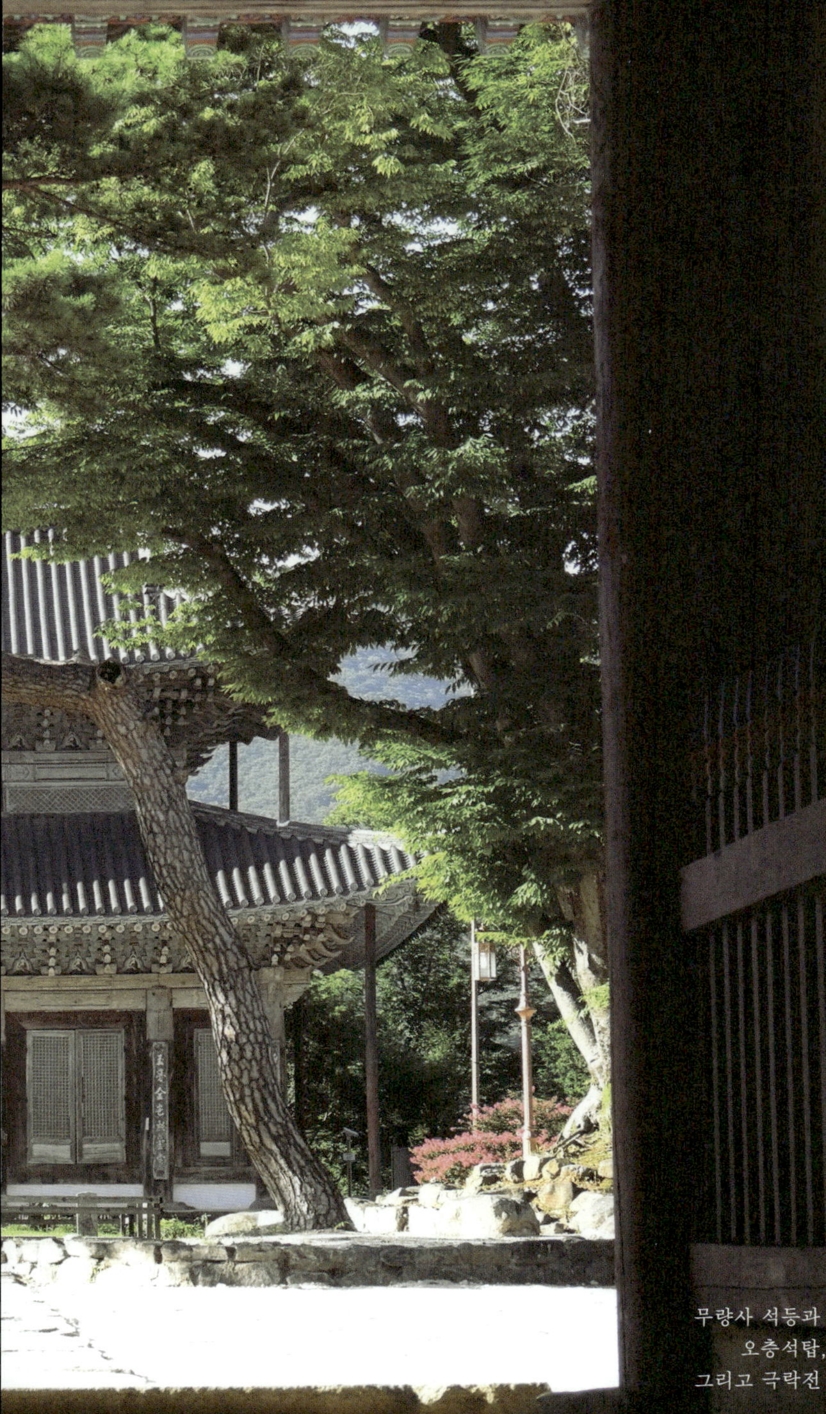

무량사 석등과
오층석탑,
그리고 극락전

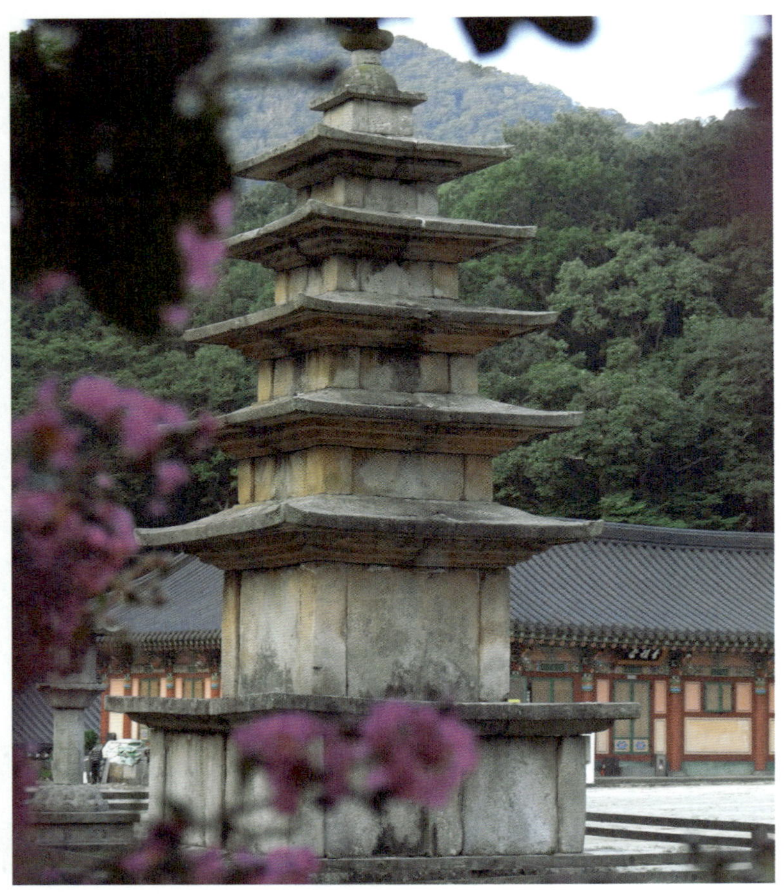

무량사 오층석탑

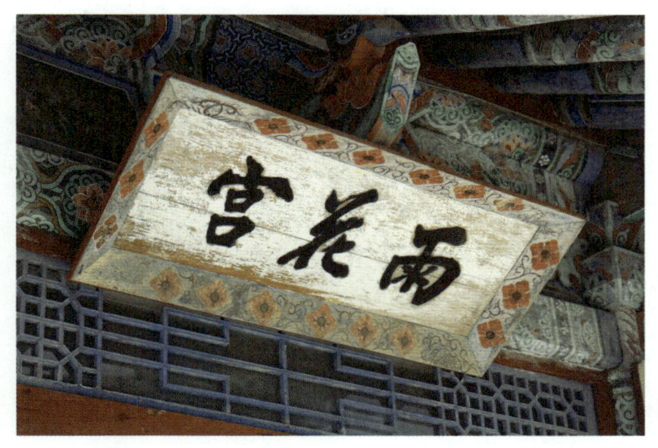

무량사 우화궁 현판

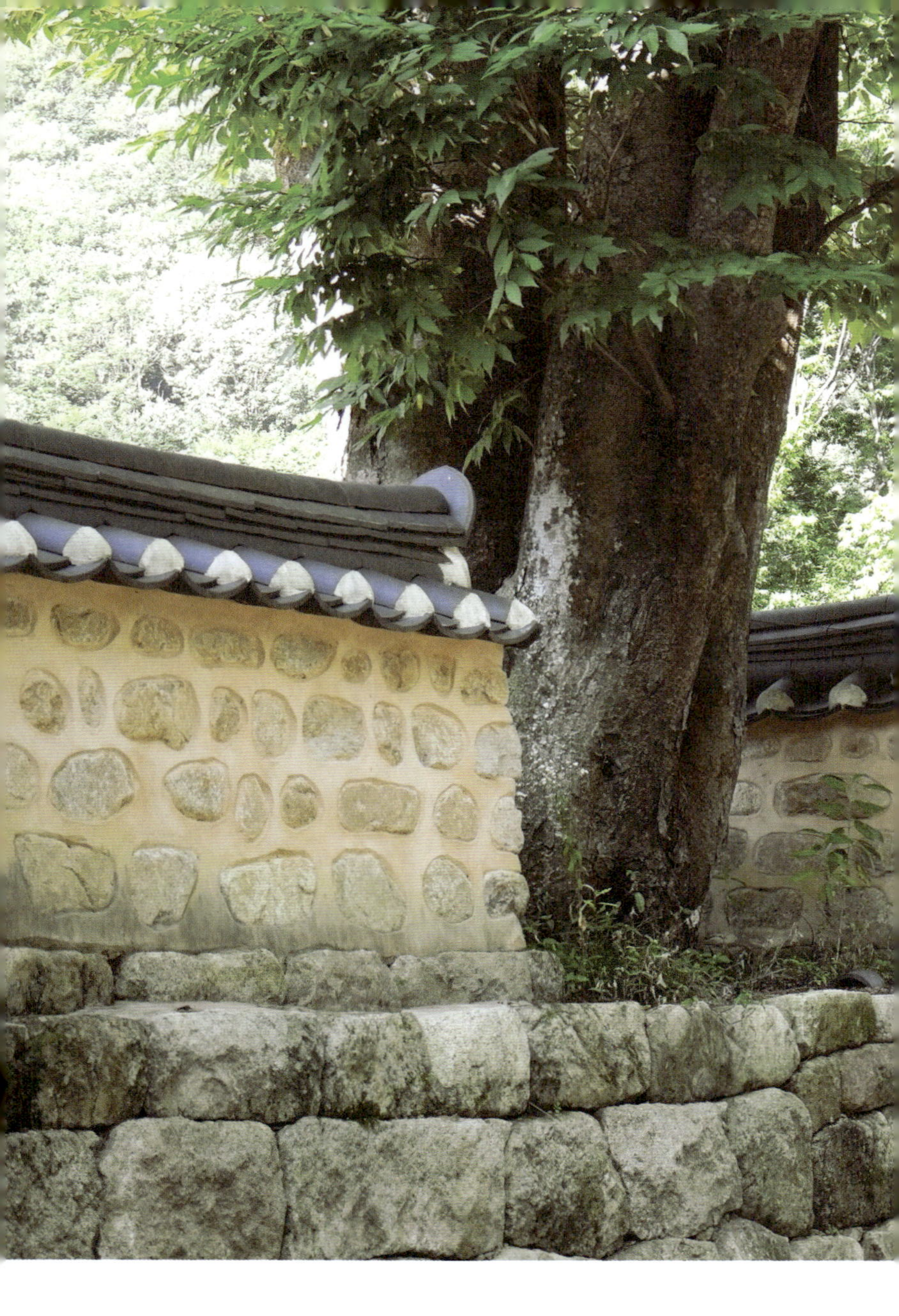

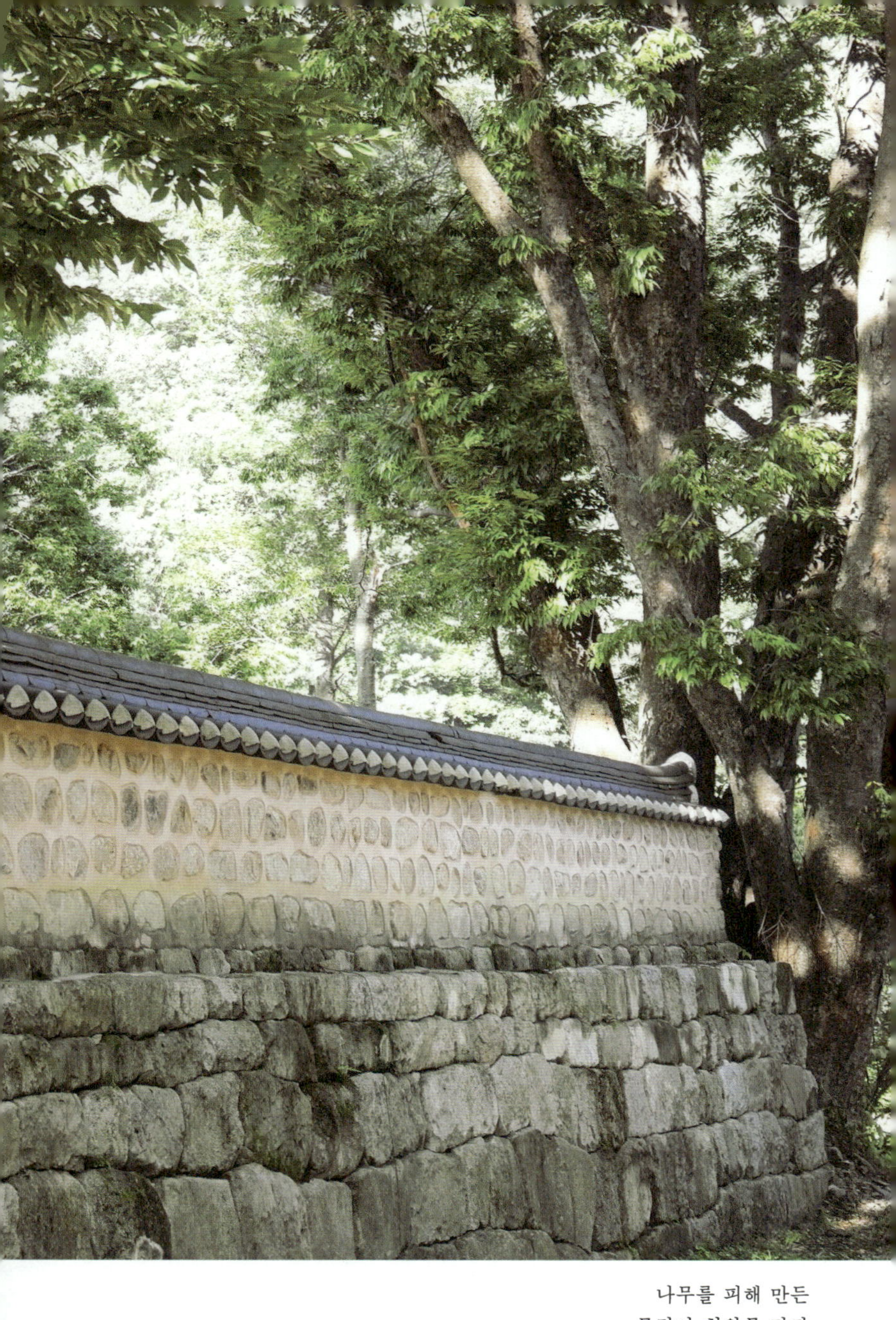

나무를 피해 만든
무량사 천왕문 담장

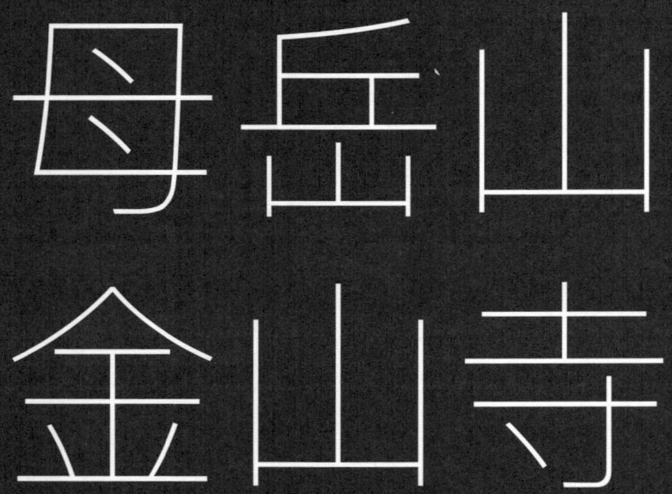

Geumsansa Temple

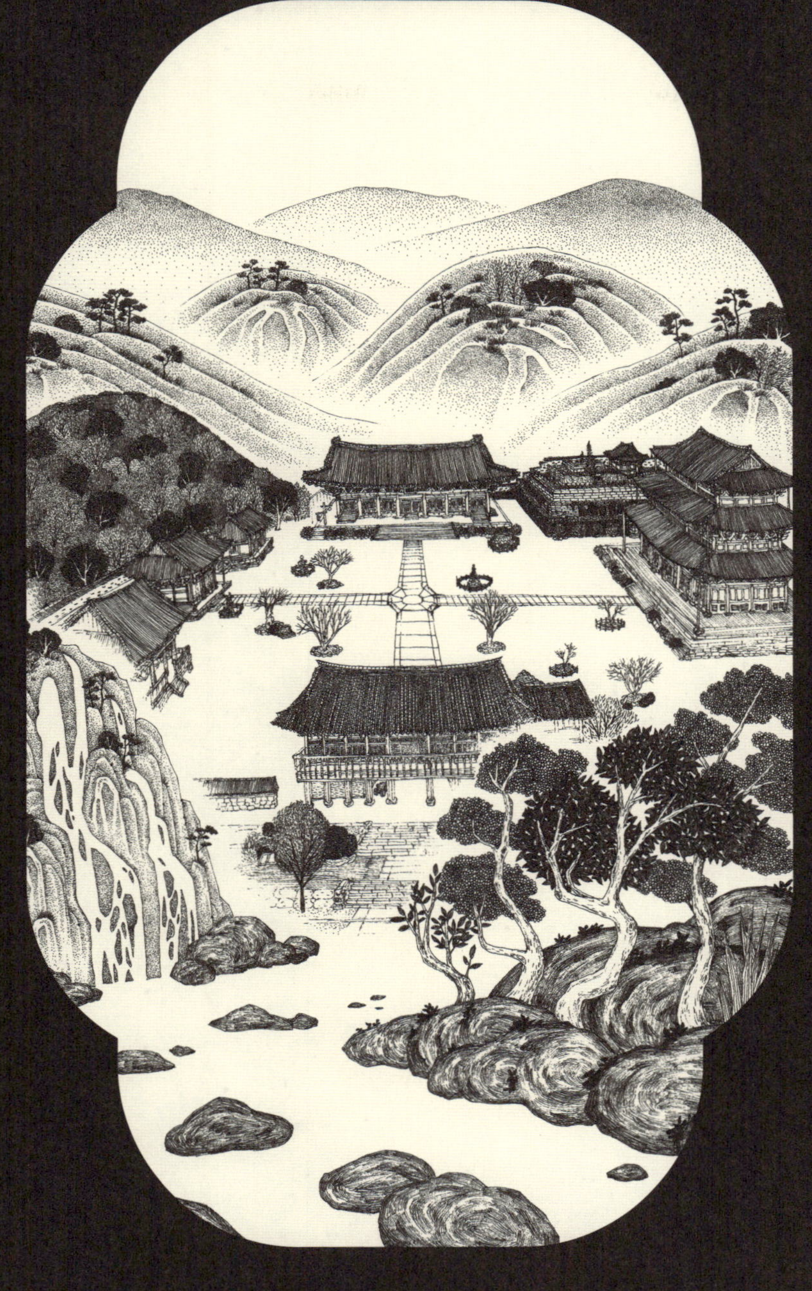

전북 김제의 금산사는 궁궐같이 크고
화려합니다. 수려하다는 표현이 잘 어울리죠.
가을에 더욱 아름다운 절입니다.

진표율사 이야기가 재미있습니다.
스님은 어렸을 때 아버지를 따라 자주 사냥을
다녔습니다. 하루는 금산사가 있는 모악산에서
잡은 개구리를 버드나무 가지에 꿰어 물에
담가놓고 떠났습니다.
이듬해 같은 장소에 가보니 개구리가 여전히
가지에 꽂힌 채 울고 있는 것을 보고 깨달음을
얻어 스님이 되었죠.
스님은 3년 동안 바위에 몸을 부딪치는
고된 수행을 통해 미륵과 지장보살을 만납니다.
이때 본 미륵의 모습을 불상으로 만들어
금산사에 두었습니다.

금산사가 위치한 모악산은 풍수적으로 기가
세다고 평가됩니다. 김제 평야에 우뚝 솟은
산이기 때문입니다. 그래서인지 모악산에는
다양한 종교가 모여 있습니다. 절 입구에
민간신앙과 관련된 건물을 됬는데 독특한
경우입니다.

CNN이 선정한 '한국의 가장 아름다운 사찰
33곳'에 이름을 올렸습니다.

— 동선
꼭 살펴볼 곳

1 해탈교
2 금강문
3 천왕문
4 보제루
5 미륵전
6 육각다층석탑
7 석연대
8 방등계단
9 적멸보궁
10 대적광전
11 나한전
12 조사전
13 명부전
14 대장전
15 범종각
16 석등
17 송대향각
18 만월당
19 삼성각
20 성보박물관

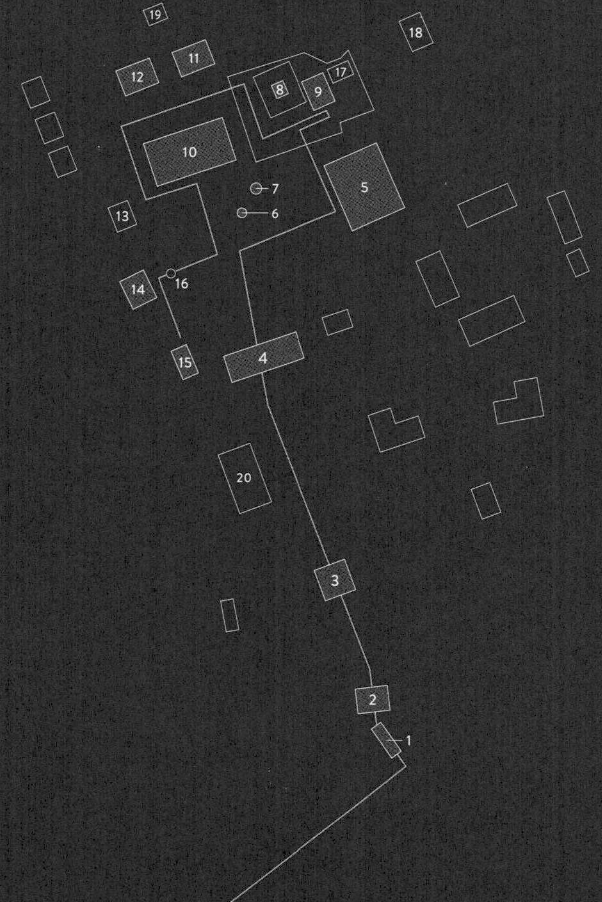

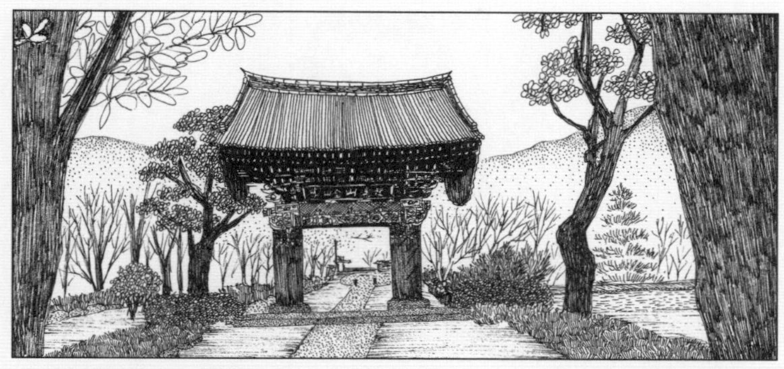

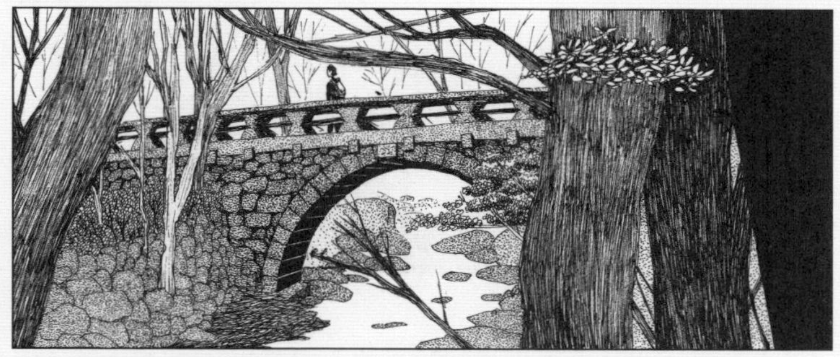

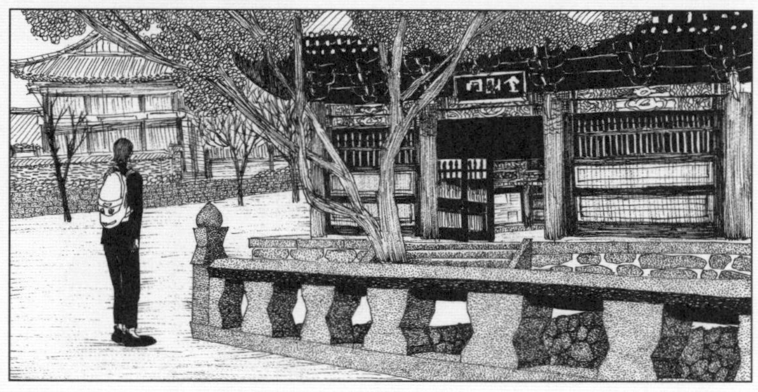

절을 다니며 여러 깨달음을 얻지만, 깨달은 대로 살면 저는
부처가 되었겠죠. 저는 부처가 아니니 그저 이 깨달음이 제 것이 되길
기다리며, 부처님 사리를 모신 금산사를 찾아가봅니다.

넷

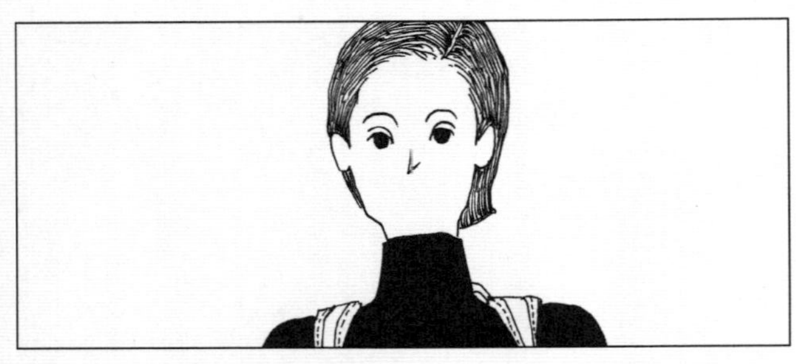

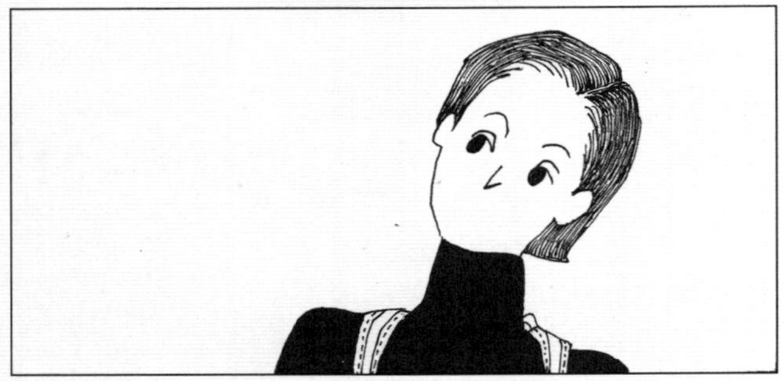

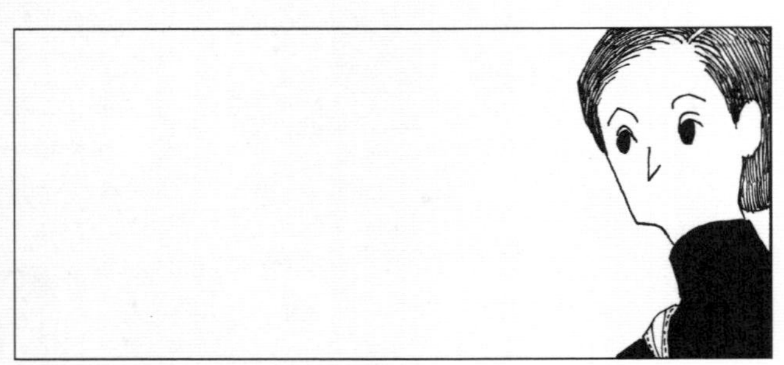

평지에 세워진 금강문과 천왕문 건물 축이 조금 틀어져 있습니다.
금강문에서 살짝 옆으로 비켜 보아야 천왕문 전면이 보입니다.

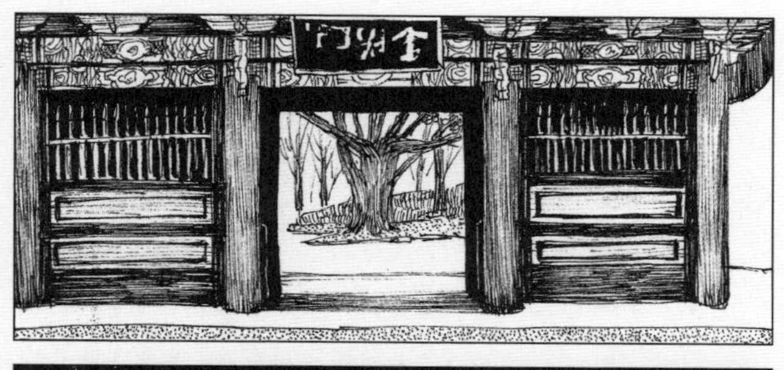

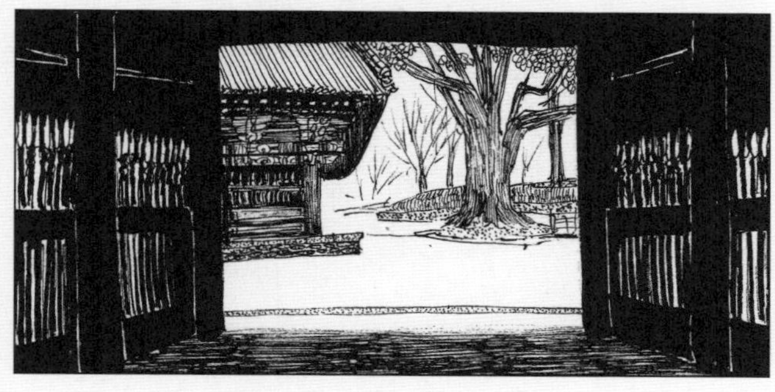

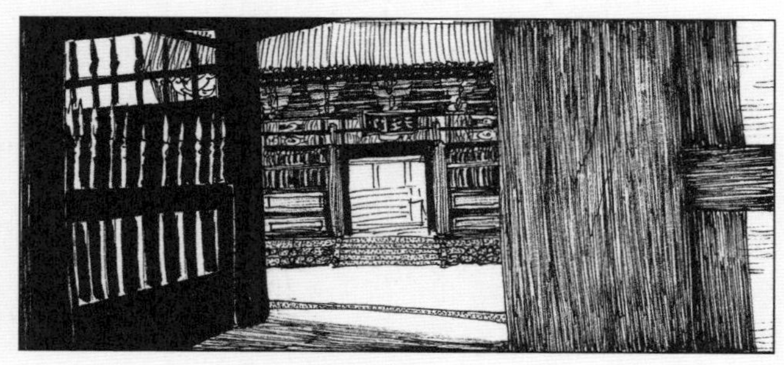

천왕문은 '문'이라고 하지만 문짝도 담벼락도 없는 건물입니다.
한국에서 공간의 분리는 물리적인 경계보다 심리적인 경계가 더
중요하다는 것을 또 알 수 있습니다.

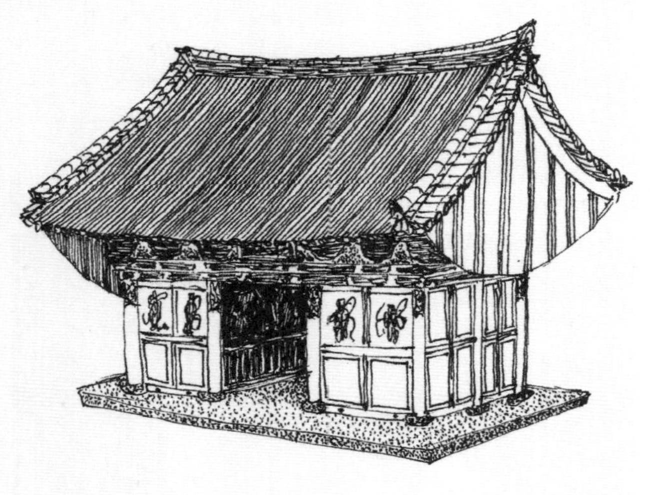

천왕문 天王門

천왕은 부처의 세계를 지키는 불교의 수호신으로 절을 지키는
수문장 역할을 합니다.
네 명의 천왕 조각상을 두어 사천왕문이라 부르기도 하죠. 사천왕은
동서남북 사방위의 불법을 수호하며, 이곳을 통과할 자격이 있는지
심사하고 악귀가 지나가지 못하도록 절을 지키는 역할을 합니다.
이들은 지나가는 사람들에게 세 가지 질문을 합니다. "굶주린 자에게
먹을 것을 주었는가?" "길을 잃은 자에게 길을 알려주었는가?"
"위험에 처한 사람을 구했는가?" 사천왕은 원래 힌두교의 악귀였으나
불교로 넘어오면서 부처의 세계를 지키는 신이 되었습니다.
다른 종교를 쉽게 흡수하는 불교의 유연함을 엿볼 수 있습니다.
문이라고 부르지만 건물의 형태입니다. 문짝 없이 건물이 뚫려
있으며 담장도 없어 누구든 어디로든 쉽게 지나갈 수 있죠. 공간을
물리적으로 나누는 것이 아니라 심리적으로 나누는 것입니다.
절의 공간이 작아 조각상을 둘 수 없는 경우 문짝에 천왕을 그립니다.
신도들은 천왕문을 통과할 때 천왕을 향해 네 번씩 인사를 합니다.

서쪽: 광목천왕
죄인에게 벌을 내려 고통을
주는 신입니다.
입으로 나쁜 이야기를 물리치고
눈으로 나쁜 것을 몰아낸다 합니다.
여러 가지 색으로 장식되어 있고
붉은 관을 쓰고 있습니다.
삼지창과 탑을 들고 있습니다.

북쪽: 다문천왕
부처의 세계와 암흑의 물건을
지키며 부처의 설법을 듣는
신입니다. '비파'라는 악기를
들고 있습니다.

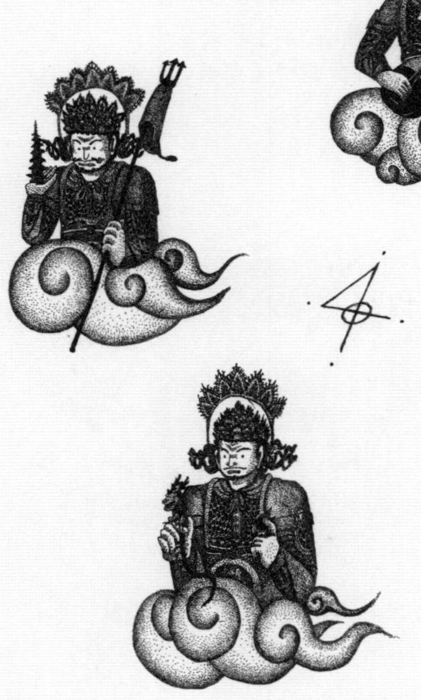

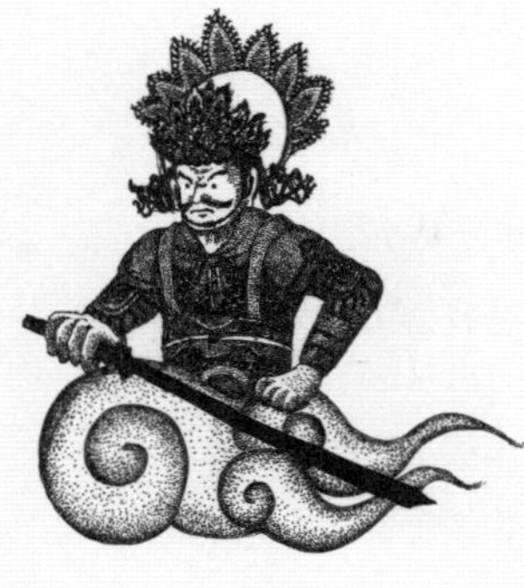

남쪽: 증장천왕
덕으로 만물이 태어날 수 있는 공간을
만든 신입니다. 온몸이 붉은색이고
노란색 눈을 가지고 있습니다.
많은 귀신들을 거느립니다.
용과 여의주를 쥐고 있습니다.

동쪽: 지국천왕
선한 사람에게 상을 내리고
악한 자에게 벌을 주는 신입니다.
얼굴은 푸른빛을 띠고 있으며
칼을 들고 있습니다.

* 각 천왕이 들고 있는 물건(지물)은
  만들어진 시대에 따라 다릅니다.

금강문 金剛門

금강저(인도 고대 무기) 혹은 칼을 들고 있는 신 금강역사를 두는 문입니다.
천왕문과 마찬가지로 절을 지키는 역할을 하며, 금강역사의 힘의 세기는

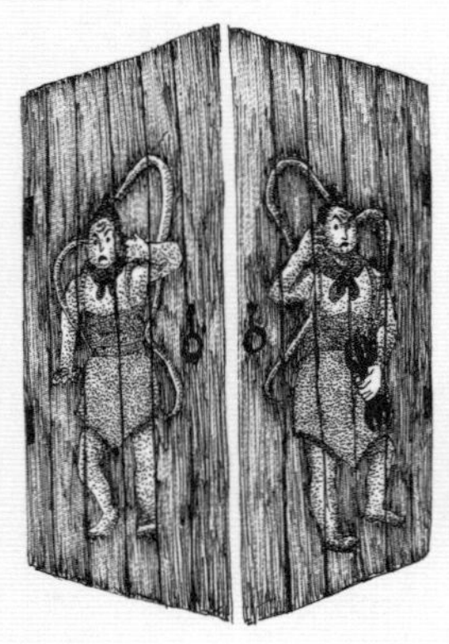

코끼리의 백만 배라고 합니다. 금강문을
두지 않을 때도 있으며 천왕문 근처에
두거나 천왕문을 대체하는 경우도 있습니다.
한 명은 입을 벌려 '아' 소리를 내고,
다른 한 명은 입을 다물어 '훔'이라는 소리를
내는데 이는 인도에서 건너온 글(범어)의
첫 글자와 끝 글자를 뜻합니다. 시작과 끝을
연결한다는 의미로 영원함을 상징합니다.

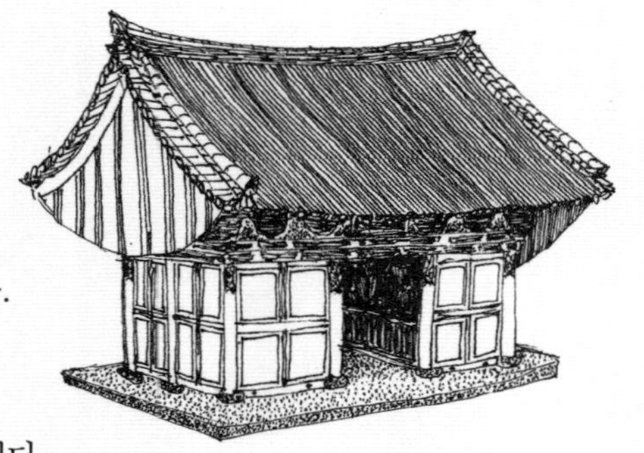

해탈문 解脫門

'불이문' 또는
'자하문'이라고도 부릅니다.
진입 공간에서
수행 공간으로 전환하는
문으로, 깨달음을 상징합니다.
해탈문이라는 이름은 해탈하고 부처의 세계에 진입하라는 뜻입니다.
불이문은 '불이(不二, 둘이 아니다)'라는 뜻과 같이 모든 것은 나뉘는
것이 아니라 결국 하나라는 의미를 담고 있습니다.
서양철학은 나와 사물을 나누고 사물을 분석하는 존재로 보는
이원론적 접근을 합니다. 반면 불교 철학은 나와 세상 만물은 하나라고
생각하는 일원론적 접근을 하죠. 우주와 나, 너와 내가 하나이기
때문에 분리하고 소유하려는 욕심을 버리고 해탈하라는 뜻입니다.
코끼리를 타고 있는 보현보살과 사자를 타고 있는 문수보살 동상을
두며 금강역사를 모시기도 합니다.
금산사에는 해탈문 대신 해탈교가 있습니다.

보현보살

수행과 진리를 상징합니다.
불교 경전을 보호하고 널리
알리는 역할을 합니다. 사람을
구원하는 대표적인 보살입니다.
코끼리를 타고 있는데 이는
코끼리와 같이 수행을 묵묵히
실천해나감을 뜻합니다.

문수보살

덕과 지혜를 상징합니다. 문수보살 역시
사람들을 구원하는 역할을 합니다.
'지혜', '용맹함'을 뜻하는 사자나 공작새를
타고 있습니다. 가끔 어린 동자승의 모습으로
세상에 나타난 모습이 기록되었습니다.

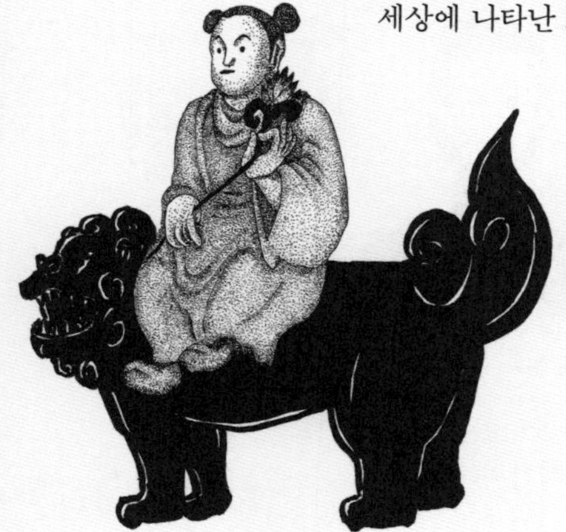

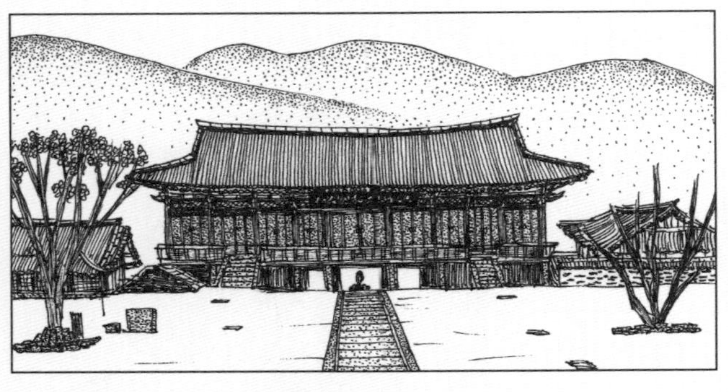

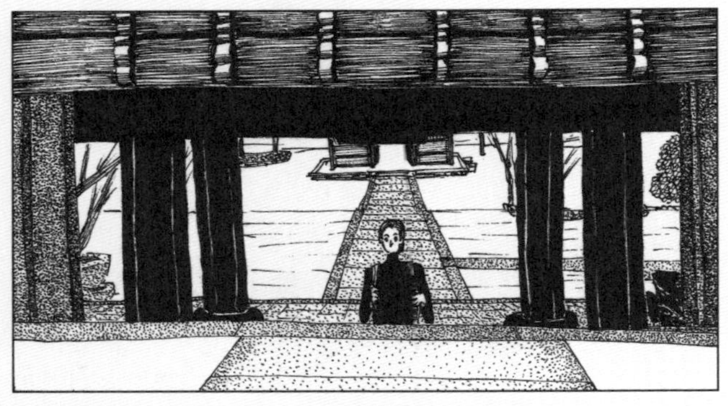

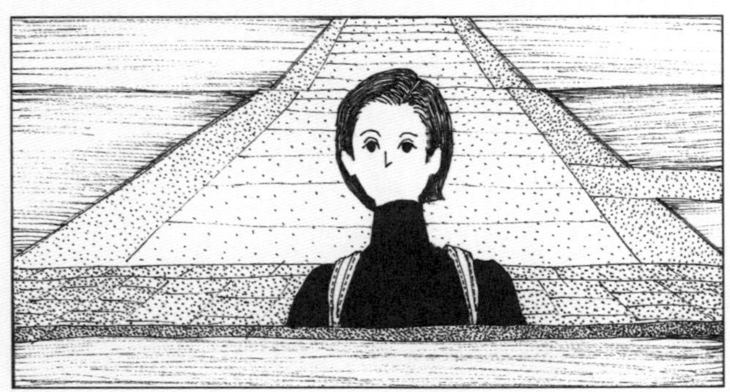

금산사에서 제가 가장 좋아하는 장면은 보제루 밑 계단을
오르며 절 마당으로 진입할 때입니다.

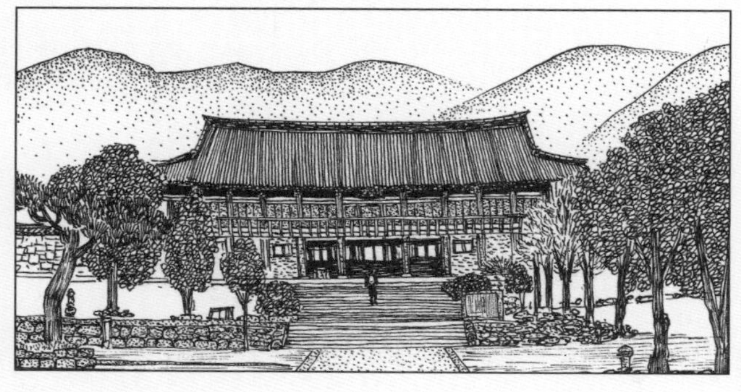

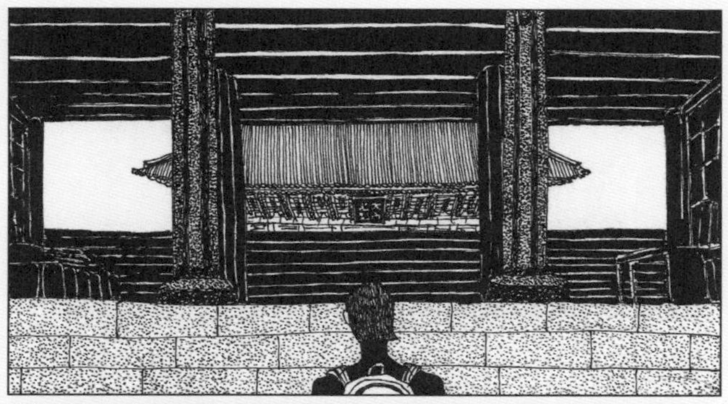

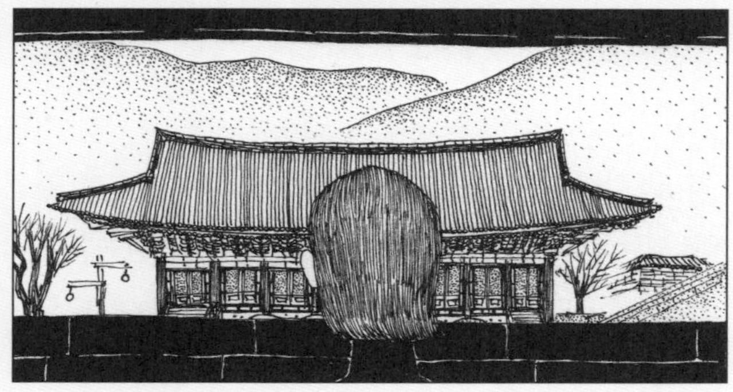

누각 밑 구조물이 액자 틀이 되어 마당을 더욱 극적으로
보여줍니다. 가로로 긴 프레임이라 영화의 한 장면처럼
느껴지기도 하죠.

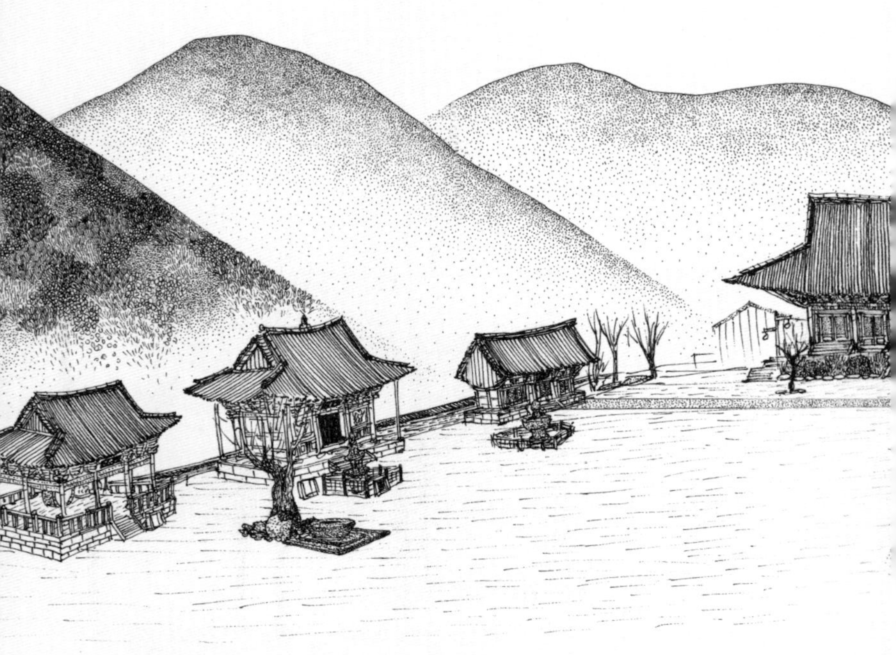

금산사는 너른 분지에 위치해 있습니다. 한국에서도 손에 꼽는
넓은 절 마당을 가지고 있죠.
넓은 땅과 산의 형태를 건축으로 균형 있게 표현한 공간이라
생각합니다.

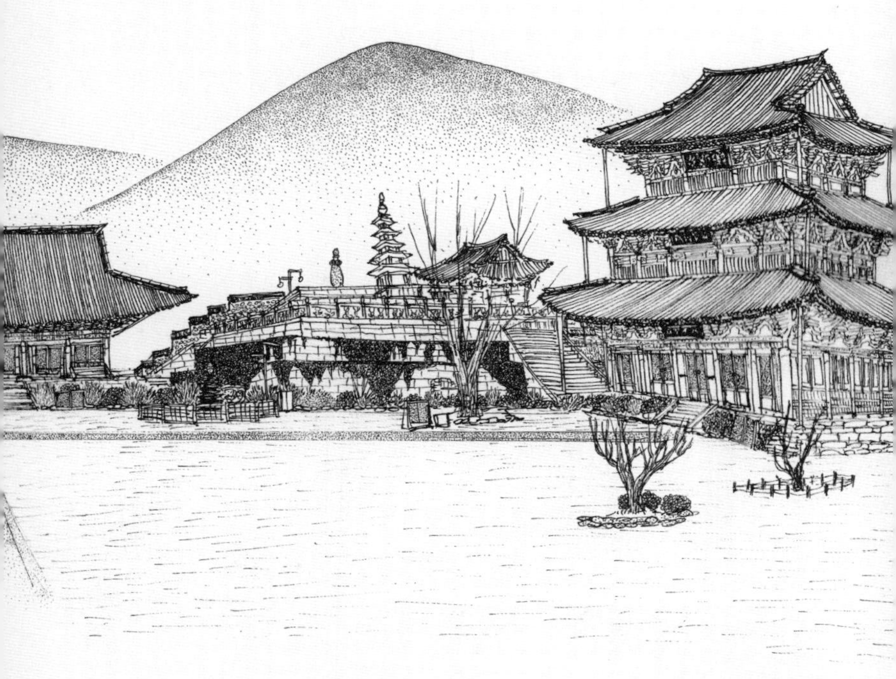

보제루는 가로로 긴 형태인데 이를 마주한 대적광전 또한
가로로 넓습니다.
왼쪽에는 높은 산이 있는데 이를 마주한 오른쪽 건물 미륵전도
높게 지었습니다. 가로세로로, 건물과 건물이, 자연과 건물이
서로 대화하듯 균형을 맞춘 모습이 인상 깊습니다.

미륵전은 국내에서 유일한 3층으로 쌓은 전각입니다.
나무를 짜 맞추는 방식의 목조건축을 3층으로 쌓는다는 것은 치밀한
계산과 고급 재료, 고난도의 기술을 요구합니다.
건물을 가득 채운 12미터 높이의 불상도 인상적입니다.

진표율사가 절을 다시 지었을 당시에는 미륵전이 중심 법당이었지만,
화엄종으로 절의 성격이 바뀌며 대적광전이 중심 법당이 되었습니다.
부처님 사리를 모시는 절의 경우 보통 적멸보궁이 중심 법당인데
금산사는 그렇지도 않습니다.
독자적인 운영 방식을 유지하고 있는 재미있는 절이라는 걸 알 수 있죠.

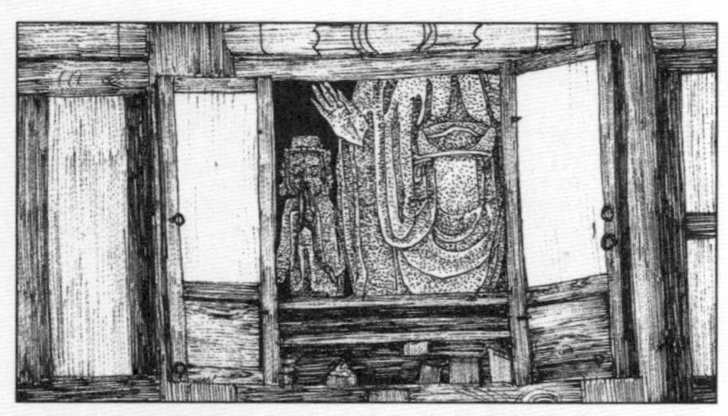

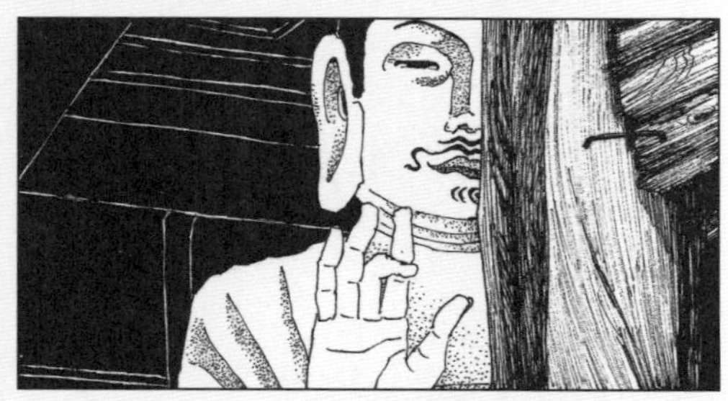

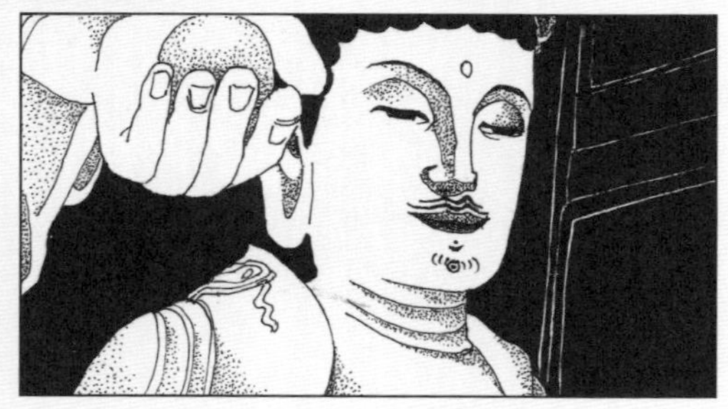

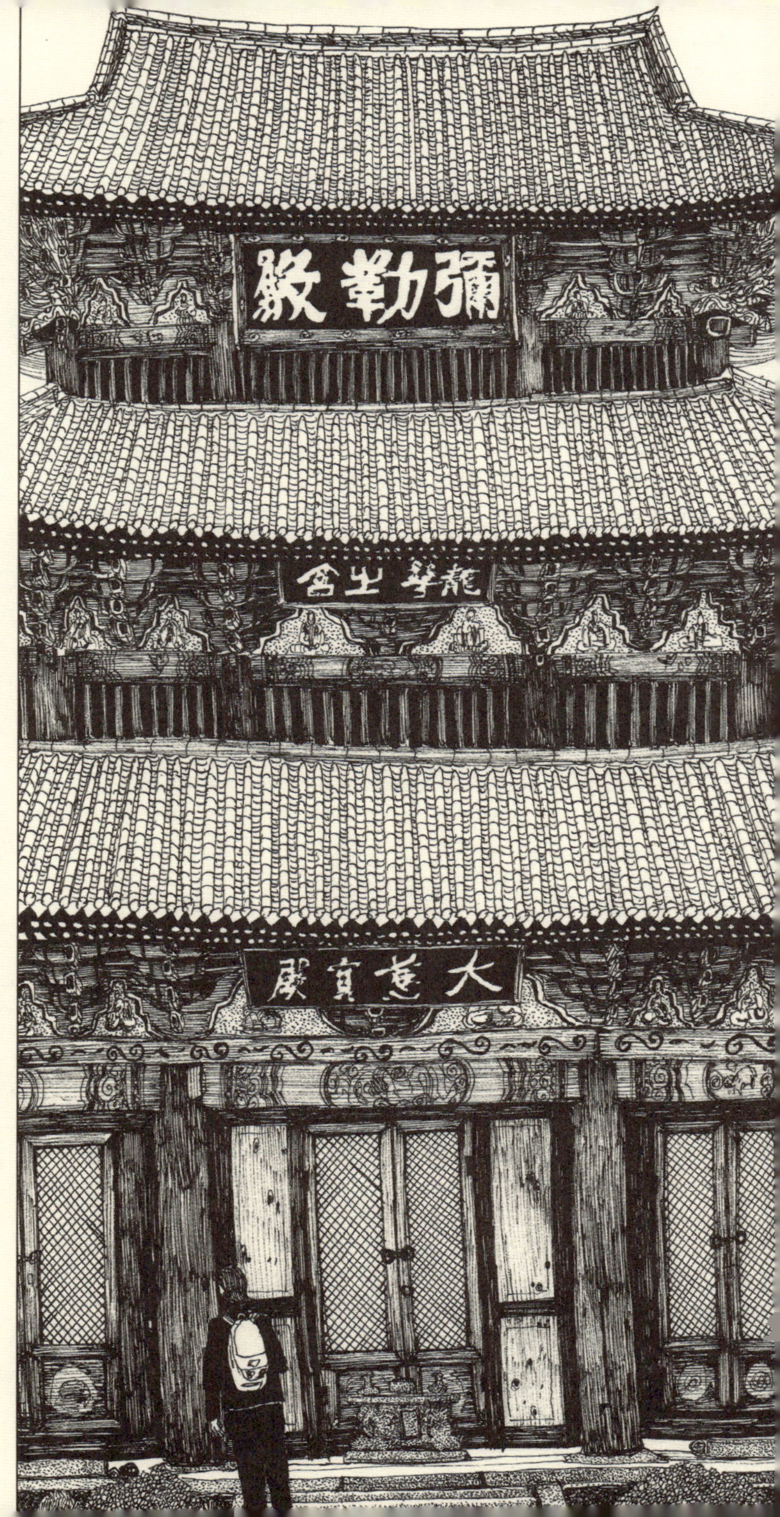

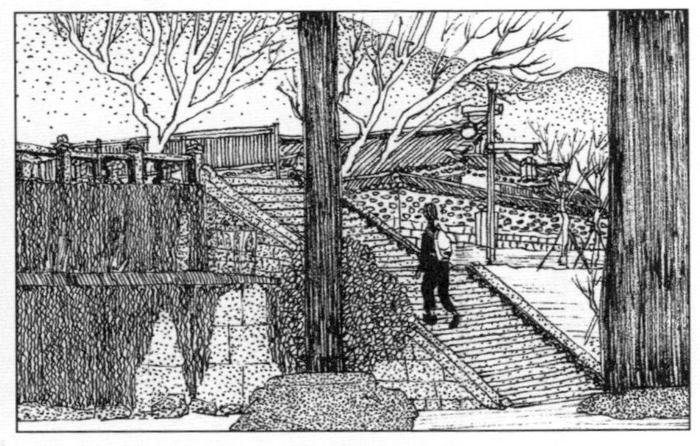

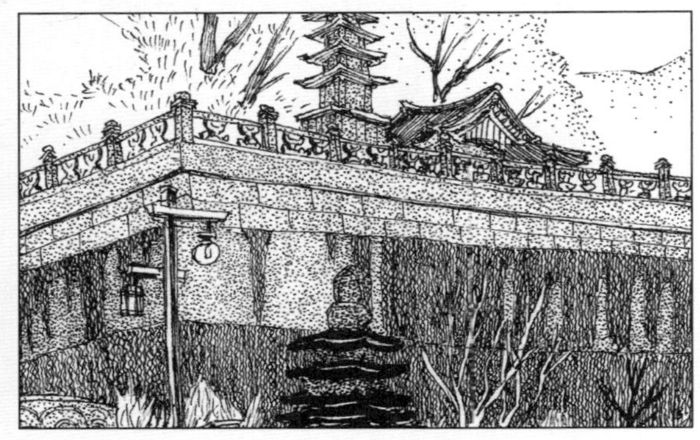

미륵전 뒤편에 '송대'라는 언덕이 있습니다. 이곳에는 부처님의 사리를 모신 '방등계단'이 있습니다.

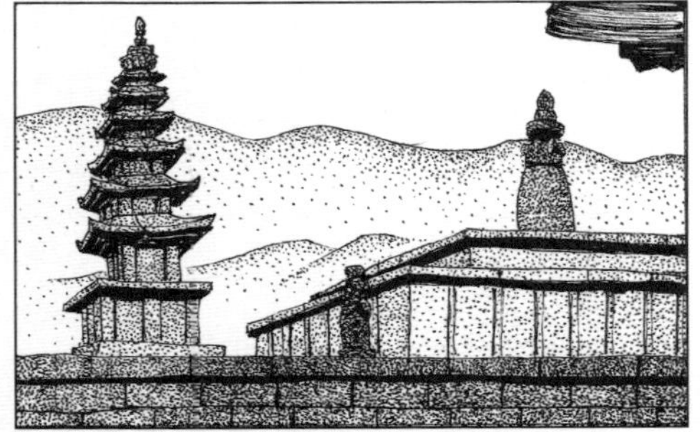

석탑과 석종, 사람을 표현한 독특한 석조물과 돌로 만든 울타리까지 화려한 돌조각 기술을 볼 수 있습니다.

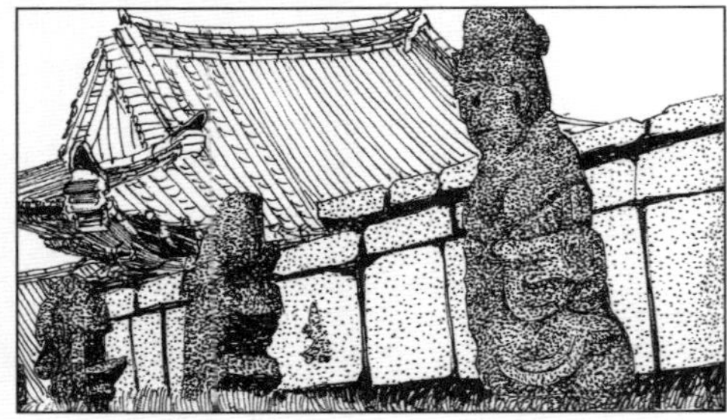

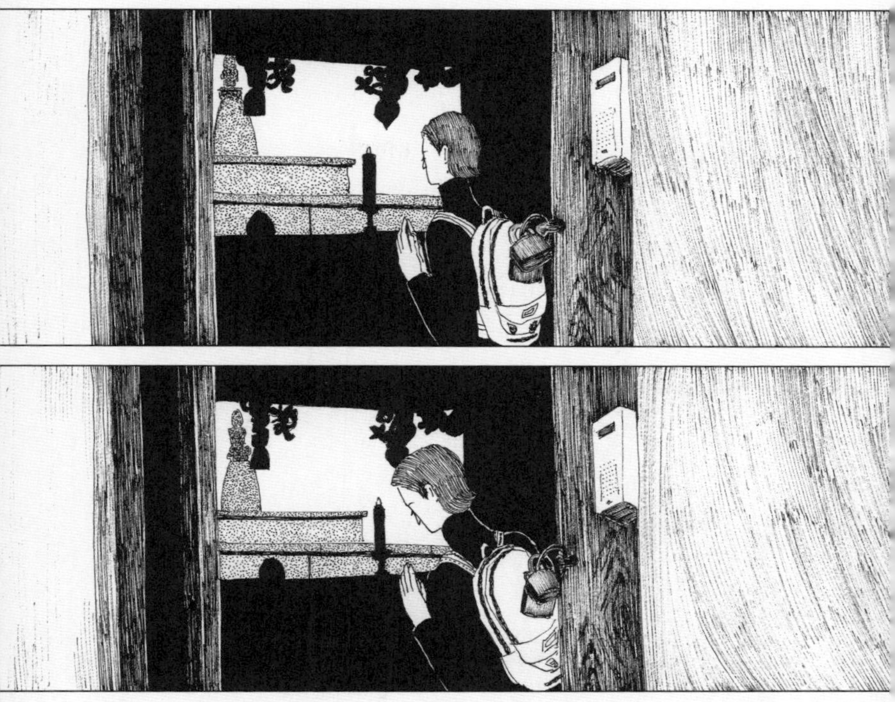

방등계단이 부처님을 뜻하기 때문에 계단 앞에 세운 불전
적멸보궁에는 불상을 두지 않습니다.
대신에 석종을 향해 예불을 드리도록 건물에 창문을 뚫었습니다.

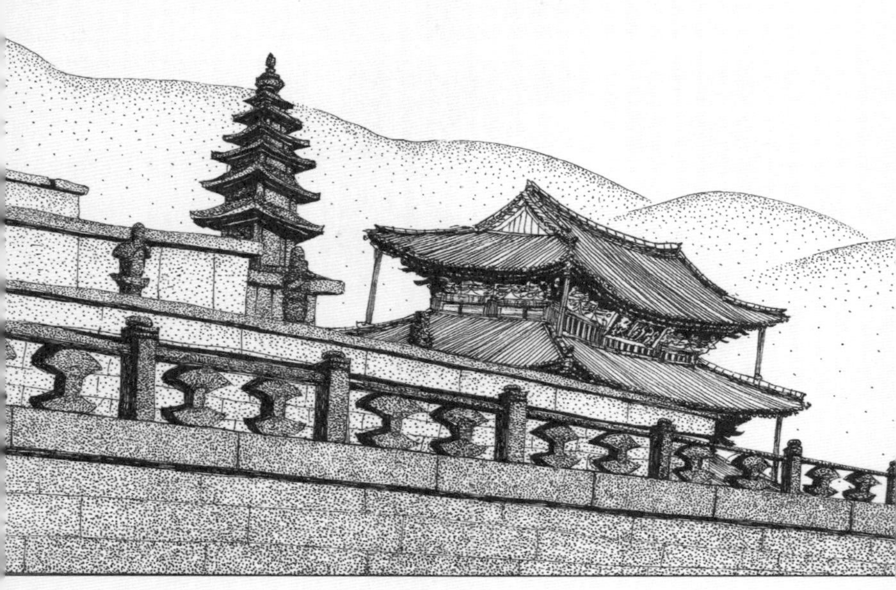

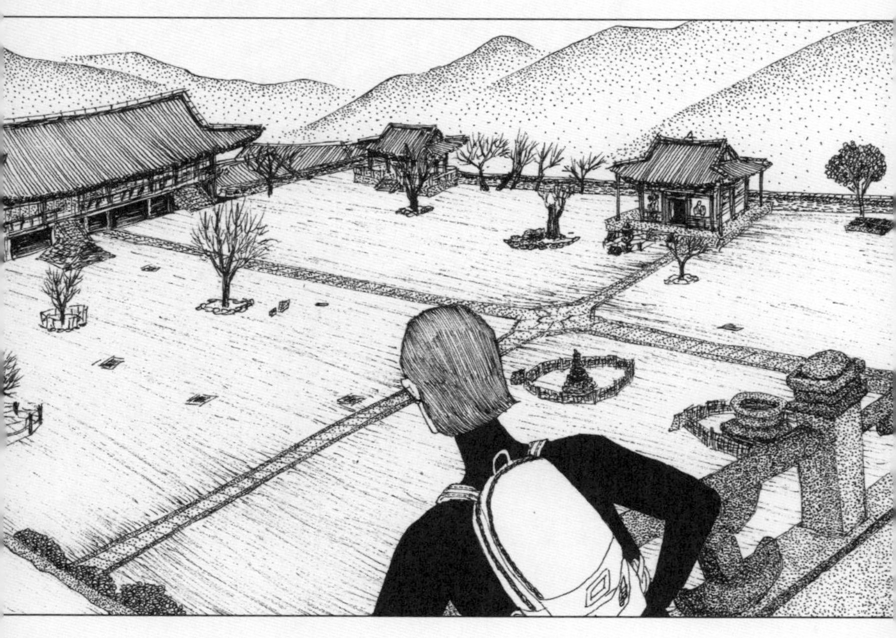

송대에서 금산사의 전경을 한눈에 볼 수 있습니다.
절 마당은 십자가 형태의 길을 중심으로 균형 있게 나뉘어 있죠.

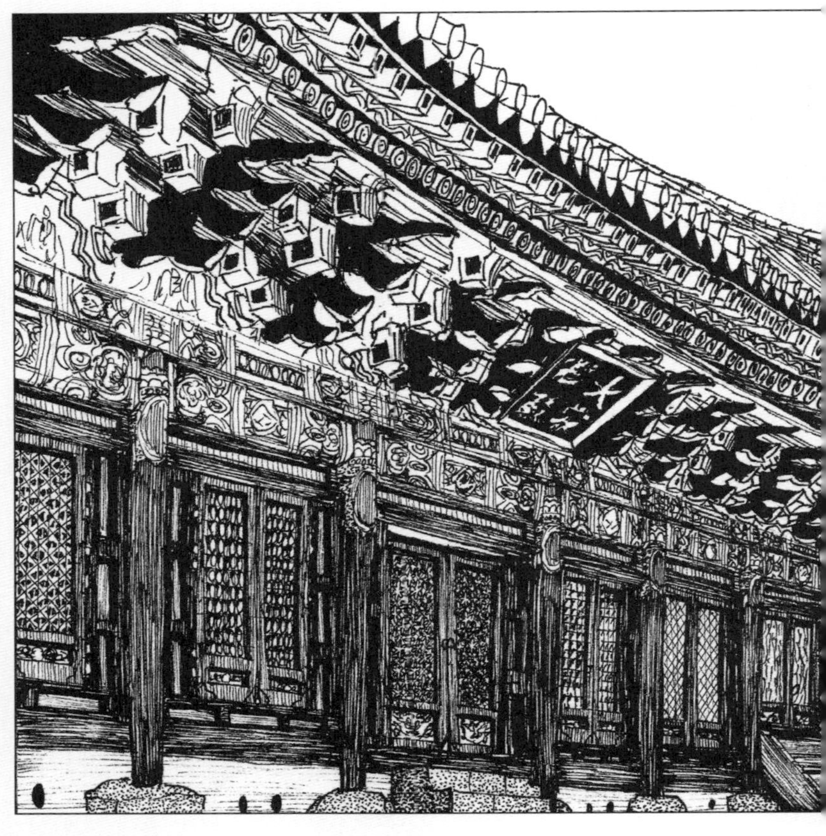

대적광전 건물은 가로로 깁니다. 마치 종묘나 궁궐을 연상케 하는
장엄함이 느껴집니다.
전면이 일곱 칸이나 되는 건 한국 절 중에서 유일합니다. 대적광전이
가로로 긴 형태의 건물인 이유는 정유재란 때 불에 탄 건물 여러 채를
통합하여 지었기 때문입니다. 중요한 건물인데 여러 전각을 통합하여
운영하는 건 굉장히 독특한 시도입니다.

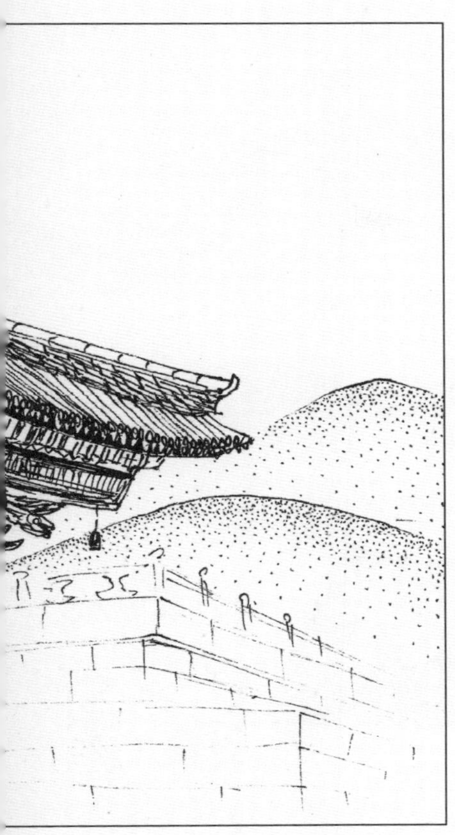

건물 내부에 들어서면 불상
여러 개가 줄지어 앉아
있습니다. 여러 전각을 통합해
지었기 때문에 보통 법당에
하나의 주불을 모시는 것과
달리 5위 불상(비로자나불,
아미타불, 약사불, 석가모니불,
노사나불), 6위 보살(대세지보살,
관음보살, 보현보살, 문수보살,
일광보살, 지장보살), 그리고
오백나한을 모시고 있습니다.
대적광전은 1986년 실측
과정에서 화재로 전소되었고,
이 일은 한국 문화재사의
대참사로 기록됩니다. 현재
건물은 실측 자료를 바탕으로
최근 복원한 모습입니다.

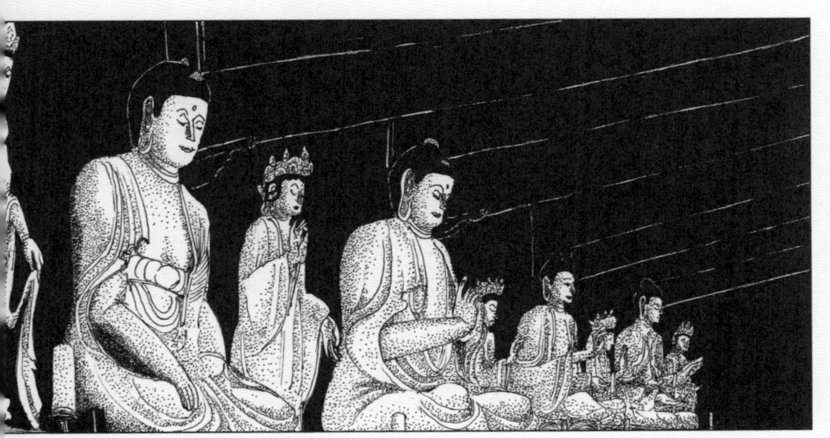

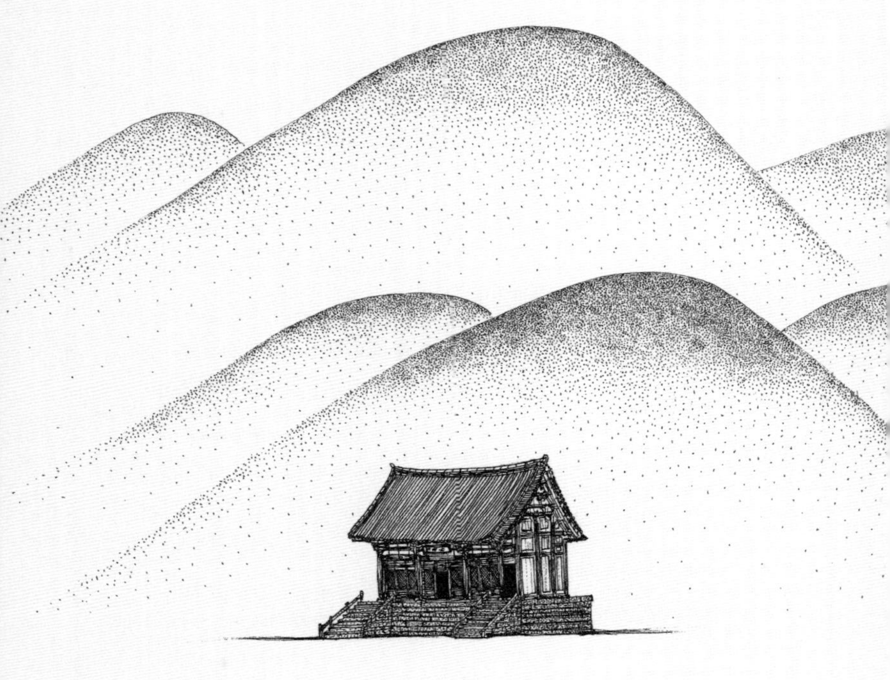

전각 殿閣

불교의 전통을 따른 건물에는 '전'이라는 이름을 붙입니다. 부처를
모신 대웅전이 그렇죠. 그러지 않을 경우 '각'이란 이름을 붙입니다.
산신을 모시는 산신각이 그렇습니다. 이런 절의 건물들을 합쳐
'전각'이라 부릅니다.
한국의 고건축은 용도에 따른 외관의 차이가 적습니다. 한옥이나
궁궐, 서원, 절 등은 미묘한 차이만 있을 뿐 비슷한 외양입니다. 대신
건물 간판 역할을 하는 '현판'으로 용도를 구별합니다.

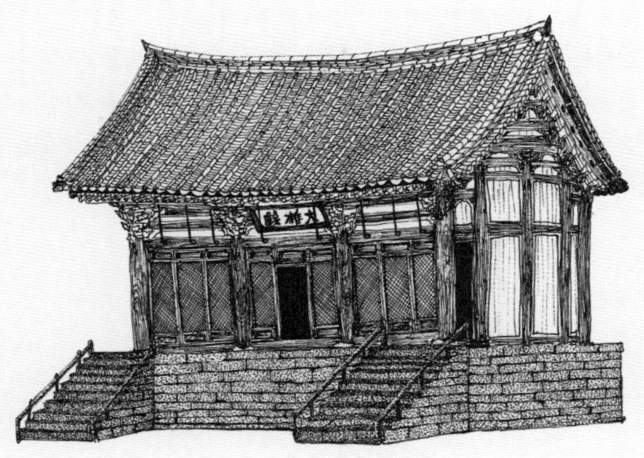

주불전 主佛殿

절의 중심이 되는 부처님을 모신 법당을 '주불전'이라 부릅니다.
가장 중요한 만큼 절에서 가장 큰 규모로 짓습니다. 주불전에 누구를
모시느냐에 따라 절의 성격이 다릅니다.

- 대웅전(대웅보전): 석가모니불 조계종, 태고종, 천태종
- 극락전(무량수전): 아미타불 조계종
- 대광전(대적광전): 비로자나불 화엄종
- 미륵전: 미륵불 법상종
- 적멸보궁: 부처님 사리를 모신 절에서 사리가 있는 언덕이나 종탑이
  보이게끔 세우는 건물로 불상 없이 불단만 둡니다.

불상

불상이란 부처나 보살의 모습을 본뜬 동상을 말합니다.
불교 초기에는 불상 대신 탑으로 부처를 모셨습니다.
부처가 죽은 뒤 500년 후, 알렉산더 대왕이 인도에 그리스 조각 문화를
알리면서 불상 문화가 자리 잡았습니다. 인도에서 처음 부처의 모습은
마른 체격에 머리를 땋은 모습이었으나, 중국을 거치며 상투를 튼
머리에 풍채가 좋은 모습으로 변화합니다. 고려 시대 이후, 절에 탑을
두지 않을 정도로 불상의 존재가 중요해졌습니다.
법당 안에는 여러 개의 불상을 둡니다. 주로 모시는 불상 '주불'과
그 주불을 돕는 보살 '협시불'로 구성되죠. 협시불은 주불보다
작게 만듭니다. 금칠을 한 목재, 석고, 청동, 돌 등 다양한 물성을 가진
재료를 불상을 만드는 데 사용합니다.

* 만해 한용운은 부처의 처음 취지에 맞게 절에서 불상을 없애자는 운동을
했습니다.

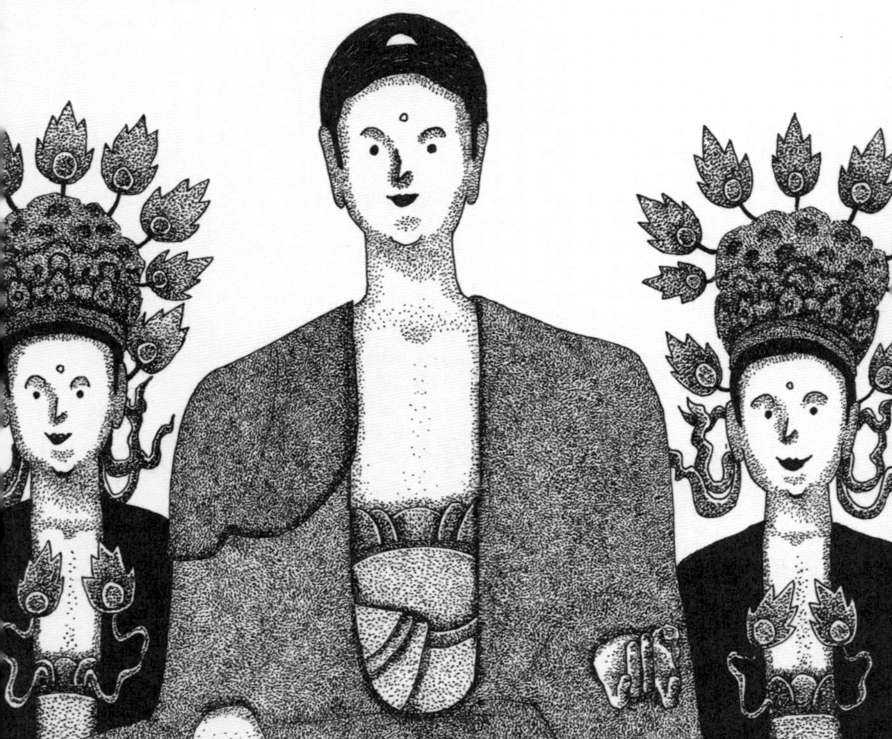

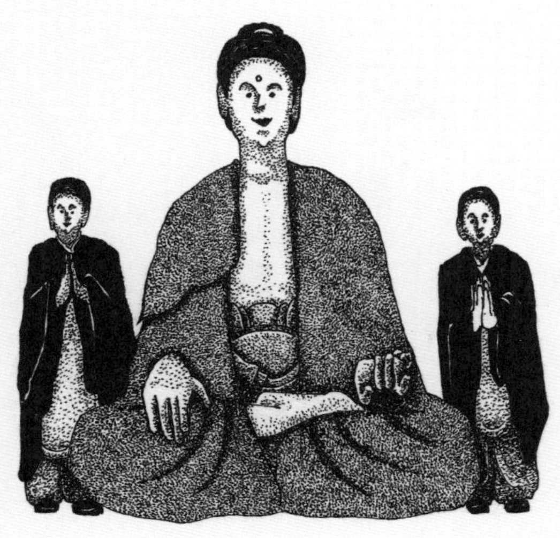

대웅전 大雄殿

석가모니를 주불로 모시는 법당입니다. 한국에 있는 절 중
상당수가 대웅전을 주불전으로 둡니다.
석가모니는 인도의 왕자로 태어나 수행을 통해 깨달음을 얻고,
그 깨달음을 대중에게 가르친 인물로, 자신의 깨달음을 바탕으로
불교라는 종교를 만들었습니다. 본명은 석가모니지만
인도어로 '깨달은 자'라는 뜻의 '붓다'로 불렸습니다. 음차하여
한국에서는 '부처'라 부릅니다.
부처를 경전에서 '대웅세존(세상을 받든 큰 영웅)'이라 부르는데
여기서 건물의 이름을 가져왔습니다. '대웅보전'이라는 이름으로
쓰이기도 합니다.
과거의 부처, 현재의 부처, 미래의 부처 총 세 개의 불상을
모시거나 한 개의 불상만 모시기도 합니다. 대웅보전의 경우
보살까지 총 일곱 개의 불상을 모십니다. 불상 중에 유일하게
실존한 인물은 석가모니 부처뿐입니다.
대웅전 현판 양옆에는 용머리 장식이 있습니다. 한 마리는
입을 벌리고 있고, 한 마리는 입을 다물고 있습니다. 입으로
불법을 전하라는 의미와 조용히 깨달으라는 의미를 담고 있습니다.

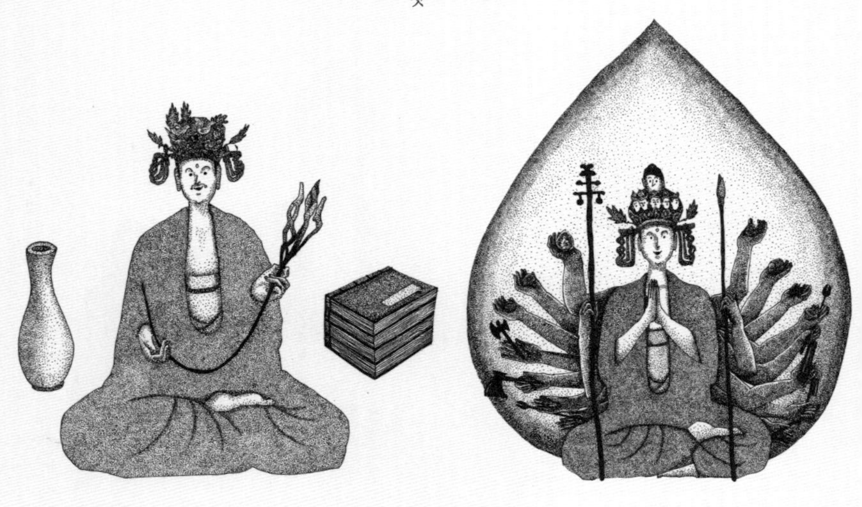

관음전 觀音殿

관세음보살을 모시는 법당입니다.

사람들의 모든 괴로움을 없애주는 보살로 현실의 세상을 구원한다
하여 백성들에게 인기가 많았습니다. 자비심을 상징하는 보살입니다.
다양한 형태로 표현되지만 주로 화관을 쓰고 연꽃이나 어리석음을
씻어주는 감로수가 담긴 병을 들고 있습니다.
바닷가에서 용을 타고 나타난다고 하여 바닷가에 관세음보살을
모시는 절이 많습니다. 한 가지 소원은 꼭 들어준다고 하여 많은 사람이
소원을 빌기 위해 바닷가 절을 찾습니다.
불교에서 가장 화려하고 아름다운 미감을 담당하는 불상입니다.
건물은 '원통전', '대비전'이란 이름으로 부르기도 합니다.

- 천수관세음보살: 천 개의 손이 있고, 손바닥에는 눈이 달려 있습니다.
- 십일면관음보살: 열한 개의 얼굴을 갖고 있습니다.
- 수월관음보살: 달이 뜬 호수에 있는 관세음보살을 뜻합니다. 호수에 비친 모습은
  환상과 덧없음을 뜻하고, 달은 어둠을 비추는 구원의 의미를 담고 있습니다.

이외에도 버드나무를 들고 있거나, 말의 얼굴을 하고 있는 등 다양한 모습을 가진
보살입니다.

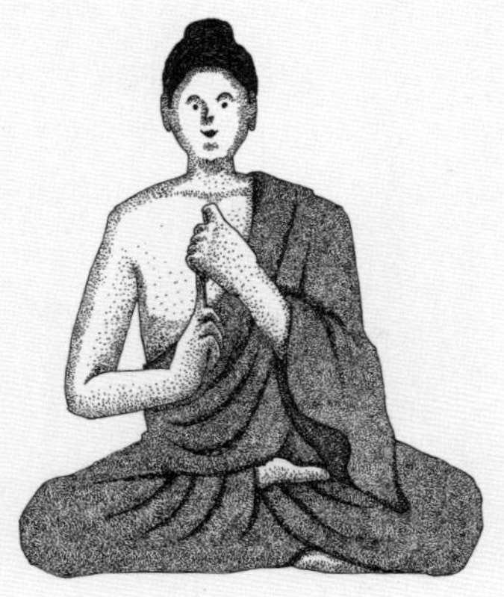

대광전 大光殿

비로자나불을 주불로 모시는 법당입니다. '화엄전', '비로전',
'대적광전'으로 부르기도 합니다. 《화엄경》에서는 우주의 진리를
빛으로 표현하는데, 비로자나불이 있는 세계인 연화경은 빛과
연꽃으로 가득 찼다고 설명합니다. 그래서 건물 이름이 '대광(大光,
큰 빛)'이며, 건물 내부에 연꽃무늬 단청이 많습니다.
비로자나불은 불교에서 신 중의 신과 같은 존재입니다. 실존하는
부처가 아니라 이념적 상징에 가깝습니다.

* 명산의 꼭대기를 '천왕봉' 혹은 '비로봉'이라 부릅니다. 여기서 '천왕'은 민속신앙의
  하늘의 신을 뜻하며, 비로봉은 비로자나불에서 이름을 가져온 것입니다.
  둘은 다른 종교이므로 하나의 산에 같이 두지 않습니다. 속리산만 예외로 천왕봉과
  비로봉 두 개의 봉우리를 모두 가지고 있습니다. 속리산은 그 이름이 속세를
  떠난다는 뜻이기 때문에 종교적 의미가 짙은 산입니다.

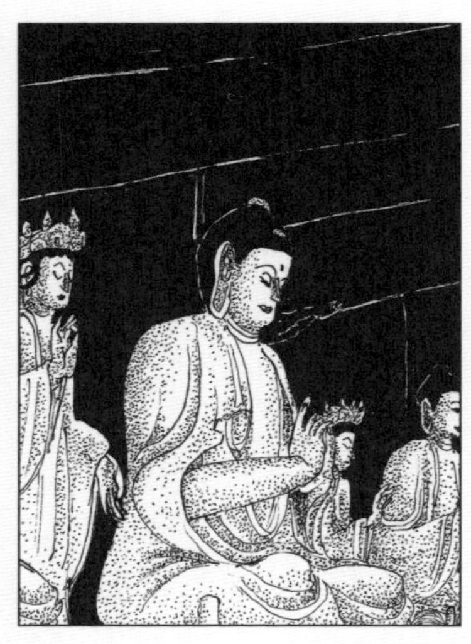

약사전 藥師殿

약사여래를 모시는 법당입니다.
질병과 재난을 치유하는 역할을
하여 많은 대중에게 사랑받았습니다.
약병을 들거나 한쪽 손을 들고
있습니다.

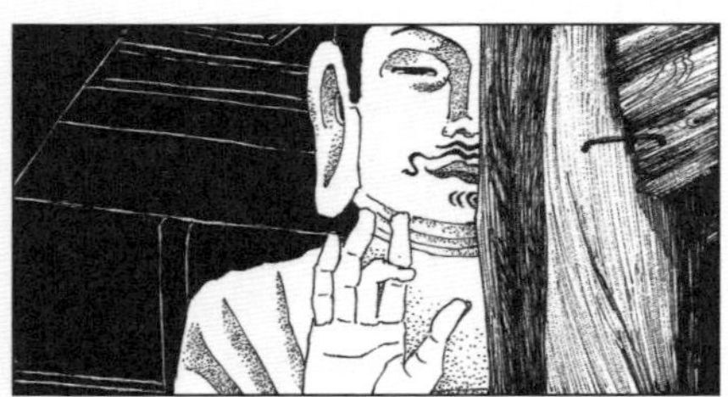

용화전 龍華殿

미륵을 모시는 법당입니다.
미륵은 현존하는 신이 아닙니다. 미래에 나타나 대중을 구원한다고
하는 예언의 신이죠. 구원 신앙의 대표 신으로 죽음 이후의 구원을
뜻해 많은 백성에게 사랑받았습니다. 절의 주불전인 경우 미륵전으로
부릅니다.

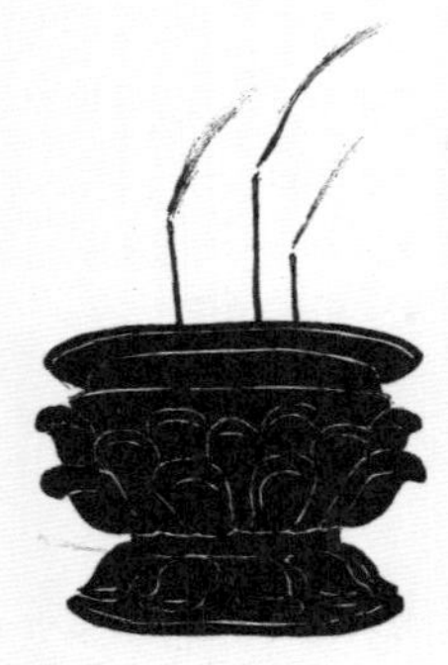

조사전 祖師殿

절을 창건한 승려나 존경받는 승려, 인물을
모신 공간입니다. 달마대사를 모신 경우
'달마전', 국사를 배출한 경우 '국사전'이라
칭합니다. '영각전' 등으로 부르기도 합니다.

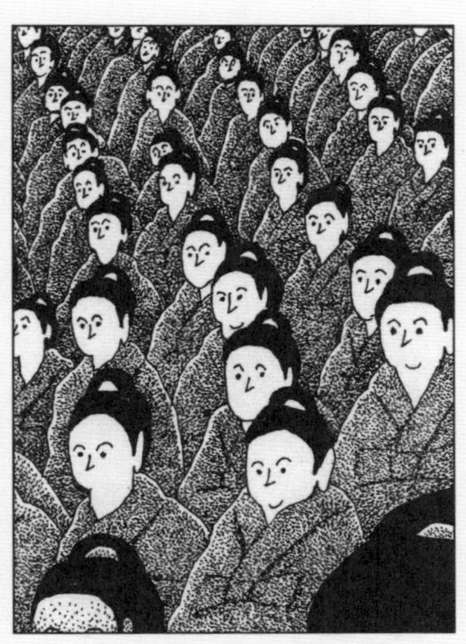

천불전 千佛殿

천 개의 불상을 둔 법당입니다.
경전에서는 과거, 현재, 미래에
각각 천 명의 부처님이 있다고
표현합니다.
이 삼천 명의 부처님 중 현생의
부처님 천 명을 모신다 하여
천불전이라는 이름을 가집니다.
삼천불전이라 하여 삼천 개의
불상을 모시는 곳도 있습니다.
천 개의 부처님 얼굴은 모두
제각각 다르게 생겼죠.

천불전에서 절을 한 후 고개를 들었을 때 가장 먼저 보이는 불상이
자신에게 깨달음을 주게 될 부처라고 합니다.

나한전 羅漢殿

나한 불상을 둔 법당입니다. 나한은 '아라한'의 준말로 부처나 보살은
아니지만 최고의 깨달음을 얻은 자를 뜻합니다.
부처로부터 중생들의
구제를 명받고 성불할 것을
약속받았다고 합니다.
부처님 불상과 함께
오백나한(깨달음을 얻은
석가모니 부처의 제자 오백 명),
십육나한(석가모니 부처의
뛰어난 제자 열여섯 명)을
주로 모십니다.

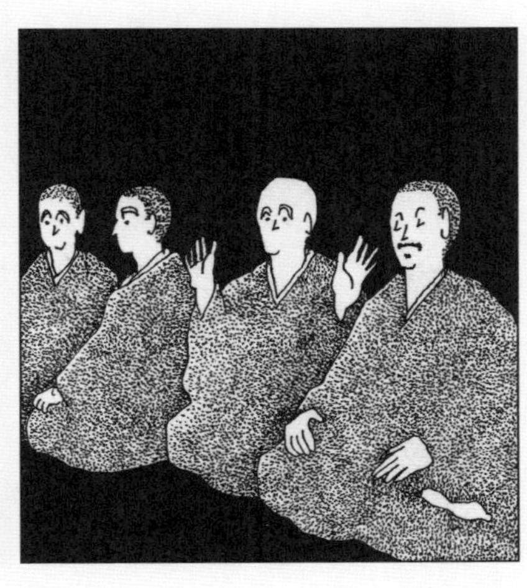

팔상전 八相殿

부처의 생애를 여덟 가지 모습으로 요약한 그림을 '팔상도'라 부릅니다. 이 팔상도를 모신 법당입니다. 중앙에 '영산회상' 그림을 두기도 합니다.

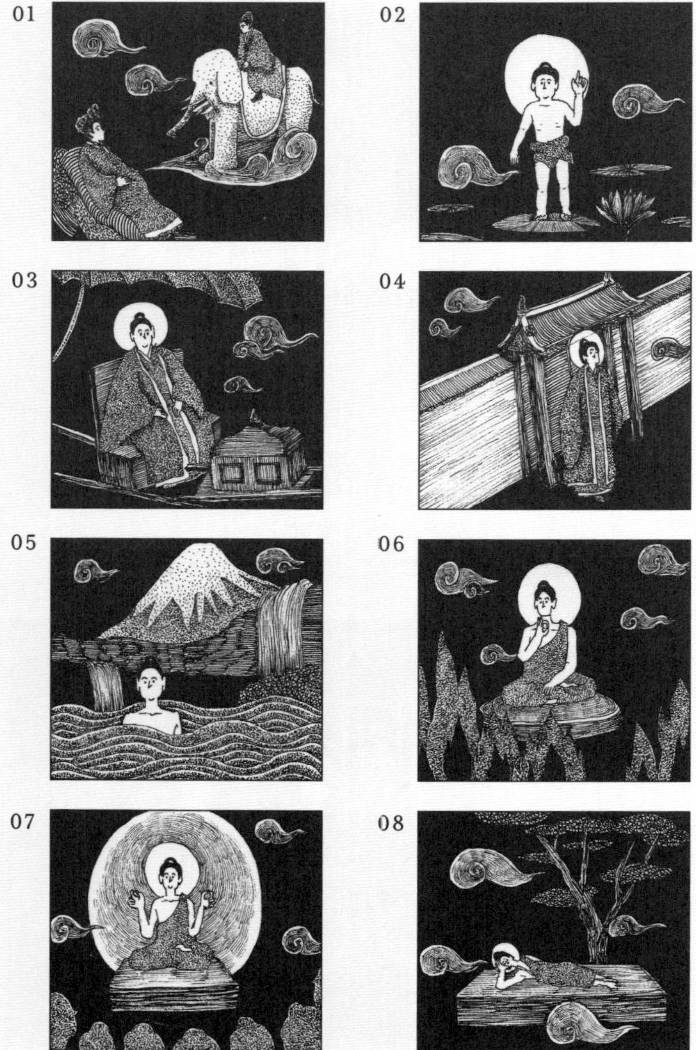

영산전 靈山殿

부처님이 인도 영취산에서 강연하는 모습을 표현한 그림을
'영산회상'이라 부릅니다. 영산전은 이 영산회상을 모신 법당입니다.
부처님 제자의 동상을 같이 두기도 합니다.

불교는 다른 문화에 개방적이고 포용력이 높은 종교입니다.
그래서 기존에 있던 인도의 토속신들을 불교로 흡수했죠.
마찬가지로 득남, 장수, 행복을 뜻하는 한국의 토속신앙도
절집 안으로 가져왔습니다. 민간신앙과 합쳐진 법당은 주로
주불전 뒤쪽의 높고 외진 곳에 둡니다.

산신각 山神閣

산에 사는 산신령을 모십니다.
산신령 옆에는 호랑이가 있습니다.

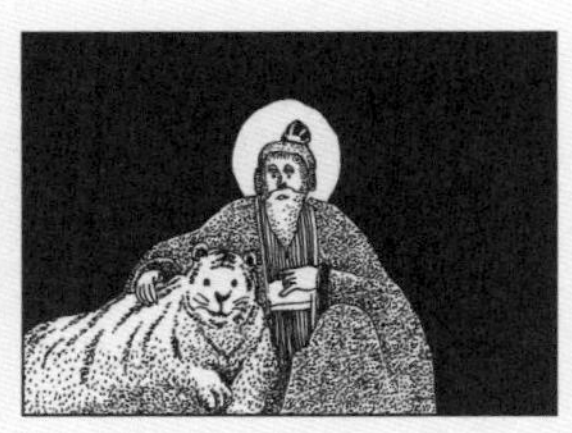

칠성각 七星閣

예로부터 백성들은 하늘을 신이라
여겼습니다. 칠성 신앙이란 밤하늘의
북극성을 신으로 모시는 문화입니다.

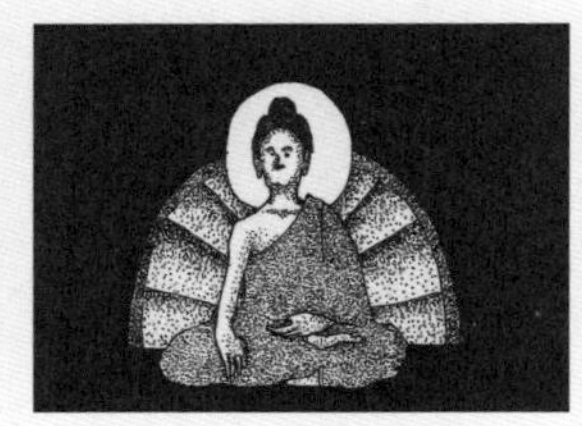

삼성각 三聖閣

산신령, 칠성신, 독성신(홀로 깨달음을 얻은
신) 세 명의 신을 모시는 법당입니다.
독성신만 따로 모실 경우 독성각이라고
부릅니다.

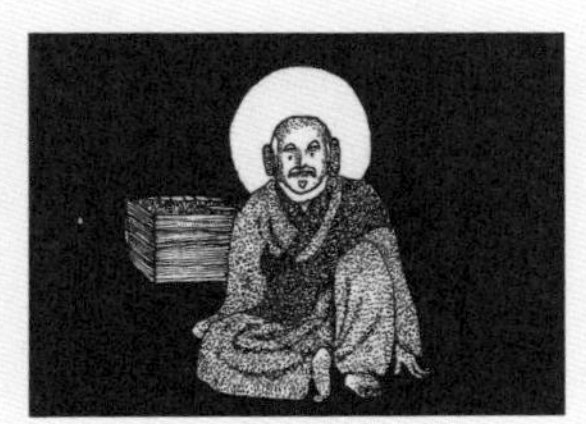

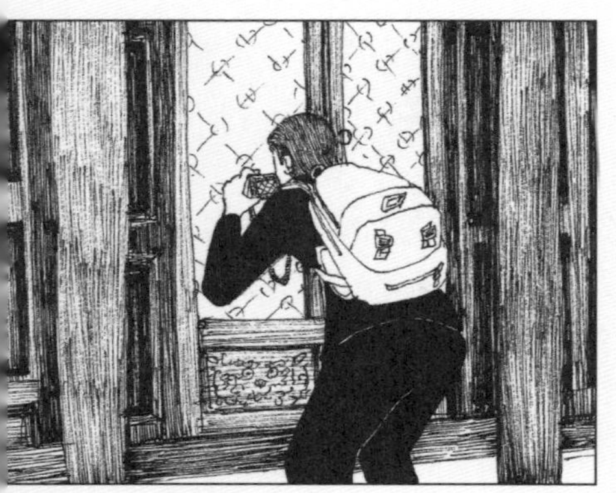

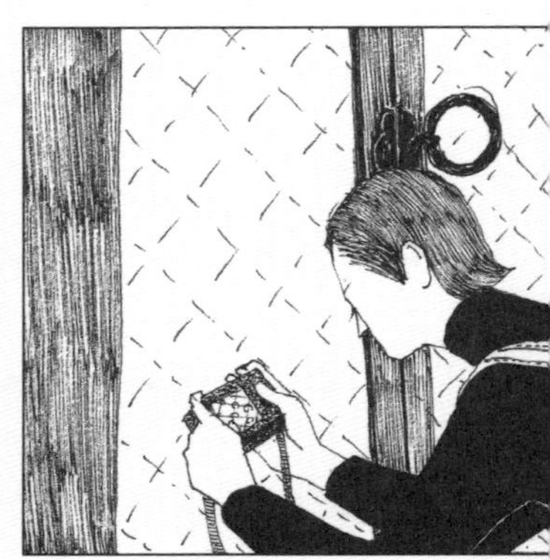

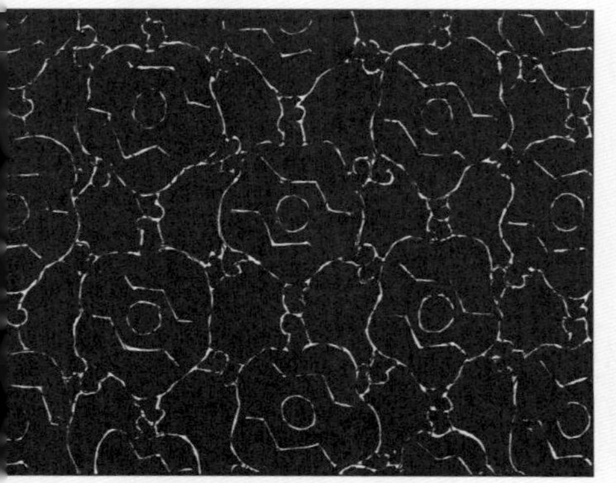

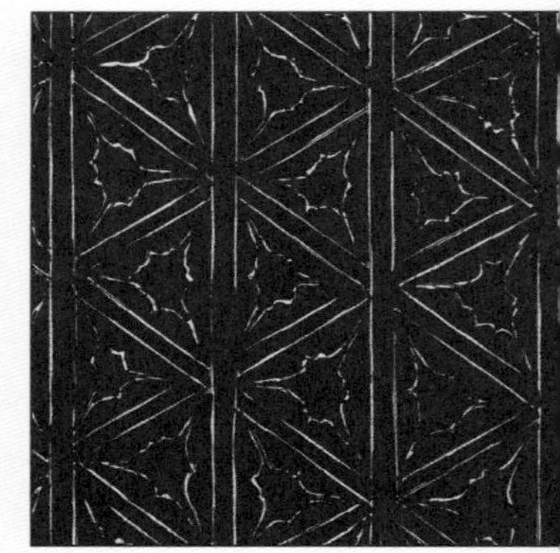

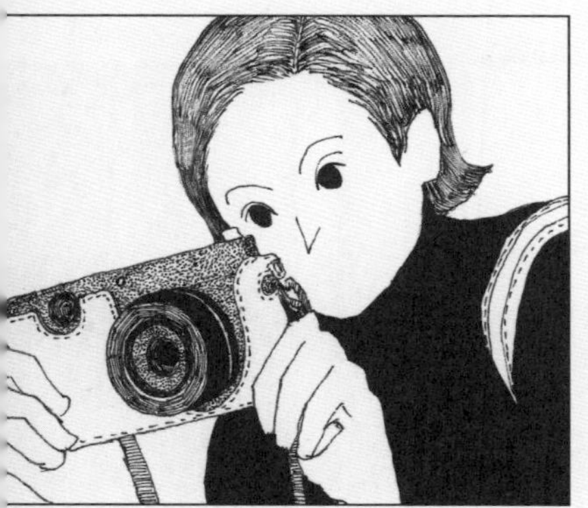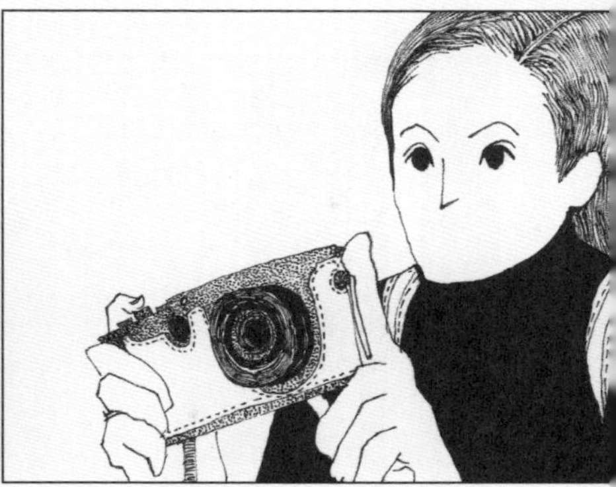

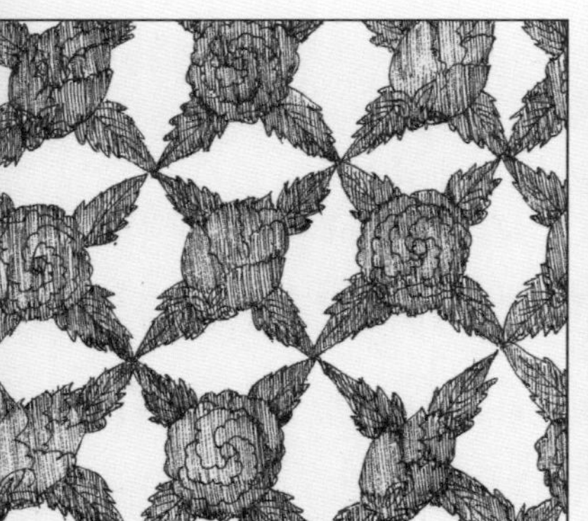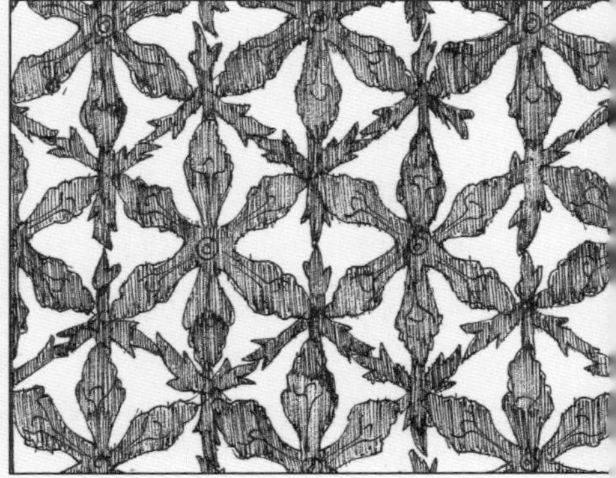

금산사

금산사는 꽃창살의 종류도 많고 조각 기술 또한 훌륭합니다.
대적광전, 조사전, 나한전, 대장전 무려 네 채의 건물에서 꽃창살을
볼 수 있습니다.

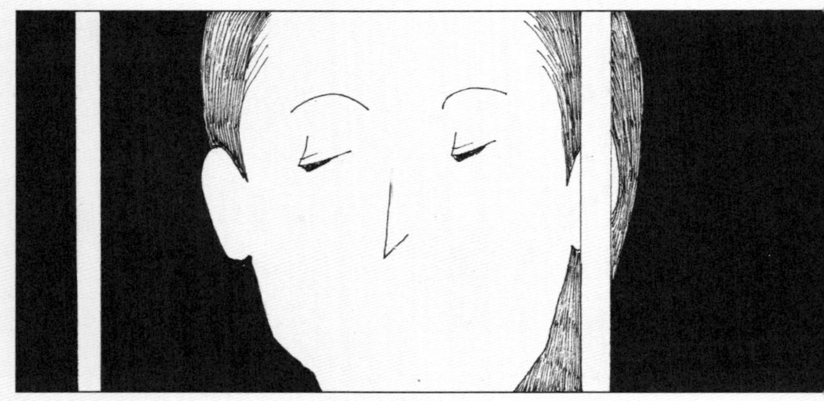

제가 느낀 한국 고건축을 한마디로 표현하자면 '대화'입니다.
주변이 시끄러우면 나도 목소리를 높이고, 떠드는 사람이 많으면
말을 줄이고 듣습니다. 상대방의 성격에 따라 대화의 주제나
성격을 바꾸기도 하죠.
건물에 머무르는 사람이 누구인지, 어떤 문화를 가졌는지,
어떤 자연에 위치하는지에 따라 대화하듯 건물의 크기나 각도,
재료, 위치 등을 정합니다. 수치화된 법칙을 두지 않고 그때의
상황에 맞춰 유연하게 대처합니다.

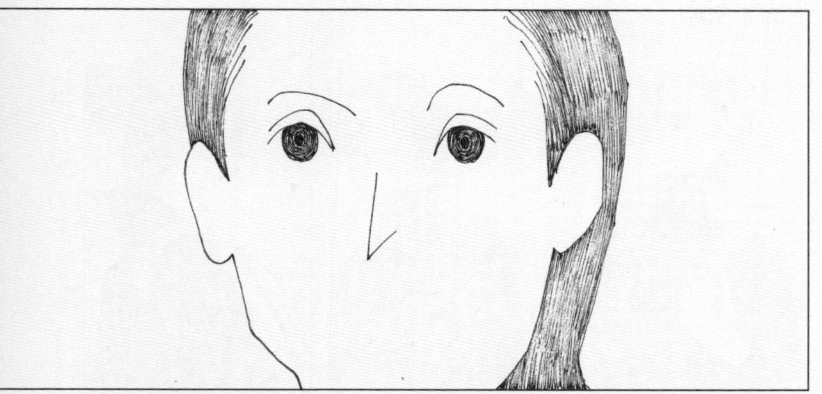

금산사가 나누는 유연한 대화가 좋았습니다.
산이 높으면 맞은편에 높은 건물을 세우고, 건물이 가로로 길면
맞은편에 긴 건물을 배치합니다.
중요한 건물이 많으면 많은 대로 두고 위계를 나누지 않습니다.
자연이 화려하면 건물도 화려하게 짓고, 민간신앙이 있으면
어우러지게 둡니다. 여러 건물이 불에 타면 하나로 통합해서
짓습니다.

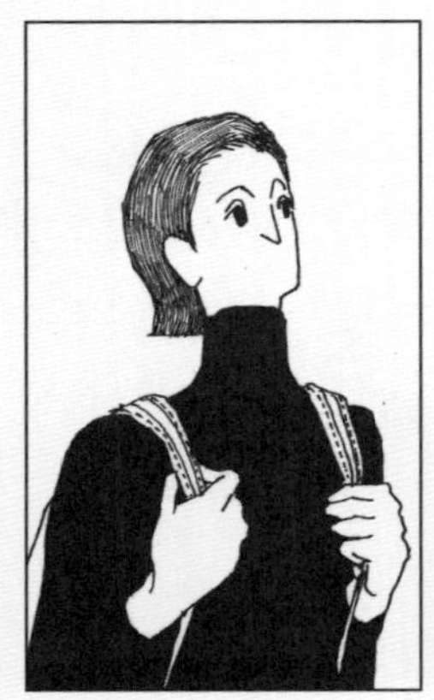 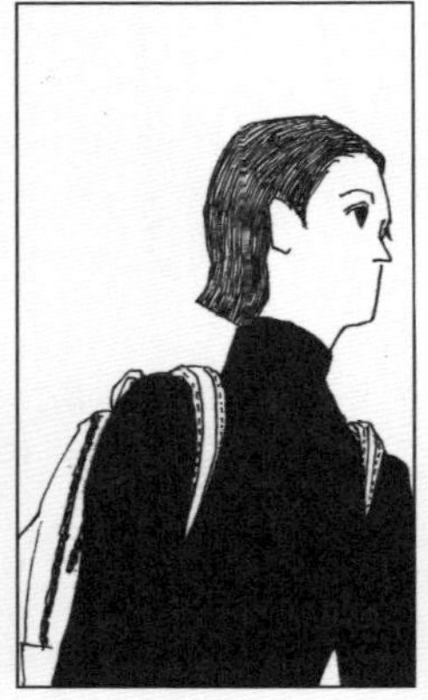 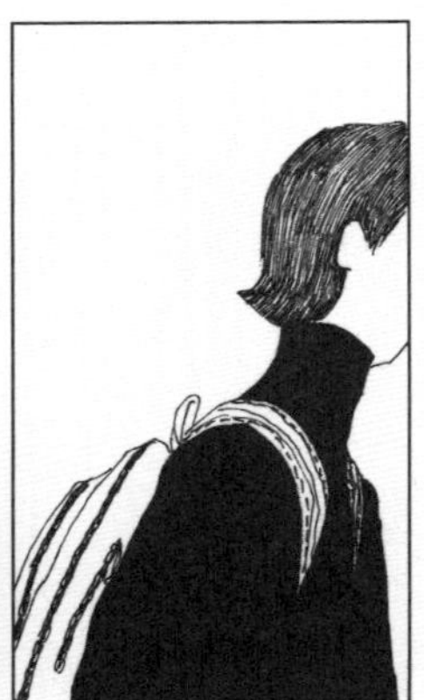

금산사는 불교의 규칙이나 건축양식을 떠나 독자적으로 운영하는
방식이 많습니다.
불교 신자의 잣대로 보면 제멋대로인 것처럼 느껴질 테죠. 그러나
외부인의 시선으로는 이런 금산사만의 독자적인 모습이 유연하고
균형 있는 대화처럼 느껴졌습니다.

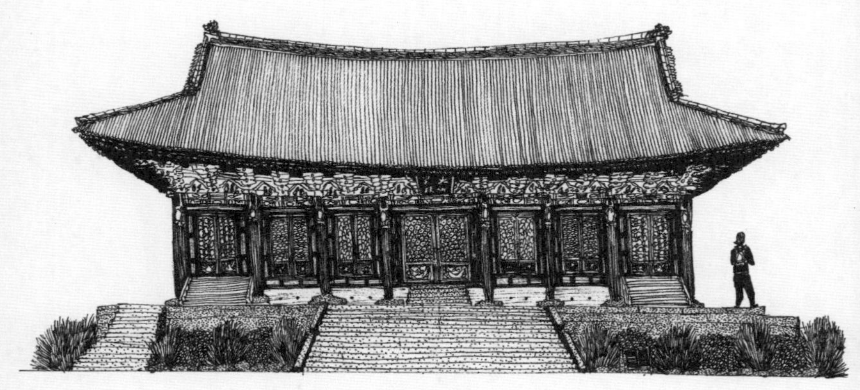

어떤 상황을 정의 내리기보다 그때그때 유연하게 정리할 줄 아는 사람.
이런 유연함을 가진 사람과 있을 때 저는 편안함을 느낍니다.
머리로는 저도 그렇게 유연한 사람이 되고 싶지만 상황을 정의하지
않으면 내심 불안해집니다.
당장은 아니지만 산사에서 깨닫는 것들이 언젠가 내가 될 수 있기를
바랍니다.

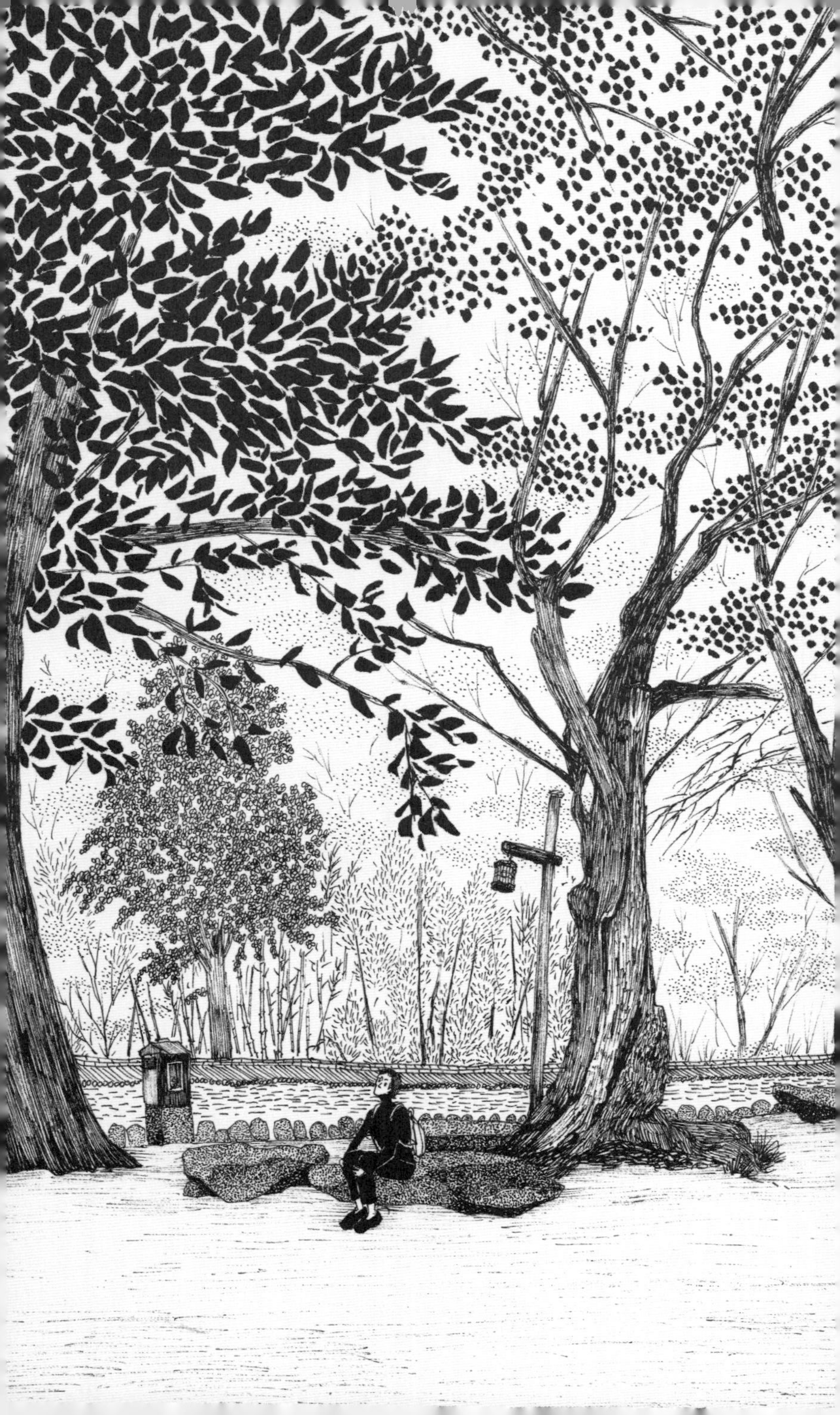

母岳山金山寺

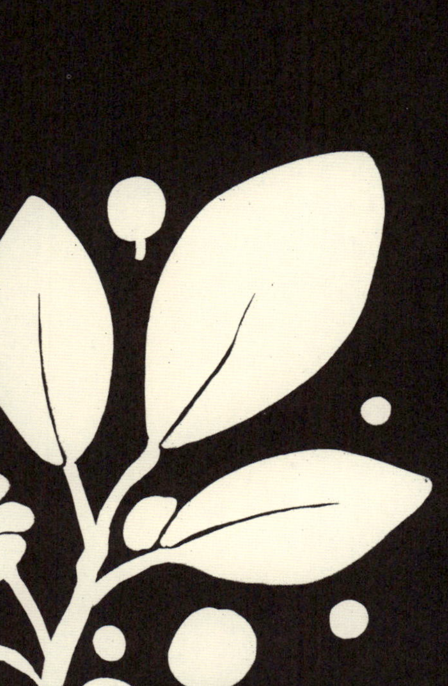

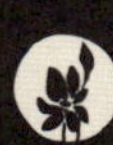

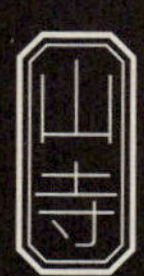

山寺

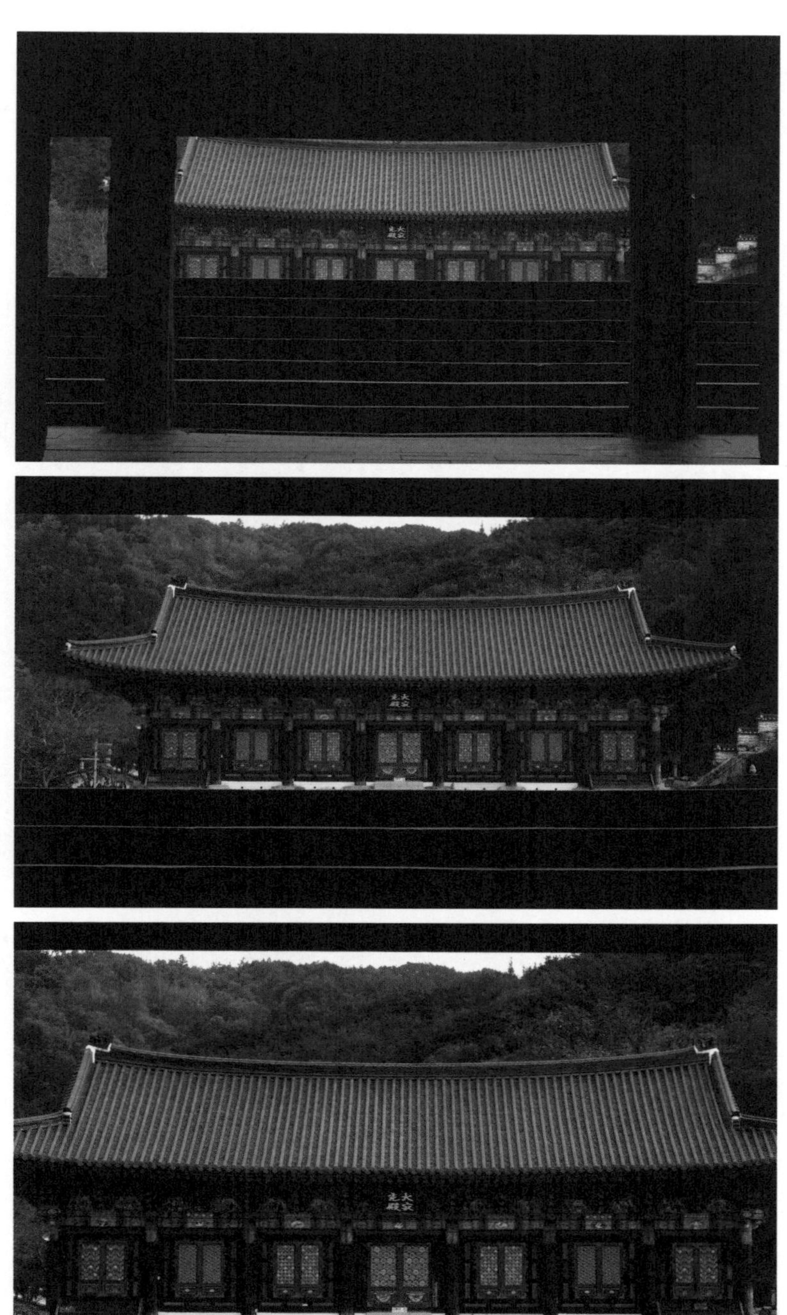

금산사 보제루 아래로 보이는
대적광전

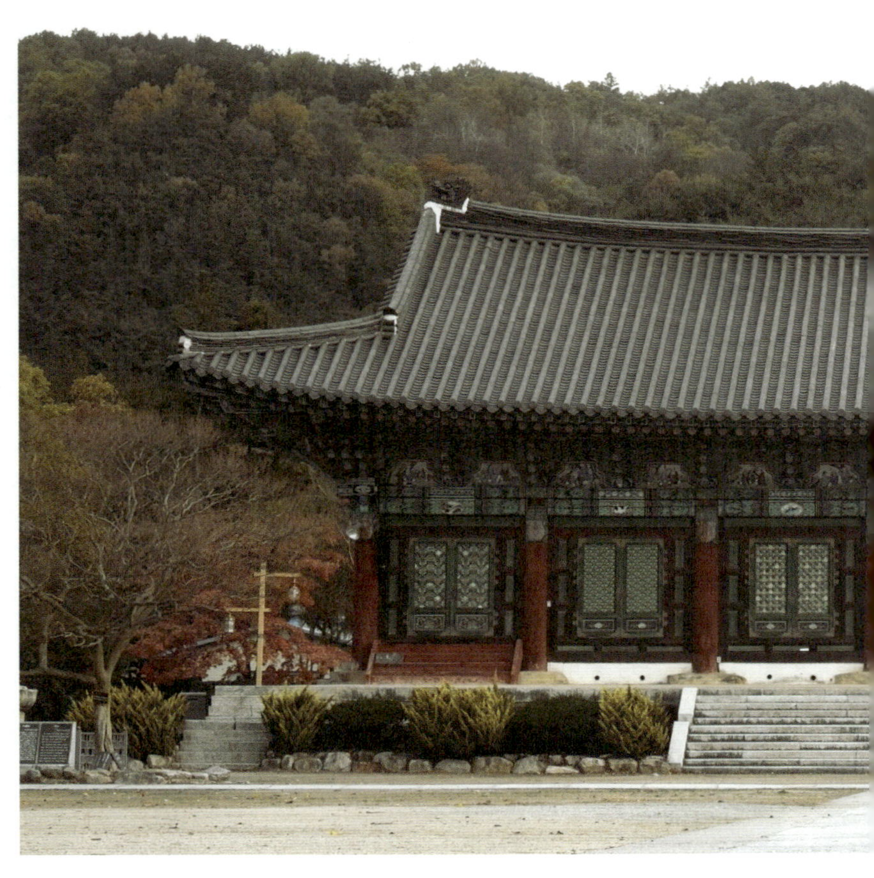

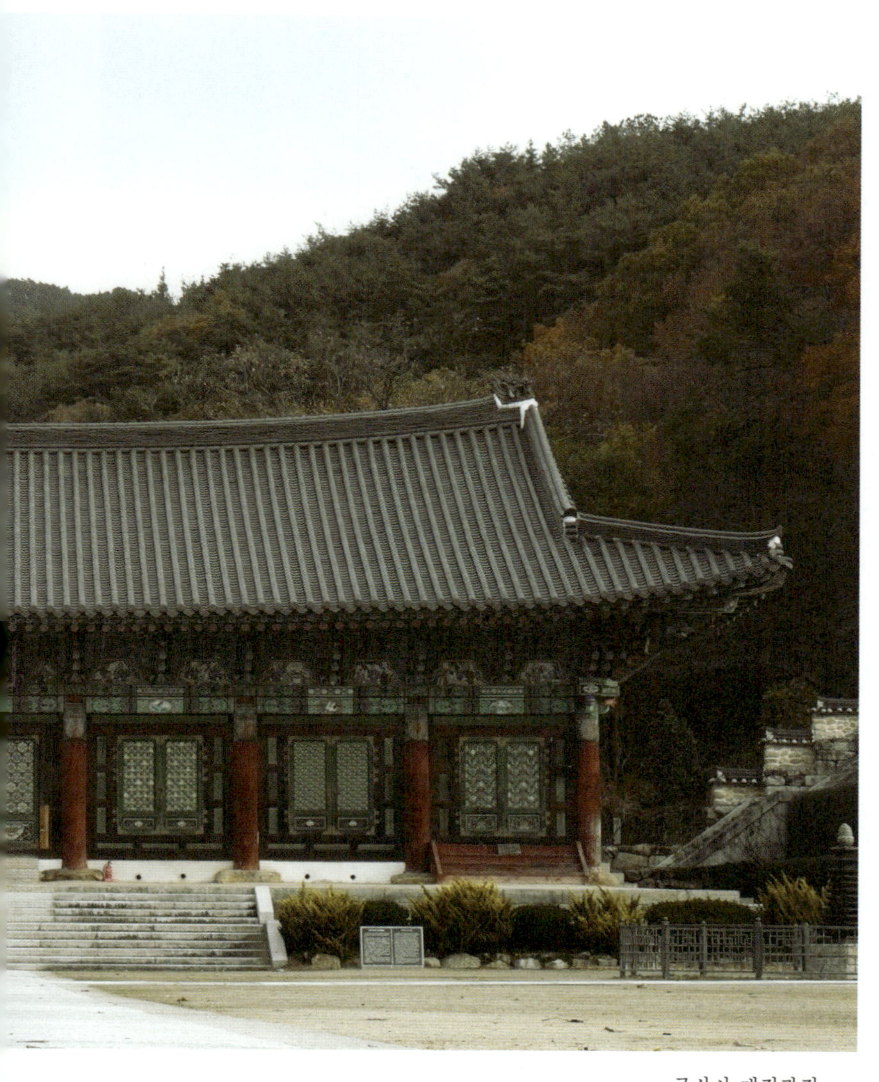

금산사 대적광전

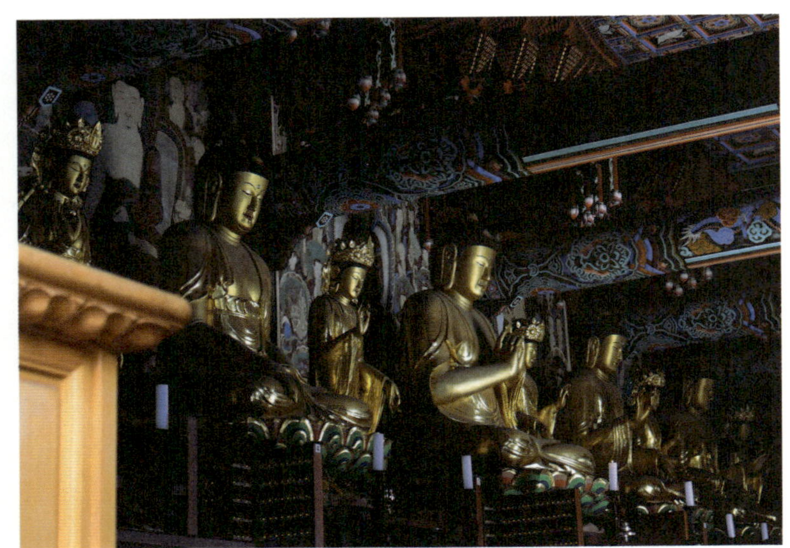

금산사 대적광전의 여러 불상

금산사 미륵전

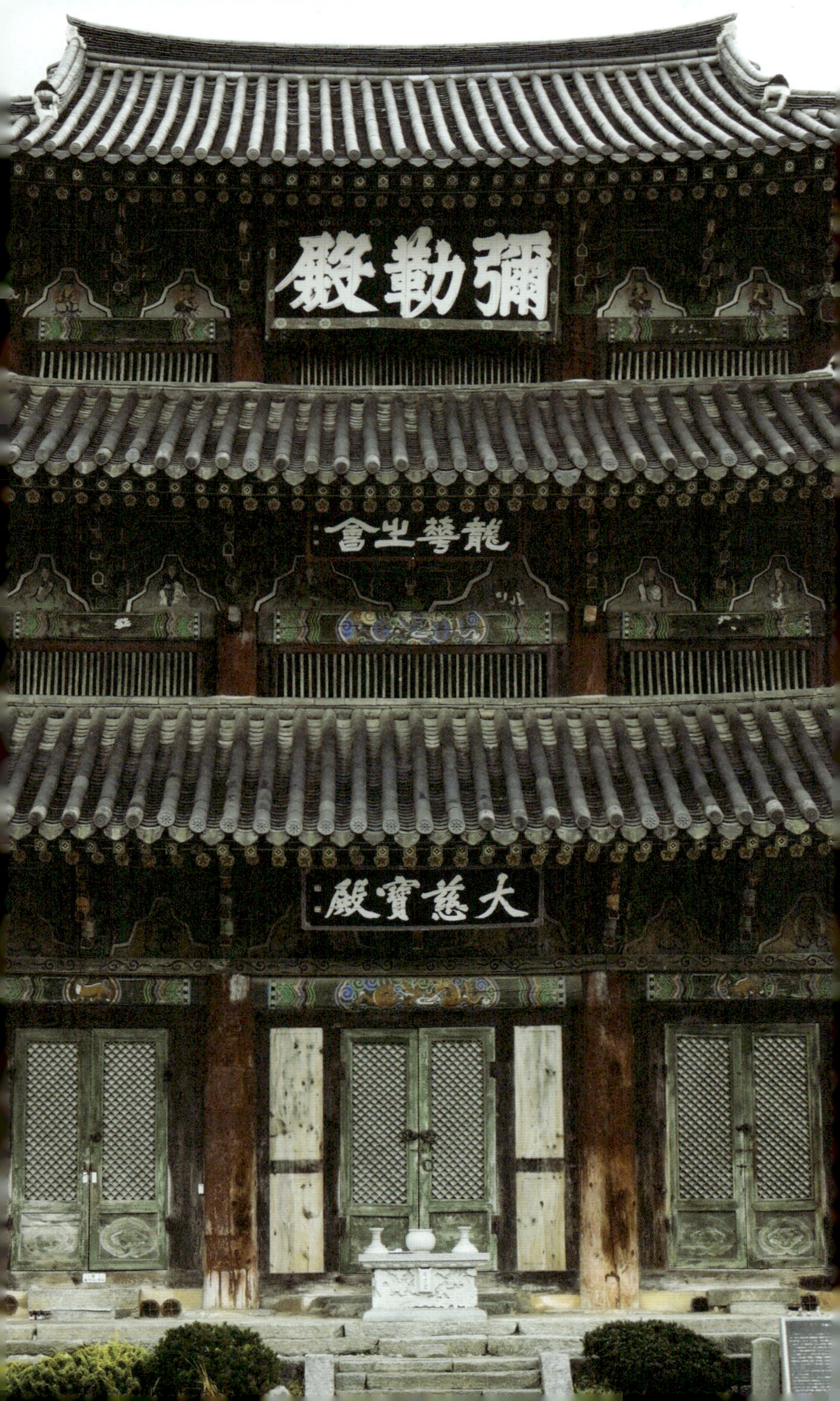
彌勒殿
龍華三會
大慈寶殿

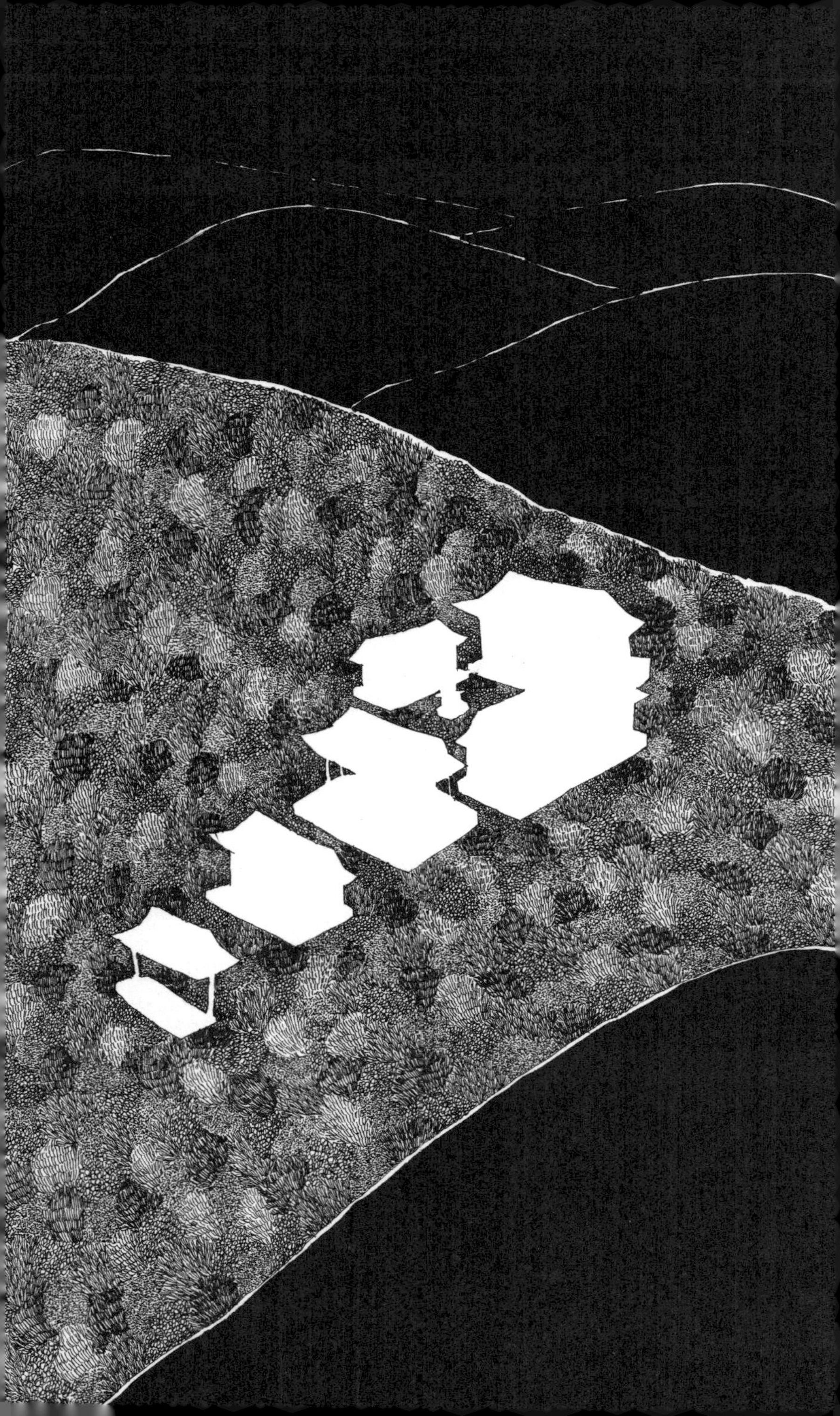

관계의 건축

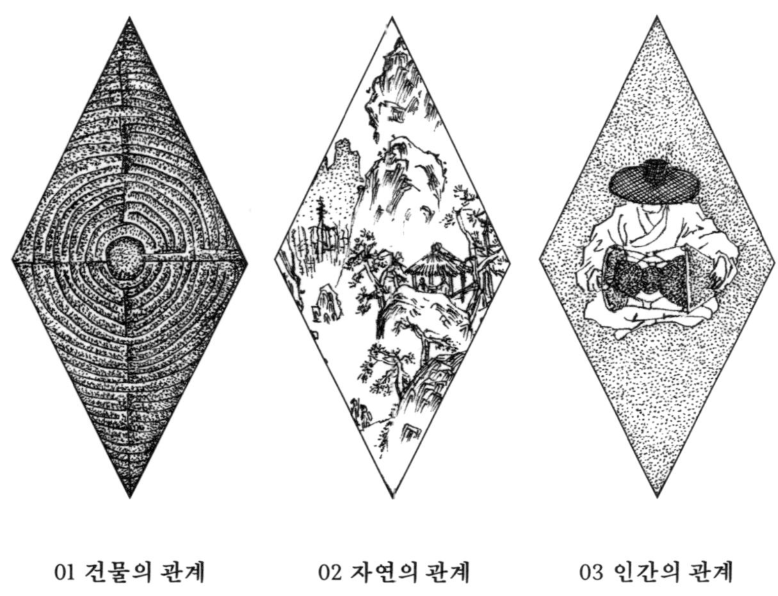

01 건물의 관계   02 자연의 관계   03 인간의 관계

모든 건축은 주어진 환경에서 최선을 다합니다. 제약이 된 환경이
건축의 고유한 특성을 만들기도 하죠. 한국 고건축은 세 가지 제약
때문에 더 특별해졌습니다.

첫째, 지형의 한계입니다. 국토의 70퍼센트가 산이라 건물을 지을
평지가 많지 않았습니다. 도시의 랜드마크가 될 만한 큰 규모의 건물을
지어도 산에 가려져 의미가 없었죠. 그러다보니 건물의 외적인 요소보다
심리적인 요소를 더 중요하게 생각했습니다.

둘째, 재료의 한계입니다. 과거의 한반도에는 건축에 적합한
크고 곧은 나무가 많지 않았습니다. 건축 자재로 주로 쓰인 소나무는
강도가 높고 탄력이 좋으며 습기에 강했지만, 다른 나무에 비해
가늘고 진액이 많이 나오며 휘어짐도 많아 사용하기
까다로웠습니다. 또한 한국의 돌도 대부분 단단한 화강암이라
다루기 어려웠습니다. 그래서 이러한 한계를 반대로 이용해 나무나
돌의 형태를 그대로 유지하는 특징을 가지게 되었습니다.

마지막으로, 한국 건축은 과학적이지 않지만 지혜를 가졌습니다.
서양철학은 자신과 외부를 나눠, 외부를 분석하는 이원론적 관점을
가지고 있습니다. 분석을 통해 건축을 과학적으로 발전시켰죠.
반면 동양철학은 자신과 외부를 하나로 보는 일원론적 철학을
가지고 있습니다. 따라서 한국의 고건축은 건물을 객관적인 분석
대상으로 보지 않았고 집주인과 집을 짓는 장인의 '안목'으로 건축의
방향을 정했습니다.
안목은 기술로 정리하기 어려운 개념입니다. 그래서 건축학이
체계적으로 전수되고 발전하는 데는 어려움이 있었죠.
하지만 이러한 안목 때문에 우리는 건축을 통해 철학과 깨달음,
감동, 지혜를 얻을 수 있습니다.

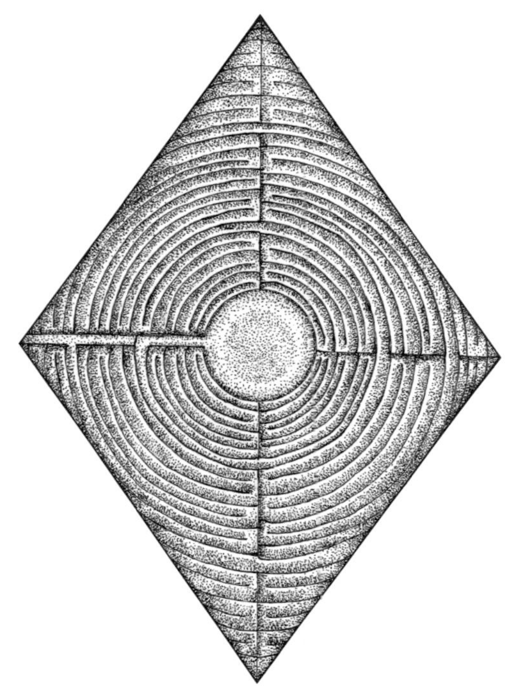

01 **건물의 관계**

한국의 건축은 미로와 비슷합니다.
목적지가 예측되지 않고, 내부에서 공간의
위치를 인지하기 어렵습니다.
산이 많은 지형적 한계로 건물을 앉힐 넓은
대지를 갖기 어렵기 때문에 눈으로 규모가
계산되는 건축을 하지 않았습니다.
또한 대칭, 반복, 나열과 같은 예측 가능한
건물의 구조를 얕은 수준의 미감이라
여겼습니다.

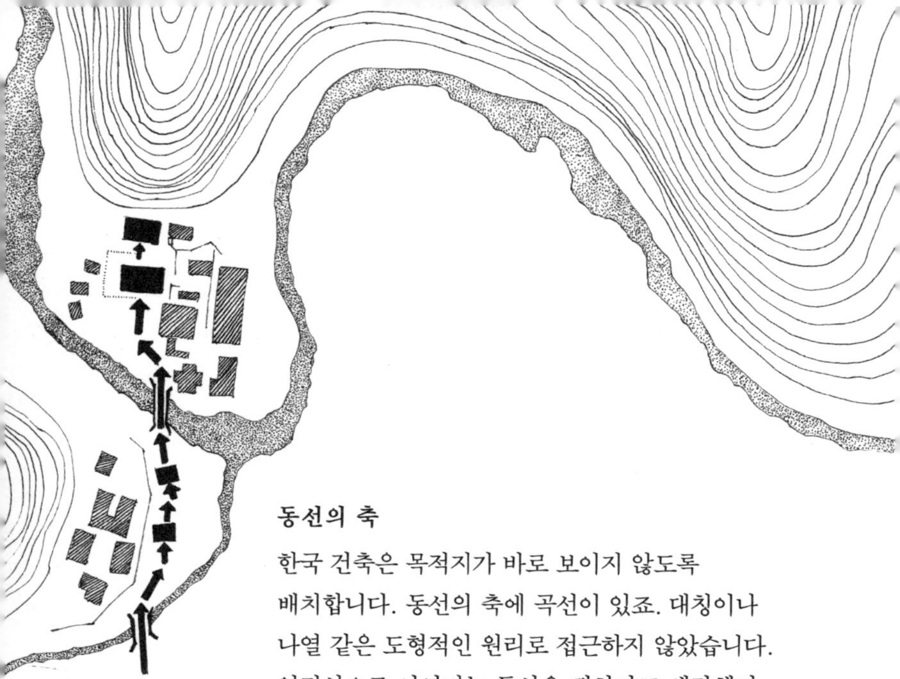

공주 마곡사 배치도.
동선의 축이
계속 변화합니다.

동선의 축

한국 건축은 목적지가 바로 보이지 않도록
배치합니다. 동선의 축에 곡선이 있죠. 대칭이나
나열 같은 도형적인 원리로 접근하지 않았습니다.
일직선으로 이어지는 동선을 뻔하다고 생각했기
때문입니다. 예측되지 않는 장면들이 매 순간
공간에 신선함을 줍니다.

마곡사 천왕문 전면에서 보이는 해탈문의 모습.
건물의 축이 살짝 비틀려 있습니다.

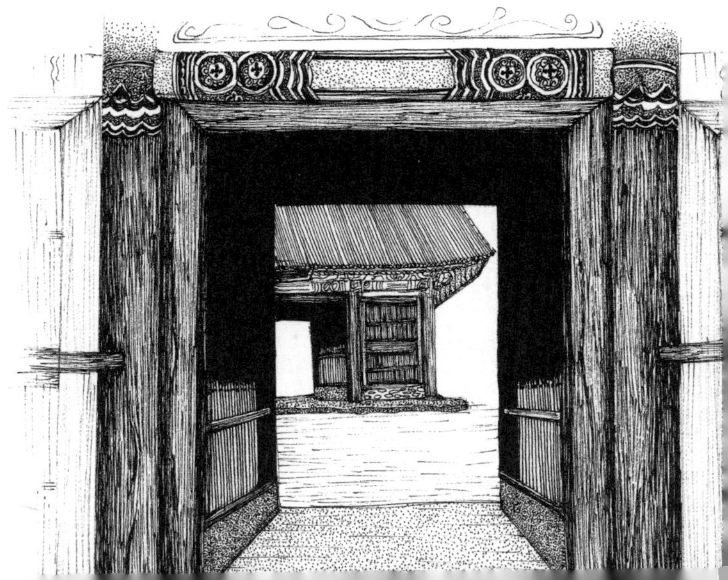

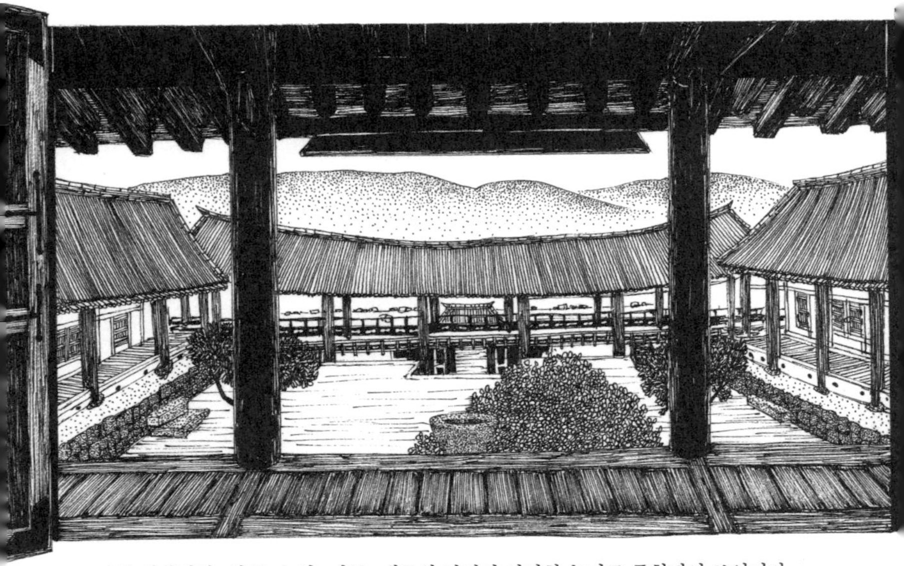

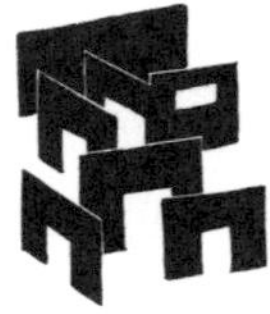

안동 병산서원. 창문, 누각, 마루, 대문의 장면이 다양한 높이로 중첩되어 보입니다.

장면의 중첩

한국 고건축은 미로처럼 문 다음을 벽으로 막기도 하고, 기단을 높여
다음 장면이 보이지 않게 가려두기도 합니다. 목적지가 예측되지 않는
이런 구조는 장소를 넓게 인식하게 만듭니다. 새로운 장면이 계속해서
입력되면 공간에서 자신의 위치를 인식하기 어려운데, 공간을
인식하는 데 많은 시간을 소모할수록 공간을 넓게 인지하는 심리를
이용했습니다.
한국은 산이 많고 평지가 적습니다. 건물을 크게 짓지 못하는 한계를
극복하기 위한 심리적 건축 배치입니다.

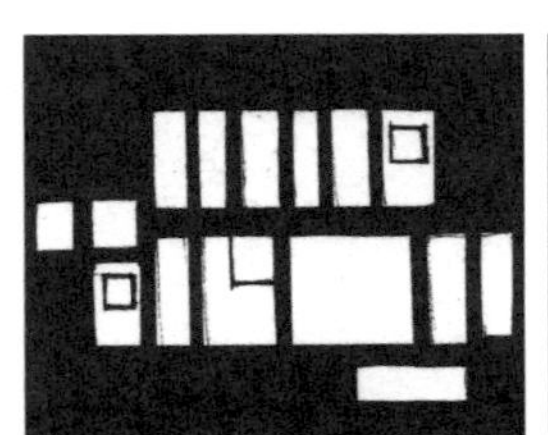

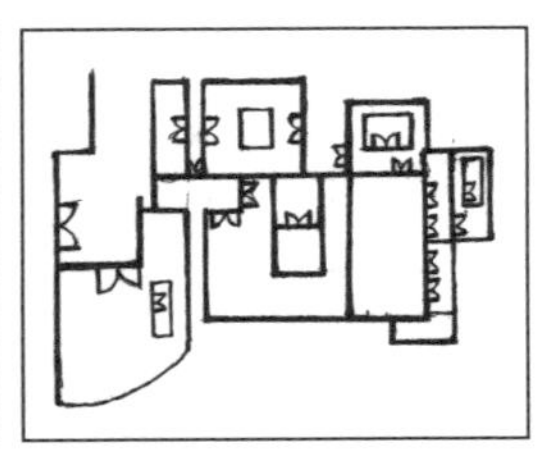

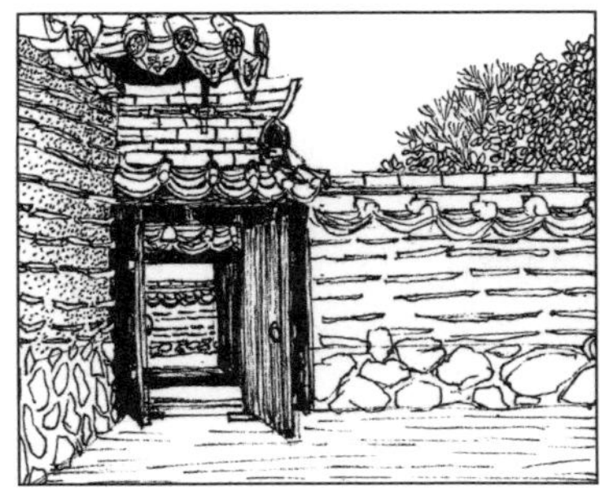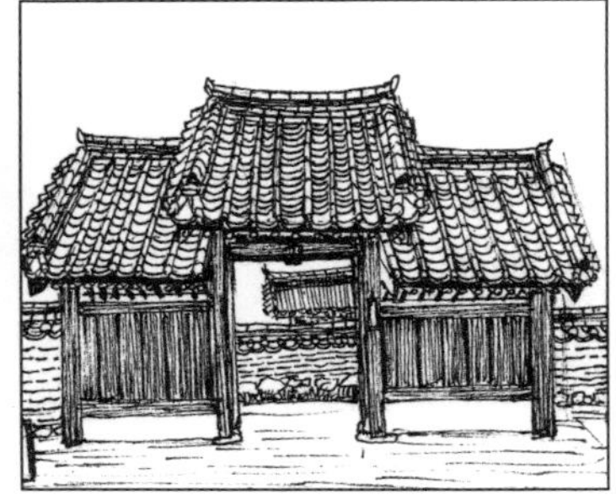

경주 독락당.
문 다음에 벽이 나오는 경우가 많습니다.

개방과 폐쇄의 반복

서양의 건축은 벽을 기반으로 하는 폐쇄적인 입면 건축입니다.
따라서 내부와 외부를 구별하는 것이 중요했습니다. 반면
한국 고건축에서는 문과 벽, 창문 등으로 안팎을 구별하는 것이
중요하지 않았습니다. 벽 같던 문이 개방되면 건물 안과 밖의
구분이 없어지기도 하죠.
방 사이의 관계, 건물 간의 관계가 내부에서 외부로, 다시 외부에서
내부로 개방과 폐쇄를 반복합니다. 또한 마당을 벽이나 건물로
폐쇄하지 않고 건물 사이에 공간을 두어 개방감을 주었습니다.
이러한 경계의 모호함은 공간을 구별하는 것이 아니라 서로를
연결하게 만듭니다. 건물을 개별 공간의 합이 아니라 흐름을 가진
하나의 경험으로 여긴 데서 유연한 건축적 안목을 엿볼 수
있습니다.

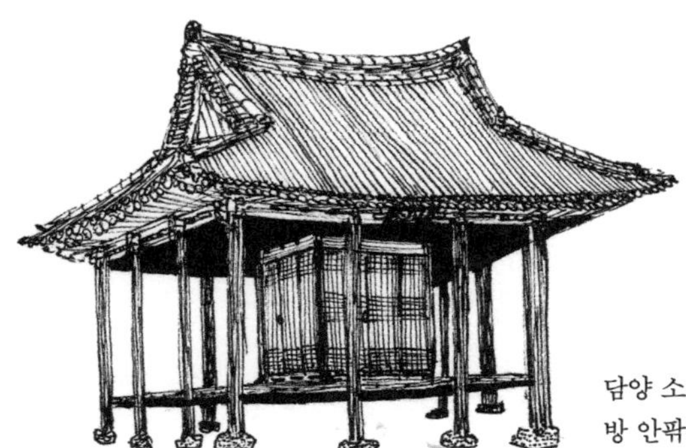

담양 소쇄원. 삼면의 문이 개방되면
방 안팎의 구분이 사라집니다.

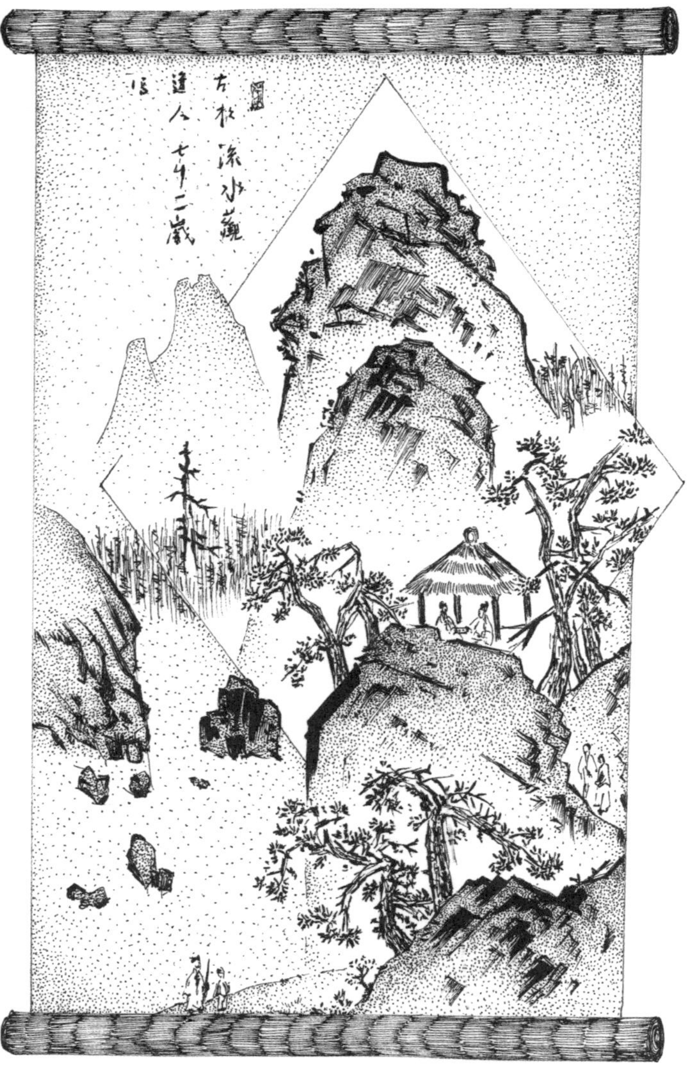

02 자연의 관계

동양에서 건축과 자연의 관계는
지배가 아닌 어우러짐입니다.

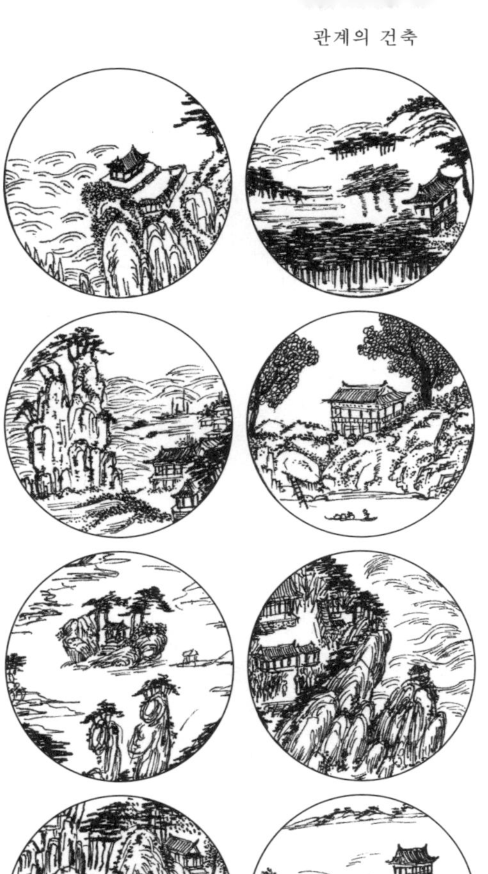

자연과 건축

아름다운 자연 속에 건물을 두는 건 세계 공통의 문화일 것입니다.
그러나 한국은 아름다운 자연에 반드시 건물을 두었습니다. 겸재
정선의 그림을 보면 관동 지방의 아름다운 공간 여덟 곳(관동팔경)에
모두 건물을 두었습니다.
한국에서 건축이란 자연을 즐기는 요소일 뿐만 아니라 완성하는
요소이기도 했습니다. 미감을 완성하고, 풍수적으로 부족한 부분을
채우는 의미로 건물을 앉혔습니다.

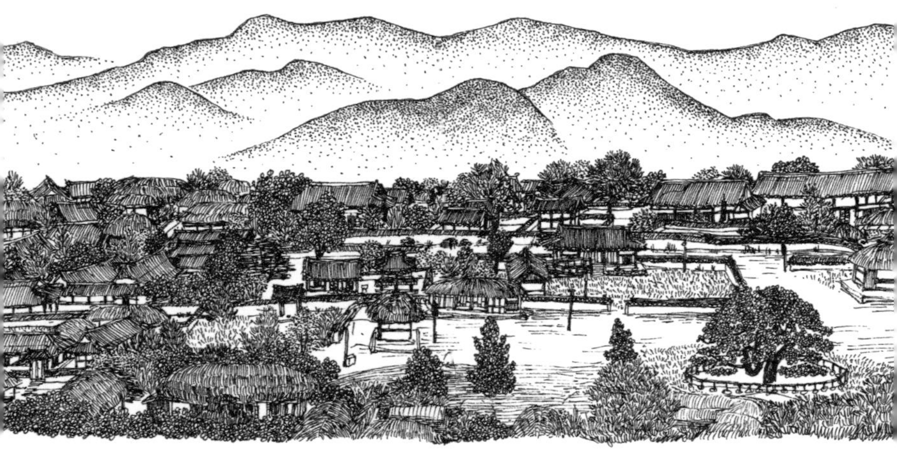

수평의 건축

아름다움이란 개인의 주관적 견해가 아닌 자연의 비율이나 형태,
색감에서 만들어진 지표라는 말이 있습니다.
한국의 건축 또한 자연의 미감을 반영했습니다. 완만한 산이 켜켜이
이어진 한국 지형과 전통 마을은 닮은 점이 많습니다.
초가집을 보면 그 형태가 한국의 완만한 산을 닮아 있죠.
서양이 수직의 건축이라면 한국은 수평의 건축입니다. 평지가 많은
나라의 경우 크고 독특한 건물을 지으면 그 곳의 랜드마크가
됩니다. 그러나 한국은 산이 많아 건둘을 높게 지어도 존재감이
떨어집니다. 따라서 자연과 어우러지는 전략을 취했습니다. 수직적
강조가 아닌 수평적 배치로 한국 건축만의 특성을 만들었습니다.

* 궐과 절의 경우만 특별히 공간의 위엄을 위해 수직의 건축을 취합니다.

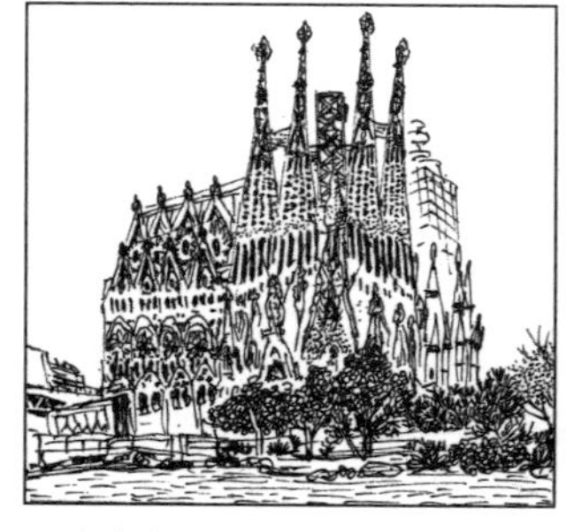

스페인의 사그라다 파밀리아 성당

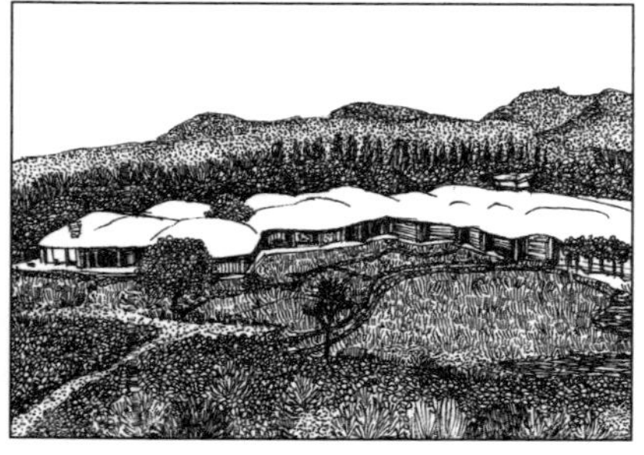

주변의 지형과 닮은 초가집 모티브의
제주도 포도호텔

중국 '사자림' 정원

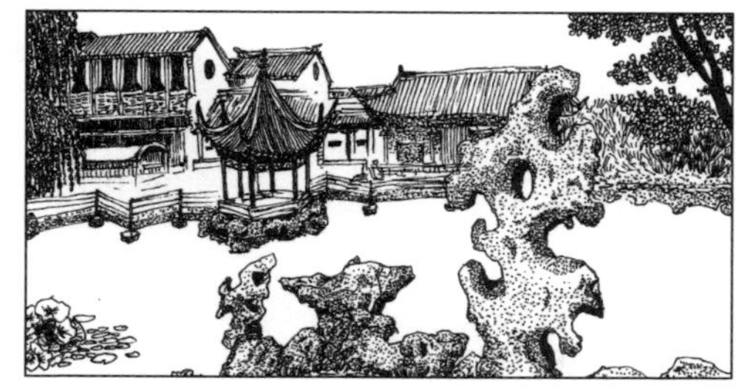

일본 '곤고부지' 정원
(고산수식 정원)

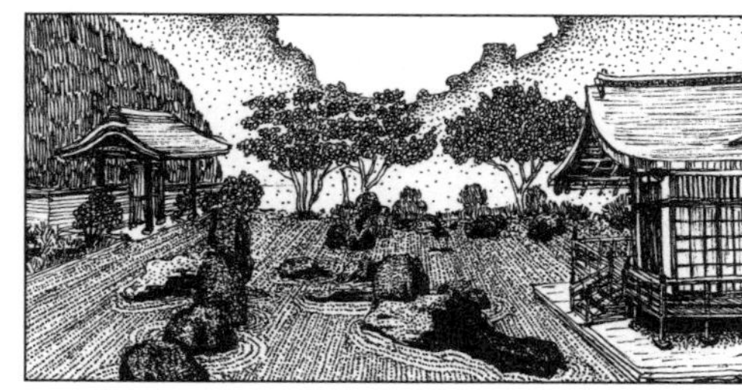

한국 정원의 개념

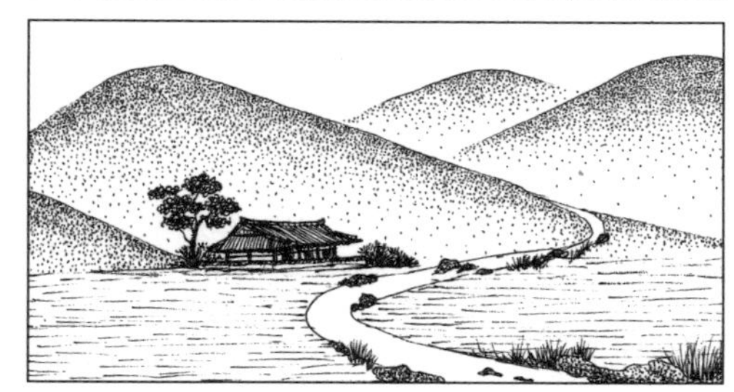

정원의 미학

중국이나 일본이 자연의 형태를 축소하여 조성한 정원을 건물 안에
만드는 반면, 한국은 좋은 자연 풍경 속에 건물을 두는 식으로 자연을
다뤘습니다.
또 집에 정원을 조성하기보다 마당을 선호했습니다. 너른 마당에
홀로 심어진 나무를 보면 기품이 느껴지죠. 때로는 화려한 풍경보다
너른 여백이 감동을 줍니다.

"자연의 한 끝이 집 뜰일 수도 있고 이 집 뜰이 담을 넘고 들을 건너서
사위의 자연 속으로 번져나가는 것이 한국 주택의 생리이다. (⋯)
집 안에서 먼 곳을 바라보는 즐거움과, 반대로 먼 곳에서 그 집채를
바라보는 즐거움을 매우 대견하게 알아온 사람들이었다."

— 최순우, 《무량수전 배흘림기둥에 기대서서》

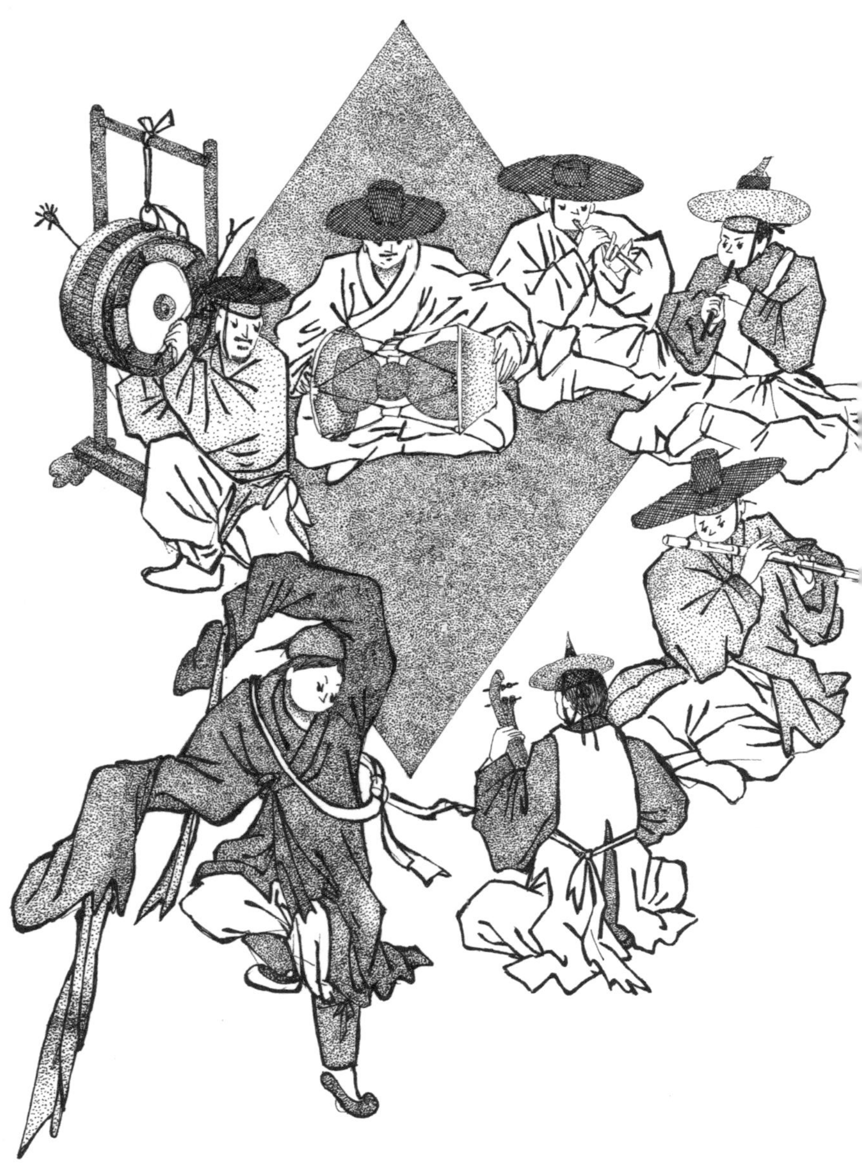

03 인간의 관계

동양에서 건축은 단순히 자연재해로부터
인간을 보호하고 외적 아름다움을
추구하는 물리적 공간이 아닙니다.
건물과 인간의 관계가 중요했습니다.

몸각

건축가 이상헌은 《한국 건축의 정체성》에서 한국의 건축을
'몸각'이라 표현합니다. 시각, 청각, 후각, 촉각을 모두
사용해 경험하는 대상이기 때문이죠. 각각의 감각은 정보이지만,
몸각은 체험에 가깝습니다.

또 그는 서양 건축이 학문적 지식이라면, 한국 건축은 경험의
지혜라고 말합니다. 서양 건축이 자신의 미감을 표현하는 일이라면,
한국 건축은 자신의 세계를 표현하기 때문입니다. 서양에서
건축은 관찰하고 분석하여 미적·기술적으로 개발해야 하는 대상인
반면, 한국에서는 지식인일수록 자신이 세계를 바라보는 관점과
철학, 법도 등의 가치를 건축으로 표현하려 했다고 합니다. 건축이란
자연을 느끼는 곳이자 마음을 다스리며 수행하는 공간이었기
때문입니다.

재즈를 연주자들의 대화라고 하는데 한국 고건축도 비슷하다고
생각합니다. 엄격한 규칙 없이 상황과 인물, 자연에 따라 다양하게
발전, 응용합니다. 서양 건축이 악보가 있는 교향곡이라면,
한국 건축은 악보 없이 즉흥으로 이루어지는 재즈와 사물놀이에
비유할 수 있습니다.

건축과 마음가짐

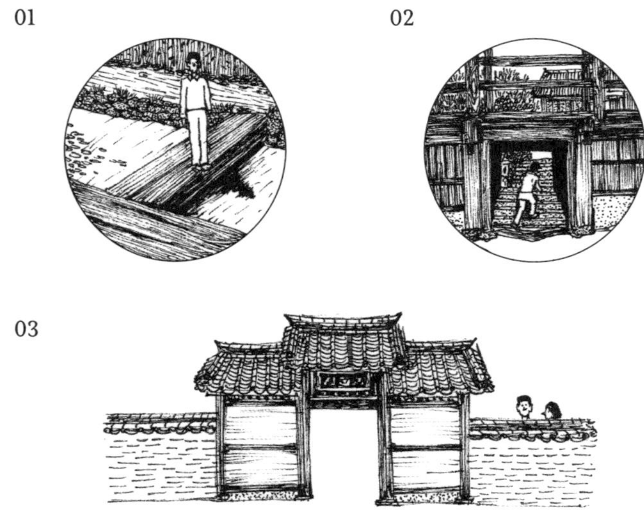

01 건물 앞에 연못을 두는 경우는 거울 삼아 스스로를 돌아보라는
의미입니다.

02 마루 밑 계단을 지날 때는 천고가 낮아 몸을 숙이게 됩니다.
겸손한 마음가짐으로 공간에 진입하라는 건축적 의도입니다.

03 담장은 안에 있는 사람을 알아볼 수 있는 높이로 쌓았습니다.
절의 담장은 허리보다 낮거나 뚫려 있는 경우도 많죠. 담장은 건물을
지키는 물리적 역할보다 심리적 경계 역할에 가까웠습니다.

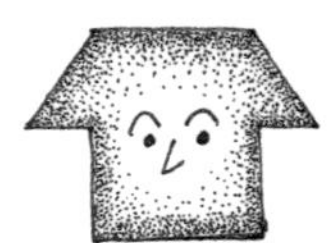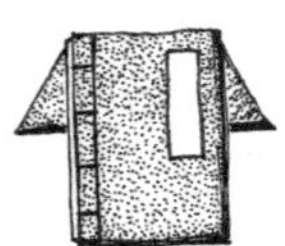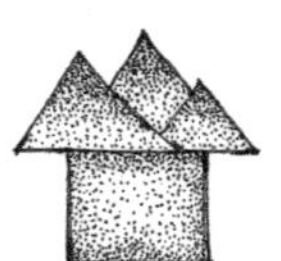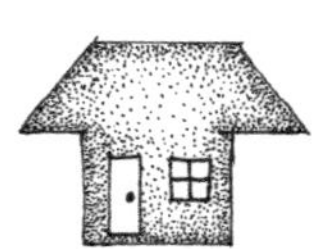

마음가짐을 다잡을 수 있는 장치를 의도적으로 배치한 한국의 고건축은 시간이 필요합니다. 잠깐 들르거나 멀리서 보는 것으로는 알았다고 평할 수 없습니다. 낮에서 밤으로, 계절에서 계절로, 장소에서 장소로 이동하며 직접 경험해야 알 수 있습니다.

풍수지리

"먼저 수구를 보고, 그다음으로 들의 형세를 본다. 그리고 다시 산의 모양을 보고, 다음에는 흙의 빛깔을, 다음은 조산과 조수를 본다. 무릇 수구가 엉성하고 널따랗기만 한 곳에는 비록 좋은 밭 만 이랑과 넓은 집 천 칸이 있다 하더라도 다음 세대까지 내려가지 못하고 저절로 흩어져 없어진다."

— 이중환, 《택리지》

《택리지》는 조선 후기 실학자 이중환이 인문 지리학적 관점으로 쓴 지리서입니다. 한국 고건축은 건물과 터를 볼 때 인문학적 관점으로 다가갔습니다.

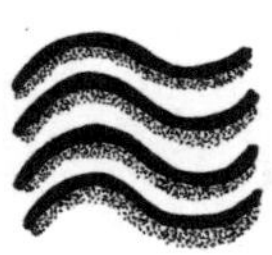
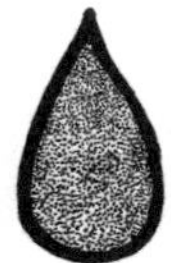
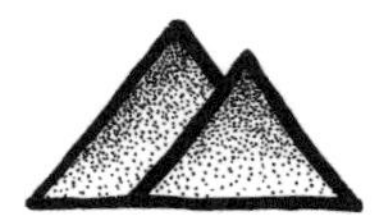
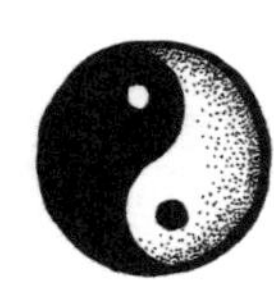

운길산
수종사

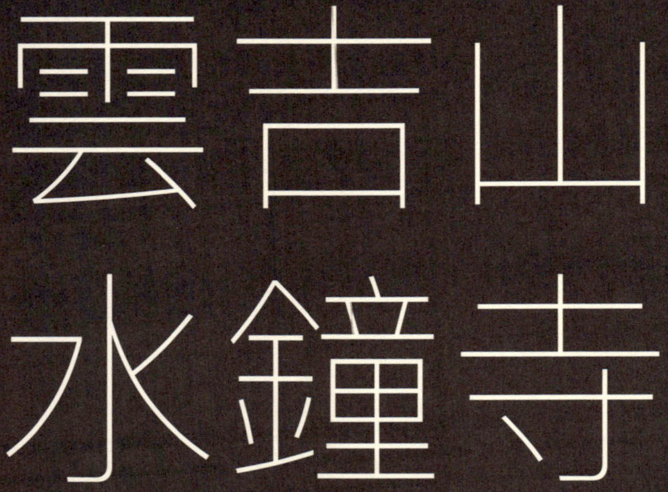

Sujongsa Temple

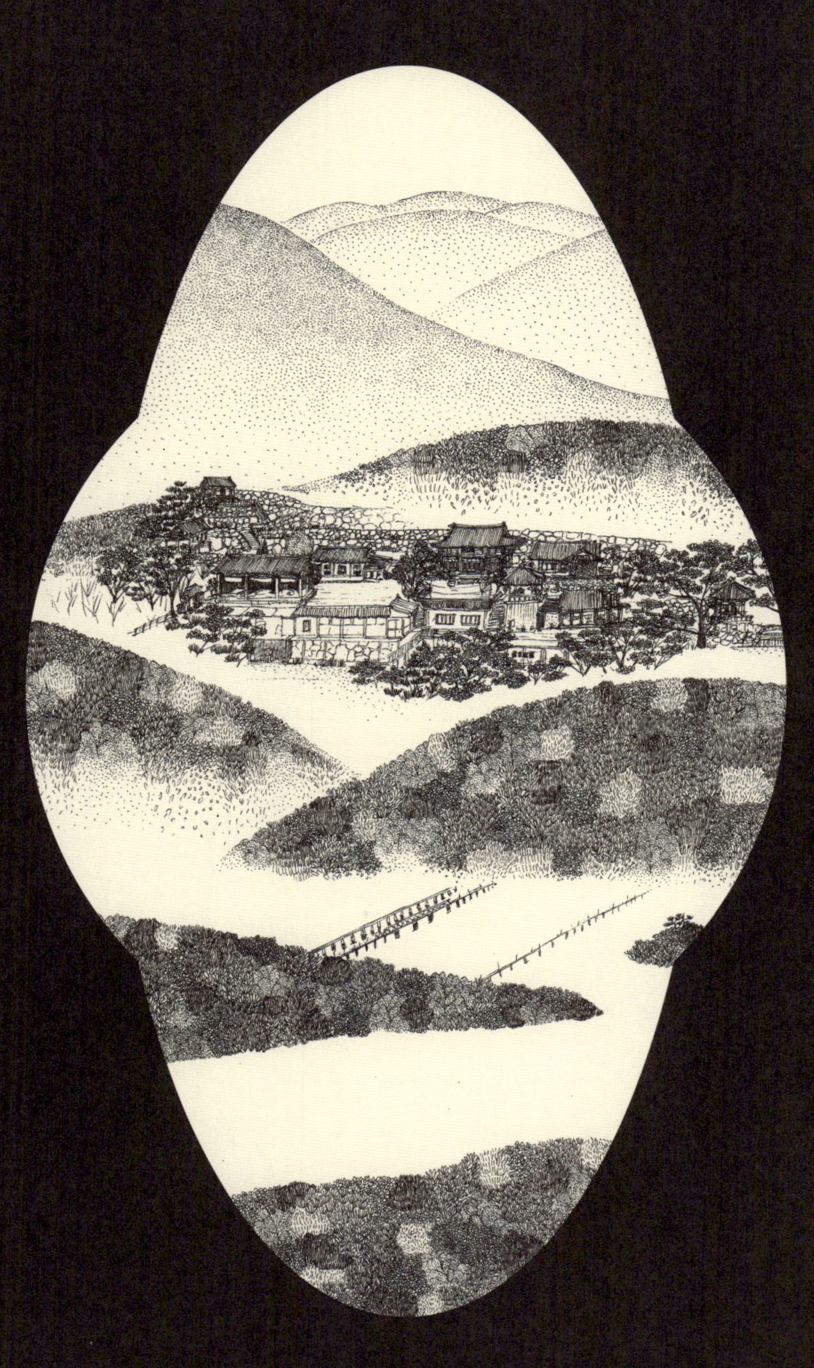

수종사

경기도 양평에 위치한 수종사는 수도권에 있는
절 중 가장 아름답다고 생각합니다.
산 중턱에 있어 한 시간 정도 산을 올라야
하고, 차로 갈 경우에도 가파른 비포장도로를
십오 분 정도 올라야 하지만 이를 감수할
만큼의 가치가 있습니다.

팔당호를 한눈에 볼 수 있도록 너른 마당의
난간을 틔워놨는데 이 풍경이 정말 훌륭합니다.
절의 가장 높은 곳에 있는 산신각에서 보는
전경도 아름답습니다.
수종사가 가장 아름다운 때는 가을 아침입니다.
일교차가 큰 가을 아침에 만들어지는 물안개가
장관입니다. 오전 8시 이전에 방문해야만
볼 수 있습니다.
오전 8시 반부터 절 입구에 위치한 '삼정헌'이
문을 엽니다. 이곳에서 무료로 차를 마실 수
있는데 차 맛도, 통유리창으로 내려다보이는
탁 트인 풍광도 인상적입니다.

이 삼정헌과 수종사의 중심 법당인 대웅전의
꽃창살도 아름답습니다. 서거정, 초의선사,
김정희, 정약용 등 많은 이가 수종사의
아름다움을 찬탄하는 글을 남겼습니다.

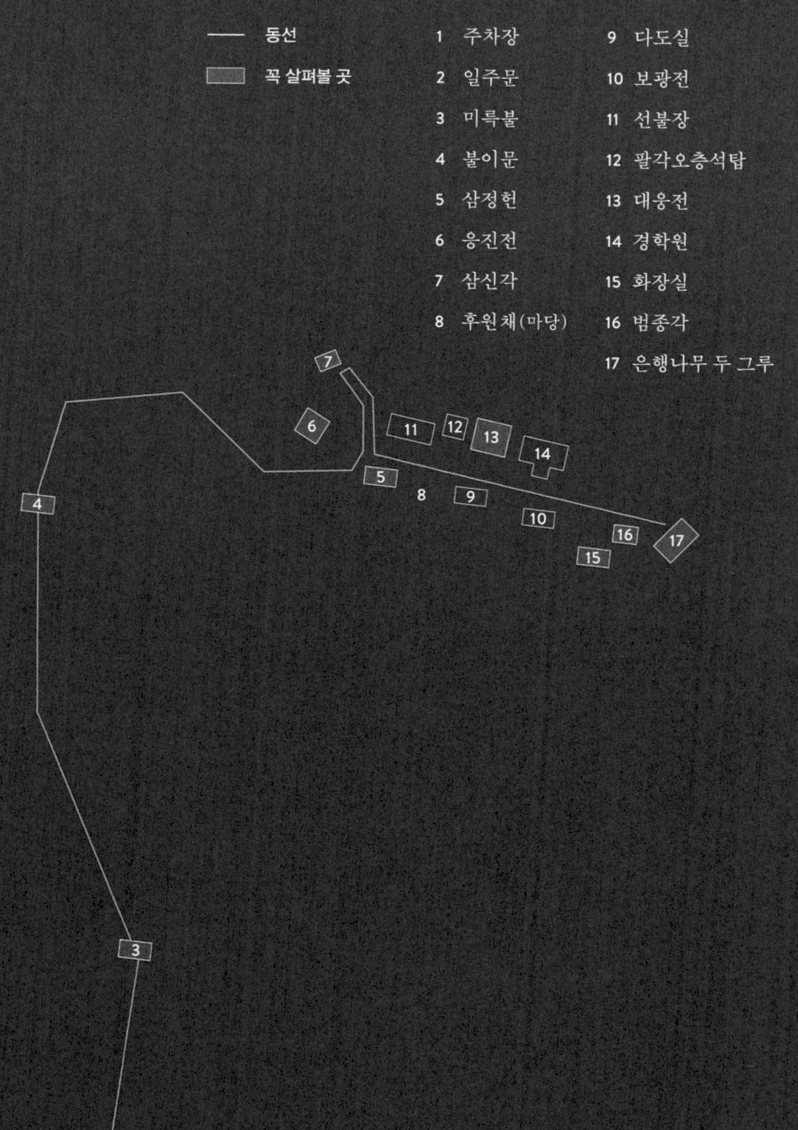

동선
꼭 살펴볼 곳
1 주차장
2 일주문
3 미륵불
4 불이문
5 삼정헌
6 응진전
7 삼신각
8 후원채(마당)
9 다도실
10 보광전
11 선불장
12 팔각오층석탑
13 대웅전
14 경학원
15 화장실
16 범종각
17 은행나무 두 그루

햇빛을 싫어합니다.
제게 어두운 피부색은 어울리지
않는다고 생각했습니다.
그래서 항상 그늘을 찾거나
양산이나 모자를 썼습니다.

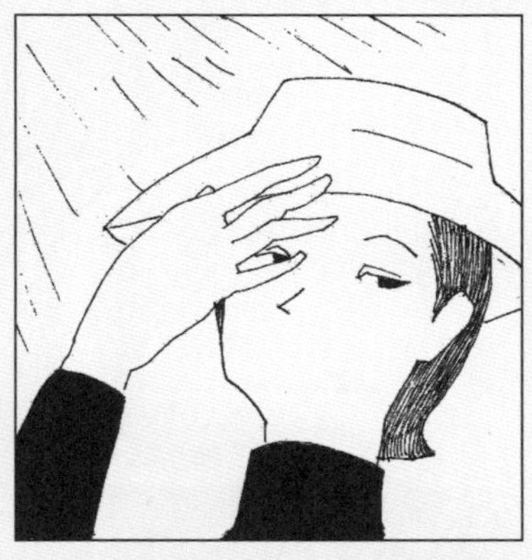

나와 비슷한 생각을 가진
친구와 산사를 답사하기로
합니다.
이번에 가는 수종사는
서울에서 가까운 산사 중
가장 추천하는 곳입니다.

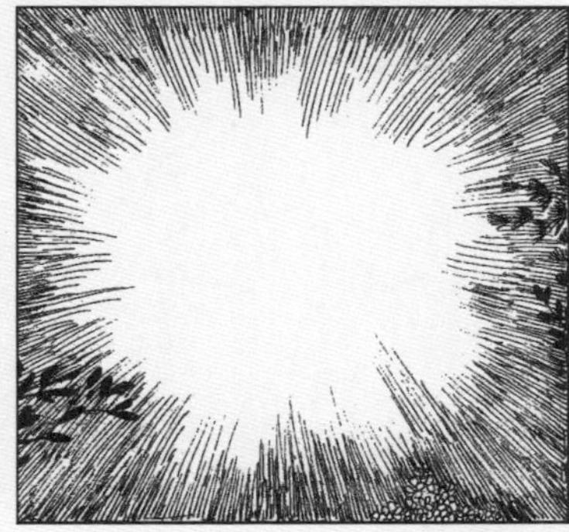

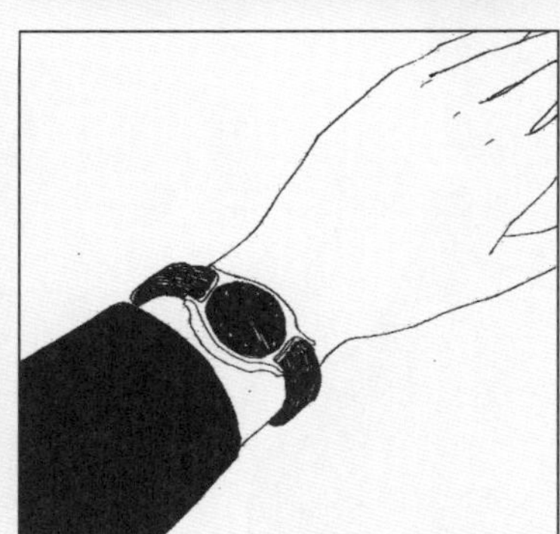

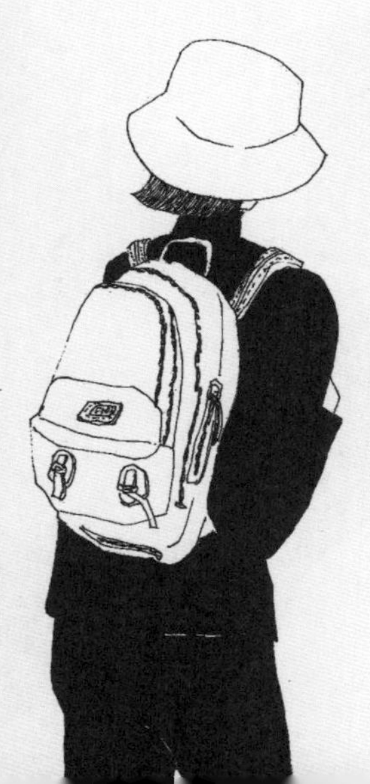

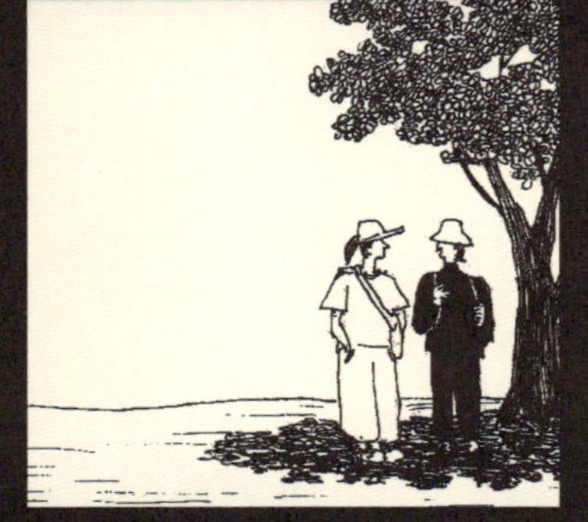
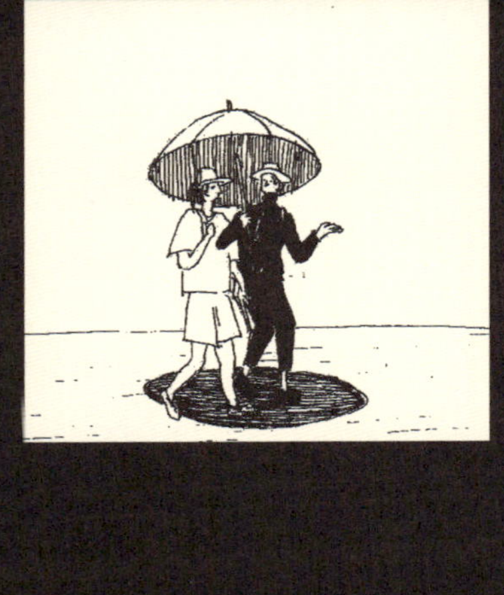

항상 같이 그늘을 찾던 친구였는데

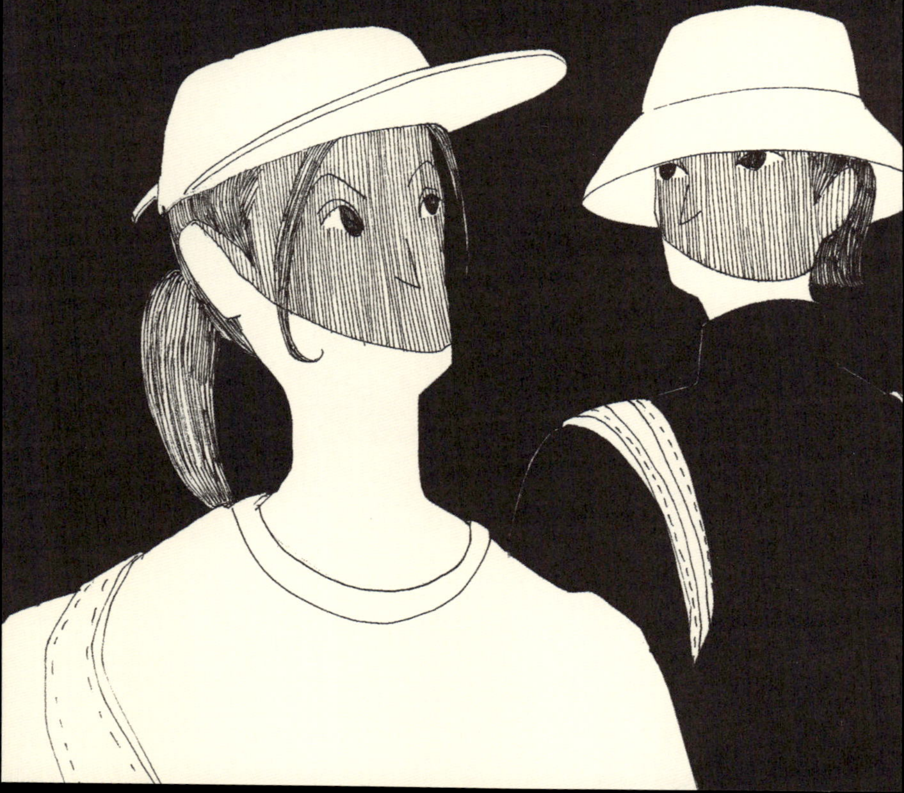

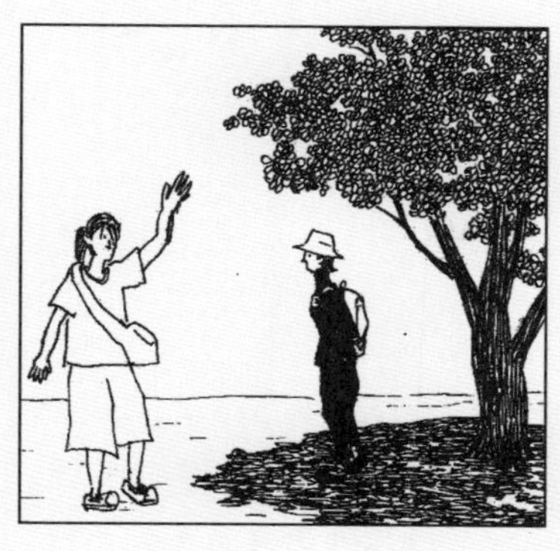 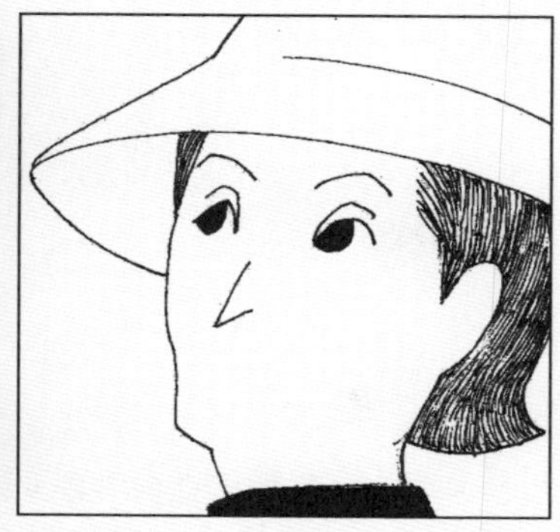

이번엔 친구가 그늘 밖으로 나갔습니다.
피부가 타는 걸 받아들이니 할 수 있는 것이, 느낄 수 있는 것이
많아졌다고 말합니다.
레저 스포츠도 즐기고, 입을 수 있는 옷도 많아지고,
좋아하는 풍경을 어디에서든 볼 수 있다고 이야기했습니다.

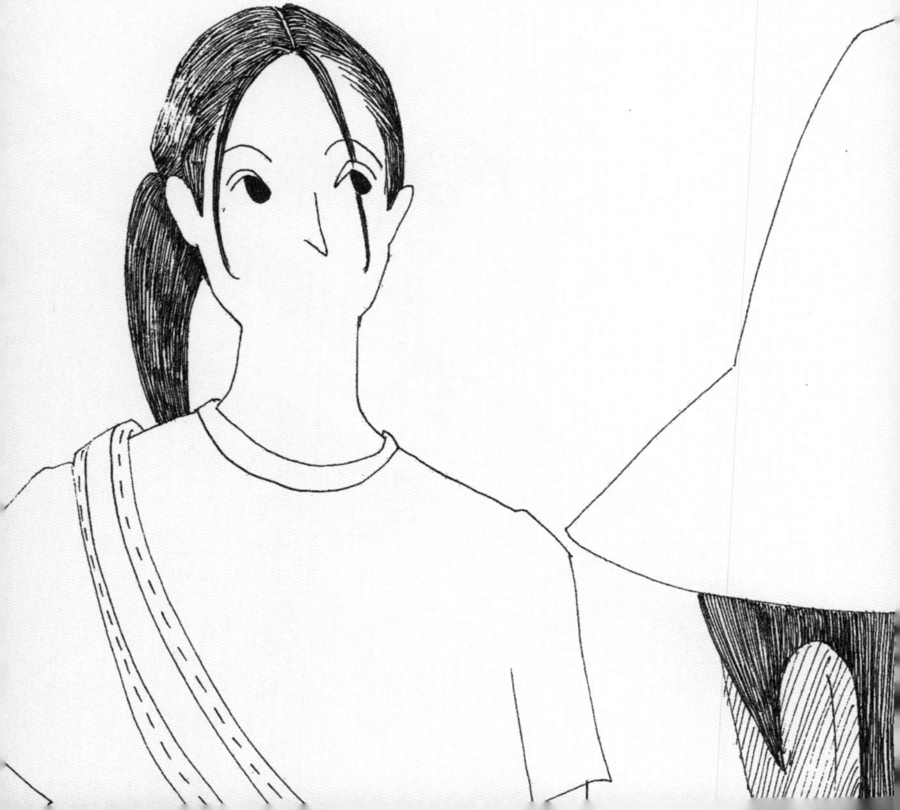

산의 낮은 곳에 위치해 사람들이 많이 찾을 수 있게 한 여느 산사와
다르게 수종사는 꽤 높은 곳에 있습니다.
한 시간 정도 산을 올라야 하죠. 절 입구에 주차장이 있어 차로도
이동할 수 있지만 좁고 가파르며 구부정한 길을 운전해야 합니다.

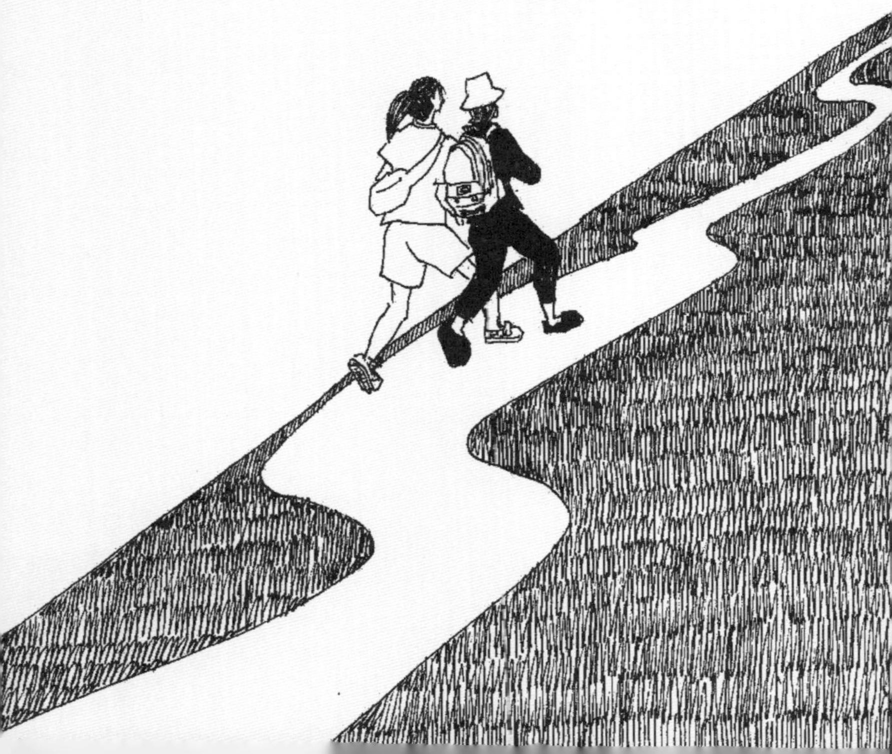

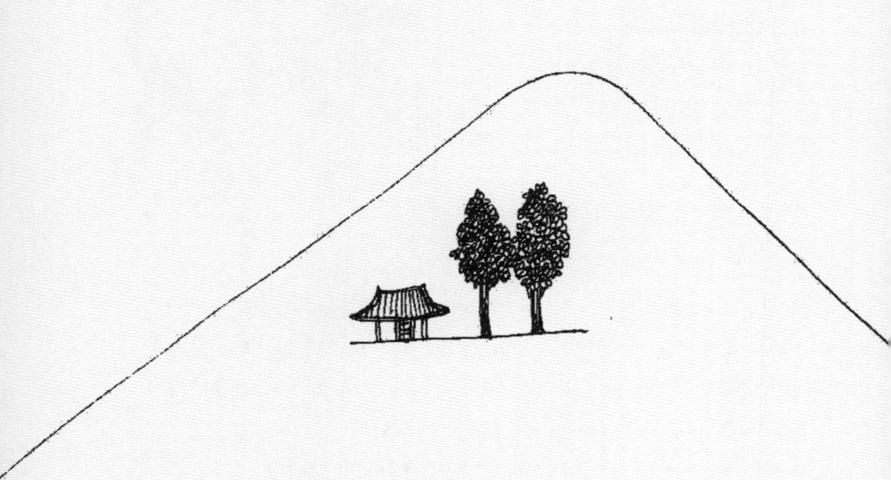

조선 시대, 세조가 금강산을 구경하고 양수리에서 하룻밤을 묵다가
우연히 범종 소리를 듣게 됩니다. 신하에게 명령해 종소리가 나는 곳을
찾으라 했는데 산속 깊은 곳에서 폐사된 절터를 발견합니다. 절터 근처
암굴 안의 물방울 떨어지는 소리가 종소리처럼 들렸던 겁니다.
세조는 양수리 풍경에 감탄하며 한나절을 머물렀습니다. 그리고 자신이
들은 범종 소리가 절을 다시 세우라는 부처님의 뜻이라 여기며 이
자리에 절을 짓고 '수종사'라 이름 붙였습니다.

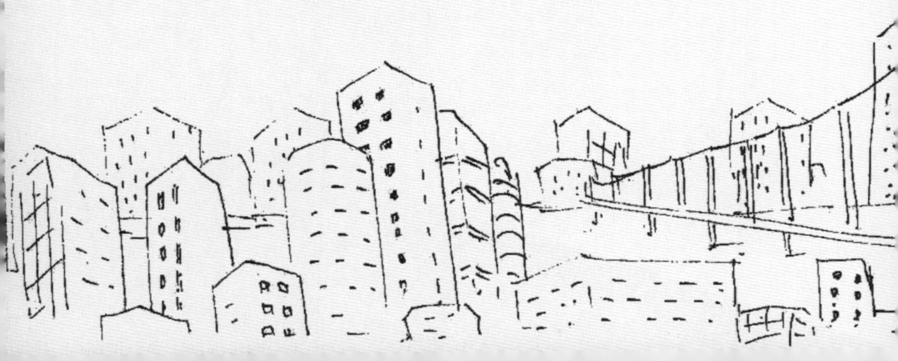

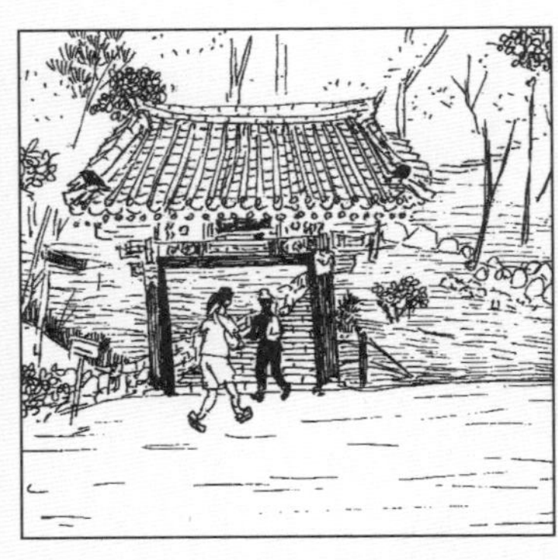 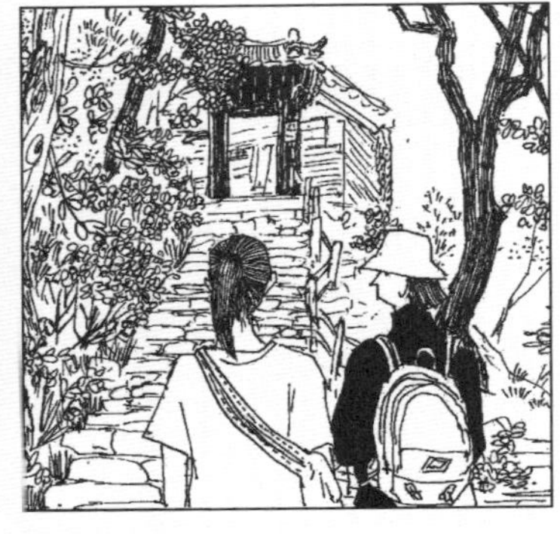

일주문을 지나 돌계단을 오르면 절이 나옵니다.
가장 먼저 방문객을 맞이하는 건물은 삼정헌입니다.
수종사에서 무료로 운영하는 찻집으로, 다구와 찻잎을 받아 직접
내려 마십니다. 마시는 방법은 테이블에 친절하게 쓰여 있습니다.
물맛 좋은 수종사의 석간수로 찻물을 내립니다.
다 마신 후에는 찻잎으로 다구를 닦아 반납해야 합니다.

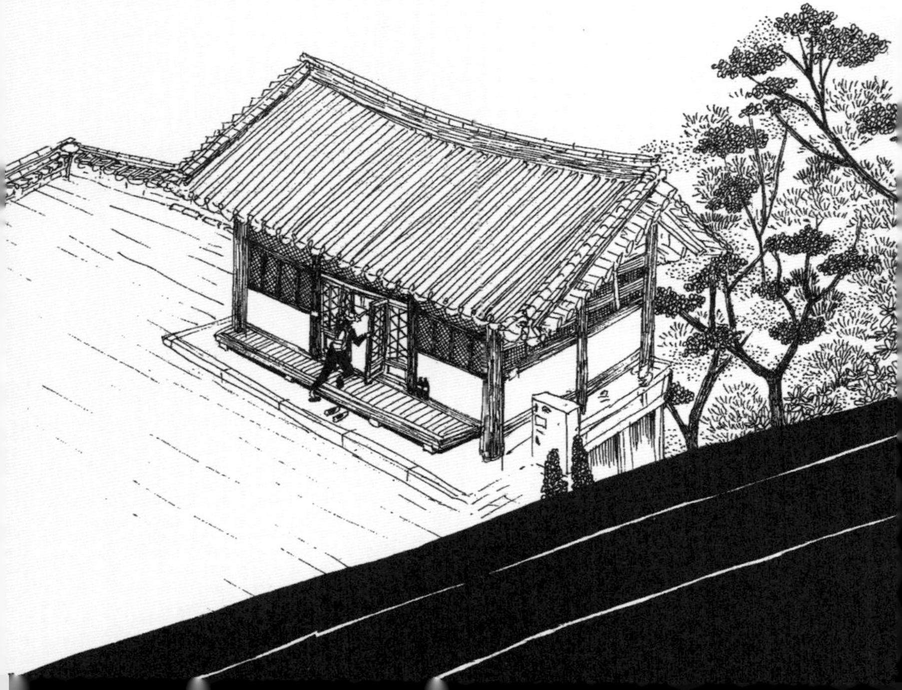

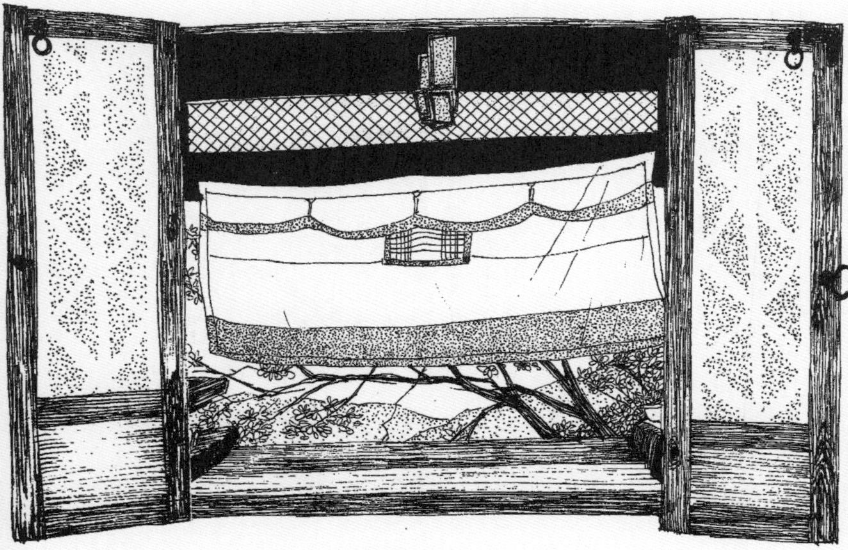

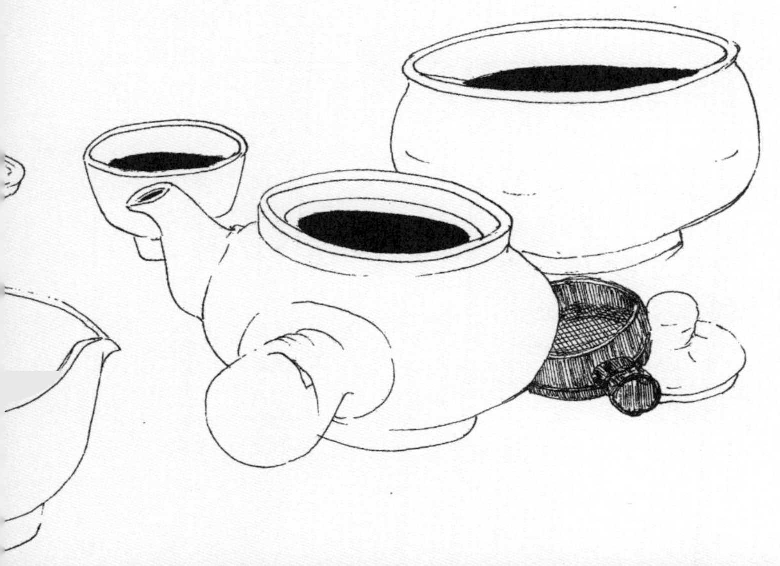

입구 맞은편이 통유리창으로 되어 있어 탁 트인 팔당댐 풍광을
즐기며 차를 마셨습니다. 사람이 많을 땐 자리가 없어 기다려야 하는데
아침 일찍 방문하여 여유롭게 차를 즐길 수 있었습니다.

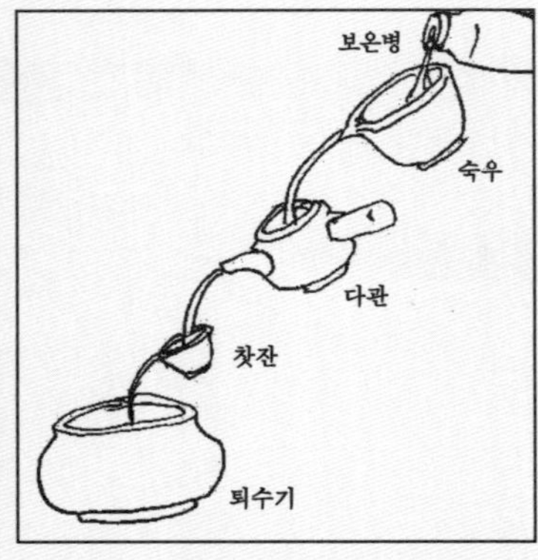

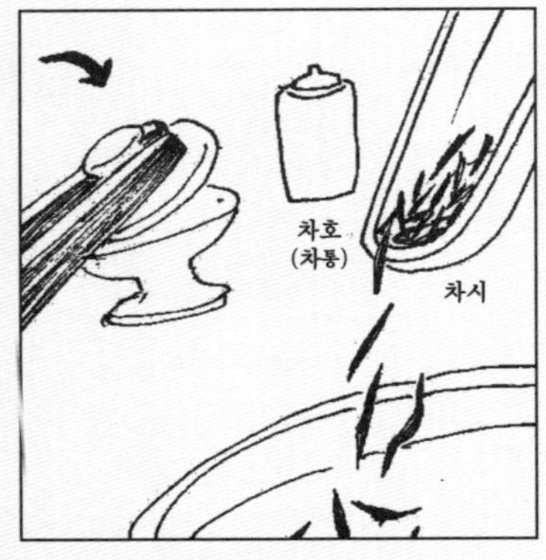

1. 뜨거운 물을 부어 다구를
데우고 닦은 뒤 물을 버린다.

2. 두꺼운 집게로 다완 뚜껑을
열고 차시로 찻잎을 꺼내 넣는다.

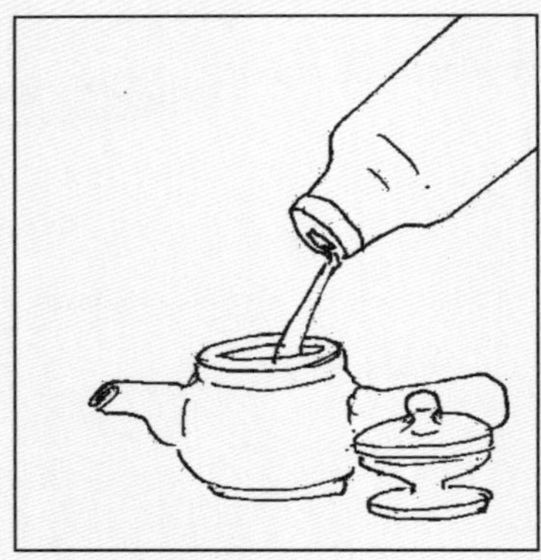

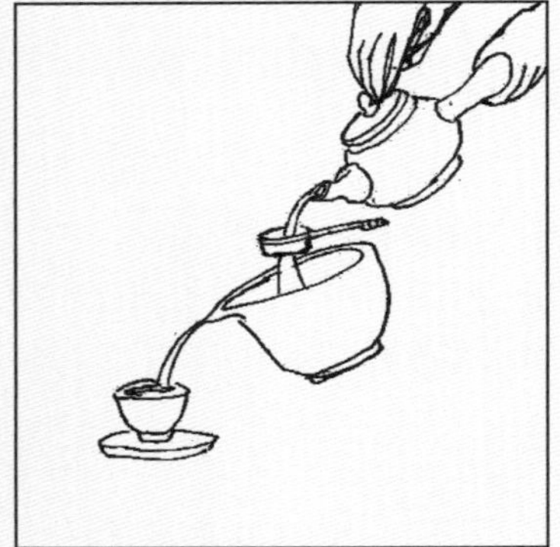

3. 뜨거운 물로 찻잎을 우린다.

4. 숙우로 옮겨 잔에 따른다.

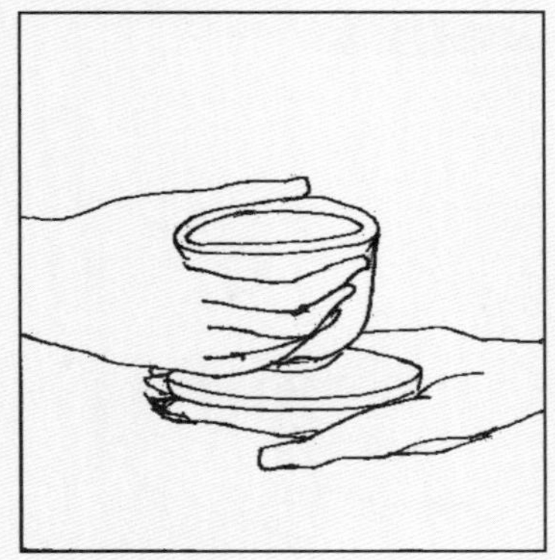

5. 엄지가 나를 향하게 잔을 잡는다.

6. 찻잎으로 다구를 닦아 반납한다.

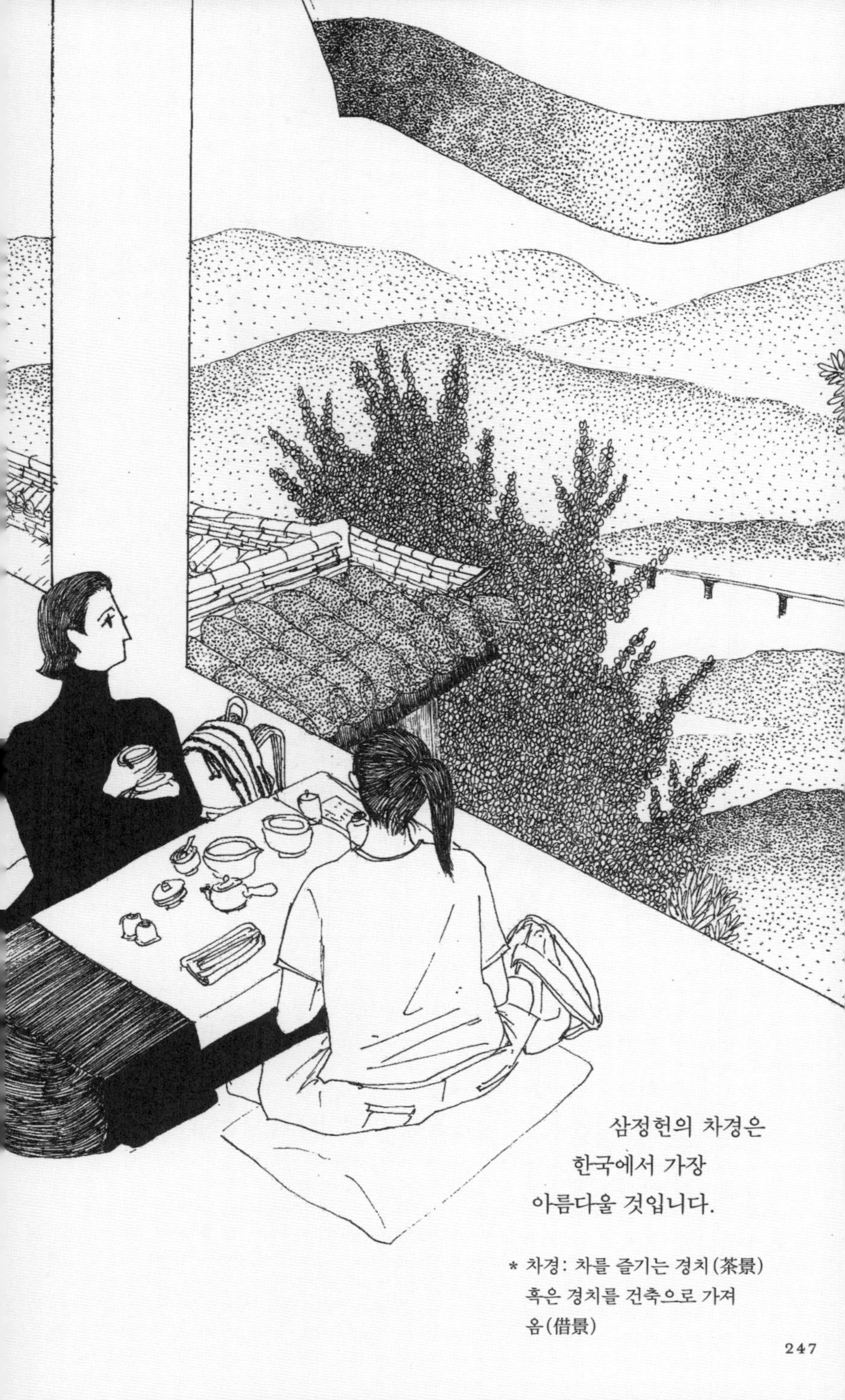
삼정헌의 차경은
한국에서 가장
아름다울 것입니다.

* 차경: 차를 즐기는 경치(茶景)
혹은 경치를 건축으로 가져
옴(借景)

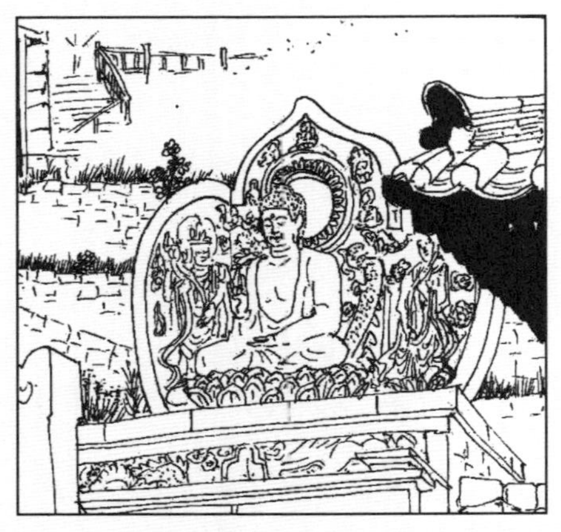

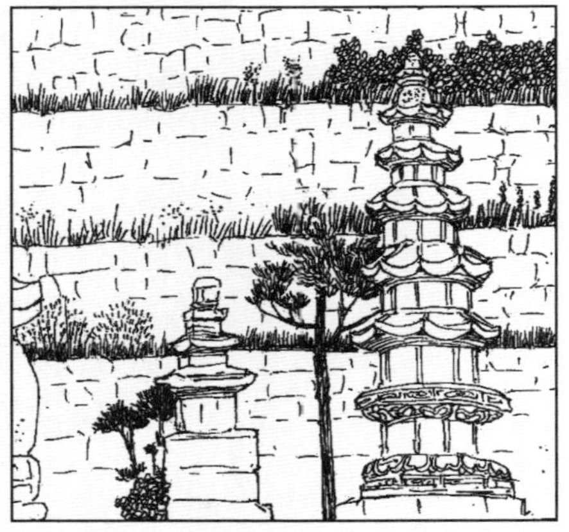

삼정헌 맞은편에는 화려한 돌조각과 삼신각으로
올라가는 계단이 있습니다.
팔각오층석탑과 사리탑은 보물로 지정되었죠.
삼신각에서 보는 팔당댐 풍경도 무척 아름답습니다.

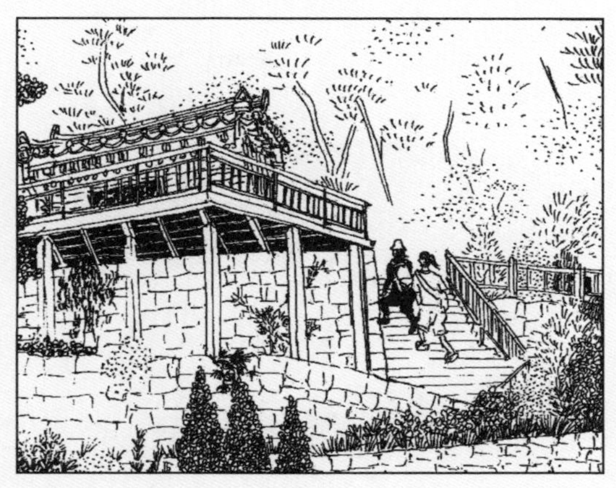

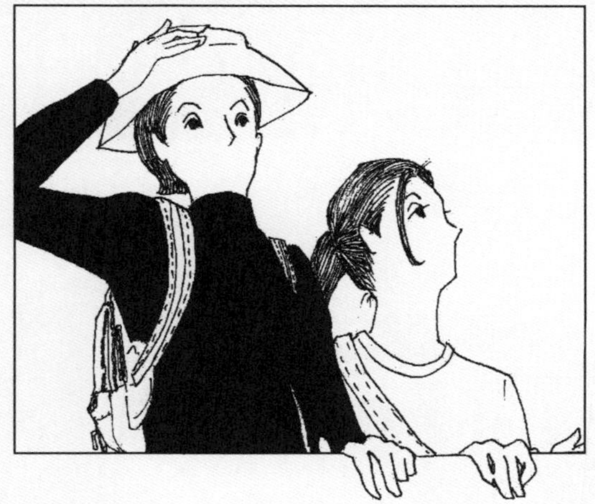

이번 답사는 특별히 가을날 아침 일찍 출발했는데
이유가 있습니다. 팔당호의 수온과 기온 차가
큰 가을 아침이나 해 질 녘이면 물안개가 자욱하게
피어오르는데 그 광경이 장관이기 때문입니다.

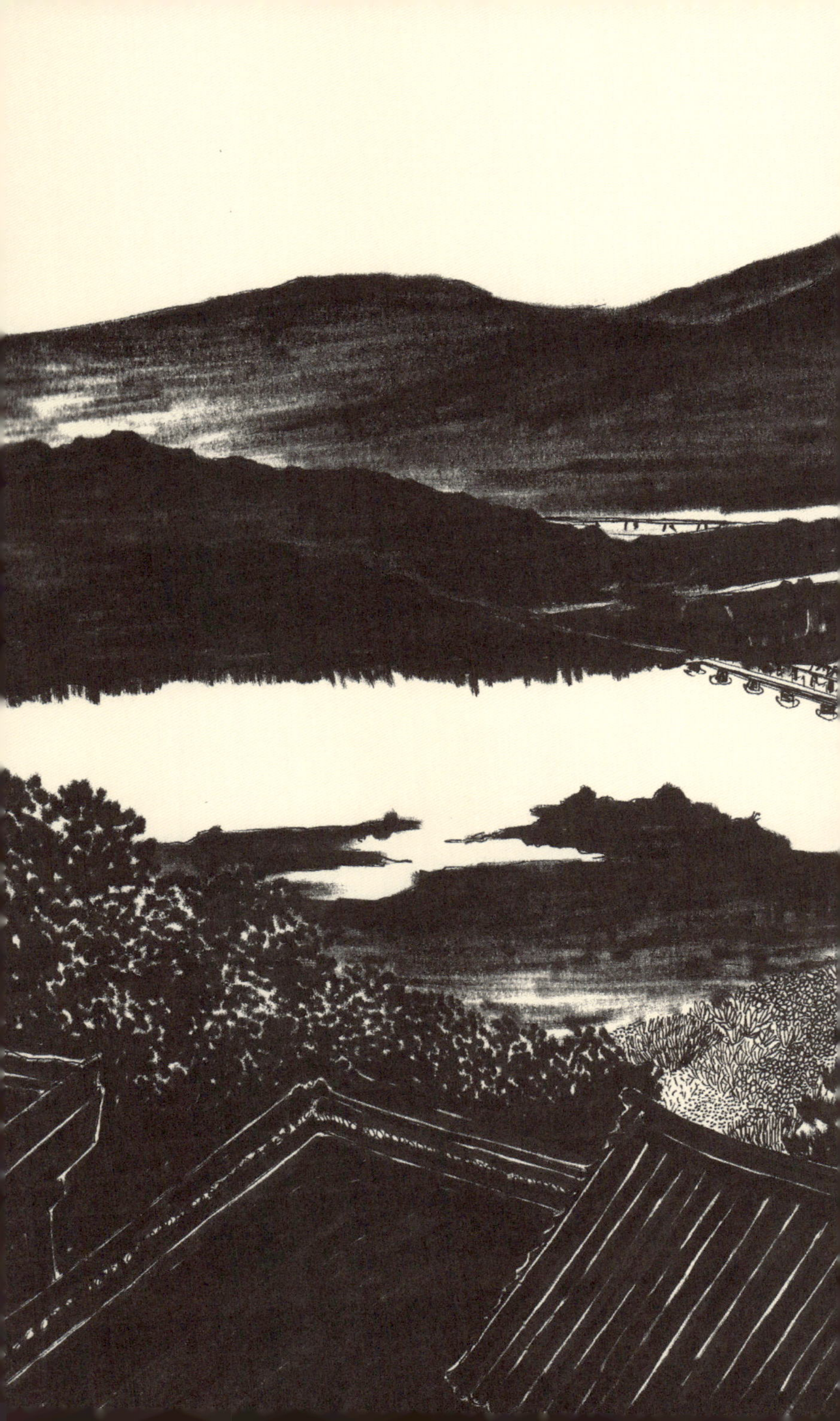

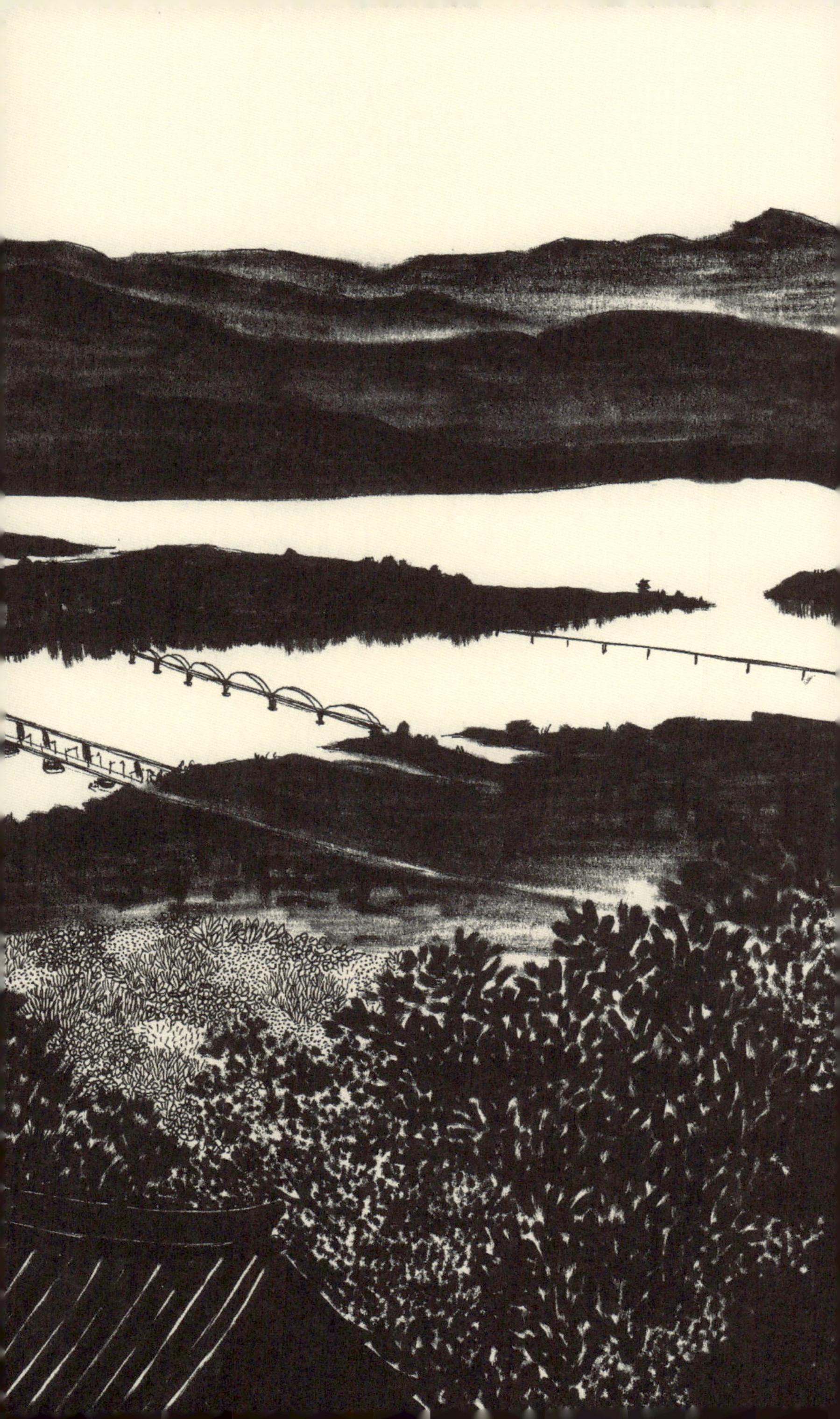

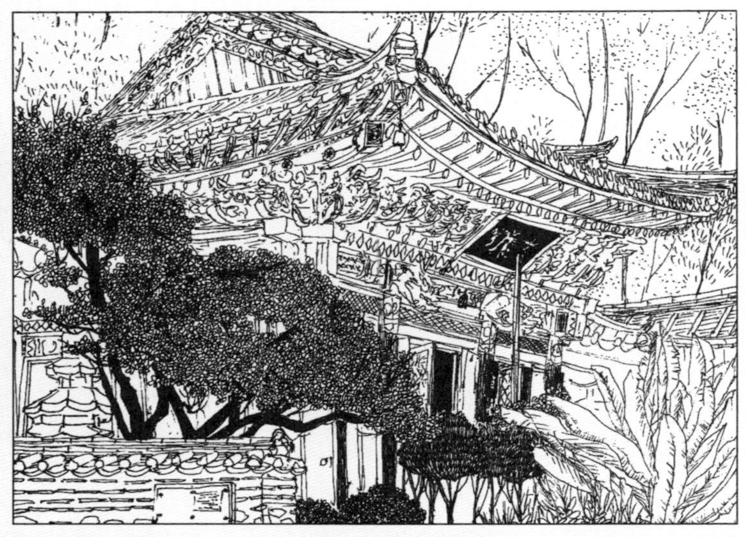

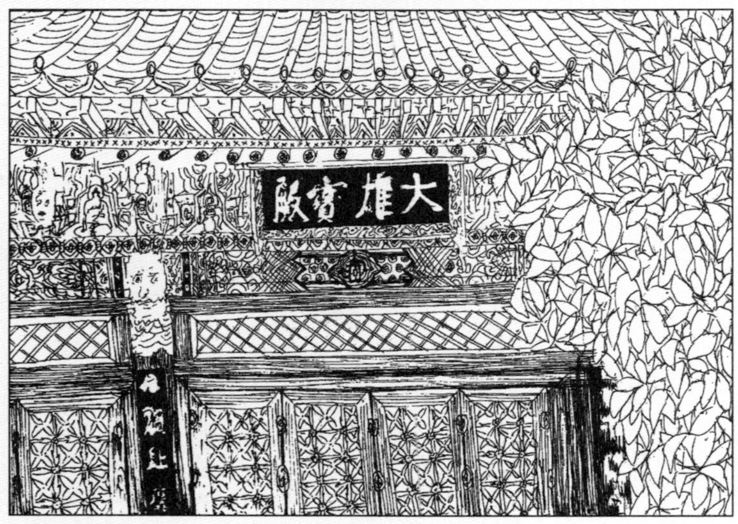

수종사는 풍경뿐만 아니라 건물도 아름답습니다.
특히 꽃창살이 가을의 화려함과 잘 어울립니다.
절 마당에 있는 나무들도 관리가 잘되어 화려함을 더해주죠.

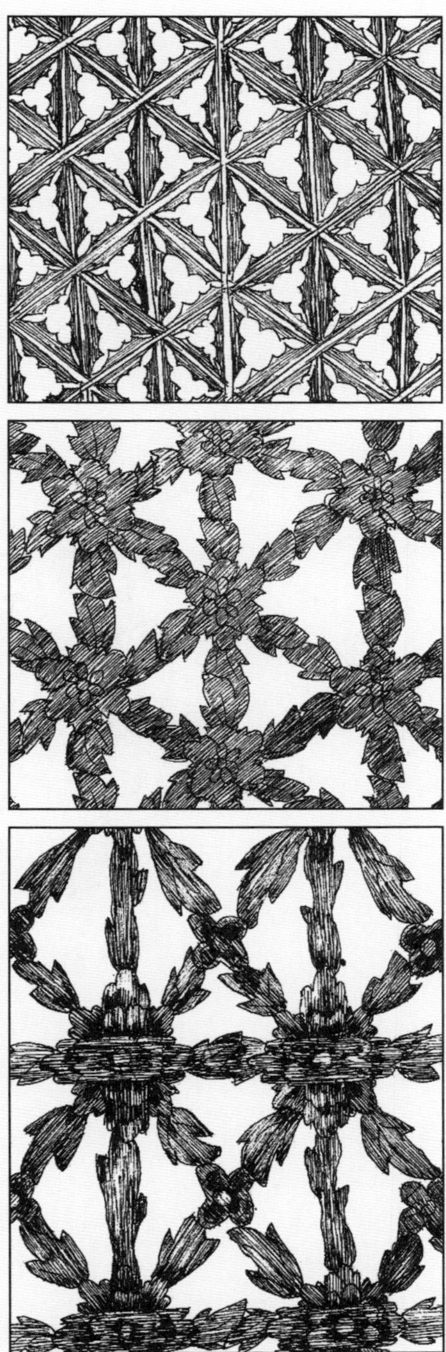

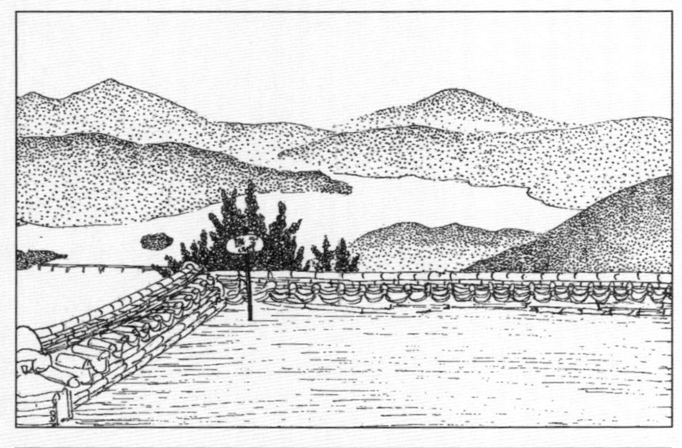

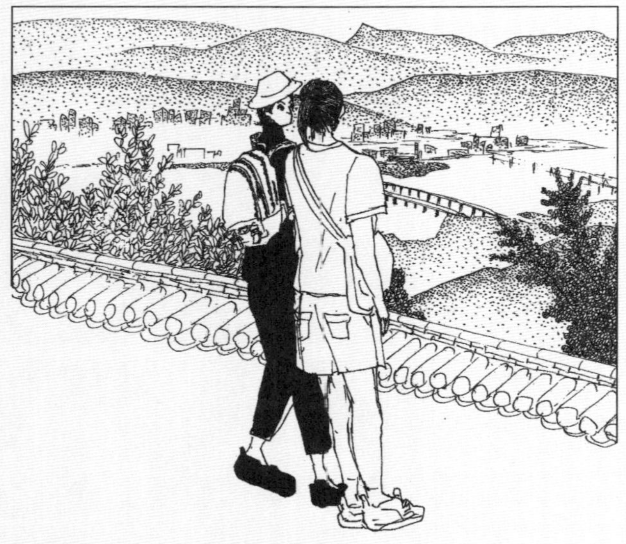

수종사는 대웅전 앞 절 마당이 작은 대신, 풍경을 볼 수 있는
너른 마당이 있습니다.
'묵언'이라는 표지판의 글귀처럼 조용히 풍경을 눈에 담아봅니다.

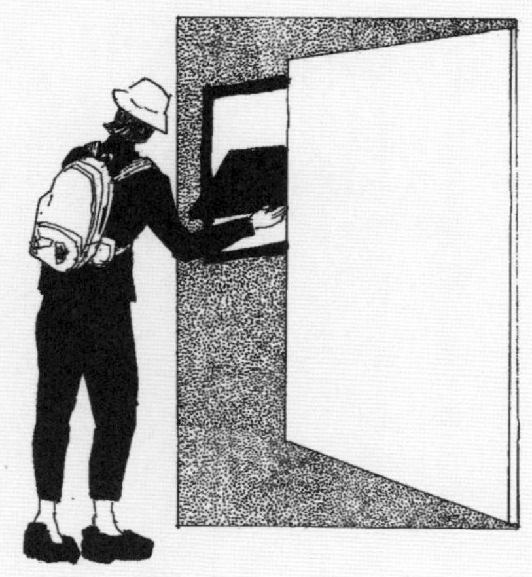

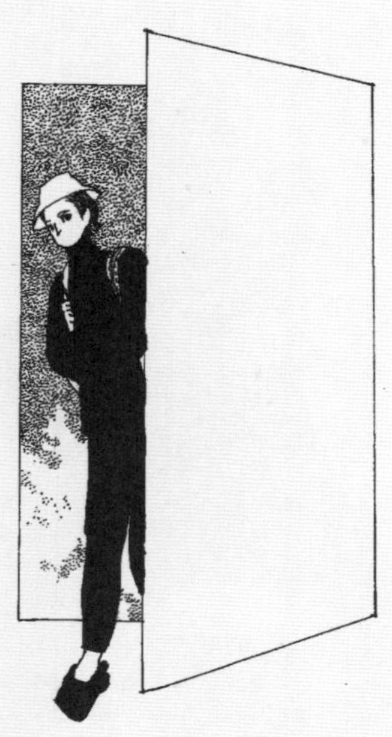

이날은 대웅전 맞은편 화장실에 들렀습니다.

화장실 창문으로 노란빛이 들어옵니다.
은행나무 잎이 햇빛을 받아 반짝입니다.
수종사 화장실 창문 풍경은 지금까지 본
창문 풍경 중 가장 아름다웠습니다.

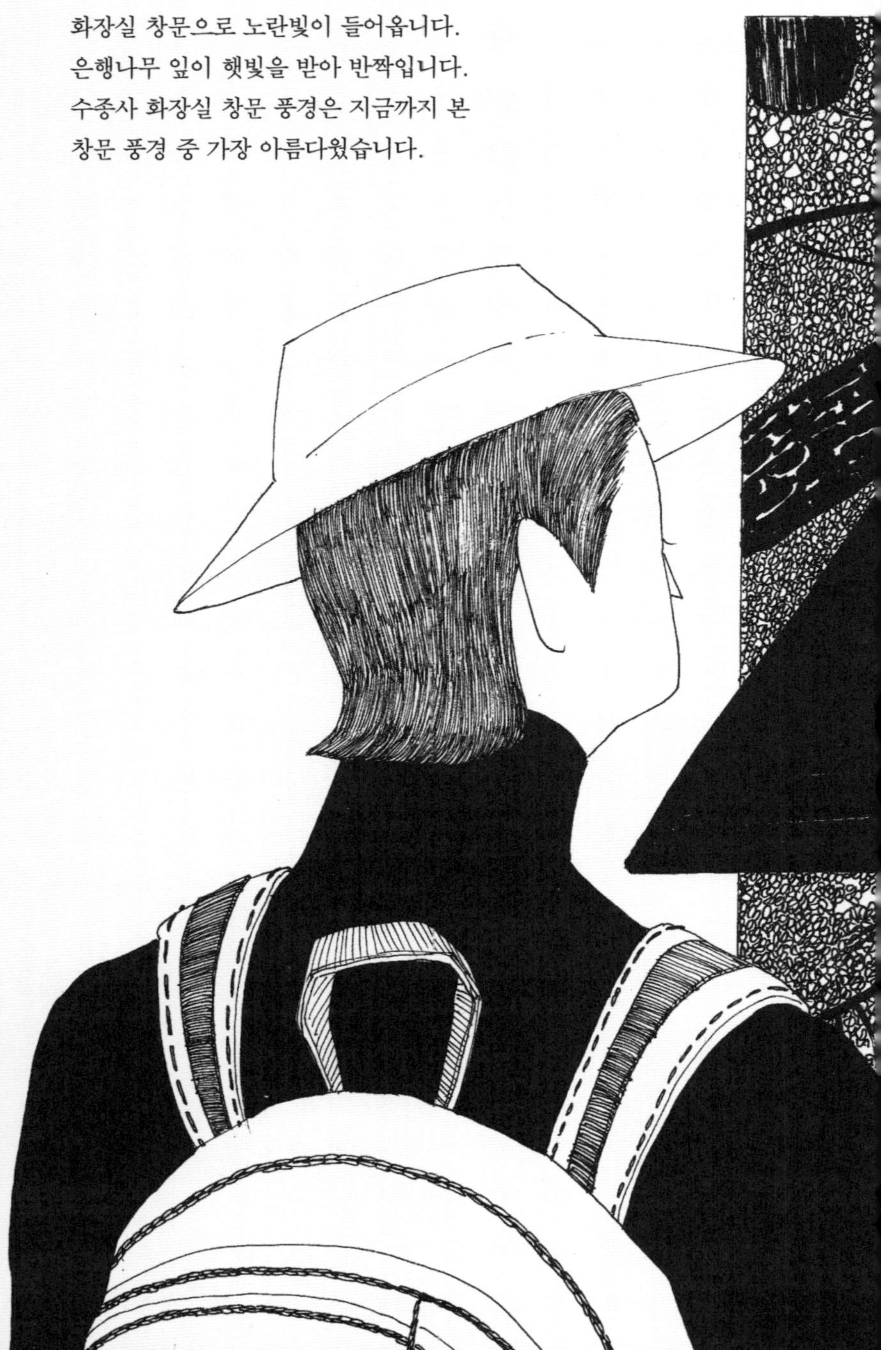

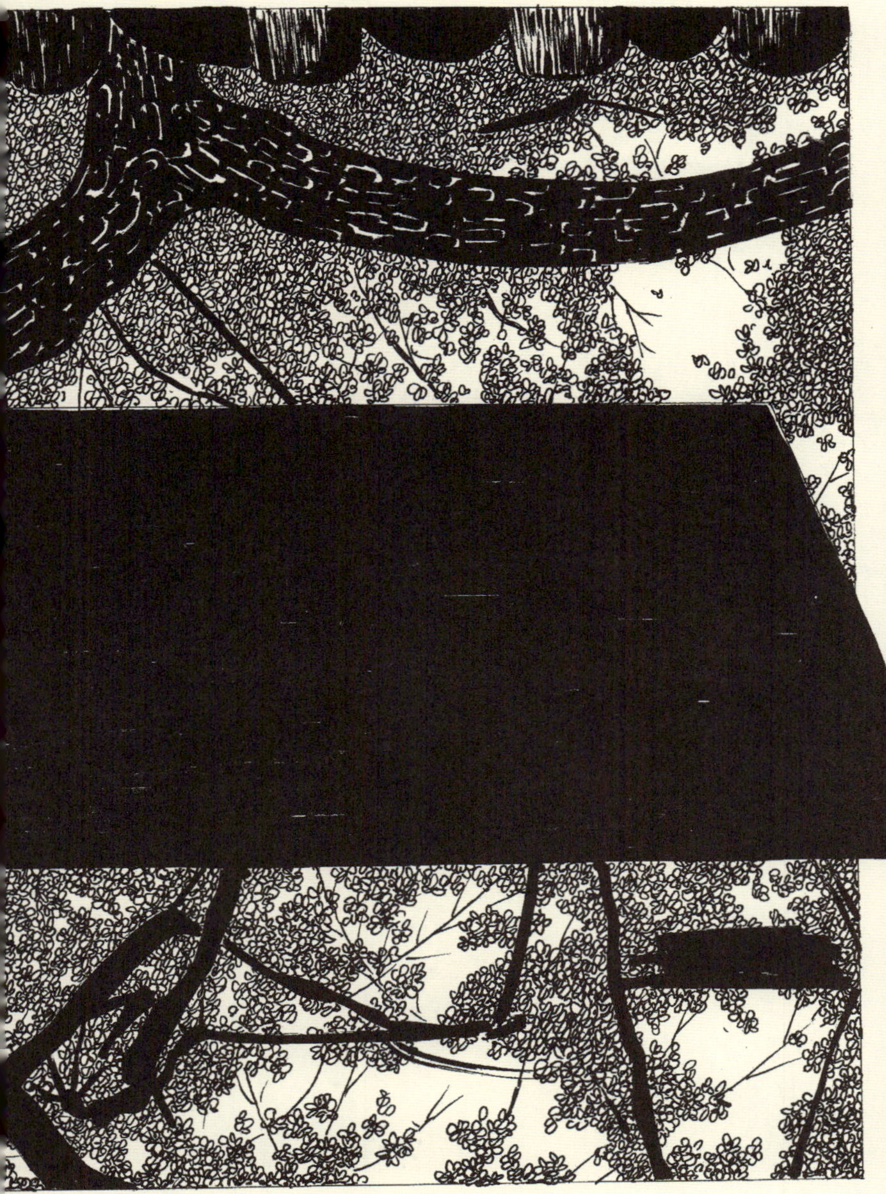
수종사

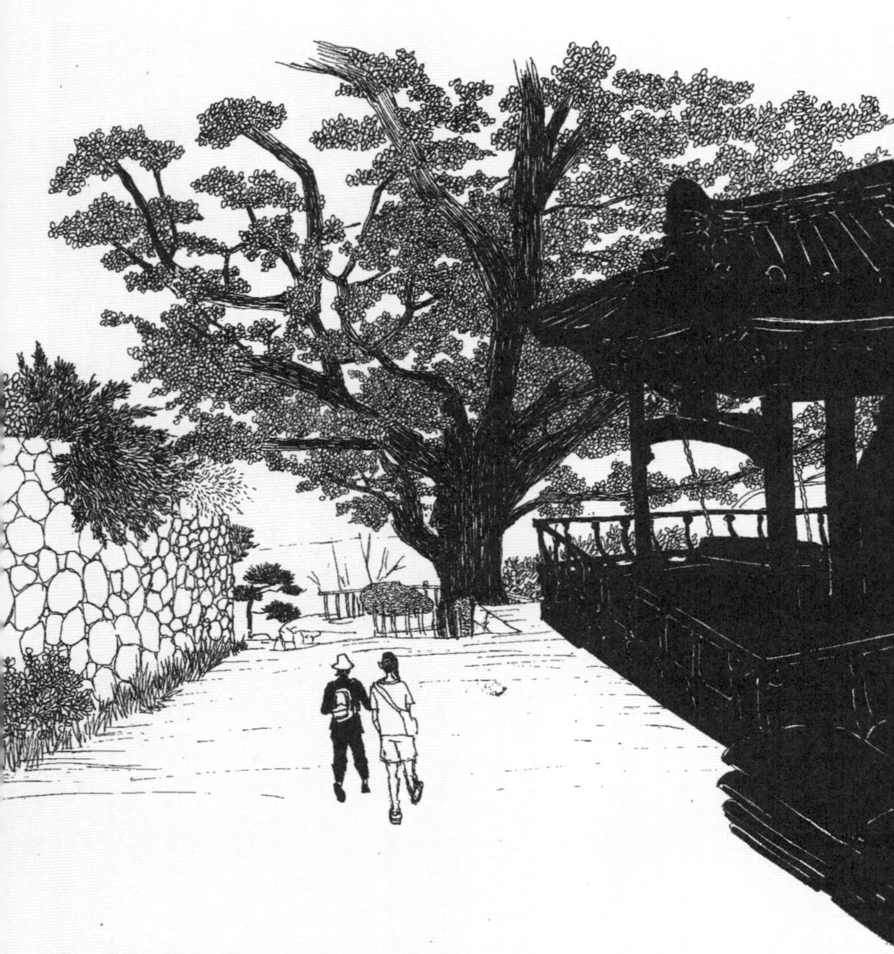

대웅전을 지나 범종각까지 넘으면 세조가 하사해 심었다는 은행나무
두 그루가 나옵니다. 조선 시대부터 수종사와 함께한 은행나무는
오백 살이 넘었죠. 샛노랗게 물든 은행잎은 수종사에 가을날 방문해야
하는 이유 중 하나입니다.

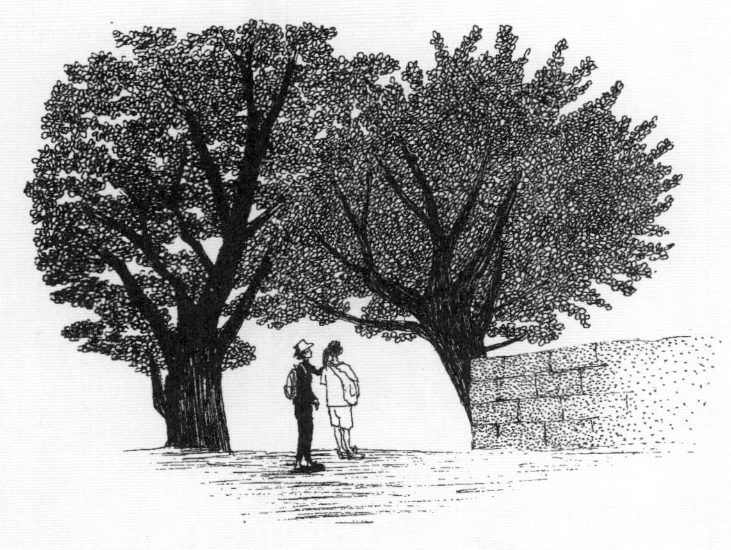

수종사는 높은 산 깊은 곳에 있어 많은 사람이 찾기는 어렵지만,
높은 곳에서 볼 수 있는 풍경이 특별합니다. 많은 사람에게 사랑받기를
원하지 않았기 때문에 얻을 수 있는 시야죠. 이 풍경을 사랑하는
사람들은 기어이 이곳을 찾습니다.
남들 눈에 촌스러워 보이는 게 두려워 내 시야를 스스로 한정했습니다.
'잘 보이고, 더 많이 사랑받고 싶은 게 뭐가 나빠'라고 생각했는데,
그 마음을 버렸을 때 할 수 있는 것, 느낄 수 있는 것이 궁금해집니다.

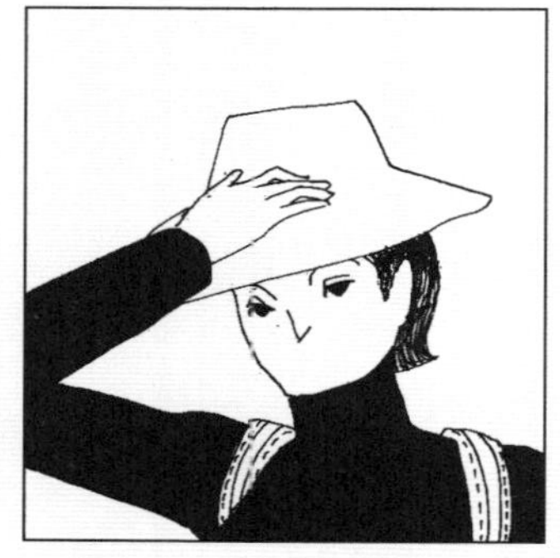

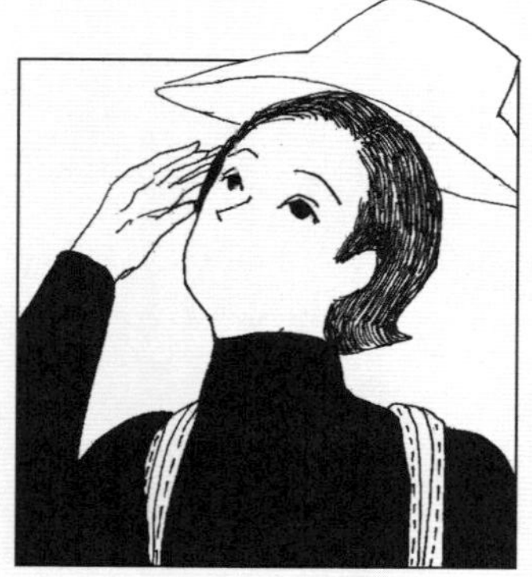

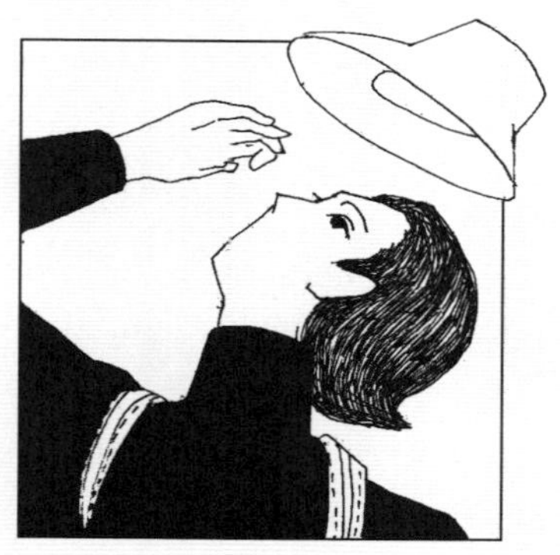

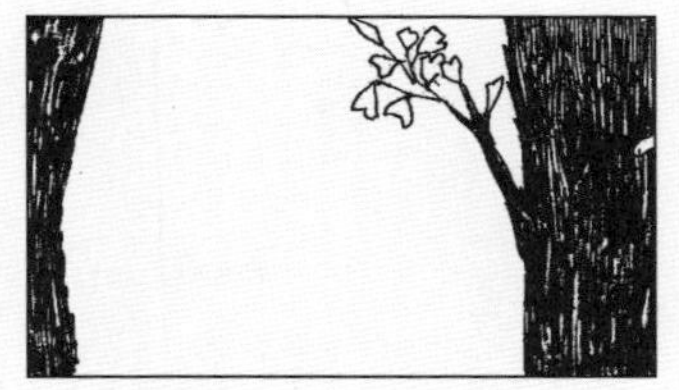

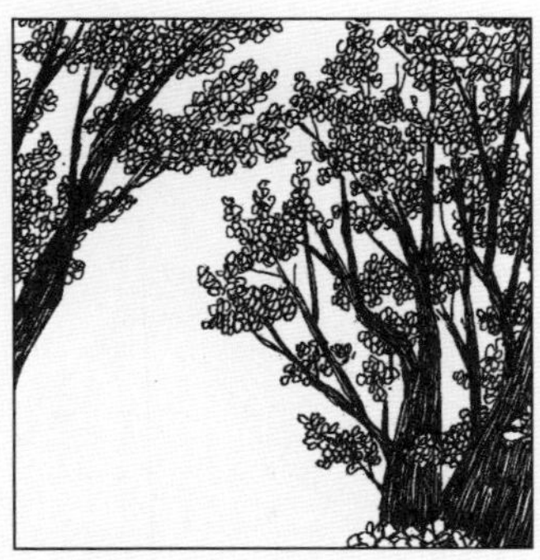

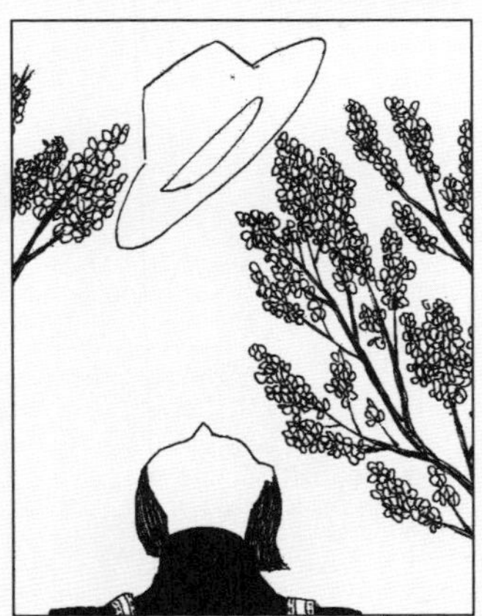

모자를 벗으니 넓어진 시야로
푸른 가을 하늘과 샛노란 은행잎의
색감 차가 느껴집니다.
머리 위로 부는 바람도 말이죠.

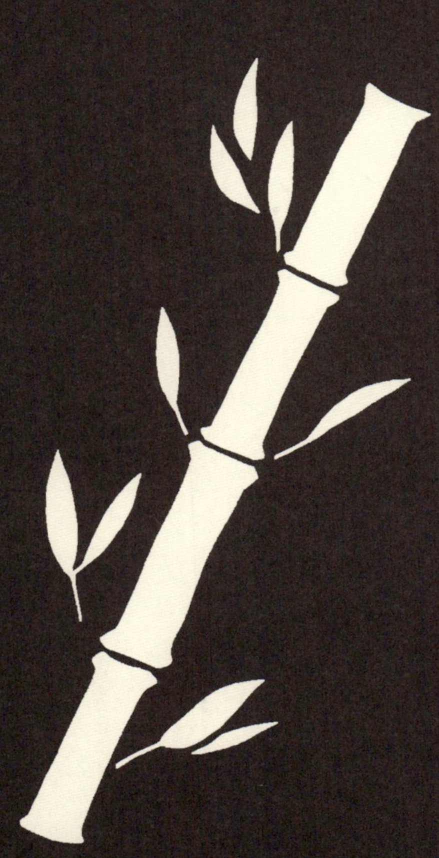

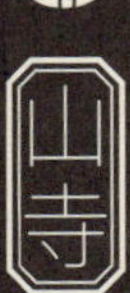

雲吉山水鍾寺
山寺
雲吉山水鍾寺

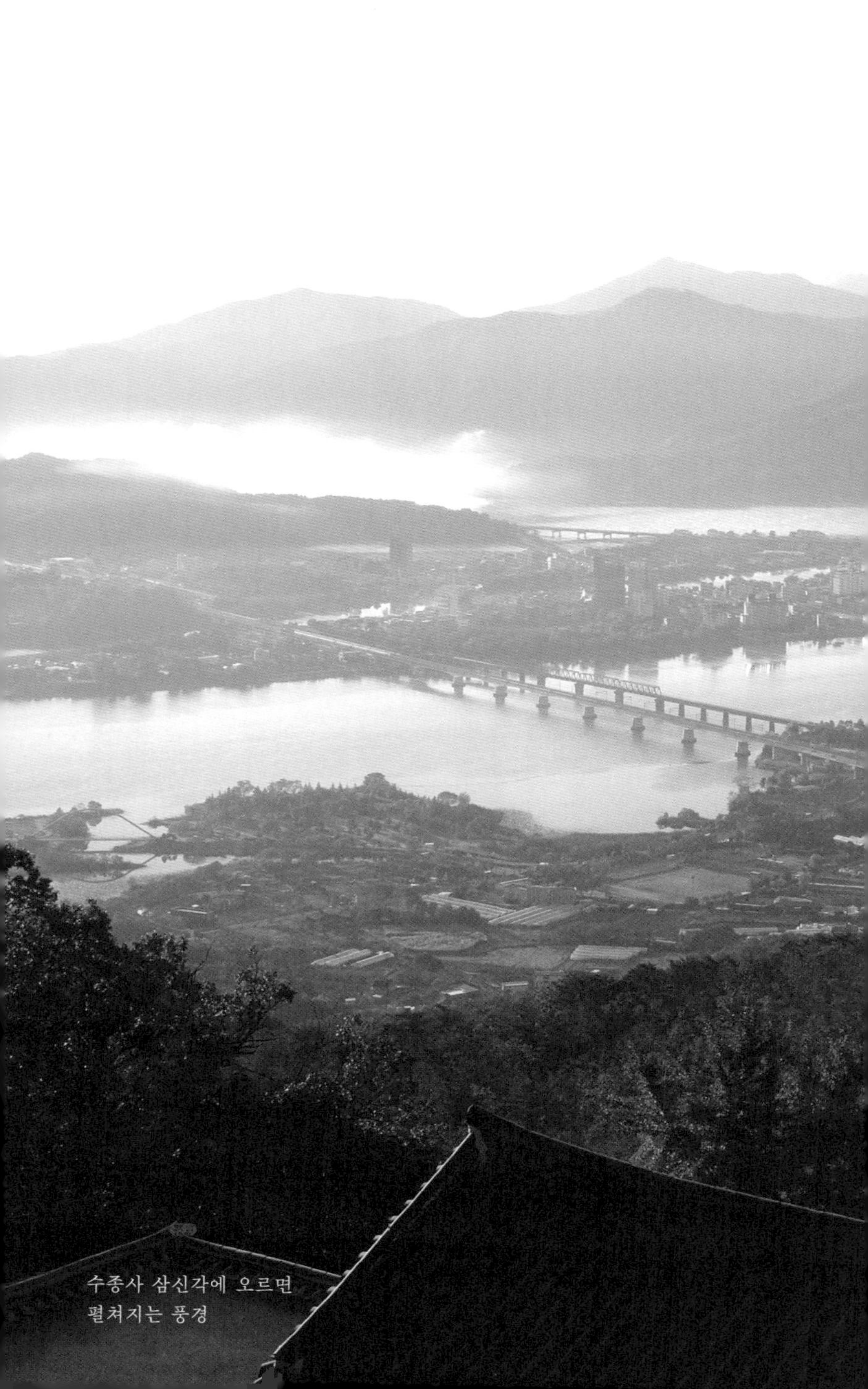
수종사 삼신각에 오르면
펼쳐지는 풍경

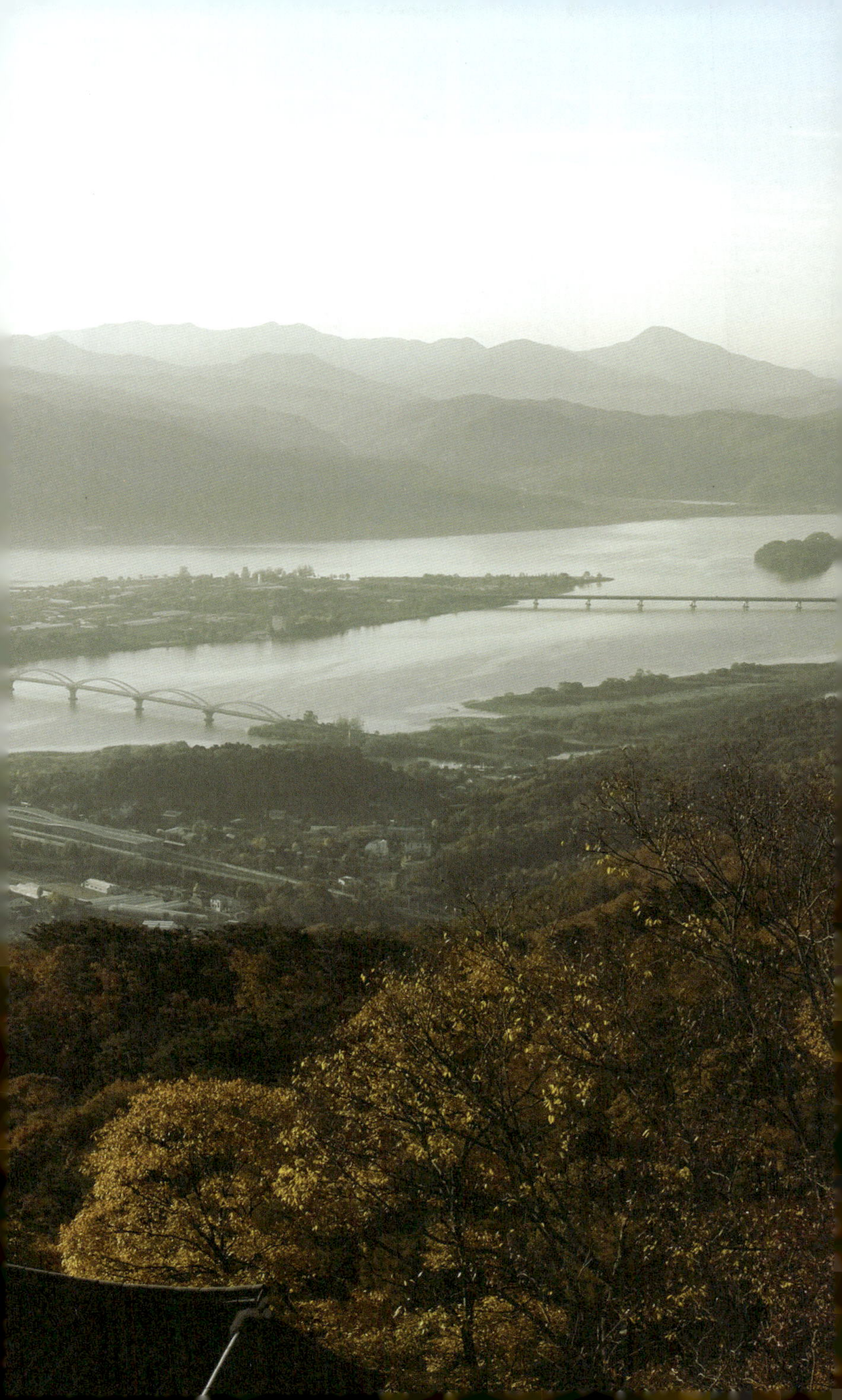

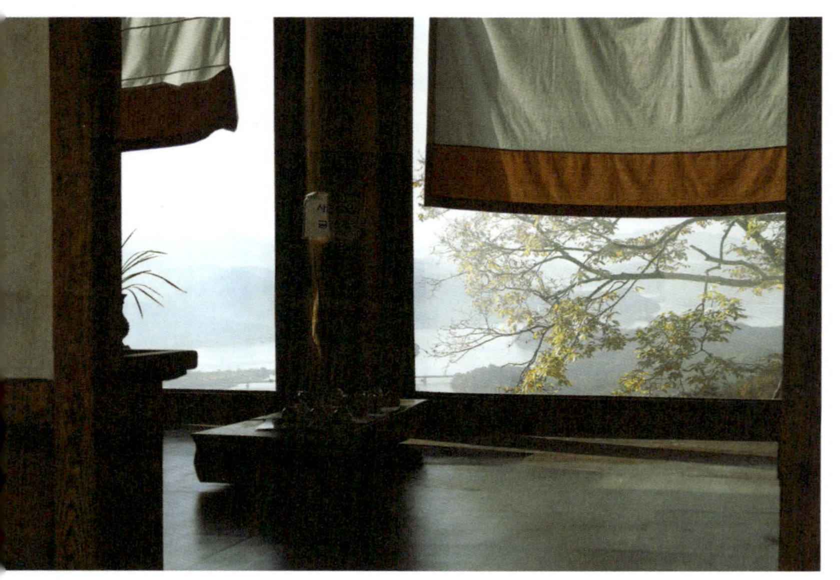

수종사 삼정헌 내부

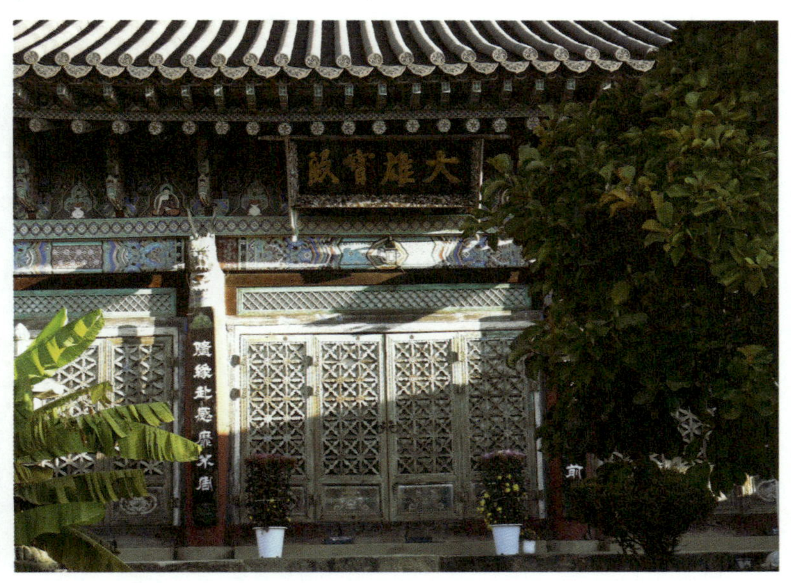

수종사 대웅전 꽃창살

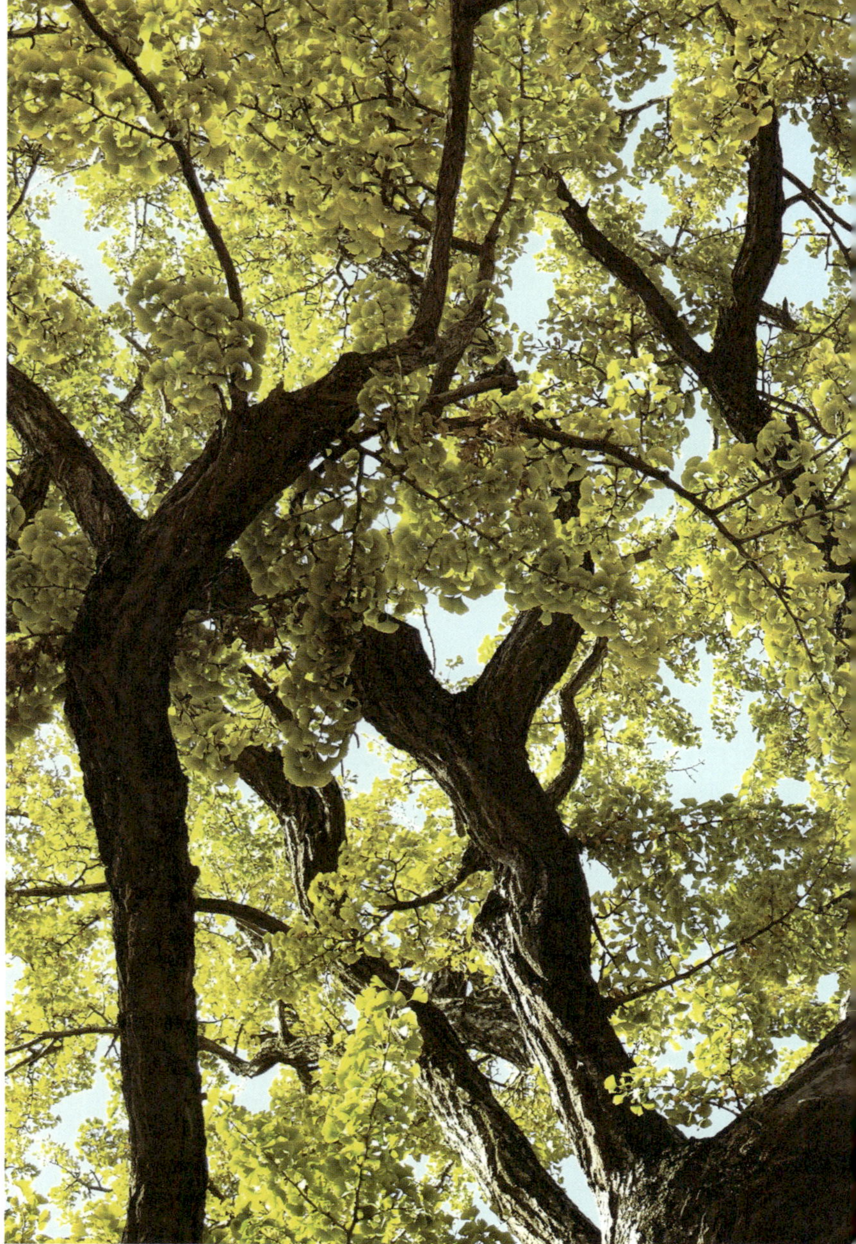

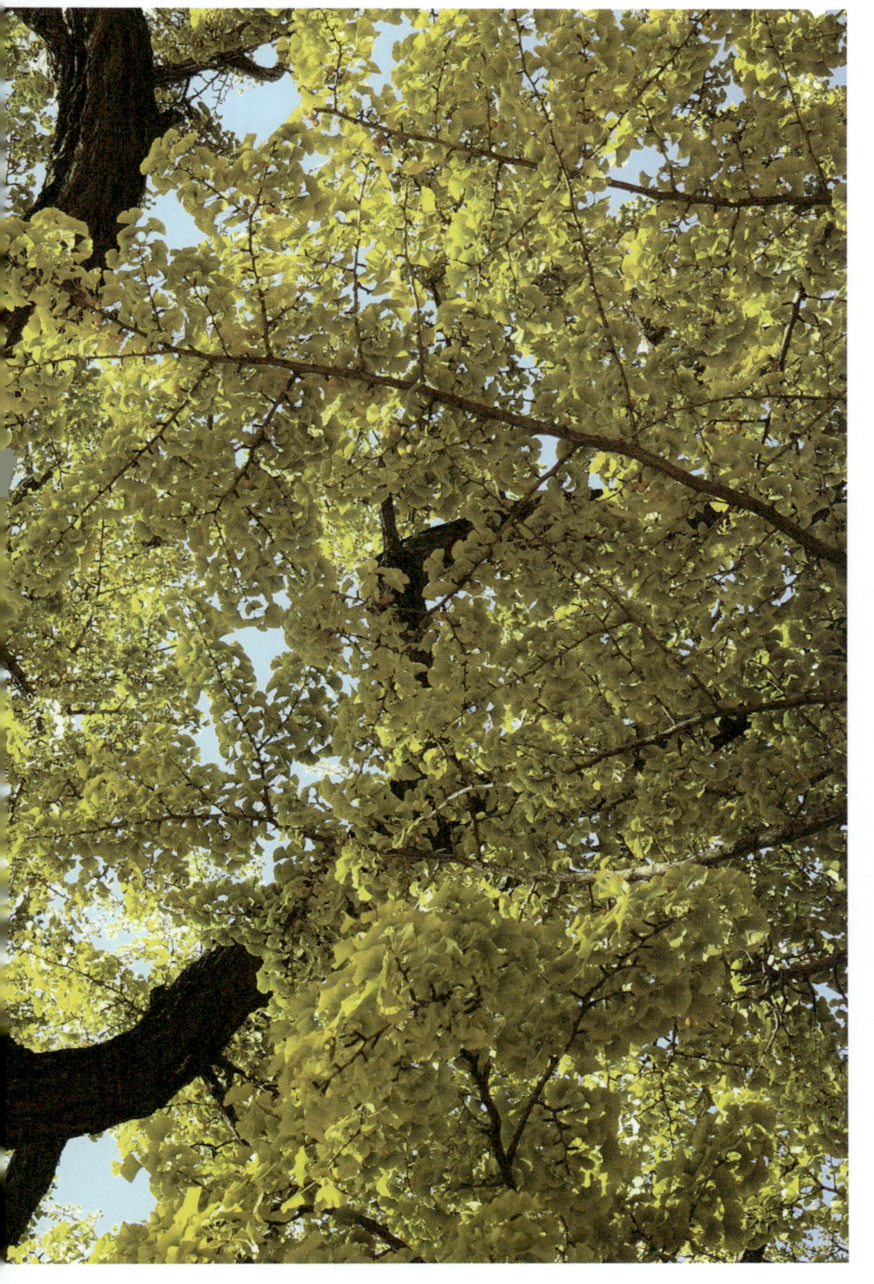

수종사 은행나무

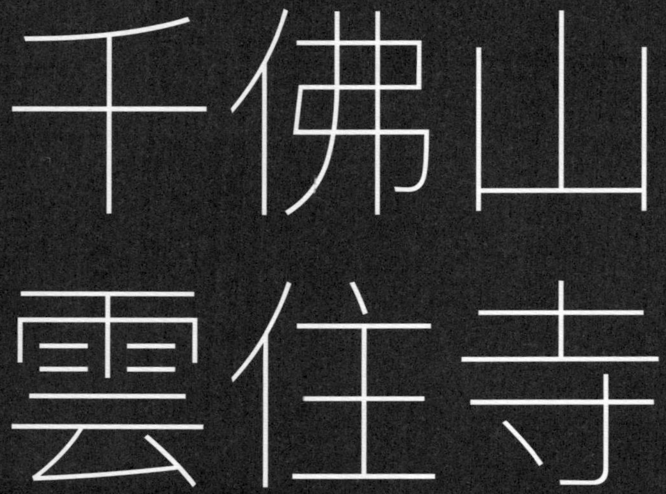

Unjusa Temple

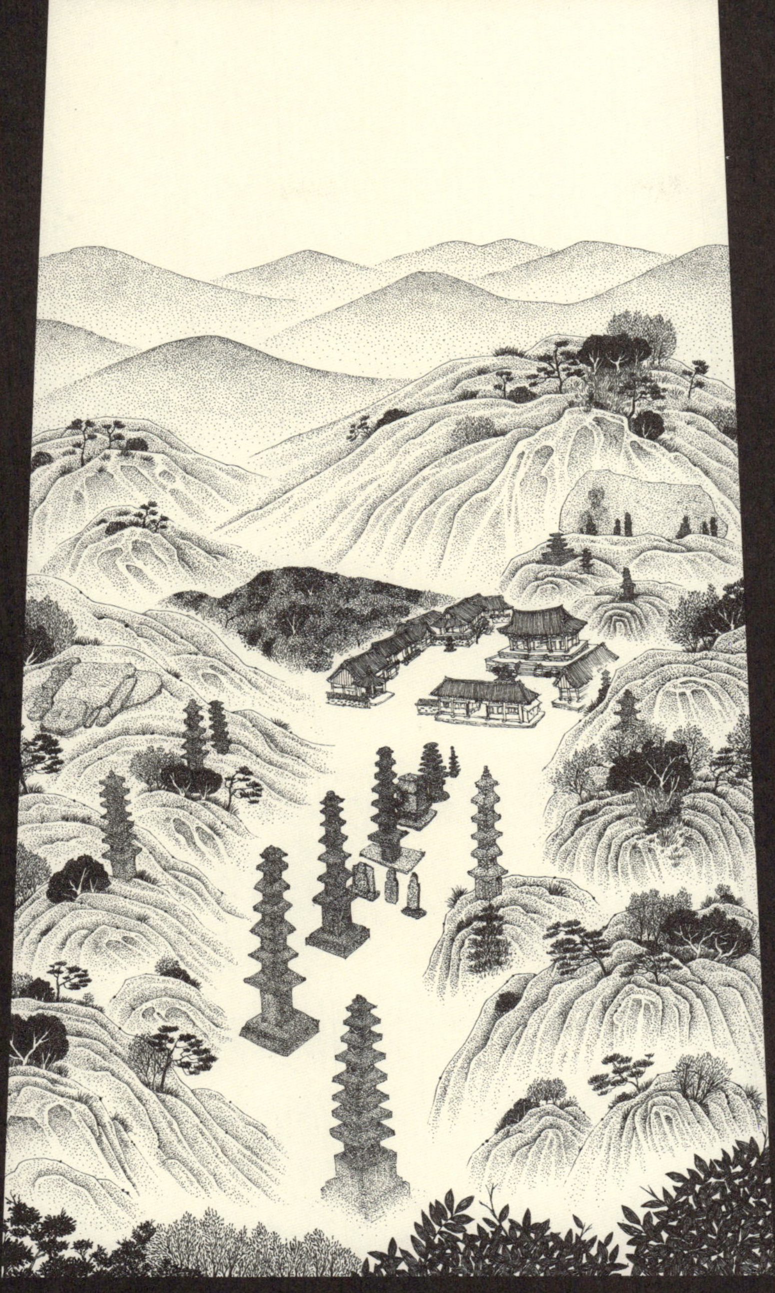

운주사

운주사는 건축적으로나 역사적으로 유명한 절은
아니지만, 조각 동원을 연상시키는 규모의
석조물 군락과 구원에 대한 슬픈 전설을 가지고
있는 인상적인 장소입니다.
천년고찰임에는 틀림이 없지만, 창건에 대한
정확한 기록을 찾지 못했습니다. 여러 번의
폐사를 거쳐 1918년 지금의 절 건물이
들어섰습니다.

이곳에는 구원을 받기 위해 만든 천 개의 불상과
천 개의 석탑이 있었다고 합니다.
《신증동국여지승람》에 운주사의 석불과 천탑이
각각 천 개라 기록되어 있습니다. 그러나
일제강점기를 거치며 도굴꾼 등에 의해
사라지거나 훼손됐습니다.
해방 이후, 석탑 서른 개와 석불 이백 열세 개가
남았지만, 일반인들이 석조물을 가져가 밭이나
주택에 개인적으로 사용하며 현재 열여덟 개의
석탑과 여든여 개의 불상만이 남았습니다.

전남 화순에 위치한 운주사는 문화적 가치를
인정받아 유네스코 세계문화유산 잠정 목록에
이름을 올렸으며 CNN이 발표한 '한국의 가장
아름다운 사찰 33곳'에 선정됐습니다. 보물
세 개와 전라남도 유형문화재 열 개를 보유하고
있습니다.

동선
꼭 살펴볼 곳

1 일주문
2 석불군 1
3 연장바위
4 구층석탑
5 쌍교차문칠층석탑
6 칠층석탑
7 광배석불좌상
8 석조불감앞칠층석탑
9 석조불감
10 원형다층석탑
11 수직문칠층석탑
12 보제루
13 대웅전앞다층석탑
14 대웅전
15 명당탑, 사층석탑
16 발형다층석탑(항아리탑)
17 마애여래좌상
18 석불군 2
19 공사바위
20 거북바위오층석탑
21 거북바위교차문칠층석탑
22 석불군 3
23 시위불
24 미륵와불
25 칠성바위
26 칠성바위앞칠층석탑
27 석불군 4
28 오층석탑(거지탑)
29 삼층석탑
30 실패탑
31 종각
32 지장전

19
17
18
15
16
30
14
29
13
32
31
12
20
21
10
22
11
24
23
9
8
7
6
25
26
5
4
28
27
3
2
1

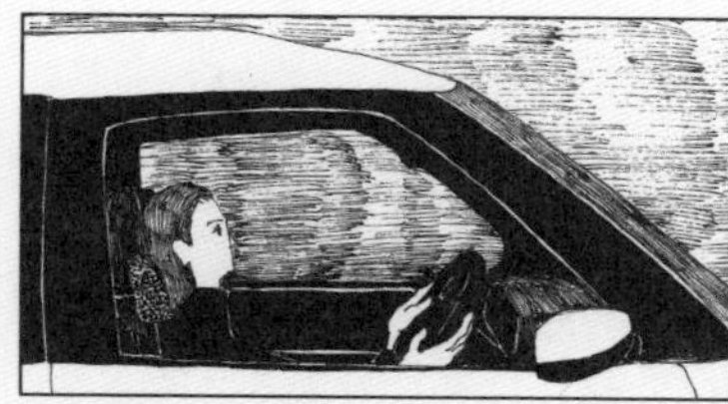
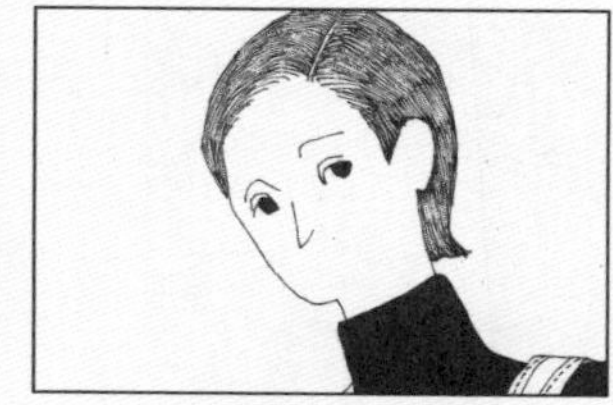
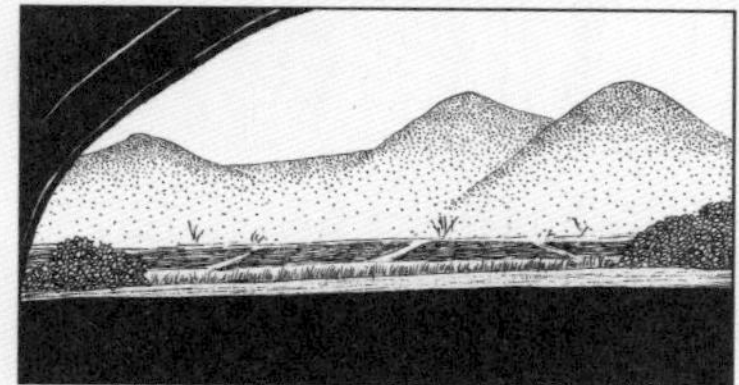
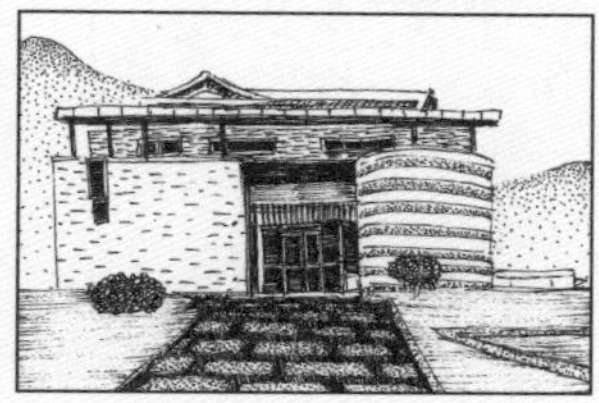

운주사에는 구원에 대한 열망과 미완성의 여운이 있습니다.
그래서인지 소설과 시를 비롯한 여러 문학작품에 등장하죠.

운주사는 1984년 황석영
소설 《장길산》의 마지막 장면으로
등장하기 전까지, 논밭으로
경작되었을 만큼 존재감이
없었습니다. 그 후 많은
문학작품에 등장하게 됩니다.

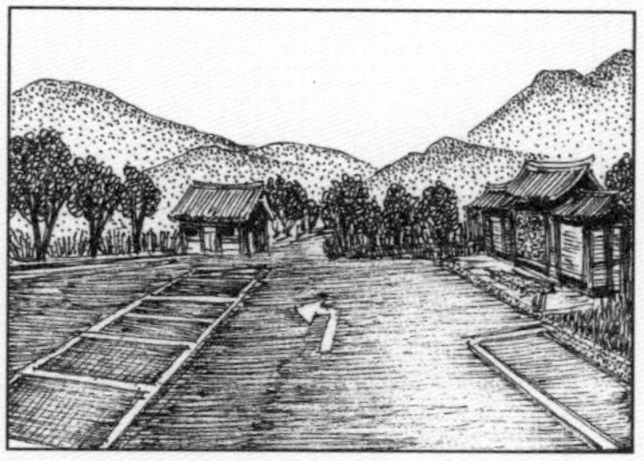

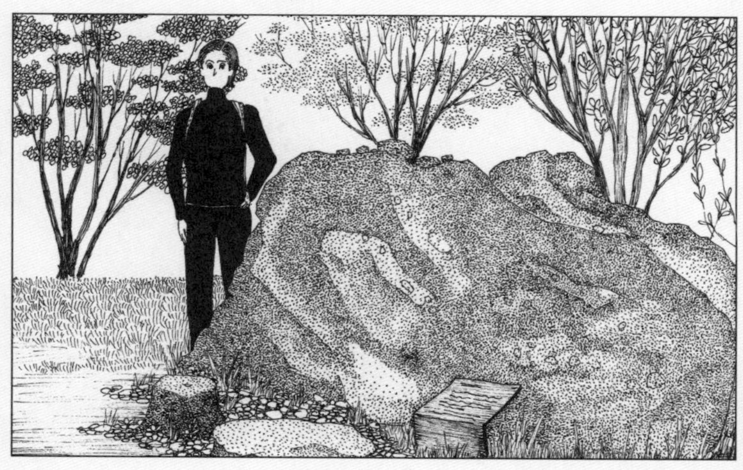

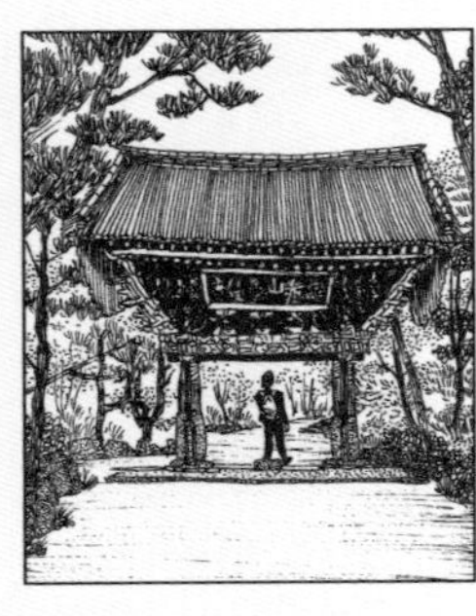 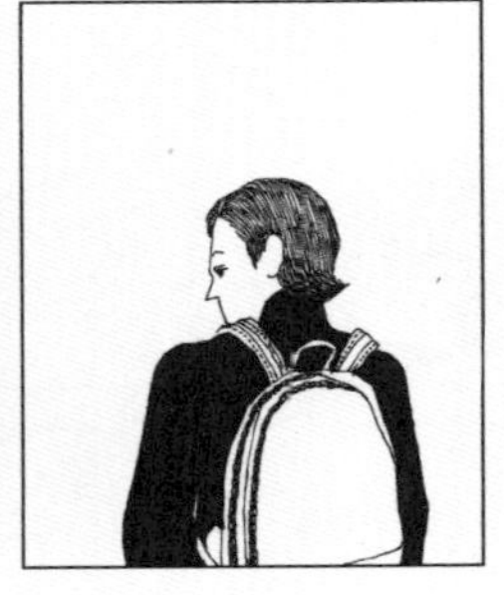 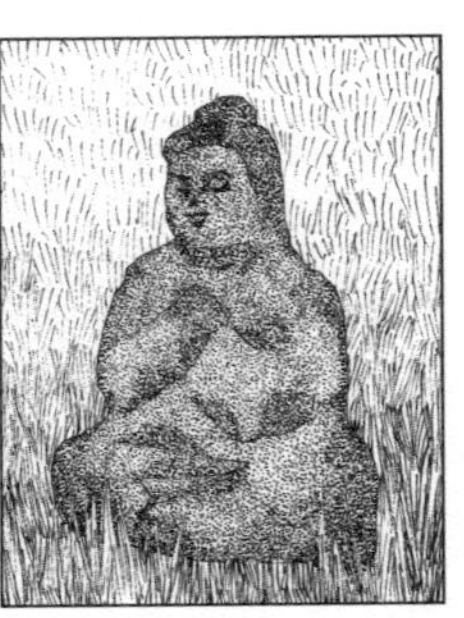

정호승 시인의 ⟨풍경 달다⟩,
문정희 시인의 ⟨운주사 골짜기⟩,
황지우 시인의 ⟨구름바다 위 운주사⟩,
임영조 시인의 ⟨운주사 와불⟩,
강우식 시인의 ⟨운주사 와불⟩
등 많은 시인이 운주사를 시로 지어
남겼습니다.

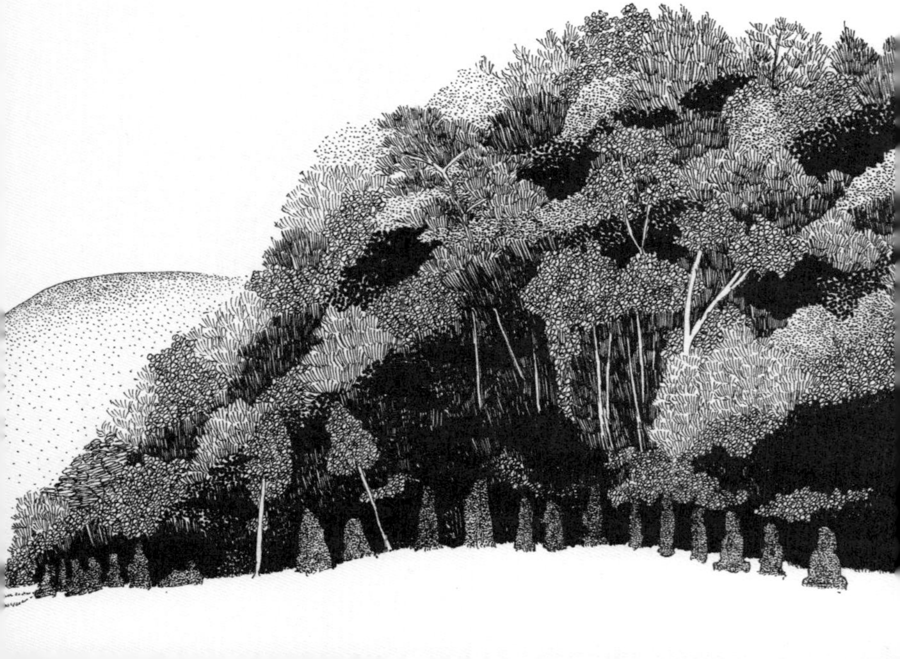

2008년 노벨 문학상 수상자인 프랑스 작가 르 클레지오는 운주사를
다녀간 뒤 〈운주사, 가을비〉라는 시를 남깁니다.
독일 사진작가이자 미술평론가인 요헨 힐트만은 1987년 운주사에 다녀온
감상을 담은 《미륵-한국의 성스러운 돌》을 펴내고 다음과 같이
운주사에 대해 설명합니다.

"석불들은 거꾸로 누운 것이 아니라, 거꾸로 된 세상에서 홀로
똑바로 누워 괴로워하고 있는 것이다. (…) 천불동은 나를 감동시킨다.
현대의 어떤 예술 작품도 그만큼 나를 감동시키지 못했다."

운주사 천불 천탑의 등장 배경으로는 다양한 이야기와 의견이
전해집니다.
한 설화에 따르면, 스님과 석공들이 미륵불로부터 구원받을 수
있다는 염원을 안고 이를 조성했습니다. 그들은 하룻밤 안에
천 개의 석탑과 천 개의 불상을 세워야 했죠. 하지만 지친 어린
스님이 꾀를 부려 닭 우는 소리를 냈고, 불상 999개를 완성한
석공들은 아침이 된 줄 알고 실패를 아쉬워하며
돌아가버렸습니다.
마지막으로 남은 와불을 세우지 못한 채로 말이죠.

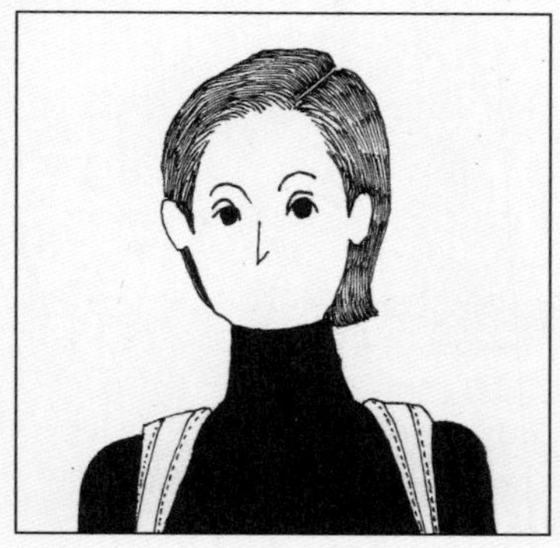
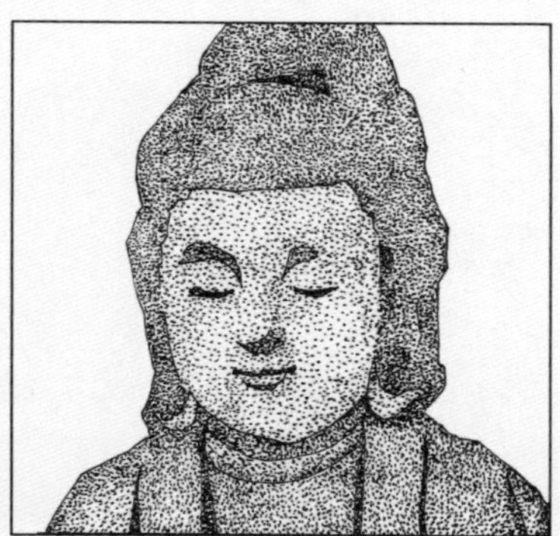

운주사 석탑의 층수와 형태는 조형미나 건축적 안정성보다
하늘이라는 이상향에 닿고 싶은 염원을 표현한 것 같습니다.

장인의 탑이 완벽하고 권위적인 중앙집권적 통치 체제를
뜻한다면, 구원에 대한 소망을 날것으로 표현한 듯한 운주사의
석조물은 민중의 삶과 정서에 가깝습니다.

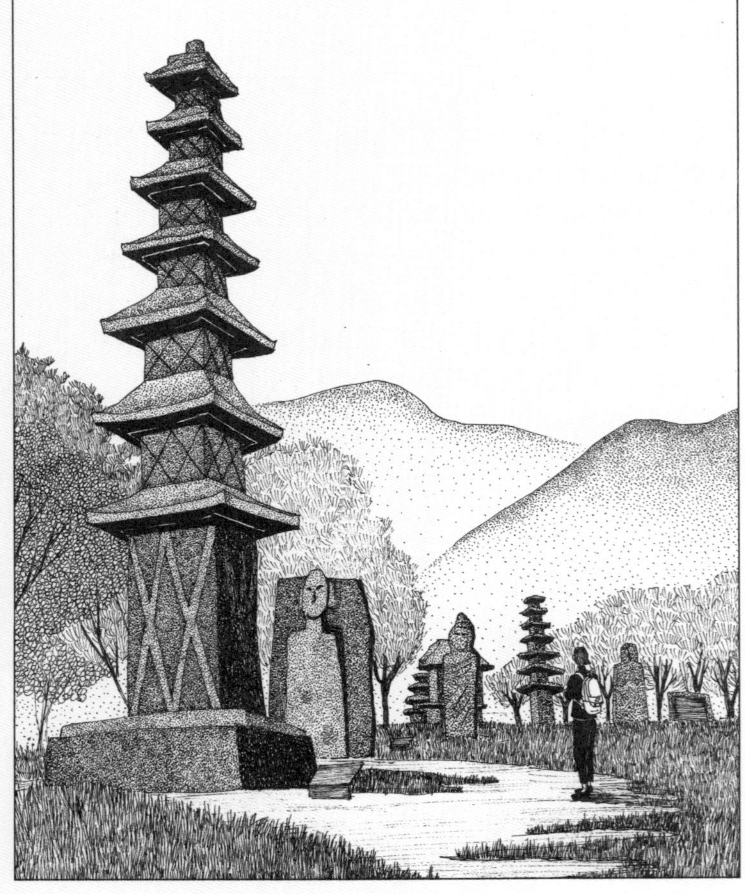

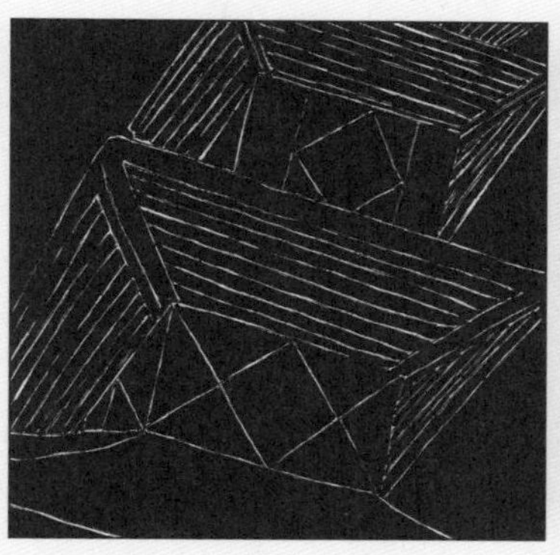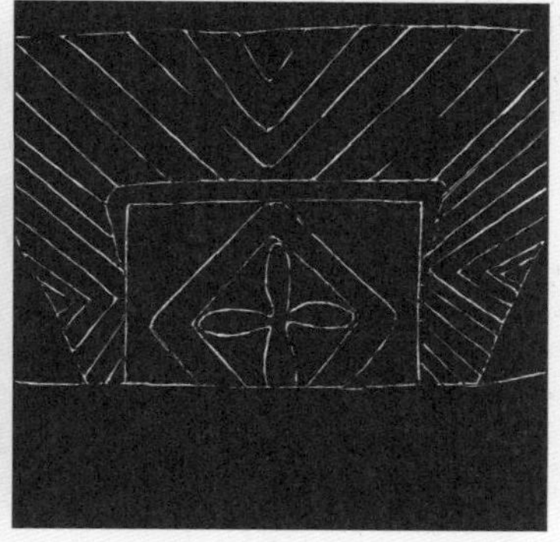

탑에 X, ◇, V, O, /와 같은 기하학적인 무늬가 새겨져
있습니다. 디자이너인 제 눈에는 이런 기호들이 세련된 디자인
패턴처럼 보입니다.

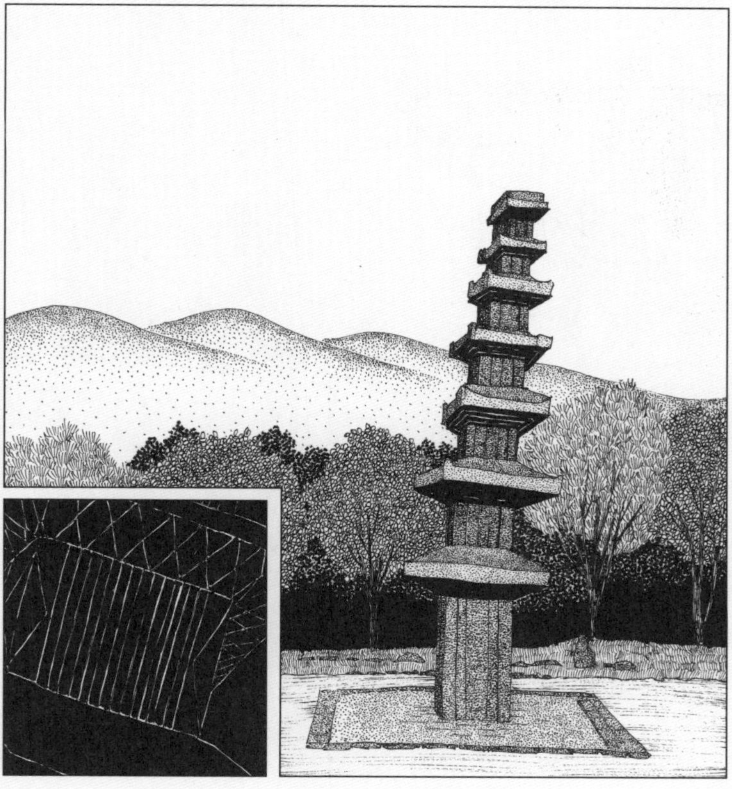

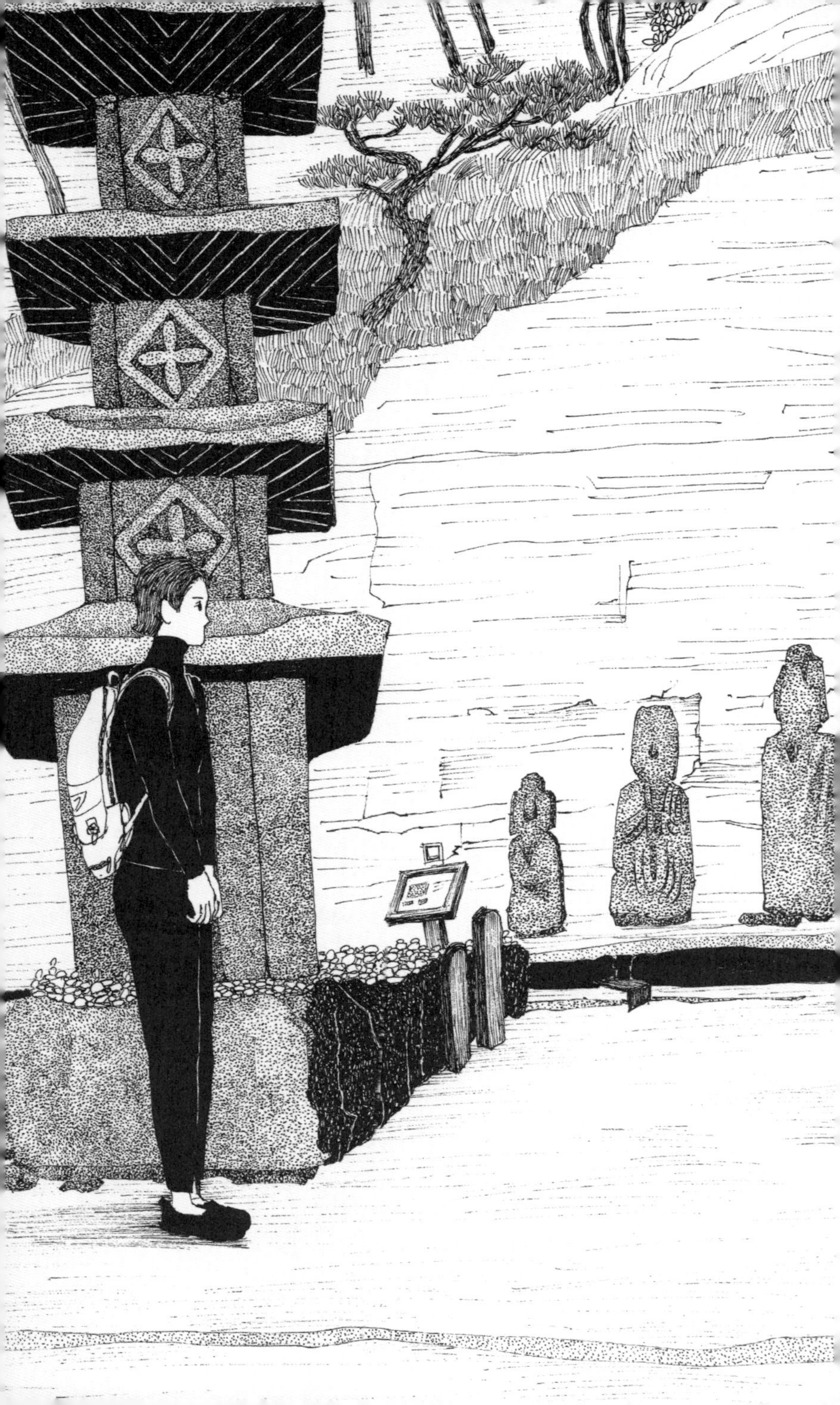

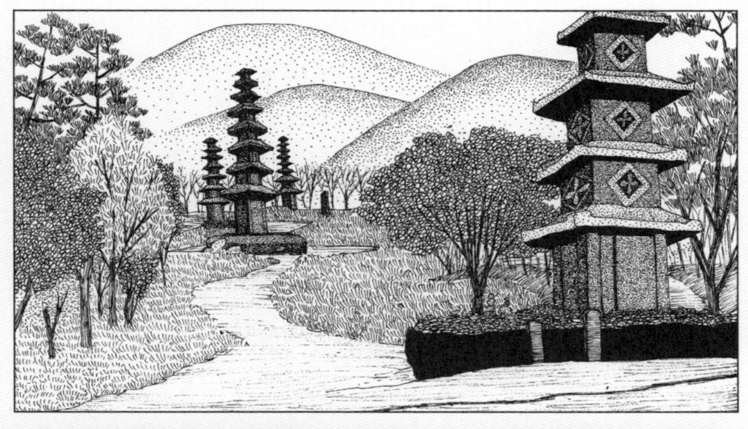

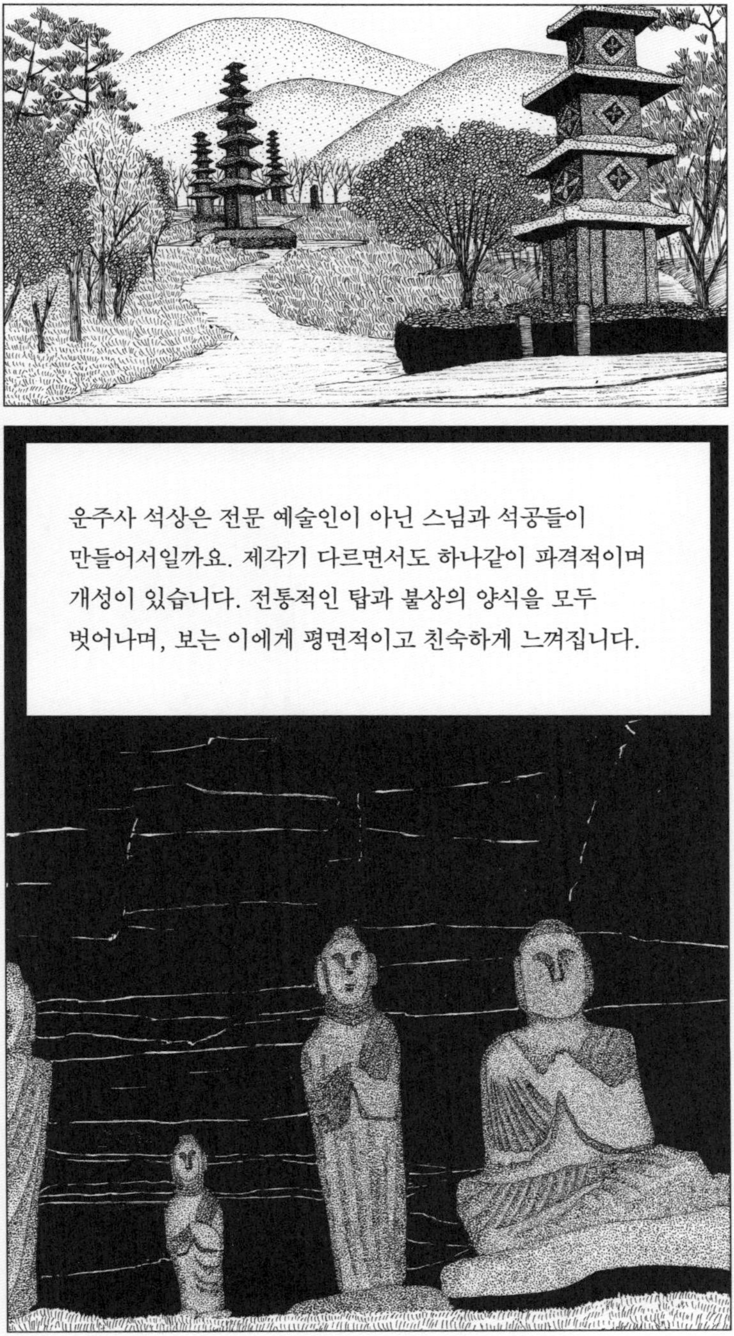

운주사 석상은 전문 예술인이 아닌 스님과 석공들이
만들어서일까요. 제각기 다르면서도 하나같이 파격적이며
개성이 있습니다. 전통적인 탑과 불상의 양식을 모두
벗어나며, 보는 이에게 평면적이고 친숙하게 느껴집니다.

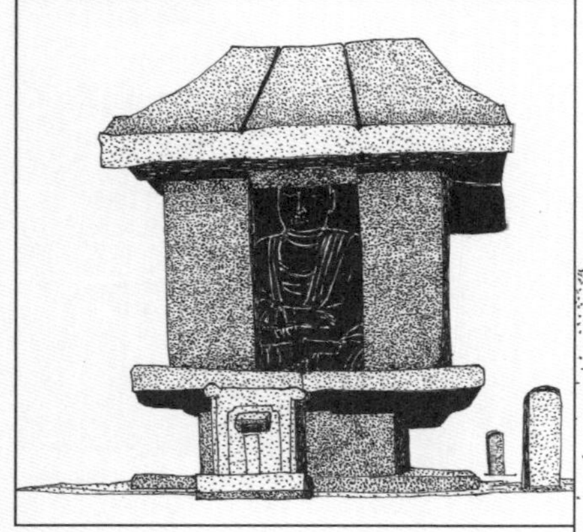

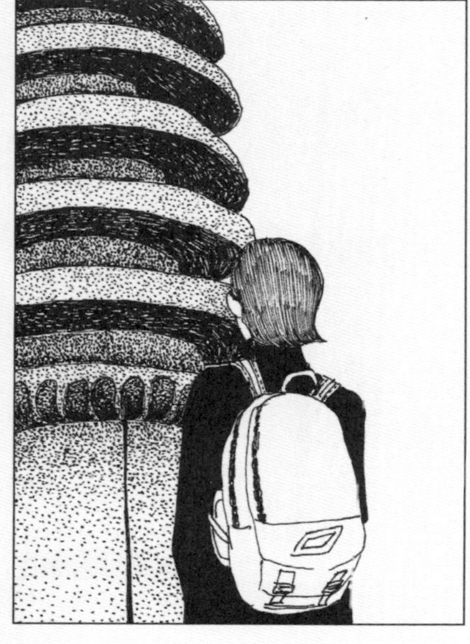

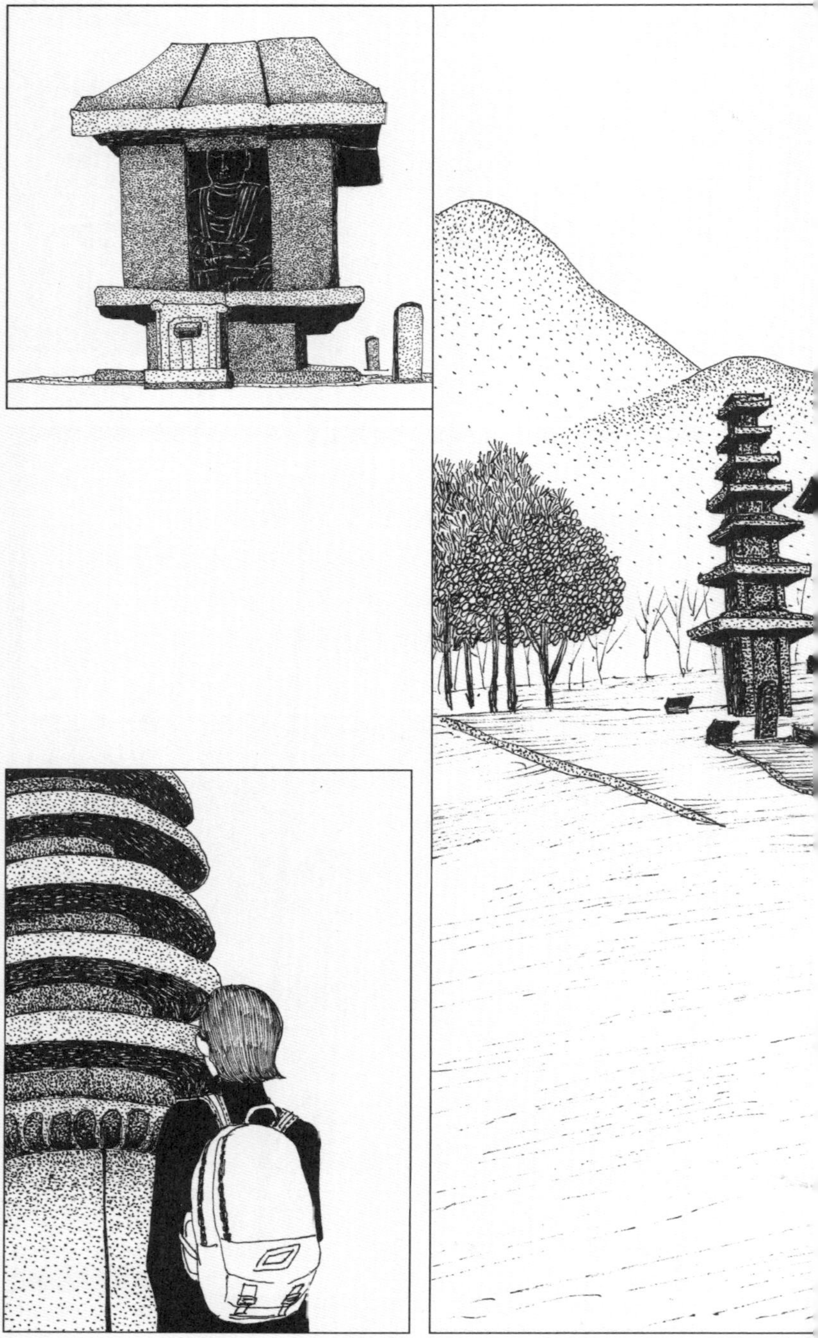

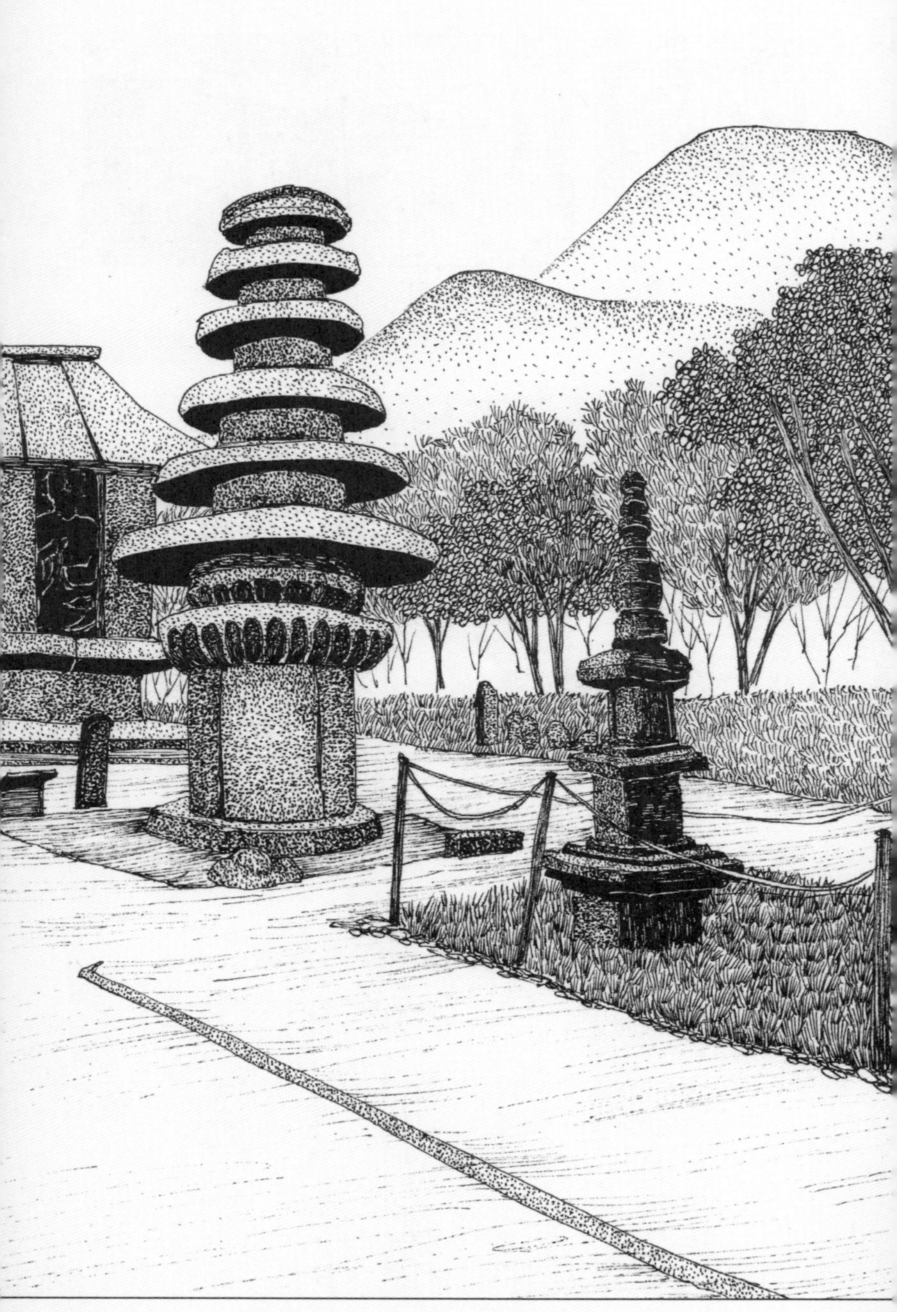

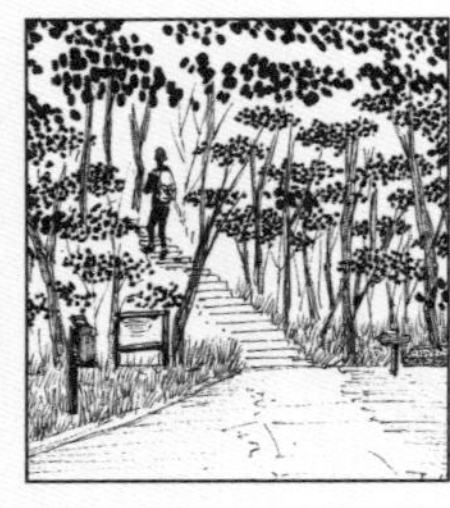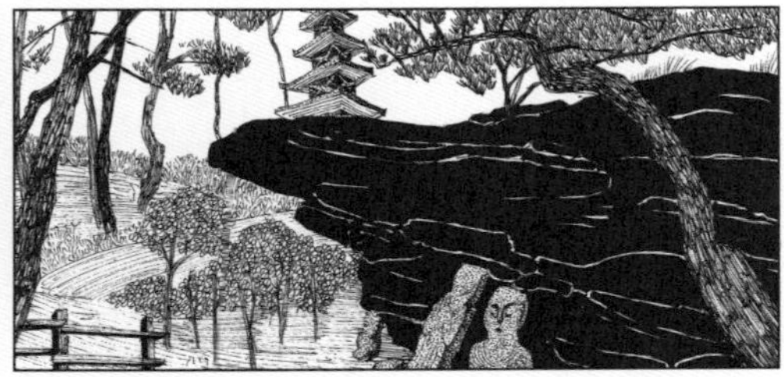

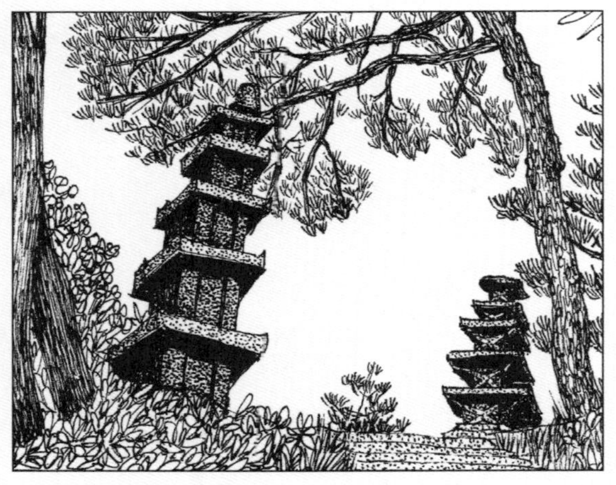

운주사는 동서 양쪽으로 산을 오를 수 있습니다.
동쪽으로 산을 오르면 자연 속에 배치된 석조물을
만날 수 있죠.
계곡의 돌을 깎고 쌓아 그 자리에 그대로 석조물을
만들었습니다.

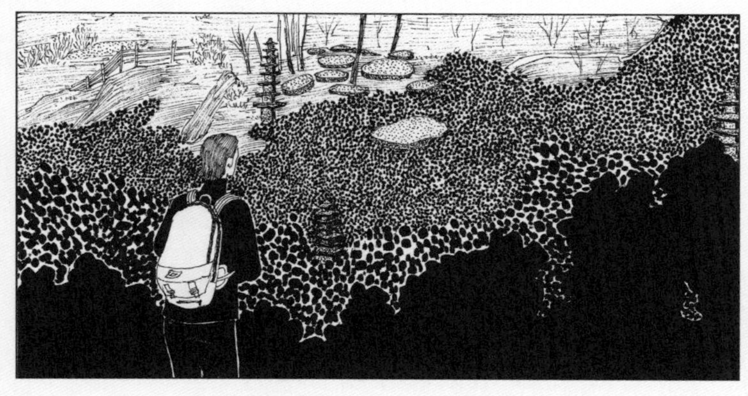

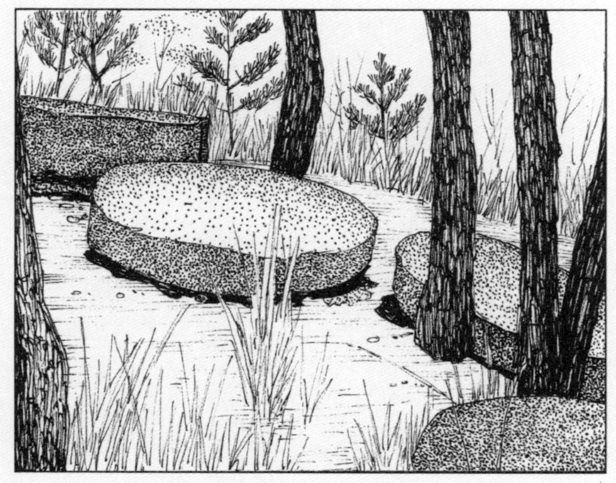

서쪽 능선에는 북두칠성 모양을 꼭 닮은 칠성바위가 있습니다.
일곱 개의 둥근 돌이 별의 밝기에 따라 각각 다른 크기를
갖고 있습니다.
오늘날 조사 결과 산에서는 채석할 수 없는 돌이라 이 무거운
일곱 개의 돌을 산 아래에서 중턱까지 옮겨 왔을 거라고 합니다.
왜 이런 고되고도 섬세한 작업을 한 것인지 과거의 장인에게
묻고 싶습니다.

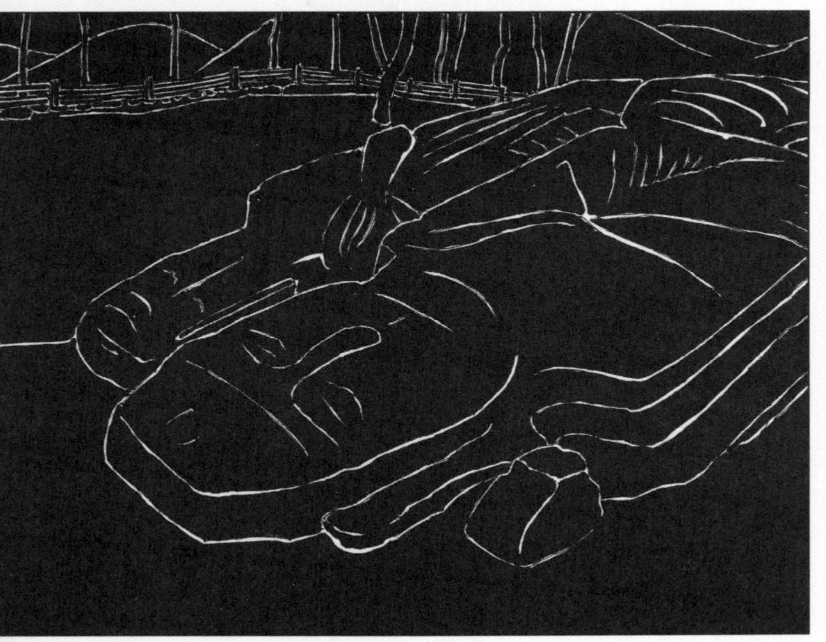

여섯

산꼭대기에는 누워 있는 거대한 불상이 있습니다.
이 불상이 일어나면 새로운 세상이 열리고 구원받을 수
있다는 전설이 있지만 오늘날 분석 결과, 세울 수
없다고 합니다.

운주사는 미륵 신앙과 관련이 있습니다.
산 정상의 와불도 미륵을 표현한 것이라는 설이 있죠.
어린 시절 보던 TV 드라마 〈태조 왕건〉에서 궁예는
"나는 미륵이니라"라고 말하곤 했습니다. 여러 나라를
통합하던 고려 초기, 고려는 다양한 나라의 백성을
하나로 모으려는 의도로 미륵 신앙을 이용했습니다.

고된 삶의 해방을 폭력이 아닌 희망으로
얻으려 했던 어느 시절을 떠올려봅니다.
햇볕에 따뜻하게 데워진 돌을 만지며 작고
포근하게 행복해졌습니다.
다른 사람은 어떤 석조물이 가장 마음에 들까,
이 불상을 보고 누구를 떠올릴까 궁금해집니다.

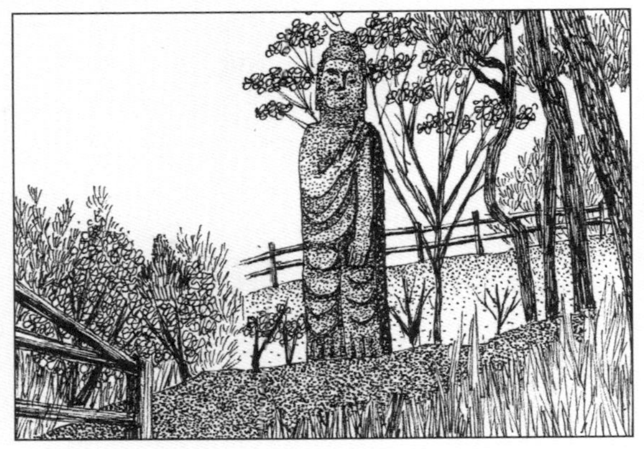

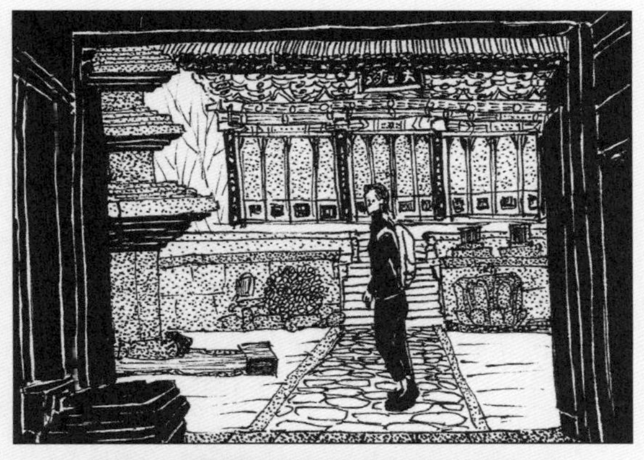

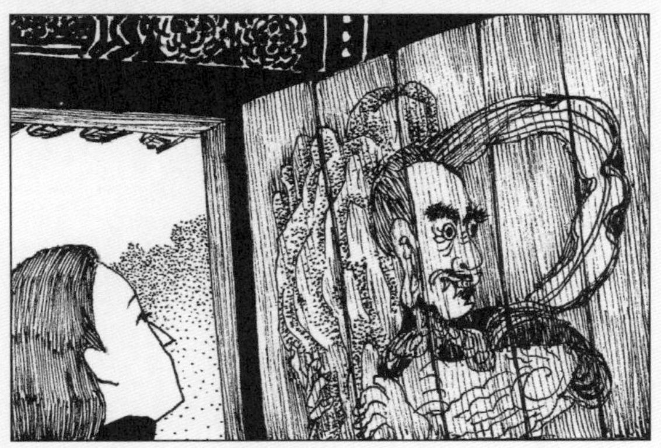

미륵 신앙은 구원 신앙으로, 불교가 대중적으로 널리 퍼지는
데 일조했습니다. 가난과 전쟁에 시달리던 많은 백성은 현실의
고통이 미륵보살의 출현으로 타파되길 바랐습니다.

* 미륵은 인도어 'Maitreya'를 음차하여 쓴 말로 '친구'를 뜻합니다. 인도에서도
  구원 신앙으로 통했습니다.
* 천불 천탑은 백성의 염원이라는 해석도 있지만, 중앙집권에서 해방되고 싶어
  한 지방 호족의 염원이라는 해석도 있습니다. 가난한 평민 계층이 시간과
  돈을 들여 만들 수 있는 규모가 아니기 때문입니다.

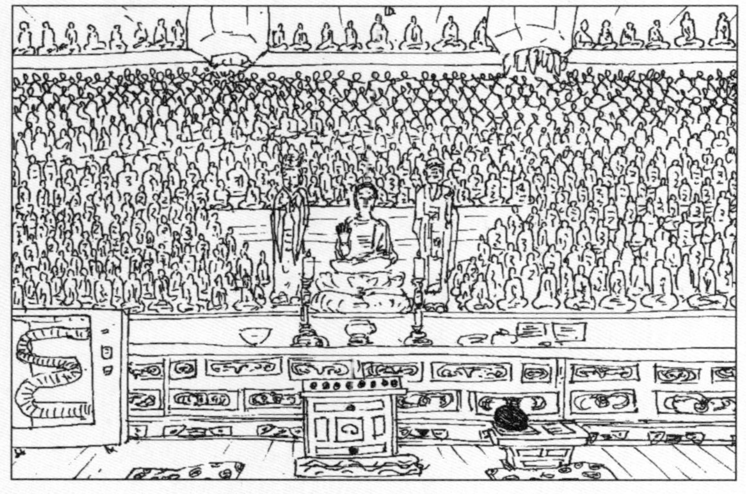

운주사의 명부전에는 독특하게도 천 개의 지장보살
불상이 있습니다. 녹색 머리를 가진 불상으로 건물 안이
가득 차 있죠.
관세음보살이 살아 있는 자를 구원한다면
지장보살은 죽은 뒤의 영혼을 구원하는 존재입니다.

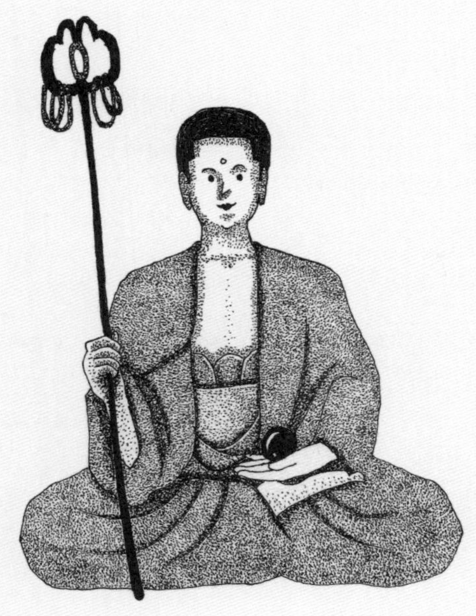

명부전 冥府殿

지장보살을 모신 법당입니다.

사람이 죽으면 염라대왕의 심판을 받는데 지장보살이 사람의 편에서 변호해줍니다.

인도 전통 신앙에서 온 신입니다. 지옥에서 고통받는 사람들을 위해 부처가 되지 않고 영원히 보살로 남았다고 합니다.

절에서 풍수적으로 가장 좋은 터에 명부전 건물을 앉힙니다.

지장보살 좌우로 저승을 다스리는 열 명의 왕(명부시왕)을 배치합니다.

명부시왕

불교에서는 죽음 이후 3년 동안 아래 열 명의 왕에게 순서대로
심판을 받는다고 합니다.
태어난 해의 육십갑자에 따라 담당 명부시왕이 다르다고도 하여,
절에 가면 꼭 명부전에 들러 내 죽음을 관장하는 명부시왕에게
잘 부탁드린다고 인사를 합니다.

이름:	진관대왕	초강대왕	송제대왕	오관대왕	염라대왕
갑자:	경오, 신미, 임신, 계유, 갑술, 을해	무자, 기축, 경인, 신묘, 임진, 계사	임오, 계미, 갑신, 을유, 병술, 정해	갑자, 을축, 병인, 정묘, 무진, 기사	경자, 신축, 임인, 계묘, 갑진, 을사
담당:	눈이 지은 죄	귀가 지은 죄	코가 지은 죄	혀가 지은 죄	몸이 지은 죄

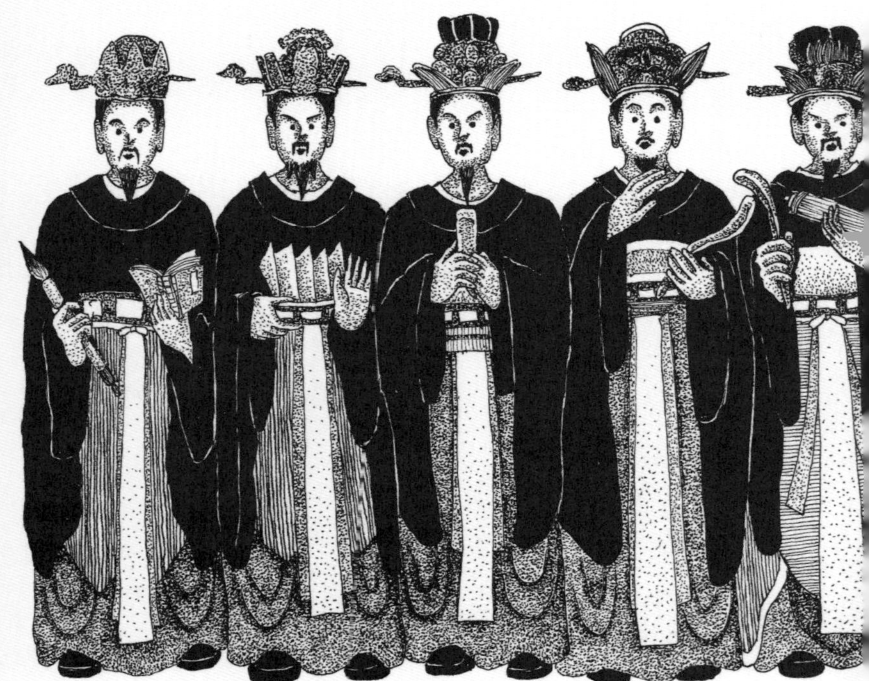

* 검색창에 '갑자'라는 글자와 함께 태어난 해를 입력하면,
해당 연도의 갑자를 알 수 있습니다.
그 갑자로 나를 담당하는 명부시왕을 찾을 수 있죠.
예) 1991년 갑자 = 신미년 = 진관대왕

변성대왕	태산대왕	평등대왕	도시대왕	오도전륜대왕
병자, 정축, 무인, 기묘, 경진, 신사	갑오, 을미, 병신, 정유, 무술, 기해	병오, 정미, 무신, 기유, 경술, 신해	임자, 계축, 갑인, 을묘, 병진, 정사	무오, 기미, 경신, 신유, 임술, 계해
뜻이 지은 죄	속마음으로 지은 죄	죄와 복을 평등하게 다스림	경전과 공덕을 가르침	마지막 심판으로 환생을 다스림

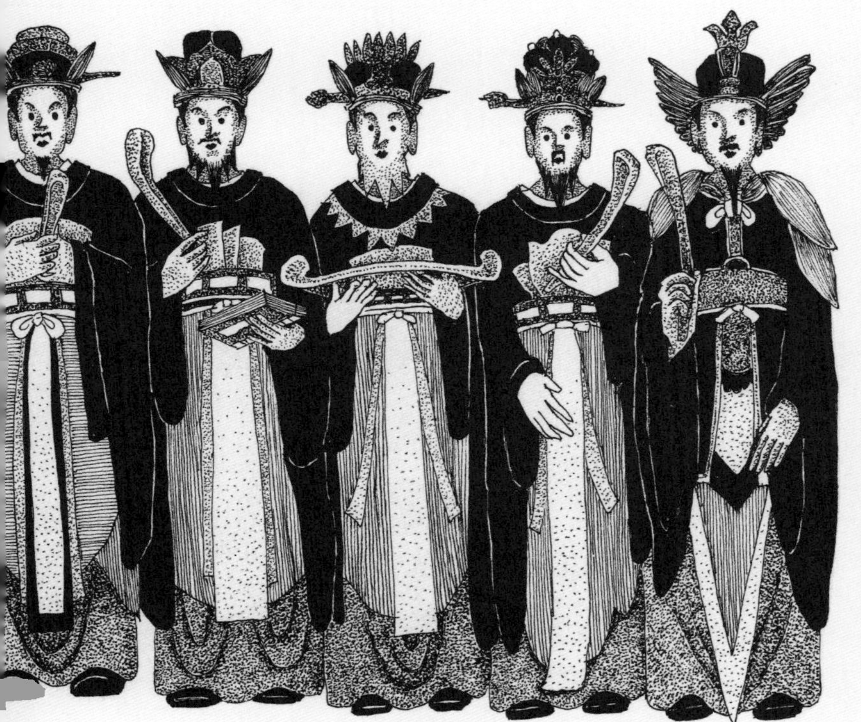

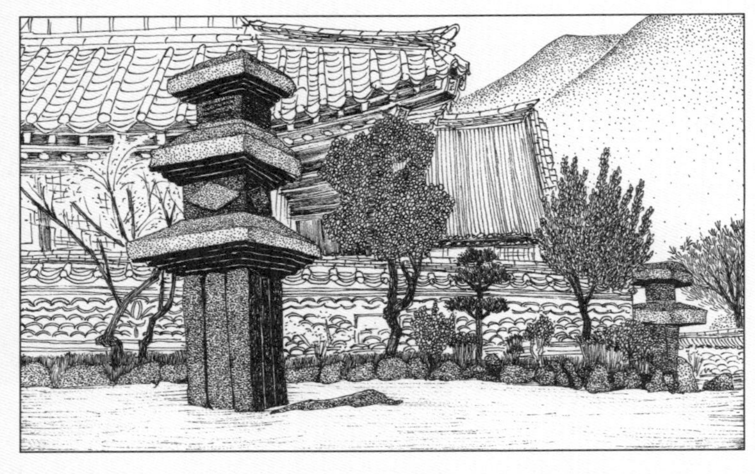

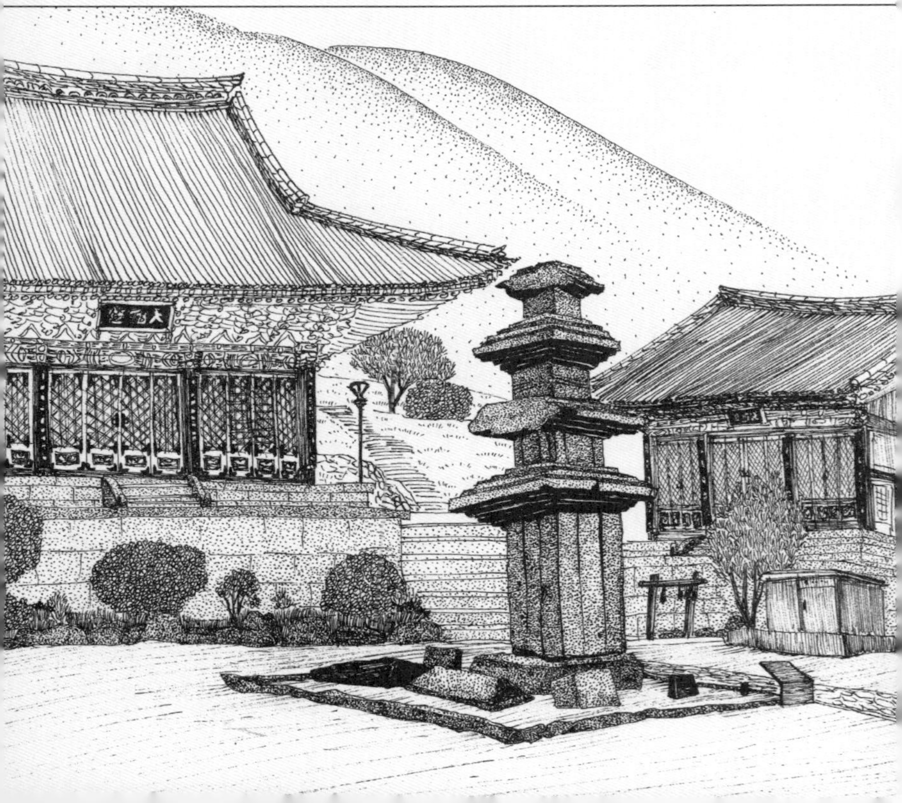

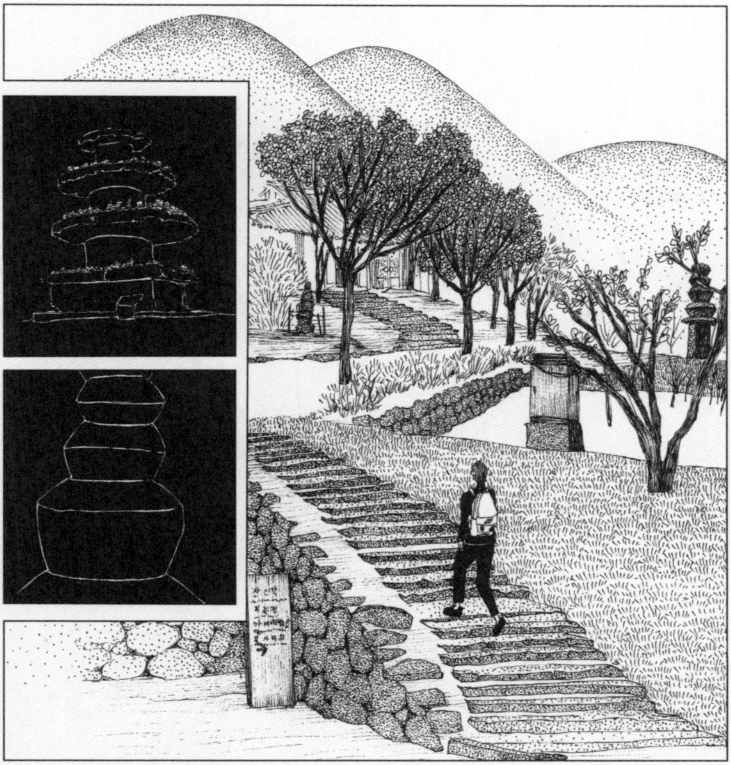

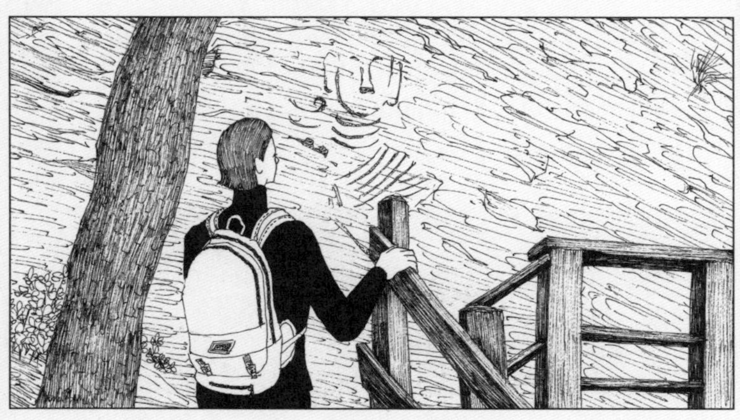

대웅전 뒤편의 산을 십 분 정도 올라가면 공사바위라는 곳이
나옵니다. 경사가 있는 편이라 등산이 꽤 고됩니다.

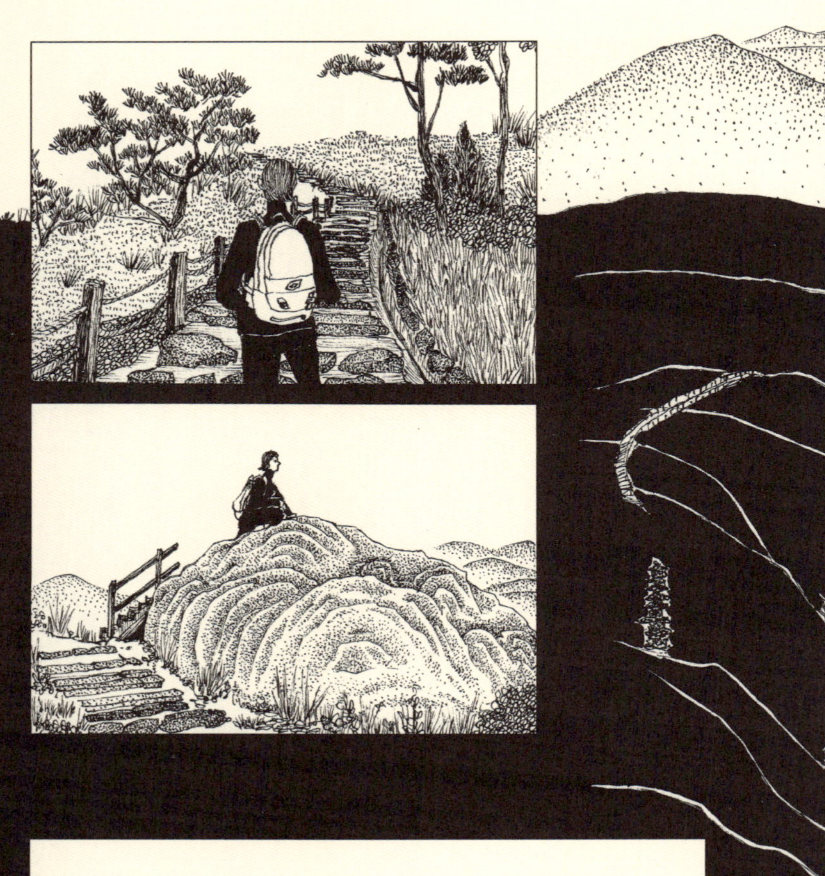

공사바위에 올라서면 운주사의 전경이 한눈에 들어옵니다.
계곡 곳곳 크고 작은 석탑과 석상이 리듬감 있게 보입니다.
좌우로 놓인 산의 탑과 불상까지 전부 둘러보는 데
사십 분 정도 걸렸습니다.

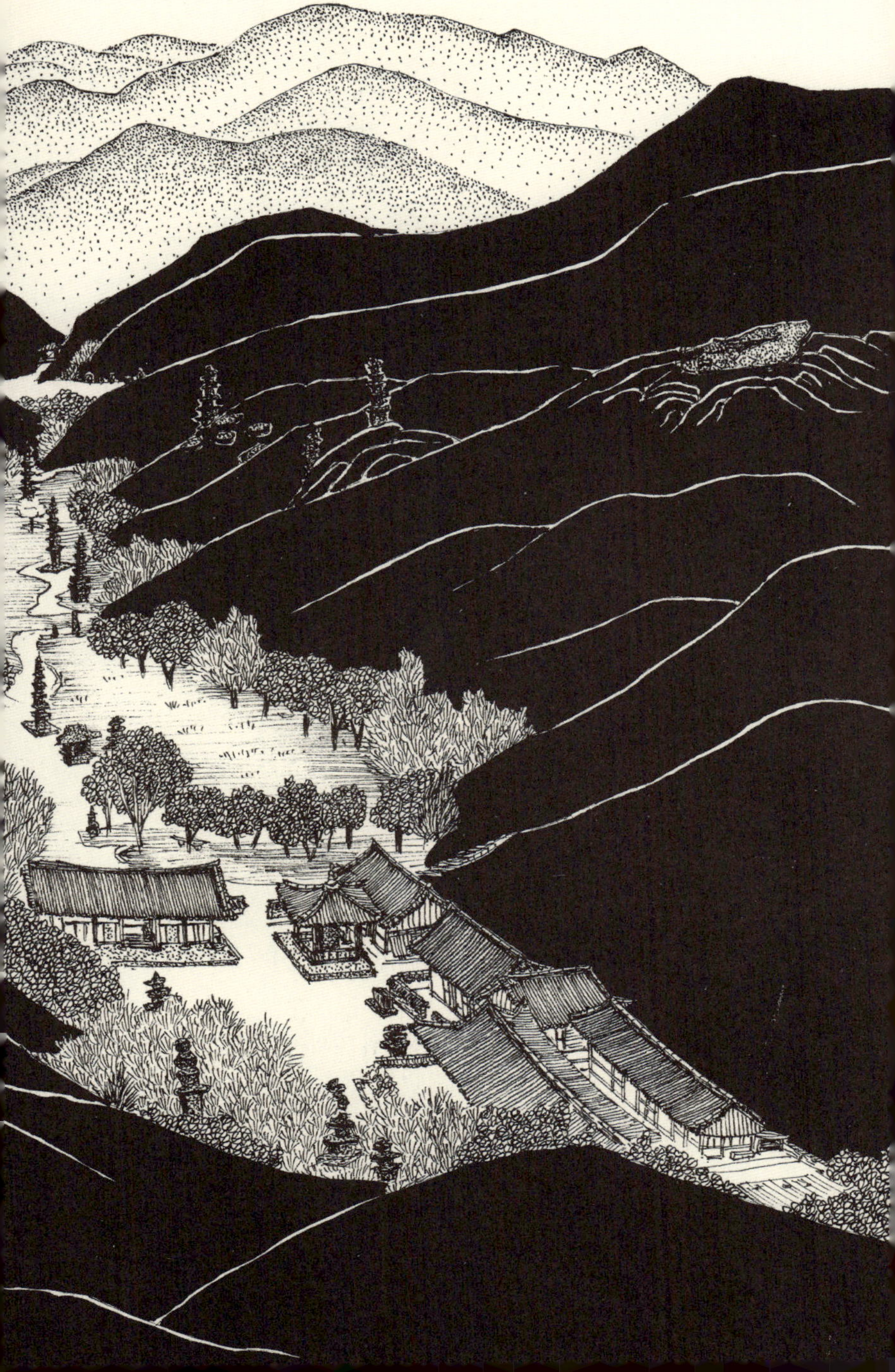

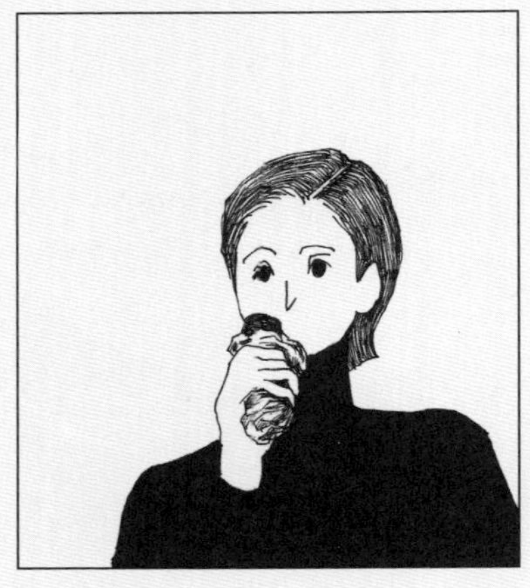

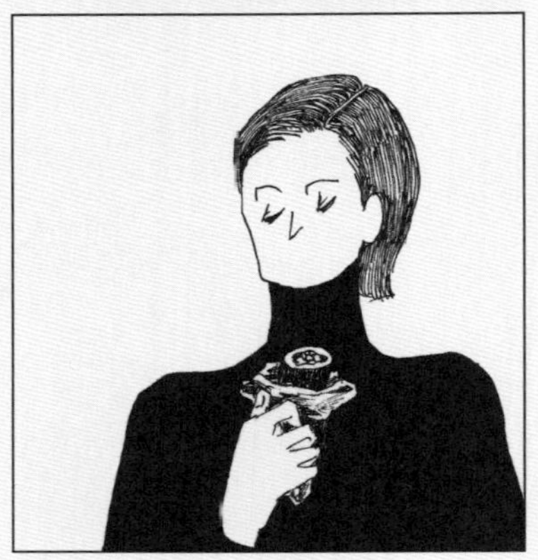

산에 올라왔으니 김밥을 먹어봅니다.
이 세상에는 훌륭하고 대단한 요리가 많지만 산에서는 김밥이
최고입니다. 제각각의 재료는 평범하지만 서로 모였을 때 만들어지는
시너지가 있죠. 그리고 그 음식이 장소와 이야기를 가질 때 대체될 수
없는 소중한 요리가 됩니다.
김밥의 원형은 일본의 초밥이었지만, 한국의 김밥이 초밥과 같아지려
노력하지 않아서 더 좋다고 생각합니다.

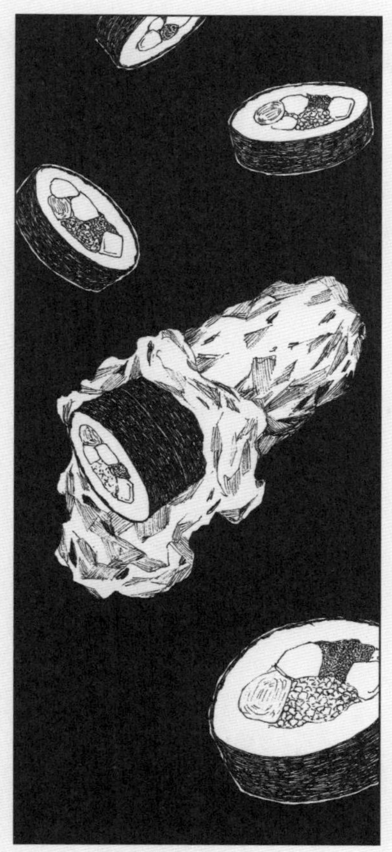

석조물 하나로 봤을 땐 투박하고 완성도가 낮을지라도, 여러 개가
모여 규모와 다양성을 가질 때 생겨나는 하모니는 특별합니다.
유명한 석탑을 따라 만든 '훌륭한 아류'가 아닌, 운주사만의 빛깔을
가진 '고유의 것'이기에 전달되는 감동이 있죠.
제가 계속 책을 쓰는 이유도 같습니다. 낱장이던 종이가 모여
두꺼워지고, 하나의 서사를 가질 때
만들어지는 고유한 울림이 좋기 때문입니다.

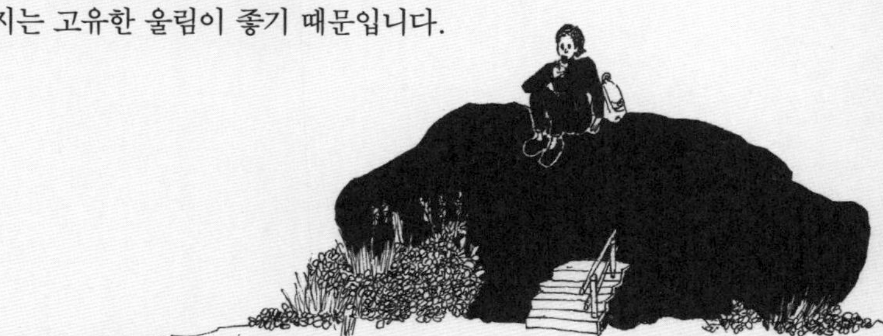

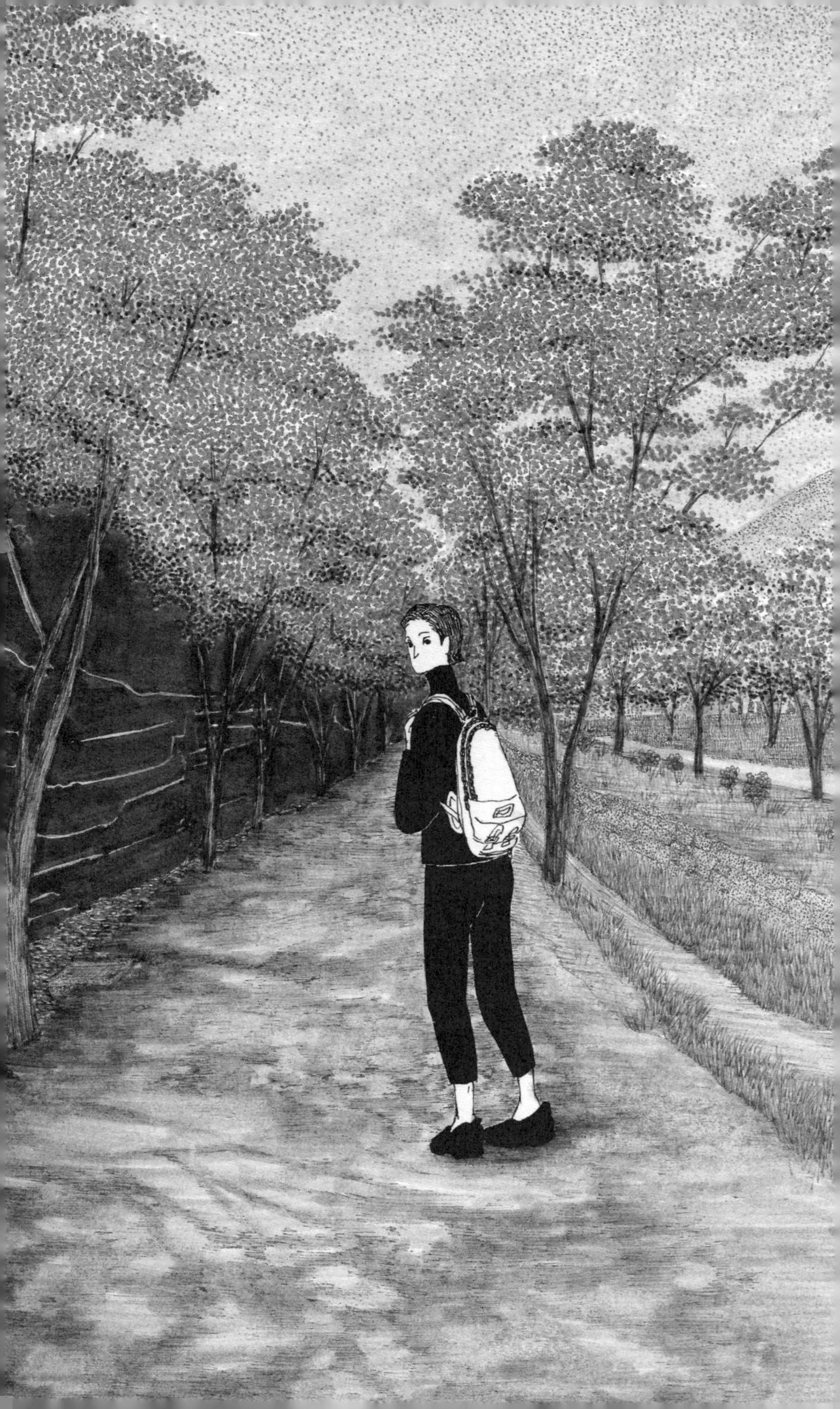

千佛山雲住寺

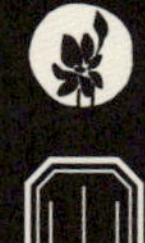
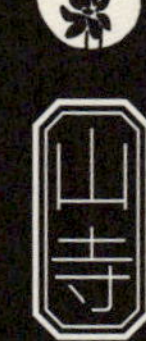

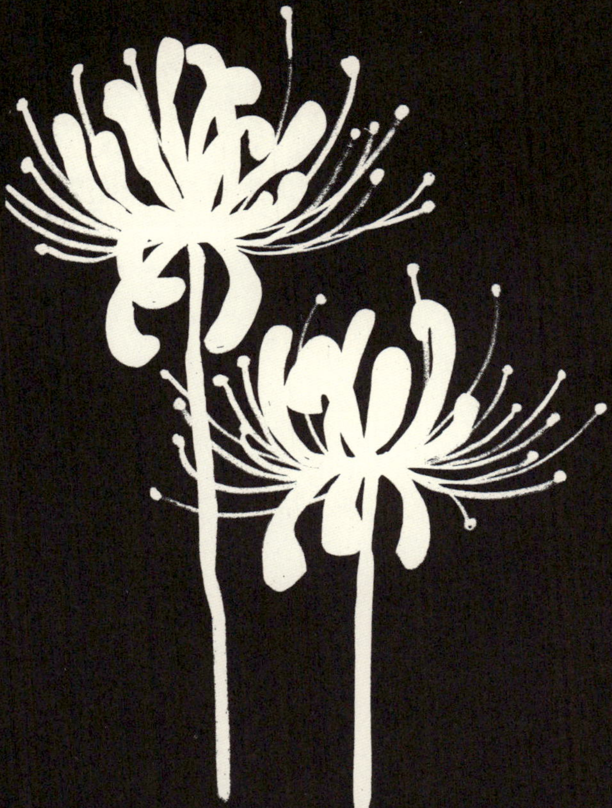

山寺

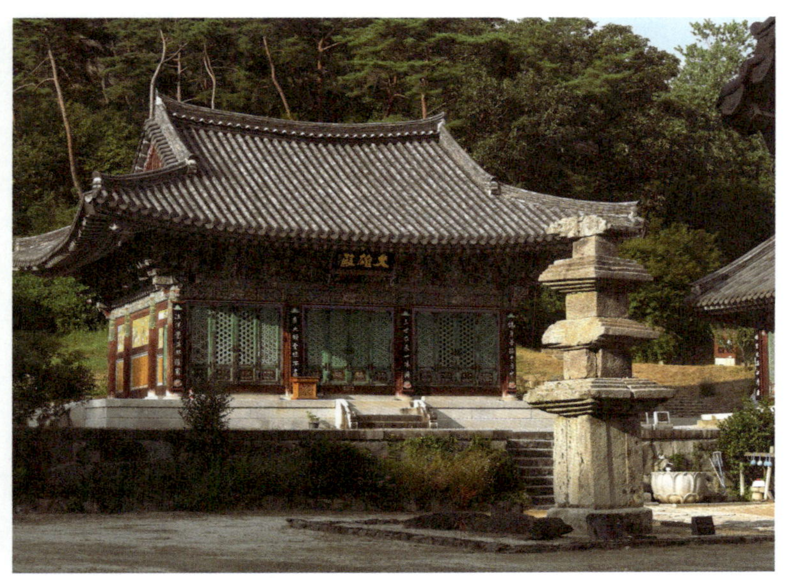

운주사 대웅전과 대웅전앞다층석탑

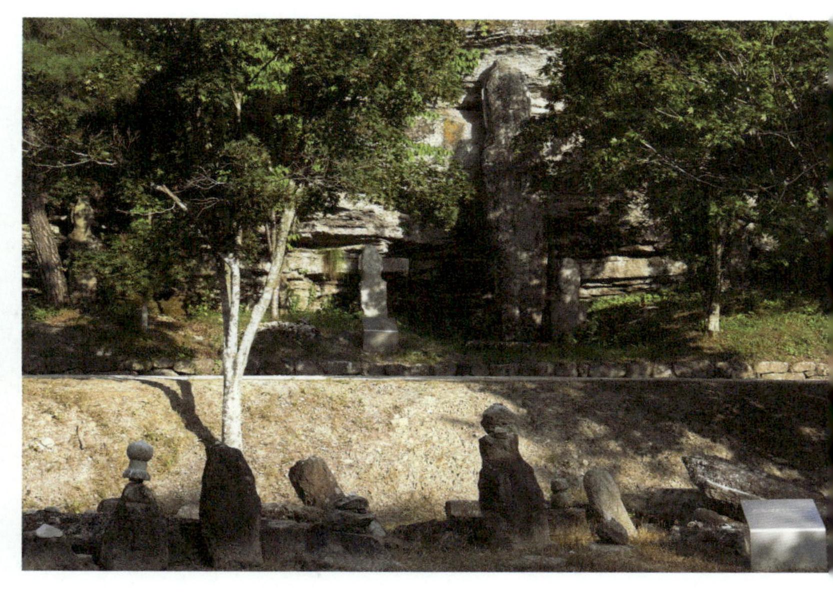

운주사 석불군

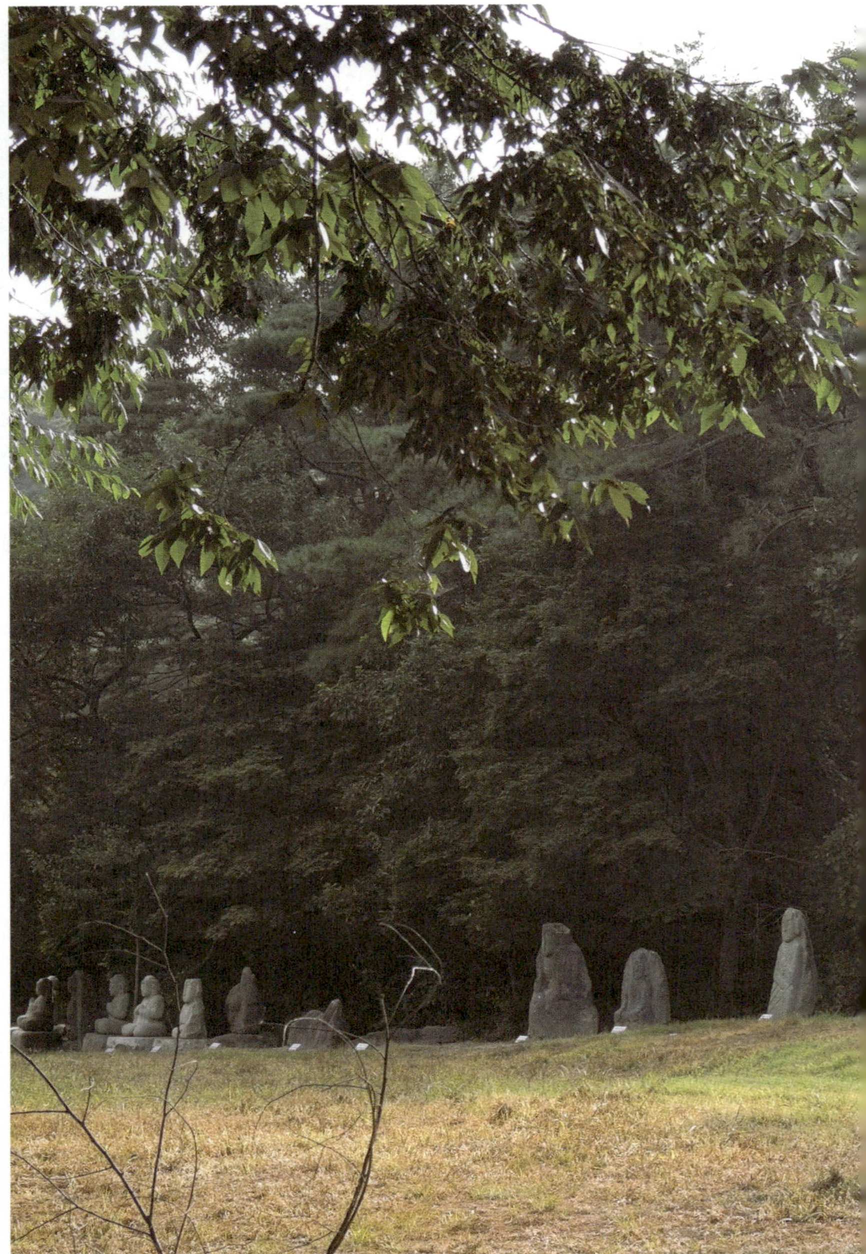

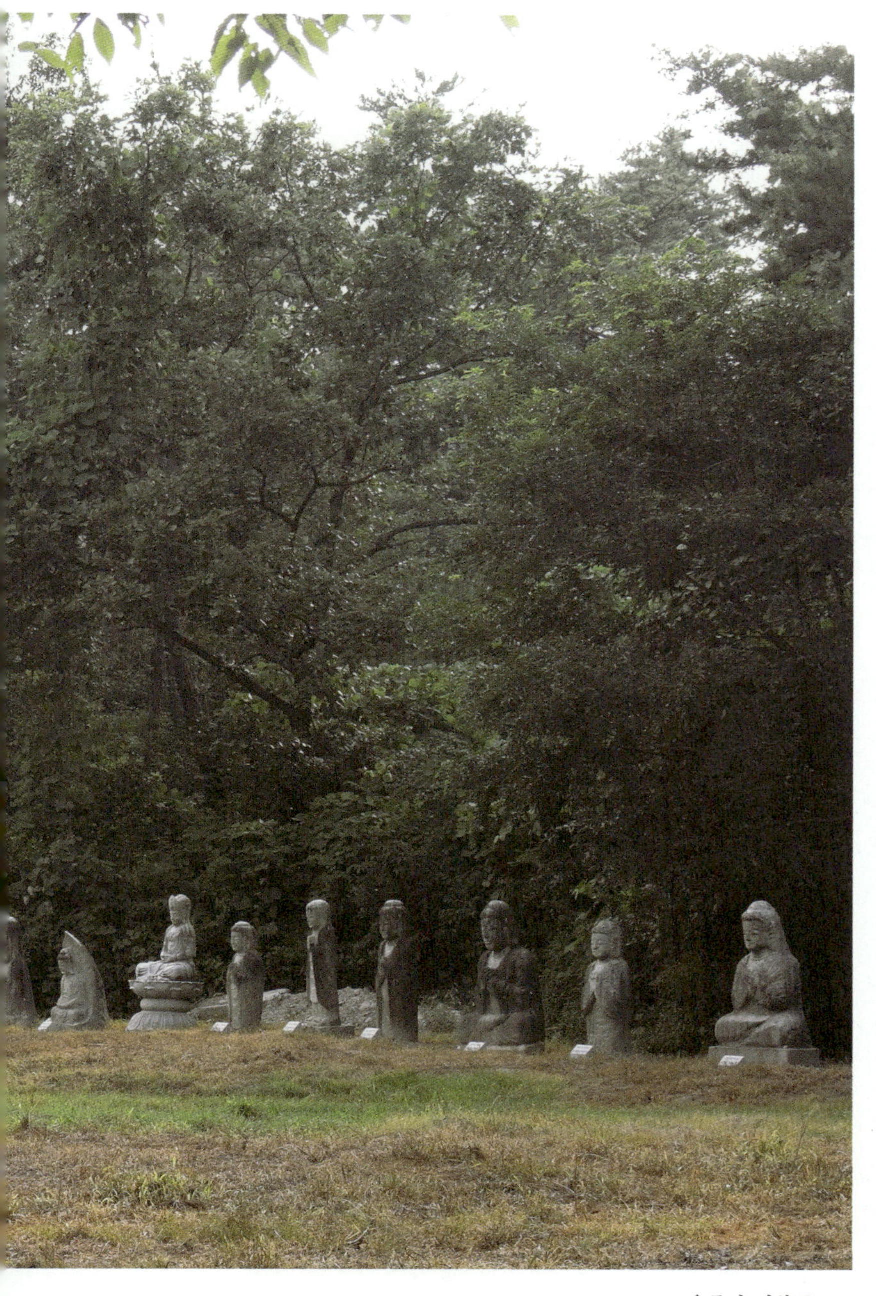

운주사 석불군

운주사 칠층석탑

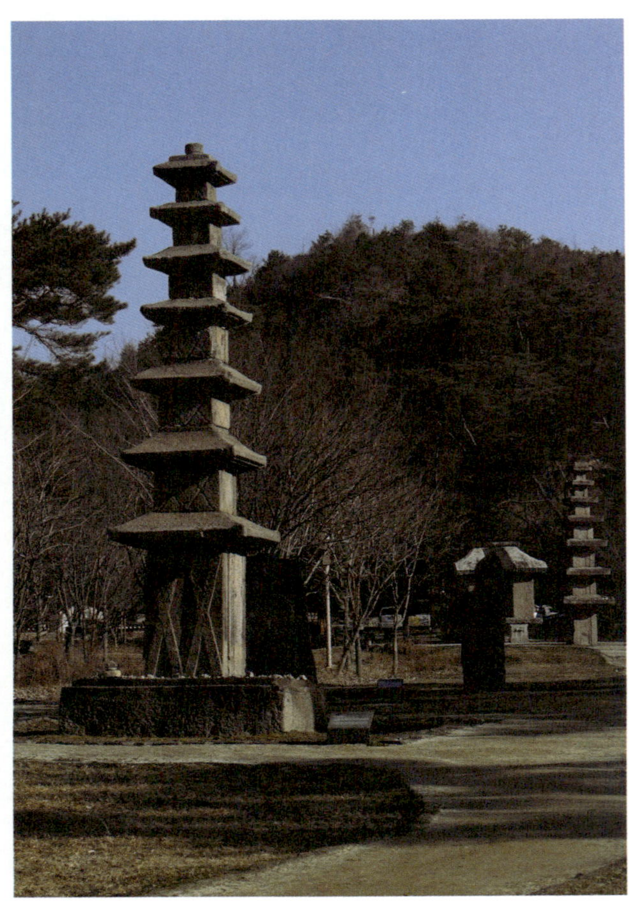

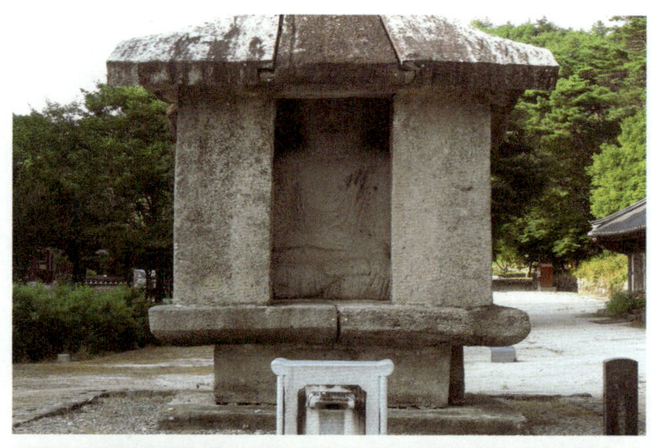

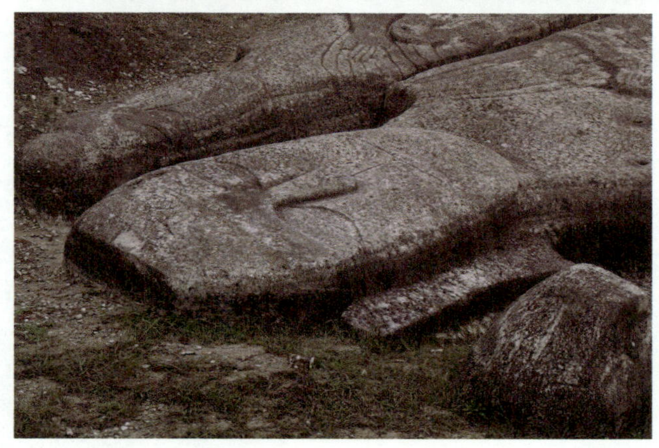

운주사 석조불감
운주사 미륵와불

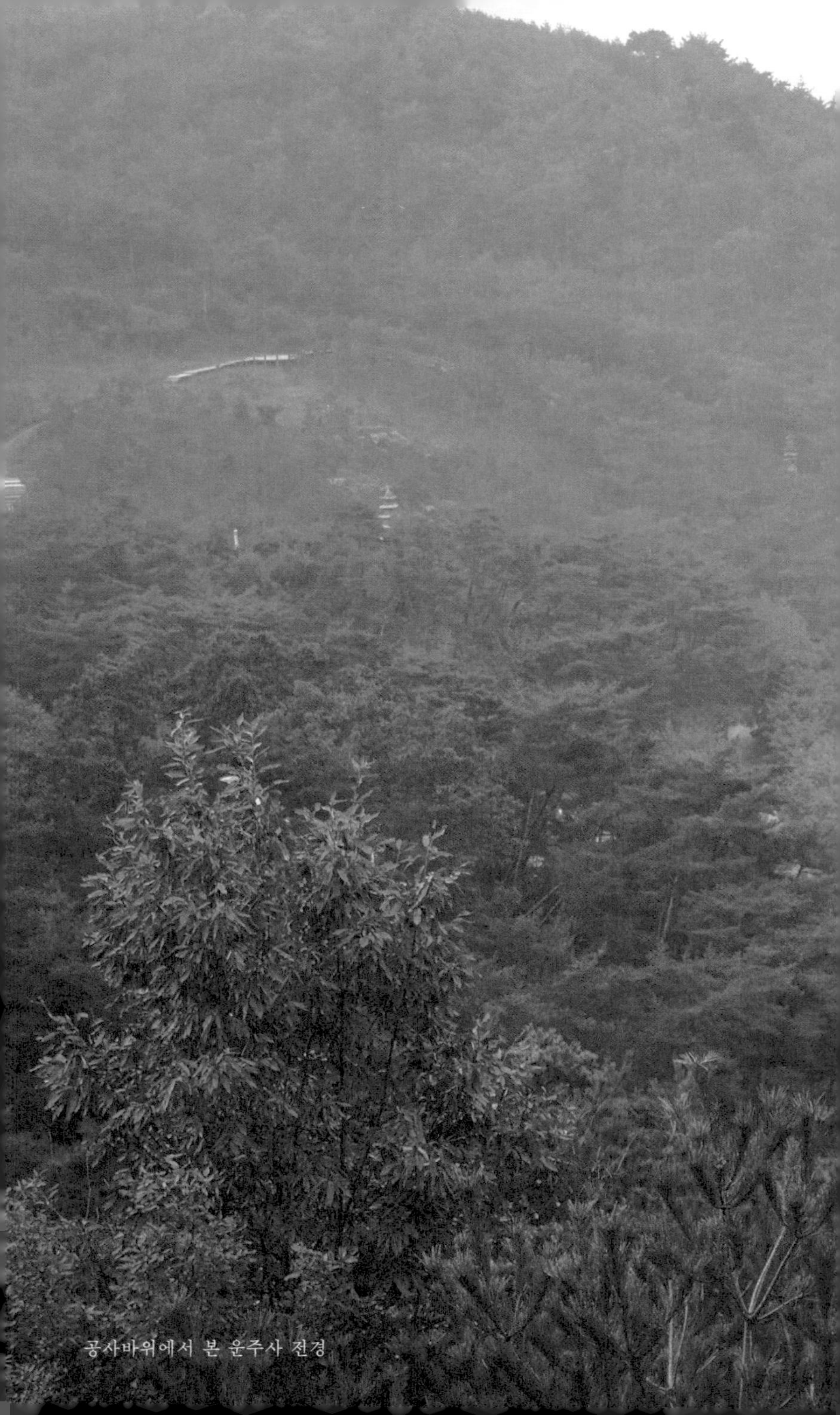

공사바위에서 본 운주사 전경

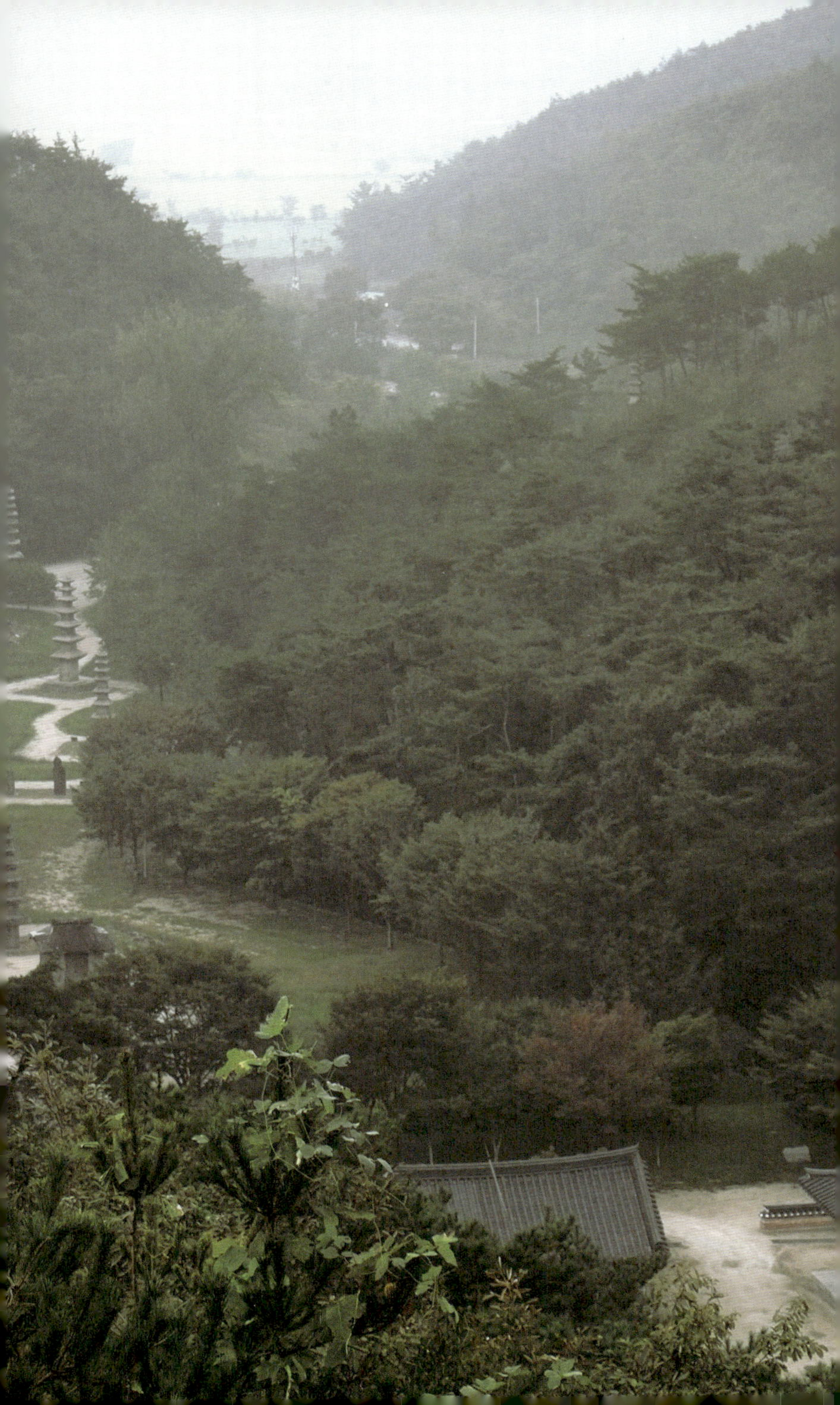

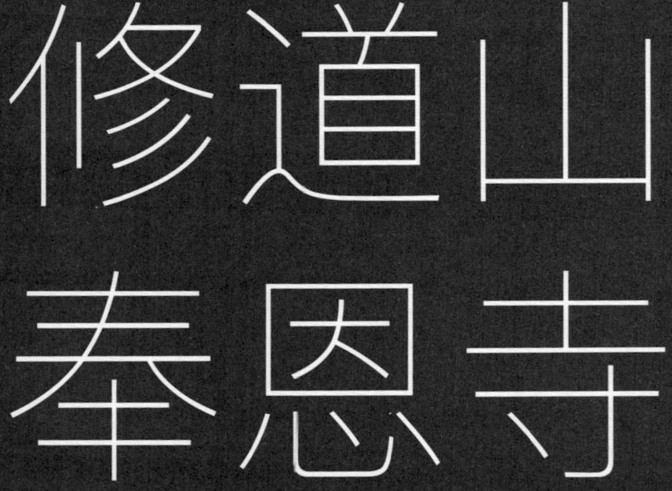

Bongeunsa Temple

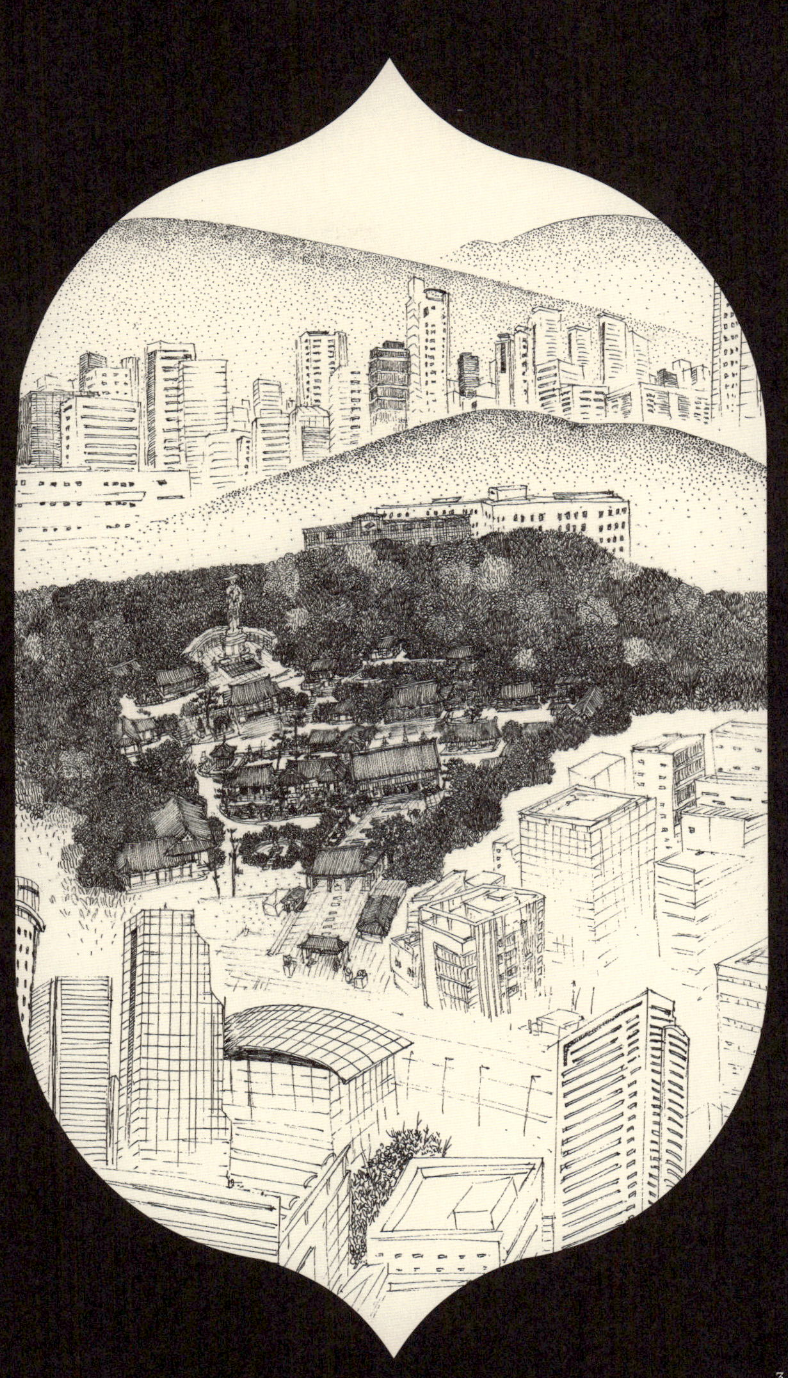

봉은사

한국을 찾는 외국인이 가장 쉽게 방문해 불교를
즐기기 좋은 산사입니다.
진여문 현판에 "수도산 봉은사 수선종"이라고
쓰여 있는데, 우수한 선종 절임을 뜻합니다.
불교는 선종과 교종으로 나뉘는데
교종은 경전을 읽으며 불교를 이해하는 것이고,
선종은 깨달음을 통해 불심에 다가가는 것을
뜻합니다. 봉은사는 깨달음에 가까운 절이라고
이해하면 좋습니다.

봉은사는 불교를 잘 모르는 사람들도 쉽게 접할
수 있는 불교 프로그램을 많이 갖추고 있습니다.
외국어 해설사와 함께하는 템플스테이를
비롯해 (유료로) 찻집과 공양간에서도
불교문화를 경험할 수 있습니다. 이외에도 무예,
명상, 다도 등 시기별로 여러 프로그램을
운영합니다.

794년에 지어진 봉은사는 일제강점기와
육이오전쟁을 거치며 대부분의 건물이 새로
지어졌고, 낮은 산에 위치하고 있어
건축적으로 산사의 느낌을 접하긴 어렵습니다.
하지만 절의 진입로부터 절 앞마당까지
기본적인 산사 구조를 잘 갖추고 있어 불교
건축을 이해하기 좋습니다.

추사 김정희가 죽기 사흘 전에 썼다는 현판이
있고, 빌딩 숲에서 울려 퍼지는 범종 소리가
현대인에게 깊은 울림을 주는 곳입니다.

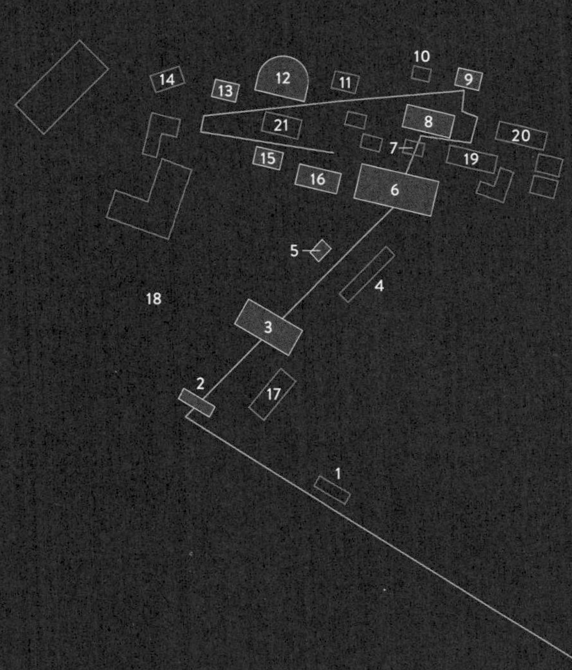

동선
꼭 살펴볼 곳
1 봉은사역
2 일주문
3 진여문
4 부도전
5 불이문
6 법왕루
7 삼층석탑
8 대웅전
9 영산전
10 북극보전
11 영각
12 미륵대불
13 판전
14 템플스테이
15 범종각
16 연회다원(찻집)
17 공양간(식당)
18 주차장
19 선불당
20 지장전
21 미륵전

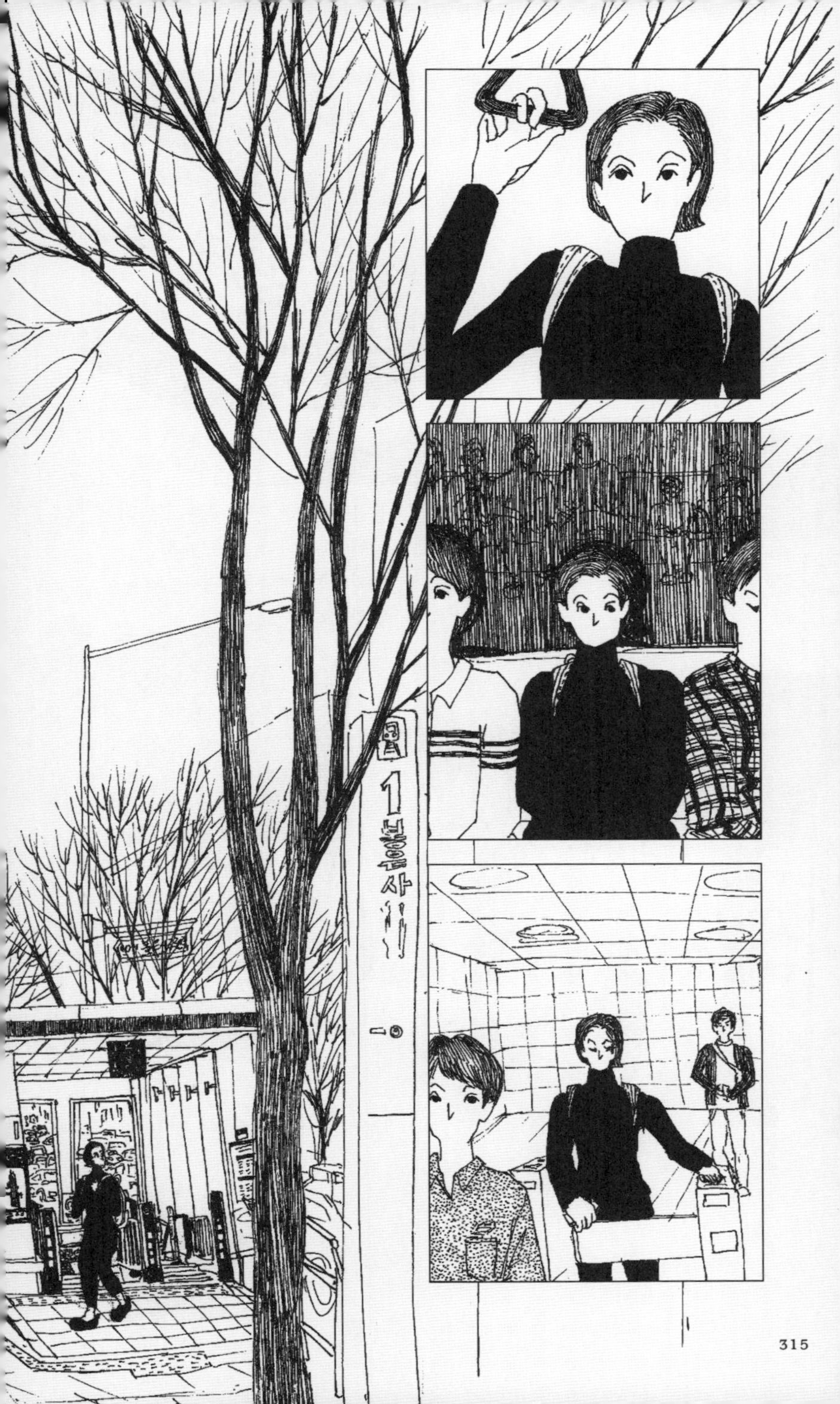
1 번출구

봉은사는 서울 중심의 야트막한
산 아래에 위치해 있습니다.
바로 앞에 지하철역이 있어
방문하기 편리하죠.

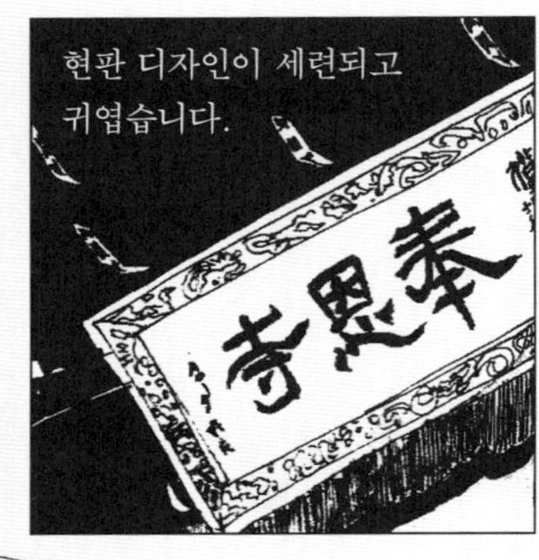

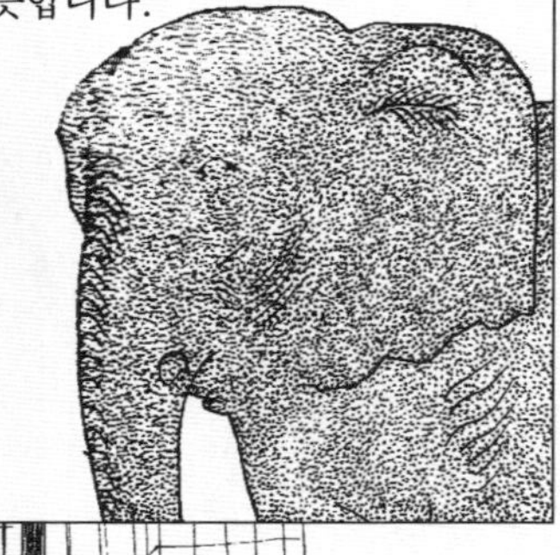

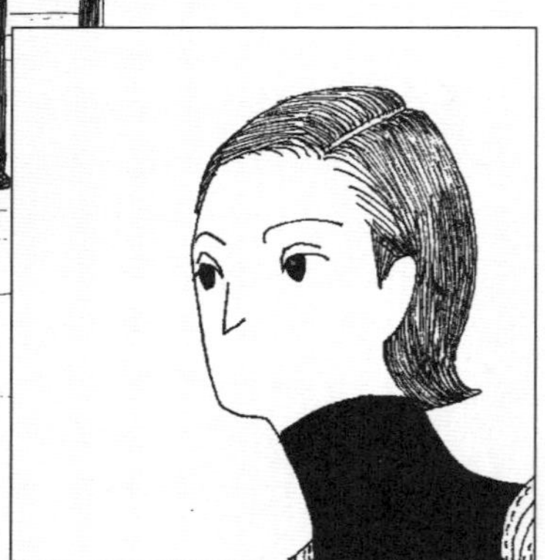

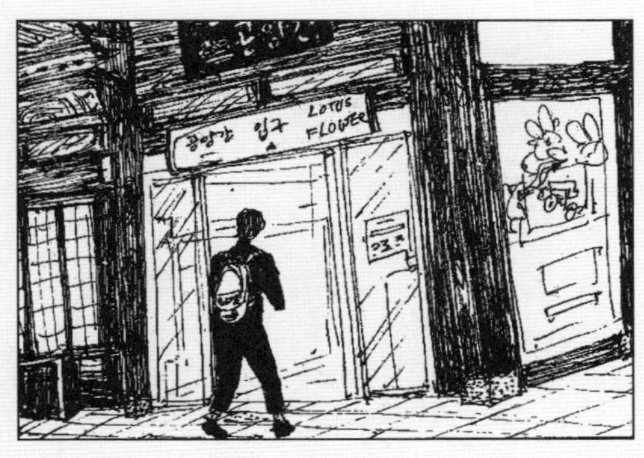

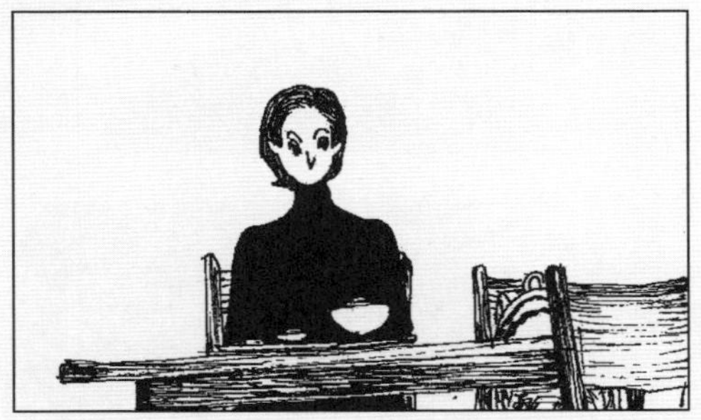

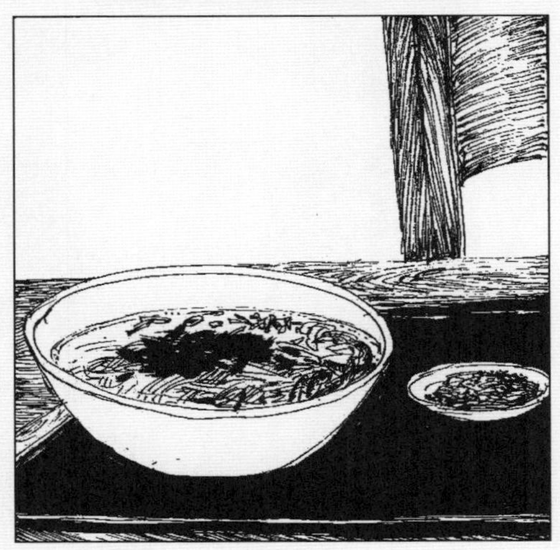

절에 들어가기 전 입구에 위치한 공양간에서
국수로 배를 채웁니다. 사 먹는 것이지만,
공양 시간이 아니어도 스님들의 식사를 자유롭게
경험해볼 수 있습니다.

317

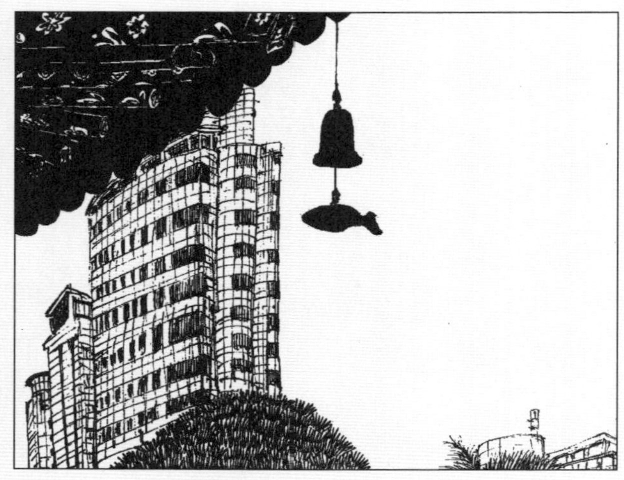

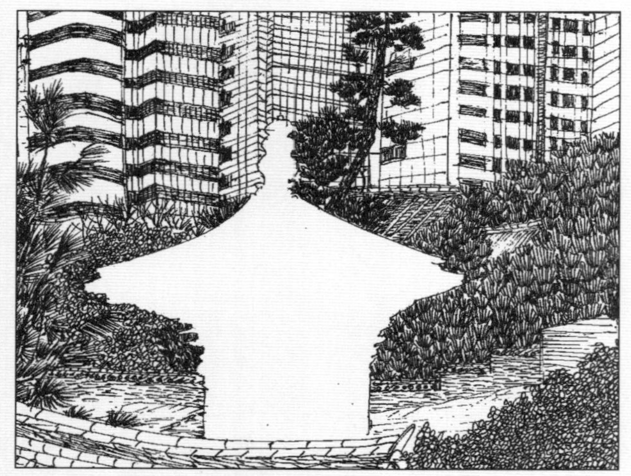

빌딩 숲 한가운데 위치한 전통 건물이 독특한 인상을 줍니다.
봉은사는 신라 시대 만들어져 1000년이 넘은 절이지만,
서울의 여느 절처럼 전쟁의 영향으로 건물의 역사가
깊지 않습니다. 하지만 접근성이 좋고, 절의 구조를 잘 갖추고
있어 일반 사람들이나 외국인들이 절을 이해하기에 좋은
공간입니다.
조선 시대, 봉은사는 수도에 위치해 한국 불교의 중요한
역할을 맡았습니다. 오늘날은 학구열 높은 강남이라는
지역 특성 때문에 학부모들의 소원 성지로 인기가 높습니다.

7. 법당

대웅전 뒤편으로 그 외 법당을
배치했습니다.

6. 대웅전

부처님을 모신 법당.
절에서 가장 중요한 공간으로
법당 앞에 절 마당을 둡니다.

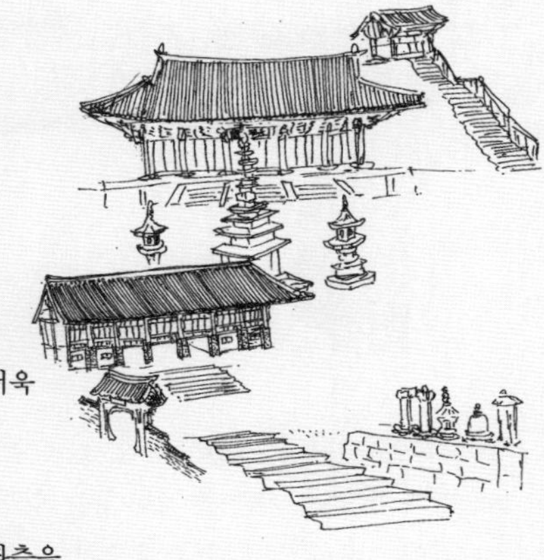

5. 법왕루

절의 중심 공간을 누각의 마루 밑
계단으로 진입하게 하여 공간을 더욱
극적으로 보여줍니다.

4. 불이문(해탈문)

봉은사의 불이문은 독특하게 길 좌측을
향해 열려 있습니다.

3. 부도전

명망 있는 스님들의 사리나 유골을
모신 탑 '부도'가 모여 있는 곳.
유명한 절은 부도전이 큽니다.
직선이 아닌 곡선으로 둡니다.

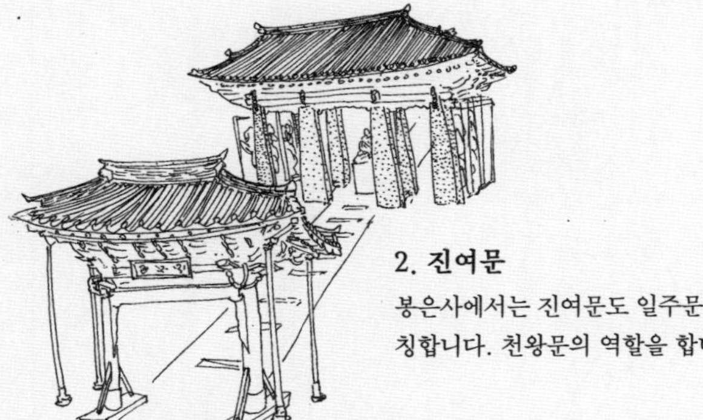

2. 진여문

봉은사에서는 진여문도 일주문이라
칭합니다. 천왕문의 역할을 합니다.

1. 일주문

절의 시작을 알리는 문. 두 개의 기둥이지만 옆에서 보면 하나의
기둥으로 보인다 하여 '일주문'이라 부릅니다.

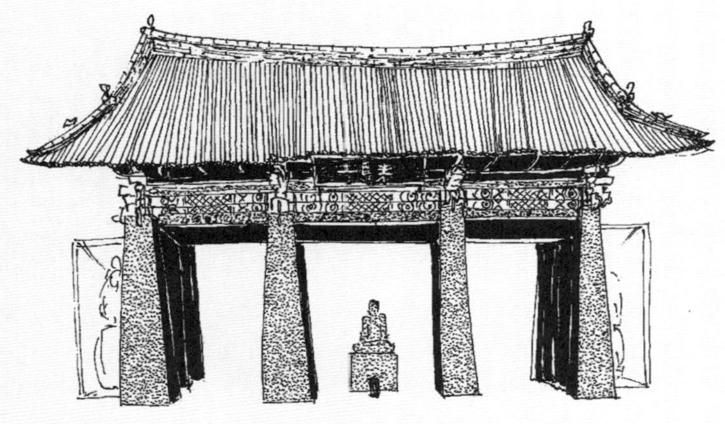

일주문을 지나면 사천왕상을 둔 진여문이 보입니다.
네 명의 천왕은 이곳을 지나가는 악귀를 막고, 절을 방문한
사람들이 지나갈 자격이 있는지 심사한다고 합니다.
진여(眞如)란 '있는 그대로의 것'이라는 뜻으로, 진여의 경지에
이르렀다는 말은 진리의 세계를 깨달음을 의미합니다.

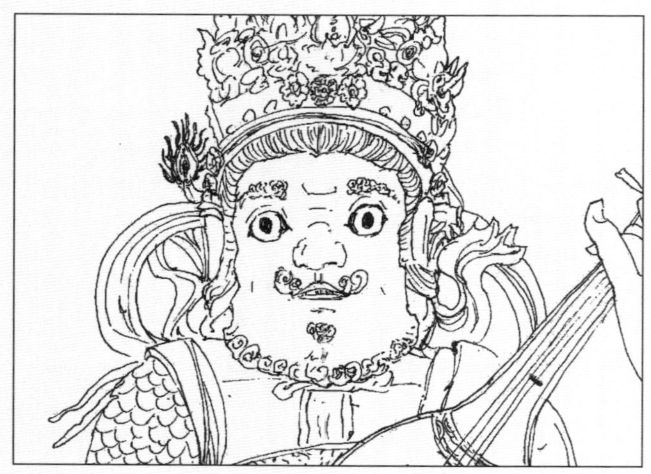

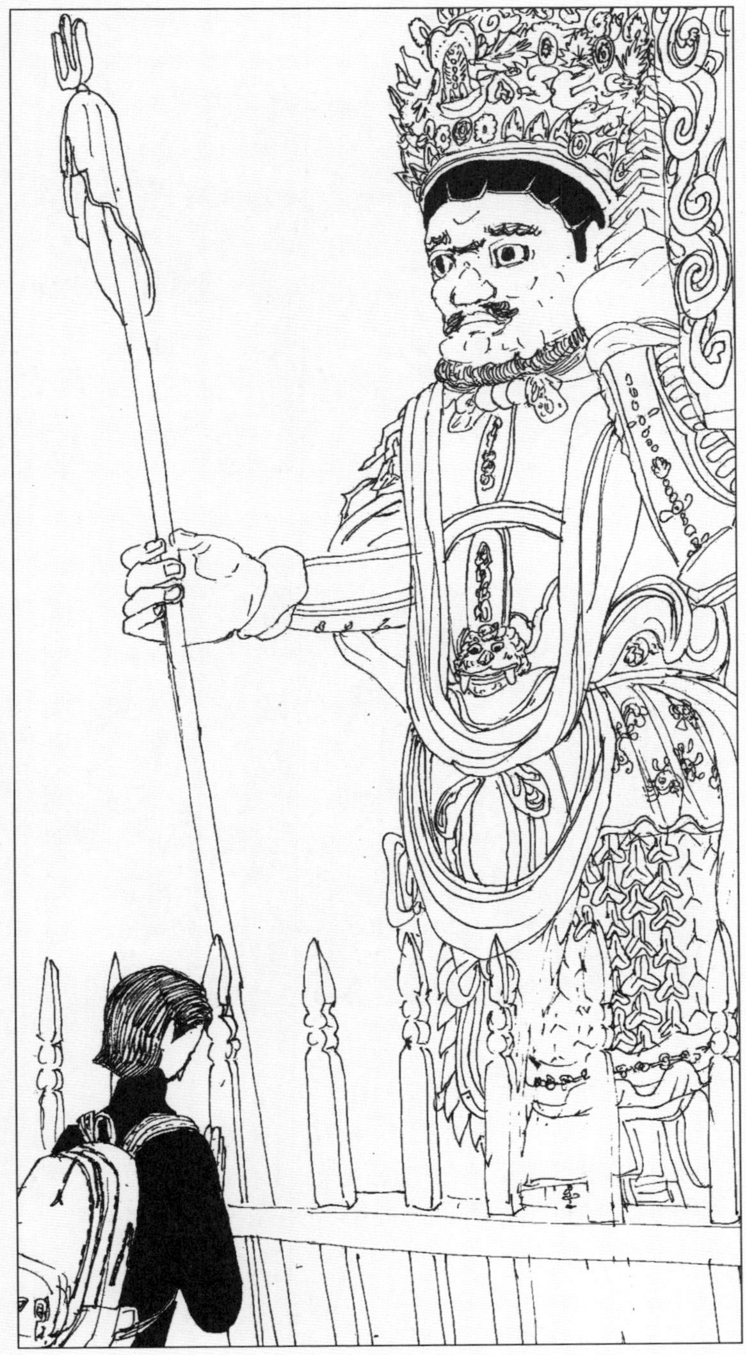

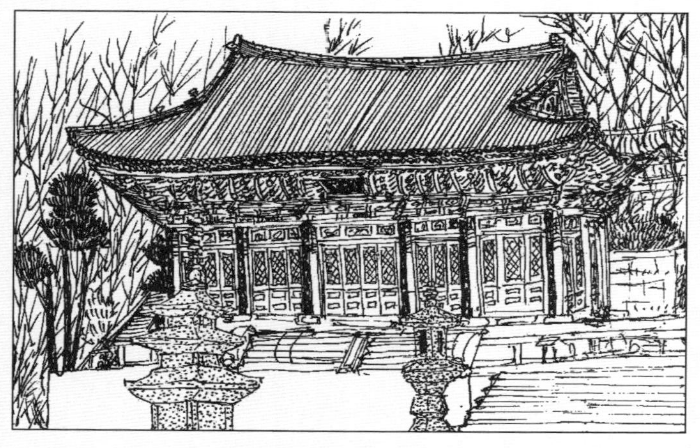

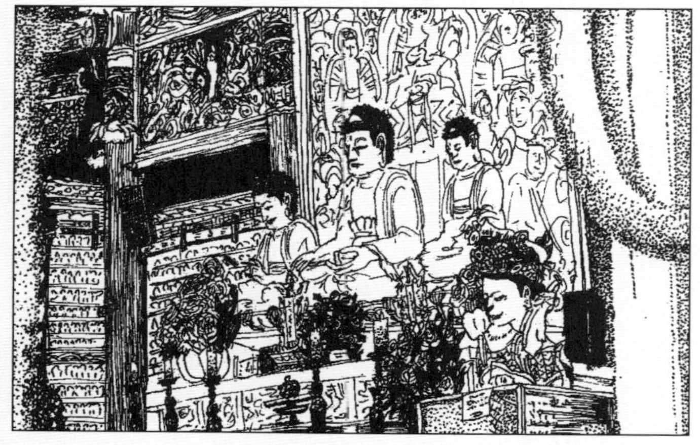

봉은사 대웅전은 1982년에 새로 지어진 건물입니다.

대웅전의 현판은 진관사 대웅전의 현판을 따라 만든 것으로 추사
김정희의 글씨입니다. 내부에 있는 불상은 봉은사에서 유일하게 보물로
지정된 문화재입니다. 17세기에 독재로 만든 뒤 금을 입혔습니다.

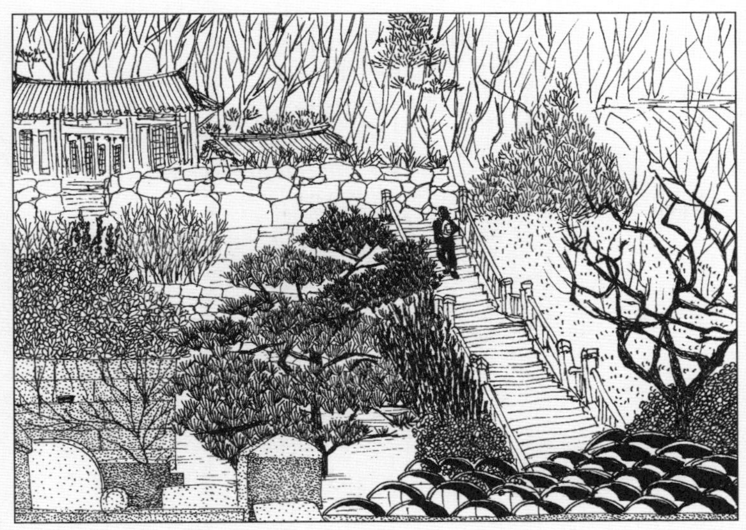

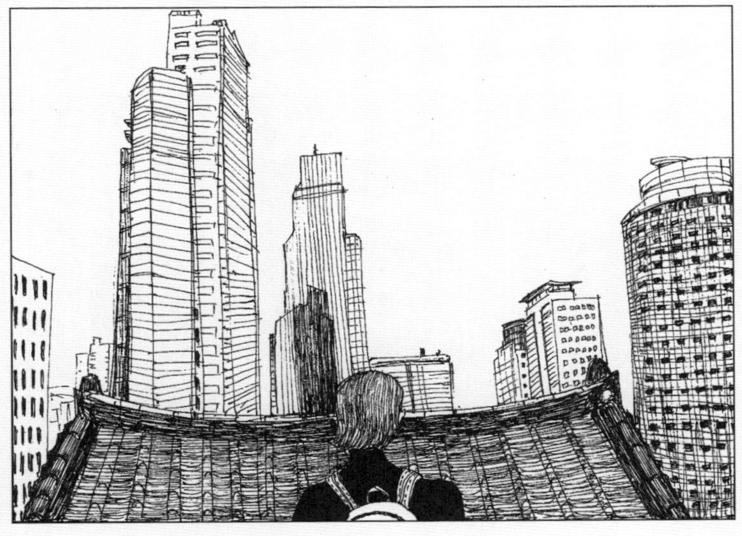

대웅전 뒤편에 여러 전각들이 배치되어 있습니다.
대웅전을 뒤로하고 언덕을 오르면 직선의 미감을 자랑하는 현대건축과
곡선의 미감을 자랑하는 전통 건축의 차이를 한눈에 볼 수 있습니다.

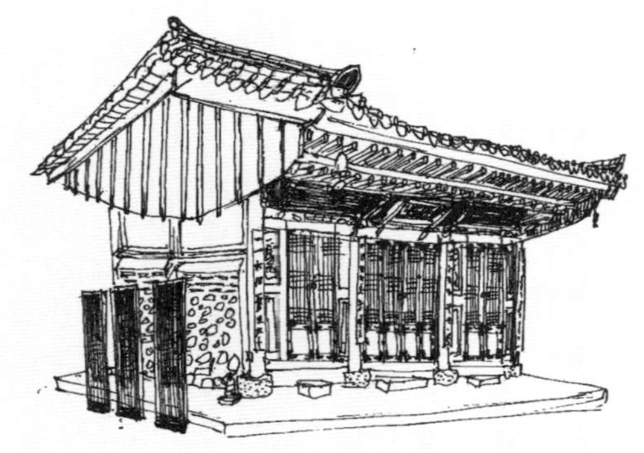

대웅전 오른쪽 계단으로 올라가면 영산전이 있습니다.
부처님이 영축산에서 강연하는 모습을 그린 〈영산회상도〉를 모시는
공간입니다. 이 건물 앞에서 절과 어우러진 시내 풍경을 즐길 수
있습니다.

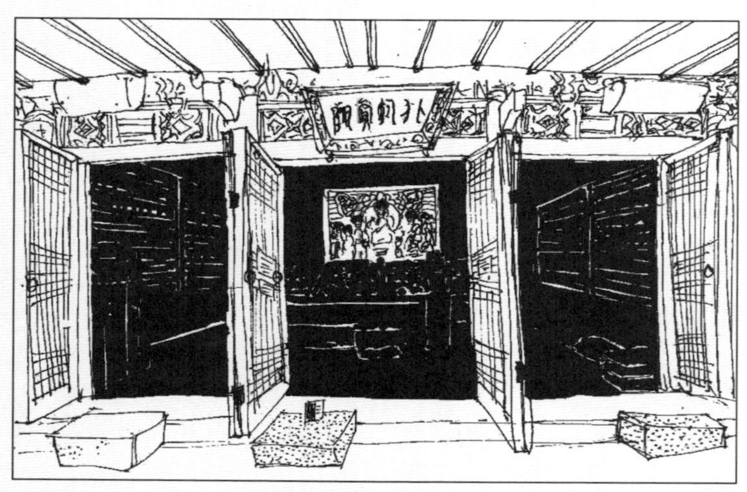

대웅전 뒤편의 북극보전은 민간신앙에 기반한 법당입니다.
이름에서 알 수 있듯 북두칠성을 뜻하는 칠성신을 주로 모십니다.
이 신은 수명을 연장하고 재앙을 피하게 도와준다고 합니다.
그래서인지 기도하는 사람이 많아 공간을 확장해놓았습니다.

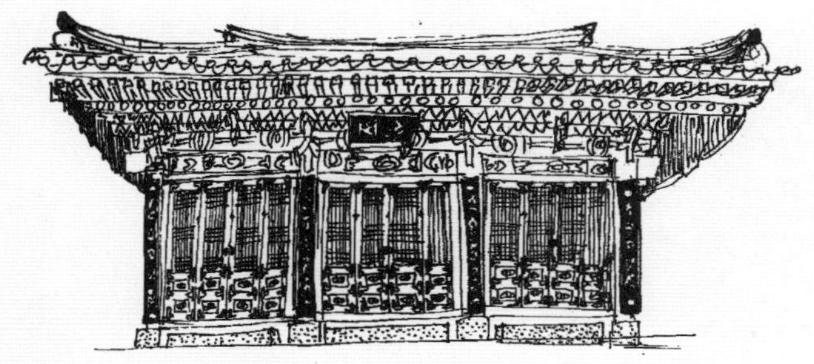

대웅전의 왼쪽에는 판전이 있습니다. 경전을 보관한 법당입니다.
건물의 현판을 추사 김정희가 썼는데, 죽기 사흘 전에 쓴 유작으로
봅니다. 1856년에 지어진 건물로 봉은사에서 가장 오래된 건물입니다.

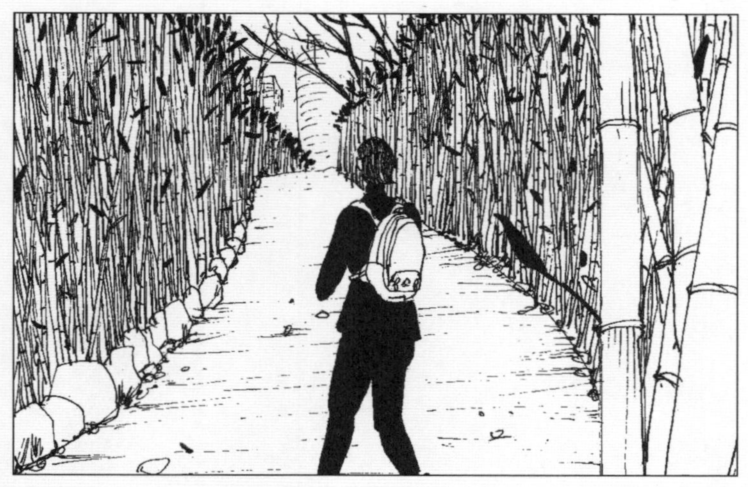

법왕루 오른쪽으로 봉은사 명상 길이 시작됩니다. 봉은사를 한 바퀴
도는 1.2킬로미터의 산책로로 십 분 정도 소요됩니다. 소나무 길과
대나무 길이 있어 도심에서도 자연을 느낄 수 있는 시간을 줍니다.

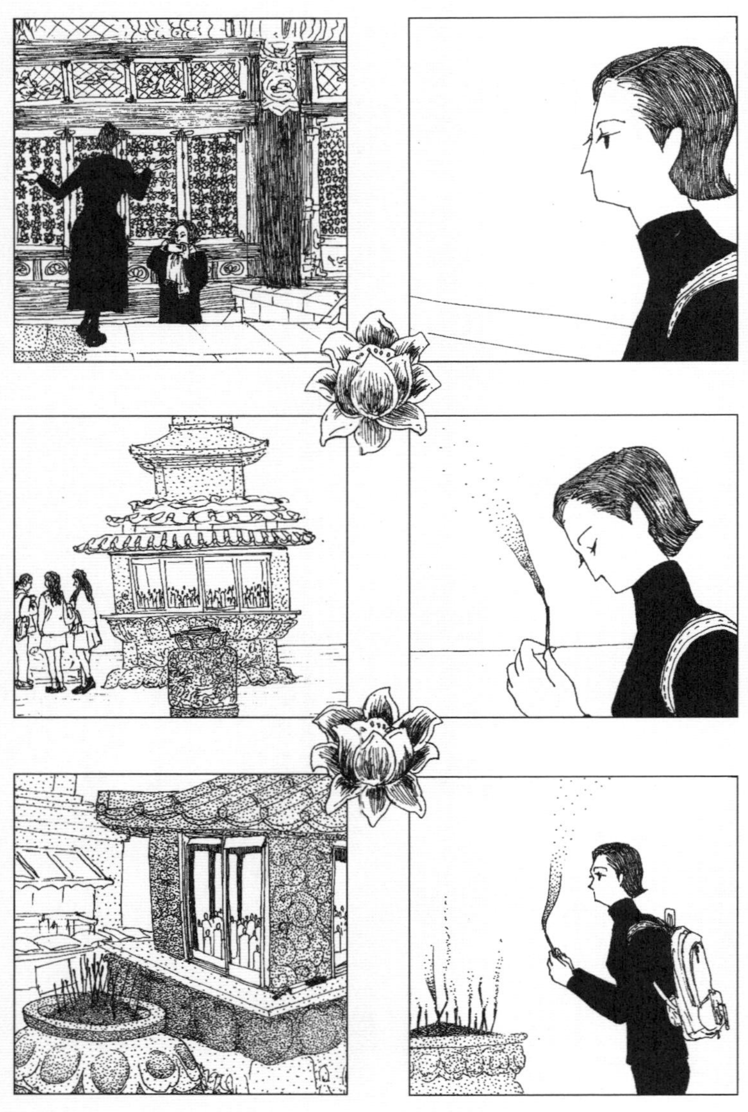

봉은사에는 사람들이 참여할 수 있는 활동이 많습니다. 관광객이 많아
다도 체험과 명상 수업 등을 운영하고, 여름에는 연꽃 축제를 열어
도심 사람들에게 아름다운 휴식 시간을 만들어주죠. 누마루 문짝에는
다양한 꽃창살을 두어 보는 재미가 있고, 탑 앞에서 무료로 향을
피울 수도 있습니다.

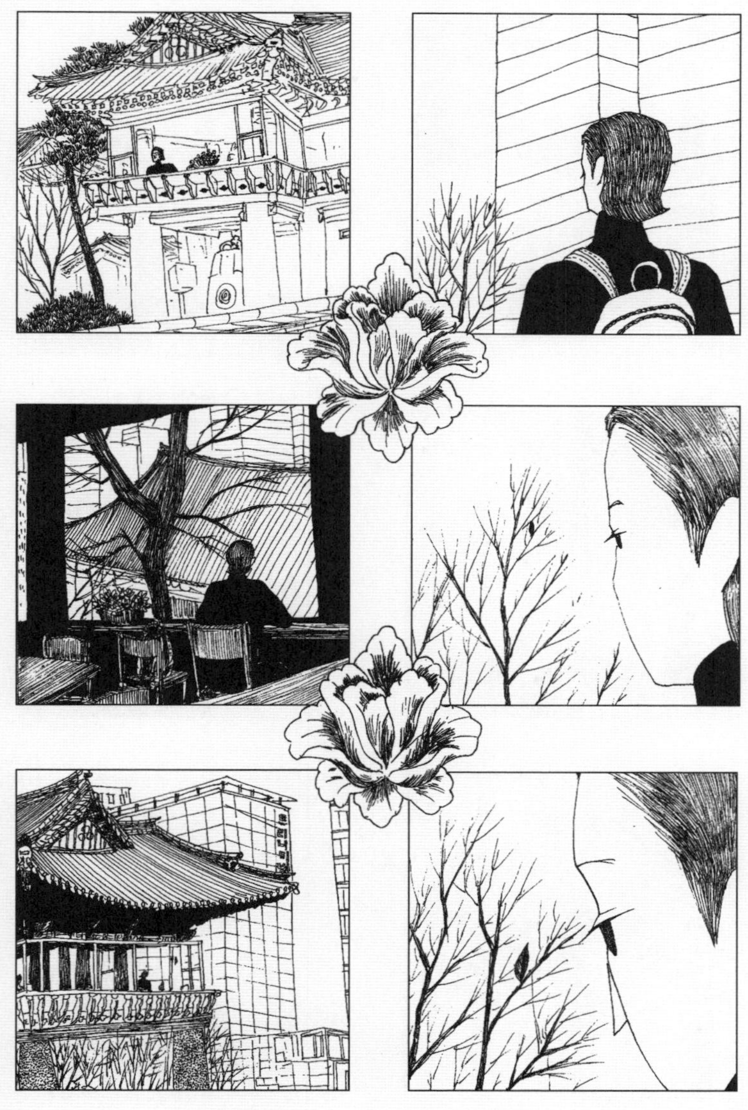

대부분의 절에서는 식사를 하려면 정해진 시간에 참여해야 하고,
신도가 아닌 경우 제한하기도 합니다. 봉은사 입구에는 공양간이 있어
간편한 사찰 음식을 쉽게 맛볼 수 있습니다. 찻집도 있어 도심 속에서
고요한 순간을 즐길 수 있습니다.

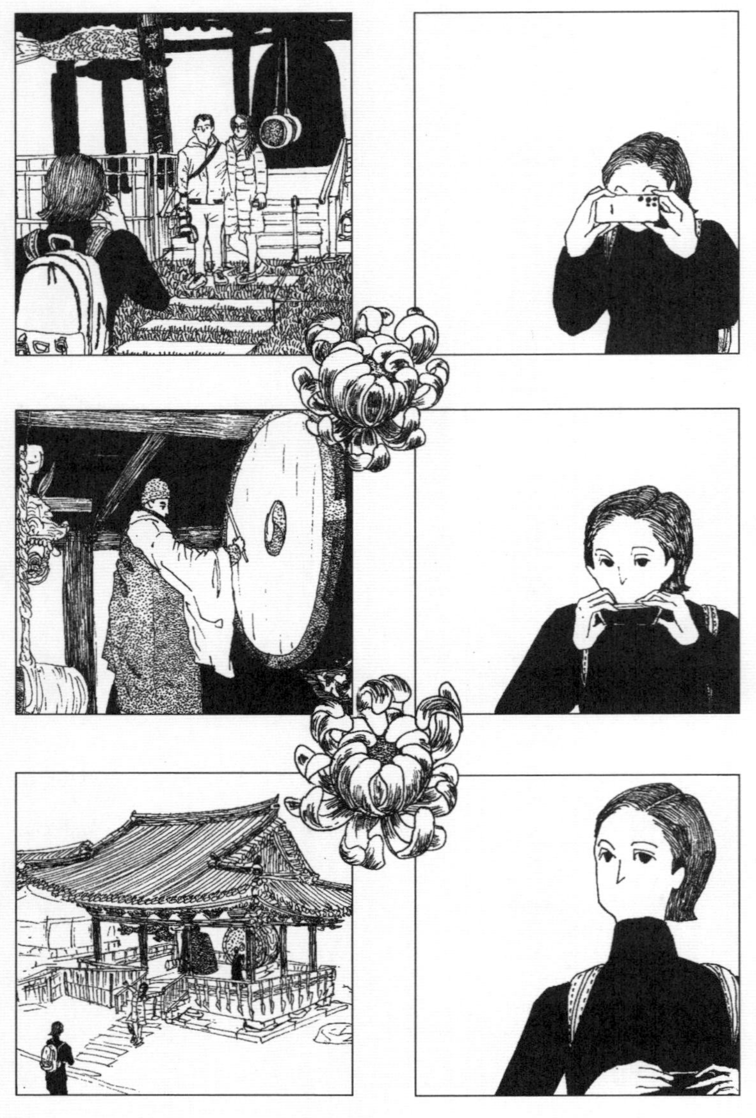

정해진 시간이 되면 범종각의 악기를 연주합니다. 빌딩 숲 사이로
울려 퍼지는 종소리가 색다른 느낌을 줍니다. 악기를 모아둔 건물을
두는 건 한국 불교만의 특징이죠.

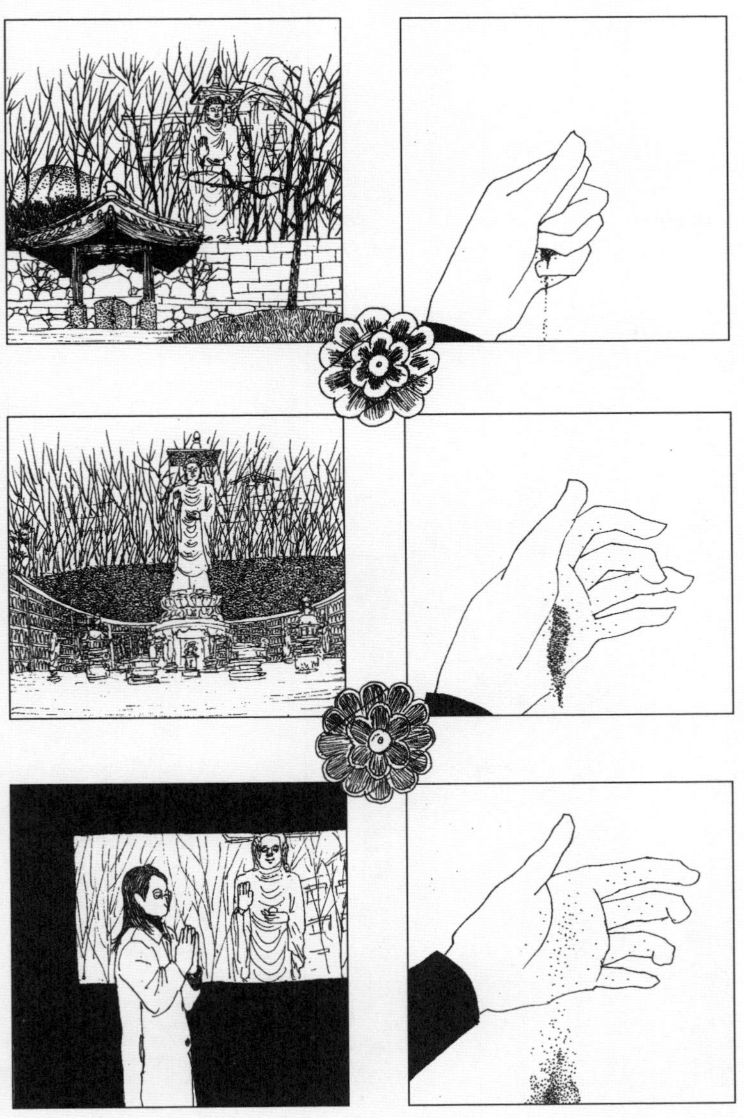

절의 왼쪽에는 23미터 높이의 미륵대불이 있습니다. 통일을 기원하며
10년에 걸쳐 만든 불상으로 만 명이 모금에 참여했습니다.

도심 한가운데 위치한 봉은사는
대중이 불교를 쉽게 접하도록
다양한 체험거리를 갖춘 절이었습니다.

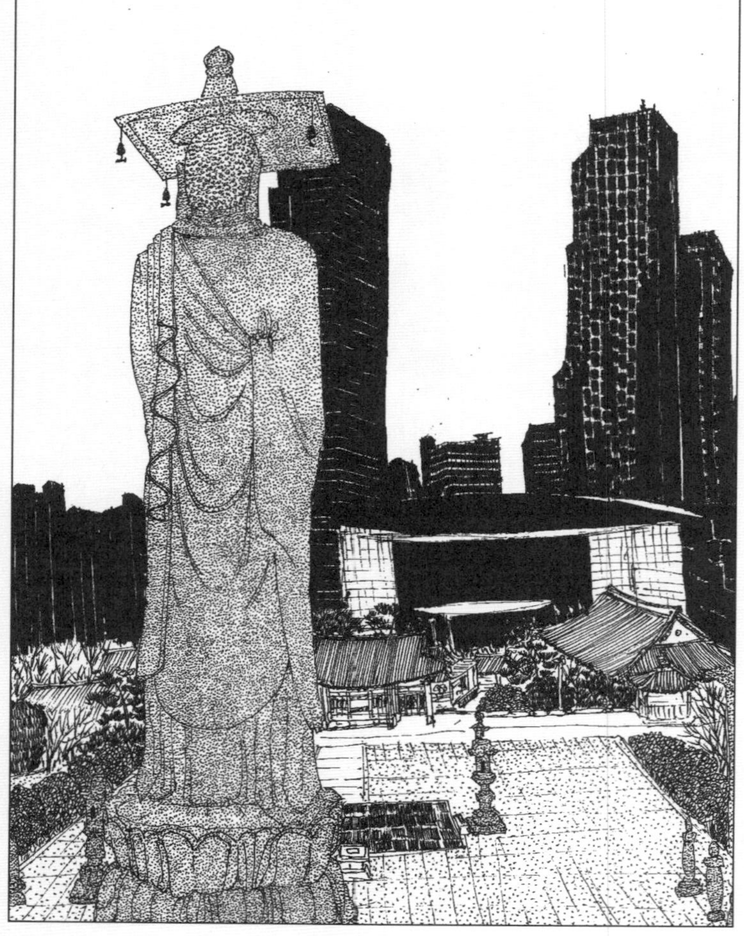

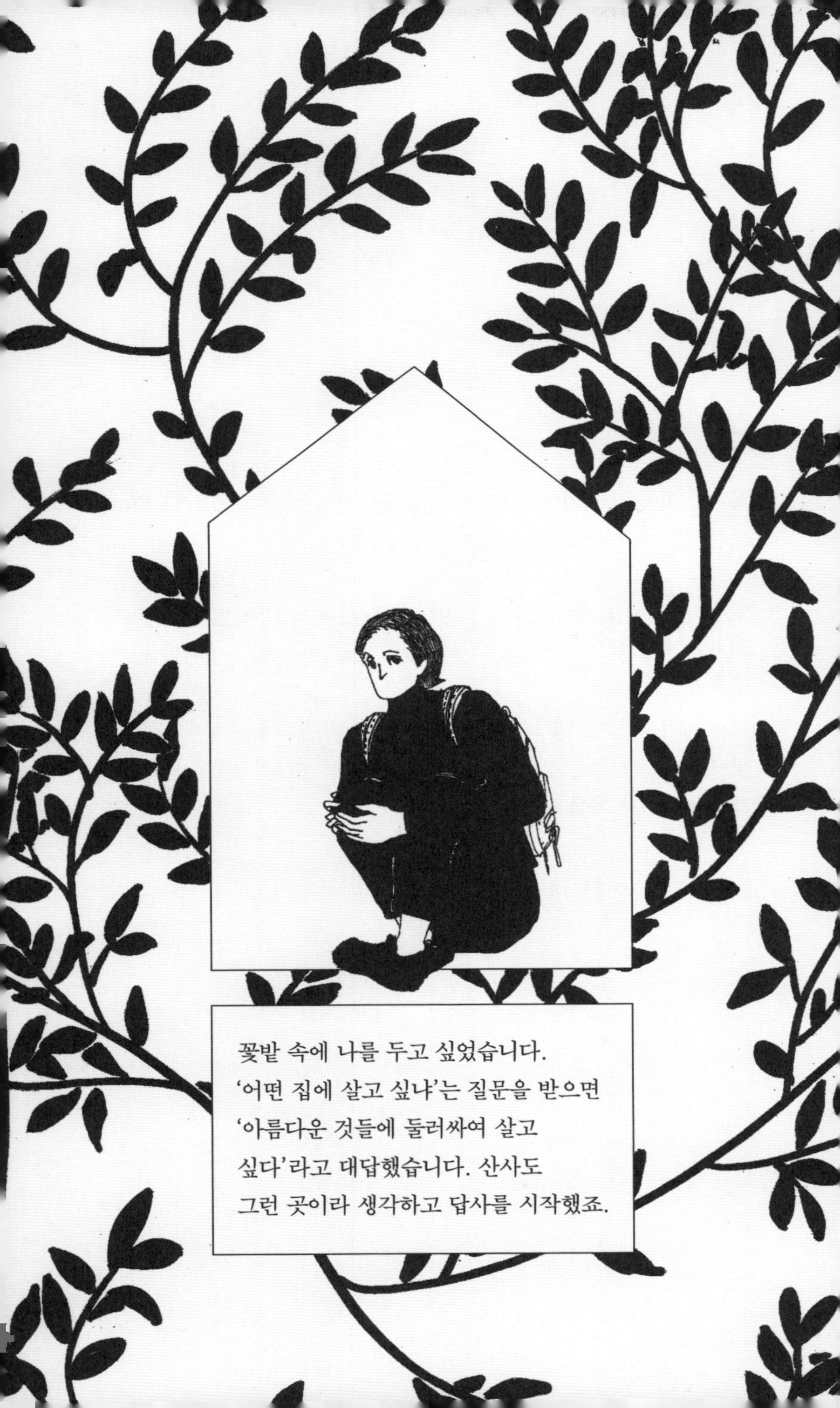

꽃밭 속에 나를 두고 싶었습니다.
'어떤 집에 살고 싶냐'는 질문을 받으면
'아름다운 것들에 둘러싸여 살고
싶다'라고 대답했습니다. 산사도
그런 곳이라 생각하고 답사를 시작했죠.

하지만 책을 다 써가는 지금, 어떤 집에서 살고 싶은지 생각해보면
집이라는 것이 중요한가 싶습니다.

'나'라는 집이 더 중요해지자 외부의 집은 더 이상 내게 영향을
미치지 못합니다. 내가 꽃이라면 꽃밭이 따로 필요 없는 것처럼요.

내 위치가 어딘지, 내가 원하는 것이 무엇인지 분명하게 알면
삶이 참 담백해지는 것 같습니다. 그걸 몰라서 이것저것으로 내 삶을
채우려 들었던 거겠죠.

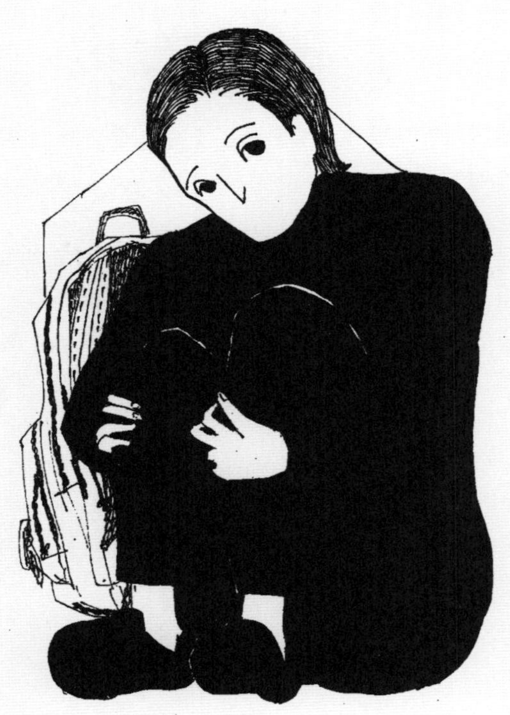

봉은사

좋은 장소에 자리하며 멋진 풍경을 품은 산사도 좋지만, 그것만이
중요한 건 아닌 듯합니다.

누구나 쉽게 찾아올 수 있는 위치라면, 모든 사람이 쉽고 재미있게
불교에 대해 알아가는 것이 더 중요하니까요. 그런 면에서
봉은사는 충분했습니다. 누군가는 너무 상업적이고 고즈넉함 없이
화려하다고 합니다. 하지만 봉은사는 자신의 위치에 맞는 역할을 하는
곳이라고 생각합니다.

보이는 것보다는 그것을 보는 내가 누구인지가 더 중요하다는 생각이
듭니다. 내가 원하는 것이 무엇인지 안다면 그것만 채우면 됩니다.

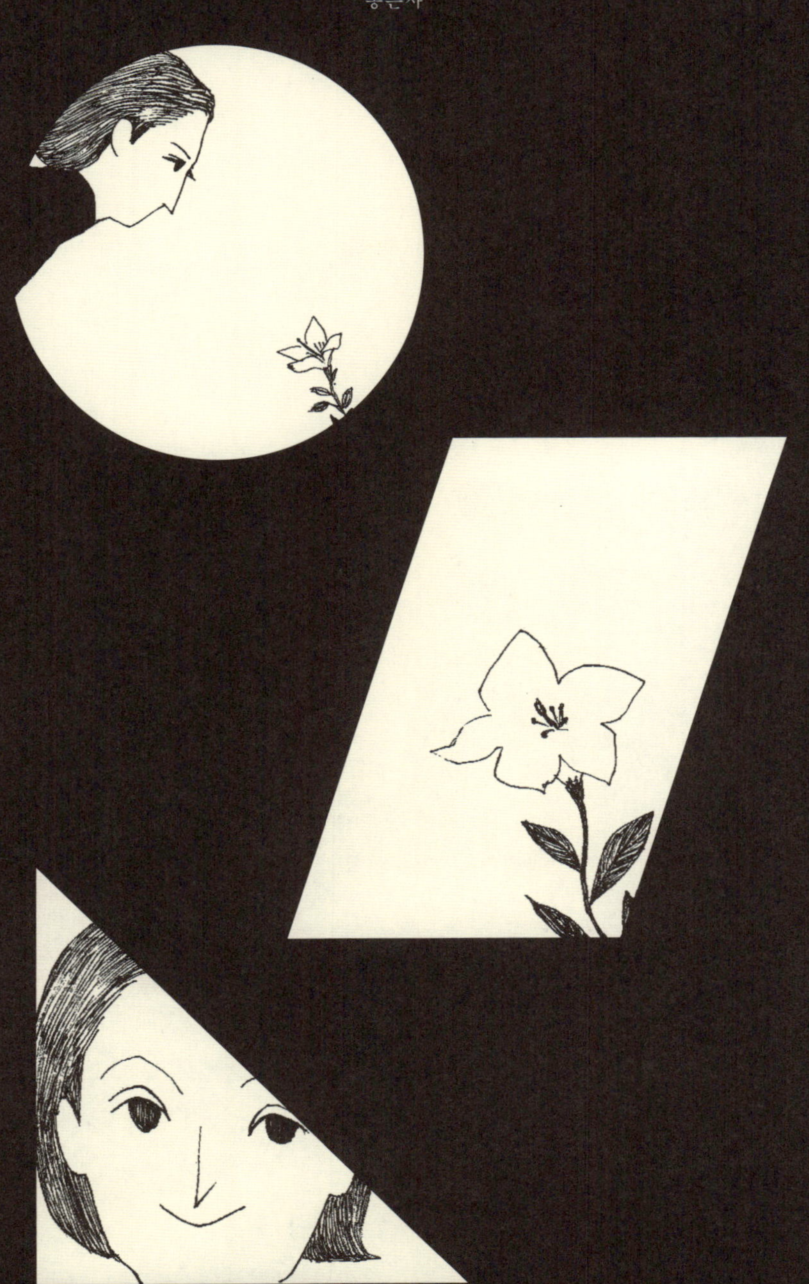

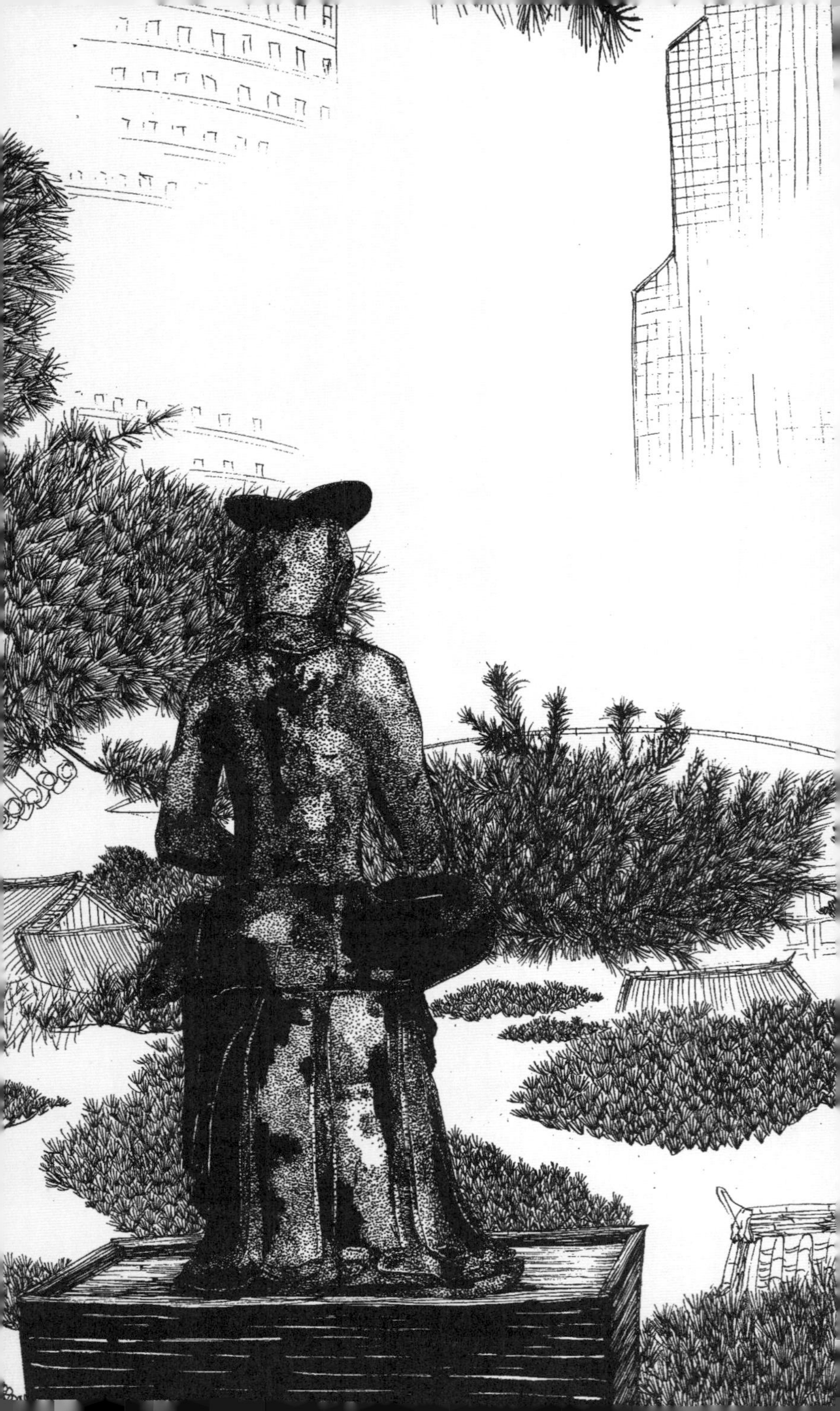

修道山奉恩寺

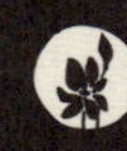

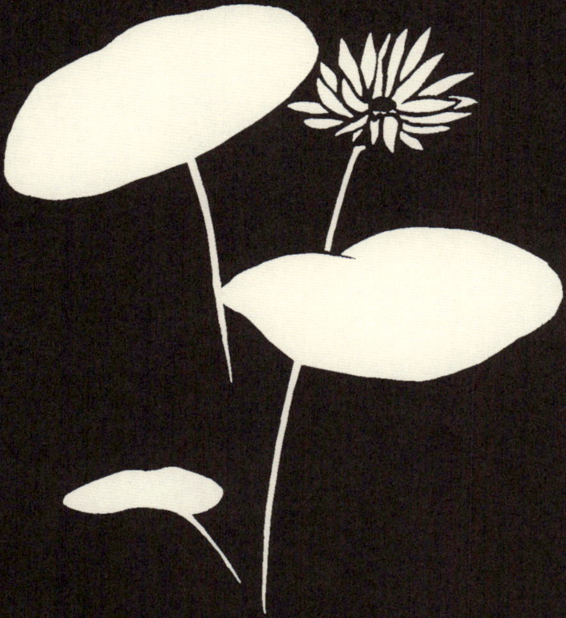

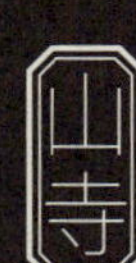

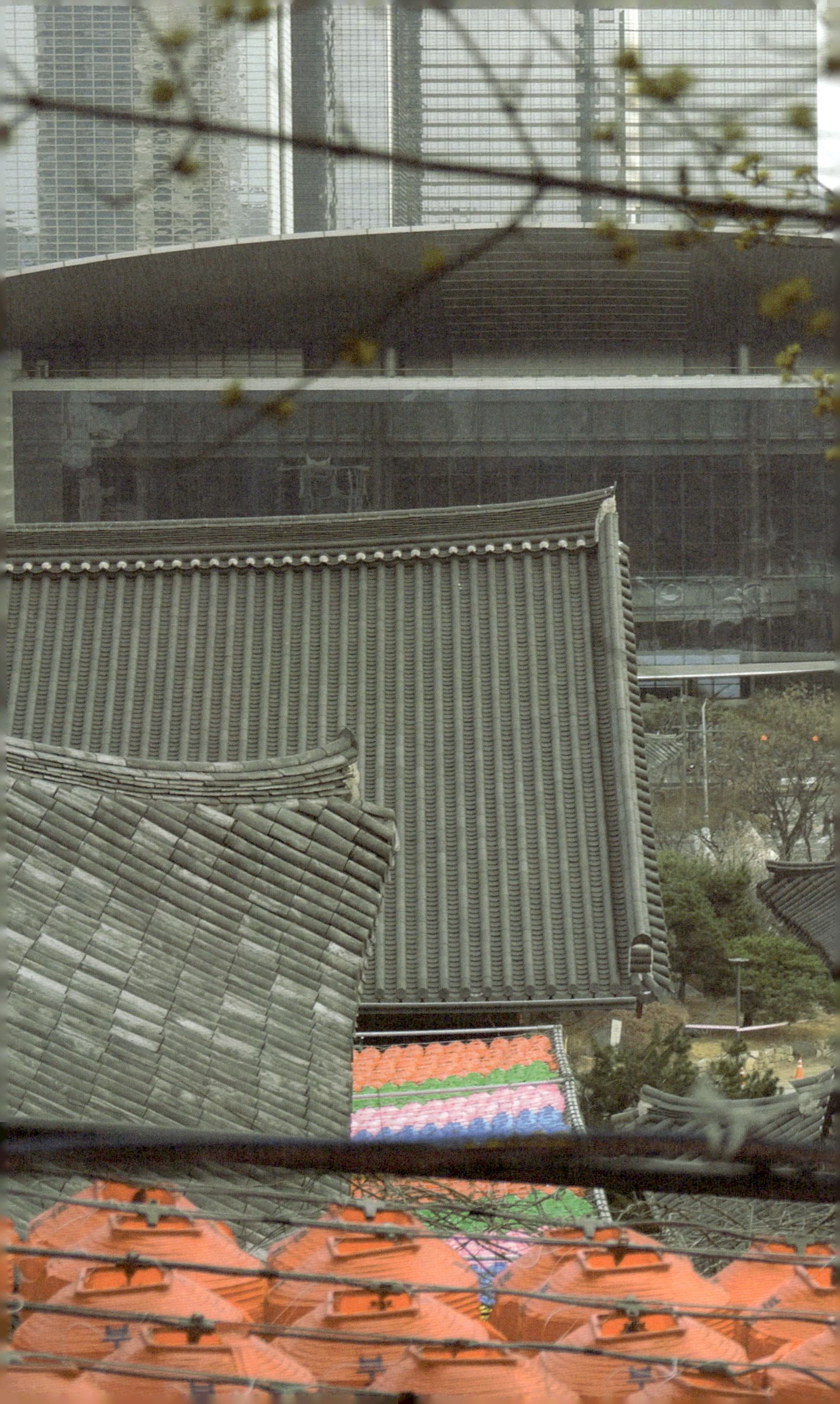

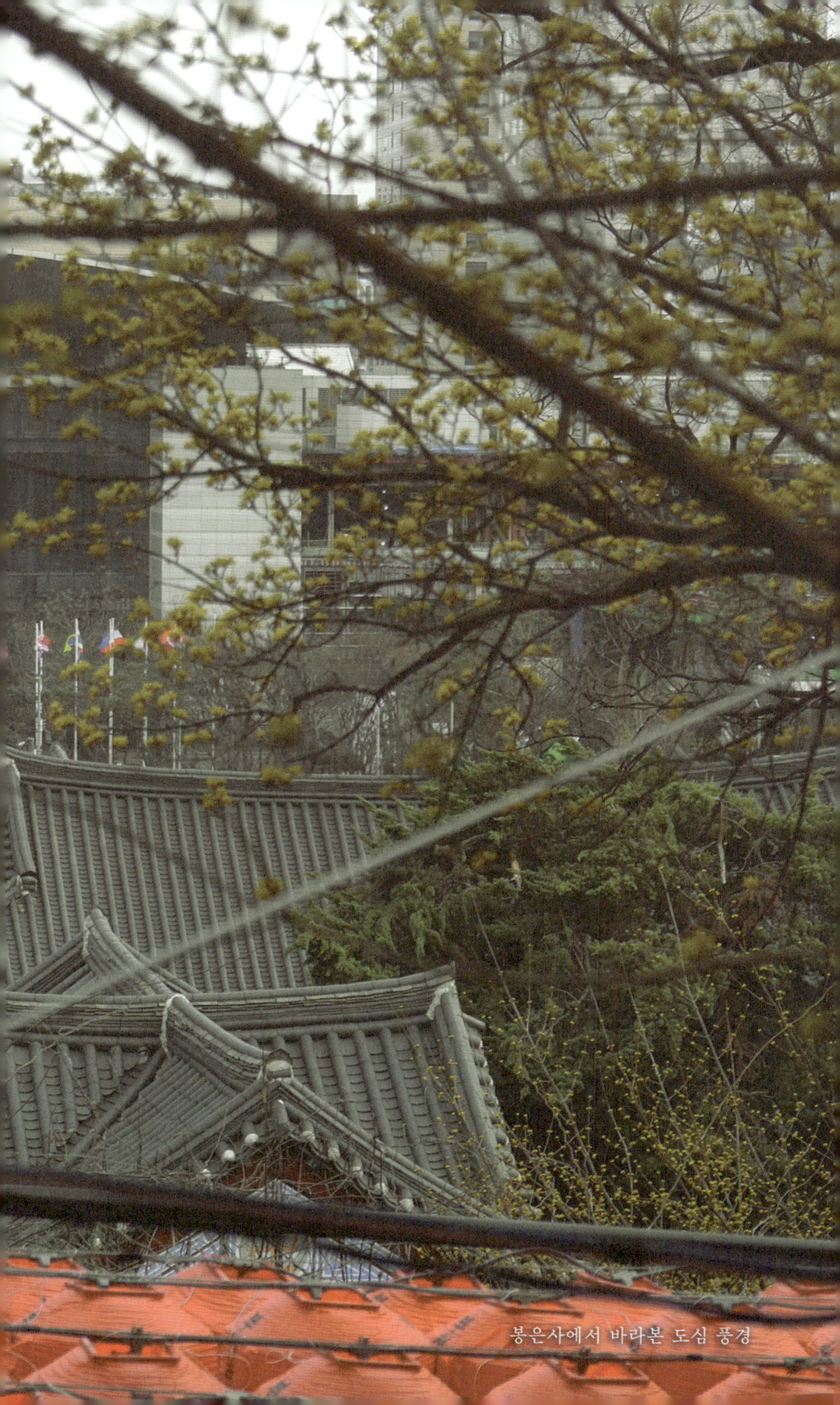
봉은사에서 바라본 도심 풍경

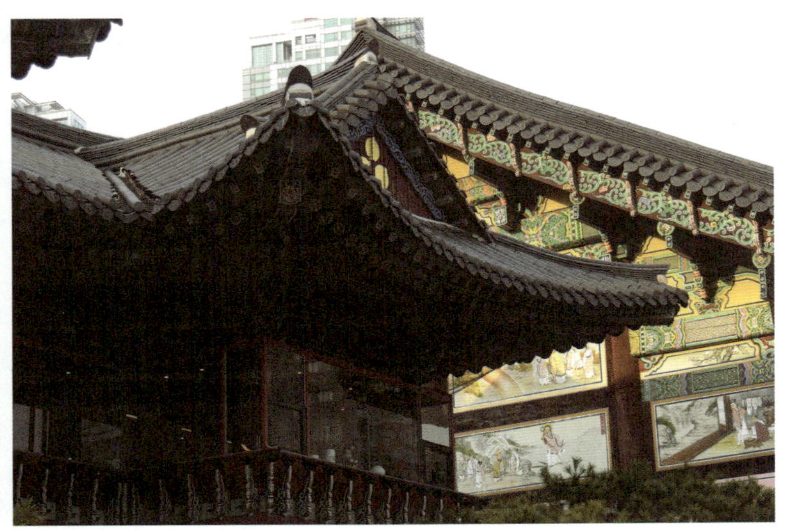

봉은사 내부 찻집

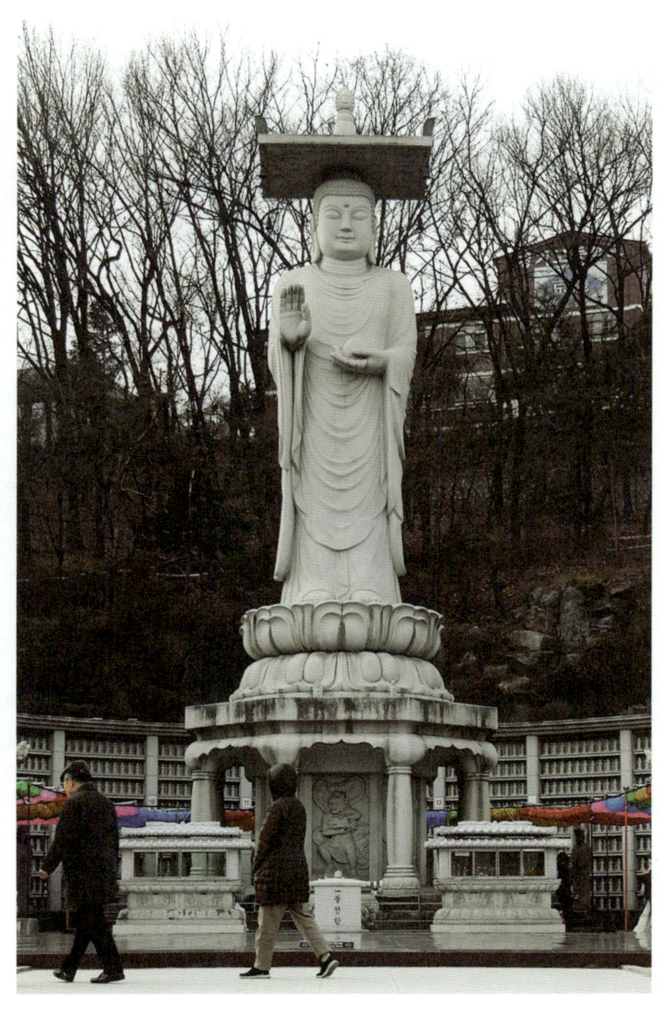

봉은사 미륵대불

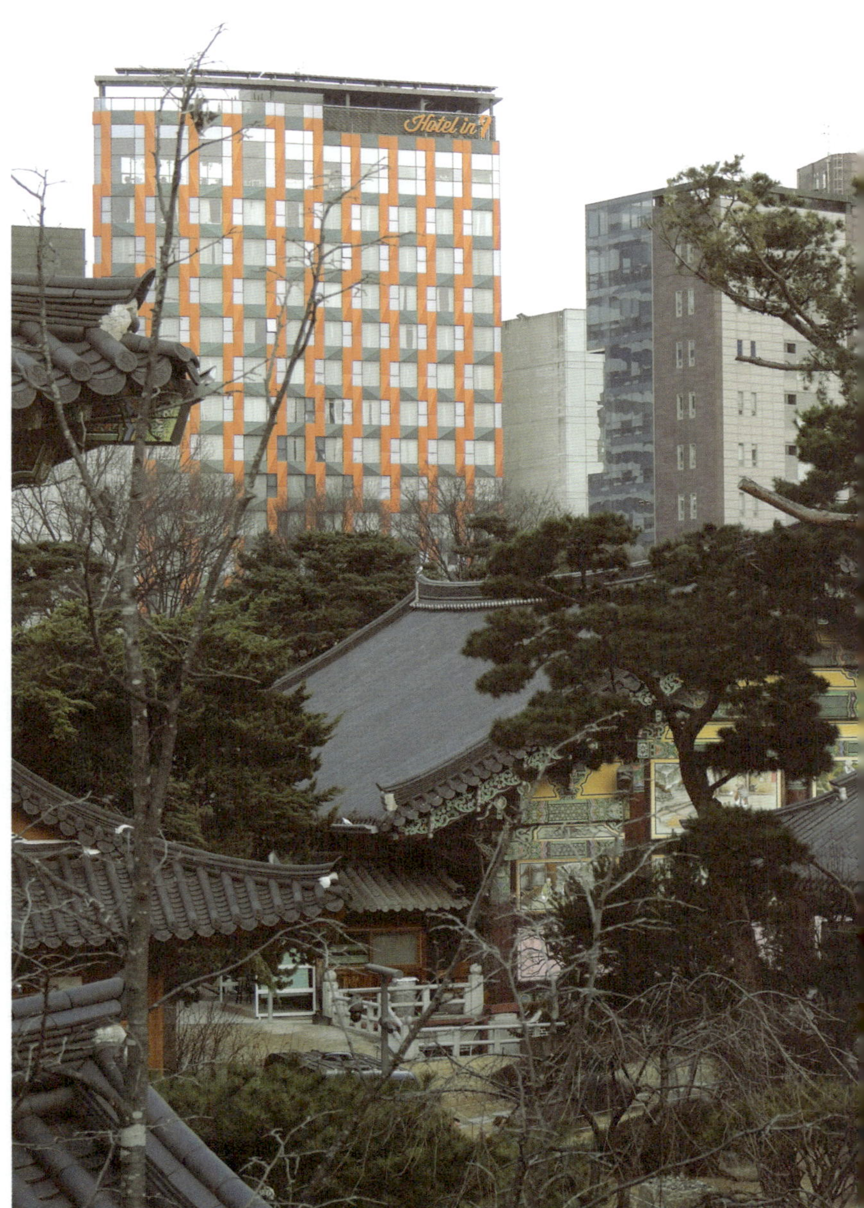

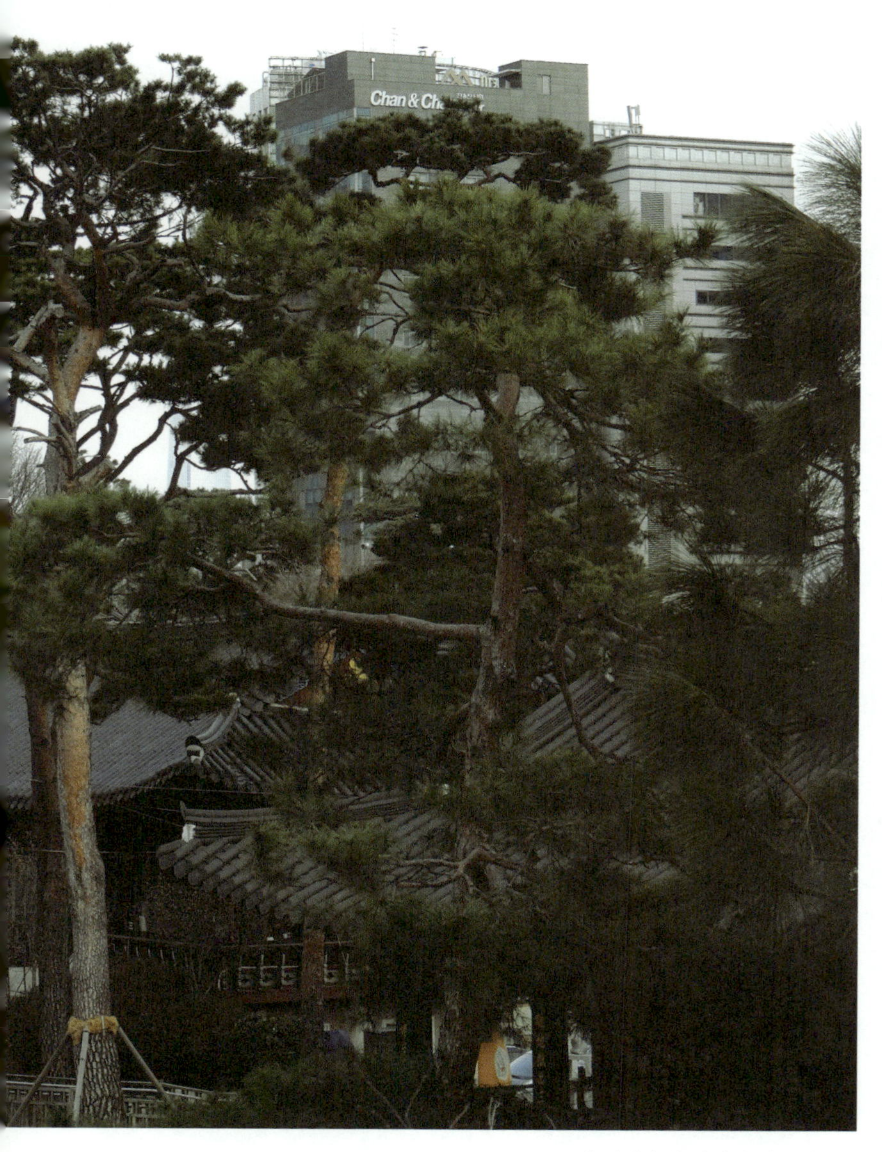

도심 한가운데 위치한 봉은사

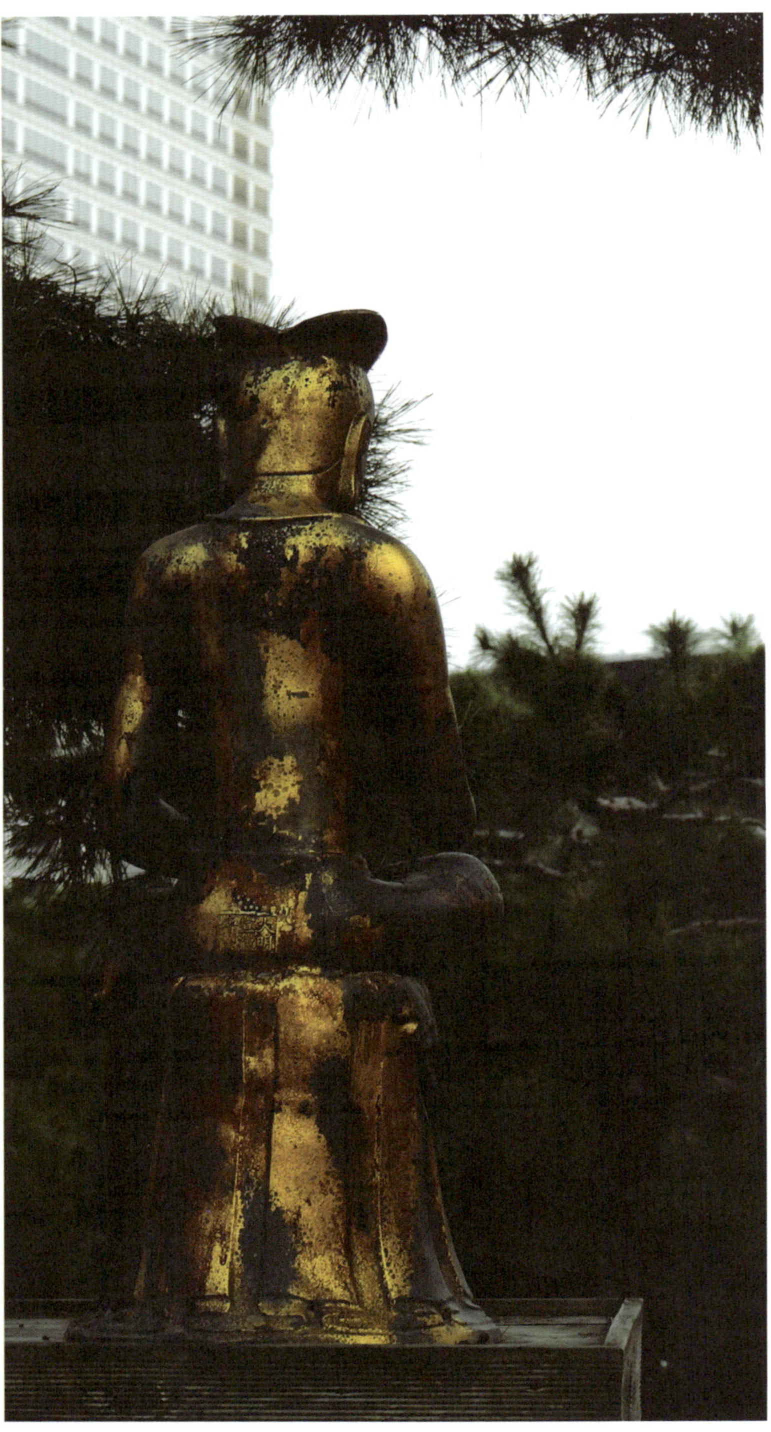

봉은사 불상과 현대 건물의 조화

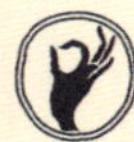

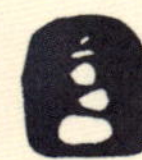
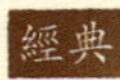

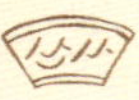

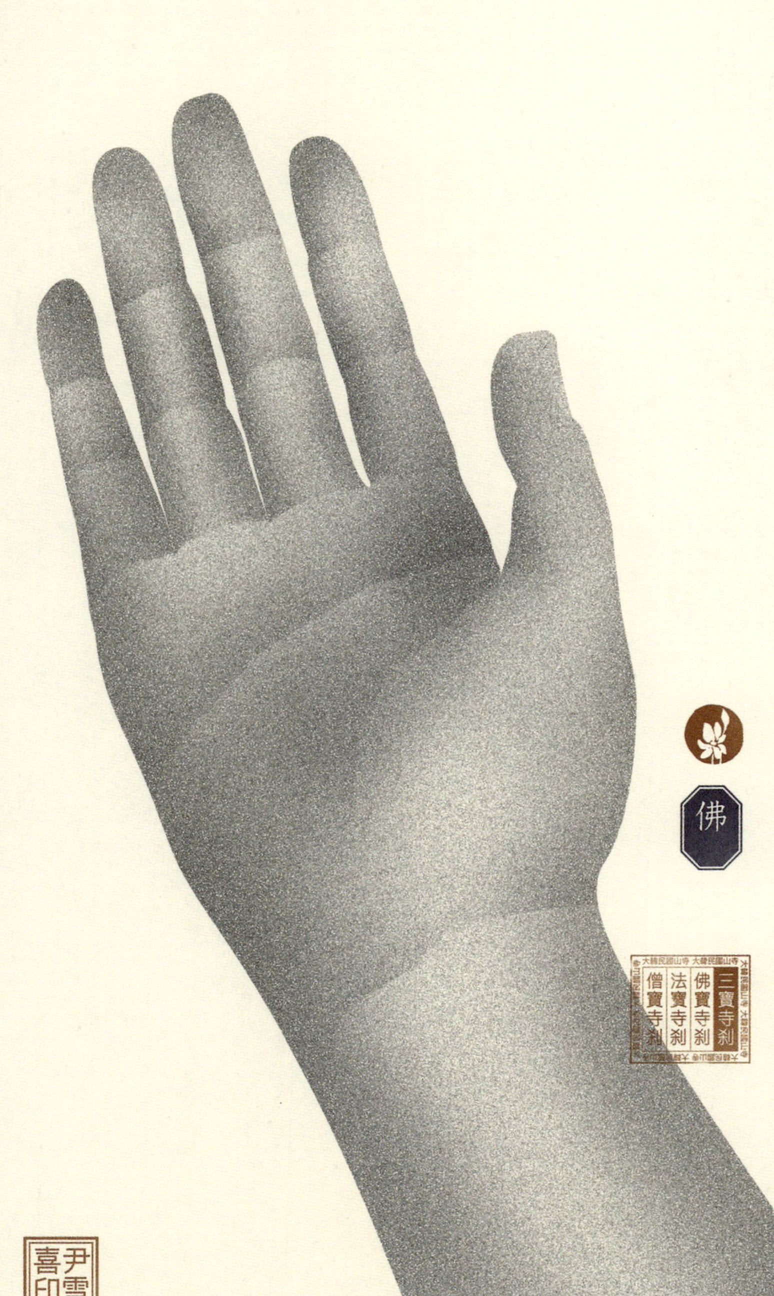

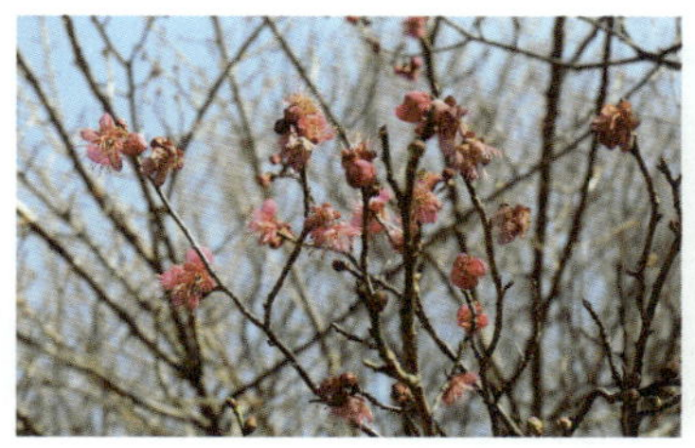

1월 매화

금둔사 납월매, 한국에서 가장
빨리 개화하는 매화로 나비가 날기 전
피어서 매실을 맺기 힘듭니다.

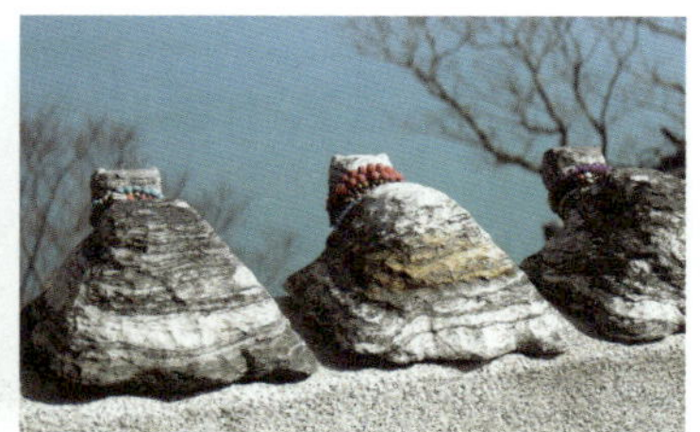

2월 해안 풍경

보문사 / 보리암 / 향일암 / 낙산사 /
용궁사 / 미황사 / 백련사 / 도솔암

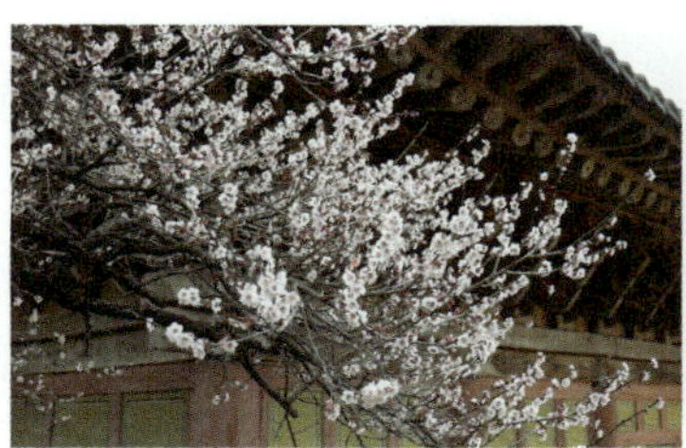

3월 매화

선암사 선암매 / 화엄사 흑매 /
통도사 자장매 / 백양사 고불매 /
갑사 황매화 축제

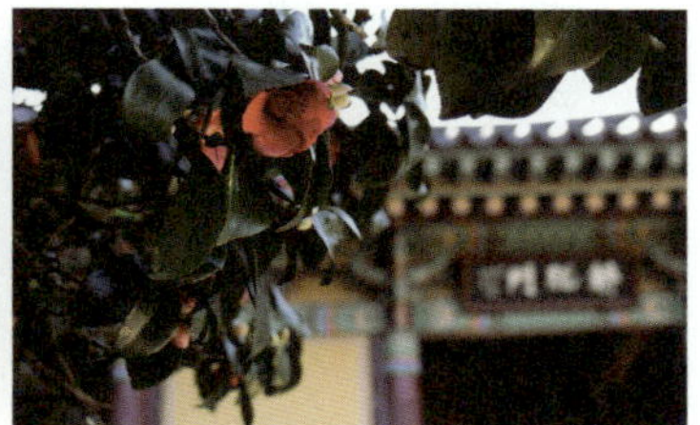

3월 동백꽃

선운사 / 백련사 / 미황사

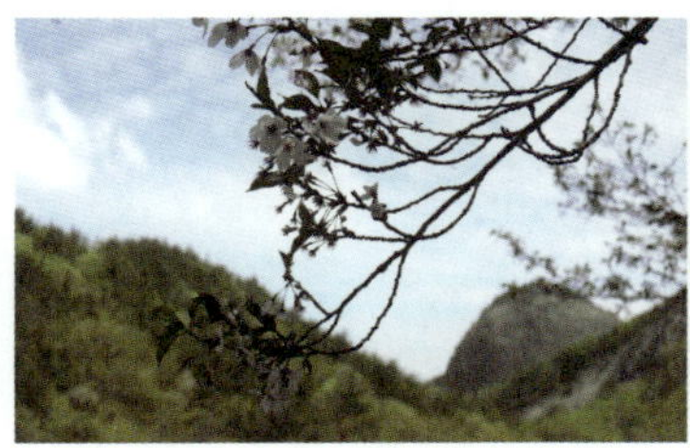

4월 벚꽃

쌍계사 / 개암사 / 운문사 /
탑사(한국에서 가장 늦게 개화) /
개심사 청벚꽃·겹벚꽃 /
문수사 겹벚꽃 / 불국사 겹벚꽃

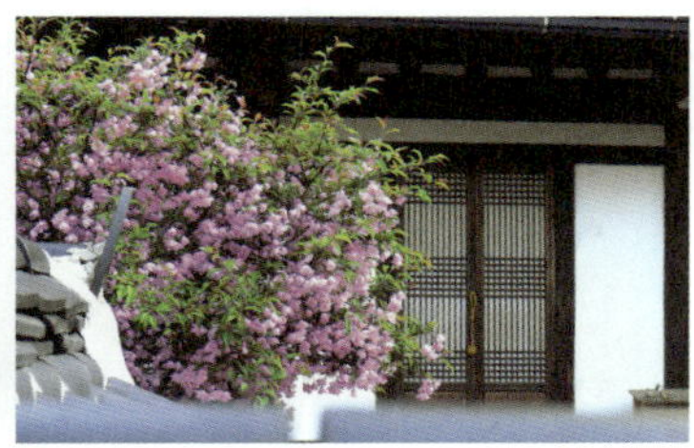

5월 꽃

마곡사 / 선암사 /
갑사 황매화 길

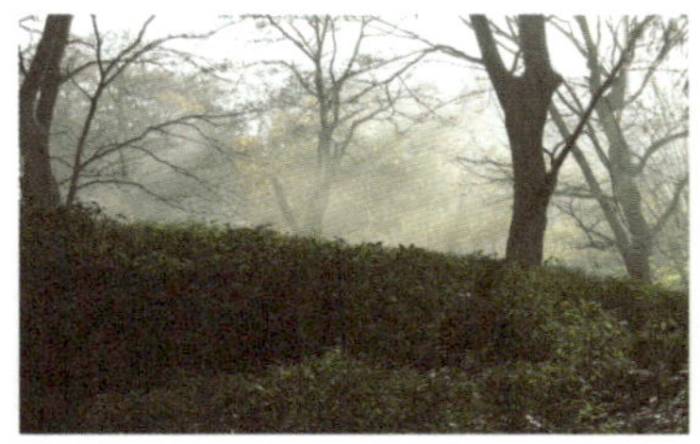

6월 녹차

쌍계사 / 선암사 /
대흥사 / 불회사

7월 백일홍

백련사 / 개암사 /
마곡사 / 탑사 / 문수사 / 무량사

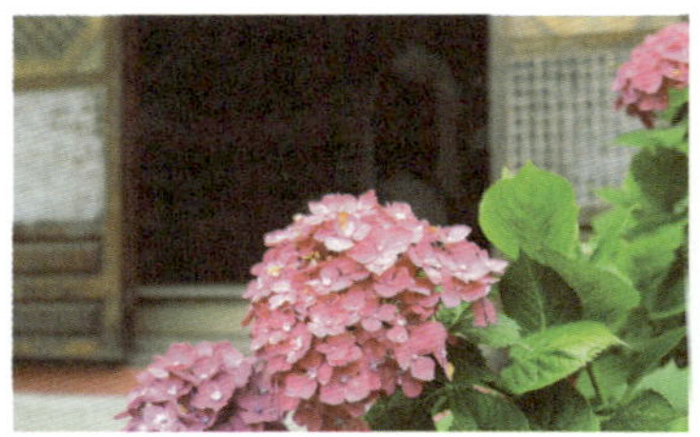

7월 수국

태종사

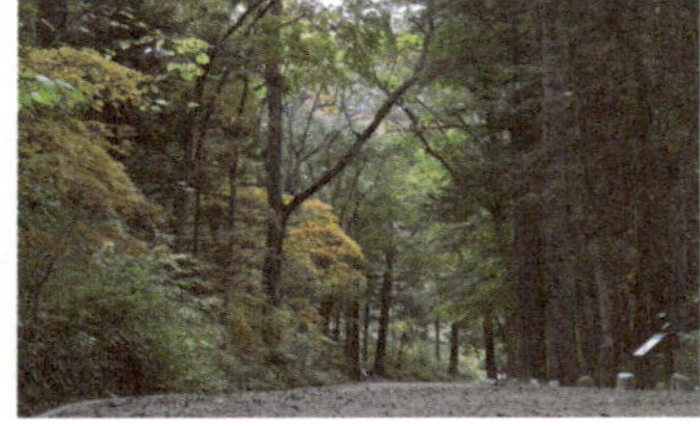

8월 전나무 길

월정사 / 내소사 / 선암사 / 불회사

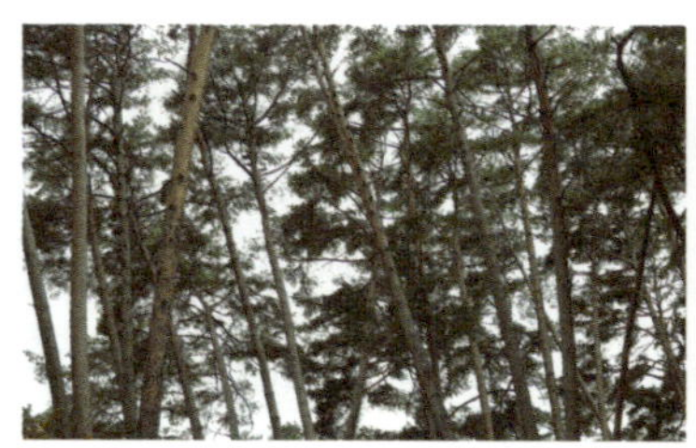

8월 소나무길

법흥사 / 운문사 / 개심사 /
불영사 / 보경사

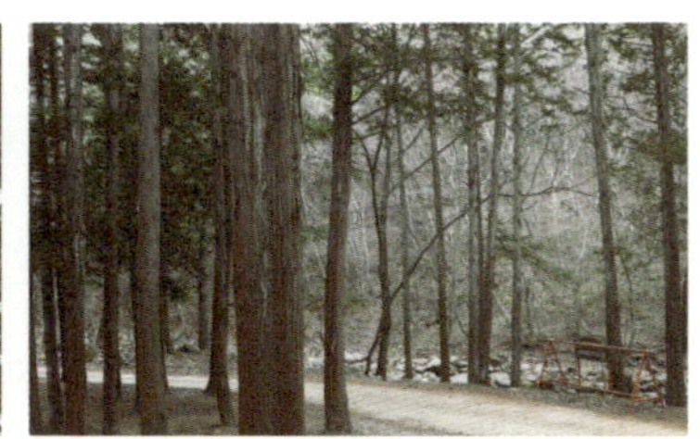

8월 숲길

강천사 / 내장사 /
불회사 / 화암사 / 송광사 / 법주사

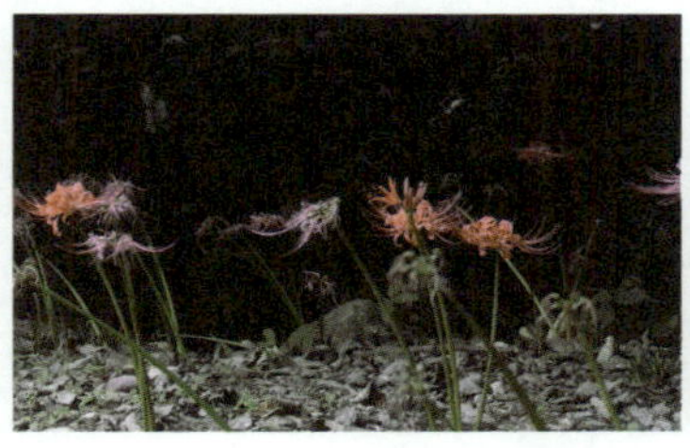

9월 꽃무릇

홍국사 / 불갑사 / 선운사 / 용천사

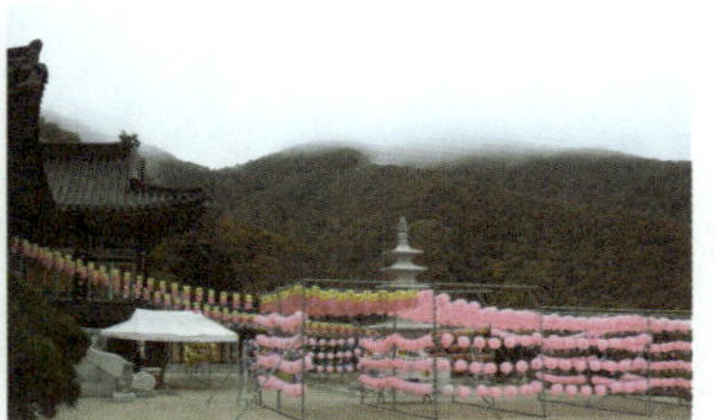

10월 단풍

상원사 / 월정사 / 내장사 /
금산사 / 무량사

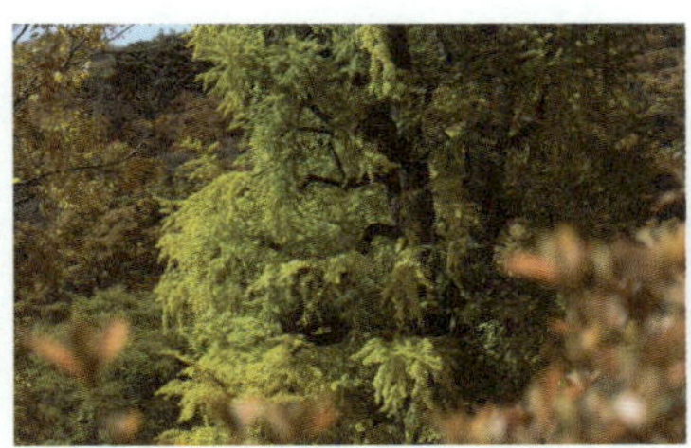

11월 은행나무

부석사 / 용문사 / 영국사 /
홍주사 / 수종사

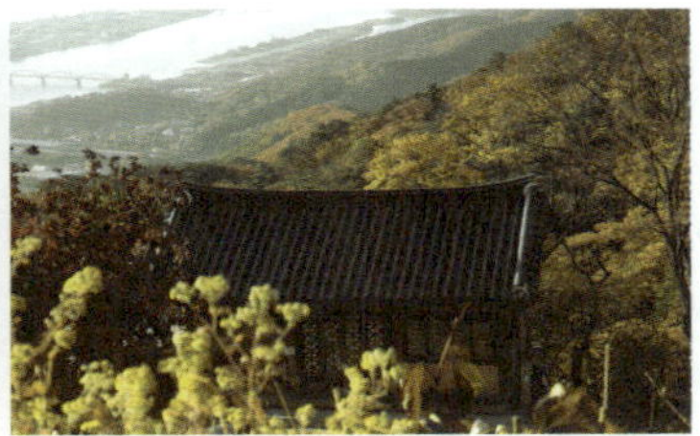

11월 단풍

송광사 / 금산사 / 무량사 /
내소사 / 정암사

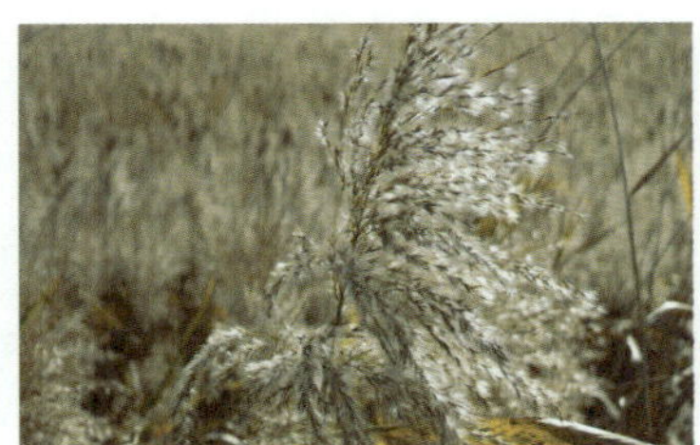

11월 갈대밭

관룡사 / 도갑사 / 표충사

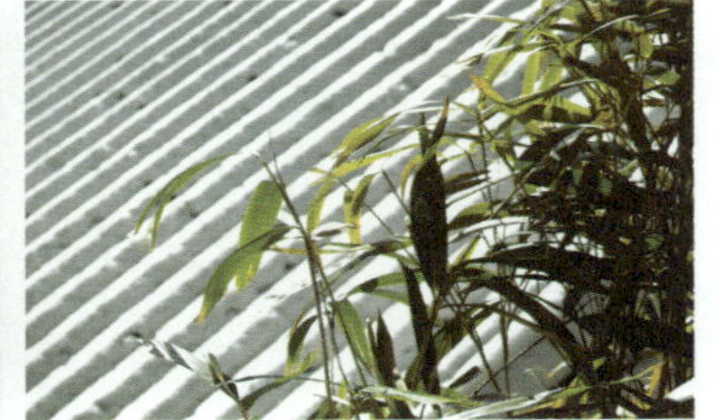

12월 설경

망경사 / 선운사 / 운주사 / 월정사

꽃창살

창살(문살)은 창호지의 지지대
역할을 합니다.
여기에 기하학적인 무늬나 꽃문양,
정물, 풍경 등을 넣어 꾸민 것이
꽃창살입니다.
꽃창살은 주로 궁궐이나 절에서
사용되었으며, 건축물이 가져야 할
위엄과 신성함을 표현했습니다.
나무를 조각하여 끼워 맞추기도
하고, 나무를 통째로 깎아
만들기도 합니다.
나무로 창살을 만드는 것은
중국과 일본에도 있는 문화이지만,
창호지와 함께 사용하며 하나의
양식으로 발전시킨 것은 한국만의
특성입니다.
꽃창살의 문양과 모티브는 각각
고유한 의미와 이야기를 담고
있습니다.

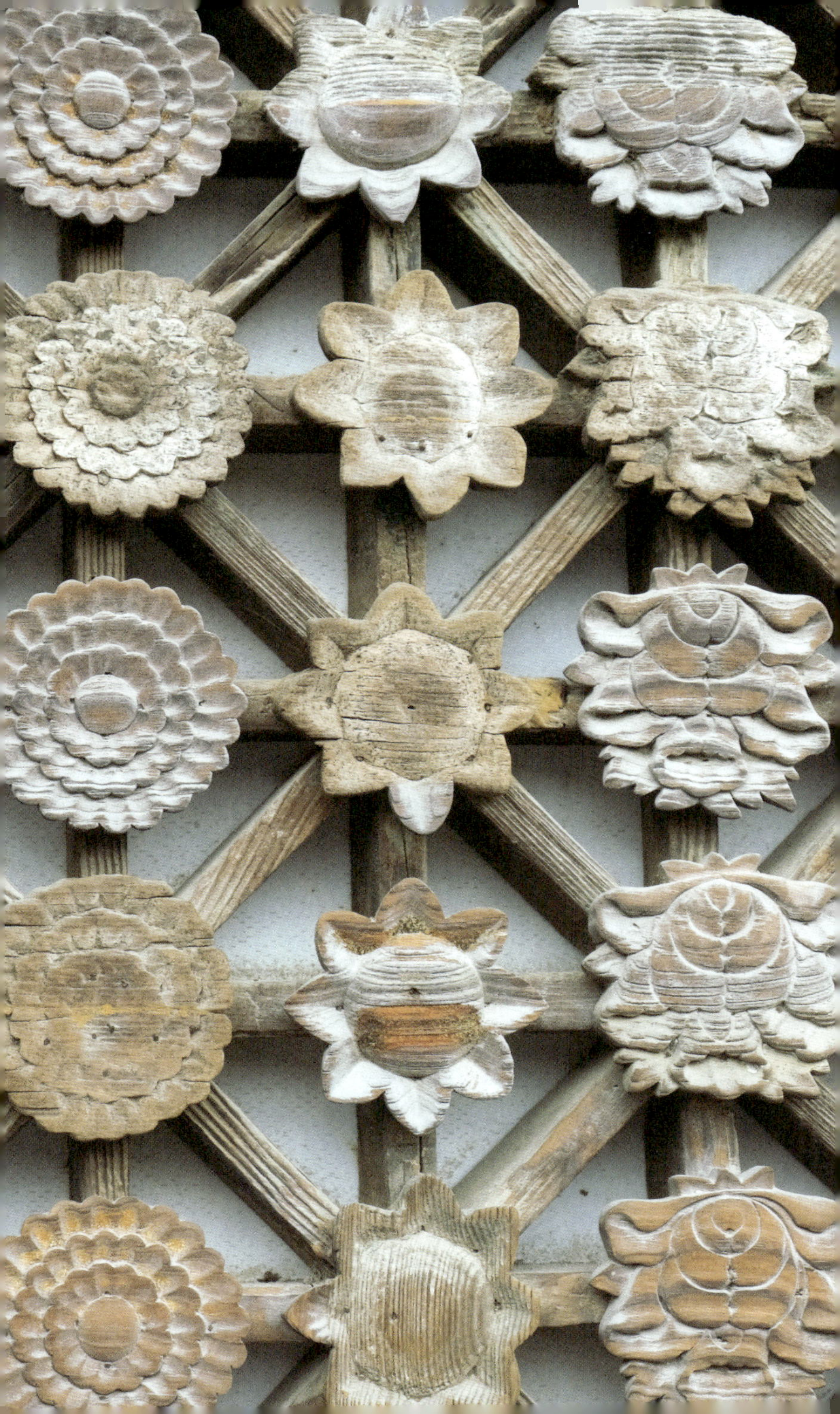

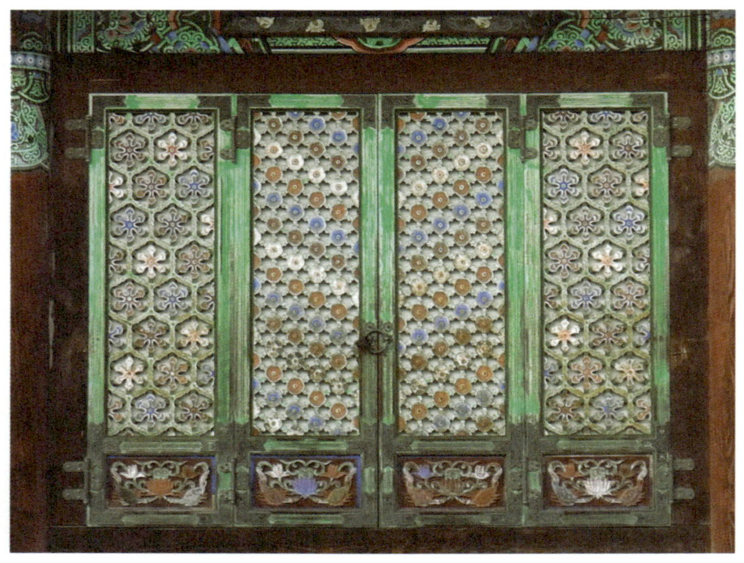

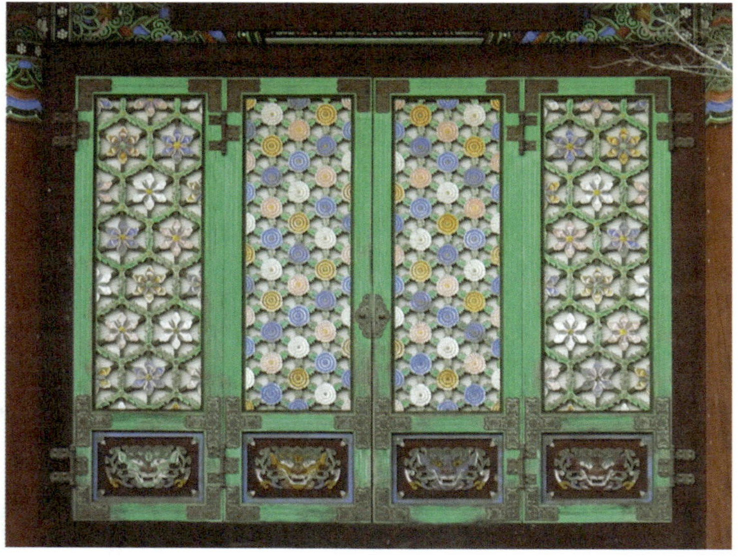

모악산 금산사

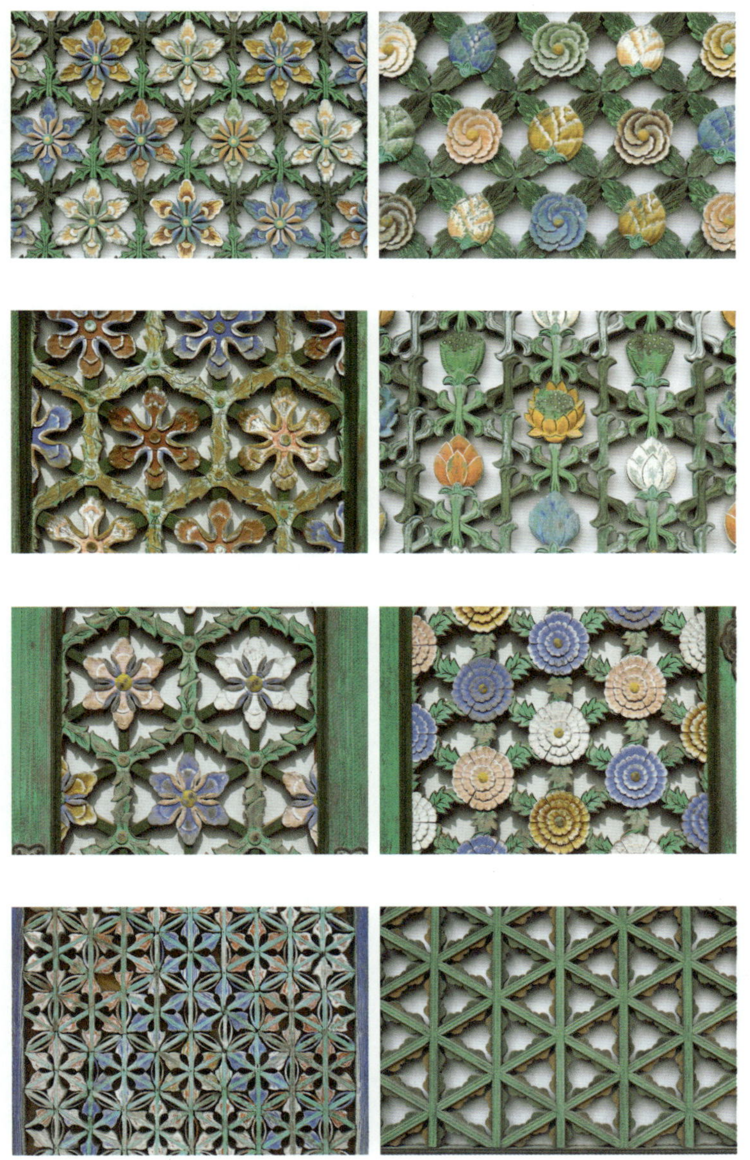

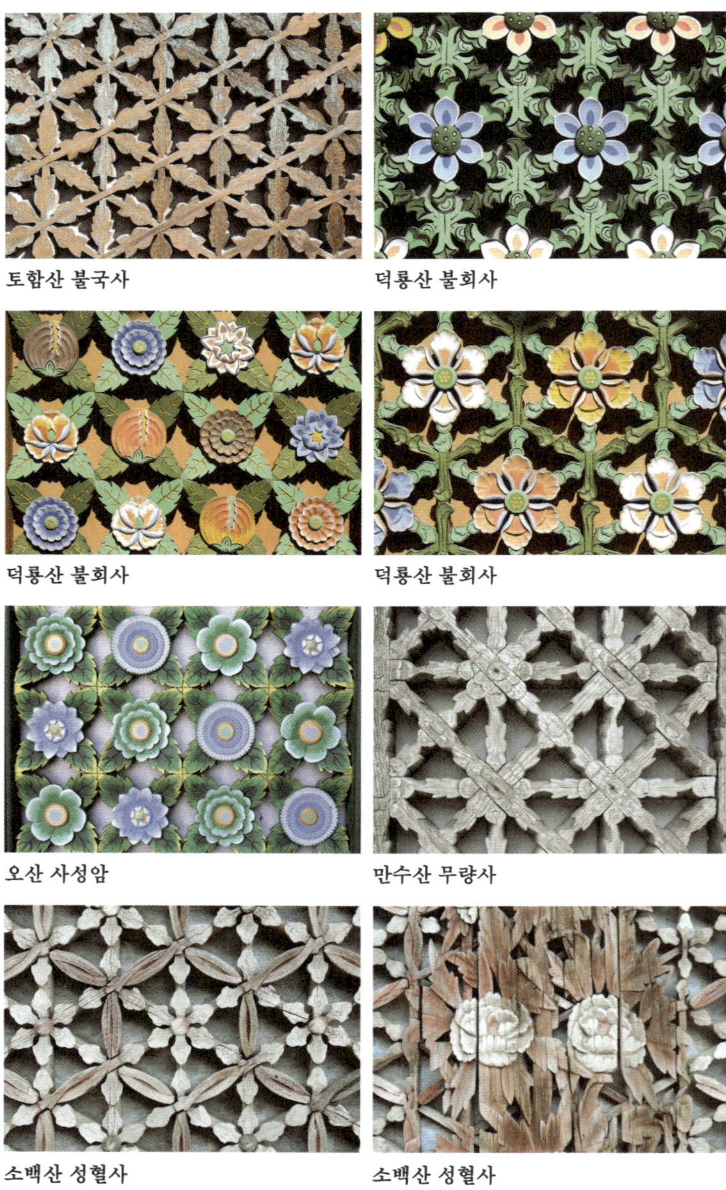

토함산 불국사

덕룡산 불회사

덕룡산 불회사

덕룡산 불회사

오산 사성암

만수산 무량사

소백산 성혈사

소백산 성혈사

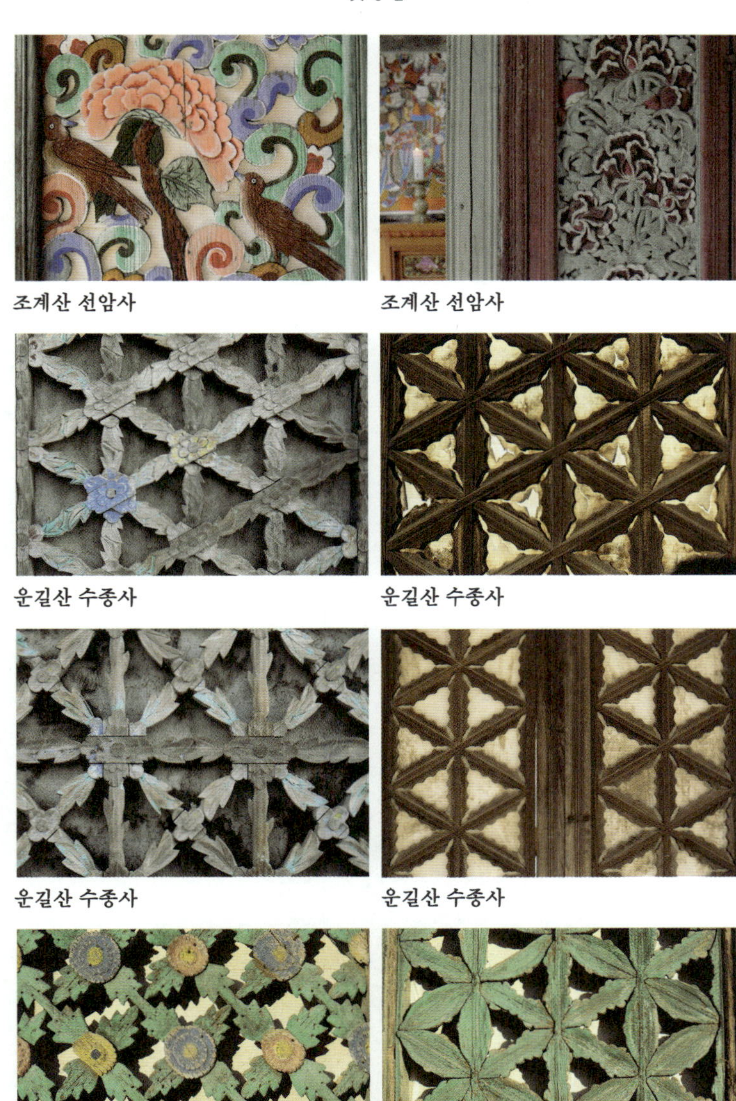

조계산 선암사

조계산 선암사

운길산 수종사

운길산 수종사

운길산 수종사

운길산 수종사

설악산 신흥사

설악산 신흥사

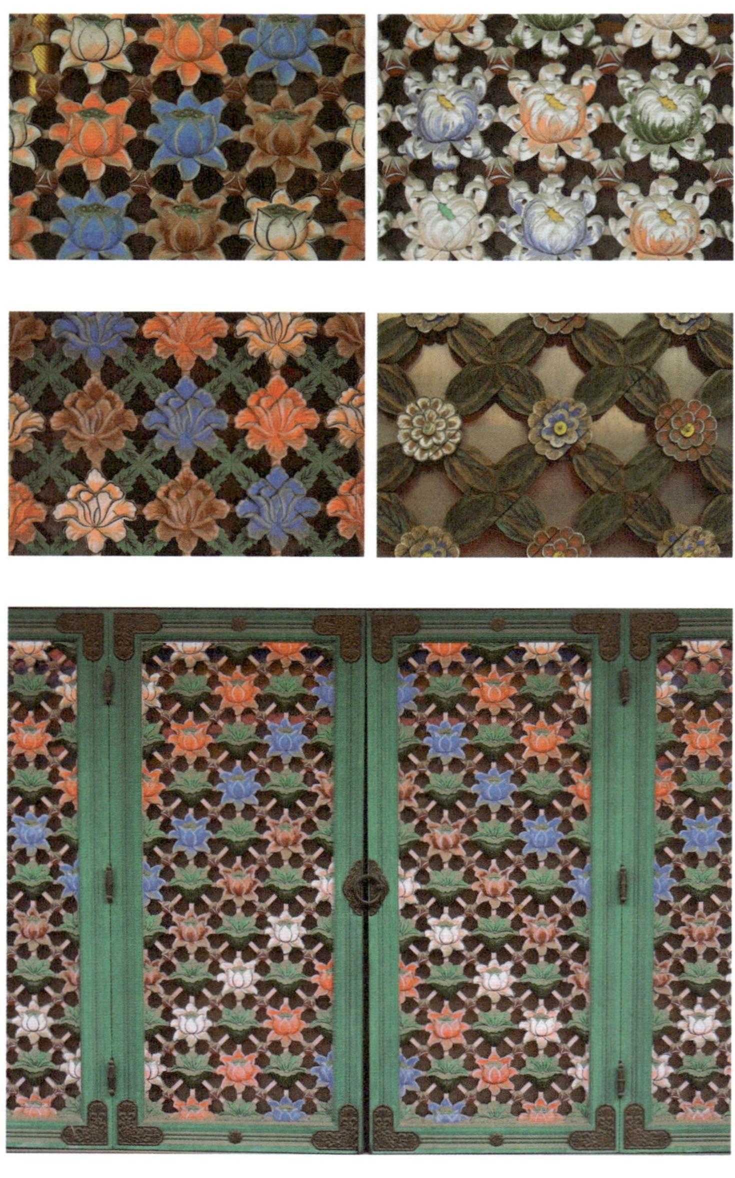

수도산 봉은사

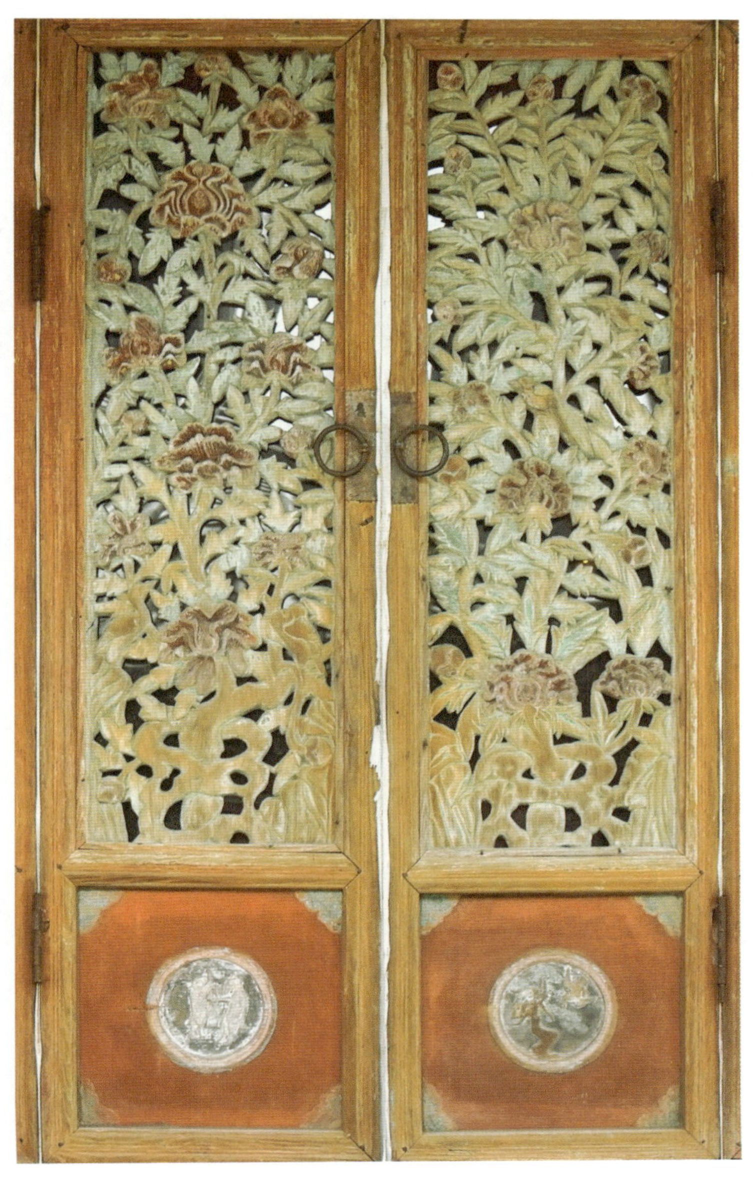

Editor's letter

책을 함께 만든 동료들이 원고를 읽고 '산사에 가고 싶다'라고 말할 때 가장 기뻤습니다. 그곳에 있을 저마다의 자기만의 방을 기대하는 마음, 처음 원고를 접하고 제게도 가장 먼저 든 그 마음을 나누고 싶었거든요. 수년에 걸쳐 쌓이고 쓰인 빼곡하고 정성스러운 이야기가 주민님들에게도 모처럼 설레는 기대를 심어주면 좋겠어요. 우리, 곧 산사에서 만나…겠죠? **성**

"인생에서 좋은 것은 대부분 주말에 있다." 직장인이 되자마자 저절로 밀어 올린 이 말을 소중한 잠언으로 여기며 지내왔어요. 그런데 지금은 여기에 한 가지를 덧붙여도 좋겠단 생각이 드네요. "그리고 어쩌면 숲속에 있을지도 모른다!" **근**

영구 위패를 절에 모신 가족을 뵙기 위해 자주 산에 오르곤 했어요.
동네 주민이 아니면 구태여 찾아오는 사람이 없는 작은 절이었죠.
몸과 마음이 말끔해지곤 했어요. 등산할 때와는 다른, 울고 난 뒤의 마음이 된달까요.
저를 안아주었던 사람은 이제 누구도 안아줄 수 없었지만, 분명 거기 있었어요. 그렇게 느꼈어요.
이런 마음 때문이었을지도 모르겠네요.
그 위패 옆이 제 자리라고 생각해서
절에 가면, 처음 가는 곳일지라도, 이미 제 자리가 마련되어 있다는 느낌이 들어요.
그 절을 오랫동안 생각하며 만들었습니다. **일**

주 말 엔 산 사

1판 1쇄 발행일 2025년 9월 1일

지은이 윤설희
발행인 김학원
발행처 (주)휴머니스트출판그룹
출판등록 제313-2007-000007호(2007년 1월 5일)
주소 (03991) 서울시 마포구 동교로23길 76(연남동)
전화 02-335-4422   **팩스** 02-334-3427
저자 · 독자 서비스 humanist@humanistbooks.com
홈페이지 www.humanistbooks.com
용지 화인페이퍼   **인쇄 · 제본** 정민문화사

자기만의 방은 (주)휴머니스트출판그룹의 지식실용 브랜드입니다.

ⓒ 윤설희, 2025

ISBN 979-11-7087-375-4 03810